ESTE LIBRO PERTENECE A:

Un cuento perfecto

Elísabet Benavent (Valencia, 1984). La publicación de la saga Valeria en 2013 la catapultó a la escena literaria y se convirtió en un auténtico fenómeno. Desde entonces ha escrito 23 novelas. Algunas han sido traducidas a varios idiomas y publicadas en diez países. En 2020 la serie *Valeria* se estrenó en Netflix en más de 190 países y batió récords de audiencia. En 2021 la película *Fuimos canciones*, inspirada en la bilogía Canciones y Recuerdos, obtuvo un gran éxito de público y crítica. En 2023 se estrenará la adaptación audiovisual de *Un cuento perfecto*, una de sus novelas más vendidas. Sus libros han vendido 4.000.000 de ejemplares. *Todas esas cosas que te diré mañana* es su novela número 22 y *Cómo no escribí nuestra historia* es la número 23.

BetaCoqueta
www.betacoqueta.com

Biblioteca

ELÍSABET BENAVENT

Un cuento perfecto

DEBOLS!LLO

Papel certificado por el Forest Stewardship Council®

MIXTO
Papel | Apoyando la silvicultura responsable
FSC® C117695

Penguin Random House Grupo Editorial

Primera edición con esta cubierta: julio de 2023

Travessera de Gràcia, 47-49. 08021 Barcelona
Diseño de la cubierta: Penguin Random House Grupo Editorial
basado en el diseño original de Netflix
Imagen de la cubierta: © Netflix, 2023. Uso autorizado.

Printed in Spain – Impreso en España

ISBN: 978-84-663-7149-0
Depósito legal: B-10.325-2023

Compuesto en Punktokomo, S. L.
Impreso en Liberdúplex
Sant Llorenç d'Hortons (Barcelona)

P 3 7 1 4 9 0

A mi amigo Holden.
Por aquella conversación en la plaza del Dos de Mayo.
Por recordarme por qué amo escribir
y cuál es el sentido de todo esto.
Por regalarme tu amistad más sincera.

1
Érase una vez...

Has roto con tu pareja. Quizá incluso odias tu trabajo. Es posible que te pases los días suspirando por cosas que jamás podrás pagar. ¿Los kilos de más del verano se han juntado con los de Navidad? No te preocupes. Y tampoco si no llenas el sujetador. Si las sillas de las terrazas te aprietan las caderas. Si tu madre nunca aprueba lo que haces... y lo que no haces, por supuesto. Si le diste tu corazón a ese idiota. Si sientes que te has casado de por vida con la hipoteca. Si tu jefe es un maldito psicópata. Si sospechas que te engañan, que te van a despedir, que has metido la pata.

¡¡No pasa nada!! De verdad. Te lo prometo, no pasa nada. Y aún te diré más: si te frustras y hasta te amargas viendo en la televisión, las revistas y las redes sociales lo maravillosa y fácil que es la vida de algunos, te diré un secreto: no lo es. Lo que pasa es que las cosas resultan siempre más complejas cuanto más de cerca las miras. Yo, por ejemplo, que lo tenía todo y lo eché a perder por lo que puede parecer el sencillo hecho de calzarme unas zapatillas de deporte y salir por patas... ni lo tenía todo ni lo eché a perder. Hazme caso. Te lo digo desde el corazón. Ni nada es tan grave ni la vida se acaba. Solo... se abren nuevas posibilidades.

Mira, deja que te cuente un cuento, ¿vale? Uno que al principio también parecerá perfecto. Érase una vez una princesa moderna. No tenía un castillo ni suspiraba apoyada en la celosía de un mirador desde el que se veía todo su reino. No peinaba sus cabellos largos, larguísimos, con un cepillo hecho de esmalte, oro y crines de caballo. No esperaba que el príncipe azul la salvara de la malvada bruja.

Aunque... me niego a que mi madre no cuente como bruja.

Lo que quiero decir es que, de alguna manera, los cuentos de princesas siguen estando vigentes en un rincón, en ocasiones microscópico y otras veces enorme, de nuestras cabezas. Ya no hay príncipes a caballo ni pajaritos que nos ayuden a vestirnos para la cita donde ellos se enamorarán de nosotras para que por fin seamos felices (vaya tela... a veces cuesta creer que nos hicieran creer que la vaina iba así), pero seguimos creyendo en cuentos. En leyendas. Y nos han convencido de que queremos ser princesas.

Échale un vistazo a Instagram. ¿No tienes? Bueno, tampoco te vayas a abrir una cuenta para comprobar esto. Pero... seguro que sabes a lo que me refiero. Vidas perfectas. Vidas de lujo. Fotos en las que casi se puede acariciar esa nebulosa fantástica de las vidas de ensueño. Purpurina, brillantina, cada cabello en su sitio. Sí, en las redes sociales, muchas veces, se vende una perfección irreal que nos empuja a buscar algo que en realidad no existe. Ahora las niñas quieren ser la versión 3.0 de la princesa del cuento, con su bolso de marca, sujetando un café que vete a saber por qué es de color rosa, al borde de una piscina infinita en Tahití. No suena mal, que conste. Yo también quiero..., pero la diferencia es saber que detrás de esa foto no hay una vida perfecta. Solo... una vida.

Lo digo con conocimiento de causa. No, no soy influencer ni youtuber ni modelo, pero de alguna forma me he sentido observada, examinada, juzgada. ¿Cómo? Bueno, yo vivía (atrapada, más bien) en otro cuento de hadas, más a la antigua, que no siempre reluce tanto como parece. Yo nací en una familia de postín. Yo nací con tres apellidos y un imperio hotelero adherido a ellos. Yo nací y a mi bautizo fueron hasta miembros de la Casa Real. Yo nací condenada a ser princesa en un cuento que no me creo, pero nunca nadie se preguntó en qué creía Margot.

Sé que tuve un millón de oportunidades que otras personas no tienen al alcance de la mano, pero… déjame contarte este cuento a mi manera.

Érase una vez una mujer que lo tenía todo y un chico que no tenía nada.

Érase una vez la historia de amor entre el éxito y la duda.

Érase una vez un cuento perfecto.

Y solo tú decides cuál es su final.

2
El éxito. Afortunada y anodina

—¿Dónde vas a pasar las vacaciones?

Esa era la pregunta favorita de mamá. La hacía en Navidad, cuando nos reuníamos toda la familia alrededor de una mesa recargada de copas, cubiertos y cachivaches de plata tan inútiles como anticuados; también en Semana Santa, cuando nos obligaba a ir a su casa a comer unas torrijas que cada año preparaba una cocinera diferente, porque a todas las terminaba despidiendo poco después.

En el aniversario de la muerte de papá, cuando viajábamos al pazo de los abuelos a ponerle flores y escuchar misa, también nos lo preguntaba.

—¿Dónde vais a pasar las vacaciones, hijas?

Y el motivo por el que siempre preguntase lo mismo era principalmente porque es una esnob y una rancia y le preocupaba muchísimo que la alta sociedad no viera cómo sus hijas esquiaban en Suiza, paseaban en barco por el Mediterráneo o se tostaban al sol en la Polinesia francesa. Eso y que se te marcaran los huesos de la cadera incluso con la ropa puesta eran sus máximas vitales. Bueno, y lo de «casarse bien», por supuesto. Casarse con éxito.

Cá-ga-te-lo-ri-to.

La primera vez que escuché hablar sobre el éxito era demasiado pequeña como para comprenderlo o poner en duda las características que se le atribuían. Se hubiera quedado ahí, como la palabra *murciélago*, que siempre pronunciaba «murciégalo», hasta que algún día comprendiese su significado, pero no fue así. El éxito era para mi familia el niño en el bautizo, la novia en la boda y el muerto en el entierro. La única aspiración respetable, el fin mismo de la existencia humana. Un grano en el culo. Y al parecer este concepto funcionaba como el abusón del cole: o estabas con él o eras víctima de su capricho. Y de ahí, también, la preguntita de marras.

—¿Dónde vas a pasar las vacaciones, Patricia?

Mis hermanas y yo nos echamos una mirada y sonreímos con disimulo, con los ojos puestos en el plato de vichyssoise light, o lo que es lo mismo: agua sucia de puerro que sabía a charco. Era la primera frase que mi madre nos dirigía desde que empezara la cena con la que celebrábamos que mi hermana Candela había vuelto a España para acudir a mi boda.

Sí. Mi boda. Bienvenida a este cuento que comienza donde en otros se comen perdices.

—A ti no te pregunto, que ya sé que vas a tener una luna de miel de ensueño. —Mi madre levantó la mirada, agarró su copa y me sonrió.

—De ensueño. —Escuché susurrar a Candela, forzando la imitación del acento de rancio abolengo de mi madre.

—Alberto quiere que pasemos la primera quincena de agosto de viaje, pero con los niños… —Patricia, la mayor, lanzó una mirada de advertencia a Candela, no sin tener que comedir una sonrisa.

—Yo quería ir a Grecia —explicó mi cuñado mientras echaba un vistazo a los terroristas de mis sobrinos, que ya habían cenado y parecían demasiado tranquilos jugando en la sala de estar, colindante al salón.

—Viajar con ellos es agotador —insistió mi hermana—. Creo que alquilaremos una casa en Formentera todo el mes.

—¿Formentera...? —Mamá miró preocupada a Lord Champiñón, como llamábamos a su segundo marido, y después a Patricia y a Alberto—. ¿No está eso lleno de...?

—¿Gente? —intenté cortarla antes de que dijera algo ofensivo.

—Bueno, gente, sí, pero... me refería a... gente..., ya sabéis...

Movió la mano con pereza. Solía pasarle eso de no encontrar las palabras, solía estar..., dejémoslo en «espesa». Mamá es..., bueno, es perezosa como solo puede serlo alguien que nunca ha entendido eso de que «el trabajo dignifica». Es lo más cerca que ha estado nadie en este siglo de ser como esas señoras que iban con Kate Winslet en la película *Titanic*, solo que acostumbrada a someterse a regulares cirugías estéticas, gracias a las cuales ha conseguido una majestuosa y estirada cara de gato. Como siempre que acababa de hacerse algún «arreglito», vivía enganchada a unas pastillitas que le quitaban el dolor y que si las tomas con alcohol (como ella solía hacer), eliminan incluso el sentido de la existencia humana.

—¿Y por qué no Saint-Tropez? —dijo tras un trago de vino.

—Porque... —Patricia nos miró pidiendo auxilio—. ¿No está Saint-Tropez muy *demodé*?

—Ah, tienes razón. —Asintió—. Pero Menorca suena mejor que Formentera, ¿no crees, cariño?

Su marido, Lord Champiñón, asintió. Tenía un título nobiliario, pero la verdad es que era como un hongo, muy regio, sí, pero con nula actividad vital. A veces no estábamos muy seguras de que tuviese un mínimo halo de vida en su interior, pero había quien decía que hasta podía elaborar frases complejas. Sospechábamos que también se había ido a rellenar los labios porque de un tiempo a esta parte tenía un hocico extrañísimo.

—Candela, ¿y tú? ¿Dónde irás de vacaciones? Tendrás que buscar un lugar cálido para compensar tu vida allí en Islandia…

—Vivo en Estocolmo, madre, que es la capital de Suecia, y… he pedido unos días para poder estar aquí. —Hizo una mueca—. Así que las voy a pasar en tu habitación de invitados.

—Todo el día trabajando… —dijo con desdén mi madre—. La gente creerá que no tienes dónde caerte muerta.

—Bueno, si me hago un par de selfis en el dormitorio que me has asignado podría convencer a mis amigos de que he estado en Versalles. El rococó también está *demodé*, madre, desde finales del siglo XVIII, a decir verdad.

Patricia y yo nos limpiamos la boca con la servilleta para que no nos vieran sonreír. El servicio nos retiró los platos y en menos de un minuto ya estaban sirviendo los segundos. Frente a todos los comensales, un humeante solomillo…; frente a mí, un cuenco de acelgas.

Miré a mis hermanas. Miré a mi cuñado. Miré a mi madre.

—Oh, querida. —Me sonrió—. Acelgas rehogadas. Buenísimas. Muy sanas. Hipocalóricas.

—Pero… —empezó a decir Candela.

—Ya verás qué bien te va a quedar el vestido.

Cogí aire, sonreí con falsedad y corté a mi hermana.

—Gracias, madre. Cande, no te preocupes.

—Con los nombres tan bonitos que tenéis, no sé por qué os empeñáis en llamaros por esos diminutivos ridículos. Como tú. «Margot». ¿Margot? ¿Qué tipo de nombre es ese? Margarita. Ana Margarita Ortega Ortiz de Zarate.

Presente.

¿Suena de postín, eh? Suena como a persona que suda perfume y caga palomitas de maíz. Abuela aristócrata. Madre con cara de gato. Un champiñón con título nobiliario como padrastro. Ana Margarita Ortega Ortiz de Zarate era, en este caso, el personaje, lo que veían los demás miembros del Consejo del imperio familiar, las personas interesadas en las noticias de sociedad y el nombre que aparecía en los documentos oficiales. Para todo lo demás esa persona no existía. Y gracias a Dios, porque era un coñazo.

Yo, la de verdad, era Margot. Con los diminutivos cuando mis hermanas querían algo, con los apodos cariñosos del hombre que me quería, con los sobrenombres con los que mi equipo me había bautizado a mis espaldas en la oficina, que eran un secreto a voces: la marquesa, la autómata o, mi preferido: Madame Horas Extras.

Y déjame decirte que Margot no sentía ninguna simpatía hacia Margarita, la imagen que de alguna manera proyectaba hacia fuera. Lo que los demás juzgaban de mí no era, ni de lejos, como yo me sentía de verdad. La gente solía construirme a partir de los datos de mi procedencia, pero... ¿dice eso realmente algo de mí? Más bien de mi posible cartera de inversiones. Pero no somos lo que tenemos, ni para bien ni para mal.

A fuerza de costumbre, ya había aprendido a fingir una sonrisa cortés y a escabullirme de las fiestas de sociedad que no podía evitar. Candela, mi hermana mediana, siempre fue alérgica a cualquier cosa que pudiera gustarle a mamá. Patricia lo llevaba mejor..., quizá porque todo el mundo la adora. Es de ese tipo de mujeres bellísimas que además despiertan simpatía.

No hubo mucha más conversación. Incluso nosotras, delante de nuestra madre, nos encontrábamos sin nada que decir. Era incómodo hablar metidas en la piel de esos personajes que ejecutábamos frente a mamá, así que preferíamos el silencio en las cenas y ser nosotras mismas cuando nos alejábamos de ella. Por eso mismo nos retirábamos pronto de aquel piso tan recargado, donde hasta el oxígeno parecía llevar una capita de terciopelo por encima.

—No me dejéis aquí sola, cabronas —se quejó Candela cuando nos acompañó a todos al portal—. Esa señora me da miedo.

—Esa señora es tu madre. —Me reí.

—Llevadme con vosotros. Compartiré cama con cualquiera de tus hijos. Incluso con el que se mea aún por las noches, me da igual —le lloriqueó a Patricia.

—Es que no sé por qué has querido quedarte aquí en lugar de en mi casa —insistí.

—¡Porque te casas! —dijo como si fuera muy obvio—. Y lo de sujetar velas lo llevo fatal.

—Vete a un hotel —propuso Patricia mientras buscaba algo en su bolso—. En mi casa no cabes.

—Vives en un chaletazo, ¿cómo que no quepo?

—Uy, paso, que eres una marrana y en dos días me has sepultado el sofá bajo una montaña de bragas sucias. Bragas feas sucias.

—No seas tonta —volví a ofrecerle—. Vente a casa. A él no le importará.

—Por cierto, ¿por qué no ha venido hoy?

—Tenía trabajo que adelantar antes de las vacaciones.

—Mentira —añadió Patricia indicándole con un gesto a su marido que fuera adelantándose y sacando por fin el móvil de su bolso de Céline.

—¡Adiós, Alberto!

—¿Por qué dices que es mentira? —preguntó Candela agitando la mano hacia nuestro cuñado.

—Porque si no ha venido es porque no aguanta a mamá. Y ojo, que le entiendo.

Las tres sonreímos con complicidad y nos dimos un abrazo.

—Buenas noches.

—Cierra con pestillo. Por las noches se convierte en Catwoman —bromeó Patricia señalando hacia arriba.

—Ya le gustaría. Ella es más bien como…, como si se hubiera tragado el vestuario de todo el elenco de *Cats*, pero en flaca.

—Te veo mañana.

—Iré a por ti al trabajo —me amenazó.

—Ni se te ocurra. Quiero que me sigan respetando.

—¿Y qué tengo que ver yo en eso?

—Que vas vestida de Indiana Jones.

—¿Indiana Jones? Qué va. Va disfrazada de fotógrafo de comuniones.

Patricia y yo soltamos una carcajada y ella nos enseñó el dedo corazón.

—Sois unas pijas asquerosas.

—Buenas noches, María Candelaria Ortega Ortiz de Zarate.

Por más que insistió, en el coche de mi hermana no cabíamos mi cuñado, ella, los tres niños y yo. Además, vivía a quince minutos paseando de casa de mi madre y era una noche cálida y agradable de principios de junio. La calle, el Madrid en el que me crie, estaba más vivo que nunca incluso a esas horas. Adoraba la ciudad por eso, aunque el norte, la tierra de mi familia, fuera el amor de mi vida.

Mientras paseaba, iba pensando en Candela. Me pregunté si albergó alguna vez la esperanza de que un día mamá viera la luz y se diera cuenta de que tenía tres hijas estupendas de quienes había pasado más que de trabajar. Hacía ya tiempo que yo había asumido que nunca nos abrazaría ni se preocuparía por nuestros sueños o perdonaría todo aquello que esperaba de nosotras y que no fuimos ni seríamos. Es posible que a Candela, en realidad, fuera a la que menos le importaba: vivía desde hacía años en Estocolmo ejerciendo como médico y tenía una vida plena hecha a la medida de sus deseos. Nunca se ponía en duda a partir del baremo familiar. Era mi heroína. Lo siento por Patricia, pero sentía adoración por nuestra hermana mediana.

Para mí, que el juicio familiar no me afectara era más complicado: me había visto obligada de algún modo a participar de las tradiciones familiares, la empresa, los eventos sociales…, aun sintiéndome fuera de lugar. En un mundo en el que lo importante parece ser solo lo que brilla (el éxito, la belleza, el dinero), una chica como yo, por mucho apellido que la acompañara, no era más que una impostora.

Del montón. Ni lo suficientemente guapa, como mi hermana Patricia, ni convenientemente inteligente, como Candela. Yo crecí sabiendo que era la anodina hija pequeña dentro de una familia en la que se aspiraba siempre a la excelencia. Mi madre cree que el éxito forma parte de nuestra cadena de ADN…, imagínate su decepción al comprobar que su pequeña vástaga no despuntaba en nada. Me apuntaron a clases de violín, pero solo conseguí arrancarle al instrumento un lamento parecido al maullido de un gato en celo. Me hicieron acudir a clases de equitación: los caballos me odian y sienten predilección por masticar mi pelo y darme coces. Tampoco iba por ahí el talento de la niña, pero continuaron probando: ni regatista olímpica ni *it girl* ni la chamana de las *celebrities*. Ojo, lo digo con mucho respeto y con cierta envidia, porque yo seguía siendo terriblemente mediocre. Invisible.

Según mamá: ni alta ni baja, ni gorda ni lo suficientemente flaca, ni guapa ni fea, ni lista ni tonta, ni de letras ni de ciencias. Yo estaba en medio de todos los ajos, pero no me pertenecía ninguno. Y según Lady Miau, como la llama Candela, es mejor que te critiquen a que no hablen de ti. ¿Qué iba a conseguir yo, que no destacaba en nada?

Haz esto. Haz lo otro. Al final en lo único en lo que yo parecía destacar era en no llevar la contraria. Como no tenía una vocación clara, terminé siguiendo el consejo familiar para acabar asumiendo un puesto de responsabilidad en la empresa. La empresa. El imperio familiar, que necesitaba que alguien lo hiciera después de que ni Patricia ni Candela mostraran ningún tipo de interés.

Sé que mi madre lamentaba no haber parido en mi lugar a un chavalote, porque siempre nos dijo que el mundo de los negocios era para hombres valientes con mucho talento.

Tardé cinco años en saber que mi verdadera vocación era rejuvenecer la marca y hacerla competitiva, a la par que moderna, en plena era digital. No todo el mundo tiene que tenerlo claro desde la guardería. Desde entonces se me vio siempre como la «hija de», porque en nuestro mundo parece que las mujeres no tenemos visibilidad sin llevar ese prefijo, o el de «esposa de», pero era algo que tenía asumido. A «los hombres valientes con mucho talento» no les gustaba que una mujer de treinta y dos años formase parte del Consejo y tuviera voz en las decisiones importantes. Lección vital: nunca te esfuerces en eliminar el prejuicio de los ojos de alguien porque probablemente ve lo que quiere ver. Yo tardé mucho en darme cuenta y… tuvo que venir alguien a enseñármelo.

Cuando llegué a casa, me recibió el interior del gigantesco piso en completo silencio. Las luces de Madrid se colaban a través de los grandes ventanales del salón y me acompañaron cuando lo crucé descalza, con los zapatos en la mano, hacia el dormitorio, donde no encontré a nadie.

Extrañada, alcancé mi móvil. Tenía una llamada perdida y un mensaje:

Me voy a tomar algo con mis amigos.
No volveré tarde.

Respondí con un:

Te quiero, ya estoy en casa.

Me desnudé. Me puse el camisón. Me desmaquillé. Me puse mis cremas. Me senté en la cama y miré a través de la ventana.

Faltaban dos días para mi boda. Me iba a casar con el hombre perfecto. Tenía un piso enorme en el centro de Madrid y un vestidor lleno de ropa. Tenía un gigantesco anillo de compromiso y sabía que mis suegros me regalarían la noche siguiente, en nuestra cena previa al enlace, una gargantilla de esmeraldas que había pertenecido a la familia durante generaciones. Tenía trabajo y chófer. Tenía acciones. Tenía vida social y una botella de champán en la nevera.

Y aun teniendo tantas cosas…, lo que más importaba era la tremenda sensación de que no tenía absolutamente nada.

3
De mal en peor

Estaba hablando, pero no la oía. Bueno, a decir verdad, oírla la oía, pero solo era capaz de cazar un par de palabras aquí y allá. Lo que quería decirme me había quedado claro con las primeras frases, así que, como de costumbre, me perdí los matices del discurso, embobado en sus facciones. Me cago en mis muertos..., qué guapa era. Era increíblemente guapa. Tenía un magnetismo especial, un halo de mujer fatal que atraía al suicidio emocional. Lo tenía todo. Para mí era la chica más increíble del mundo.

Siempre me gustó la forma puntiaguda de sus labios porque, de algún modo, me parecía coherente. Eran como su carácter porque, de pronto, cualquier palabra podía quedar enganchada en una de sus aristas y cortar la tranquilidad en pro de la tormenta. Ella era tormenta. Con su pelo rubio platino y su corte desigual, media melena, a caballo entre las películas francesas en blanco y negro y el moderneo de ciertos festivales musicales. Era una chica con un físico explosivo. Mentiría si dijera que en lo primero en lo que me fijé fue en sus ojos o en su estilo. Menudas curvas. El día que la conocí, perdóname, me enamoré de los dos perfectos pezones que se le marcaban en la camiseta.

Esa tía sabía siempre qué ponerse para volver loco a cualquiera; su atuendo nunca respondía a la opción más lógica..., se arreglaba hasta lo excéntrico para tomar una cerveza en el Lavapiés más escondido y luego se colocaba unos vaqueros holgados y llenos de rotos para las reuniones de trabajo. Así era con todo..., no había quién la entendiera y aquello, me temo, fue lo que me enamoró (además del tema de los pezones, que puede ser que tenga una lectura freudiana que apunte a algún vestigio de trauma infantil).

¿Cuántos tangos se habrían escrito sobre mujeres como ella? ¿Cuántos tipos como yo habrían caído a sus pies?

—David, ¿me estás escuchando?

Me mordí el labio superior y asentí fastidiado; estaba mucho más a gusto en mi ensoñación que contestándole.

—Claro que te estoy escuchando, Idoia, pero estarás de acuerdo conmigo en que hace un buen rato que ya no tengo nada que responder.

Una sonrisa se prendió a sus labios pintados de rojo, pero... no era una sonrisa de las que aliviaban..., más bien de las que mordían. Había pocas cosas que me molestasen más que la condescendencia y, viniendo de ella, todavía me parecían menos tolerables los «qué joven eres, David» o «esto lo aprenderás con los años». Me sacaba trece meses. Llámame raro, pero no había vivido tanto como para que yo confiara en la sabiduría que hubiera podido acumular en ese año y treinta días de diferencia.

—Estamos de acuerdo entonces, ¿no? —dijo por fin.

A esas alturas de la película, tenía pocas opciones. Una era ser franco y confesarle que, a pesar de no haber estado del todo atento a su discursito, no, no estaba de acuerdo. Eso implicaba discutirle, uno a uno, todos esos argumentos que tan fríamente había ido poniendo sobre la mesa, y... estábamos de pie en una esquina, en plena calle: no me apetecía airear trapos sucios allí; no era ni el momento ni el lugar. Sería terriblemente embarazoso. Nunca me gustó arrastrarme, pero sospechaba que venía haciéndolo bastante desde que empezamos lo nuestro. Además, después de todo lo que me había dicho, no tenía ganas de regalarle los oídos diciéndole que la suya era una decisión unilateral para la que no me había tenido en cuenta, de igual a igual.

—Totalmente de acuerdo —sentencié.

Fui a dar un paso hacia atrás para marcharme sin darme la oportunidad de suplicar. Me había venido a la cabeza un fogonazo de una imagen de mí agarrado a sus rodillas, gimoteando y lamiéndole las piernas y... estaba consternado; tengo mi orgullo, pero estaba muy colgado de Idoia y podía darse el caso. Quizá lo de lamerla en plena calle ya era producto de mi imaginación tendente al drama, pero seamos sinceros: todos (ella, yo, el dueño del kebab de la esquina, su profesora de yoga...) sabíamos que por ella yo era capaz de suplicar. Quería marcharme con la poquita dignidad que aquella charla me había dejado, a poder ser imaginando que al alejarme sonaba una música chula, que los demás transeúntes me veían a cámara lenta y que un montón de cosas explotaban de manera espectacular detrás de mí sin que yo ni siquiera parpadeara. Pero el estreno de esa película mental tuvo que cancelarse por el momento, porque Idoia me cogió de la muñeca para acercarme a ella. Miró mi boca y sus pechos, inhiestos bajo su top negro, se apretaron contra mi torso. Cerré los ojos un nanosegundo: no llevaba sujetador. Tampoco es que le hiciera falta. Esas gloriosas tetas se sostenían perfectamente sin ayuda..., de eso se preocupó bien el cirujano. Madrecitaayúdameparanoempalmarme.

—¿Qué haces? —me permití preguntarle con una sonrisa pero con el ceño fruncido.

—Darte un beso de despedida.

Debería haberme negado, lo sé, pero me dije a mí mismo que, ya que había sido ella quien lo había propuesto, no podía negarme. Era demasiado pronto como para asimilar la verdad: que por ella, por mantenerla a mi lado cinco segundos más, me hubiera tirado al suelo para hacerle de alfombra. Los tíos somos unos gilipollas orgullosos, pero, a la hora de la verdad, nos arrodillamos para rendir pleitesía a la primera mala malvada que nos calcine el corazón.

Y nos besamos. Nos besamos como debería besarse todo el mundo. Como en una despedida en la estación. Como en las canciones que se dedican en una gramola. Como los protagonistas de un drama cargado de premios que, una vez estrenada la película, se enamoran fuera de la pantalla.

Maldita Idoia. Nueve meses de relación y esperó a aquel momento para darme el mejor beso, que fue increíble pero breve, como todos los buenos momentos con ella. Es probable que eso fuera lo que me enganchara a aquella relación: el vaivén, la intensidad, la sensación de caída libre.

No me di ni cuenta de que se apartaba de mí, pero, cuando unos segundos después abrí los ojos, ella ya se estaba retocando los labios, ayudándose de un espejito que debía de haber sacado de su bolso.

—Me voy.

—Adiós —respondí con un hilillo de voz bastante gilipollas.

—Te llamaré para darte las cosas que te dejaste en mi casa.

—Puedes quedártelas.

No respondió.

—Mucha suerte, Idoia —insistí.

—Igualmente.

Sonrió, guardó el pintalabios y el espejo y, con un golpe de melena, se dio la vuelta, sin nada más que añadir.

—Ya sabes dónde encontrarme si alguna vez necesitas algo —me escuché decir, solo por verla volverse.

«Venga, venga. Vuélvete. Vuélvete y me arrastro si quieres que me arrastre. Y me compro un collar de perro para que me pasees a tus pies. Vuélvete, mírame.

»Si se vuelve es ella, tío».

Pero no lo hizo.

Su media melena platino fue perdiéndose entre la gente que vagabundeaba por la calle Hortaleza a aquellas horas de un viernes de junio: millones. Aun así, esperé como un pasmarote unos minutos más, esforzándome por distinguir su figura entre el gentío, esperando a que volviera corriendo, se lanzase sobre mí, envolviera mis caderas con sus piernas y me metiese la lengua en la boca otra vez. A imbécil no me gana nadie. O a romántico. O a cerdo.

En las películas, el chico siempre se resguarda de la cruda realidad tras un vaso de algún licor muy fuerte que bebe sin aspavientos mientras un camarero de mediana edad, con grandes consejos preparados, espera dispuesto a escucharle.

En la vida real, sin embargo, no habría copazo para mí..., yo era el camarero y juro que lo último que me apetecía era que un borracho me contase su vida.

Suspiré y miré la hora en mi móvil viejo y cascado. Era tarde de inventario e Iván ya estaría en el local.

—¡Hombre! —me saludó Iván desde detrás de la barra cuando entré por debajo de la persiana a medio abrir del pub donde trabajábamos los fines de semana—. ¡Benditos los ojos!

—Perdona el retraso. Estaba con Idoia. Teníamos que hablar.

—Bendita Idoia. Es como la evolución hecha persona: ha convertido al mono en hombre.

Normalmente hubiera recibido el comentario con una carcajada, pero esta vez vacié mis bolsillos junto a la caja y cogí un cuaderno sin mediar palabra. Me había pasado los escasos veinte minutos de paseo hasta el bar repasando mentalmente los jirones de conversación que podía rescatar de mi memoria..., tarea harto difícil porque había desconectado mentalmente en la primera cascada de reproches.

Inmaduro. Cabeza llena de pajaritos. Un romántico desfasado. Nula visión de futuro. Cortoplacismo enfermizo. Necesidad de reafirmación. Dependencia emocional. Tendencia a llamar «libertad» al mecanismo mediante el cual justificaba mi mediocridad. Conformismo y resignación a no conseguir nada mejor que mis tres trabajos como autónomo. Mis pintas. Vivir «compartiendo piso» (ocupando el sofá, mejor dicho) con mi mejor amigo, su novia y su bebé de siete meses.

No tener un chavo en el bolsillo para hacer planes ni viajes. Eructar después del primer trago de cerveza.

La hija de la grandísima puta me había hecho un traje. De las comidas de coño que le hacía día sí y día también no se quejó, la muy cabrona.

Vale. Estaba cabreado. ¿Qué fase del duelo era esa?

¿A quién quería engañar? Estaba triste. Muy triste.

—¿Me estás oyendo? —me preguntó Iván.

Me volví y me quedé mirándolo como alelado. Estaba apoyado en la barra, con el paño en el hombro, con su camisa a cuadros preferida y una sonrisa que a algunos podría parecerles bobalicona, pero que yo sabía que era sencillamente honesta. Chasqueó los dedos y me enrabieté. Como un chiquillo al que riñen en clase y que se siente humillado por las risas de sus compañeros.

—David, que estás en la parra.

—No, Iván, no estoy en la parra —respondí de malas maneras mientras me volvía con la intención de fingir que contaba los refrescos que había en una de las cámaras frigoríficas tras la barra.

—Te estaba diciendo, por enésima vez, que la traigas a casa cuando quieras. Dominique tiene ganas de conocerla y... yo también. Verla en foto está bien y eso, pero... no sé. Al final vamos a creer que nos escondes, que te avergüenzas de nosotros.

—No digas chorradas.

Era ella la que no quería conocerlos. No tenía «especial interés» en mezclarse con mi gente, decía. Ni con Iván y Dominique ni con mi pandilla del pueblo.

—Que ya me has dicho que es elegante y sofisticada —siguió diciendo Iván—, además de tener ese curro supermoderno, pero... los de barrio seguimos siendo buena gente.

—Ajá. Oye, ¿empiezo mejor por el almacén?

Iván se acercó y estudió mi expresión mientras fruncía el ceño. Llevaba el pelo aún más despeinado que de costumbre. Solía bromear con él, inventándome cuentos sobre un surfista de alma que se crio en

Madrid y surfeaba en la M-30, pero aquel día el hecho de que Iván hubiera abandonado su sueño de vivir junto al mar me parecía mucho más triste que de costumbre.

—¿Qué pasa? —me preguntó muy serio.

—Nada.

—¿Es por la nochecita que nos ha dado la niña? Ya lo siento, tío. Es que le están saliendo los dientes y... ¿sabes que dicen que si tuviéramos que sufrir ese dolor siendo adultos nos volveríamos locos?

—No es por eso, Iván. Vivo en vuestra casa y no me cobráis ni alquiler. No voy a quejarme porque tu hija llore por las noches. —Me apoyé en la barra y sentí una corriente de mal humor, tristeza y frustración recorrerme la espina dorsal.

—¿Entonces?

—Nada. Es... —Suspiré; no me apetecía hablar de ello—. Es... este trabajo. No aguanto más niñatos exigiendo sus copas a gritos.

—Ah, bueno... —Se encogió de hombros—. Es lo que hay. Somos camareros.

—Camareros, repartidores eventuales, floristas, paseadores de perros...

—Haber estudiado, dice mi madre.

—Como si fuese garantía de algo... —farfullé mientras me encaminaba hacia el almacén.

—¡Oye! —Me paró de un bocinazo—. En serio..., ¿qué te pasa? Estás jodiendo el feng shui del local con tanta negatividad.

Resoplé y me apoyé en la pared. Iván no iba a parar hasta que me lo sonsacase; era mejor confesar ya.

—Me ha dejado.

—¿¡Qué!?

—Que Idoia me ha dejado.

—Pero... ¿por qué?

Cogí de nuevo el bloc de notas y seguí andando hacia el almacén mientras hablaba:

—No tiene tiempo para mí porque quiere centrarse en su trabajo. Si yo fuera alguien más maduro, más fiable, con algo más que ofrecer…, haría un esfuerzo, pero siendo como soy es mejor dejarlo aquí porque lo nuestro no tiene futuro. Bueno, a decir verdad, soy yo el que no tiene futuro, al parecer.

—¿Que no tienes futuro? ¿Y eso por qué?

—No me hagas repetir sus argumentos. No me dejan en buen lugar.

—Pero… ¡qué cabrona! ¡¡¿Quién se ha creído que es?!! ¿De qué va? No te merece, tío…, no te merece…, ¿sabes lo que te digo? Que lo que le pasa es que…

La voz de Iván se fue suavizando hasta perderse conforme me sumergía en el caos del almacén que, como siempre, olía a húmedo y rancio. A cervezas derramadas por el suelo, a licores dulzones fermentándose en los rincones. La cara oculta de la luna; el lado sucio de un club donde cientos de chicos y chicas iban a comerse la boca los fines de semana.

Supongo que las palabras de Iván me hubieran reconfortado si me hubiera parado a escucharlas, pero no le di la oportunidad. Dijera lo que dijera, no podía hablar más alto que la voz de mi cabeza que ratificaba todo lo que Idoia me había dicho. Era verdad. Aparte de muchos planes por cumplir, tenía poco que ofrecer, incluso a mí mismo.

Era un chico de veintisiete años sin un duro en el bolsillo. Era un tío sin garantías de futuro. Era un crío que no tenía ni la menor idea de qué sería de él en un par de años. Sin estudios superiores. Sin másteres del universo. Sin contactos. Sin un tío en La Habana. David, yo, era el vivo ejemplo de a lo que no debía aspirar un niño pobre: la libertad, la de verdad, cuesta demasiado dinero.

Me senté sobre una caja llena de botellines de Coca Cola y hundí las manos entre los mechones de mi pelo. Mi vida era un desastre. Envidié a aquellas personas que tenían tiempo de lamerse las heridas. Envidié al chico de la peli, con su vaso de whisky y un camarero que no se parecía en nada a mí. Envidié a todo el mundo que no fuera yo, porque ser yo era un auténtico fiasco y nada salía nunca como quería.

Cogí aire, miré al techo y me pregunté por qué cojones, a pesar de todo, me sentía tan lleno. Rebosaba deseos.

Joder, acabaría ahogándome en mis propias ganas de ser amado.

4
El vértigo y el príncipe azul

Patricia me alisó la falda plisada del vestido de tafetán azul marino de Dior y me dijo al oído que estaba guapísima, mientras me invitaba a seguir andando a buen ritmo hacia la entrada del hotel.

La terraza y el jardín del hotel Relais & Châteaux Orfila de Madrid estaban hasta los topes de invitados vestidos casi de alta costura, cargando bolsos de marca y luciendo pendientes y collares carísimos. Todos se disponían a celebrar mi inminente matrimonio. Casi el ochenta por ciento de los invitados eran compromisos laborales y familiares. Conocer como conoces a esa amiga que te sujeta el pelo mientras potas después de darle bien a la sangría, no conocía más que a mis hermanas. Tenía amigas, claro que sí, pero jamás había tenido la sensación de ser Margot con ellas. ¿A quién invitaban a sus fiestas y sus vacaciones en barco, a Margot o a Margarita? A pesar de estar loca de ganas de tener un grupo enorme de amigas con las que salir, divertirme y compartir confidencias…, nunca me sentí cómoda con las chicas con las que solía salir, reminiscencia de mis amistades de la universidad.

Al llegar, me recibió un aplauso bastante ñoño y un centenar de ojos me analizaron de arriba abajo. Iba preparada, pero, después de la tarde que me había dado mi madre, fue el broche de oro para lanzarme de lleno a la ansiedad. Sonreí mientras aplacaba esa ya familiar sensación de ahogo, como si el aire llegase a mis pulmones a través de una membrana que solo dejaba pasar la mitad; lo mismo que sentía cada vez que tenía que participar en una reunión del Consejo o enfrentarme a las reuniones de «sociedad».

Ni siquiera me había recuperado aún de lo que había dado por culo mi madre en casa mientras me preparaba para el cóctel y ya tenía que fingir que estaba encantada de charlar con todos aquellos casi desconocidos.

Tiré de la muñeca de Candela y me incliné disimuladamente hacia ella.

—Busca a Filippo, por favor. ¿Y sabes quién es Sonia?

—Sí. —Asintió—. Menuda, media melena, ojos grandes así como de perrito abandonado.

—Exacto. Si la ves, avísame —le pedí.

—¿Has invitado a la secretaria? —me preguntó mi madre.

—Es mi asistente personal y sí, la he invitado.

—¿A santo de qué?

Puse los ojos en blanco y la animé a que fuese a por una copa. Mi madre se volvió para fulminarme con la mirada, como si quisiera mandarme por ondas mentales una amenaza sobre cómo podría arruinarme yo solita la vida si no dejaba de ser tan obstinada y hacer cosas normales, pero hice como que no la veía. Patricia sacó su móvil del bolsito y se puso a teclear mientras Lady Miau se alejaba, cogida del brazo de su flamante segundo esposo de la familia de los hongos.

—Nunca desconectas. ¿Qué tal las ventas? ¿Y el blog? —le pregunté.

—La web —puntualizó—. El blog es muy 2008.

—Perdóname la vida.

Patricia diseñaba joyas. Estaba claro que ella no podía dedicarse a algo con menos glamour. Bueno, ahí he sido mala y envidiosa. La verdad es que tenía muchísimo talento y después de que mamá la obligase a estudiar Derecho, me alegraba mucho de que tuviera tanto éxito.

—La web va bien —me aclaró—. Deberías pasarte. Échale un vistazo a la nueva colección y te mando un mensajero con lo que te guste. Así te lo llevas a la luna de miel.

Levantó la mirada del móvil, me guiñó un ojo y suspiró soñadora.

—Voy a buscar a Alberto y a los niños. Disfruta de tu noche.

—No me dejes sola —me quejé entre dientes.

—No te dejo sola. Te dejo con tu príncipe.

Patricia dibujó una parábola en el aire con la mano, señalando elegantemente hacia él, que se acercaba. ÉL. Candela me guiñó un ojo y me levantó el pulgar, gesto que le devolví. En cuanto mis ojos se encontraron con los de Filippo, el estómago se me encogió hasta caber en mi puño derecho y todo volvió a ser calma. Él. Mi príncipe. Aún no me podía creer que estuviera a punto de casarme con él.

Filippo era alto, altísimo en realidad, y con un pelazo rubio de los que ciegan al sol. Era guapo; guapo no, guapísimo. Todo en él estaba bien, ese es el resumen. Acompañaba la altura con porte y lucía la ropa como si se la hubieran cortado a medida. Tenía los hombros anchos y torneados, una sonrisa de escándalo que brillaba con su perfecta dentadura y unos ojos azules increíblemente profundos. Era físicamente perfecto, el hombre de los sueños de todas las mujeres que han soñado alguna vez con un hombre, y no solo por su increíble físico. Puede sonar a tópico, pero lo que me enamoró de él fue su sonrisa. Bueno…, y su sensibilidad, lo detallista que era y que siempre me trató, desde el momento en que nos conocimos, como la única mujer que le importaba sobre la faz de la tierra. Ni corriente ni anodina. Con él era especial.

Qué cosas…, cuando coincidimos en una soporífera fiesta en la embajada de España en Roma (a la que había ido por un compromiso laboral derivado de la construcción de uno de nuestros hoteles boutique en la capital italiana), pensé que era noruego. O islandés. Quizá sueco. Nunca hubiera imaginado que nació allí mismo, en aquella ciudad, y que pasó parte de los veranos de su infancia correteando, bronceado, por los jardines de la casa que sus padres tenían en la Toscana.

Me habló en inglés. Le contesté en italiano (que no hablo pero chapurreo) al notar su tremendo acento y se lanzó con un monólogo, rápido y brutal, del que no entendí ni una palabra. Cuando terminó, sonrió. Yo también.

—Te invito a una copa —respondió en español.

Por aquel entonces yo no tenía pareja como tal, pero «quedaba» con un chico que conocí años atrás en el máster. No estaba muy convencida de que me gustara, la verdad, pero a veces el ser humano hace estas cosas: se hace creer a sí mismo que eso que siente es química, aunque solo sea ansiedad. Justo antes del verano, mi madre había apuntado en una conversación «cordial» que no podía ponerme demasiado exigente con los hombres si no quería quedarme sola.

Pero con Filippo no fue así. Nada de atracción resultado de la ansiedad (de tener una madre imbécil). Fue, para mí, un flechazo, como dicen los cuentos que nacen las historias de amor. Fue increíble, ingenuo, mágico y un poco loco. Admito que al principio… ni siquiera creí que estuviese ligando conmigo; era demasiado para mí. Creí que aquel chico tan guapo solo estaba buscando a alguien con quien charlar en un evento aburrido. Cuando empezó a ser más que evidente que sus intenciones eran otras, mi mente creó un intrincado y retorcido complot urdido por otros miembros del Comité de empresa, que habrían pagado a Filippo para coquetear conmigo y, de alguna manera que no lograba imaginar (quizá robarme información confidencial del ordenador portátil mediante tecnología que solo el MI6 conoce), poner en evidencia que no estaba preparada para mi papel en el Grupo Ortega.

Después de que me acompañase caballerosamente al hotel y me pidiese mi número de teléfono, le mandé un mensaje a mi hermana Candela contándole mis sospechas y su respuesta, compuesta únicamente por insultos, me espabiló. Solo debía preocuparme de lo normal: de no hacerme ilusiones y/o de que no me hiciera daño. Al fin y al cabo, no soy 007, soy solo una idiota con un apellido importante.

Al día siguiente, después de una reunión de trabajo, me llevó a Florencia a comer. Me mandó un mensaje avisándome de que me recogería en coche en la puerta del hotel a las once y yo… puse mala cara; me pareció que estaba intentando impresionarme con un despliegue de lujo. Y de eso ya había tenido con un par de Borjamaris y Pocholos que me habían pretendido, alentados por Lady Miau. Pero no. Apareció en un taxi bien mundano y que olía a cacahuetes, que nos llevó a la estación de tren, desde donde partimos con destino a Florencia. Allí, comimos en un local enano que no tenía más de cuatro mesas y una improvisada barra pegada a la pared de no más de veinte centímetros de anchura. Le pedí que me recomendara algo típico y… se volvió loco. Me hizo probar de todo: vino, quesos, fiambre, un bocadillo de mortadela trufada, una sopa que estaba increíble y unos crostini. Después, compramos unos helados, aunque fuera febrero e hiciera un frío terrible, y paseamos hasta el Duomo. Me ganó por el estómago. A mí. Una mujer acostumbrada a pasar hambre. Creo que no volví a matarme a dietas extrañas desde que lo conocí. A él le gustaba verme disfrutar.

Anocheció con nosotros en el puente Vecchio, besándonos.

Estaba tan segura de que se trataba de una aventura, romántica pero breve, que no pensé en estrategias ni en si sería o no adecuado acostarme con él la primera noche. Yo, que lo reflexionaba todo durante días, que hacía listas sobre pros y contras y acopio de información a veces durante meses, le pregunté si quería subir. Y él dijo que sí.

La despedida fue increíble. Nos trajeron el desayuno a la cama, repetimos, con mucho más ritmo y coordinación, lo que habíamos hecho la noche anterior y nos dimos una ducha, apretados y besándonos como solo se besan dos desconocidos que no van a volver a verse. Casi no me dio ni pena marcharme; pensé que dejaba aquella historia en su punto álgido y que nada mancharía su recuerdo cuando, décadas después, se lo contase a mi sobrina después de haberme puesto tibia a anís.

Pero, sorpresa, Filippo me llamó el lunes.

—*Dolcezza*..., ¿qué haces esta noche?

Nunca, jamás, infravalores a un italiano. Siempre se guardan un as en la manga, como confesarte que, en realidad, vive en tu ciudad.

Trabajaba en la embajada de Italia en España. Tenía treinta y tres años. Cuatro relaciones más o menos serias a sus espaldas, entre las que destacaba su ex más reciente, con la que habló de boda. Nunca concretaron fecha. Ella ahora estaba casada con un piloto, amigo suyo de la infancia, con el que tenía una niña... de la que Filippo era padrino. Hasta en eso era perfecto: mantenía una bonita amistad con todas las mujeres que habían pasado por su vida. Le gustaba la buena música, bailaba genial, sus carcajadas eran sonoras, graves y sexis, en vacaciones se ponía supermoreno, le encantaba tomarse una copa de vino tinto antes de comer, tenía las manos más suaves que me han tocado jamás y... se enamoró de mí. Junto con su orgullo, me convertí en su mayor debilidad.

No sé cómo pasó, pero pasó. Hincó rodilla en Nara, Japón, durante el otoño, después de un noviazgo de algo más de dos años. Y estábamos, por fin, a punto de casarnos.

—*Dolcezza.* —Filippo se inclinó para besarme en los labios y un coro de invitados nos silbó y aplaudió, aunque ambos los ignoramos—. Estás preciosa.

—¿Yo? ¿Te has mirado al espejo?

—Solo es un traje. —Su sonrisa resplandeció.

—¿Todo esto es mío? —Le lancé una mirada lasciva pero disimulada mientras le acariciaba el pecho.

—Mañana te lo demuestro.

—¿Mañana?

—Tu madre me ha dicho que —y cómo me gustaba ese acento que los años en España no habían conseguido limar por completo— no dormirás en casa hoy.

Arqueé una ceja.

—No me gusta el plan.

—Tus hermanas lo han supervisado. Todo irá bien. Además, estoy seguro de que cuando te conviertas en una mujer casada tu madre dejará de mangonearte.

—Patricia lleva siete años casada y aún la critica por cómo manda a la chica que le planche la raya de los pantalones del uniforme de los niños.

—Pero nuestros niños no llevarán uniforme. —Sonrió descarado—. Serán niños normales, irán casi siempre sucios y odiarán a su abuela.

—Mira, como su madre. —Nos sonreímos—. Pero pasemos de mi madre; la tendremos entretenida con la barra libre un buen rato. Venga…, voy a darle un beso a tu familia y empezamos a saludar a los invitados. Hay que cumplir con el protocolo social.

Besó la mano donde lucía el gigantesco anillo de pedida y, con los dedos trenzados, echamos a andar. Apreté un poco su palma cuando me di cuenta de que, de alguna manera, aquella era la primera de muchas fiestas en las que tendría que fingir que me apetecía estar.

5
Breve preámbulo a la paranoia

Mi madre me despertó al alba. La pobre luz de aquel momento del día entraba por los grandes ventanales de la planta baja, donde estaba mi habitación. Le importó muy poco que hubiéramos terminado relativamente tarde la cena preboda y que luego tardara una hora en meterme en la cama por culpa de su secuestro. Al parecer, dormir en mi casa con mi futuro marido, la noche antes de la boda, era muy mala idea. Era mejor dormir en una de las habitaciones del parador donde iba a celebrarse el enlace… a ochenta kilómetros de Madrid. Un parador con unos jardines preciosos, famoso por el catering que servía la cena, con una puesta de sol increíble…, pero deficiente en sus catres, por cierto. Así que además de dormir poco y mal, tenía la espalda entumecida y me daba la sensación de moverme con la elegancia de un pollo asado rodando sin cabeza con un palo insertado en el recto.

Lady Miau me trajo el desayuno a la cama. Apareció con el pelo recogido en un turbante, una bata a conjunto y las zapatillas forradas con la misma seda, resplandeciente y con una sonrisa, y me susurró: «Bienvenida al día más feliz de tu vida». Debía de estar terriblemente feliz por quitarse el peso de mi soltería de encima, pero creo que no lo pensó bien: no me mató de un susto porque el cosmos no quiso. Lo primero, despiértate con una señora de tal guisa sentada a tu lado en la cama, susurrando; lo segundo, asume que la señora que te parió, que es poco más que una desconocida, te está llevando el desayuno a la cama por primera vez en su vida; lo tercero, entiende que ese desayuno es un escueto té verde. Era mucha faena para alguien que se acaba de despertar y con síntomas de neurosis latente.

No obstante, a pesar de lo frugal del desayuno, el té se quedó sin beber sobre la mesita de noche. Lo intenté, pero no me entraba nada. La ansiedad de la noche anterior se había instalado dentro de mí; era como tener un ladrillo haciéndose sitio a través de las vísceras. Empezaba a presionar hasta los pulmones.

Cuando Candela apareció en mi dormitorio, pensé con alivio que estaba salvada. Ella sí podría solucionarlo, ella siempre me tranquilizaba, como cuando el día anterior mi madre le dijo a la maquilladora que la sombra de ojos que me estaba poniendo era de furcia y mi hermana la echó de la habitación y la amenazó con afeitarse una ceja. Candela era una superheroína Marvel disfrazada de tía que no sabía combinar la ropa. Lucía, en plan desenfadado, un moño en lo alto de la cabeza que dejaba a la vista el pedazo de nuca que llevaba rapada al dos y traía en la mano un bollo que había conseguido sacar de estraperlo del bufé libre.

—No lo quiero. —Negué con la cabeza.

—¿Qué le pasa? Pero ¡si es de mantequilla, pija! —me respondió ofendida.

—Iba a llamarte ahora. No me encuentro bien.

Me empujó con violencia contra el colchón y me levantó la camiseta hasta que esta me tapó la cara.

—¿Tienes que ser tan bruta? ¡No me duele nada ahí!

Ni siquiera se molestó en responder; puso su cara de saber lo que estaba haciendo y empezó a palparme el vientre.

—Te estoy diciendo que no me pasa nada en la tripa.

—¿No tendrás diarrea por los nervios?

—Odio esa palabra… —me quejé entre dientes.

—¿Qué palabra? ¿«Diarrea»? Ya. Es supersonora. Piénsalo, es casi como un estallido de caca líquida.

Me la quité de encima dándole golpecitos.

—Dime cómo es la molestia —me exigió.

—Pues no sé. Es como una presión entre la boca del estómago y el pecho.

—¿El pecho? ¿Dolor o presión?

—Pues no sé. Presión, creo. ¿Qué crees que es?

—Podría ser asma, un ataque de ansiedad, agujetas o un infarto.

Patricia entró en la habitación en ese mismo momento, cuando la palabra «infarto» seguía flotando en el aire y se nos quedó mirando, sorprendida.

—Pero ¿qué pasa aquí? —Se inclinó en la cama, como si yo estuviera moribunda y ella tuviera que despedirse. Llevaba puesto algo parecido a unas mallas de yoga y una sudadera de Balenciaga en la que cabían cuatro como ella—. Es el día de tu boda; no te puedes poner malita.

—Esa sudadera ¿cuánto vale? —le pregunté con el ceño fruncido.

—Novecientos euros.

—¡¡Calla!! —le exigí—. ¡Estás loca!

—Pero me hace superjoven.

—Y gilipollas. La tengo igualita de H&M —sentenció Candela—. ¿Me puedes dejar trabajar?

—No le pasa nada. Solo son nervios, sea lo que sea lo que le duele. —Se sentó de un salto en mi cama y me agitó—. ¡Que hoy es tu boda! Relájate y diviértete. Si todo sale bien, y parece que todo va a salir bien, solo te casarás una vez en la vida. Filippo está loco por ti, la *wedding planner* que habéis contratado es una psicópata del control, se espera una temperatura perfecta sin una nube y, si hubiera algún contratiempo…, rollo que Lord Champiñón se ponga pedo antes de tiempo…, no te preocupes. Siempre he querido darle una bofetada.

Me arrancó una sonrisa que me hizo sentir un poco mejor, pero pareció que no causaba el mismo efecto en nuestra hermana.

—Voy a por el fonendoscopio —concluyó Candela.

—¿Te lo has traído en la maleta?

—Nunca lo saco de la mochila. —Se encogió de hombros—. Llevo la medicina en la sangre.

Diez minutos más tarde, estaba sentada en el sofá de la habitación con Candela auscultándome.

—Date prisa —le pedí—. Tengo muchas cosas que hacer.

—Ya serán menos, doña importante, que has pagado hasta para que te limpien tu culo real —se quejó Patricia, poniendo los ojos en blanco.

—¡Shh! Callaos ya, urracas. Respira hondo otra vez.

Patricia y yo nos miramos con ojos de cordero degollado, mandándonos el mensaje mental de que Candela podía ser muy pesada.

—¿Ya? —le pregunté cuando apartó la pieza de acero de mi pecho.

—No. Voy a tomarte la tensión.

—Por Dios…

—Eres tú la que se encuentra mal.

—¡No me encuentro mal! Solo tengo…, no sé, como ansiedad. ¿No puedes darme una pastilla y ya está?

—¡¡Tendré que saber para qué dártela, ¿no?!! ¿Qué te crees? ¿Que llevamos en el botiquín unas pastillitas mágicas que cagan unicornios en el País de la Piruleta para ocasiones como esta?

—Ostras, tú. Qué carácter —me amilané.

Me colocó el brazalete para tomarme la tensión y me amenazó si no me estaba quieta. Tras unos minutos de silencio, Candela se quitó el fonendoscopio y me miró con gravedad.

—Tienes la tensión altísima.

—Define «altísima».

—Altísima para una mujer de tu edad completamente sana a la que no le persigue un león. Y te lo voy a decir, Margui… —y la voz se le quebró un poco al final del diminutivo—, no tienes por qué seguir con todo esto si no es lo que quieres.

—Pero ¿qué dices, loca? —Me agarré el pecho—. Me estáis poniendo cardiaca, joder.

—Esta niña no está bien. —Candela negó con la cabeza—. Yo soy capaz de decir que se ha muerto. Esta niña no se quiere casar.

De pronto Candela parecía tener setenta y siete años.

Patricia la apartó y sonrió con esa expresión tan de artista de cine que está posando para los medios.

—Son nervios, Margot. Siempre has sido muy perfeccionista. —Patricia me acarició la espalda con la mano con la que sostenía el iPhone. Fue como si me estuviera escaneando.

—¿Y si me está dando un infarto? Podría ser un infarto y vosotras ahí, haciendo presión de grupo para que crea que no me quiero que casar.

—Eso te lo dice esta. —Señaló a nuestra hermana mediana con desdén—. Que solo quiere el caos. Es como el Joker.

—Margot. —Candela me obligó a mirarla y me lanzó la mirada más acojonante que me han echado jamás. No pude expresar mi temor a que fuera en realidad una enfermedad tropical que alguien hubiera traído a la oficina como suvenir de las vacaciones de primavera—. Si quieres a Filippo, si estás segura de lo que estás haciendo, entonces te pido, no, te suplico como hermana, que lo dejes ya. ¡Ya está! ¡Ya está bien! Deja de buscar problemas donde no los hay. Deja de pensar que algo malo tiene que pasar. Este es tu cuento de hadas e independientemente de lo que te haya hecho creer mamá, te lo mereces.

Fue como una bofetada. A veces la familia tiene que hacer esas cosas. No hablo de violencia física, claro, hablo de poner los puntos sobre las íes, de ser francos, de decir las cosas sin melindrizar y dar vueltas y vueltas para añadir, como si fuese un algodón de azúcar de feria, capas de algo que haga la verdad más digerible.

Fue como una bofetada, pero porque era verdad y, a la vez, un secreto a voces: desde que me había prometido estaba esperando que algo malo sucediera. No podría ir todo tan bien. A mí no. A la gente anodina le pasan cosas anodinas, ¿no? Un amor que pasa de puntillas, por ejemplo, no Filippo.

Y… sí. Ya sé. Resulta superprevisible lo que iba a pasar a continuación, pero si no te lo cuento puede que no entiendas todo lo que sucedió durante el mes posterior.

6
La paranoia

El vestido me apretaba una barbaridad, pero no porque no estuviese bien ajustado o porque hubiera cogido peso. Es que tenía que ser así. Si no quedaba al milímetro, completamente ceñido, hacía bolsa en la curva donde terminaba la espalda y, además, se escurría de los hombros.

Había tardado muchísimo en dar con mi vestido. Al principio todo el mundo, incluidas la *wedding planner* y una *personal shopper*, opinó que debía escoger un vestido de alta costura de algún diseñador afamado. Me probé…, no sé. Muchos. Valentino. Chanel. Incluso alguno de noche de Saint Laurent que podrían arreglar y transformarlo en un vestido de novia. Nada. No había nada que me gustase: me sentía disfrazada.

Así que no había otra opción que confiar en que alguien convirtiera la imagen mental que tenía de mi vestido perfecto en algo real. Y ahí estaba, materializada. Un vestido que From Lista With Love había cosido según mis deseos, mis sueños, mi personalidad…, y la de verdad, no la de Ana Margarita Ortega Ortiz de Zarate. Escote barco, media manga, espalda abierta hasta la cintura, un pequeño fajín rematado por dos botones forrados y una falda con caída. Sencilla. Sin excentricidades ni las cosas modernas que buscan algunas novias para salir en las revistas. Un moño bajo, un lazo de plumeti rodeándolo del mismo blanco que el vestido y unos zapatos color rosa empolvado que prácticamente se perdían bajo el vestido. Los pendientes de la abuela. El anillo de compromiso. Todo en su sitio. Todo tal y como se planeó.

Me miré en el espejo, respiré hondo y sentí las costuras del vestido quejarse abrazando con fuerza la piel.

—¿No te gusta? —me preguntó la peluquera, sacándome unos pocos mechones cortitos del recogido para que quedara más natural.

—¿Qué? ¿Eh…? Sí, sí. Me gusta mucho.

El vestido era perfecto. Increíble. Lo más bonito que había visto en mi vida, el peinado cómodo y elegante, natural…, igual que el maquillaje, nada recargado. Todo, hasta la manicura, era perfecto, pero lo único que podía ver al mirarme en el espejo era la velocidad a la que me latía la vena del cuello.

—Habría quedado más elegante si se te marcasen los huesitos de la cadera, pero ahora ya poco podemos hacer —dijo mi madre y suspiró.

—Estás increíble. —Patricia contuvo la respiración a mi lado y sé que no quería llorar—. Decidle a la tía lo guapa que está.

Mis sobrinos, ataviados con pantalón corto y camisa, tirantes y pajarita ellos y un vestido a conjunto ella, gritaron a la vez que estaba muy guapa, no porque lo pensaran sino para quitarse de encima a su madre. Acto seguido, se lanzaron a perseguirse a mi alrededor para, como nos temíamos, terminar enzarzados en una pelea con mordiscos incluidos. Todo ello en segundos que a mí me parecieron minutos.

Largos. Eternos. Pesados. Llenos.

Todo giraba y tenía colores. Ellos, la habitación, mi vestido, el espejo, los demás. Fue como si lo viera todo a través de un calidoscopio. Y yo respiraba fuerte. Solo podía escuchar mis jadeos.

Hacía calor. Tenía calor. Pero las manos frías.

—Buff —logré decir.

—Tómate esto. —Candela se acercó con un vaso de agua y la media pastilla que no me había tomado un rato antes, después de que diera dos sorbos a un gazpacho a la hora de la comida. Era una benzodiacepina suave—. Al final va a ser verdad que la necesitabas entera.

—Estoy bien —mentí.

—No se te ocurra beber nada en unas cuantas horas —susurró—. O parecerás mamá.

Aunque por un segundo sentí que estaba a solas con ella, al dar la espalda al espejo me encontré en una habitación llena hasta los topes de mujeres que me miraban, cada una con una expresión. ¿Por qué narices estaba toda aquella gente allí? Gente que salpicaba el aire con sus motivaciones y emociones, como la saliva que sale despedida de un estornudo. Había celos, burla, admiración, cariño, felicidad, incredulidad. De todo.

Agarré la muñeca de Candela, quería que me dejaran sola con mis hermanas, pero no me salieron las palabras.

—¡Niña! —Una de las amigas de mi madre se acercó corriendo—. ¿Estás mareada?

Negué con la cabeza. Otra me acercó una silla. Mi suegra me palmeó sin parar la frente, por si tenía fiebre. Ni siquiera la había visto entrar. Cuchicheos. La palabra «embarazada» flotó en el aire, aunque no sé de qué boca salió. Los nudos de la garganta, el pecho y el estómago se apretaron. No sabía si quería gritar, desmayarme o eructar. Quizá peerme. Las voces seguían girando a mi alrededor, como volutas de humo que me iban dejando ciega, sorda y con la garganta seca y en llamas. ¿Y si me estaba muriendo? El corazón rebotaba contra las costillas de manera enfermiza.

Una voz conocida pidió, con mucha educación, que saliera todo el mundo excepto Candela y Patricia.

—Son momentos de emoción. Vamos a dejar que los disfrute en intimidad.

Sonia. Bendita Sonia. Era un ángel sin alas.

Patricia me dio aire con un abanico mientras escuchaba cómo la puerta se cerraba y mi madre invitaba a todo el mundo a acudir a la capilla y ocupar su banco.

—Todos los asientos están bien distribuidos, queridas. Encontraréis vuestro nombre allí.

Esperé que ella también se fuera a la capilla junto con el resto de los invitados, pero volvió. Lo noté incluso con los ojos cerrados y el sonido del abanico. Me pareció que su presencia volvía el aire más denso.

Quedaban veinte minutos para la ceremonia.

—¿¡Se puede saber qué te pasa!? —me increpó en voz baja—. ¿Qué es esto? ¿Una llamadita de atención? ¡Por Dios! ¡Eres la novia! ¿No tienes suficiente atención ya que me tienes que dejar fatal delante de todas mis amigas?

Nadie contestó. Le hice un gesto para que se marchase, pero no me hizo caso.

—A ver, ¿qué quieres?

—Aire —conseguí decir.

Patricia corrió a abrir las ventanas. El olor a césped recién cortado entró a paso lento en la estancia, apenas a dos metros de donde empezaba el jardín, en la parte de atrás de la finca que ocupaba el parador.

—Margot, esto es un ataque de pánico con todas las letras —susurró Candela.

—No. No. Qué va —gemí.

Tragué. Me daba la sensación de que el vestido me cortaba la respiración. Notaba presión hasta en la garganta.

—¿Me podéis desabrochar el vestido?

—Falta menos de media hora para la ceremonia —anunció mi madre.

—El vestido. Por favor.

—Si me hubieras hecho caso y hubieras atendido bien a la dieta. Un minuto en la boca y toda la vida en la tripa.

—Madre, ¿puedes callarte, por favor? —le pidió Candela con un gruñido—. ¿No ves que está pálida y no puede respirar?

—Pues haz algo. Que valga de algo la carrera de Medicina.

—Lo que faltaba.

—¿No puedo hablar? —respondió la interpelada.

—Patri... —Tiré de su mano—. Dile a Filippo que venga, por favor.

—Ay, Margot... que da mala suerte.

—Por favor. Dile a Filippo que venga.

Patricia me miró dudando antes de levantarse y dirigirse hacia la puerta. Candela y mi madre se habían lanzado de lleno a una discusión pasivo agresiva en voz moderada pero contundente. Silbaban a mi alrededor, como flechas envenenadas, acusaciones de una parte a la otra, cada vez más enrevesadas, pero disfrazadas de falsa tranquilidad.

—Parad ya. Por favor —pedí.

Candela se calló y empezó a desabrocharme el vestido.

—Tampoco pasa nada por retrasarse un poquito. —La boca de mi madre, hinchada por los pinchacitos puntuales de ácido hialurónico, dibujó una sonrisa de hiena—. Las novias elegantes siempre se hacen de rogar. Que no piensen que tienes prisa o estás desesperada.

Candela contuvo la respiración y se tragó la contestación que le empujaba tras los dientes; después me frotó la espalda, vistiendo su sonrisa de la ternura con la que las madres abrazan a sus hijos.

—¿Mejor?

—Cuando vea a Filippo, estaré mejor.

—Con la mala suerte que da eso.

—La mala suerte no existe, madre —respondió ella, tirante—. La vida pasa, a veces para bien y a veces para mal.

La puerta se abrió y mi hermana Patricia apareció con una sonrisa.

—Cierra los ojos. Está demasiado guapo como para aguarte la sorpresa.

—Él siempre está guapo —contesté.

Filippo llenó la estancia de una luz especial. Todas, incluida mi madre, sonreímos con cierto alivio. Él siempre provocaba esa sensación.

—*Dolcezza.* —Sonrió mientras se sentaba a mi lado—. ¿Qué pasa?

—No lo sé. —Y la voz me salió estrangulada.

—¿Nos podéis dejar solos? —pidió a mis hermanas y a mi madre.

—No hace falta —le respondí.

—¿Hay algo que quieras decirme?

—No. No. Solo quería verte. Estoy…, me falta el aire.

—*Amore…* —susurró en mi cuello—. Estás nerviosa. Pero llevamos viviendo juntos un año y… todo va genial. Esto es solo un trámite. Con mucho público, pero un trámite.

—No puedo —me escuché decir.

—¿Qué no puedes?

—Hay mucha gente.

—¿Y qué? —Sonrió—. Venga, Margot…, diste una conferencia en Los Ángeles delante de mil personas y en otro idioma. Esto, al lado de aquello, da risa.

—¿Y si no puedo?

—Claro que puedes.

—Pero ¿y si no puedo?

Frunció el ceño.

—Margot…

Cerré los ojos y jadeé. Era como si el aire se disolviera al llegar al pecho y mis pulmones necesitaran siempre un poco más.

—Filippo… —gemí, a punto de echarme a llorar—. Es que me ahogo.

—No te ahogas. Y esto no es nada.

—Es mucho.

—Pues lo tendríamos que haber pensado antes. Ahora mismo no hay manera. Lo hacemos y ya está.

—Son cientos. —Cerré los ojos.

—¿Y cuál es el problema?

Cientos. Miles. Ojos que miraban. Reptaban. Eran como babosas, dejaban un hilo brillante y pegajoso de prejuicio, de crítica, de juicio sobre la piel. Asco en el estómago. Cosquilleo desagradable en el cuello. Como millones de patitas recorriendo el cuerpo. Patitas de insectos.

Me estaba volviendo loca. Cogí aire. Me presioné las sienes y me hice un ovillo.

—Filippo —escuché decir a Candela—. Quizá deberías plantearte la posibilidad de retrasar esto un poco.

—¿Cómo?

Sonó tremendamente contundente. ÉL. El coloso. La parte oscura del gran hombre.

—Está claro que es un ataque de pánico y..., bueno, la entiendo. Hay más de quinientas personas apiñadas en una capilla, llenando los aledaños...

—No es nada que no supiéramos —sentenció.

—El pánico no se controla. Si mediara la razón no sería pánico.

—Margot. —Filippo se volvió hacia mí de nuevo—. Respira hondo. Tranquila. Estoy contigo, ¿vale?

No me moví, a pesar de sentir su aliento cálido cerca de mí. Era como cuando alguien le dice a otra persona que se encuentra fatal la célebre frase: «Venga, no estés mal». Ah, pues muchas gracias, ya soy plenamente feliz; gracias por tu ayuda.

—No puedo —gemí.

—Vas a tener que poder, *amore.*

Levanté la cabeza en busca de aire. En mi regazo se estaba terminando el oxígeno.

—Hay unas doscientas personas de la embajada y del..., cómo se dice..., del gobierno italiano. Hay... cargos públicos. Personas importantes que me respetan. No puedo permitirme que...

—Filippo, no ayudas —me defendió mi hermana Candela.

—No ayuda, ya lo sé. Pero es la vida. La vida es así. Nosotros tuvimos la suerte de encontrarnos en un mundo en el que hay millones de personas y esto es una tontería.

—¿Y si le damos unos segundos a solas? —propuso Patricia, que estaba apoyada en el armario, muy seria, con los brazos cruzados—. Vamos a darle unos minutos, a dejar de opinar y que ella sola vea la luz.

Filippo cogió suavemente mi cara entre sus grandes manos y me obligó a mirarlo.

—*Dolcezza*, necesito que me mires. Soy yo. Soy el amor de tu vida. Solo tienes que salir ahí y hacer lo que ya hicimos en el ensayo. Decir sí, sí, sí y firmar en un papel. Les darás la espalda a todas esas personas, solo me verás a mí.

El aliento de quinientas personas humedeciéndome la nuca. Qué asco. Me estremecí.

—Es una tontería. —Estaba empezando a ponerse nervioso—. Una tontería, Margot.

—Es mucha gente.

—Son solo personas. No entiendo nada. No entiendo que tú ahora...

—Es mucha gente —repetí.

—¡No me hagas esto, Margot! —contestó firme—. Sería una vergüenza para mi familia.

—Vale. Vale. Vamos a calmarnos. —Patricia cogió a Filippo del brazo y tiró de él—. Vamos a salir todos. Vamos a darle un momento a la novia para que respire hondo. Y si se tiene que retrasar media hora la ceremonia, oye, pues se retrasa, que más se perdió en Cuba y volvían cantando.

—Ya está doña refranes —se burló Candela mientras le señalaba la puerta a mi madre.

—Sirven para todo. —Sonrió—. Margot, mi niña, vamos a dejarte a solas, ¿vale? Cuando estés preparada, llámanos. Estaremos en el pasillo esperando. Tú con calma. Te sientas, te relajas, te fumas un puro…

—No fuma —dijo Candela.

—Pues a lo mejor quiere empezar ahora. Venga, amor. Tú respira hondo y olvídate de todos. Todos los que están en la capilla también cagan. Tú acuérdate de eso. Ale, ale, todos fuera.

Filippo, de pie frente a mí, cogió aire, muy serio.

—Te espero fuera, Margot.

La puerta se cerró y la habitación quedó en un silencio relativo. A través de la ventana abierta llegaba el eco de las conversaciones muy lejanas, un rumorcillo como de agua corriendo sobre un lecho de lenguas y dientes. Los pajaritos cantaban. Las hojas se movían con la suave brisa de junio. Las pisadas de mis hermanas, mi madre y Filippo se fueron alejando, amortiguadas por la alfombra, y cuando no se escuchaba nada más que la respiración del viejo parador sentí que podía respirar.

No sé cuántos minutos pasaron hasta que me levanté del sofá. Solo sé que de pronto todo parecía diferente. Como cuando volvías a clase después del verano, cambiabas de aula con el nuevo curso y, aunque fuera exactamente igual, todo parecía distinto. Vi la habitación como si volviera a entrar por primera vez. Los robustos muebles de estilo castellano. La polvorienta alfombra de imitación persa. Las cortinas deshilachadas en los bordes. El falso lujo polvoriento. Aquella habitación era como yo. Una falsa proyección.

Mátame, camión, que soy como una cortina de terciopelo apolillada, comida de mierda de a saber cuántos años.

Es complicado explicar el mecanismo por el cual la mente te hace asumir que ciertos miedos son verdad. Es difícil hacerle entender a alguien que no lo haya sufrido la manera en la que se estremece el cuerpo cuando sientes que no eres suficiente, porque por mucho que consigas nunca serás... añádase la palabra adecuada a cada caso. En el mío eran «magnética», «suficiente» o «especial». Síndrome de la impostora. Mi vida de cuento... en realidad la merecía otra persona.

El corazón me bombeó rapidísimo, las imágenes entraron a fogonazos en mi mente, mis oídos estaban siendo recorridos por un continuo zumbido. El pánico nadaba por mis venas a toda velocidad. Mentiría si expusiera las ideas que se me pasaron por la cabeza porque la verdad es que no puedo explicar de dónde nació de pronto aquella ansiedad y la necesidad visceral de salir corriendo.

El latido de mi corazón lo invadió todo. Escuché mis dientes rechinar. Jadeaba. La habitación. Las paredes de piedra. La bolsa de viaje abierta sobre la cama perfectamente hecha. El baño con la luz encendida. La alfombra. La sombra de la horrible lámpara de imitación antigua sobre la pared contraria, pintada de beis. Todo. Todo dando vueltas, como en una feria. Y en el centro yo. Yo. Yo. Yo. Yo.

Apagón.

¿Sabes el sonido que produce la pérdida de energía en una torre de alta tensión? No. Yo tampoco lo sé, pero imagino el súbito descanso que produce la desaparición de un sonido que ni siquiera sabías que estabas escuchando. De pronto todo se calmó. Sí, lo sé. ¿Qué mierda de explicación es esa? No lo sé. Pero todo se calmó. Todo.

Aunque yo no era yo.

La persona que se puso las zapatillas de deporte con el traje de novia. No era yo.

La que abrió del todo la ventana y saltó fuera. Tampoco. No era yo.

La que salió a la carrera sobre el césped. Ni de coña. No era yo.

A la que todo el mundo, en la puerta de la capilla, vio correr en dirección indeterminada... Nah, nah. No era yo.

Esa a la que persiguieron Candela, Patricia, mis sobrinos riéndose a carcajadas, Lord Champiñón, Filippo y un par de invitados. ¿Qué dices? No era yo.

Era y no era yo. Pero… ¿y lo parda que la lio esa que no era yo?

7
Depresión

Dominique llevaba en España veinte de sus veintidós años, pero aún había quien la consideraba extranjera. Más bien ciudadana del mundo, lista como pocas y bella como ninguna. Cuando Iván me la presentó, me quedé alucinado, tanto como debió de quedarse él la noche que la conoció en una estación de metro y ella le sonrió. Se enamoraron enseguida, como en las historias de amor que no les pasan a los chicos como yo. Ambos eran buenos, sanos, buscaban en el otro alguien con quien compartir cosas bonitas. Ese era mi error. Yo siempre terminaba enamorándome de alguien que sacaba lo peor de mí, que me hacía sentir inseguro, un crío, que me ponía las cosas no difíciles, sino imposibles. Me enamoraba de la antiheroína porque la superwoman me daba pereza. Me gustaban las malvadas hasta en los cómics que leía de adolescente.

Un desvarío. Mi cabeza era un desvarío continuo desde que Idoia me había dejado. Una y otra vez pensaba en esas cosas, a veces dándome pena de mí mismo y otras jurándome que ninguna tía me haría sentir nada similar a lo que había sentido por ella. Y en ese momento, viendo a la preciosa novia de mi mejor amigo acunar a su bebé, estaba más seguro que nunca de que me había equivocado mucho en la vida.

—¿Cuándo empecé a cagarla? —pregunté en voz alta.

—Anda, el bulto del sofá está hablando. Mira, mi amor, un muerto en vida. —Asomó a Ada, su niña, para que pudiera verme y esta esbozó una sonrisa, con la cara aún congestionada por el llanto con el que se había despertado de la siesta.

—En serio, Domi, ¿cuándo empezó mi vida a ser una puta mierda? —Me revolví el pelo, agobiado.

Ella se sentó a mi lado, con su niña en las rodillas, y me sonrió.

—Ay, Dios, no —me quejé—. No vale que me sonrías con esa cara preciosa que tienes antes de echarme la bronca.

—¿Qué dices? —Se rio, tomándome por loco.

—Tu chico hace lo mismo. Sois tan guapos que primero sonreís, así como para atontar, y luego dais la estocada. Venga, dispara.

—David..., llevas una semana tirado en el sofá.

—No es verdad. He ido a trabajar.

—Con la misma camiseta.

—Pero me he duchado.

—No lo tengo claro.

Me eché hacia atrás y lloriqueé.

—Idoia te gustaba un montón, ya lo sé —asumió con voz suave.

—Yo la quería.

—Idoia te gusta muchísimo, vale.

Chasqueé la lengua; no iba a convencerla de que lo mío con Idoia era amor verdadero.

—Sé que creías amarla, pero el amor, mi niño, es otra cosa —me aseguró.

—¿No es sentirse vivo, palpitar, sentir a manos llenas...?

Su mano se apoyó en mi antebrazo, parando mi discurso.

—El amor no es esperar angustiado a que responda un mensaje ni medir cuánto vales por la atención que te preste un día, a sabiendas de que el viento soplará en otra dirección y ella cambiará de parecer el siguiente.

—Esa es la emoción de...

—No. Eso es el amor mal entendido. Si te hace sufrir, no es amor. Amar es divertido. Superdivertido, en realidad. —Esbozó una sonrisa preciosa, clara, fiable—. Te sientes tan cómodo y tan tú con el otro que casi podrías hacer cualquier cosa. Te sientes capaz. Y os reís con la boca llena, peleando, cocinando y hasta en la cama. David, de verdad..., el amor es mucho más ligero que todo lo que has sentido. Te hace volar, no te aplasta contra un sofá abrazado a..., ¿qué es esto? —Señaló una prenda de ropa que tenía agarrada y que abrazaba cuando estaba tirado en el sofá.

—Una camiseta suya.

Domi la cogió entre dos dedos, como si se tratara de una probeta llena de un virus letal, y la sostuvo, en el aire.

—Uno: no puede ser más hortera. Dos: esto huele a muerto. Tres: estás siendo ridículo.

Me dejó a Ada en el regazo y se llevó la prenda a la basura, donde la tiró sin piedad. En cuanto se volviera, iría a recogerla. Una lavadita y sería mía para siempre.

—Tu madre es una zorra cruel —le murmuré a la niña.

—No soy una zorra. Hazme un favor.

—Los que quieras. Vivo en vuestro sofá —murmuré—. Porque soy un tío mediocre sin aspiraciones y bla, bla, bla.

—David, no llegamos a fin de mes y tú haces la compra, ayudas con la casa y cuidas a Ada. Todos salimos ganando...

—Ya, sí, bien.

Chasqueó los dedos delante de mí, seria, mientras su hija me chupaba la barbilla.

—Date una ducha. Una bien larga. Siéntate si quieres un rato a escuchar «All by myself» mientras lloras y te lamentas porque te ha abandonado el amor de tu vida, pero déjate de tonterías al salir. Es viernes y curras, ya lo sé, pero también sé que eres camarero de un garito, que eres joven, muy mono y estás libre. Si no vienes a dormir hoy a casa no llamaremos a la policía.

—Debería buscarme un piso —murmuré, sintiéndome miserable.

—¡Que te vayas a la ducha y eches un polvo por diversión, coño!

Me quitó a la niña y señaló el pequeño cuarto de baño que compartíamos los tres y el bebé.

Arrastré los pies hasta allí y la escuché murmurar que ya le daría las gracias cuando estuviera preparado. Me dieron ganas de decirle una barbaridad. Estaba enfadado y creía tener el justo derecho de sentirme hecho una mierda, una especie de crisálida de pena y desazón. ¿Que iba a trabajar con mala pinta? Bueno, de lunes a jueves alternaba mi trabajo como ayudante en una floristería con el de paseador de perros, así que no creo que ni las flores del almacén ni una pandilla de perros fueran a quejarse por mi falta de etiqueta. Pero Domi tenía razón. Era viernes y tenía que volver al bar, y allí, oliendo a choto y con el pelo sucio, me podía buscar un problema.

No había más remedio. Necesitaba el dinero.

El pub estaba hasta los topes. Es una de las pocas cosas que no entiendo de Madrid. Hacía una noche increíble, ¿qué empujaba a la gente a meterse en un garito donde no paraban de darte codazos? Y donde hacía calor, porque ciento veinte almas dentro de un local, bailando, borrachas y, en el noventa por ciento de los casos, cachondas, generaban calor, mucho calor. Supongo que la respuesta a esta pregunta es que en Madrid siempre hay gente. En todos los sitios. En las terrazas; en las callejuelas que serpentean en barrios como Malasaña, Lavapiés o La Latina; en los bares «de viejos» en los que la pared está revestida de fotos de platos ya descoloridas por las décadas y donde aún se aprecia cierto tufillo a tabaco; en las azoteas de los hoteles con clubs y en los garitos falsamente clandestinos. Es lo que pasa en la capital, que hay vida en todas partes, hasta cuando quieres estar solo.

De algún modo, el discurso de Dominique me había hecho pensar. No se me quitaba de la cabeza, de una manera inconsciente, ese concepto del amor del que me había hablado. Era como si me rondara continuamente, como si fuese una bocanada de humo a la que no pudiese dar forma.

Al principio caí en el error, más típico que ponerle boina a un personaje francés: buscar a alguien con quien olvidarme de las penas.

Lo sé, lo sé. Supersucio, pero lo hacemos todos. Somos humanos y además nos hemos criado escuchando eso de que la mancha de la mora otra mora la quita, así que echar un polvo por diversión con una chica que, probablemente, estuviera en la misma situación que yo era, en un primer momento, mi objetivo. Oteaba el horizonte en busca de alguien (a poder ser rubia, pelo corto, mirada fría y labios escarpados) con la que intentar buscar plan para después de cerrar, pero... no encontré a nadie. No. En realidad pasó todo lo contrario. Vi a demasiada gente, pero nadie era Idoia.

Veía a las parejas besándose apasionadamente en los rincones y me descubría preguntándome si se querrían de una forma divertida. Maldito idiota, pero si seguro que la mayoría se habían conocido esa misma noche, ¿qué hacía pensando en amor? Cada loco con su tema.

Me parecía una estupidez. Me obsesionaba esa estupidez. ¿Divertirse con el amor? Bueno, en las fases iniciales quizá. Aunque, como en todo lo demás, disfrutaba más aquel que tenía la sartén por el mango y, seamos sinceros, el amor siempre ha sido un juego de poder.

—¿En qué piensas? —me preguntó Iván mientras cargaba la nevera de refrescos y yo llenaba unos vasos de tubo de hielos.

«En Idoia. En que tengo ganas de escribirle un mensaje. En que me encantaría que apareciera por la puerta. En que nadie se parece a ella. En que quiero besarla otra vez y escuchar nuestras canciones mientras dibujo corazones en su espalda, y ahora, además, quiero morirme por moñas».

—En que odio este trabajo. —Le sonreí como un demente.

A pesar del volumen atronador de la música, las chicas a las que estaba atendiendo me escucharon y estallaron en carcajadas. Dibujé una mueca amable y me dirigí a ellas, alzando la voz sobre la canción del momento.

—No es nada personal, chicas. ¿Sabíais que los camareros también limpiamos los baños?

—¡¡Noooo!! —gritaron las tres con horror.

—No le hagáis caso. —Se rio Iván—. Solo nos ha tocado un par de veces. Hay un equipo de limpieza.

Hice una mueca, como señalando que mi compañero estaba mintiendo, y cogí las botellas de la estantería que tenía detrás.

—No es tan mal sitio para trabajar, ¿no? Conocerás a un montón de gente —dijo una de ellas, morena, labios gruesos, ojos enormes.

«No quiero conocer a un montón de gente. Quiero meterme en la cama de Idoia y despertarla a lametazos».

—Sí, bueno. No está mal.

—¿De dónde eres? No tienes acento de Madrid —quiso saber.

—Nadie en Madrid es de Madrid. —Dibujé una sonrisa de medio lado y volví a depositar las botellas en su sitio.

—Eso no contesta a la pregunta —se burló.

Les acerqué sus copas y abrí los refrescos con el abridor y un golpe de muñeca.

—Gin-tonic de Tanqueray, vodka con naranja y Barceló con Cola Zero. Son treinta y seis, señoritas.

La encargada de pagar la ronda agitó su tarjeta y de un solo contacto con el datafono verificó el pago.

—Adiós, señor camarero que se quiere hacer el misterioso —se despidió la morena.

—Seguro que no va a ser la última copa que te tomes. Igual te vuelvo a ver.

Sonreí y, cuando ellas desaparecieron entre la gente, mi sonrisa se esfumó. La parte que menos me gustaba de ser camarero era esa: dar siempre la impresión de no tener problemas personales.

—Has ligado. —Iván me dio un codazo.

—¿Sigues aquí? —Me reí.

—Disfruta, David. Estás soltero. —Me guiñó un ojo.

—Eso parece que me toca. —Y esbocé la sonrisa más falsa de mi repertorio.

—¿Estás mejor?

—Sí —le mentí.

Me palmeó la espalda y se marchó hacia un grupo de chicos que agitaban los brazos hacia nosotros, ávidos de otra copa o una ronda de chupitos.

«Disfruta, estás soltero».

Dos rondas de chupitos de Jäger exigidas a gritos. Un «¿Tienes tequila de chocolate?» en boca de dos chiquillas que no tenían pinta de tener la edad legal para entrar. Tres guiños. Un «¿A qué hora sales?». Dos «Menudo robo» y un teléfono apuntado en una servilleta.

Inmaduro. Cabeza llena de pajaritos. Un romántico desfasado. Nula visión de futuro. Cortoplacismo enfermizo. Necesidad de reafirmación. Dependencia emocional. Tendencia a llamar «libertad» al mecanismo mediante el cual justificaba mi mediocridad. Conformismo y resignación a no conseguir nada mejor que mis tres trabajos como autónomo. Mis pintas. Vivir «compartiendo piso» (ocupando el sofá, mejor dicho) con mi mejor amigo, su novia y su bebé de siete meses. No tener un chavo en el bolsillo para hacer planes ni viajes. Eructar después del primer trago de cerveza.

A la mierda. Puede que no se hubiera girado cuando me quedé esperando como un gilipollas que se volviera a mirarme, pero era ELLA. Estaba seguro. ¿Iba a dejar que se marchara creyendo que yo era todas esas cosas? ¿Cómo podía permitirlo? Tenía el puto pecho lleno de emociones y movidas que quería compartir con ella. Quería casarme con ella, darle hijos, adoptar un perro, una oveja, quince gatos. ¡Yo qué sé! No. Estaba seguro de que aún podía hacer algo por nuestra relación.

Yo no quería echar un polvo por diversión, ya tenía a quien me quitara el dolor. Yo ya sabía en quién quería centrar mi atención. Tenía clarísimo quién merecía mis esfuerzos.

No iba a hundirme. Claro que no. Aquella ruptura no iba a desmotivarme. Todo lo contrario. Serviría de algo. Me haría mejor. Un hombre.

Si crees que lo que pensé en aquel momento fue que yo era la persona indicada para quitarme mi propio dolor, en quien debía centrar la atención y quien merecía el esfuerzo..., me crees más listo de lo que soy. No. En realidad, aunque sentí que de pronto se hinchaba mi chaleco salvavidas y volvía a la superficie, estaba llenándome los bolsillos de piedras, como Virginia Woolf. Porque en aquel preciso instante toda mi química cerebral había decidido que... iba a recuperar a mi ex.

Y supongo que aquella decisión fue la que me llevó hasta ella..., y ahora no hablo de Idoia.

8
Consecuencias

Los gritos de mi madre y su posterior vahído a lo señora victoriana (cuyo resultado fue que se cayera de boca contra el reposapiés dorado de su salón y que, oye, fue hasta divertido) me dieron bastante igual. A mi tic del ojo, no. Mi tic del ojo se vio seriamente afectado y decidió que hacer bailar a mi párpado perreo hasta abajo era buena idea.

El silencio sepulcral de mis hermanas, más que importarme, me daba miedo. Me daba miedo que me juzgaran como sabía que estaba haciéndolo todo el mundo y también que, cuando todo esto pasase un poco y las aguas se tranquilizasen, Candela abriera la boca y pronunciara las palabras prohibidas: «Te lo dije». No por la afrenta de que alguien me hubiera avisado de lo que iba a pasar, sino porque estaba completamente segura de que no tenía razón, pero mis actos no hacían más que dársela. Me había quedado sin argumentos con los que rebatirla.

Sin embargo, de la lista de doscientos problemas que había provocado mi marcha a la carrera por campo abierto, lo único que realmente me importaba era lo que tenía frente a mí en ese preciso momento: Filippo.

Tenía los antebrazos apoyados en las rodillas y su cabeza colgaba hacia abajo, evitando mirarme. Yo quería que lo hiciera, pero no estaba en situación de pedir nada. Había salido huyendo de nuestra boda y lo había dejado tirado a la hora de dar explicaciones frente a los quinientos invitados. Me escabullí de sus brazos corriendo por el césped de los alrededores del parador y me colé por un agujero en una verja. El estado en el que había dejado mi vestido de novia es mejor no mencionarlo.

—Di algo —le pedí con un hilo de voz.

Desde que había entrado en casa de mi madre, donde me tenían recluida «por mi bien» después de que me «cazaran» en la cafetería de una gasolinera a kilómetro y medio de donde se celebraba (o mejor dicho, se iba a celebrar) mi matrimonio, no había abierto la boca. Lo único que había hecho fue sentarse frente a mí en el reposapiés contra el que mi madre aterrizó tras su desmayo y acomodarse en la postura en la que aún se mantenía.

Al escucharme, irguió la cabeza, pero durante al menos dos minutos eternos siguió sin decir absolutamente nada.

—Por favor —supliqué.

Levantó el mentón y me miró. Había cambiado de idea, pero yo no quería que lo hiciera. No me gustaba absolutamente nada lo que estaba viendo. No era nada que me resultara familiar; era un Filippo desconocido con el que tampoco tenía ningún interés en continuar intimando. Pero, bueno, todo acto tiene sus consecuencias. Es una de las primeras cosas que aprendes durante la niñez y se supone que tu existencia será algo más sencilla con esta enseñanza, si es que tienes el tino de pensar antes de hacer las cosas, no como yo.

—Te has ido. De nuestra boda. Corriendo.

Las pausas entre palabras eran pesadas, como si tuviera que arrastrar cada pequeña expresión con grilletes adheridos desde el fondo del pozo hondísimo de su decepción. Tragué saliva y, en esta ocasión, la que bajó la cabeza fui yo.

—Sin dar explicaciones, sin hablar conmigo, sin decirme nada —insistió.

—Sí que he hablado contigo.

—Me has dicho que había demasiada gente y que no podías. ¿Que no podías qué? Eso es como no decir nada.

—Me ha entrado…, no sé. Pánico.

—¿Por casarte conmigo?

—¡No! —Levanté la mirada—. Claro que no. Yo quiero casarme contigo.

—Querías casarte conmigo. No hables en presente.

—Yo QUIERO casarme contigo, Filippo.

—No insultes mi inteligencia. No me hagas más daño, Margarita.

—Yo no intento hacerte daño y… no…, no…, no me llames Margarita. Para ti soy Margot. Solo Margot.

—Para mí eres la mujer que ha escapado a la carrera de nuestra boda. Eres la mujer a la que amaba y que me ha roto el corazón, Margarita. Déjame que te llame como me dé la gana.

Resoplé y miré al techo. Un par de horquillas del peinado se me clavaron en el cuero cabelludo.

—No entiendo qué me ha pasado. Creo que necesito ayuda —le dije.

—Y tanto. Me hiciste creer que esto era de verdad.

—Déjalo ya, Filippo —respondí muy hostil—. Me ha quedado clarísimo que piensas que te he estado engañando porque soy la peor persona del mundo, pero no tienes razón.

—Entonces ¿qué?

—Entonces no sé ni lo que he hecho ni por qué ni cómo. Ni siquiera sé cómo he llegado a la puta gasolinera, joder.

Me tapé los ojos. Llevaba toda la vida evitando que se me mencionara en los ecos de sociedad, pero… ahora sí que iba a entrar por la puerta grande: «Heredera del imperio Ortega huye de su boda a la carrera y es encontrada en una gasolinera Galp tomándose una Coca Cola». Me iba a costar una pasta parar aquella noticia en la prensa.

Por cierto…, ¿con qué dinero pensaba pagar yo el refresco, ahora que lo pienso?

—¿Qué me quieres hacer creer? ¿Que tienes problemas mentales? Vivo contigo, Margot. —Y cómo me alivió que utilizara mi verdadero nombre—. Sé que no los tienes. Eres una persona completamente cuerda.

—Últimamente me encuentro muy rara, Filippo. Muy muy rara. Duermo mal, estoy despistada, angustiada. A veces guardo los calcetines en la nevera y tiro el yogur al cubo de la ropa sucia.

—Oh, por Dios.

Filippo se levantó y empezó a pasear por el salón. Se había quitado el traje de novio, de la misma manera que yo tampoco llevaba mi precioso y destrozado vestido blanco. Sus piernas, ajustadas en unos vaqueros oscuros, recorrían la estancia donde no había ni un solo rincón sin decorar. El minimalismo y mi madre no hacen buenas migas.

—No estás loca, Margot.

—Pues me he escapado corriendo de mi boda con el hombre al que quiero, ¿me puedes dar otra explicación?

—Sí. —Se volvió a mirarme—. Que no me quieres tanto como dices. O que no me quieres tanto como te crees.

—Filippo, por favor.

—Margot, me has plantado en el altar. Me-has-plan-tado-en-el-al-tar.

—Joder. —Me hice un ovillo en el sillón orejero de Lord Champiñón.

—No. No huyas también de esto. Me has plantado en el altar delante de mi familia, madre, padre, hermana, *nonna*… Mi *nonna* tiene cien años, Margot.

—No me hagas sentir peor.

—Además de mi *nonna* —siguió—, estaba mi jefe directo en la embajada. Y el jefe de mi jefe. Había entre los invitados también un grupo de unos ocho compañeros de trabajo. Un ministro de mi país y..., espera, estaba también mi tío, el que es obispo.

—Qué bien, me he buscado problemas con el Estado italiano, con la embajada en España y con el Vaticano. ¿Algo más?

Vi cómo se apoyaba en la chimenea ornamental y cruzaba los tobillos. El codo en la repisa, los dedos en la espesura de su pelo rubio. Los ojos fríos. De hielo.

—¿Qué he hecho mal? —preguntó sin mirarme—. Te he tratado siempre con respeto, como a una igual. He respetado tu ambición laboral, tus creencias, tus tiempos.

—Filippo, eso es lo que hace una pareja normal.

Me lanzó una mirada furibunda.

—¡Te he querido más de lo que se puede querer!

Dios. La opereta no, por favor. Me sujeté el puente de la nariz y aguanté el siguiente envite.

—Me volví loco de amor. Dejé mi piso para mudarme al tuyo. Atrasé mis planes. Prioricé siempre nuestra relación para que fuese lo único que de verdad importase. ¡¡Soporté a tu madre, por el amor de Dios!! Eso tiene que valer de algo.

Ahí había que darle la razón, pero solo pude asentir.

—¿Sabes qué, Margot? Que tienes razón: necesitas ayuda. Y perdóname si soy duro, pero el hecho de que me hayas dejado en ridículo delante de quinientas personas me ha eliminado el filtro que el amor me ponía en la garganta. ¿Sabes de qué da la impresión? De que tienes treinta y dos años y no sabes quién eres ni qué quieres. Sigues haciendo las cosas porque crees que es lo que se espera de ti, ¿verdad? Sí, necesitas ayuda, pero no mental, necesitas ayuda para aprender a vivir y ser libre, joder.

Agaché la cabeza y encogí las piernas hasta abrazar las rodillas contra mi pecho.

—La inercia en la que vives lo arrastra todo. Hasta a mí. Porque a ti te da igual todas las cosas que eres, Margot: vives obsesionada con las que NO eres y eso es justamente lo que te ha pasado hoy. Tu puta obsesión ha pesado más que el amor. —La voz se le quebró y hundí la cabeza entre mi pecho y las rodillas, escondiéndome—. Por miedo a que dijeran… ¿qué? ¿Que no eras elegante, que no habías escogido un buen vestido, que el catering se sirvió frío? ¡¡Lo has roto todo por la opinión de personas que no te importan!!

Lo miré y negué con la cabeza mientras dos lágrimas redondas hacían surcos sobre mi cara ya lavada.

—¿No qué?

—Lo arreglaré —le prometí.

—No puede arreglarse.

—Claro que sí. —Sollocé—. Filippo, lo nuestro es un cuento.

—No creo en los cuentos, Margot, y tú tampoco deberías. Vive tu vida a través de tus ojos, no de los ojos de los demás. Sería un buen comienzo.

Pasó su mano por debajo de la nariz y después se limpió a manotazos un par de lágrimas. Con una decisión que yo jamás podría imitarle, y mientras se dirigía hacia la puerta del salón, Filippo falló sentencia a favor de él mismo.

—Voy a marcharme de España durante un tiempo. Mis jefes me han dicho que debería disfrutar del mes y medio que tenía programado a pesar de no…, de no haberme casado. Y voy a hacerlo. Voy a irme con mis amigos a navegar y quizá a leer a la playa. Y durante ese tiempo, hasta que vuelva, no quiero que me llames ni me escribas porque necesito averiguar si puedo perdonarte lo que has hecho, si nuestro amor pesa más.

—¿Me dejas? ¿Quiere decir eso que vas a vivir… —me limpié las lágrimas— como un hombre libre todo el verano y que después decidirás? Porque no me gusta, Filippo. —Sollocé—. No quiero que esto se convierta en un verano de vengarte de mí follando con otras.

—No, no te dejo, aunque no tienes ningún derecho a exigirme fidelidad ahora mismo. Lo único que quiero es saber si te echaré de menos pasadas un par de semanas, si puedo perdonarte esta afrenta. Ya hablaremos.

—¿Cuándo? —Lloré.

—No me llames ni me escribas. Hablaremos en septiembre.

—¡Estamos en junio! —me quejé—. Eso es más de un mes y medio.

—Eso es el tiempo que estimo que necesito para aclararme. Si te viene mal es mejor que barramos lo que queda y nos despidamos para siempre. —Como no dije nada, asintió, dando por hecho que aceptaba sus condiciones—. Adiós, Margot. Que disfrutes el verano.

Escuché cómo se cerraba la puerta del salón desde el sillón orejero, encogida, abrazando mis piernas. La voz de mi madre se fue alejando junto a los pasos de Filippo hacia la salida del mastodóntico piso en la plaza del Marqués de Salamanca. Estaba segura de que había estado intentando escuchar nuestra conversación, preocupada por si su hija volvía a quedarse sin su oportunidad de redimir con un buen matrimonio el hecho de no ser especial. La puerta de casa también se cerró y juro que pude percibir los pasos de mi exprometido escaleras abajo. Dejé que mis uñas se arrastraran por mi pelo en la medida que el peinado lo hacía posible y apoyé después la mejilla sobre una de mis rodillas.

Mi madre se asomó al salón y entró. Sus zapatos de tacón salpicaron la habitación de un sonido amortiguado por alfombras caras.

—Margarita…, es mejor que cojas unas vacaciones. Que nadie te vea por Madrid en unos días. No queremos hacer más grande este incidente, ¿verdad? Tú… solo pórtate bien. Demuéstrale que estás arrepentida de lo que has hecho y te perdonará. —Me dio un par de palmaditas en el brazo—. Y baja los pies del sillón, es un Luis XVI de dos mil euros.

9
¿Cuánto dura un chisme?

—Antes de decidir nada, deberías irte de fiesta.

Candela miró sorprendida a Patricia, como si no pudiera creer que estaba de acuerdo con una propuesta suya.

—Amén, hermana.

—Sí, ¿verdad? —Patricia dejó el teléfono bocabajo en la mesa y se atusó el pelo—. Podríamos irnos las tres de cena y copas. Contarnos miserias mientras nos emborrachamos. Bailar un poco para olvidarlo.

—¿Tú tienes miserias? —se burló Candela.

—Ay, querida. Cuando uno no tiene problemas, se los busca. Y si no… los imagina.

Las dos me miraron y yo parpadeé, como si fuera la única manera de comunicarme con ellas tras lo que familiarmente se había acuñado como el INCIDENTE.

—Tienes que moverte. Llevas desde ayer en la misma postura.

—Misma postura y cero comunicación verbal.

—Ayer mi madre me echó de su casa porque «no quería chismes» —apunté—. Así que ese dato no es exacto. Ayer hice muchas cosas: me fugué de mi boda corriendo campo a través, me tomé una Coca Cola en una gasolinera, rompí mi compromiso, quité los pies de encima de un sillón horrible que podría ser parte del atrezo de *La Bella y la Bestia*, pedí un Cabify, me vine a casa, os puse un mensaje, cené dos lorazepames y, como hasta la industria farmacéutica me odia y no me hicieron el efecto deseado, dícese dormir durante al menos dieciocho horas, me he levantado a tomarme otro a las nueve de la mañana, pero me lo habéis impedido. Así que, no, no llevo desde ayer en la misma postura.

—¿Tú la recordabas tan tocapelotas? —Candela miró a Patricia.

—Sí. —Asintió Patricia.

—Ah, pues será que en la distancia os he idealizado porque ahora me doy cuenta de que tú tampoco eres tan guapa.

Patricia puso los ojos en blanco. Es inútil decirle que tampoco es tan guapa: tiene espejos en casa.

Candela se acercó a mi vestidor y echó un vistazo a las prendas, tomando la iniciativa para que el plan se desarrollara sin contratiempos. Patricia se sentó a mi lado y me arrulló.

—¿Sabes algo de Filippo?

—¿Me ves con pinta de saber algo de Filippo?

—Venga, Margot, ¿qué es lo que te agobia? ¿Cuánto durará el chisme? Estamos en la era de la información. Estas cosas son *trending topic* un par de horas y después desaparecen. ¿Que hay fotos tuyas en Internet colándote por un agujero de una valla, escapando de tu boda? Bueno, puede que las haya, pero tampoco estamos seguras. Además..., ¡menudos huevos! Jamás habría dicho que eras tan valiente como para montar semejante pollo.

—Eh, vamos —apremió Candela—. Te he preparado ya un modelito. Solo tienes que meterte en la ducha y vestirte. Iré reservando mesa en..., ¿sigue estando de moda Perra Chica?

En su mano colgaban dos perchas con ropa tan mal combinada que ni siquiera la reconocí.

—Esa blusa va con el pantalón negro que está colgado al lado y esa falda con el jersey rosa palo que hay en el primer cajón —dije.

—Bueno, la ropa se puede relacionar con más prendas del armario, ¿sabes? No se considera adulterio.

—Candela, una pregunta seria. —Y Patricia levantó el dedo anular con elegancia—. ¿Eres daltónica?

Me coloqué boca arriba y suspiré.

—Lo estáis haciendo mal. Candela es la que debería estar arengándome con un discurso sobre lo poco que importa el INCIDENTE en realidad y tú, Patricia, tendrías que estar eligiendo la ropa para salir esta noche.

Ambas aplaudieron.

—¿Salimos entonces?

—Claro. —Les di la espalda—. Cerrad la puerta cuando os marchéis.

Después de veinte minutos agitando perchas y probándose zapatos míos se dieron cuenta de que no iba a salir de fiesta en aquellas circunstancias. Sé que su intención era buena: son mis hermanas, no creo que nadie me quiera más que ellas. Sin embargo, no lo pensaron bien. Si lo hubieran hecho se habrían dado cuenta de que dejarme ver el día siguiente de mi frustrada boda bebiendo en un local de moda era de pésimo gusto. Y no solo eso: no tenía sentido.

Yo quería recuperar a Filippo, no olvidarle. Yo quería recuperar nuestras mañanas de domingo, leyendo en las banquetas altas de una casa que sin él odiaba, mientras sonaba música italiana que no conocía. Quería recuperar las noches abrazados en la cama, contándonos qué tal había ido el día. Quería nuestros jueves de comida vietnamita, joder. Y tenía hambre.

—Quiero comida vietnamita.

Fue lo único que añadí ante sus incesantes súplicas y ellas terminaron entendiendo que a veces el «manual» de la ruptura perfecta no sirve.

Así que el sábado lo pasé con una camiseta vieja de Filippo, envuelta en nuestro nórdico (y no hacía precisamente frío) comiendo rollitos vietnamitas como si se fuera a terminar el mundo. Mis hermanas estaban allí, pero no sabría decirte qué hicieron. Ni siquiera contesté a los mensajes tranquilizadores de mi padrino, miembro del Consejo. A la mierda todo el mundo.

Ahora sé que lo único que quería era quedarme quieta y que fueran pasando los días sin necesidad de tomar una decisión. Todo estaba tan mal que me daba la sensación de que coger el mando, moverme en una dirección, significaría no ser capaz de volver atrás, de cerrar puertas y de asentar el caos. Estaba tan asustada..., cualquier decisión me parecía una cagada colosal en potencia. Aunque, bueno, después del INCIDENTE era difícil encontrar algo más... ¿terrible?

Lo normal, me imagino, hubiera sido escucharme. Una no sale por patas de su boda sin más, sin motivo. El pánico siempre tiene un amiguito invisible que le susurra cosas al oído. Si hubiera sabido cuál era el mío, quizá habría entendido algo, pero, más allá de esto, en una capa mucho más superficial, ni siquiera sabía si quería encerrarme en casa o, por el contrario, largarme sola a buscar el sentido de la existencia humana a lo *Come, reza, ama.* Por el amor de Dios, si me costaba decidir por las mañanas si quería el Cola Cao caliente o frío...

Sin embargo, el domingo, mientras Candela farfullaba con la boca llena de chucherías ultraprocesadas que su Kardashian preferida era Khloé, decidí que no quería nada de lo que se suponía que tenía que reconfortarme en aquel momento. No quería noches de mimos, de fingir ver la tele mientras me ponía fina a chuches para luego sentirme mal porque iba a engordar, y luego bien porque una vez en la vida todos deberíamos darnos el placer de regodearnos en nuestra propia miseria y... otra vez al hoyo y vuelta a empezar. Lo que yo quería era lo que tenía antes de todo aquello, olvidar que me había dado una especie de pájara que había destrozado mi vida. Echaba de menos la sensación de control sobre mí misma y solo había un lugar en la tierra en el que me sentía dueña y señora: mi trabajo. Allí, paradójicamente, no existían expectativas imposibles de alcanzar, todo era cuestión de tiempo y esfuerzo. Entre las cuatro paredes de mi despacho el mundo era manejable..., siempre y cuando no tuviera una Junta o se reuniera el Consejo.

Lo mejor para que la vida me devolviera poco a poco lo que era mío, pensé, era... volver a la normalidad. Supongo que la aceptación de las circunstancias pasa por fases y yo aún estaba en la inicial.

Mi despacho siempre fue una zona de confort. Me sentía más cómoda en mi despacho que en mi casa. En aquel enorme y espectacular piso del Paseo de la Castellana, siempre tenía la sensación de estar viviendo en el plató de un anuncio o en el hall de un hotel. Falsamente hogareño, demasiado impoluto; siempre pensaba que sentarme en el sofá lo estropearía todo; es un asco sentirse un huésped en tu propia casa. Sin embargo, mi refugio en la oficina era... cálido. No importaba si estaba lleno de papeles, si la última reunión había dejado un reguero de tazas de café sucias o si la basura rebosaba. El trabajo duro llama al desorden.

Era el lugar donde más a gusto me sentía, incluso después de que Filippo entrara en mi vida; no somos la misma persona solos, cara a cara con aquello que nos hace sentir realizados, que en el amor. Además, mi despacho era un lugar bonito. Agradable. Sin estridencias. La moqueta de un marrón precioso que recordaba a esos bombones suizos que comprábamos mis hermanas y yo en el aeropuerto al volver de vacaciones, con muebles modernos y elegantes y ese cuadro tan bonito que compré para mi piso, pero que decidí colgar allí, porque era donde me sentía realmente en casa.

Cuando llegué al edificio y aspiré su olor, me sentí muchísimo más tranquila. Allí, en mi palacio de cristal, no entendí a qué venía tanto alboroto. Todo estaba tranquilo, y Patricia tenía razón... ¿cuánto tardarían, en plena era de la información, en olvidar lo ocurrido? La vida seguía. Todo volvería a su sitio de un momento a otro.

Entré en el ascensor. Saludé con una sonrisa al repartidor habitual. Di un sorbo a mi café con leche. Respiré hondo. Bien. Calma. Sosiego. La vida real...

Las puertas del ascensor se abrieron frente a la recepción donde Sonia debería estar sentada, pero... no había nadie. Nadie excepto ruido. Bueno, más que ruido podríamos llamarlo algarabía. Como en los pueblos cuando termina la verbena pero la gente aún sigue teniendo ganas de fiesta. Risotadas, algún aplauso, incluso algún acorde despistado colándose bajo las voces. Y aquello no era lo normal.

Una bocina resonó haciendo vibrar incluso los cristales y eché a andar hacia la sala donde trabajaba mi equipo, dejando atrás la recepción, el rincón de las fotocopiadoras, el *office* y las máquinas de café. Me asomé por el pasillo y vi a Sonia llamar al orden; podía escuchar lo nerviosa que estaba, diciendo a diestro y siniestro que eran unos gilipollas, que aquello no se hacía. Cuando escuché «no se muerde la mano que te da de comer» delante de un sonoro y contundente «desagradecido», me imaginé el percal.

Las risas seguían resonando cuando me planté frente a ellos, que se arremolinaban alrededor de una pantalla de ordenador.

—¿Qué pasa? —pregunté, seria, contenida, fría.

El silencio más gélido que te puedas imaginar se instaló allí, aplastándonos a todos. Estaba tan histérica por dentro, tan apenada, que sentí sobre la piel todas y cada una de las fibras de mi traje de chaqueta.

Todo mi equipo de trabajo me miraba con gesto de sorpresa y pavor. Y Sonia gritó del susto.

—¡¡¡Arg!!! —soltó antes de llevarse la mano al pecho—. Marg…, Margarita. —Miró en todas direcciones sin encontrar lo que parecía estar buscando y volvió a mirarme con expresión de horror—. Ve a tu despacho. No te preocupes, yo soluciono esta escandalera.

Le hice un gesto al propietario de la pantalla que todos miraban para que le diera la vuelta, pero no se movió. Volví a hacer girar mi dedo índice hacia abajo, rezando y llorando por dentro para que mi equipo no notase cómo me sentía. Un jefe, incluso alguien que aspira a ser un buen jefe, no puede mostrarse arrasado por los sentimientos o su equipo sentirá que no hay nadie al volante.

—Margarita… —suplicó él. Era uno de mis gerentes, por cierto. Una persona de confianza.

—Dale la vuelta a la pantalla —conseguí decir—. Y ni se te ocurra minimizar lo que estáis viendo porque llamo a informática y te saco todos los trapos sucios del ordenador. Y será peor.

Bufó y le dio la vuelta tan despacio que creí que gritaría.

Dos memes. Lo que les estaba haciendo tanta gracia eran dos memes. Míos, claro. En uno, una foto donde aparecía vestida de novia corriendo y en la que se apreciaba que las zapatillas que llevaba eran Nike. Abajo habían añadido el ya célebre eslogan que acompañaba a los anuncios de la marca: «Just do it». Bien. Estaba claro que, además, alguien que estuvo invitado a mi boda había hecho circular la foto. Pero, por si no era suficiente, a su lado descansaba una réplica del cartel de la película *Novia a la fuga* en el que habían sustituido la cara de Julia Roberts por la mía y la de Richard Gere por la de Luigi, el hermano de Mario, el personaje de los videojuegos.

Tuve que recordarme cómo se respiraba.

No grité. Ni los mandé a recursos humanos. Ni los miré con un «estáis todos despedidos, hijos de la grandísima puta» en los ojos. Solo asentí, me di la vuelta y caminé hasta mi despacho sin mirar atrás, solo al frente. Pero la verdad es que no dejaba de verme corriendo con el vestido de novia dibujando tras de mí una estela de seda salvaje.

Ni siquiera me había dado tiempo a encender mi ordenador cuando mi teléfono empezó a sonar y en la pantalla apareció el nombre del CEO, que era claramente el pobre hombre al que el Consejo le había encomendado aquella tarea.

—¿Sí? —respondí después de tragar con dificultad.

—Margarita…, ¿cómo estás?

—Estupendamente. —Al enemigo ni agua, Margot, estás en tierra hostil.

—Sí, ehm…, ¿podrías despejar tu agenda para una reunión de última hora?

—Tengo la agenda despejada. Tendría que estar de vacaciones, te lo recuerdo.

—Ya, sí. No quería mencionar el tema.

—Pues lo menciono yo y así dejamos de ignorar pronto al elefante que hay en la habitación.

—Bien. Pásate por la sala de juntas en media hora, por favor. Al Consejo le gustaría hablar contigo.

Sonia tuvo que poner tres bolsitas de tila en mi taza y darme friegas en la espalda durante cinco minutos. Pensé que me estaba dando un infarto.

¿Has visto la película *300*? ¿Sí? Bueno, por si acaso, te cuento sin hacer demasiado spoiler que en un momento dado el protagonista, Leónidas, se ve obligado a visitar el Oráculo de Delfos, donde pregunta a los Éforos una cosilla que no desvelaré. Los Éforos son una pandilla de seres encapuchados que dan muy mal rollo y grima a más no poder. No es que tengan pinta de acabar de pasar una enfermedad extinta…, es que parecen la puta enfermedad con ojos. Mitad purulentos mitad zombis. Bien, si la has visto lo recordarás; si no, te haces a la idea. Pues así, exactamente así, capas con capucha incluidas, veía yo a los miembros del Consejo. Señoros en su mayoría de los que ponen los pelos como escarpias. Nada más entrar a formar parte del órgano de poder de la empresa, tuve que dejar clarísimo que las bromas sobre pechos, prostitutas, violaciones y puticlubs y los comentarios sobre mi ropa no me hacían ninguna gracia. Pero ninguna, además. Aun así, me daban miedo. Eran como los Éforos esos, pero con traje, corbata, gemelos horteras y zapatos feos pero caros.

Te puedes imaginar lo mucho que me apetecía verlos aquel día en concreto. Joder. Habían estado en la boda, ¿no me podían dejar un poco tranquila?

—¿Qué tal? —pregunté haciéndome la dura cuando entré y los encontré a todos sentados en sus sitios, en la enorme mesa donde celebrábamos las juntas.

—Bien. Siéntate, Margarita, nos gustaría hablar contigo.

En lugar de la tila bien cargada, tendría que haberme tomado alguna pastillita. O un chupinazo de whisky. Algo para soportar tanto tonillo paternalista.

—Hablamos de tú a tú aquí, ¿verdad? —pregunté mientras me sentaba.

—Claro, Margarita. Somos colegas.

—Claro. Tengo el treinta y siete por ciento de las acciones de este grupo.

Todos asintieron.

—Pregunto esto porque, entre colegas, me gustaría dejar claro que no tuve la suerte de conocer a mi padre en vida, porque dicen que era un buen hombre, pero… no me hace falta que nadie venga ahora a ejercer de papá…, ¿me explico?

—Perfectamente. —El presidente cogió la batuta.

Puta mierda. Jamás tuve que haber aprobado el nombramiento de ese hombre. Era como Krampus. Le faltaban las patitas de cabra.

—Verás, Margarita…, lo del viernes fue…

—Fuerte —terminé la frase por él.

—Para ti tuvo que ser duro. Una experiencia traumática. Entendemos que busques en el trabajo un poco de consuelo.

«Consuelo», dijo el hijo de perra. Qué mala follá.

—¿Pero?

Odio los peros.

—Pero creemos que no estaría de más que cogieras tus vacaciones. Todas tus vacaciones. La empresa te debe setenta y siete días libres.

—Bueno, es que han sido años duros —apunté para hacerles sentir mal por sus vacaciones de un mes largo cada verano, más la semanita de invierno para esquiar.

—Sí, y creemos que te han podido pasar factura. Así que...

—Aprecio vuestra intención, pero me sentiría mejor viniendo a trabajar, la verdad. Quiero tener la cabeza ocupada.

—Margot... —Mi padrino, uno de los hombres de confianza de mi padre, se dirigió a mí. Era el único miembro del Consejo que salvaría de la quema. Y no tenía pinta de Éforo—. Sabes que yo nunca apoyaría nada que considerara malo o injusto para ti, pero... tienes que coger esas vacaciones. Tienes treinta y dos años y la obligación de cuidar y pensar en ti.

—No necesito esas vacaciones —mentí.

—Pues nosotros creemos que sí.

—Has tenido un incidente hoy con tu staff, ¿no? —apuntó otro.

—Entonces, para que me entere..., ¿me tengo que coger las vacaciones porque tengo que descansar y pensar en mí o para alejar un poco la movida de las instalaciones de la empresa?

—Margot, por favor..., tómate esas vacaciones —suplicó mi padrino de nuevo.

—¿Tengo alternativa?

—No.

Me apoyé en la mesa y me cogí la cabeza entre las manos.

—No me hagáis esto.

—La empresa pone a tu disposición todos sus hoteles para que descanses, te relajes, te alejes de todo esto…

—Yo no quiero alejarme.

—Pues debes hacerlo.

Bufé y me levanté. Me sentía una cría a la que sus padres castigan por sacar malas notas.

—Pues nada. Hasta dentro de setenta días.

—Cariño… —reclamó mi padrino antes de que me precipitara fuera de la sala—. Disfruta de unos cuantos días. Un mes si quieres. Vuelve cuando lo desees, pero…, de verdad, necesitas pararte a pensar en lo importante y ahora eso no es el trabajo.

Cuando llegué al despacho solo tuve ánimo para llamar a Sonia con un gesto. Creo que nunca he sido tan parca en palabras con ella como aquel día. Avisó a uno de los coches de la compañía para que me llevase a casa. Y al llegar, me quité el traje, me metí en la cama e ignoré a Candela hasta que se hartó.

10
Cabezota

¿Que cuánto dura un chisme? Pues en teoría poco… a no ser que se hagan memes. Si se hacen memes del asunto entonces se alarga un poco más. Unas semanitas, me dijeron mis hermanas. Era cuestión de unas semanitas. Solo tenía que tener paciencia. Y paciencia tenía, eso seguro…, porque con la cantidad de dignidad que había perdido disponía de más espacio en mi ser para cultivarla.

Según mis cálculos, Candela debería haber vuelto ya a su trabajo. Solía decir que en su hospital si pedías más de una semana seguida de vacaciones te miraban fatal, pero esta vez me dijo, cuando le pregunté cuándo volvía, que había juntado muchos días. Muchos días, así en plan vago, sin concretar. Tendría que haberme preocupado, pero… estaba a otras cosas. Que volviera cuando le saliera del mondongo. Yo tenía que gestionar el desmorone de mi vida. Mucha tragedia como para ocuparme de ella.

Yo, como a cabezota no me gana nadie, intenté seguir a lo mío: tenía que hacer vida normal. Si seguía con mi vida era solo cuestión de tiempo que Filippo entendiera que lo que me había dado no era más que una pájara. Probablemente un desequilibrio químico en mi cerebro había provocado todo aquel episodio. Le comenté a Candela mi hipótesis y la di por buena con su silencio, obviando el gesto de estupefacción que me devolvió. «Hay que llamar a la cordura», me dije. Tenía que sentirme dueña de mí misma y de mi destino.

Así que pensé que me sentaría genial ir a quemar un poco de energía al gimnasio. Nada de volver a casa arrastrando los pies y encontrarme con una casa vacía de vida pero llena de Filippo por todas partes: su ropa en el armario, su perfume en el baño, mis condones (míos porque los compraba yo) en la mesita de noche.

—¿Sabes algo de Filippo? —me preguntó Patricia cuando le dije que quería ir al gimnasio.

—¿Y eso qué tiene que ver?

—No sé, pero… ¿sabes algo de él?

—No —gruñí.

—Bueno. —Suspiró—. Lo del gimnasio no me parece buena idea. Son todas unas porteras —me advirtió Patricia—. Yo dejé de ir porque entrar en el vestuario era como enfrentarse al polígrafo.

—Tengo que generar endorfinas —le respondí, convencida de lo que decía.

Y de verdad que creí que había sido buena idea. El primer día hice máquinas, saludé a un par de conocidos, me compré una bebida isotónica sin azúcares añadidos y volví a casa paseando. El segundo entré en la clase de boxeo y le di al saco con más fuerza que técnica. Pero… al tercer día, lo que parecía haberse quedado en un par de miraditas dio su verdadera cara cuando mi entrenadora personal me preguntó, mientras me jaleaba para seguir botando con la cuerda (y a todo volumen), si era verdad que había dejado a Filippo porque la tenía pequeña o si en realidad era lesbiana. Creo que la segunda hipótesis era la que más triunfaba entre mis compañeras de gimnasio. Aquellas malditas estiradas deseaban a toda costa que el rumor de que me gustaban las mujeres fuera real porque aprendieron en un capítulo de *Sexo en Nueva York* que tener una amiga gay es de lo más *cool*.

Experimento finalizado. Conclusiones: el deporte no soluciona tus problemas y es una tortura medieval disfrazada de costumbre sana. Además, la gente es imbécil.

Así que desistí y me quedé en la cama tirada, como un perro al sol, repasando fotos de Filippo y yo cuando éramos felices y yo no me fugaba de ninguna parte.

—¿Por qué no dedicas tiempo a todas esas cosas para las que normalmente no tienes ni un segundo? —me sugirió Candela cuando vino a verme a casa y me encontró con restos de espaguetis con tomate alrededor de la boca—. Mímate un poquito, Margot, cariño. No es el fin del mundo, solo… un *impasse*.

Bien. Me parecía buena idea. Me dedicaría a hacer más hogareña mi casa. Empezaría por ahí, por algo de lo que solía quejarme pero a lo que nunca ponía solución. Cambiaría las cortinas de la habitación y los cojines del sofá. Quizá era el momento de llenar también la nevera de alimentos que me hicieran sentir bien y con energía. Todo salió mal, claro.

¿Sabes cómo acabó lo de las cortinas? Fui a una tienda de decoración que quedaba cerca de casa, me enseñaron un muestrario y me eché a llorar porque el color azul índico me recordaba a los ojos de Filippo.

Lo de la frutería supongo que era la crónica de una muerte anunciada. Pedí alguna fruta dulce que me alegrara un poco y la señora me preguntó si era más de bananas o de higos. Sé que solo quería recomendarme algo rico, pero estaba tan metida en la espiral de autocompasión, tan a la defensiva, que la mandé a cagar y me fui sin pagar los dos aguacates flácidos que llevaba en la mano, dentro de una bolsita de papel. Eran como dos cojoncillos ennegrecidos dentro de un escroto reciclado.

—Salgamos de marcha —me dijo Patricia cuando le pedí que me trajera unas mandarinas y le expliqué por qué no podía acercarme yo a la frutería de debajo de mi casa—. En serio. Haz las cosas normales que hacemos todos después de una ruptura. Come chocolate, llora, bebe vino y baila con una minifalda muy corta.

—Esto no es una comedia romántica —me quejé.

—Pues, fíjate, ya nos gustaría que lo fuera, después de todo siempre acaban bien. —Al ver mi puchero, suspiró—. ¿Por qué no hacemos planes las tres? Vamos a aprovechar que Candela estará aquí unos días más. No creo que tarde en irse a Chiquitistán.

—Ese país no existe.

—Nunca fui buena en geografía.

—No hace falta que lo jures.

Sé que se repartieron mi tutela por días. Candela parecía estar encantada de pasar más tiempo conmigo, y no es que Patricia estuviese hasta el mondongo, pero... además del trabajo que tenía pendiente y la responsabilidad compartida de la organización de una familia con tres niños pequeños, andaba más estresada que de costumbre y era fácil verlo.

Quizá debí esperar a tirar la toalla y dejar de resistirme, pero me rendí rápido. Dos días les costó. El primero, Candela me llevó a una tasca vegana a beber kombucha. Probamos unas patatitas al horno con una salsa de queso vegano que estaban increíbles, pero... ¿has bebido alguna vez kombucha? ¿No? Pues no lo hagas. Es sinceramente terrible. Como beber pis fermentado con un chorrito de vinagre. ¿Por qué no me pedí otra cosa? Porque Candela no me dejó.

—Tienes que probar cosas nuevas —repetía con un evidente subidón de azúcar.

Nunca había probado a que me pegaran latigazos a las papilas gustativas y no por eso me parecía un buen plan.

El segundo me tocaba con Patricia, pero esta tenía mogollón de curro. Candela se ofreció a llevarme a comer a un restaurante tibetano que habían abierto no sé dónde, pero después de la kombucha, esperar a que Patricia estuviera disponible era mi mejor opción. Lo único que me apetecía era ponerme el pijama y ver series sobre asesinos, pero a ninguna de las dos le pareció que fuera sano ni estar sola ni lo de los asesinos. Así que tuve que pedirle al chófer de la empresa que me llevara a ver a mi hermana porque vivía en el quinto coño y yo no tenía coche.

Encontré a Patricia perfecta, como siempre, pero atareada. Me dio un beso y me pidió que sirviera un par de copas de vino en la cocina de concepto abierto de su precioso chalet mientras ella ultimaba unas cosas en el despacho.

—Tengo que hacer una llamada, pero enseguida estoy contigo.

La chica que recogía a los niños del cole me dejó pasar un rato con mis sobrinos antes de que se dedicaran a sus deberes. Mi sobrina se mostró encantada de que le hiciera una coleta, como las que llevaba Mel C, de las Spice Girls, pero después me obligó a explicarle quiénes eran esas señoras y qué cantaban. Me vi arrastrada por una vorágine de niños uniformados (tres, concretamente), que se pusieron sumamente pesados para que les enseñase la coreografía de «Wannabe». Después los dos mayores se pelearon, con mordiscos y tirones de pelo, por ser Geri (porque les dije que era la más guay de todas) y para que se tranquilizaran lo único que me valió fue seguir enseñándoles vídeos de grupos de los años 2000 hasta que tuvieron que irse a clase de música. O de alemán. ¿No sería chino?

Cuando mi hermana volvió, móvil en mano, ya me había bebido mi copa, la suya y lo que quedaba en la botella.

—Pero ¡bueno! —se sorprendió.

—Por favor, Patricia —balbuceé—. Saldré de marcha. ¿Vale? Haré lo que tú quieras, pero dejad que viva esta ruptura con dignidad.

—Quizá tengas razón. —Se acercó a mí y me acarició el pelo—. A lo mejor es pronto y deberíamos dejar que pases tiempo con tus sobrinos, con nosotras, con mamá…

—Llevadme de fiesta —supliqué—. Pero no me dejes con tus hijos media hora más. Han descubierto a The Moffatts y dicen que son el mejor grupo de la historia.

—Dios mío.

Patricia se sentó en la banqueta y se sujetó la frente con agobio.

Decidimos que sería el viernes cuando perpetraríamos el crimen. Bueno, es que lo planeamos como si fuese un crimen. No creo que en *La casa de papel* organizaran tanto el asalto como nosotras aquella salida. Porque era una juerga posruptura, claro, pero por muchas cosas más. No podía ser en ninguno de los clubes pijos a los que iban los fines de semana mis compañeras del máster o de la universidad. Tampoco en ninguno de los garitos *cool* y super de moda que me había recomendado la hermana pequeña de Filippo (y a los que no había ido nunca). Nada donde pudiera encontrarme a alguien conocido y menos que trabajara bajo el techo de Grupo Ortega. Un tugurio, a poder ser, donde pusieran música bailable, hubiera mucho alcohol, oscuridad y fuera imposible encontrarse con la pobre frutera a la que había mandado a la mierda.

Y no. No me la encontré allí, pero sí choqué con la complicación más hermosa de toda mi vida.

11
La desesperación de Margot

Fue como aquella película donde un hobbit y varios enanos tienen que echar a un dragón que vive en una montaña, acostado encima de un montón de moneditas de oro y joyas. Tú quieres que ganen los enanos porque, pobres ellos, quieren recuperar su hogar y la prosperidad de su pueblo, pero en el fondo no deja de darte pena el pobre dragón. ¿Alguien ha pensado en el dragón? No puede evitar sus instintos.

Pues algo así fue, aunque ahora mismo creas que me he vuelto completamente loca.

Candela estuvo buceando por Internet durante un par de días para dar con el garito adecuado para nuestra salida. El manual de la ruptura perfecta dice que hay que salir a emborracharse después de que te dejen, y puesto que yo había plantado a mi prometido en el altar y él se había pirado a su país previa petición de que no contactara con él hasta septiembre, sumaba dos rupturas en la misma persona. No sé si cuenta, pero a mí en ese momento me daba todo igual. Después de escuchar «Miss you like crazy», de The Moffatts, más de seis veces, el mundo pierde sus matices y empieza a emborronarse por los bordes.

Pero Candela dio con el local ideal porque ella es así. No sabe combinar dos prendas de ropa sin hacer que Agatha Ruiz de la Prada se sienta orgullosa de ella, pero sabe encontrar cosas.

Así que lo único que tuvimos que hacer después fue reservar mesa en algún bareto de los alrededores, uno donde sirvieran jarras de sangría y estuvieran acostumbrados a tener como clientela a un montón de guiris.

Patricia dejó a los niños con Alberto; habían planeado una noche de peli, palomitas y chuches y estaban superemocionados porque iban a ver alguna de superhéroes. A ella le daba miedo que tuvieran pesadillas después, pero lo cierto es que Capitán América tendría pesadillas de conocer a mis sobrinos, no al contrario.

Vino a casa a cambiarse, donde ya estaba Candela que, en realidad, había hecho de mi piso algo así como su madriguera. Fingía que seguía hospedándose en casa de nuestra madre pero en mi habitación de invitados había una mochila de campamento y un montón de ropa de colores esparcida por todas partes que indicaba lo contrario.

—Cojones. Esto parece una tienda de Desigual —comentó Patricia al asomarse.

—¿Qué me pongo? —preguntó Candela.

—Nada que habite tras esta puerta. Vamos al armario de Margot, que tiene cosas chulas.

Patricia había traído sus cosas, eso sí. Como le había pedido que no se arreglara mucho (es preciosa y llama la atención hasta en camisón de parturienta, y no quería que pareciera una supernova y atrajera demasiadas miradas sobre nosotras), se colocó unos vaqueros y un top lencero. Y puede parecer poca cosa, pero… estaba deslumbrante. Con su pelo rubio ondulado, un poco de brillo en los labios y el eyeliner perfectamente trazado sobre las pestañas, no le hacía falta más.

Candela escogió lo único de mi armario que pareció gustarle: un mono corto, color camel, con un cinturón marrón. «Lo compré para nuestro viaje de novios», pensé cuando la vi comprobar si no le vendría demasiado holgado. «En realidad ni siquiera lo compraste tú», me corregí; «te lo compró tu maldita *personal shopper*, que es guapa y rubia y cobra como un ministro. Aunque ya no importa, porque no existe ni el viaje ni el novio».

—No me ha escrito —musité mientras la veía revolver en mi zapatero en busca de unas sandalias planas que cumplieran los parámetros que Patricia le había indicado.

—Ese era el trato, ¿no?

—¿Creéis que estará ligando con otras?

—No —dijeron al unísono.

¿Recuerdas lo de las verdades a las que se les añade poesía como el caramelo al algodón de azúcar? Pues pasa lo mismo con las mentiras. A veces son más digeribles.

Dije que «no» sistemáticamente a todos los modelitos que propuso Candela, que, como se había visto guapa en el espejo, parecía creer que de pronto tenía talento con esto del estilismo. A lo que Patricia iba señalando también me negué, pero porque las prendas de mi armario tenían un orden y un concierto que ellas parecían no entender. Así que cogí dos perchas aledañas y me vestí con lo que había en ellas. Estaban en la parte del armario de «cóctel informal», como solía indicarme la *personal shopper* con perchas de color negro, así que no había peligro de fallar: una blusita negra de plumeti de manga corta con escote cruzado combinada con un pantalón vaquero del mismo color, tobillero.

—A Patricia le pasa algo —musitó Candela mientras esperábamos el taxi en mi portal.

—¿Qué?

—Que sí. Que a Patricia le pasa algo. Está rarísima.

—No está rara, está estresada. Tiene treinta y seis años, tres hijos y un negocio de éxito. ¿Cómo estarías tú?

—Muerta. Pero no me refiero a eso. En serio, fíjate.

Las dos nos volvimos disimuladamente hacia ella, que se colocaba el pelo con un movimiento del cuello mientras tenía la mirada perdida en el teléfono.

—Está haciéndolo otra vez —apuntó Candela.

—¿El qué? ¿Ser guapa?

—No, idiota. Ya está con el móvil otra vez.

Puse los ojos en blanco.

—Cande: es normal. Tú no lo eres. Y no digo que esté mejor lo nuestro, pero entiende que para ti es raro porque sigues teniendo un Alcatel con antena. En los móviles de ahora podemos leer las noticias, gestionar nuestra agenda…

—¡Ya lo sé, zopenca! Pero esas son las cosas para las que tú usas el móvil. Ella está haciendo otra cosa.

—¿Qué cosa? —pregunté con intriga.

—Está todo el rato chateando.

—Ahora se le llama «wasapeando» —le indiqué.

—Como se diga. Está todo el rato hablando con alguien.

—Cande: Alberto y ella tienen tres hijos. ¿Tú sabes la intendencia que eso supone para dos personas que trabajan fuera de casa?

—Pues no, pero dado que me dedico a intentar curar a gente que a veces se está muriendo…, me hago a la idea de que su vida no es nada fácil.

—No hagas eso —le pedí—. No tergiverses lo que te he dicho.

—Te digo que le pasa algo.

—¿Y qué le va a pasar?

—¿Y si está pensando divorciarse?

La miré alucinada.

—Tú estás chalada.

—O a lo mejor quieren mudarse a otro país. Los dos tienen proyección internacional y… —Y la teoría parecía convencerla más conforme iba desarrollándola.

—O a lo mejor quiere matarnos y quedarse con nuestra herencia.

—La mía la he donado toda, así que buena suerte.

Me reí.

—Deja de hacer cábalas. No le pasa nada. Ella es… así.

Candela no se mostró conforme y yo me encogí de hombros, sin darle importancia. Ya no sé si no quise dársela por no preocuparme más o por no compartir espacio en mi drama.

Sin embargo, como ya he dicho muchas veces, Candela era la hermana lista. No debí dejar caer en saco roto su preocupación, aunque solo fuese para ahorrarme su mirada de superioridad cuando Patricia, tras la primera copa de sangría, empezó a largar.

—Os tengo que contar algo.

Los ojos ligeramente saltones de Cande brillaron de orgullo. Parecían decir: «¿Lo ves?».

—Lo sabía —musitó—. A ti te pasa algo.

—¿A que no? —intenté ganar en mi apuesta—. ¿A que es estrés por lo del curro y los niños y…?

—No. —Se llevó la pequeña copa rayada de tanto uso a los labios y dio un trago al brebaje que en aquel bar llamado El Españolito Yeyé servían bajo el nombre de «sangría»—. Hay algo que…

Las miré con recelo.

—Ah…, ya entiendo. Os habéis conchabado. Queréis hacerme sentir mejor inventándoos movidas raras en plan: «Mi vida no es tan feliz como parece».

—Es que ninguna vida es tan feliz como parece.

—La tuya sí —la acusé—. Que no cuela.

—¿Puedes dejarla hablar? —me pidió Candela.

—Sí, sí. Ahora se inventará algo en plan: «Desde hace meses me crecen los pelos de las ingles a una velocidad suprahumana y parece que lleve siempre pantalón ciclista».

—Esa es buena.

—¿Os podéis callar? —pidió Patricia mientras se llenaba la copa—. Estoy intentando contaros algo. Y Dios sabe que me está costando un mundo.

—¿Te has descubierto un tercer pezón que creías que era una peca? —me aventuré.

—Oye, tía, ¿en serio te dedicas a la experiencia del cliente y a la reputación corporativa? Porque yo creo que ibas para guionista de pelis de serie B y te has descarrilado.

—Que no me lo trago. —Me crucé de brazos—. De verdad. No me lo trago.

—Yo con esta —Candela señaló a Patricia con ese desprecio que solo puede tenerte una hermana que te quiere con toda el alma— no me he conchabado para nada. Pero si no me pongo de acuerdo con ella ni para…, bueno, es que ni ejemplos me salen. Para nada. No nos ponemos de acuerdo en nada.

—¿Me dejáis hablar? —insistió la aludida.

—Que sepáis que me parece superruin lo que estáis haciendo. ¿No podéis hacer como las personas normales y emborracharme para ver si al menos lo olvido durante una noche? No, vosotras tenéis que planear un…

—¡¡Que no hemos planeado nada!! —me gritó Candela.

—¡Barriobajera! —grité indignada.

—Barriobajera no lo sé, pero la hostia te la llevas puesta.

—Creo que Alberto me engaña.

Candela y yo soltamos el trozo de pan con el que íbamos a atizarnos y miramos a Patricia sorprendidas.

—¿Qué dices?

Patricia cogió aire y asintió. Me pareció que volvía a contener las lágrimas, como la tarde de mi boda. Exboda. Supuesta boda. Aquella boda de la que me fui corriendo.

—Que creo que me engaña, joder.

—Eso es imposible —certificó Candela—. Ese tío está loco por ti desde COU. ¡Pero si orbita a tu alrededor, Patricia, por Dios!

—Estoy tan segura como de que mamá me llamó Patricia por los patricios romanos.

—¡Y a mí Candelaria por la tía esa de papá a la que no aguantaba! Mamá es idiota, pero tú no. Alberto no te engaña; todo lo contrario: lo tienes enchochado.

—Enchochado, dice la barriobajera —la pinché.

—Sé cómo hacer que se te pare el corazón y no se note en la autopsia —me dijo con una sonrisa.

—Llega tardísimo a casa, cuando está por allí siempre tiene cosas que hacer, llamadas, mails..., por no hablar de esos viajes para acudir a «congresos» y los planes en el Club.

—Al Club vais los dos —apunté—. Bueno, no. Vais los cinco.

—Claro. No hay mentira más efectiva que una verdad a medias. Nos lleva a su mujer y a sus hijos con él a su puto picadero. Así no hay quien sospeche...

—Estás siendo superretorcida, tía —le aseguré—. Estás paranoica.

Se llenó la copita mugrienta de nuevo y se la bebió prácticamente de un trago, como había hecho mientras Candela y yo nos amenazábamos.

—Que sí, que lo sé. Que luego estas cosas pasan con quien menos te lo esperas.

—Pero... —Me acerqué, intentando crear un ambiente un poco más cómplice en aquel bar aceitoso en el que cada dos por tres se escuchaba gritar a alguien «¡olé!» con acento del norte de Roncesvalles—. Patricia, ¿cómo te va a engañar? ¡A ti! Pero si eres inteligente, interesante, tus días tienen más horas que los del resto de los mortales porque siempre estás descubriendo cosas superchulas, tienes un negocio boyante, combinas la ropa de tus hijos... ¡entre sí! Y encima estás buenísima...

—Mira que me lo dijo mamá. —Se sujetó la frente en ese gesto tan suyo—. Da igual cuánto te cuides, siempre habrá algo que mejorar y alguna mujer que no lo sufra.

—¿En qué idioma está hablando? —me preguntó Candela.

—Que me he dejado y…

La miramos con los ojos abiertos de par en par.

—¿Lo está diciendo en serio? —volvió a consultarme Candela.

—¡Deja de preguntarme a mí! —me quejé—. Yo sé lo mismo que tú.

—Vamos a ver, Patricia, ¿eres idiota?

—No. —Sollozó mientras tanteaba en la mesa en busca de la jarra ya casi vacía.

—Pues entonces.

—Que no. Que sé que me engaña.

—¿Lo dices en serio?

—¡Coño! Que sí.

—Bueno, vale. —Candela se enderezó mientras yo seguía acariciando el brazo de Patricia como si fuera un perrito—. Pues entonces hay que averiguar si es verdad. Cuando sepas la verdad, podrás decidir qué hacer.

La miré con el ceño fruncido a la vez que un camarero dejaba encima de la mesa una ración de las croquetas más pochas que he visto en mi vida.

—¿Nos trae otra de sangría? —pidió Patricia antes de volverse hacia Candela—. ¿Y cómo lo averiguo?

—¿Has cotilleado su móvil?

Asintió.

—Dios, eso es horrible —me quejé—. Una falta total de respeto. ¡Es tu marido, por favor, no un posible terrorista! ¿Dónde está la confianza en tu pareja?

—A lo mejor se puso unas Nike y salió corriendo por los jardines del Parador donde iba a casarse —atacó.

—Oy, oy, oy —me ofendí.

—Ponle un detective.

Las dos nos giramos hacia Candela esta vez. Me entró la risa y tuve que alcanzar la copa para no soltar una carcajada.

—¿Un detective?

—Sí. Claro. Si tiene una aventura, en dos semanas, como máximo, lo sabrás.

—¿Y eso cómo funciona?

—Coño, Patri, ¿no has visto nunca películas de detectives? —le preguntó Candela, encantada con su idea.

—Tú te pones unas medias con raya detrás, una falda estrecha y tacones altos y vas a ver al detective, que seguramente esté saliendo ya del despacho, que huele a tabaco, de camino al bar. Hace años era el número uno, pero desde que su mujer le engañó con su mejor amigo… solo le queda el calor de la bebida para que las noches sean menos largas. Lo reconocerás porque lleva sombrero y una gabardina roída…

Candela apretó los labios con rabia al lanzarme el trozo de pan con el que me había amenazado antes.

—Eres una completa patana —me atacó.

—Perdona, ¿que contrate a un detective? Pero de qué narices va esto. Anda, hombre, anda… —Las dejé por locas.

—¿Tú me acompañarías? —Patricia cogió la mano de Candela con sus enormes y redondos ojos azules húmedos.

—Claro que sí.

Me puse celosa e hice un puchero sin querer.

—Joder, ahora yo también quiero ir.

Las tres soltamos una risita ñoña, casi a lágrima viva. Estaban siendo unos días demasiado intensos.

—Echo de menos tener madre —se lamentó Patricia.

—Tenemos madre —le recordé.

—Bueno, pues echo de menos tener una madre que no maúlle.

La carcajada resonó, esta vez sí, con fuerza sobre la mesa en la que acababa de aterrizar otra jarra de sangría.

La cuenta no salió tan barata como cabía esperar tras comprobar la calidad de la cena. Si la noche no se estropeaba por una colitis aguda sería un milagro. Aunque, a juzgar por las risotadas que soltaba Patricia, era bastante posible que se fuera al garete cuando tuviéramos que llevarla a casa entre las dos y sujetarle el pelo mientras vomitaba los dos litros de sangría que se había metido entre pecho y espalda. Y lo peor... a Candela todo parecía hacerle también mucha gracia. ¿No se suponía que era yo la que necesita olvidarse de todo una noche? Por lo visto, era la única cuyo organismo ejercía de pronto resistencia al alcohol. No era justo.

El puertas del garito daba miedo. Al verlo a una le daba por pensar que por qué se necesitaba a un tío tan grande y con pinta de haber sido entrenado en Guantánamo para vigilar la entrada a un pub.

—¿Y cómo has encontrado este garito? —le pregunté a Candela mientras esperábamos a que las dos chicas que teníamos delante entregaran algún documento que acreditara que eran mayores de edad.

—Pues en Google. Tiene buenas opiniones. Ambiente amigable, música actual y alcohol no demasiado malo. Y al parecer una de las camareras ganó algún certamen de belleza hace poco.

—Interesante. —Asintió Patricia—. Perdona, ¿tienes un cigarro?

Uno de los chicos que esperaban detrás de nosotras le pasó un cigarrillo y un mechero en décimas de segundo, muy solícito.

—¿Desde cuándo fumas?

—Lo dejó con el primer embarazo —le confesé a Candela—. Fumaba desde los dieciséis, pero a mí no se me permitía hablar de ello.

Le dio una calada honda con los ojos cerrados.

—Qué bien esta salida de hermanas. —Asintió para ella misma.

—Sí —contesté con cierta ironía—. Ahora, además de por mi vida también estoy preocupada por la tuya. Gloria divina.

—¡Relájate! ¿Qué es lo peor que puede pasar? ¡¡No es el fin del mundo!! Vamos a bailar agarradas a dos tiarrones que nos quiten las penas.

—¿Tiarrones? Patricia, a las chicas de delante les han pedido el DNI, ¿qué crees que te vas a encontrar ahí dentro?

—Yo bailo muy bien y soy mayor de edad. —La cabeza del que le había dado el cigarro apareció entre nosotras.

Miré a Candela con gesto consternado, esperando que me echara un cable, pero todo seguía haciéndole mucha gracia.

El garito estaba muy oscuro. Juraría que más de lo habitual, pero como hacía siglos que no salía de fiesta tampoco podía asegurarlo. La música atronaba haciendo que el pecho reverberara al ritmo. Sonaba algo que ni en un millón de años hubiera reconocido por aquel entonces, pero que ahora sé que era C. Tangana con Paloma Mami; la muchedumbre que abarrotaba el local se agitaba casi acompasada en una actitud que rozaba el preliminar sexual. Una pareja se besaba apoyada en la máquina de tabaco. Dos chicas bailaban entre ellas sensualmente. Dos chicos y una morena, al fondo, se entregaban en un sándwich que me pareció excitante hasta a mí, que estaba depre.

—¡Vamos!

Mis hermanas tiraron de mi brazo y yo me ajusté el bolso cruzado en el pecho. Aquel ambiente era completamente hostil para mí. Me sentí como adentrándome en la jungla sin un mal machete al que echar mano si la cosa se ponía fea.

A trancas y barrancas llegamos hasta la barra. Un par de chicas guapas y rápidas se afanaban en poner copas a dos manos. A su alrededor decenas de personas reclamaban su atención.

—Esta barra está petada —gritó Candela—. ¿Vamos a la del fondo?

—Creo que necesitaríamos equipamiento de espeleología para llegar —le respondí a gritos para hacerme oír.

Pero Patricia ya estaba abriéndose paso entre la gente.

—¡¡¡Perdona!!! —vociferó en cuanto llegó a tocar la otra barra.

Un chico rubio la miró y la invitó a hablar con un movimiento de cejas.

—¡¡¿Nos pones unos chupitos y unas copas?!!

—Dame un segundo, porfi. Mi compi ha ido a por hielo y estoy solo.

—Tranquilo, amor, que yo te espero.

—Patri, por favor —le supliqué—. No seas babosa.

—¿Lo has visto? —Se volvió a mirarnos con los ojos abiertos de par en par—. *Mamma mia!*

—Creo que tiene edad de ser nuestro hijo.

—Oye, somos treintañeras interesantes y él no es ningún niño. ¡Déjame coquetear, que mi marido me engaña!

Cuando se giró, un chico aparecido de la nada la miraba con media sonrisa mientras volcaba en el fondo de un congelador unas bolsas de hielo. Abrió una con un ademán y llenó con ella un recipiente. Moreno, con greñas, ojos oscuros, nariz respingona, cara de niño…, de niño malo, de los que te enamoran en la puerta del colegio, te roban tu primer beso y te rompen el corazón. Pero con una barbita que le crecía desigual.

—¿Qué te parece? ¡Mi marido me engaña! —repitió a gritos Patricia.

Este también parecía haberle gustado.

—¡Será cabrón! —le siguió el rollo el camarero—. Pues deberías dejarlo. Ponle las maletas en la puerta.

—¿Verdad?

—Tres gin-tonics. —Me apoyé en la barra, poniéndome por medio para cortar aquella conversación. Miré a Patricia—. Deja de contarle tu vida, por Dios.

—Pídele tres chupitos y el número de teléfono.

—¡Cállate ya! —respondí muy nerviosa—. Te brillan los dientes con esta luz y das mazo de miedo.

—A ver…, a ver. —El chico se asomó, buscando mi atención—. Tú pareces la líder. Cuéntame. ¿Los chupitos de qué los queréis?

¿Habría escuchado también lo del teléfono?

—De… ¿piruleta? —sugerí.

—¿Y si te los pongo de arcoíris?

Otra se hubiera ofendido. A decir verdad, yo en otro momento de mi vida me habría ofendido. Pero… me hizo gracia. Agaché la cabeza, eso sí, para que no me viera sonreír.

—¡¡De tequila!! ¡¡Tres chupitos de tequila!! —gritaron mis dos hermanas a la vez.

—Por Dios… —me quejé.

—¡¡Margot, suéltate un poco, anda!!

Suspiré y me giré con cara de apuro hacia el camarero.

—Pues… tres gin-tonics de…, uhm…, de la ginebra que quieras y tres chupitos de tequila.

El chico se quedó mirándome con una sonrisa con cierto tufillo a suficiencia.

—¿Qué? —pregunté apurada.

—Tú no sales mucho, ¿eh?

Negué con la cabeza.

—¡Tranquila! Diviértete un poco.

—¡Me estoy divirtiendo!

Pero mi afirmación ya no le alcanzó. Se había movido con la velocidad del rayo para coger una ginebra del estante de arriba del todo.

—¡¡Está bue-ní-si-mo!! —gritó Patricia.

—¡Qué va! —contestamos Candela y yo a la vez.

Estaba de acuerdo en que el chico era mono, pero no me apetecía darle alas a una potencial adúltera por despecho.

—¡¡Ay!! ¡¡La Rosalía!! —gritó Candela cuando empezó la siguiente canción.

—Qué puesta te veo.

—Siempre moderna, nunca «inmoderna», hermana.

Tres vasos de tubo llenos de hielo aparecieron frente a mí en la barra y una mueca de horror me partió la boca en dos.

—¿En vaso de tubo? —se me escapó.

—Pues para no salir mucho tienes el morrito fino, ¿eh? —me contestó el camarero.

Me tomé un segundo para analizar si Patricia tenía razón y era algo más que un chico mono. Moreno, pelo que necesitaba un corte urgente (greñas, muchas greñas, como de *skater* de los años 2000), ojos castaños, hondos, labios gruesos. Veinti… ¿pocos? O veintimuchos. Era uno de esos chicos sin edad que podrían estar a punto de graduarse en el instituto o en la universidad. Llevaba una camiseta negra con el nombre del local en blanco bordado en el pecho y, la verdad, le quedaba bastante bien, pero… no era una cosa así… como de locos. No sé si me explico. Mi prometido (¿Exprometido? ¿Ex? ¿Futuro marido? ¿Novio?) era de esos hombres que levantan revuelo allá donde van. Si íbamos a cenar, nuestra mesa terminaba siempre siendo un nido de miradas disimuladas y suscitaba algún cuchicheo entre amigas. «Mira qué tío tan guapo», «Madre mía, qué hombre», «Las hay con suerte». A Filippo solo le faltaba una corte de trompetas para anunciar su entrada. Era el príncipe del cuento y la medida a partir de la cual yo «juzgaba» la belleza de otros hombres, así que… en mi opinión, para lo que estaba babeando Patricia, ese chico no me parecía para tanto.

¿Qué estaría haciendo Filippo en aquel momento? ¿Habría salido de fiesta con sus amigos? ¿Estaría apoyado en la barra de algún garito? Seguro, pero con más glamour, uno elegante y con un montón de chicas guapas, de esas que enamoran a cantantes y deportistas y que…

—Los chupitos eran de tequila, ¿verdad? —preguntó el camarero a tiempo de romper mi hilo de pensamiento.

—¡De lo que tú quieras, chato! —escuché gritar a mi hermana mayor.

—De tequila —me apuré.

Me sonrió y deslizó tres vasitos en la barra y un platito con limón. Agarró la botella del mostrador y con un solo movimiento llenó los chupitos.

—Cuarenta y ocho —me dijo.

—¿Cómo?

—Son cuarenta y ocho euros —repitió casi gritando.

—Ahm…, ¿te puedo pagar con tarjeta?

Me tendió el datáfono y yo, desprevenida, di un saltito antes de ponerme a rebuscar nerviosa dentro del bolso. Le lancé una mirada y allí estaba, observándome divertido mientras marcaba el ritmo de la canción que estaba sonando de manera inconsciente con los hombros. Rocé el móvil con los dedos y tiré de él para, con un toquecito, confirmar el pago.

—¿Quieres copia? —me preguntó.

—No hace falta.

Se atusó el pelo, estiró el cuello para hacerlo crujir y me devolvió la mirada. Ojos marrones, comunes pero… tristes.

—Si lo sé te cobro el doble —se burló.

Fruncí el ceño y él se quedó parado un segundo.

—Era broma.

—Ya. —Sonreí—. Gracias.

Me di la vuelta para pasarles los chupitos y el limón a mis hermanas.

—Oye —escuché a mis espaldas.

El chico seguía allí cuando me giré. Nos sostuvimos la mirada unos segundos extraños hasta que levantó entre sus dedos un chupito como el nuestro.

—Por vosotras —anunció.

Patricia soltó un gritito de júbilo antes y después de beberse el tequila de un trago; Candela se descojonó y yo… me quedé sosteniendo el chupito convencida de que aquel chico me había reconocido entre la masa. No por ser la chica rica que se había dado a la fuga en su propia boda, sino como los otros dos ojos más tristes del garito.

12
Ojos tristes

Siendo camarero aprendes mucho sobre psicología. Pero mucho mucho. Supongo que ese papel de confidentes que nos dan en las películas no es gratuito. Escuchamos muchas historias; más de las que nos gustaría, la verdad. En ocasiones no estás de humor para problemitas del primer mundo y, en otras, lo que no estás es preparado para el drama que arrastran algunas personas. Todos llevamos a hombros nuestras penas y no siempre son las que creemos que son.

Esa fue la sensación que me dio aquella chica. Estaba perdidísima hasta en su propio cuerpo, como un potrillo que aún no sabe mover las extremidades. Torpe. Asustada. Sola.

A juzgar por su manicura, el estado de su pelo y el lustre de su bolso y su ropa, esa chica no tenía los mismos problemas que yo: llegaba de sobra a fin de mes, tendría una casa bonita y un buen curro. Iba a la moda, discreta pero a la moda; su armario estaría lleno de prendas que lucir en ocasiones que yo ni siquiera podría imaginar. Sin embargo…, estaba sola. Sola, solísima. Sola como solo puede estar alguien que ni siquiera se tiene a sí mismo. Como yo. Ambos debimos de emitir algún tipo de señal hacia el sonar que hace que te sientas a gusto o incómodo junto a alguien a quien acabas de conocer.

El DJ siguió empalmando una canción del momento con otra y, aunque en todas predominaba el reguetón con su ritmo machacón, en mi cabeza sonaba «Sola con la luna», de Anni B Sweet. Idoia me dijo una vez que le gustaba y yo me aficioné a escucharla; una tarde, tumbados en su cama, desnudos, me pidió que cambiara de música.

—Estoy harta de esta letanía.

—Pensaba que te gustaba.

—Me gustaba.

Así era ella. Lo que hoy era lo mejor, mañana podría ser el foco de todas sus burlas. ¿Estaría siéndolo yo en aquel momento? Quizá estaba en la cama con otro chico, uno con un buen trabajo, coche, piso y planes de futuro, al que le estaba contando que su ex era un pobre diablo que ponía copas en una discoteca de mala muerte en Huertas.

Iván y yo nos cambiamos el lado de la barra sobre las dos y media. Solíamos hacerlo para ver gente diferente y no estar atendiendo las mismas caras toda la noche. Así nos turnábamos también para reponer, ya que siempre se encargaba el que estuviera más cerca del almacén. Desde mi nuevo puesto de vigía y mientras servía dos Jägerbombs (esa mierda va a matar a alguien un día de estos), las vi. Las dos rubias bailaban con mayor o menor ritmo, visiblemente borrachas, mientras la chica de los ojos tristes se movía con discreción mirando a su alrededor, como si en realidad estuviera preocupada por si alguien consideraba que no estaba bailando de la forma correcta y pudiera multarla. Me recordó, en cierta forma, a mi manera de querer a Idoia. Cobré, saqué el móvil de mi bolsillo y le eché un vistazo: sin notificaciones.

Me mordí el carrillo. Si quería recuperar a Idoia tenía que hacer algo. Estaba visto que esperar a que se arrepintiera no surtía ningún efecto.

—¿Qué pasa? —me preguntó Iván.

—Nada, ¿por?

—Pones cara rara.

—Nos faltan monedas de cincuenta céntimos y de euro.

—¿Me acerco a ver si las chicas tienen?

—Venga.

Por quitármelo de encima era capaz de decirle que no teníamos vasos. Quería a Iván. Quiero a Iván, pero a veces no entiende la forma en la que me enfrento al mundo. Nunca se me dieron bien las palabras, nunca supe expresar bien cómo me sentía o lo que deseaba; creo que en gran medida es porque ni siquiera yo lo tenía muy claro. Como cuando dejé la carrera en el último año y a mis padres solo les dije que «no era lo mío». Había mucho más detrás, como el pánico a convertirme en alguien engullido por la rutina y a no encontrar nunca trabajo de aquello para lo que me estaba preparando. Si un hijo me dijese eso, me partiría de risa en su cara, pero... bueno, en ocasiones la gente joven entiende mucho mejor lo que les rodea que los mayores y otras, sencillamente, creen que lo entienden. Yo me movía continuamente en el segundo grupo.

Vi a las tres chicas ir a recargar sus copas en varias ocasiones, cada vez en una barra diferente. Me dio la sensación de que, de alguna manera, la chica de los ojos tristes me evitaba, pero finalmente la insistencia de su hermana la hizo volver. Lo cierto es que, al estar al fondo del todo, mi parte de la barra a esas horas tenía mucha menos cola.

—¿Qué os pongo? —Les sonreí.

—Tres gin-tonics y tres chupitos de tequila.

La chica triste se volvió como un resorte. Su melena a la altura de los hombros, lisa y brillante, de color castaño, voló alrededor de su cara.

—No, ¿eh? Yo no puedo más.

—¡¡Uno más, porfi!! —suplicó la más guapa.

Yo me agaché y busqué algo detrás del mostrador. Al levantarme, estaba asomada, con el ceño fruncido, como buscándome.

—Ah, estás ahí —dijo.

—Claro. ¿Dónde pensabas que me había ido?

—No sé. ¿A Narnia? Mi hermana es muy pesada. Pensaba que igual habías huido a través de una trampilla.

—¿Tu hermana? —le pregunté, echando mano de la botella de ginebra que tenía detrás de mí.

—Mis hermanas. —Señaló a las dos chicas rubias, que me saludaron efusivamente—. Ya sé que no nos parecemos en nada. Me debieron de encontrar dentro de una coliflor.

—Es una historia muy bonita. La chica que salió de una coliflor.

—No me gusta como suena. Oye... —Se apartó un mechón detrás de la oreja—. A mí no me pongas tequila.

—¿Por qué? Suenas aún muy sobria.

—Hoy no me sube, pero sí que me da náuseas.

—¡¡Pon tres, eh!! —insistió su hermana, como si estuviera escuchándola.

—Venga, a estos os invito. —Le eché un capote—. Y el suyo me lo bebo yo. ¿Te parece? Tu hermana no tiene pinta de tolerar bien el tequila y no queremos pota sobre la barra. Afea el ambiente.

Las dos se echaron a reír a carcajadas y miré de reojo en busca de un gesto de agradecimiento. La chica de los ojos tristes apretó los labios el uno contra el otro y así, con la boca hecha un nudito, sonrió.

—Oye..., ¿y a qué hora sales? ¡Te podías venir de fiesta con nosotras! —me propuso la que imaginé que era la mayor.

—¿Yo? ¡Qué va! Yo ya estoy hecho polvo. Cuando salgo de aquí lo único a lo que aspiro es a una ducha caliente y pillar mi cama.

«Mi sofá», me corregí en silencio.

—No le hagas caso, por favor.

La chica de los ojos tristes, además de terriblemente avergonzada, parecía estar a kilómetros de la música que sonaba. Por un lado, su voz me llegaba más clara que las demás y, por otro, era como si allí solo estuviera el diez por ciento de su persona.

—¿Era gin-tonic? —le pregunté.

—Sí, pero...

Le acerqué tres vasos de sidra y levanté las cejas para que prestase atención al cambio de cristalería.

—No te gustaban los de tubo y, mira, me fui a buscar estos. No son copas de balón, pero algo es algo.

Me lanzó una mirada de incredulidad, graciosa y tierna; me cayó bien.

—A ver... —Les abrí tres tónicas y vertí un poco de cada una en su vaso correspondiente—. Son treinta y seis.

—Yo pago —se ofreció.

—No, no. Deja.

—¡Pago yo! —gritó la mayor.

—Quita.

—No saques la cartera que aún perderás algo —insistió la de los ojos tristes.

—¡¿Me quieres dejar?!

—Por Dios, llevas una cebolla encima... Tú duermes en mi casa, ¿verdad?

—No, no. Me voy a MI casa.

—Pues a tus hijos les va a encantar escucharte vomitar en el jardín.

—Estás obsesionada con el vómito —añadió la otra rubia, la de los ojos saltones.

—¿Quieres mejor un botellín de agua?

—¡¡Quiero encontrar el pu-to-mó-vil para pagar!!

Hubo una refriega. La típica refriega entre hermanos que es bastante divertida de presenciar. Me acordé de cómo nos peleamos mi hermano, mi hermana y yo por el bote de leche condensada... la Navidad anterior. También de aquella vez que mis amigas del pueblo se zurraron entre ellas por un kebab.

Sonreí. Los echaba de menos. Quizá el cumpleaños de Cris, una de mis amigas de toda la vida, me daría la excusa perfecta para pillarme una noche libre en el pub y marcharme al pueblo a respirar.

La agitación de la pelea entre hermanas junto a la barra me devolvió de golpe al local, que debió de desaparecer por completo para ellas porque, cargaditas de copas como estaban, se enzarzaron a manotazos y tirones de bolso. Como era de prever, la riña terminó con el bolso de la mayor sobrevolando la barra, estampándose contra la estantería de los licores y esparciendo todo su contenido por el suelo.

—¡¡Ya me he cagado en tu madre la que maúlla!!

Me agaché a recoger sus cosas a tiempo de que no me vieran reírme. Qué personajes.

—Cosita... —me llamó la mayor.

—¡No le llames cosita! Qué vergüenza. Oye, perdona, ¿eh?

—No pasa nada. —Me apoyé en la barra y les pasé un bolsito de marca, una cartera, un pintalabios y un par de tampones—. ¿Llevabas algo más?

—¿Las llaves de tu casa?

Solté una carcajada. Una de las hermanas se echó a reír mientras la más pequeña la abroncaba.

—¡Qué vergüenza me estáis haciendo pasar! Te juro que casi prefiero la kombucha.

Saqué del bolsillo trasero de mis vaqueros una linternita que usábamos cuando nos pasaba algo similar con el local a oscuras y busqué a mis pies. Alcancé un par de billetes arrugados, una tarjeta de visita y las llaves de lo que me imagino que sería su casa. Lo deslicé todo por encima de la barra, pero ellas ya se estaban alejando.

—Te juro que lo sabía. ¡Lo sabía! ¡¡Vamos a salir de fiesta, Margot, es lo que necesitas!! ¡Y una mierda! Una mierda como un piano —se iba quejando la chica triste.

—¡¡Eh!! —grité. Se alejaban. Ya no escuchaba lo que decían, pero parecían seguir con su intercambio de opiniones—. ¡¡¡Eh!!!

Salí de la barra y sorteé a un par de parejas de baile bastante acarameladas hasta alcanzarlas.

—Chicas. —Enseñé lo que llevaba en las manos.

La mayor abrió su bolso para que lo dejase caer y se acercó a darme un beso en la mejilla. La otra rubia ya no podía parar de reírse y la pequeña estaba a punto de echar humo por las orejas.

Puso una mano fría en mi brazo y la miré. Era extrañamente pequeña sin serlo. No lo era en realidad. Estatura media, complexión normal. Pero... parecía tan desvalida. Se inclinó para que la escuchara mejor sin tener que gritar.

—Oye, perdona el espectáculo, ¿vale? Lo siento mucho.

Negué con la cabeza, alejándome un paso. Ella sonrió y se agarró del brazo de su hermana, a la que fue arrastrando hasta fuera, copa en mano, con la excusa de tomar el aire. Excusa porque... no volvieron a entrar.

No. La chica de los ojos tristes no se me quedó clavada en la cabeza como consecuencia de un flechazo. Nada que ver con eso. Solo fue... un destello. ¿De qué? No lo sé. Quizá de la promesa de hacer que la vida que giraba en una dirección iba a hacerlo enloquecida hacia la contraria.

A las seis de la mañana, cuando se encendieron las luces y los pocos parroquianos que seguían allí se encaminaron hacia la salida, Iván deslizó sobre la barra un móvil con la pantalla un poco astillada.

—¿Es el tuyo?

—No.

—Lo pongo en objetos perdidos, ¿vale?

—No, no. Dámelo. Sé de quién es.

Gira, gira, chica triste. Gira más rápido.

13
Dignas hijas

Lo primero en lo que pensé cuando me desperté fue en mi madre. No en plan: «Oh, ser maternal, ven a cuidarme». Mamá había tenido hijos porque tocaba, no porque sintiera mucho instinto de protección. Si me acordé de ella fue más bien por culpa de un pensamiento enrevesado del tipo: «Si un poco de garrafón hace esto, ¿cómo serán las resacas de la vieja?». Se ponía fina a cava, anís, grapa y orujo, y lo mezclaba con pastillitas..., ¿cómo resistía?

Un rayo de luz entraba por los enormes ventanales de mi habitación hasta mi ojo, pero no tenía fuerzas para darle al botón que estaba junto a la mesita de noche y que activaba las persianas. Eran las once y cuarto y yo llevaba dos horas entrando y saliendo del estado de duermevela cada media hora. ¿Lo peor? Que cuando estaba dormida siempre se me olvidaba que yo solita había convertido mi vida en un infierno y el despertar era morrocotudo.

A mi lado, bocabajo, un bulto gimió.

—¿Por qué entra tanta luz aquí? Ni en el Sáhara, tía —se quejó.

Candela aún llevaba puesto mi mono, ese al que le quitó la etiqueta sin remordimientos para estrenarlo el día anterior. Lo había comprado para la primera parte de mi viaje de novios con Filippo, de safari fotográfico. Me imaginé las fotos que me habría hecho el que iba a ser mi marido, mientras me sujetaba el sombrero que compró también la *personal shopper*, con el sol dándome en la cara, sonriente y de puntillas. Puta mierda de imaginación Disney. Yo nunca sonreía en las fotos porque me daba la sensación de que parecía un caballo masticando azúcar.

Me levanté de la cama y agradecí haberme tomado dos vasos de agua y un ibuprofeno antes de acostarme; de lo contrario probablemente hubiera muerto de resaca. Dice un refrán poco elegante que «a quien no está acostumbrado a bragas, las costuras le hacen llagas». Si no sueles salir de juerga, cuatro copas desencadenan el apocalipsis.

—¿Pido un desayuno? —le pregunté a mi hermana.

—Baja la persiana y déjame dormir.

Colonizaba mi habitación de invitados, mi dormitorio y encima mandaba en casa. Aquello era el colmo.

Me di una ducha, me puse unos vaqueros, una blusita y bajé a la calle. Me había despertado con antojo de un cruasán relleno de frambuesa de Mamá Framboise y un paseo no me vendría mal.

Pensé en llamar a Patricia e interesarme por el estado en el que había llegado a su casa la noche anterior, pero tuve miedo de que siguiera durmiendo y fuera su marido quien cogiera el teléfono. Paradojas de la vida, cuando me disponía a dar el primer bocado, sentada en una mesa al fondo del local, mi móvil empezó a sonar y el nombre de mi cuñado apareció en la pantalla.

—Mierda. —Solté el cruasán, me sacudí las manos y respiré hondo antes de contestar—. Hola, Alberto, ¿qué tal? ¿Todo bien?

—No soy Alberto, soy yo —susurró mi hermana.

—¿Qué haces, loca?

—¿Que qué hago? Mi vida es un infierno desde que me he despertado… a las ocho de la mañana. Santiago se me ha sentado en el pecho y te juro que pensaba que me estaba muriendo de apnea del sueño.

—Ese hijo tuyo…

—Pero es que no se ha sentado de sentarse. Es que ha cogido carrerilla. En fin. Voy a tener que hablar con el orientador escolar por si ellos han percibido algún rasgo psicopático en el cole. Tengo miedo de que me mate mientras duermo.

—No seas bruta. —Me reí.

—¿Y Candela?

—Durmiendo. He bajado a desayunar porque se ha hecho fuerte en mi casa y ahora rigen sus normas allí.

—Bien. Mejor. Cuanta menos gente lo sepa, mejor. Margot…, anoche perdí el móvil.

—¿Qué? ¿Qué dices?

—Se me debió de caer cuando nos peleamos por pagar. De verdad, Margot, somos de la Mongolia más profunda.

—¿Por qué no me has llamado desde el fijo? Menudo susto me has dado, cabrona. Pensaba que Alberto iba a pedirme explicaciones.

—¿Por qué iba a pedirte explicaciones? Le di con la manguera a la pota que eché en el jardín.

—¿Que por qué llamas desde el de Alberto, pesada? —me quejé, pasando por alto el hecho de que mi hermana de treintaiséis años vomitase en la puerta de su casa a altas horas de la madrugada.

—Llamo desde el de Alberto porque mis hijos han escondido el fijo, eso lo primero. Y lo segundo…, porque el camarero tiene mi móvil.

Fruncí el ceño y me quedé mirando al techo. Unas esquirlas de luz jugaban allí arriba a perseguirse cada vez que un coche pasaba por la calle.

—¿El camarero? ¿Al que le diste la noche?

—Seguro que no fue para tanto. Que yo recuerde, hubo coqueteo mutuo.

—Tú estás fatal. Ese chico no estaba coqueteando contigo. Solo quería que nos fuéramos.

—Pues ahora tiene mi móvil.

—¿Cómo lo sabes?

—Ay, hija, por Dios. Porque he llamado para probar suerte. Me ha dicho que lo puso a cargar esperando a que alguien llamase para reclamarlo.

—Muy majo.

—Sí, muy majo, pero yo no puedo ir a recogerlo.

Arqueé las cejas.

—Y quieres que vaya yo.

—Sí.

—¡Ni de coña! ¡No quiero volver a verlo en mi vida! Es que, vamos, ¡se me cae la cara de vergüenza!

—Margot, ese chico habrá visto a gente vomitarse y mearse encima a la vez; una mujer despechada diciéndole cosas bonitas no es un drama.

—Dios, suenas superasquerosa. Si fueras un tío te colgaría.

—Pero soy tu hermana y necesito que vayas a por el teléfono.

—¡Ve tú! Escápate media hora.

—Vivo en la Conchinchina y anoche salí de fiesta y volví en un estado deplorable. Creo que ya tengo demasiados puntos para el carné de mala madre como para reincidir. —Como no le contesté, suavizó la voz y endulzó el discurso—. Margot, quiero quedarme hoy con los niños. Los fines de semana es cuando podemos disfrutar de la familia.

Chasqueé la lengua y después bufé.

—¿Y si Santiago termina desarrollando una personalidad narcisista y desequilibrada porque su madre no le prestó la suficiente atención? —añadió.

—¿Por no estar con él un sábado por la mañana? ¡Déjale vivir, por Dios! Ese niño lo único que quiere es comer cereales de colores y ver dibujos animados.

—Lo que me faltaba. Y que me acusen de alimentar a mis hijos con ultraprocesados. Tengo que hacerles hoy unos brownies de algarroba; se lo prometí.

—Dime que estás de coña. —Me froté la frente.

—¡El azúcar es la nueva cocaína, Margot!

—Joder. Estás fatal.

—Mi móvil, por favor —lloriqueó—. Ser mujer emprendedora, madre, esposa engañada y hermana ninguneada es demasiado para mí.

—Sin contar lo de hija preferida.

—Qué presión…

—Vale. ¿Cuándo quieres que vaya?

—Hoy; no quiero que Alberto se dé cuenta y tener que dar explicaciones.

—¿No le has dicho que has perdido el móvil?

—No, porque no lo he perdido. Y tampoco sabe que te estoy llamando desde el suyo, ¿vale? Así que calladita.

—Tú haces cosas rarísimas, tía. —Me tapé los ojos, aunque no pudiera verme.

—Ese chico entra a currar a las diez —insistió.

—¿Y no puedo mandar un Glovo?

—Haz lo que quieras, pero recupera mi teléfono, por favor. Es superurgente. Y necesario. Y… emergencia nacional. Necesito-mi-teléfono.

Mi hermana necesitaba un detox del móvil, eso es lo que necesitaba.

Me planteé lo de mandar un Glovo, pero lo cierto es que me pareció de lo más rancio después de lo amable que fue con nosotras. Creo que al hecho de que me educaron para intentar agradar a todo el mundo, hay que sumarle la animadversión que me provoca la idea de parecerme, algún día, al loro de mi madre.

Además, quizá no me vendría mal airearme, dejar de ocupar parte del sofá, incómoda, fingiendo ver algún *reality* americano con mi hermana mientras repasaba, una por una, todas aquellas ocasiones en las que la cagué con Filippo. Es como cuando te echas a dormir y el cerebro de pronto conecta con la imagen mental del mayor ridículo de tu vida o se pone a analizar por qué le caías tan mal al profesor de matemáticas y todas las cosas que podrías haber hecho para solucionarlo. No. En casa no arreglaba nada y pasear me iría fenomenal, como aquella mañana, y de paso quemaría alguna caloría del millón y medio que llevaba ingeridas en los últimos tres días. En el fondo, mamá nunca desaparecía de mi mente.

Como Patricia me dejó bastante claro que cuanta menos gente se enterase del asunto mejor, pensé que pedirle a Candela que me acompañara no era una opción, así que tuve que inventarme un plan al que no quisiera sumarse. Lo único que se me ocurrió fue lo obvio:

—Me ha llamado mamá. Quiere que me pase a cenar. ¿Te vienes?

No hizo falta que me contestase para saber que mi plan había funcionado.

Recordaba la calle donde estaba el local en el que habíamos pasado buena parte de la noche anterior, pero no el nombre, de modo que deambulé por allí hasta que reconocí al puertas. Era muy pronto y me sorprendió ver que los locales iniciaban la actividad a esas horas. Era sábado, pero… ¿quién quiere meterse en un antro de esos a las diez de la noche de un sábado de junio?

Eché a andar decidida hacia la puerta, pero el de seguridad tiró al suelo el pitillo que fumaba relajado y me paró.

—¿Dónde vas, Caperucita?

—He quedado dentro.

—Pues o vienes pronto a la cita o te has equivocado de sitio. No abrimos al público hasta las once y media.

—No, es que he quedado con uno de los camareros.

—¿Con quién?

—Uhm. Con uno morenito. —Hice un gesto con los dedos sobre mi coronilla, queriendo emular lo que ese chico tendría que hacer para «peinarse» todos los días, a juzgar por el resultado.

—El morenito tiene nombre. Muy raro me parece que hayáis quedado y no sepas ni cómo se llama.

—Ayer mi hermana perdió el móvil aquí. —Suspiré—. Hemos hablado con él y nos dijo que nos pasáramos a recogerlo.

—¡¡Ah!! Las rubias altas.

—Esas. —Asentí aburrida. Siempre se acordaban de mis hermanas. De la pequeña que no era ni rubia ni alta, sin noticias.

Me indicó que entrara con un ademán y crucé la puerta. Dios, aquel sitio aún era peor iluminado; la luz no le sentaba nada bien, como a mí el terciopelo.

Lo localicé enseguida. Estaba apoyado en la barra hablando con su compañero, el rubio. Le estaba contando algo sobre un mensaje que había mandado justo antes de acostarse y que no tenía ninguna duda de que surtiría el efecto deseado. A quién y cuál era el efecto deseado quedaron en el aire cuando ambos se volvieron hacia mí con una sonrisa.

—¿Te ha mandado a ti? —se burló.

—Me ha mandado a mí. Es lo que tiene ser la pequeña.

—Eso y heredar los uniformes del cole. —Sonreí con educación, pero sin ganas y él se metió detrás de la barra—. Ven, toma. Lo tengo aquí.

—Muchas gracias. Ha sido un detalle.

—Así es David —indicó su compañero con media sonrisa.

—Así soy, sí. Por cierto, encantado. Soy David.

No sé por qué mi reacción fue tenderle la mano, lo que en este país no viene siendo lo normal. Sin embargo, no pareció importarle porque la estrechó sin abandonar su sonrisa. Alguien debería decirle que sus esfuerzos por no parecer triste no servían de nada, aunque tenía una sonrisa preciosa, ingenua, plácida.

—Soy Margot. Encantada.

—No eres de aquí, ¿no?

—Ehm…, pues sí. Bueno, mi familia es de Galicia pero yo nací aquí.

—¿Y ese nombre? No suena gallego.

—No. Es que… es más bien un apodo. Me llamo Margarita. —¿Por qué narices le estaba contando aquello?

—Margarita. Un nombre clásico. Daisy en inglés.

—Sí. Daisy. —Me removí incómoda—. Como la novia del Pato Donald.

—¿Quieres tomar algo? —me ofreció su compañero.

—No, no, gracias.

—Venga, mujer. ¿Una cerveza? Es pronto para un copazo —insistió el rubio—. Y el vino que tenemos por aquí…, sinceramente, no te lo recomiendo.

—No, no te lo recomendamos. Es un cólico nefrítico asegurado —se burló David.

—De verdad, si es que tengo que volver.

—¿Ni una Coca Cola? —Arqueó las cejas.

—Bueno…, vale.

El motivo por el que dije que sí era que decirle a un completo desconocido que no a un refresco aparecía en la franja roja en mi organigrama mental de cordialidad. Parece mentira que me fugara de mi propia boda.

Pedí una Coca Cola Zero y el chico me la sirvió con protocolo, con su hielo y su limón, en un vaso de tubo. David trató de no reírse cuando vio que me acercaba el vaso con reticencia. Le di un sorbo. Me sentí estúpida. Los dos me miraban con cierto interés científico. No supe qué decir. Ellos tampoco.

Empecé a sopesar posibles temas de conversación: «Pues se ha quedado buena noche». «Hay que ver qué temperatura tan agradable para ser mediados de junio, ¿verdad?». «¿Os gusta vuestro trabajo?». «¿Sabéis que estoy de vacaciones forzosas porque me fugué de mi boda?».

—David… —gritó el puerta salvándome de aquel silencio—. Visita. ¿La dejo entrar?

A cualquier otra persona quizá le hubiera pasado desapercibida la tensión que recorrió a David de arriba abajo, pero parte de mi trabajo consistía en estar atenta a las señales. Se irguió, cogió aire, miró fugazmente a su amigo y se alisó la camiseta del uniforme.

—No espero a nadie más.

—Dice que es Idoia, que le has enviado un mensaje para que viniera.

El manotazo que lanzó en dirección a su amigo fue tan rápido como certero. Después, se puso a hacer aspavientos mudos hasta que, agarrándose el pecho sobre la camiseta, se pidió claramente tranquilidad.

—Ah, sí —dijo con la voz un punto más grave—. Dile que pase.

El chico rubio y David se miraron cómplices y se chocaron con disimulo la mano antes de que este último desapareciera tras una puerta donde se podía leer «Privado». Y ella entró.

Y todo cambió.

A veces, incluso hoy en día, me da por pensar qué habría sido de mi vida si aquella chica no hubiera aparecido en el local cuando yo estaba dentro. Si yo hubiera dicho que no a aquella Coca Cola o si hubiera enviado un Glovo a recoger el móvil de mi hermana. Incluso… ¿qué habría sido de mí, de mi vida, de mi sueños, si mi hermana Patricia no hubiera perdido el móvil? La vida es caprichosa. No hay destino, hay momentos.

¿Alguna vez has pensado cómo serías si tú misma hubieras podido diseñarte? Yo sí. Lo pensé mucho durante toda mi adolescencia, sobre todo. Ser anodina me venía bien para pasar desapercibida, pero con lo que yo soñaba era, en realidad, con todo lo contrario. Supongo que nos pasa a todas. Si eres rubia quieres ser morena, si tienes el pelo rizado lo quieres liso, si eres flaca quieres curvas; supongo que si no fuese así quebrarían un montón de empresas que se dedican a alimentar nuestras inseguridades para vendernos algo que, mágicamente, las solucione. Pues mira, yo quería ser explosiva. Con el pelo rubio platino, descaradamente aclarado en peluquería, piernas largas, pechos grandes, altos y redondos, cintura y caderas con las medidas que marca la sociedad que debe tener la belleza estándar. La mirada de Marlene Dietrich y la boca de Ava Gardner. El encanto de una película en blanco y negro mezclado con lo insultante del porno más soez. Sexi, misteriosa, guapa, atractiva, con ángel. Por pedir, ¿no?

Pues… si hubiera podido diseñarme a mí misma hubiera sido a imagen y semejanza de aquella chica que entraba contoneando una falda de tartán ceñida como si el diablo se agarrase a sus caderas. Me miré, con mis pantalones vaqueros Levi's y la blusita blanca arremangada, y me sentí invisible. Ella se me quedó mirando y, en lugar de sentirme más tangible, me hice pequeña.

—Hola —dijo despacio y con cierta condescendencia.

—Hola —respondí.

Dejó sobre la barra una bolsa en la que no había reparado; a pesar de la cantidad de cosas que desbordaba, entre las que me pareció ver ropa interior de hombre y una caja de condones, no pude prestar atención a otra cosa que no fuesen sus labios pintados de rojo.

—Hola, Iván —dijo con dejadez—. Porque tú debes de ser Iván.

—Iván. Yo. —Este se señaló el pecho, atontado.

Ella pestañeó, segura de sí misma y del efecto que producía en los hombres.

—¿No está David?

Iván miró la puerta tras la que había desaparecido, pero no añadió nada. El silencio me estaba matando.

—Ahora sale —me escuché decir.

Me miró como si una banqueta hubiera aprendido a hablar.

—Perdona, ¿tú eres?

—Margot.

—¿Margot? —preguntó burlona.

—Sí. ¿Y tú?

—Idoia.

—Encantada. Ahora sale David —repetí como un papagayo.

Por el amor de Dios, aquello parecía una escena de una peli de Tarantino. En breve..., alguien empuñaría una catana.

David salió con una prenda en la mano y, sin besos ni saludos, se la tendió con una sonrisa fría.

—Tu camiseta.

—No tenía prisa por recuperarla —dijo ella.

—Ya. Perdona las prisas, pero... yo sí quería recuperar mis cosas.

Ella miró burlona la bolsa, como si fuera la excusa más lamentable del mundo para ver a un ex. Porque era claramente lo que estaba pasando allí. David había escrito a Idoia con la excusa de recuperar los trastos que hubiera dejado en su casa antes de la ruptura, solo para verla. Era el plan más ridículo del mundo, casi sentí pena por él. Tan joven. Tan enamorado. Tan… devorado por una chica que lo había usado de aperitivo.

—Pues ya las tienes.

—Muchas gracias. Ah… —Y ahí David estuvo muy rápido—. Idoia, ¿conoces a Margot?

—Sí, nos acabamos de presentar.

—¿Me voy? —pregunté como pasmada.

—Claro que no. —Me sonrió él al cazar la mirada de su ex sobre mí—. Perdona, Idoia, me ha alegrado verte, pero hemos quedado para cenar algo rápido antes de que empiece a llegar la gente.

Cuando me señaló, miré alrededor por si se estuviera refiriendo a otra persona, pero allí no había nadie más que nosotros. Casi esperé que de detrás de la otra barra saliesen mis hermanas gritando «inocente», pero no. Aquello parecía ir en serio.

—Yo también tengo prisa —anunció ella.

—Genial. Así no te robamos más tiempo. ¿Sales con nosotros?

Ella asintió mientras me miraba analizando todos y cada uno de los cabos sueltos que aquella historia improvisada iba dejando sobre la marcha. No supe hacer otra cosa que sonreír y ponerme en pie.

—Hasta luego, Iván —dije con un hilo de voz a la vez que David me rodeaba los hombros con su brazo.

—¿Pizza? —me preguntó David con total naturalidad.

—Eh…, vale.

Junto a nosotros, Idoia iba andando despacio y sus tacones parecían campanas repicando en honor de la poca dignidad que me quedaba cuando salí de casa y que se había quedado flotando en el refresco a medio beber. Lo entendía todo y no terminaba de entender nada. Sin embargo, no podía evitar que aquello me pareciera extrañamente emocionante; casi divertido.

—Oye, David… —dijo Idoia cuando el luminoso del local ya relucía a nuestras espaldas.

—Dime.

La rubia me miró fijamente y, no sé si con aquella mirada o a través de ondas cerebrales, me hizo llegar la idea de que quería hablar a solas con él. En décimas de segundo sopesé mis posibilidades: si me quedaba, le pondría las cosas difíciles. Si me iba, igual se las ponía fáciles a él. Estaba claro que quería recuperarla, aunque su plan tuviera muchos flecos por solucionar.

—Os dejo un segundito a solas —musité mientras me adelantaba.

Él me cogió de la muñeca, fingiendo que no hacía falta, pero yo sonreí y di un par de pasos vacilantes hasta alejarme.

¿Qué hacía? ¿Me quedaba por allí apartada pero mirándolos? ¿Contestaba unos mails apoyada en la pared? ¿Me iba?

Los vi hablar. Ella estaba molesta y era fácil verlo. No creo que estuviera celosa y posiblemente se olía que todo aquello era una representación teatral, pero… existía un resquicio de duda y, no sé por qué, quise que esa duda se hiciera enorme, hasta que no pudiera pensar en nada más. No lo conocía de nada, pero… había empatizado con él. Ya ves. Dos situaciones completamente diferentes, dos pares de ojos igual de tristes.

Él parecía seguro de sí mismo, pero le delataban los gestos. Las manos hundidas en los bolsillos de su pantalón vaquero, el labio inferior entre los dientes, la mirada vacilante, que iba de ella a la calle y de la calle a mí. Ni siquiera lo pensé.

—Ey, Dav, luego no me hagas comer con prisas, como siempre. Sabes que me sienta fatal al estómago.

Él arqueó las cejas durante un segundo, sorprendido, pero después se dejó llevar.

—No, no. Ven. —Me tendió la mano y yo, al acercarme, se la agarré—. Ya nos vamos.

Joder. Qué buen actor.

—No sé. —Ella se cruzó de brazos, dejando que sus tetas altas y sugerentes asomaran por encima, y siguió hablando como si yo no estuviera allí, cogida de la mano con un desconocido—. Hace dos semanas que hemos roto y de pronto me escribes pidiéndome que te devuelva tus cosas lo antes posible, con tantas prisas...

—¿Pizza, no? —susurró él hacia mí, falsamente cómplice—. Idoia, me dejé en tu casa algunas camisetas y mi iPod y los necesito para un viaje. Eso es todo.

—¿Un viaje?

—Sí, un viaje.

—¿Con quién?

—Con ella. —David me apretó contra su costado.

La madre que me parió. *What a situation.*

—¿Y dónde os vais?

—¿Dónde era? —me preguntó él.

—A Grecia. —Solté lo primero que me vino a la cabeza—. Santorini le va a encantar.

—Pero si nunca tienes un duro —respondió ella.

—No sé. —Se encogió de hombros—. Cosa de prioridades, me imagino.

—Pues muy bien. Bueno, pues… nada. Que me alegro. —Fingió una sonrisa y se apartó un mechón de pelo.

—Yo también de verte, Idoia. Que te vaya muy bien.

Sin esperar respuesta, David soltó mi mano, me envolvió la espalda con su brazo y echamos a andar en dirección opuesta. La calle estaba llena de gente, casi toda extranjera, como la noche anterior. Corría una brisita agradable, los bares supuraban algarabía y risas y un chico del que no sabía apenas nada me rodeaba los hombros mientras me dirigía hacia una dirección desconocida.

—Joder, tía, qué bien se te da esto —me dijo muerto de risa cuando giramos la calle.

¿Y qué creéis que dije yo? ¿Le pregunté si estaba loco? ¿Le pedí explicaciones de por qué me había metido en semejante movida? ¿Le exigí que dejase de tocarme? ¿Le amenacé con emprender acciones legales? No.

—¿En serio sigues usando un iPod?

14
Nueve dígitos

—De verdad que lo siento muchísimo —se descojonó David.

—Tú estás chalado.

—Que no, que no. ¿Has visto su cara? Si llegamos a ensayar, ya la matamos del disgusto. Ha quedado de puta madre…, ¡cosa de magia!

—La próxima pareja cómica de la capital. Esos somos. —Le sonreí y miré sobre mi hombro—. Sigue ahí la tía, mirándonos.

—Joder, joder, joder. —Se rio—. Que esta es de las que se da la vuelta enseguida. ¿Tú crees que está celosa?

—Creo que tu «devuélveme mis cosas» era la excusa menos sólida que he escuchado en mi vida, pero, no sé por qué, ahí hay cierto rescoldo de duda.

—¿Tú crees? —volvió a preguntarme emocionado.

—Sí, sí. Te ha salido bien, no me preguntes por qué.

—¡Por ti! —Me sonrió—. Margot, tía, no te conozco pero ¡eres la mejor!

Y su mirada, de pronto, brillaba. Me dio envidia.

—Espero que el karma me lo devuelva.

—El karma no lo sé, pero tengo diez pavos en el bolsillo y aquí al lado hay una pizzería cojonuda. ¿Has cenado?

—No.

—Genial. Déjame que te invite.

No me imaginé nada. Quizá por eso, que me llevase hasta uno de esos puestos semicallejeros que venden pizza por porciones durante toda la noche me pareció una fantasía. Joder. Olía de vicio y tenía hambre. ¿Había comido algo a mediodía? Ah, no. Lo último fue el cruasán de Mamá Framboise.

Escogí jamón york y champiñones. Él, carbonara. Le dimos un bocado, sin protocolos de por medio, mientras andábamos y, cuando me di cuenta, hasta se me subieron los colores.

—¿Qué coño estoy haciendo? —me dije en voz alta, mezclando las palabras con el mordisco y una risa nerviosa.

—Cenar —contestó con sencillez.

—Pero si no te conozco de nada.

—Tranqui… —se burló—, que es una pizza sin compromiso.

—No es eso. Es que… soy tímida.

—Y muy buena actriz. —Sonrió.

—¿Sí?

—No sé a qué te dedicas, pero te diría que esta es tu vocación oculta.

—Mi vocación oculta es probar camas.

David se giró hacia mí con una sonrisa.

—¿Para dormir o para…?

—¡Ey, alto!

—Iba a decir para saltar.

—Ya, sí, claro. —Me reí y alcé la porción en una especie de brindis—. Oye, gracias por la pizza.

—Dos con cincuenta. ¿Te lo puedes creer? Es la mejor de Madrid.

—¡Qué va! La mejor pizza de Madrid es la de Ornella. Hay una que lleva unos trozos de trufa como mi puño.

—¿Y con qué te la tomas, con Möet?

—Sabes que el Möet no es el mejor champán del mundo, ¿verdad?

—No sé. En Instagram le tienen mucha fe.

—No te hacía consumidor de Instagram.

—Bueno, consumidor, consumidor no sé si soy. Ni siquiera sé cómo he podido instalar la aplicación en mi móvil.

—¿Qué tienes, una calculadora que llama?

—Pues básicamente. —Se sacó el teléfono del bolsillo y me lo enseñó.

Lo agarré sin dar muestras de la que mi madre presumía que había sido nuestra exquisita educación. Era el aparato más rudimentario que había visto en toda mi vida. Casi, casi, casi… al nivel de mi hermana Candela. En serio…, parecía uno de aquellos Nokia que se pusieron de moda a principios de los 2000. Me quedé anonadada…, y no es por ser esnob, pero es que hoy en día hasta las abuelitas miran los horarios de misa en sus *smartphones.*

—¿Estás de coña? —Me descojoné—. ¿Desde cuándo tienes esta reliquia?

—¡¡Eh!! ¡No te pases! Solo lo quiero para llamar y mandar wasaps. Se adecua a mis necesidades. Lo de ver Instagram en detalle es accesorio.

—Eso está muy bien. —Le sonreí devolviéndoselo.

—Seguro que tú tienes uno que hasta te hace la cena.

—La cena no, pero sin él estoy perdida. —Me quedé plantada en la calle y lo miré—. Oye…, ¿y el móvil de mi hermana?

—No sé. Yo te lo di dentro. —Señaló en dirección a su trabajo.

—Joder, me lo dejé encima de la barra. —Suspiré.

—No pasa nada, Iván lo estará custodiando.

En mi mano, la porción de pizza a medio comer dentro de una bolsita de papel que, ya grasienta, casi dejaba a la vista su contenido. Enfrente de mí, él, al que había conocido hacía ¿cuánto?, ¿quince minutos? La noche anterior no contaba. Y yo, una de esas personas para las que las conversaciones con desconocidos fuera del ambiente de trabajo resultaban un arduo trabajo, ahí, charlando con él, comiendo pizza y riéndome. ¿Qué me estaba pasando? Desde el sábado pasado no dejaba de descubrirme a mí misma haciendo cosas extrañas, siendo alguien que no era Margot ni Margarita y que no me infundía confianza.

—Yo... me tengo que ir —le dije.

—Uhm. —Le dio otro bocado a su porción y señaló la calle por la que teníamos que seguir andando para volver—. Venga, vamos.

No dijimos nada durante el resto del paseo. Bueno, no dijimos nada en voz alta, porque en realidad yo no dejé de hablar dentro de mi cabeza. No dejaba de reprenderme. No había hecho nada malo, ya lo sabía, pero... ¿dónde estaba eso de sentirme solo cómoda con mi gente, en mi círculo, en lo conocido? Sí, sé que Filippo antes de ser mi pareja fue alguien a quien conocí en una fiesta, pero era como si eso no contase porque, bueno, quizá porque era más esnob de lo que pensaba o porque el evento en el que lo conocí fue de trabajo. Todo era raro..., y lo más raro era que, en el fondo, no me sentía incómoda. Llevaba todo el día pensando en mil mierdas..., una semana pensando en mil mierdas, en realidad, y ese ratito había sido..., no sé, tranquilo. Agradable. Entre iguales.

Lo miré. Andaba masticando, saludando de vez en cuando a diestro y siniestro a gente que entraba, salía o velaba las puertas de los garitos. Él también estaba cómodo, pero es que tenía pinta justo de eso: de ser una persona todoterreno, que estaba a gusto allí conmigo y que estaría a gusto en cualquier parte. ¿O no?

—Oye... —me escuché decir—, sabes que a la larga eso no te va a funcionar, ¿verdad?

—¿Cómo?

—Esa chica… se ha ido a su casa con dudas, pero no tardará en estar segura de que te estás tomando demasiadas molestias por ella.

—No es verdad. ¿En qué habíamos quedado? Se ha puesto supercelosa, que la conozco yo. Cree que he quedado contigo, que estoy recuperando mi vida y…

—No —negué tajante—. He hecho lo que he podido, pero no había mucho que salvar. Créeme. Cuando una pareja rompe lo mejor es dejar que, al menos, pase el tiempo.

—¿Lo dices por experiencia? —Me lanzó una mirada displicente.

—Lo último que haría es montar una opereta para darle celos.

—Eso es que sí lo dices por experiencia. —Me sonrió, saludó al seguridad del garito donde trabajaba con un pellizco cariñoso y me sujetó la puerta—. Pero te diré que cuando dejas tú a alguien, lo de darle celos no tiene mucho sentido.

—¿Estás dando por sentado que rompí yo? —le pregunté.

—Siempre sois vosotras. —Puso los ojos en blanco.

—Tu vida amorosa casi hace que la mía parezca de película. —Sonreí.

—¿Y tú qué sabrás, listilla?

Le señalé los ojos con una sonrisa cálida.

—Ponte gafas de sol si no quieres que lo veamos, guapito, que esos dos ojos hablan a gritos.

Frunció el ceño, pero lo hizo con una sonrisa que, no obstante, no llegó a calmarme. ¿De qué cojones iba yo? Cogí aire y me acerqué a la barra donde seguía su amigo, intentando poner tierra de por medio entre mi súbito papel de consejera amorosa de desconocidos y mi yo real.

—Me he dejado el móvil —le expliqué al tal Iván antes de que David me alcanzara y volviera detrás de la barra mientras se chuperreteaba los dedos.

—¿Quieres tu Coca Cola? Te la he guardado por si volvías. Una actuación sensacional, por cierto.

—Sí, sí. —Bajé la mirada y alcancé el móvil que me tendía—. Pero ya me voy.

Sonrió y le ofrecí lo que quedaba de pizza a David, que la cogió sin hacerle ascos aunque estuviera mordida.

—Buena suerte —le deseé—. Y gracias por guardar el móvil de Patricia.

—A ti por tu…, ¿cómo lo has dicho? —le preguntó a su amigo—. Ah, sí, por tu actuación sensacional.

Me reí y di un par de pasos hacia atrás.

—¿Y si me pregunta por ti qué le digo?

—Que me has dejado porque sigues pensando en ella —solté sin más.

—Eso es menos sexi que lo del mensaje para recuperar tus cosas —le aconsejó su amigo.

Caminé hacia la salida.

—¿Sabéis que el suelo está superpegajoso? —pregunté sin volverme.

—Aquí todo está siempre pegajoso, Margot. No se espera menos del infierno.

Casi consiguió arrancarme una carcajada.

—Sois muy raros.

Esa fue mi despedida. «Sois muy raros», pero con una buena sonrisa. Aquel era, sin duda, el tugurio más infecto en el que había pasado una noche de juerga en Madrid; sin embargo, tenía que admitir que el dueño había tenido ojo con las contrataciones.

Ya alcanzaba la calle cuando alguien me agarró del brazo.

—¡Espera!

David se quedó parado delante de mí, visiblemente dudoso. No dijo nada. Seguía llevando en la mano el sobre grasiento con mis sobras de pizza.

—No quiero más pizza —le dije, intentando animarlo a hablar.

—Calla.

Se frotó la frente y luego arrugó la nariz.

—Esto va a ser raro —murmuró mientras sacaba un boli del bolsillo trasero de su pantalón vaquero y me agarraba la mano.

Miré alucinada cómo escribía sobre ella una serie de números.

—¿Qué haces? —me quejé.

—Este es mi número. No me gusta mucho hablar por teléfono, pero escríbeme si necesitas charlar sobre lo de tus ojos, que también hablan, ¿sabes? Y…, bueno, la gente que está triste necesita gente que aún lo está más para entenderse.

Dio un paso hacia un lado y yo uno hacia atrás. No supe qué decirle por muchas razones. La principal era que yo pensaba que mis ojos no contaban nada…, nada de nada y, en el caso de que lo hicieran, jamás imaginé que fueran a decir la palabra «pena». Me sentí avergonzada y quise huir, pero al menos esta vez no lo hice corriendo… ni vestida de novia.

Saqué del bolso los iPots y los metí en mis orejas con más fuerza de la necesaria, hincándomelos hasta el fondo. La gente paseaba feliz, contándose historias, riéndose, tropezando con bordillos y sillas de terrazas, pero sin perder la sonrisa. ¿Es que todo el mundo era afortunado en Madrid? Todos excepto yo. Incluso aquel pobre diablo, que pensaba que poner celosa a su ex con alguien que acababa de conocer era una idea brillante, parecía tener la situación más dominada que yo, a pesar de la mentira sobre la que se sustentaba su plan. Podría haberle dicho que los celos jamás despiertan nada que merezca la pena alimentar, pero me callé. No solía dar consejos a desconocidos y a él ya le habían caído unos cuantos.

Mientras andaba, fui saltando canciones: «esta la tengo muy oída», «esta es muy ñoña», «esta la escuchamos aquella noche que…», «esta le encanta a Filippo», «esta iba a sonar en nuestra boda»… No pude sino darme cuenta de que ninguna de las listas que escuchaba habitualmente serviría. Todas las canciones contenían pequeñas bombas en forma de frase o recuerdo. Es sorprendente cómo una melodía puede trasladarte a otro lugar y otro tiempo. Era demasiado tentador. Sabía que si encontraba un refugio en los recuerdos, no saldría de allí.

Hacía una semana que no sabía nada de Filippo. Una semana. Sin noticias, ni un mensaje ni una llamada ni un maldito mail. Era mi novio, joder. Casi mi marido. Uno no puede desaparecer de la vida de alguien a quien ama de esa manera y esperar a que el tiempo haga magia. Joder. Las cosas no iban así.

Entré en Spotify y busqué una lista al azar. Empezó a sonar «Someone you loved», de Lewis Capaldi. Deseé no ser capaz de entender la letra. Apreté el paso y hundí el teléfono móvil en el bolsillo de mis vaqueros.

¿Qué costaba escribir un mensaje? Uno. Uno escueto. Uno en el que dijera: «Margot, estoy en Italia y estoy bien. Lograré perdonarte». Una pizca de esperanza, algo a lo que agarrarse, un rescoldo de paz o una señal que indicara que el camino no terminaba allí, que había un sendero que llevaría al destino. Aunque, a esas alturas, ya pensaba que hasta lo contrario conseguiría aliviarme: si al menos supiera a qué atenerme…

Sorteé otro grupo de chicas vestidas a la moda. Las veía hablar animadas, pero lo único que llegaba a mis oídos era la letanía triste de aquella canción que contaba la historia de alguien que se había acostumbrado a ser amado. ¿Por qué el azar es tan perro? Bueno, también podría pensar que fui pasando canciones hasta que encontré una capaz de hacerme daño.

Palpé el móvil de nuevo en el bolsillo.

Metí la pata. Joder. La metí hasta el fondo. Pero ¿no es en eso en lo que consiste de verdad el amor? ¿No se supone que no amamos de verdad hasta que perdonamos algo importante? ¿O todo aquello eran pequeñas mentiras con las que nos convencían de que el amor mediocre, el que te hace daño, debe ser llevadero?

Me paré en seco y una pareja chocó contra mi espalda; pedí perdón, seguramente a gritos porque la música sonaba en mis oídos a todo volumen. Apagué la música porque no podía soportar ni una melodía más, independientemente de lo que dijera, y cuando vi pasar un taxi libre lo paré, recité mi dirección y abrí la aplicación de WhatsApp. Tecleé. Borré. Tecleé. Borré. Tecleé. Lo leí seis veces y lo mandé.

Solo necesito saber que estás bien.

No pude evitar hacerme un ovillo, pegando mi pecho a los muslos dentro del taxi. Las imágenes de mi huida se sucedían sin parar. Mi madre gritando. Filippo corriendo por el césped. Mis sobrinos riéndose. Patricia con la mano sobre el pecho, incrédula. Candela pidiendo calma a todo el mundo. Mis zapatillas. Las Nike que había llevado por si me apetecía correr un poco en la cinta antes de que empezaran los preparativos, pero que no pude usar porque el parador no tenía gimnasio. Las Nike manchadas de hierba, como el bajo de mi vestido.

El móvil vibró y me apresuré a leer el mensaje, rezando para que no fuera Candela pidiéndome que le comprase algo para cenar de vuelta de casa de mamá.

Septiembre, Margot. No puedo decirte más.

Apoyé la mejilla en el cristal de la ventanilla y suspiré.

—¿Quiere que suba el aire acondicionado? —me preguntó el taxista.

—No —musité—. Solo quiero que llegue septiembre.

—Ármese de paciencia. Nos quedan por delante dos meses de mucho calor.

Me limpié una lágrima antes de que fuese evidente que lloraba y al dejar caer la mano en mi regazo reparé en los garabatos que había escritos en ella.

«La gente que está triste necesita gente que aún lo está más para entenderse».

15
Un plan

Candela seguía sin incorporarse a su trabajo en Estocolmo y, cuando le pregunté, me dio explicaciones aún más vagas que las anteriores, por lo que me incliné hacia la hipótesis de que había llamado para pedir más días, a cuenta de sus vacaciones, tratando de no dejar tantos fuegos encendidos a sus espaldas cuando se marchase. Tenía muchos más fuegos que sofocar que mi inminente caída a los infiernos. Patricia estaba volviéndose loca y no por la falta del móvil, que le envié con alguien de la empresa la mañana del domingo.

El lunes, de buena mañana, se presentó en mi piso, perfectamente vestida y arreglada, cargando con una caja de Manolitos que ni siquiera iba a oler (porque ella no toma azúcar, que es la nueva cocaína), para decirnos con una sonrisa en los labios que había registrado la cartera, la agenda, el portátil y el coche de su marido y que tenía pruebas de la infidelidad.

Los expuso en la mesa del salón, apartando el jarrón de flores frescas que todos los lunes alguien colocaba en su sitio.

Su llegada nos había pillado aún en la cama, pero le pidió al «servicio» que nos despertase. Aclaro que mi casa no era un hervidero de mayordomos, amas de llaves, internas y limpiadoras, pero todos los días Isabel, una señora de mediana edad muy afable, se ocupaba de los quehaceres, y también de cocinar. Eran las siete y veinte de la mañana cuando Isabel entró en mi habitación.

—Tu hermana está aquí —susurró mientras activaba el interruptor que abría las cortinas—. Insiste en que te levantes. Dice que tenéis que elaborar un plan.

Miré al techo y me imaginé, con felicidad, que la lámpara se me caía encima. No quería una muerte dramática, solo un par de semanas de hospital.

—Ahora voy.

Me permitió darme una ducha antes, eso sí. Y mientras me ponía un pantalón y una camiseta del rincón del armario de «ir por casa» (primer y segundo cajón más pegados al baño en suite), una frase se grabó a fuego en mi cabeza. Fue como cuando te despiertas canturreando un par de estrofas de una canción que no recuerdas haber escuchado recientemente, pero que repites sin cesar durante todo el día: «Tienes que alejarte de esto». Quizá esa certeza nacía de mi sueño: Filippo mandándome un mensaje enumerando los motivos por los que debía alejarme de nuestra casa y de lo que estuvo a punto de ser. No recordaba ni uno de esos motivos, pero quizá había llegado el momento de elaborar mi propia lista.

—A ver, ¿qué pasa?

Patricia me esperaba sentada en una banqueta, en la barra de la cocina, con las piernas cruzadas y una taza de café en la mano. Isabel estaba preparando el desayuno, pero me acerqué y amablemente le pedí que lo dejase estar.

—Ya me hago yo el café.

—¿Nada más? ¿Un bol de fruta?

—Una tortilla de diazepames de diez, por favor —rumié. Ella sonrió. Ya conocía a Patricia y esa cara que pone cuando quiere hacer creer que todo va bien—. Llama por favor a Sonia y dile que venga a casa después de comer, a la hora que mejor le venga.

Necesitaba a mi mano derecha allí. Necesitaba entretenerme y quizá pudiera traerme un par de informes para saber cómo estaban las cosas en el trabajo.

Patricia me señaló la mesa con el dedo, a lo estatua de Cristóbal Colón, casi sin mirar a nada en concreto. Allí estaban las pruebas del «delito»..., unos tiques.

—¿Qué es eso? ¿Y por qué no está despierta Candela?

—Porque me ha mandado a la mierda en siete idiomas y uno no tenía vocales, por eso. Lo que tienes delante es...

—¿Una instalación artística que demuestra cómo nuestra vida es dominada por el consumismo?

—No. Son tiques.

—¿De qué? ¿Diamantes, moteles?

—Restaurantes y aparcamientos.

—Ay, Dios.

Enchufé la cafetera y me quedé allí, colgada de ella, como si fuese mi mejor amiga. Cada gotita de café que caía en la taza fue dándome ganas de vivir.

Patricia había traído también una copia en papel de la agenda de su marido. Había copiado citas y recordatorios de su Google Calendar mientras Alberto se daba una ducha y ahora, además de cruzar los datos de los tiques con la agenda, teníamos también que aprender a descifrar jeroglíficos egipcios.

—Por el amor de Manolito —dije con uno de sus pequeños pero contundentes cruasanes en la mano—, ¿en serio sabes escribir?

—Prueba a copiar un mes de citas mientras tu marido se da una ducha. ¡Es calvo! No tiene que enjabonarse el pelo ni ponerse mascarilla, Margot. ¿Te haces a la idea de lo rápido que puede ser?

Candela hizo acto de presencia cuando las ganas de vivir que me había regalado el café ya se me estaban pasando y, como prueba de lo caprichosos que son los genes y lo diferentes que pueden ser unas hermanas entre sí, a ella todo aquello le pareció superemocionante.

—¡Madre mía! Es como jugar al Cluedo.

—Sí, pero con mi matrimonio. Si me está engañando os juro que me pongo tetas.

La lógica y mi familia tenían una relación complicada desde hacía años, no era nada nuevo.

—¿Creéis que me fugué de mi boda por culpa de un gen recesivo que vosotras sí tenéis activo? —se me ocurrió.

—No. Es culpa de tu falta de conocimiento emocional, pero nada que no se pase con unas vacaciones en alguno de tus hoteles.

—Nuestros hoteles —puntualicé.

—Tus hoteles. Te recuerdo que yo te vendí mis acciones y doné el dinero. Lo único mío de esa empresa es el apellido —dijo Candela orgullosa, instantes antes de enfrascarse en los datos que habíamos ido sacando de todo aquel lío de papeles.

Miré a Patricia que, con unas gafas de pasta de lo más modernas y favorecedoras, me sonrió antes de decirme:

—Pero un poco míos sí que son.

No tardaron demasiado en darse cuenta de que allí no había nada reseñable. Tiques de comidas con clientes que correspondían al milímetro con lo que Alberto tenía programado en la agenda. Cuando empezaron a comentar que podía haber nombres en clave para ocultar sus aventurillas, decidí marcharme. Y me tendí en la cama. Bocabajo. Con suerte me ahogaría. Ya no quería un par de semanas en el hospital, quería la experiencia completa: muerte por aplastamiento con lámpara de diseño.

Sonia, como siempre, avisó de su llegada con tanta antelación que pude vestirme y asearme para no tener pinta de tía que no sabía qué cojones hacer con esa vida de ensueño que tenía y que ahora se parecía más a un paquete de bragas del Primark al que alguien había robado un par.

La recibí en el despacho de mi casa (nada que ver con la calidez del oficial) con una Coca Cola Light (odia la Zero) y unas ganas tremendas de pedirle que me matara.

—Ey, jefa. —Me sonrió con ternura—. Tienes buen aspecto.

—Ya puedo. Llevo siete capas de Double Wear de Esteé Lauder.

—Entonces vas a tener que desmaquillarte con gasolina.

—Mira, como las Kardashian.

Nos dimos un abrazo con la mirada. Hay personas a las que solo les hace falta mirarte para estrecharte entre sus brazos.

—Pensaba que no tendrías ganas de verme. —Se sentó frente a mí y sacó su inseparable iPad, donde tenía organizado el universo en su totalidad. Qué buena es, la cabrona—. Que ibas a descansar y eso.

—Mis hermanas no me dejan. Están jugando al Cluedo en la vida real.

Sonia arqueó una ceja.

—¿Han matado a alguien?

—Déjalo. Cuanto menos sepas, mejor —bromeé—. ¿Me pones al día?

Arrugó la nariz.

—¿Qué? —pregunté alarmada.

—No quiero que pienses que no he hecho mi trabajo.

—Nunca pienso que no has hecho tu trabajo porque haces el tuyo, el de tus compañeros y a veces el mío. ¿Qué pasa?

—No quiero meterme donde nadie me llama —sentenció, sin mirarme.

—Te he llamado yo.

—A ver… —Suspiró y se despeinó un poco, como rascándose el cuero cabelludo en un gesto que no me gustaba nada, pero que siempre hacía cuando la sometía a mucho estrés—. Traigo un montón de material actualizado, pero creo que no debería dártelo.

—Y eso, ¿por qué?

Cogió aire y me lanzó una de esas miradas. De esas. De esas que dicen «te conozco más de lo que crees», «no te va a gustar lo que tengo que decirte» o «las dos anteriores son correctas».

Levantó la mano derecha.

—Prometo solemnemente que lo que te voy a decir no es un juicio ni una crítica.

—Escupe, bellaca.

Se mordió el labio.

—El Consejo tiene razón: necesitas unas vacaciones.

—Como todos los españoles ahora mismo.

—No sé si el resto de los españoles tiene tics en el ojo, se bebe siete latas de Coca Cola Zero al día y pasa de gritar en arameo a temblar como una hojita arrugada.

—¿Me estás diciendo que necesito un psiquiatra?

—No. Que necesitas descansar. Y hablar con alguien.

Apoyé la frente en la mesa.

—Me estás sugiriendo que coja cita urgente con mi psicólogo, ¿no?

—No. Margarita…

—Llámame Margot, de verdad.

—Margot…, te he despejado la agenda hasta la segunda quincena de agosto; la empresa te debe setenta y siete días de vacaciones. —Su mano dubitativa se acercó a la mía para finalmente colocarse encima—. Estás sometida a mucha presión y vas a terminar cayendo enferma o…

—Volviéndome loca.

—No lo sé, pero… creo que de verdad necesitas salir de aquí. Dejar de vernos a todos y… buscarte.

—Pues como me encuentre, a ver qué me digo.

Sonia sonrió.

—Perdóname la pregunta, pero… ¿has hablado con Filippo?

—Sí. —Cogí aire—. Por mensaje, pero… no pinta bien.

Sus dedos apretaron los míos.

—Voy a ser muy sincera, ¿vale? Me pagas para que lo sea y me pagas bien, así que allá va: se rumorea que el resto del Consejo está presionando a tu padrino. Dicen que el hecho de que te dieras a la fuga el día de tu boda denota que tu estado mental no es el idóneo para un cargo de responsabilidad y que estás cediendo a la presión. Alguien ha mencionado que tu madre ha hecho comentarios sobre tu delicado estado.

—Es un gato que bebe, nadie le hará caso.

—Pero les viene muy bien creerla. Quieren que sea verdad. Sabes mejor que nadie que no…

—Que no me quieren allí, vale. ¿Algún dato más sobre lo desastroso que pinta mi futuro?

—No es desastroso. Solo haz lo que quieren que hagas. Es sencillo: vete. Pero aprovecha la oportunidad y vete por ti, no por ellos. Vete por ti y por todas las cosas que ni siquiera sabes que te apetece hacer porque nunca tienes tiempo de hacerlas. Vete por la parte de ti que está triste y por la que va a ser feliz. Vete por mí también, que no puedo. Vete, Margot. Vete y ráscate el toto en la playa, por el amor de Dios. Eres la heredera de un imperio hotelero y estás usando un tono de maquillaje traído de Siberia. No hace falta que estés continuamente demostrando que te lo mereces, ¿vale? A la mierda quien se crea que no. Con que tú lo sepas…

—Mi equipo hizo memes conmigo fugándome de mi boda.

—Tu equipo también se iría de vacaciones si pudiera. Eres la dueña.

—Somos muchos dueños, no funciona exactamente así. Hay socios que han invertido en esta empresa…

Sonia tiró de mis dedos y levantó las cejas:

—Eres la puta Ana Margarita Ortega Ortiz de Zarate. Ve-te. Y no vuelvas hasta que se te haya olvidado la clave de tu ordenador.

Ambas nos quedamos mirándonos y una pequeña sonrisa prendió en la comisura de su boca.

—Nadie…, escúchame bien porque nunca volveré a hablarte en este tono…, NADIE se va corriendo de su boda si es feliz. Y te mereces ser feliz. Como yo. Como tus hermanas. Como el chico que nos trae los pedidos. Vete y averigua qué está fallando.

16
Hay un tío...

—Gracias.

Sonia sonrió y negó con la cabeza.

—No tienes que dármelas. Ha sido un acto egoísta. Si te vas a la mierda, me voy contigo.

Me reí.

—Debería mandar un mail a todo el equipo por lo de los memes, ¿verdad?

—Verdad. —Asintió—. No digo que tengan que rodar cabezas, pero tienen que entender que hay tolerancia cero hacia este tipo de acoso.

Asentí y me quedé pasmada, mirando hacia el paisaje gris y centelleante que devolvía la Castellana a aquellas horas de la tarde de un lunes de mediados de junio.

—¿Y adónde me voy? —pregunté de soslayo.

—Tienes hoteles en todo el mundo. Escoge un destino al azar.

—No sabría ni por dónde empezar. Todos mis viajes de placer de los últimos años han sido o para ir a ver a mi hermana o con Filippo.

—Pero ahora eres totalmente libre para escoger destino.

Hice una mueca.

—Creo que la libertad me sienta fatal.

—Espera.

Cogió su iPad, tecleó con dedos rápidos y cuando encontró lo que buscaba, lo giró hacia mí. En la pantalla, un mapamundi.

—Cierra los ojos y señala un punto.

—¿Qué dices?

—¡Venga! —Sonrió—. Yo me ocuparé de toda la organización.

—No es tu trabajo.

—Pero no puedes vivir sin mí.

—Eso es verdad.

—¡Venga!

Cerré los ojos y situé el dedo sobre el iPad. Después, lo dejé caer. De la garganta de Sonia salió una risita.

—¿Qué, qué? Dime que no ha salido Corea del Norte.

—Grecia. Grecia es maravillosa.

—¿Has estado?

—Sí. En uno de los hoteles de la empresa, aprovechando el descuento para trabajadores. —Me guiñó el ojo—. Te vendrá genial.

—¿Viajar sola? Parece que no me conozcas. Voy a desvariar en la primera media hora.

—Pues llévate a alguna de tus hermanas.

—¿Qué quieres? ¿Que abra la puerta del avión y despresurice la cabina? Ellas tienen su propia movida y Grecia no está en sus planes. Vente tú.

—Yo no puedo. —Y dejó, apenada, el iPad sobre la mesa.

—¿Por qué?

—Pues porque soy tu secretaria y… quedaría muy raro que te llevases de vacaciones a tu…

—Mano derecha. —Sonreí.

—No, qué va, Margot. Es mejor que no. Tú solo ve y disfruta. Seguro que conoces gente y…

—No me voy a un crucero de *singles.*

—Si sigues así, a lo mejor te apunto —me amenazó—. ¿Por qué no se lo dices a alguna amiga?

Pensé en la última escapada con amigas que hice. Fue a Ibiza. Todas estaban obsesionadas con hacerse fotos en bikini sobre algún barco y, cuando salíamos a cenar, seguían haciendo fotos a los platos, las bebidas y a nosotras arregladas y dispuestas en una postura que se parecía al posado de las misses finalistas en un concurso de belleza. Me dio pereza solo de pensarlo.

—Quizá no tenga amigas de verdad —dilucidé.

—Trabajas demasiado.

—No es eso. Es que creo que cuando me di cuenta de la calidad de mis amistades ya estaba demasiado enamorada de Filippo y no tenía ganas de salir en busca de nuevas compañeras de aventuras.

—La vida es mucho más que amor. O, mejor dicho, se puede querer mucho más que a un hombre.

—Lo sé. Soy lamentable.

—No. —Se encogió de hombros, pizpireta—. Porque nadie lamentable tiene los ovarios de salir corriendo de una boda con quinientos invitados. Además, estás a punto de emprender uno de esos viajes que toda persona querría hacer. Tú, tu búsqueda y un destino de lujo.

—Quizá tengas razón.

—Como siempre. —Sonrió—. Lo tienes todo, Margot, pero miras hacia fuera para encontrarlo.

—Los del Consejo aprovecharán mi ausencia para…

—Al Consejo que les follen.

Le lancé una mirada de soslayo y soltó una carcajada.

Yo sola. Con mi maleta, mi libro, a hacer malabarismos entre encontrarme, recuperar mi vida y dar razones para que nadie en la empresa consiguiese que me dieran de baja por mi salud mental. Hay que ver. Si hubiera sido hombre, ¿se habría armado tanto revuelo en mi trabajo?

—Bueno…, está bien. Pero… no quiero tampoco que tengan motivos para ponerme a caldo, así que, por favor, reserva buenos hoteles pero sin pasarse. Nada que pudieran elegir las Kardashian.

—Hecho.

Grecia. Qué cosas. Como si hubiera estado siempre ahí. ¿No fue el destino que propuse para ese viaje con el camarero? Me reí. Si es que…

—¿De qué te ríes?

—¿Yo? —Miré a Sonia, que estudiaba mi expresión—. Pues de que…, no sé. El otro día conocí a un tío y…

Se puso tiesa en su silla.

—¿Cómo que conociste a un tío?

—No, no, a ver, salí con mis hermanas por Huertas, a una discoteca infame, y Patricia perdió el móvil. Uno de los camareros lo guardó y me tocó a mí recogerlo al día siguiente. No sé cómo pasó pero, de pronto, estaba ayudándolo a darle celos a su ex, en el papel de mi vida, fingiendo que era su nueva «amiguita» y diciendo que nos íbamos en breve a Grecia y que Santorini le iba a encantar. Me ha hecho gracia pensar que justamente escogiese ese destino en mi actuación.

Sonia arqueó las cejas.

—¿Me lo estás diciendo en serio?

—Totalmente. —Me reí—. Ya, yo tampoco creí que fuera nunca a verme en esa situación. Ese pub es la muerte, por cierto. Lo peor.

—¿Cómo se llama?

—Pues la verdad es que no me acuerdo. El camarero se llamaba David. Me dio su móvil y todo.

—¿Para que siguieras haciendo de su novia y darle celos a la ex?

—No. Ehm… —Empecé a dudar de que continuar con la historia fuera buena idea, por si se ponía un poco íntima. Pero… ¿cómo iba a ser íntima con un desconocido?—. Me dijo que se me leía en los ojos que estaba triste y que él también lo estaba. Mencionó algo sobre que las personas tristes se necesitan entre ellas para sentirse comprendidas.

—Es la peor excusa que he escuchado en mi vida para intentar ligar.

—No era su intención. —La miré y sonreí—. Era... joven, un tío así como alocado. Una especie de..., no sabría decirte, de rey del baile mezclado con un pobre chico. Está loco por su ex y, la verdad, no me extraña. Cuando la vi, pensé que la genética es sumamente cruel. Esa tía y yo no somos de la misma especie.

—Bueno, bueno... —musitó.

—Pero, oye..., ¿tú crees que la gente que está triste debe buscar a alguien que también lo está?

—Sí y no.

—Explícame eso.

Sonia acarició el vaso empañado por el refresco frío y dibujó con las yemas de los dedos algunos canales sobre el cristal. Estaba, de pronto, muy seria.

—Una cosa es estar triste o un poco angustiado y otra estar deprimido. Cuando uno está deprimido, la gente que no lo está tiende a decir: «Ey, no estés mal», como si fuese tu elección. Los que han pasado por ello pueden entenderte mejor, pero ¿y si os vais al hoyo los dos? —Me miró y suavizó su expresión antes de coger aire, erguirse y sonreír a boca llena—. Pero tú, como yo o ese chico solo estamos un poco de bajona. Así que...

Asentí. Estaba hasta los ojos de mierda del primer mundo, pero no había que perder la perspectiva nunca. Por eso me gustaba tanto Sonia.

—¿Tú le escribirías?

—Yo sí. —Se rio—. Pero porque no hay ningún tío al que quiera recuperar y... porque en el fondo no reflexiono mucho las posibles consecuencias de mis actos. Pero tú eres Margot.

La miré confusa.

—¿Y eso quiere decir que…?

—Quiere decir que no harías algo cuyo final no puedas prever, y… esta historia tiene tantos finales posibles como, no sé, burbujas hay en este vaso.

Levantó el refresco y, en una especie de brindis ceremonial, hizo chinchín en el aire y dio un trago. Tendría que haber contestado algo, pero lo cierto es que me quedé absorta en las burbujas que jugueteaban arriba y abajo, bailando entre el líquido oscuro y dulzón. Parecían… libres.

Ojalá aquello no me hubiera parecido tan tentador. Ojalá no lo hubiese entendido como un reto.

La puerta de mi despacho se abrió de golpe y mis dos hermanas irrumpieron emocionadas, dándose codazos y empujones, peleándose por ser la primera en compartir conmigo el resultado de sus pesquisas.

—¡¡Lo tenemos!!

—¿Qué tenéis? ¿Habéis encontrado algo?

—Bah, ahí no hay más que papeluchos —se quejó Candela.

—Pero ¡lo tenemos!

—¿Un hilo de donde tirar o el número de urgencias de la López Ibor?

Noté que Sonia hacía esfuerzos para contener la risa.

—¡¡El detective!! ¡¡Tenemos al detective!!

—¡Ha aceptado mi caso! —Patricia se acercó emocionada—. ¿Y sabes lo mejor?

—¿Que te va a timar?

—¡No! ¡Que está buenísimo!

La pantalla partida de su móvil apareció ante mí con la foto de un hombre de unos cuarenta, muy guapo, que sonreía desde su web. El eslogan de su empresa: «Tu confianza, su secreto: mi trabajo».

Me pareció tan horrible que no pude decir nada más que:

—Joder.

17
Gente triste

Estaba tumbada en la cama con el teléfono en la mano. Mis hermanas se habían ido a recoger a mis sobrinos del cole y Sonia había vuelto a la oficina para ultimar los detalles de mi próximo viaje. Ya tenía redactado un mail oficial para el resto de consejeros de la empresa donde informaba de que finalmente había decidido alejarme de todo unos días. Iba a disfrutar de unas vacaciones. Unas largas. Es lo bueno de tener una cantidad obscena de acciones de la compañía.

También había escrito y enviado un mail a mi departamento para compartir con ellos, de manera muy formal, mi profunda decepción por su comportamiento de la semana anterior.

Me quedaba un rato de tranquilidad hasta que Candela volviera a casa, y la sola idea de verla tumbarse a mi lado y escucharla preguntarme cómo andaba, si sabía algo de Filippo, si hacíamos algo, qué me apetecía cenar o qué había hecho en su ausencia… me producía un cansancio tremendo.

Sonaba un disco que me recordaba a mi estancia en Estados Unidos, cuando fui a estudiar allí un máster, donde quise tener amigas pero todo el mundo competía demasiado. Quizá ese era mi problema: no me gustaba competir de la misma manera que no me gustaba arriesgarme. Debía darle la razón a mi madre en algo: era sorprendente que alguien con una personalidad tan, como dicen los americanos, *low profile*, hubiera llegado a ostentar un puesto de responsabilidad. Pero claro, como ella se afanaba siempre en aclarar: no todo el mundo tenía la suerte de ser una Ortega Ortiz de Zarate.

Siempre había andado por la sombra. Siempre había sido responsable. Siempre había sopesado las posibilidades, los resultados que podría obtener. Nunca me había lanzado por un camino sin mirar atrás. Solo dos veces. Dos. En toda mi vida: cuando decidí acostarme con Filippo la primera noche (una, que no es de piedra) y cuando salí corriendo de mi propia boda.

¿Y si lo que había dicho Sonia era verdad? ¿Y si realmente había algo que no funcionaba? Bueno, me largué de nuestro enlace, alguna explicación tendría que haber. Quizá..., quizá un pedazo de mí tenía miedo a lanzarse de lleno con el definitivo sin haber vivido más. Nunca había cometido locuras, nunca me había equivocado ni me habían roto el corazón: todo, antes de Filippo, había sido un mero simulacro.

Pero... ¿de qué serviría ese tiempo en barbecho si no cambiaba? Un poco. No hablo de cortes de pelo modernos ni un coche nuevo con muchos caballos y carrocería roja. ¿Y si..., sencillamente, me abría al mundo?

No fue fácil y me arrepentí de haberlo hecho doscientas veces antes de que contestase, pero me sentí orgullosa de aquella primera pregunta que formulé en una conversación recién abierta con un contacto casi desconocido que... estaba a punto de cambiarme la vida.

Margot:

Y tú, ¿por qué estás triste?

David:

¿Qué dices? ¿Quién eres?

Margot:

La tía rara con la que tu ex cree que estás liado.

David:

¡Ah! Margot.

Margot:

Que no es un nombre gallego.

David:

Te sientan bien las conversaciones por WhatsApp.
Eres más simpática.

Margot:

Soy simpática.

David:

Eres correcta. Hay un abismo entre los dos términos.

Margot:

¿Me vas a contestar? Tú, ¿por qué estás triste?

David:

Me dejó el amor de mi vida. ¿Te parece poco?

Margot:

Sí.

David:

¿Tú la viste? Es perfecta.

Margot:

Una diosa.

David:

Si te vas a poner borde te bloqueo.

Margot:

¿Borde? Tu ex es una diosa. Casi me hizo plantearme mi heterosexualidad.

David:

Yo por ella me hacía hasta mormón.

Margot:

Hombre, con ese móvil que tienes estás a un paso de hacer tu propia mantequilla.

David:

Creo que te refieres a los amish, no a los mormones.

Margot:

¿Me puedes explicar por qué un completo desconocido me está dando clases de religión?

David:

Más bien de cultura general, pero si lo que te preguntas es por qué te has decidido finalmente a escribirme, te diré que porque es más fácil hablar con alguien que no te conoce y que no tiene por qué juzgarte.

Margot:

Todo el mundo juzga. Es inevitable.

David:

¿Es por eso por lo que estás triste? Y no me vengas con que no lo estás. ¿Alguien sacó conclusiones equivocadas sobre ti?

Margot:

No. Yo también he perdido al amor de mi vida.

David:

Según tu criterio eso no es motivo suficiente como para estar tan triste, así que algo más habrá.

Margot:

Escribiendo…

Escribiendo…

En línea…

Escribiendo…

En línea…

No.

David:

¿Sabes lo que no tiene mucho sentido? Escribirle a un desconocido con el que te puedes desahogar y que no te va a juzgar, aunque le digas que tu padre es una nutria, y terminar mintiéndole.

Margot:

Aclárame una cosa, ¿qué significa «nutria» en tu argot?

David:

Estoy llegando a casa del curro con la única aspiración de vivir una apasionada historia de amor con un bocata de jamón y una ducha, y tú me mientes y me hablas de nutrias. Margot, ¿qué voy a hacer contigo? No me merezco esto.

Margot:

No es mi intención molestarte.

David:

¡¡Margot!! ¡Por favor! Que estoy de coña.
Mira, vamos a hacer una cosa. Como hablar contigo por
WhatsApp prometía, pero aún es más complicado que
hablar en persona, ¿qué haces mañana de nueve a diez?

Margot:

¿De la mañana o de la noche?

David:

Así me gusta, fingiendo que tienes más planes.

Margot:

Aún estoy decidiendo si eres imbécil o…

David:

Lo otro. Escojo la otra opción, la que sea.
Mañana a las nueve. De la mañana.
Te mando la dirección ahora mismo.
Esperaré cinco minutos. Si me plantas, me piro y
te bloqueo, pero sin rencores, ¿vale?

Margot:

Vale.

18
El loco paseador de perros

La vi llegar y no pude disimular mi sonrisa porque si la reconocí entre la gente que correteaba por la calle de camino a sus trabajos fue porque venía acompañada de esa actitud, probablemente inconsciente, que la hacía parecer perdida allá donde fuera. Como siempre, llevaba un look bastante discreto: pantalones vaqueros, una blusa liviana y unos zapatitos planos; sin embargo, todas las prendas y los pocos complementos que llevaba, todo, tenían un lustre de lujo que soy incapaz de describir. Su sosez era elegante, supongo. Y estaba guapa.

No sé por qué tipo de asociación de ideas, me pregunté qué se hubiera puesto Idoia para aquella quedada. Probablemente hubiera aparecido con un vestido de noche y botas militares o una minifalda de látex de color rojo con una blusa blanca de hombre y unas zapatillas blancas.

Saltó un par de cacas de perro y se plantó frente a mí sin saber muy bien cómo saludarme ni adónde mirar. Le tendí la mano a punto de soltar una carcajada; en el fondo me gustaba sentir que ella estaba tan perdida: era liberador. Con Idoia era todo lo contrario y llegué a pensar, de verdad, que las únicas mujeres con las que me sentiría cómodo y yo mismo serían Dominique, las chicas de mi pandilla del pueblo, mi madre y mi hermana. A la abuela no la cuento porque siempre me hacía sentir pequeñito. Eso no auguraba un futuro muy espléndido para mi vida social. Ni sexual.

—Buenos días —le dije.

—Buenos días.

Le di un apretón de manos corto pero firme, no sin dibujar una sonrisa canalla al hacerlo.

—Te estás burlando de mi saludo del otro día, ¿verdad?

—No. —Me reí—. Quería hacerte sentir cómoda. He supuesto que en tu planeta os saludáis así.

—Me estoy arrepintiendo de haber venido. Por cierto, ¿se puede saber qué haces con esos perros? ¿Son todos tuyos?

Miré a mis pies, donde esperaban sentados, educados y jadeantes un pastor alemán, un bulldog francés y un dálmata.

—Son mis clientes.

—¿Tus clientes?

—Sí.

—¿Pero tú no trabajas en la discoteca esa? —preguntó con cierto desdén y el ceño completamente fruncido.

—Sí. Pero tengo más curros.

—¿Curros? ¿En plural?

—Recojo en casa todas las mañanas, de lunes a viernes, a estos caballeros y a esta señorita —los señalé—, y después de un paseo y unos juegos, los llevo a casa. Las tardes de los martes, miércoles y jueves ayudo en una floristería.

Arqueó una ceja.

—Tienes tres curros.

—También soy canguro, pero eso lo cobro en especies.

—¿En sexo?

Me eché a reír y decidí dar un paso al frente. Mis chicos me siguieron andando civilizados, como ya teníamos aprendido.

—No, tronca. —Le eché una mirada—. Iván, mi colega del pub, tiene una niña de siete meses. Vivo con ellos. Bueno, con Iván, su chica y la nena. Compartimos gastos y cuido a Ada los ratos que a sus padres se les solapan los horarios de trabajo.

—¿Iván también tiene otro curro?

—Es camarero en una cafetería de lunes a viernes. —Me encogí de hombros—. La hostelería no está muy bien pagada.

No me sorprendió ver un destello de agobio en sus ojos.

—¿Y tú dónde trabajas?

Reticencia. Me miró con reticencia. No quería hablar. Era como esas chicas con las que de vez en cuando quedaba por Tinder antes de Idoia, esas que no querían que se supiera del otro más que el nombre, por no complicar las cosas.

—Bueno —atajé mientras miraba al frente y seguíamos paseando—, vamos a hacer un trato. Solo hablaremos de nuestros problemas y traumas más secretos, pero no nos contaremos las cosas cotidianas. ¿Te vale así?

—No sé muy bien ni por qué he venido.

—Porque soy encantador. —Le sonreí.

—Pago a un tío con un despacho lleno de títulos de universidades superprestigiosas la friolera de cien euros la hora para hablar de traumas y secretos.

—¿Sí? —pregunté tirando suavemente de *Walter*, el pastor alemán, que se había quedado rezagado oliendo un tronco—. ¿Y te va bien?

—No. La verdad es que no mucho, a juzgar por las circunstancias.

—Dame un titular.

—No voy a darte un titular. No te conozco de nada.

—¿Sabes qué tenemos en común los camareros, paseadores de perros y floristas?

—¿El tipo de cotización en la Seguridad Social?

—Sí, que todos somos autónomos, pero no me refería a eso. Escuchar. Sé escuchar.

—Explícame una cosa. —Se ajustó el bolso al costado, sin mirarme—. ¿Por qué hemos quedado?

—Porque me echaste una mano con mi novia.

—Tu ex.

—Mi ex, repipi asquerosa —me burlé.

Margot me miró indignada, pero rebajé sus humos con una carcajada.

—¿Por eso me propusiste vernos hoy?

—No. Fue por lo de los ojos, tronca.

—No me llames tronca, por Dios —dijo, y suspiró.

—Dos pares de ojos tristes que se reconocen. ¿Te acuerdas? Los dos estamos tristes y los dos sabemos dar buenos consejos. Es posible que no sepamos encauzar nuestra vida, pero quizá podamos hacer algo por la del otro.

—¿Y eso por qué?

—Pues porque nos hemos cruzado en el camino. Algo tendrá que significar, ¿no?

—Que los dos vivimos en Madrid y que mis hermanas tienen muy mal gusto escogiendo garitos para salir.

—Puede. O puede que no. No sé tú, pero yo no soy muy de quedarme con las ganas de averiguar algo.

Crucé a través del hueco entre dos setos y los animales me siguieron. Margot tampoco tuvo muchos reparos. Al reconocer el espacio donde todos los días corrían y jugaban, los perros se movieron intranquilos, al menos hasta que desenganché sus correas y se lanzaron a la carrera, unos con otros, hermanos ya de tantos paseos a cuestas. Desde allí podía vigilarlos sin problemas y a mi espalda se encontraba la única salida de aquel parque. Estaban seguros, así que me volví hacia Margot. Tenía la mirada perdida en las formas concéntricas que dibujaban las carreras de los perros sobre el césped y una expresión bastante indescifrable. Tuve claro al instante que no era de esas chicas que, como yo, se dijera a menudo que no tenía nada que perder.

—¿Cuál es el problema? —le pregunté—. Aparte de que has perdido al amor de tu vida y eso... No estará muerto, ¿no?

—¡No! —se quejó—. Está vivito y coleando, disfrutando de su verano en un barco, en la costa amalfitana.

—Joder, qué nivel. Tenía perras, ¿no?

Me miró como a un auténtico friki y le hice el gesto universal del dinero, por si no me había entendido. No contestó.

—Vale, vamos a hacerlo al revés: Idoia es la mujer de la que más me he enamorado en mi vida. Nunca sentí ni la mitad de lo que sentía cuando estaba con ella. Era..., era una salvaje, una bruja, una maga, una señora, una diosa..., todo junto, a la vez y por horas. Me hacía sentir vivo. Y libre.

—¿Libre? ¿Teníais una relación abierta?

—No me refiero a ese tipo de libertad. —Me apoyé en un tronco y silbé en dirección a los perros, que se estaban poniendo un poco cerriles—. Me refiero más bien a que... no sentí que por estar con ella dejase de ser libre. No me molestaba estar atado.

—¿Estar atado? Tu concepción de las relaciones es...

—Cuando estás con alguien te atas de alguna manera a él o a ella, ¿no?

—Bueno, pero por elección propia, no porque estés «atado» —repitió la palabra con intención.

—Ya me entiendes.

—¿Y qué pasó? Quiero decir, ¿por qué te dejó?

—Porque soy poco para ella.

Arqueó una ceja.

—¿Estamos hablando de tu situación económica?

—Económica, social y si me apuras hasta religiosa. Al parecer soy un pobre chico que se acostumbró a ser mediocre e hizo nido allí, en la mierda, donde se está calentito pero apesta.

—A ver... —Se frotó las sienes.

—Duermo en el sofá de mi mejor amigo, soy consciente de que...

—Por poco que ganes con los tres trabajos, debes alcanzar el salario mínimo interprofesional, con lo que... podrías permitirte compartir piso. En Malasaña incluso. Un pisito con otros dos chicos, en alguna calle chula y moderna.

—Eso me ataría a una casa y... ¿si me quiero ir mañana?

—¿Te querrás ir mañana?

—Es un decir. Un suponer.

Me miró como si estuviera loco y lo hizo de tal manera que hasta yo me lo planteé.

—Es por elección personal —sentenció—. Si vives en casa de tu mejor amigo..., me aventuro, ¿vale?, supongo que es porque te acogió para lo que iban a ser un par de días, pero la situación se alargó. Luego ellos fueron padres y tú te diste cuenta de que lo que ayudabas en casa les iba bien. Y a ti estar allí también porque son de confianza, te sientes cómodo, te dan cariño...

—¿Me estás psicoanalizando? —La miré con pereza.

—Vale. He acertado.

—No exactamente, pero... estoy bien con ellos.

—¿Y no te irías a vivir con Idoia?

—Habría que preguntarle a ella. Creo que la sola mención de esa posibilidad le provocaba sarpullidos.

—¿Qué hacíais como pareja?

Le lancé una miradita, pero no se dio por enterada.

—No sé. Lo típico. Pasábamos tiempo en su piso, salíamos de vez en cuando a cenar o a algún concierto. Bebíamos vino en la cama. Follábamos.

Su mirada me traspasó el cráneo como un disparo.

—Apasionante. ¿Teníais planes de futuro?

—Ya te he dicho que no.

—Y dime una cosa..., ¿cómo aspirabas a que siguiera contigo si no le dabas nada a cambio?

—Le daba amor —dije ofendido.

—¿Y ella a ti?

—Amor —contesté poco convencido.

—Ya. Sí. Y con amor te dijo: vuela, vuela, pajarito.

Gruñí y ella sonrió.

—Si hubiera sabido que veníamos a un parque habría traído al menos un termo de café. —Suspiró—. Si quieres recuperarla no puedes limitarte a darle celos. Esa chica ya sabe que es la única para ti en el mundo. Te tiene cegado y, oye, puedo entenderlo. Pero lo que tienes que hacer es demostrarle que tu vida no va a la deriva, que estás haciendo planes, que sabes adónde te diriges.

—¿Y adónde me dirijo? —le pregunté.

Se encogió de hombros, coqueta, con una sonrisa. Desde luego, era un buen consejo y hasta yo lo sabía. No era fácil y no se parecía en nada a lo que yo deseaba escuchar, pero supongo que esas eran dos características de un buen consejo.

—Ahora tú. Mientras recapacito sobre adónde va mi vida.

—¿Cuántos años tienes, por cierto? —me preguntó.

—Veintisiete.

—Eres joven aún.

—Hablas como si me doblaras la edad.

—No, pero te saco cinco años.

—Ohhhh —me burlé—. La edad solo es un número.

—Para vosotros, quizá. Nosotras maduramos.

El hachazo se me clavó en mitad de la frente y me volví hacia ella sorprendido.

—¡Serás bruja!

Se rio. Y lo hizo abiertamente.

—Venga. Ahora tú.

Echó un vistazo a los perros y se mordió el labio inferior.

—Me... marché de nuestra boda.

—¿Cómo? —Pestañeé.

—Que me marché de nuestra boda.

—Suena a eufemismo de «lo planté en el altar».

—Tú lo has dicho.

—¿Lo plantaste en el altar?

—¡Oye! —se quejó—. ¡Yo no he hecho preguntas estúpidas!

—Vale, vale. Prosigue.

—Pues... como lo dejé plantado en el altar, digamos que ahora aprecio no me tiene.

—¿Te odia?

—No, pero me ha pedido unos meses para pensar sobre lo nuestro.

—¿Pero tú quieres volver? Si te piraste de tu boda... Por cierto, ¿corriste vestida de novia?

—Con unas zapatillas Nike, sí.

Solté una carcajada y ella se tapó la cara.

—Eso es tener narices. Oye, todos mis respetos. —Le di una palmadita en la espalda.

—No sé por qué lo hice. —Suspiró—. Le quiero. Quiero vivir con él, viajar con él, contarle todas las noches qué tal me ha ido el día mientras abre una botella de vino y escuchamos música.

—¿Tú qué vives, en una película americana?

Arqueó las cejas, como si no me entendiera.

—Lo cierto es que —siguió— tuve un ataque de pánico y me fui corriendo sin pensar en nada más, humillándolo delante de mucha gente... Quizá debo aceptar que algo no funcionaba.

—Algo gordo no funcionaba. ¿En la cama bien? —le pregunté.

—¿No deberías esperar a..., no sé, a no ser un jodido desconocido para hacerme esa pregunta?

—Ya te he dicho que no me suelo quedar con la duda. ¿Bien o no? Tú solo mueve la cabeza.

Asintió y yo sonreí.

—¿Odias a su familia?

—No. Odio a la mitad de la mía. La suya es... la leche.

—¿Te trataba bien?

—Como a una princesa.

—No lo entiendo.

—Yo tampoco —me aseguró.

—¿Y en qué pensabas cuando corrías vestida de novia con unas Nike?

—No te recrees tampoco, ¿eh? —me advirtió—. No pensaba, David. Solo... corría.

—¿Cómo Forrest Gump?

—Algo así. Como si todo aquello fuera demasiado para mí, como si no estuviera a la altura.

—Entonces quizá el problema de la relación eras tú, que sentías que no eras lo suficiente...

A juzgar por la mirada que me lanzó, yo diría que aquel también era un buen consejo.

—¿Y si dedicas este verano a hacer cosas para ti? Viaja, disfruta, date caprichos, haz un poco el loco. Tómalo como..., ¿cómo dice esa canción de Izal?, «un *loop* salvaje».

—¿Qué canción?

—Creo que se titula «Bill Murray». Dice: «Sé que no me queda mucho más tiempo de *loop* salvaje». Yo siempre lo he entendido como una especie de limbo vital de no pensar demasiado las consecuencias de tus actos.

—Entonces, yo tengo que entrar en un *loop* salvaje y tú salir de él.

—Algo así.

—Pues yo sé por dónde empezar. ¿Y tú?

Miré a los perros y eché a andar hacia ellos, rebuscando en mis bolsillos para encontrar algunas chuches que les convencieran de que volver a ponerse la correa era un planazo. ¿Era eso lo que me estaba sugiriendo Margot? ¿Qué buscase una chuchería con la que entretener mis miedos mientras recuperaba las riendas de mi vida?

Walter, Milagros y *Aquiles* se dejaron poner sus correas mientras masticaban; Margot nos miraba, absorta, como si su cerebro estuviera compuesto de un millón de pequeños dientes y masticase las palabras hasta hacer de ellas un fluido que se incorporara directamente a su sistema nervioso.

Pasé por su lado, le lancé una sonrisa y seguí, dejándola atrás. Unos diez metros más adelante, ya la tenía al lado.

—¿Y por dónde vas a empezar? —le pregunté.

—Por irme.

—Eso no vale. Huir no es la respuesta.

—No es huir. Es casi una obligación. Digamos que… todo en mi vida apunta a que debo marcharme unas semanas. Tengo la suerte de poder compaginarlo con… mi vida laboral.

—¿Y adónde te vas a ir?

—A Grecia.

Me paré en seco y la correa de los perros los frenó de un tirón. Me volví hacia ella, que me sonreía con lo que me pareció un toquecito de descaro que me contagió. La miré fijamente y ella hizo lo mismo conmigo.

—¿Grecia?

Ella asintió.

—Atenas, Santorini y Miconos. Ya me imagino allí, en un hotel con vistas al mar y una *infinity pool* con la mejor puesta de sol de todas las Cícladas griegas.

—Querida Margot…, ese es nuestro viaje.

—Una lástima que no puedas acompañarme.

Mentiría si dijera que me quedé pensando en ello, porque no le di ni media vuelta. No. Se quedó ahí, en una anécdota más, como nuestro apretón de manos como saludo. Pero después de dejar a los perros en sus casas, cuando me encontré con ella en la esquina cargando con dos cafés templados, supe, como solo se pueden saber las cosas que aún no han sucedido, que ella no lo sería. No. Margot no era una anécdota, era un paso más en mi estúpida manía de no quedarme nunca con la duda.

19
Inspiración

Ni siquiera había llegado aún a casa cuando recibí el primero de muchísimos mensajes:

¿Qué haces por la tarde?

En otras circunstancias, hubiera huido, pero yo sabía que David no quería nada de mí en ese sentido. Ambos deseábamos recuperar a nuestras parejas y sentíamos que el otro podía hacer algo para ayudar. En mi caso, David era inspiración. Me sentía como cuando en el internado me sentaron junto a aquel alumno que no aprobaba ni a la de tres. Él mejoró en sus notas y yo aprendí a divertirme un poco más en el regio y rígido ambiente que se respiraba en el colegio. Mis notas en música y arte mejoraron y fue gracias a él, que..., bueno, ni confirmo ni desmiento que me diese mi primer beso.

Pero en esta ocasión no era lo mismo. No iba por ahí. Era..., de alguna manera, era excitante. O más bien emocionante. David era una persona extraña pero interesante. Suscitaba mi curiosidad que hacía cierto tiempo que andaba perezosa.

Cuando le contesté que hasta que no me fuera a Grecia no tenía planes, me preguntó si me apetecía tomar algo al día siguiente por la noche. Me di cuenta de cuál era el motivo por el que me estaba abriendo con un desconocido, por qué de pronto podía hablar de lo que me había pasado y me resultaba más fácil expresarme: me estaban prestando atención. A mí. A mis emociones, a lo que me había pasado, al porqué de las cosas que había hecho o que decía. Para David, lo que yo tuviera que decir parecía importante y no estábamos en el ambiente de trabajo. Aquello me hacía sentir muy bien.

Quedamos en que lo recogería en la floristería y que iríamos a tomar algo a algún sitio tranquilo, donde pudiéramos hablar: David quería que le aconsejase por dónde debería empezar a organizar su vida. Y no me lo pensé demasiado. No tenía nada mejor que hacer y él me sacaba de debajo del nórdico, de la espiral de llorar y de ver fotos antiguas.

Lo vi nada más entrar, al fondo, a pesar de que había dos personas más en el mostrador. Llevaba una camiseta que fue blanca en algún momento de su existencia y unos vaqueros escondidos tras un mandil negro lleno de manchas. Tenía el pelo revuelto y enredado y los ojos fijos en las flores que estaba manipulando.

—¿Te podemos ayudar? —me preguntaron las dos señoras.

—Disculpen. Estaba esperando a David. —Les sonreí.

Me miraron. Lo miraron a él. Se miraron entre ellas. Tendrían unos sesenta años y no podían esconder que eran hermanas. A juzgar por su expresión, cualquiera diría que les sorprendía que alguien, o al menos alguien con mi aspecto, anduviera con él.

—¿Y la chica rubia? —escuché que le decía una a la otra.

—Calla, calla. Así mejor.

—¡¡¡David!!! ¡¡Han venido a buscarte!!

—Estoy terminando el ramo de siemprevivas para el restaurante. Salgo en cinco minutos.

—No —dijo firme una de ellas—. Sal ya, que a las señoritas no se las hace esperar.

—No sabía que hubiera ninguna señorita en esta floristería —respondió guasón él.

Se asomó, me vio y sonrió.

—¿Me esperas un segundo?

—Claro.

Cuando terminó, las dos hermanas ya me habían contado que aquella tienda era un negocio familiar con más de setenta años de historia a sus espaldas y me habían regalado un ramito pequeño con el que decorar mi dormitorio, pero a David, cuando salió, aquello no le pareció adecuado.

—¡¡Esas no!! —se quejó él con desparpajo—. ¡Amparito! Que le has dado flores de muerto, por Dios.

—¡Los gladiolos no son flores de muerto, animal!

—Quita, quita, que me dan mal rollo. —David me arrancó las flores de las manos, las dejó en el mostrador y cogió un par de ramitas de varios cubos que rebosaban género.

En un pestañeo, envolvió lo que había escogido con un pedazo de papel de estraza y le ató una cuerda. Lo colocó entre mis dedos y se volvió hacia las dos señoras para discutir, como una portera, sobre las flores más adecuadas para el cuidado de las tumbas, y yo... no sabía si flipar, largarme o echarme a reír. En mis manos tenía un ramo pequeño, estrecho y casi anecdótico, que mezclaba el verde oscuro con el blanco, el rojo y el morado. Nunca habría pedido un ramo con aquellos colores, pero... ¡había quedado tan bonito! Parecía algo vivo, excéntrico pero apasionado, como una pintura impresionista, como una puesta de sol, como... ¿David?

—Mira, os voy a dejar por imposibles —les dijo con su eterna sonrisa de lado, y se volvió hacia mí con aire docente—. Señorita, esto son hojas de eucalipto, esto de aquí de color blanco se llama *statice* y las que parecen fresas son *gomphrenas*, no confundir con «gonorreas».

—Ibas bien... —le advertí.

—Bah…, esto de color lila es salvia. Cuando la recibimos en color rojo es una locura. En fin, que todas se secan fenomenal. Tienes que ir cortándoles el tallo dos deditos, así, en diagonal…

—David —le corté.

—Pura magia, reina, este ramo es pura magia. —Me enseñó sus dedos y los movió en el aire, dejando claro que sentía que en sus manos albergaba un gran poder.

Yo había reservado mesa en un restaurante que me encanta, pero no se lo dije. Primero, porque me daba vergüenza y, segundo, porque… con las pintas que llevaba David no pensaba dejarme ver por allí con él. No se había cambiado ni de camiseta.

—¿Tú siempre vas con estas pintas? —le pregunté.

—¿Y tú siempre pones cara de no haber hecho caca?

Me volví a mirarlo y me devolvió una expresión falsamente altiva. No pude evitar sonreír.

—Me refiero a que si cuando quedabas con Idoia también ibas hecho un zarrio.

—Salgo de la floristería, ¿cómo quieres que vaya? ¿Con chaqué? ¡Me pongo perdido de tierra, agua, polen…!

—Podrías llevar una camisa y cambiarte antes de salir.

—¿Camisa? ¿Como en las bodas?

Me paré en la calle.

—¿Has dicho como en las bodas?

—Oiga, señorita, ¿quién lleva una camisa un día de diario porque sí?

—¿Mil millones de tíos? Además… esa camiseta tiene un agujero.

—Todas tienen agujeros. —Se encogió de hombros—. Me pican las etiquetas y se las arranco. Es cuestión de tiempo que salga un agujero.

No me lo podía creer. Abrí la boca para hablar, pero él me cortó.

—De todas formas, no hay que ir siempre como si fueran a hacerte una entrevista de trabajo.

—Me juego la mano a que tú has hecho todas tus entrevistas de trabajo así.

—Soy mono, con poco me vale.

Solté una carcajada y él también se echó a reír.

—No, en serio. No tengo ni idea de moda. Ni puta idea. Idoia sí que está al día. Se dedica al sector. Siempre va… como de vanguardia, ¿sabes?

Arrugué el labio.

—Define «de vanguardia».

—Con personalidad.

—¿Como si fuese un editorial de revista de moda?

—No sé ni siquiera si estás hablando en mi idioma al preguntar eso —se burló—. Quiero decir que se pone unas cosas que nunca habrías creído que pudieran llevarse juntas, pero en ella quedan bien. Marca tendencia.

—Mira, como mi hermana.

—¿Qué?

—Nada. Esto…, ¿y no crees que deberías ponerte las pilas con eso? Ya sé que es supersuperficial, pero si le gusta tanto la moda yo diría que una de las razones por las que te largó fue por esas camisetas roídas.

—Ayúdame entonces.

—Yo no me arrimaría mucho a mí en ese sentido.

—No sé. Tampoco es que quiera que me digas cómo me vestirías tú, porque ya te digo que camisa no me voy a poner, pero seguro que tienes más idea que yo.

—Qué va. El que tiene estilo es Filippo. A mí me escogen la ropa.

—¿Cómo que te escogen la ropa?

—Sí. Pago a una chica para que me compre la ropa según para qué la voy a necesitar. Después me la ordena en el armario por zonas: trabajo, ocio, vacaciones, estar en casa...

—No me lo puedo creer. Eres más inútil que yo. —Se echó a reír—. Anda, ven, tengo hambre.

Nos adentramos en Malasaña. Pelos de colores, bolsos vintage, zapatos bonitos sobre adoquines rotos en los que se acumulaba el charco de alguna cerveza derramada ya a aquellas horas. David caminaba tranquilo, como quien se siente muy seguro en su piel. Iba hablando de un sitio en el que servían unos perritos calientes que estaban riquísimos, pero yo no le prestaba mucha atención. Pensaba en lo de ir de compras. ¿Cómo un acto tan natural podía parecernos a los dos tan complicado? A mí, sencillamente, me confundía. Me abotargaba. Nunca sabía qué se llevaba y qué no, ni tampoco qué me sentaba bien. A veces, en el comedor de la empresa, seguía sin querer con la mirada a un montón de chicas que con un par de prendas lucían elegantes, sexis y con personalidad. Yo, sin embargo, aunque dedicase un presupuesto bastante interesante a ir vestida como debía, siempre parecía... sosa. Bueno, sosa no: elegante, pero en un sentido plano, como una modelo de una fotografía de un catálogo de ropa, que no se mueve, que no se siente cómoda, que no saldrá a bailar con esos pantalones y no sufrirá el tacón de los zapatos.

—¿Te gusta el picante?

Miré a David, levantando la barbilla para encontrarme con su mirada burlona. Vaya. Era más alto de lo que recordaba. Me había quedado algo embobada en mis pensamientos y no me había dado cuenta de que habíamos llegado al local del que iba hablando: El Perro Salvaje.

—Pues... sí. Supongo que sí.

—¿Cómo que supones que…? Anda. ¿Me pones dos Bóxer y dos Ipas, por favor?

Sacó del bolsillo de su pantalón un billete de veinte y se lo dio a la chica, que le devolvió unas monedas. Con aquel billete no hubiéramos hecho milagros en el restaurante en el que había reservado mesa. Cogí el móvil y le mandé disimuladamente un mensaje a Sonia:

> Cancela restaurante, porfi. Están todos los datos en mi agenda de Google.

—¿En qué piensas?

Lo miré de nuevo mientras guardaba el móvil en el bolsillo. Estaba apoyado en el mostrador, donde tamborileaba con los dedos. De vez en cuando la chiquilla que atendía tras la barra le echaba miraditas, no sé si porque le molestaba el ruidito o porque le parecía guapo.

—En por qué nos parece tan complicado ir de compras.

—A mí no me parece complicado. Sencillamente es algo que no acostumbro a hacer.

—Pues esa camiseta da asco.

—Deberías ver la que me pongo para dormir.

Me reí.

—Será porque tienes el complejo de los guapos. —Suspiré—. A mi hermana Patricia le pasaba con tu edad. No soléis sacaros partido. Es más, siempre os afeáis un poco.

—¿Qué dices, loca? Si soy un bombón.

—Por eso te ha dejado tu novia —rezongué.

La chica de la barra se giró como un rayo. Vaya. Pues eso es que sí que estaba interesada.

—Esa te mira —le susurré.

—Idoia —me respondió despacio y con las cejas levantadas—. Idoia es lo único que nos interesa aquí.

Nos comimos el perrito sentados en un banco, en una plaza que había un poco más adelante. Estaba absolutamente llena. Todas las terrazas de los bares estaban al completo y no cabía una aguja. Se escuchaba el rumor de las conversaciones y las carcajadas.

—¿Y cómo voy a saber hacia dónde va mi vida? —me preguntaba David con las comisuras de la boca llenas de chili.

—Pues no sé.

—¿Cómo lo supiste tú? A ti parecen irte muy bien las cosas.

—Yo lo tuve fácil. Seguí con el negocio familiar.

—Vaya. Qué envidia.

—¿Envidia? Qué va. Si te digo la verdad, nunca me he planteado tampoco qué quiero hacer. Solo me he dejado llevar. Excepto con Filippo, que siempre fue una fuerza de la naturaleza...

—Enséñame una foto de Filippo, anda. Seguro que no es tan guapo.

—Me refería a que lo nuestro fue... lo típico que tienes claro desde el principio, pero no voy a mentirte: es guapísimo. Como un príncipe.

—Voy a vomitar —bromeó.

—Empieza limpiándote la boca, que vas perdido.

Saqué el móvil del bolsillo y entré en Instagram. Ambos teníamos muy pocos seguidores porque nuestros perfiles eran privados; gracias al cosmos, aún no me había bloqueado. Lo busqué entre mis contactos, pero antes de poder seleccionar una foto y enseñársela a David me quedé parada.

Había publicado una foto nueva. Una en la que estaba muy guapo, sujetando dos cervezas, riéndose, con una camiseta negra de manga corta. Dos cervezas. ¿Sería la otra para una chica bonita, llamativa, como la exnovia de David y como yo nunca podría ser jamás? Me costó tragar, pero me obligué a darle un trago a mi Ipa.

—¿Qué pasa? —David me dio un codazo suave.

—Es él. Acaba de publicar esta foto.

—Joder. —Se limpió la boca con una servilleta y silbó—. Madre mía. Vale, tienes razón. Es un pedazo de macho que flipas. Yo a su lado soy más perro que humano.

No contesté. Estaba leyendo el texto, en italiano.

—¿Qué pone? —preguntó David.

—«Una cerveza en Positano es todo lo que la vida puede darme ahora mismo». ¿Crees que me echa de menos?

—No.

Me giré hacia él con los ojos como platos.

—Gracias por la ayuda —rugí.

—Ahora está cabreado, Margot. Entiéndelo, echaste a correr el día de vuestra boda. ¿Cómo te sentirías tú?

—Hecha una mierda.

—¿Te has planteado qué estarías haciendo tú si hubiera sido al revés?

—Yo le estaría suplicando que volviera.

David me echó una mirada estupefacta.

—¿En serio?

—Claro. Es el amor de mi vida.

—¿Y te arrastrarías frente a un tío que te ha plantado en el altar? —Sus cejas arqueadas dejaban clarísimo que la respuesta correcta era «no», aunque mi boca quisiera dibujar un «sí». David se dio cuenta y quiso obviarlo, como quien opina que aún no estás preparada para la verdad—. Mira, Margot, ese pedazo de espécimen humano no te echa de menos… aún.

—Se supone que los hombres sois más sencillos que nosotras a la hora de enfrentar sentimientos, ¿no?

—Y lo somos. Dale tiempo.

—¿La otra cerveza será para una chica?

—Quiere darlo a entender, me temo, pero probablemente sea del colega que le está haciendo la foto. Este tío tiene pinta de tener un pepinaco de móvil. No se lo va a dejar a la primera tía que se encuentre para que le haga unas fotos mientras va a por unas cervezas.

Lo miré extrañada.

—Eres más raro que yo, y nunca pensé que fuera a decirle eso a nadie.

—¿Te vas a terminar tu perrito?

Se lo cedí y suspiré.

—Ey… —me dijo con la boca llena ya—. Que exista la posibilidad de que vaya a comerse la boca con una chica cualquiera una noche no significa que no podáis arreglarlo.

—¿Y si se enamora de esa chica cualquiera?

—Será que no te quería tanto.

Lo miré y sonrió. Pegado a un diente tenía un trozo de cebolla. Yo también sonreí.

20
Fácil

Candela me preguntó al volver que de dónde venía. De pronto ya no me parecía tan buena idea rememorar nuestros años de internado y vivir juntas, porque no me apetecía nada tener que dar explicaciones sobre aquello… ni sobre nada. Hacía días que estaba experimentando una sensación de fatiga que iba mucho más allá de lo físico. Era como si me cansase de todo: de la tele, de la comida, de las charlas que escuchaba por la calle, de la radio, de la música, de los libros, de las series, de los tejemanejes que se llevaban mis hermanas y hasta de mi hilo de pensamiento. De todo lo que me era conocido, pero, sobre todo, de cualquier cosa que oliera vagamente a examen.

¿Que de dónde venía? De cenar un perrito caliente y beberme dos cervezas con el camarero del garito al que me llevaron para intentar superar mi ¿ruptura?

—De tomar algo con unas amigas —le mentí con soltura.

No iba a entenderlo. Ni siquiera yo misma lo entendía demasiado.

David me escribió al día siguiente para preguntarme si quería hacer planes, pero le di largas. Tampoco me parecía normal convertirnos, de un día para el otro, en hermanos siameses. Acababa de conocerlo y, aunque es verdad que era una de las pocas personas con las que me encontraba a gusto…, no me parecía normal. En el fondo, muy en el fondo, nuestra naciente amistad me parecía rara. No tenía nada que ver con el hecho de que yo formara parte del comité directivo de una gran multinacional, de la que tenía una cantidad importante de acciones, y él tuviera tres trabajos mal remunerados y seguramente con contratos inexistentes o deficitarios. Ni siquiera con el hecho de que llevara un pantalón de chándal negro cuando quedé con él en un parque para recoger cacas de perro. Era más bien… que era la primera y única persona ajena a mi vida (trabajo, eventos sociales, familia) con la que establecía una relación de amistad y no quería ni abusar ni obsesionarme ni confiar todo mi corazón a alguien a quien todavía no conocía demasiado, por muy buenas que parecieran sus intenciones.

Por la noche, cuando ya estaba desesperada en casa sin saber qué hacer, me escribió para hacerme la proposición más extraña que había recibido en toda mi vida:

> ¿Vemos una peli y la comentamos?

Él me había contado que vivía cerca de Vallecas y yo en el Paseo de la Castellana, pero aquella noche vimos juntos, a pesar de los kilómetros de distancia, *Doce hombres sin piedad*. La estaban poniendo en uno de esos canales nostálgico de la TDT y no dejamos de comentarla durante el tiempo que duró.

Patricia propuso que nos viéramos el jueves por la mañana. Tenía que ver cómo estaba quedando el puesto de su marca de joyas en una tienda multimarca del centro y después le habían convocado a una reunión que no le iba a dejar tiempo para quedar a comer, de modo que se le ocurrió que un desayuno tardío era una buena excusa para vernos las tres. Y el plan les pareció redondo. A ellas. Yo quería comer Doritos en casa, viendo *Mi vida con 300 kilos*, pero, como de costumbre, nadie me preguntó qué era lo que a mí me apetecía.

—Me he encontrado a mamá por la calle —dijo Patricia con cara de congoja nada más sentarse en la mesa en la que ya estábamos acomodadas y servidas Candela y yo—. Estaba bebiéndose una mimosa en la terraza del Hotel Wellington. ¿Creéis que deberíamos preocuparnos?

—¡Mira, mira! Mira cómo me preocupo —soltó Candela mientras le daba un bocado enorme a un bocadillo de tortilla de patata.

—¿Qué tal está quedando la tienda? —pregunté.

—Bien, bien. Oye, mañana tengo que ir a ver al detective. Me acompañáis, ¿verdad?

Candela asintió con vehemencia. Lo cierto es que estaba *living* con eso de contratar a un detective privado que persiguiera a nuestro cuñado. Le parecía la leche de divertido. Yo, sin embargo, me hice la longui mirando el móvil.

—Oye, ¿tú no vienes?

—No puedo —solté sin mirarlas—. Tengo cosas que hacer.

—¿No estás de vacaciones?

—Sí, pero… me voy de viaje —les informé—. Y tengo cosas que ultimar.

—¿Cómo que te vas de viaje?

—Pues que… estuve hablando con Sonia y opina que necesito largarme de aquí y buscar cosas que me apetezca hacer. Descansar. Tomar el sol.

—Ah, bueno, si Sonia lo opina… —Candela soltó un trozo de pan del bocata y se limpió las manos en una servilleta—. ¿Quién era Sonia? ¿Era del curro? La de los ojitos así como de dibujo animado, ¿no?

—Mi asistente personal.

—Su secretaria —aclaró Patricia con desdén—. La que estaba en su despacho el otro día.

—¿Sabes que has heredado la tontuna de tu madre?

—Pues tú, fijo que has heredado el culo flácido —me respondió.

—Oye, oye, oye —nos calmó Candela agitando las manos—. Tú no seas tan esnob, y a ti te informo —me señaló— de que estoy de acuerdo con Sonia. Pero me quedo en tu casa hasta que vuelvas.

Puse los ojos en blanco.

—Joder, Candela. Pero no ocupes nada más que la habitación de invitados. Lo tienes todo revuelto y no puedo con el desorden.

—Vaaaale —farfulló masticando—. Me quedo hasta que Patricia averigüe lo de Alberto. ¿Cuánto tiempo te vas?

—Dos semanas. O más. No lo sé aún. Ya veré.

—Suena bien.

—¡Oye! ¡Estábamos hablando de mi cita con el detective! —reclamó Patricia.

No vaya a ser que dedicaran más de dos minutos a mi horrible situación sentimental…

—¿Y qué cosas tienes que hacer mañana? —me interrogó Candela con una ceja arqueada.

—Preparativos —mentí mientras le daba vueltas a mi café con leche—. Comprar cosas.

—¿Y no puedes ir otro día?

Sopesé la posibilidad. Quizá era una obligación de buena hermana acompañarlas en aquella sinrazón, por más que no estuviera de acuerdo y que me pareciera una soberana estupidez. Pero… una sensación de pereza supina se me instaló en la boca del estómago. No quería ir.

—No puedo —me escuché decir—. Ya he quedado con Sonia para cerrar los detalles del viaje.

—Ah, ya. Los vuelos y eso —se conformó Patricia—. Bueno, pues te contamos por la noche.

—Vale.

Patricia suspiró.

—Anoche Alberto llegó supertarde. De jugar al pádel, me dijo. —Llamó al camarero con un ademán—. ¿Me traes un café cortito? Y un pincho. Gracias. Pues como no me fiaba, rebusqué en su bolsa de deporte y… ¿sabéis lo que encontré?

—¿Un suspensorio? —preguntó Candela con emoción.

—Ropa sudada. Sudadísima. Rollo como si la hubiera metido debajo del grifo. ¿La habría mojado a propósito? Aunque olía un poco a choto. ¿Creéis que es posible que se pusiera la ropa de deporte para follar con su amante?

—¿Perdona? —pregunté.

—Sí. Para que no le pille. Sería una coartada perfecta.

—Oy, oy, oy —respondió Candela muerta de risa.

Ni siquiera lo pensé. Recogí el móvil de encima de la mesa, lo metí en el bolso y me levanté.

—¿Dónde vas?

—Me tengo que ir.

—¿Ahora?

—¡¡¿Dónde?!!

—Me acabo de acordar de que… me tengo que ir.

Cuando quise darme cuenta, ya estaba andando en dirección a la floristería.

David estaba atándose el mandil cuando entré. Tras el mostrador solo se encontraba una de las dos hermanas, que me dedicó una enorme sonrisa.

—¿Hoy está sola? —le pregunté cortés.

—Mi hermana está en el médico. La rodilla, que la tiene pocha.

—Que no sea nada.

—¿Vienes a por más flores? —me preguntó.

—No —sentenció David sonriéndome y, rematando con un lazo en la parte delantera el nudo, se sacudió las manos y me tendió la derecha, que estreché con sorna—. Viene a ayudarme. ¿Puede quedarse?

Miré a la señora, como si fuera la mamá de David y este le estuviera preguntando si podía quedarme a jugar.

—Ay, cabrito. ¡Qué ojitos tienes! Intenta que no le pase nada, por eso de que no está asegurada y no quiero ir a la cárcel. Desde que la Pantoja salió ya no me quedan motivaciones allí dentro.

Sonreí y nos encaminamos hacia el interior de la tienda.

—¡¡David!! —gritó ella—. Que no sirva de precedente. Y no te pases la tarde de cháchara o en lugar de pagarte hoy, me pagarás tú a mí.

—Con un masaje —le respondió—. Toma.

Me coloqué el mandil que me tendía y seguí a David hacia la trastienda, donde tenía cubos, macetas, paños, lazos y papel de seda.

—Tenemos que hacer unos arreglos para una boda. Por favor, Margot: concentración.

Me señaló una foto que tenía sobre la mesa de trabajo, donde se veía un ejemplo del resultado final y después con el mismo dedo dibujó un camino sobre todas las flores que teníamos alrededor.

—Me miras y luego, si quieres, haces tú un par.

—Vale.

Estiró el cuello, hizo crujir sus nudillos y se puso a ello.

—Pero… ¿no vas a preguntarme qué hago aquí? —le dije extrañada.

David me miró de reojo y sonrió mientras juntaba algunas flores por los tallos con una delicadeza bastante sorprendente para unas manos bastante toscas.

—Vienes a ser tú durante un ratito. Te entiendo. Sienta bien y… engancha.

La trastienda se cubrió muy pronto de pequeños arreglos florales adornados con lazos blancos y organizados en cajas. Quedaban solo un par por terminar y en ello estábamos ambos mientras charlábamos. Era... relajante.

—Entonces dijo lo de la ropa de deporte y..., no sé, es que... me tuve que levantar. Yo nunca hago estas cosas. Siempre me quedo a escuchar, aunque lo que me estén contando me quite minutos de vida. Ha sido así siempre. Yo era una persona extremadamente educada. ¿Qué me ha pasado?

La explicación de cómo había llegado mi hermana a necesitar un detective privado, y en qué circunstancias había sacado el tema cuando nos vimos, me había llevado más tiempo del que creía y, sorprendentemente, me sentía ligera después de haber compartido toda aquella información. Más despierta. Menos responsable. Era tan tan fácil hablar con aquel casi desconocido.

—Nada. Es completamente normal. Lo que no sería normal es que te quedases allí a escuchar esas historias. Tu hermana está paranoica.

—Tampoco la entiendo a ella. En serio. ¿A qué viene todo esto? Y además justo ahora. Justo cuando acaba de pasar lo de..., ya sabes.

—*Bodus interruptus.* —Me sonrió.

—Tenía la hipótesis de que lo hacía para que no pensase en Filippo y en el INCIDENTE, pero...

Me volví hacia él con el último ramito terminado y se lo di. Él lo estudió con ojo crítico y después de darlo por bueno me indicó que lo dejase en una caja.

—Te aburro, ¿verdad? —le pregunté.

—¿Ehm? No, no, qué va. Estaba pensando.

—¿En que te aburro?

—Nooo. —Se rio—. Madre mía. Todo lo contrario. Esto es como una telenovela pero en vivo, en plan «elige tu propia aventura». Lo que pasa es que… creo que tu hermana Patricia solo está pensando en sí misma.

—Es posible que haya estado mucho tiempo pensando en los demás, en cumplir expectativas, y ahora solo quiera dedicarse a ella —la justifiqué, porque en el fondo… acababa de ponerla un poco a parir.

—No estoy criticándola —me aclaró con una sonrisa—. Y sé que tú tampoco. Recuerda nuestra regla de oro: no nos juzgamos.

—¿Entonces?

—Entonces creo que tu hermana no está a gusto y está buscando los motivos fuera. Tenéis más en común de lo que creéis.

—¡Estás juzgando! —Me reí.

—Estoy dándote posibles motivos sin tener que decirte cosas como: tu hermana es una pedorra.

Solté una carcajada y él otra. Ya había terminado con su arreglo y lo dejó en la caja.

—De lo que estoy seguro es de que has hecho muy bien al pirarte.

Se plantó frente a mí con los brazos en jarras y después de unos segundos posó sus manos en mis hombros.

—De verdad, no te sientas mal.

—Pues es justo como me siento.

—Tú ahora estás para otras cosas, Margot. *Loop* salvaje, ¿te acuerdas?

—Sí, sí que me acuerdo, pero… ¿no podemos dejarlo en «*loop* modosito»?

—No, no —se burló—. Madre mía…, vamos a tener que hacer una lista de cosas que cumplir en tu viaje a Grecia.

—Lo de hacer *check* en listas se me da muy bien.

—Estupendo. Apunta mientras…, ¡¡¡Amparito!!! —gritó—. ¡Los arreglos para la boda ya están! Ay… —me miró—, no he pensado que quizá… te he removido sentimientos.

—¿Por?

—Arreglos para boda.

—Ah, no. No tengo ni idea de cómo eran los míos. Recuerda que no llegué a entrar en la iglesia.

—Valiente hija de perra —se carcajeó—. ¡¡Me pongo a hacer ramitos secos!!

—¡¡Estupendo!! —gritó Amparito desde fuera.

—Como te decía: apunta mientras hago estos ramos, anda.

Me subí a un banco de trabajo con las piernas colgando y le pedí con un gesto que prosiguiera, pero David se acercó a mi bolso, rebuscó en él sin protocolo y me tendió el móvil.

—¡¡Eh!! ¡Eso es propiedad privada!

—Mi cabeza también, y me la follas cada vez que me das un consejito de los tuyos, así que ajo y agua.

—Consejos que tú pides, por cierto.

—Que pido desesperadamente, cierto. Anda, apunta. Si en mi móvil hay aplicación de «notas» seguro que en el tuyo también. Titúlalo «*loop* salvaje». A ver, que te vea.

Se asomó por encima de mi hombro mientras yo manipulaba el teléfono con las dos manos. Noté su respiración pausada en la piel y me escabullí hacia un lado.

—¡Me estás respirando encima!

—Perdona, qué caprichoso soy, ¿por qué necesitaré oxígeno?

No solo no se retiró, sino que me mantuvo allí, a centímetros de él a la fuerza, mientras intentaba zafarme y me reía. David olía a algo que me resultaba muy familiar. A algo que ya había olido antes, pero que no me encajaba en él.

—Oye, ¿a qué hueles?

—¿Yo? —Me miró—. A colonia de bebés. Se la robo a la hija de mi amigo. —Me enseñó los dientes en una sonrisa roedora.

—Manda cojones. Tú también tienes que hacer una lista.

—Primero la tuya.

Escribí en una nota «*Loop* salvaje» y di *intro*. Asintió para sí mismo y volvió a su puesto de trabajo.

—Comer musaka.

—¿Qué? —le pregunté.

—Apunta: comer musaka.

—Joder, esto va a ser más fácil de lo que pensaba. Apuntado.

—Hacer topless. —Me reí y lo apunté, sabiendo que no iba a hacerlo ni de coña—. Irte de un sitio sin pagar. Bañarte desnuda. Emborracharte. Tomar el sol en bolas, por supuesto. Conducir una moto. Tener una noche loca.

—¿Qué significa «tener una noche loca» exactamente? —Levanté la mirada y arqueé una ceja.

—Mujer. —Me lanzó una miradita y se mordió el labio mientras cortaba algunos tallos—. Comerte la boca con alguien como mínimo. Mira, me has dado una idea: comerte la boca con una tía. Obligación moral antes de volver.

—¿Y lo de la noche loca?

—Lo de la noche loca también. Todo apuntadito. ¿Qué más? Decir mentiras. Eso es superdivertido. Tienes que pasarte todo un día diciendo mentiras. Que todo lo que salga por tu boca sea una trola. Y… ¿he dicho ya lo de bañarte desnuda?

—Sí.

—Pues hecho. Si se me ocurre algo más ya lo añadiremos a la lista.

—¿Eres consciente de que no tendrás manera de saber si lo cumplo o no?

—Margot, eres una mujer de palabra. —Me guiñó un ojo—. Dime al menos que lo intentarás.

—Lo intentaré si tú también lo intentas. —Salté del banco en el que estaba sentada y cogí el bolso—. Me voy.

—¿Ya?

—No voy a pasar toda la tarde viéndote trabajar.

—¿Y mi lista?

—Te la mando por WhatsApp.

Me lanzó un beso descarado y yo fingí que lo cogía y me lo guardaba en el bolsillo.

—Hasta luego. Adiós, Amparo.

—Cuídate.

Salí de la floristería andando a buen ritmo, pero con el móvil en la mano. Sorteé a varios transeúntes mientras escribía, alternando la mirada entre el tráfico, la gente y la pantalla. Cuando terminé, le mandé el mensaje a David:

> Lista de cosas que hacer para recuperar a una diosa moderna:
>
> — Dejar de decir «tronca». Es como de los ochenta chungos.
>
> — Ponerte ropa que no lleve agujeros. Por favor, las telas ya vienen preparadas para transpirar.
>
> — Cortarte el pelo/peinarlo. Esto es urgente.
>
> — Ponerte una camisa. Así, a lo loco.
>
> — Cambiar de perfume. Tu edad ya no se cuenta en meses.
>
> — Conocer el noble arte de invitar a cenar en restaurantes que no sirvan en envases de usar y tirar. Hazlo por lo menos por el medioambiente.
>
> — Buscar habitación en piso compartido. Lo del sofá no invita a tener ganas de tener una cita contigo.
>
> — Publicar fotos, donde ella pueda verlas, en las que salgas:
>
> — Pasándotelo muy bien.
>
> — Haciendo cosas que nunca hiciste con ella.
>
> — Con chicas que no son ella.
>
> — Sin pinta de beber cerveza en litronas en un parque mientras comes pipas (chándal fuera).
>
> — Trabajando. Lo de las flores tiene tirón.
>
> PD: Haremos de ti un príncipe.
>
> PD2: Tacha lo anterior.
>
> PD3: Haremos de ti un dios.

No tardó ni dos minutos en responder con un:

¿Nos vamos mañana de compras?

Cuando vi mi reflejo en un escaparate... sonreía.

Cuando llegué a casa... olía a flores.

Cuando me acosté... no me pregunté nada. Había empezado a dejar de importarme pisar el freno.

Y digo yo... ¿cómo pudimos ser los únicos que no lo vimos venir?

21
Self care

Nos saludamos con lo que ya empezaba a ser nuestro clásico apretón de manos, y se fijó en que la tarde anterior había aprovechado para ir a hacerme la manicura y llevaba las uñas pintadas de un suave turquesa pastel.

—¡Uhhh! Pero ¡qué moderna! —se burló.

—Pues vas a flipar, porque me pienso comprar cosas supertrendys.

—¿Tren-qué?

—Modernas, David, modernas.

No se había cortado el pelo y por supuesto no se había peinado. Llevaba unos vaqueros desgastados con un corte un poco pasado y una camiseta negra que agarré entre mis dedos y extendí cuanto pude. En el lado izquierdo, ajá…, un agujero.

—Qué puñetero desastre. —Me reí.

—Reina, ¿desde cuándo importa el envoltorio si el regalo está tan rico?

Echamos a andar sin saber muy bien dónde entrar. Eran las once de la mañana y algunas tiendas acababan de abrir, pero la calle Fuencarral ya estaba llena de gente.

Nosotros caminábamos sin hablar, pero no sentía la obligación de llenar cada silencio. Había algo en él que me había hecho sentir de esa forma casi desde el primer día: cómoda.

—¿Por qué me caes bien? —le pregunté con una mueca cuando me di cuenta.

—Porque soy raro, como tú.

—Tu rareza y la mía no se parecen ni en el blanco de los ojos.

—A lo mejor es eso. —Me lanzó un guiño descarado.

Pensé que había muchas cosas curiosas en sus ojos, pero que no sabría definir ninguna de ellas. Quizá para las cosas más hermosas de la vida no existen palabras.

—He hecho una lista de prendas que deberías tener sí o sí. —Le di una servilleta garabateada y noté que, sin saber por qué, me sonrojaba.

—Te gustan las listas, ¿eh?

—Mucho. La he hecho mientras desayunaba.

David siguió caminando mientras estudiaba la servilleta con el ceño fruncido.

—¿Y la has escrito en español o en una lengua élfica?

—Quita. —Se la arranqué de las manos y empecé a leer en voz alta—. «Pantalones vaqueros. Pantalones negros. Un traje. Una camisa blanca. Un polo».

—¡¿Un polo?!

Varios transeúntes se giraron después de que sus carcajadas les alertaran. Fue como ver en directo una escena de *El joker*.

—¿Qué pasa?

—¿Un polo? Ni en tus sueños. No me vas a vestir de Cayetano.

—Todos los hombres tienen un polo.

—No. Todos los hombres tienen calcetines desparejados o con tomates y una ex a la que seguirían follándose, pero no un polo. Tacha el polo. Y el traje.

—¿¡El traje!?

—¿Cuándo quieres que me lo ponga? ¿Para pasear a los perros?

—Siempre hay ocasiones.

—Ni espero casarme en breve ni tengo a nadie en edad de invitarme a su funeral, así que fuera polo y fuera traje. Sigue.

—No has dicho nada de la camisa blanca, por lo que me voy a apuntar un tanto.

—Tacha camisa blanca. Ni loco. No quiero parecer un camarero de la Plaza Mayor.

Puse los ojos en blanco.

—Vale. Ehm…, unas zapatillas nuevas.

—Estas valen. —Señaló las que llevaba, totalmente destrozadas y algo descoloridas.

Miré sus zapatillas y luego su cara. Le agarré del brazo para dar más fuerza a mi mensaje:

—No, David. No valen, te lo aseguro.

—¿Y qué le pasa a mis vaqueros?

—Que están pasados de moda.

—¿Has llegado a la conclusión tú solita o te lo ha dicho la chica que compra la ropa por ti? —me preguntó, haciéndose el listillo.

—Imagínate lo pasados de moda que están que hasta yo me doy cuenta.

—*Touché.* ¿Algo más?

—Cuento con que tienes ropa interior decente.

—Bóxers lisos. Sin agujeros. —Levantó la mano en plan solemne.

—Pues entonces creo que deberíamos echar un vistazo a la sección de camisetas también… por si te apetece no ir vestido como un colador.

Carraspeó y me miró un poco más serio que de costumbre. Qué fuerte. Ya teníamos hasta costumbres.

—Oye, Margot…, yo… no puedo gastarme mucho dinero.

—Ah…, ya. —Me quedé un poco cortada. Nunca había tenido ese problema por lo que… me sentí un poco incómoda, como superficial. Culpable por mis ventajas—. ¿Cuál es tu presupuesto?

—Si digo cincuenta euros voy a quedar fatal. —Arrugó la nariz.

—No. No quedas fatal. Seguro que con…, no sé…, ¿setenta? hacemos milagros.

—¿Y tú?

—¿Yo qué? —respondí a la defensiva.

Me lanzó una mirada extraña.

—¿Y tú qué? Porque me siento en desventaja si no escribo una lista de cosas que te tengas que comprar sí o sí.

—Pues venga…

—Dame unos minutos.

Seguimos paseando, mirando escaparates a uno y a otro lado de la calle, pero David parecía mucho más concentrado en observar a la gente con la que nos cruzábamos que en la ropa. De vez en cuando sacaba el móvil de su bolsillo, apuntaba algo con mirada juguetona y lo volvía a guardar. Estaba haciendo su lista.

Casi llegamos a la parada de metro de Tribunal cuando nos dimos cuenta de que quizá habría sido más fácil ir directamente a Zara. Había ropa para los dos, solía estar a buen precio y la gente parecía apañarse muy bien para ir estiloso, a la moda y con personalidad. Dimos la vuelta y, con mirada burlona, siguió anotando cosas en esa lista.

Hasta que llegamos a Gran Vía. Y me pasó su móvil.

Falda plisada.
Cosas transparentes.
Vestido de flores. Pequeño.
Zapatillas Converse.
Algo de lentejuelas.
Pendientes muy grandes.
Un pantalón ancho.

Camiseta de algún grupo de música.
Algo de leopardo.
Un sombrero.
Un pantalón corto.
Un vestido superceñido.
Un vestido largo.
Algo con lo que se te vea el ombligo.

Me quedé mirándolo. Frente a mí, vestido como un universitario sin concepción alguna de la elegancia, David había sabido localizar todas las tendencias de moda de aquel verano solo con dar una vuelta por Madrid.

—Quizá también te tendrías que comprar una riñonera —me dijo de soslayo al ver a unas chiquillas que la lucían cruzada al pecho.

—Ni loca. No tengo suficiente *flow.* Y lo de que se me vea el ombligo e ir superceñida también vetado.

—Ya veremos.

Cuando entramos en Zara lo hicimos muertos de la risa, preparándonos para una especie de competición sórdida y chorra en la que nadie ganaría nada de valor, pero en la que creíamos que habría un perdedor. Seguramente nuestro bolsillo.

Yo escogería las cosas que debía probarse y él escogería las mías. Por turnos, para hacerlo más cómodo. Quería empezar yo, por supuesto, de modo que lo llevé hasta la planta de ropa de hombre a rastras y le pedí, muy emocionada, que me dijera todas sus tallas.

—Ni idea. —Se encogió de hombros—. Míralas tú a ver. De pie un cuarenta y cuatro, eso sí.

—¿Cómo que las mire yo?

—Sí, aún no he aprendido a darle la vuelta entera a la cabeza y mirarme la espalda, pero oye, ¿no dice Mr. Wonderful que no hay nada imposible si lo deseas de verdad?

Lo agarré del brazo de malas maneras, como a un chiquillo, y le di la vuelta, lo que debió de parecerle muy gracioso porque estalló en carcajadas. Me asomé por la cinturilla de su pantalón, a través de la que atisbé un culillo respingón apretadito en un bóxer color negro. Me ruboricé un poco y casi se me olvidó qué número había leído en la etiqueta, pero pestañeé un par de veces y después hice lo mismo con su camiseta. Tenía la espalda morena, ancha, y a la altura de la cintura se creaba en medio una hendidura. Me fijé que en uno de sus omoplatos tenía la marca blanquecina de un par de arañazos. Joder con Idoia… o joder con él, vete tú a saber.

Me espabilé tras unos segundos de vacío y me coloqué frente a él.

—Ya está.

—Has disfrutado, ¿eh?

Y lo dijo con una ceja arqueada y una sonrisa socarrona. Nunca me había fijado en sus cejas…, estaban como desordenadas pero le daban a su mirada… un algo. Algo. No sabía bien qué era.

Vetó unos pantalones cortos que le parecieron de «político que veranea en Mallorca» (nota mental, no presentarle nunca a mi tío Luis) y unas zapatillas que eran «peor que llevar mocasines saltarines hechos con la piel de dos mastines». No tuve ni idea de por qué se partió de risa después de decirlo. Sin embargo, conseguí que se probara unos pantalones vaqueros pitillo, unos negros tobilleros tipo chinos, unas camisetas, una camisa estampada y… ¡una camisa blanca! Ni rechistó. Se metió en el probador solito, con todas las prendas.

—Te espero por allí. —Señalé unos percheros.

—¿No entras conmigo?

—¿Yo?

—Claro. ¿Cómo voy a saber si me quedan bien?

—Confía en tu intuición. —Le di un par de palmaditas de ánimo en el brazo y me alejé.

Se quedó mirándome con cara de perrito abandonado mientras me marchaba, pero no me ablandé. Ya había sido demasiado atrevimiento asomarme a su pantalón para comprobar la talla. ¿En qué estaba pensando?

Fue rápido. Cuando lo vi salir, iba mirando las etiquetas de las prendas que no había desechado sobre la mesa que había a la salida de los probadores. Estaba despeinado rollo «superviviente de un accidente en un túnel de viento».

—A ver…, me llevo esto —concentrado, entornó los ojos y fue dejando prendas en mis brazos.

Dos camisetas básicas, una camisa estampada de manga corta (no demasiado estampada), los vaqueros y los pantalones negros.

—¿Y la camisa blanca?

—A esparragar. —Sonrió como un canalla.

—Pero ¡si seguro que te quedaba bien!

—Setenta y uno con setenta y cinco —contestó muy serio y con los ojos muy abiertos.

Mientras paseábamos por la planta de mujer y David ojeaba los percheros, sentí un leve ataque de pánico. Nada como el del día que mandé a la mierda mi relación y mi discreción, pero similar al que me provocaba recibir la ropa que mi madre nos mandaba al internado para los días que no teníamos que llevar el uniforme, pero por el lado contrario. Todo parecía tan… ¿pequeño? Ceñido desde luego. Y escotado. Atrevido. Juvenil.

—¿Talla?

Me hice la sorda. No sé por qué, sobre todo nosotras, tenemos tantos reparos a la hora de decir en voz alta nuestra talla, sea la que sea. Es solo un número cosido en un pedazo de tela.

Pero David no tenía suficiente paciencia para darme tiempo de asumir que iba a tener que decírsela sí o sí, de modo que me vi arrastrada por la cinturilla del pantalón hasta detrás de un perchero, donde estudió, tal y como había hecho yo con él, las etiquetas de mi ropa.

—No me jodas —le escuché murmurar.

—¿Qué?

—¿Combinas hasta las bragas con el color de la camisa?

—¡Déjame! ¡Te estás recreando!

—Lo dices como si tú no hubieras hecho lo mismo.

Me adelantó y me guiñó un ojo en plan ufano.

—Yo no me he recreado —me justifiqué.

—No pasa nada, tonta. Si te da para un ratillo de rasca y gana a mí no me importa, que sé que estás muy solita.

No lo pensé cuando cogí una percha vacía y le di con ella en el lomo. Creo que no esperaba mi reacción, pero... bueno, yo tampoco esperaba ser capaz de ser... espontánea. Solía ser más rígida, dura de roer, bastante estática..., como un Nokia. Ladrillo pero resistente.

David se puso a pasear por los percheros con interés científico y cierto protocolo: primero dio una vuelta completa a la planta para volver, paso por paso, atrás. Cuando ya pensaba que nada le satisfacía, cogió de golpe un body negro y un pantalón del mismo color... corto. Lo tiró en mis brazos y se lanzó hacia una falda de flores con unos cortes que otra chica estaba mirando.

—Perdona, ¿me disculpas? Emergencia de estilo —le dijo para, acto seguido, robarle la percha de entre las manos.

Tuve que esconderme detrás de las prendas que me iba tirando para que no me viera reírme.

—Este vestido te hará un buen par —dijo muy seguro, mirando una prenda con escote en caja, ceñida y colorida—. ¿Se puede decir eso sin que suene machista?

—No estoy segura.

—No estoy cosificándote. A juzgar por el sujetador que llevas, me ha dado la sensación de que te importa cómo se te vean..., vamos, que se te vea el busto.

—¿Y cómo sabes qué sujetador llevo si solo me has visto la parte de detrás, gañán?

—Porque se salía la etiqueta y sé leer: «Wonderbra».

—Vete a cagar.

—No tengo ganas, gracias.

Nunca, jamás, se habían comportado de una manera tan natural conmigo y… aún necesitaba tiempo para saber si me gustaba o no.

Sobre mis brazos aterrizaron una falda de leopardo y una minifalda de lentejuelas grises. Yo lo miraba anonadada.

—¿Te suena dónde hemos visto un pantalón blanco… así como ancho?

—No —contesté con un gallito de voz.

—Ah, sí. Está allí.

Ese pantalón y una camiseta blanca, también ceñida, escotada y de canalé se unieron al grupo. Después, un top transparente.

—¿Estás chalado?

La risita que se le escapó sonaba a «muajaja».

Se vino arriba. Muy arriba. Temí haber creado un monstruo y lo imaginé completamente vestido de negro, con un jersey de cuello vuelto y una gafas de pasta, sentado en la primera fila de la Fashion Week de Nueva York, criticando duramente modelitos para una importante revista. Bueno…, era un futuro de éxito. Quizá tampoco le había hecho tanto mal.

—David, ¿qué es para ti el éxito? —le pregunté.

—¿Que te toque la lotería sin jugar cuenta?

—No.

—Pues entonces ser libre.

—¿Cómo que ser libre?

Dejó en mis brazos, aunque ya casi no podía con más, un vestido de tirantes de un material que diría que era raso y un crop top.

—Ya sabes. Tiempo para hacer lo que realmente te apetece en cada momento. Estoy seguro de que el verdadero lujo no tiene nada que ver con el dinero de una manera material. El lujo, lo que compra el dinero en realidad, es tiempo y libertad.

Sus cejas algo desordenadas se arquearon al hablar y, acompañando a su última palabra, se humedeció los labios, como si se hubiera quedado con la boca seca, como si acabara de dar un discurso en el que dijera de sí mismo más de lo que pretendía.

—Eso es muy sabio.

—Ese mono rojo corto es perfecto para la noche de «besar a una mujer» en Grecia —respondió señalando otra prenda.

Empezaba a descubrir que David manejaba una dualidad interesante; por un lado me hacía reír a carcajadas, incluso cuando no quería hacerlo, y por otro… me hacía pensar.

—Con unas zapatillas Converse blancas esto. —Levantó una percha con una faldita corta estampada—. Y esto. —Y levantó otra con una camisa blanca de las que se anudan en el estómago—. Queda de puta madre.

—Dime que no estás copiando looks de Idoia.

—¿Qué? ¡No! A Idoia le encanta el encaje, las transparencias y el látex.

Hice una mueca a la que él contestó con un ronroneo.

—Ale, al probador.

—Sabes que solo se puede entrar las prendas de seis en seis, ¿no? —le pregunté con una montaña de ropa en mis brazos.

—Pues ánimo…, tenemos muchos viajes que hacer.

No le dejé entrar. Ese era el trato. Él se quedaría fuera del probador y yo iría saliendo con los descartes para coger más prendas. Y hubo muchos descartes: el top transparente fue lo primero, el mono rojo lo segundo y le acompañó el vestido de raso. Aunque me sorprendió gratamente, la minifalda de lentejuelas también corrió el mismo destino, pero él llegó pronto con unos vaqueros algo anchos, tobilleros, con los que suplir el hueco. Lo demás, me lo llevé todo. Incluyendo estos últimos. Y, por primera vez en mucho tiempo, tenía ganas de salir a la calle con alguna de estas prendas, de quitarles las etiquetas y mirarme en el espejo después de combinarlas de distintas formas. Me sentía… ¿juguetona? No sé. Dispuesta a arriesgar. Total, toda esa ropa estaba destinada a la maleta para mi viaje. Nadie conocido me vería con ella. Sería como el uniforme con el que el superhéroe se disfraza. Sería mi nueva identidad en el papel de espía. Sería lo que la adolescente esconde en el fondo del armario porque mamá no lo aprueba y que le gusta más que la indumentaria oficial.

Cuando pagamos y salimos de allí, sentía mayor gratitud hacia aquel chico que andaba quejándose del precio de los pantalones vaqueros que por muchas de esas amistades de toda la vida que… no me habían vuelto a llamar desde la boda. Esas que sabían quién era, que me invitaban a sus vacaciones en un barco o que se acercaban a cotillear en los eventos a los que acudía. Y me sentí tan en deuda que… cuando nos despedimos en el metro para que él pudiera dejar todas aquellas cosas en casa antes de ir a trabajar, cuando lo vi bajar al trote por las escaleras de la boca de Gran Vía, perdiéndose entre la gente bajo el sonido de un saxofonista callejero…, decidí que merecíamos que aquella naciente amistad llegase a buen puerto, que tenía que recuperar a Idoia si era lo que quería y que me esforzaría por arrancarle cuantas sonrisas pudiera.

Pasé por una zapatería y compré tres pares de Converse, unas blancas, unas negras y otras para él, que le hice llegar al bar con un mensajero y una nota: «Me las compré iguales. Te las merecías».

Releí al menos cuatro veces su mensaje de contestación, todas ellas con ilusión y la sensación de estar cometiendo una locura.

> Ojalá desgastemos las suelas de tanto andar juntos por Madrid. Muchas gracias, Margot. Quizá las personas que están tristes puedan hacer mucho más que comprenderse.

22
Nadie me hace sentir como tú

Al parecer, el oficio de detective privado se estaba perdiendo, pero los que quedaban en pie parecían suplir la falta de clientela con unos precios elevados. Patricia no mencionó la minuta en concreto, solo que iba a ser «una pequeña fortuna».

—¿Y te vale la pena?

—Me valdrá en el proceso de divorcio —pronunció con tono aguerrido.

Pobre Alberto. Y digo «pobre Alberto» porque no tenía ni idea de qué había hecho para que Patricia creyera tan a pies juntillas que la estaba engañando. La adoraba. Desde que empezaron, tantos años atrás, él la adoraba. Siempre tenía palabras bonitas que no se quedaban en eso, en palabras. Alberto demostraba todos los días que la quería con confianza ciega en cada proyecto que ella emprendía, como un compañero de vida entusiasta y comprometido, mirándola como si fuera una aparición mariana y él un pastorcillo. Siempre habían encarnado para mí el *summum* del amor, el ejemplo a seguir.

—¿Y si es ella la que se quiere separar y está buscando un motivo que lo respalde? —le pregunté por la noche a Candela.

—Eso es superretorcido hasta para ti.

La miré de soslayo. Desde que había vuelto a casa la notaba extraña. Como a la defensiva o desconfiada.

—No es retorcido —me defendí—. Es… una explicación bastante factible.

—Si se quisiera separar lo diría, ¿no? La gente no va buscando excusas barrocas para dejar a alguien.

—O sí. La mente humana…

—La mente humana es compleja, vale. Pero ahora, mejor, dime qué es lo que haces cuando te vas por ahí.

Me quedé noqueada y no supe qué contestarle; tragué saliva y escondí instintivamente el móvil debajo de mi muslo por si escribía David y respondí:

—¿Qué quieres decir?

Bueno, tenía que ganar tiempo.

—Quiero decir lo que quiero decir y la frase no puede ser más clara. Cuando te vas por ahí, cuando nos dices que «tienes cosas que hacer» y hablas de «preparativos de tu viaje», como si te fueras a ir a hacer el Camino de Santiago o estuviéramos en el siglo XVIII y fueras a recorrer África en coche de caballos… Dime…, ¿qué es lo que haces en realidad?

—Preparo el viaje.

—¿Ah, sí? Puedes mostrarme alguno de esos preparativos.

—Pues… no tengo por qué.

—¿Cómo que no tienes por qué? ¿Y ahora te pones chulita?

—No me pongo chulita, es que me parece… una falta de respeto. Una falta a mi intimidad como persona adulta y como mujer. —Cogí carrerilla—. Porque a ti nadie te pregunta allá, en tierras nórdicas, qué haces ni qué dejas de hacer. Ni siquiera te pregunto por qué te has instalado en mi habitación de invitados si se supone que ibas a estar en casa de mamá.

—Mamá es un gato sphynx que bebe demasiado y que además no nos quiere, ¿cuánto creías que iba a durar en el Palacio Barberini en versión castiza, casposa y diabólica? ¿Qué pasa? —Me miró con sospecha en sus ojos saltones—. ¿Te molesto mientras «preparas tu viaje»?

—Pero… —fingí estar muy consternada— vamos a ver, Candela. ¿Qué te iba a esconder? Porque si me estás preguntando todo esto es porque sospechas algo.

Es mejor intentar que el enemigo muestre sus cartas antes de marcarte un farol.

—Que te estás viendo con alguien.

—Sí, claro. ¿Por qué no le preguntas al detective si os hace un dos por uno?

—Tú estás quedando con alguien.

—Y me fugué de mi boda porque estoy enamorada de otro, no te jode.

—¿Lo estás?

—¡¡Candela!! —Y admito que levanté la voz, pero para que no se escuchara la continua vibración de mi móvil que no paraba de recibir wasaps.

—¿Qué es eso?

—¿El qué?

—Lo que suena. ¿Estás escondiendo el móvil entre las piernas?

—No. —Puse cara de sorprendida—. Qué cosas tienes. Para eso tengo un Satisfyer. Un invento, el Satisfyer, te lo recomiendo.

—Dame el móvil.

—¿Qué?

—Que me des el móvil, sorda. Dame el móvil ahora mismo.

—¿Con qué autoridad?

—Con la de la sagradísima hostia que te voy a dar como no me lo des.

Me aparté un poco. Candela de pequeña me daba bien de hostias, la verdad. Recordé de manera demasiado gráfica cómo me apaleó armada con una libreta de tapa blanda porque le cogí prestado un jersey. En ese momento, estaba aprovechando para forcejear conmigo.

Le clavé las uñas en la mano. No se inmutó. Pataleé para impedirle que lo cogiera. Me inmovilizó cogiéndome del cuello como a un gatito. Se hizo con el móvil.

—Pero ¿¡¡¡quién es este que te está escribiendo!!!?

—Uno de mi curro. No es nada. Es solo trabajo. Estoy…, vale, me has pillado, estoy trabajando a escondidas.

—Y un culo. ¿Quién es David?

—¡Que ya te lo he dicho! Es uno de mi curro.

Dio un par de pasos hasta el centro del salón, cosa que no le costó mucho porque, según el decorador, ese tipo de pisos hacían gala de la arquitectura como contenido y no debían tener demasiados muebles. Papanatadas. La casa menos cómoda del mundo.

Candela miró la pantalla, tecleó y, para mi sorpresa, desbloqueó el teléfono. ¿A quién se le ocurre poner su fecha de nacimiento como contraseña?

—Vamos a ver qué es ese asunto de trabajo tan importante que te tiene que contar a las once de la noche de un viernes. «Llevo puestas las zapas, son la leche. Están tan limpias que brillan dentro del garito. Vale, confieso que también he estrenado los vaqueros. Me he dado cuenta de que me hacen un culazo que flipas. Oye, oye, que igual me pilla el ojeador de alguna importante agencia de modelos y te quedas sin amigo».

Candela me miró y, mientras me aguantaba la mirada, empezó a boquear como un pez. Dibujaba una «o» y luego una «a» a la velocidad del rayo, con los ojos fuera de las órbitas.

—¡¡¿Qué?!! —grité, por pura histeria.

—Pero ¡¡¡¿quién es este y por qué te escribe estas cosas?!!!

No sé qué me pasó. Solo sé que no pude controlar el puchero y que cuando quise darme cuenta estaba llorando. Pero con un soponcio…, como el de los niños pequeños cuando los pillas en un renuncio o les riñes por algo que ellos saben que está mal.

—¡Es solo David! —me quejé entre sollozos.

—¿Pero… pero…? No, joder, Margot, no llores. Venga… —Se sentó a mi lado—. No te estaba riñendo. Bueno, sí. Pero porque…, no sé. Tú nunca has sido de tener muchos amigos. Amigas sí, bueno, las pijas esas con las que te vas de vez en cuando de vacaciones y que posan de lado con sus bolsos, pero amigos… no.

—Es solo un amigo —balbuceé—. Y… me…, me…, me lo paso muy bien con él.

—Vale, vale. Tranquila.

—¿Está mal? —le pregunté de golpe.

—Si está mal, ¿qué?

—Que tenga un nuevo amigo justo ahora.

—Pero ¿es un nuevo amigo? ¿Cuándo lo has conocido?

Me mordí las uñas.

—Qué esmalte tan chulo. Qué moderno.

—Eso dice él.

Candela se revolvió el pelo, nerviosa.

—¿Cuándo lo has conocido, Margot? Dime que no es un ciberamigo, que no lo conoces de alguna red social o… mira que siempre hay listillos que encuentran la manera de sacar provecho de la buena voluntad de personas como tú.

—No es eso. Lo conocí… el día que salimos por ahí.

—¿Quiénes?

—Nosotras. El día que Patricia nos contó todo eso de que Alberto tiene una amante.

Candela arqueó las cejas y se echó un poco hacia atrás.

—¿Esa noche? No te vi hablar con nadie.

—El camarero...

—¿El del pelo rizado, rubio, con pinta de surfero?

—No. —Me limpié la nariz con el dorso de la mano—. El moreno. El que nos invitó al último chupito.

—Espera…, ¿el que recogió las cosas del bolso de Patricia cuando las tiró por toda la barra? —Asentí y ella siguió hablando—. ¿Y se puede saber cómo habéis terminado siendo amigos en…, no sé, una semana?

—No lo sé. Patricia perdió el móvil y él lo encontró. Pero no le digas que te lo he dicho… ya sabes lo rara que es, que siempre quiere parecer doña perfecta. No quería que nadie se enterase, por eso no te lo conté. Al día siguiente me tocó ir a recogerlo y… fue supersimpático y de pronto apareció su ex y quise echarle una mano…, mira, no lo sé. Lo único que sé es que es la única persona con la que me río últimamente.

—Muchas gracias. —Cruzó los brazos.

—No te lo tomes a mal, Cande. Es que… es un desconocido. Y no me juzga. Es divertido, no me trata según el dinero o qué puesto ocupo en la empresa. Y me da unos consejos buenísimos para recuperar a Filippo.

—¿Para recuperar a Filippo?

—Sí. Él quiere recuperar a Idoia, a su ex. Y nos ayudamos el uno al otro.

—¿Cómo?

—Dándonos consejos, hablando. Nos hemos ido de compras. —Sonreí un poco—. Y nos comprendemos.

Candela resopló agobiada y después me miró de frente.

—Pero si no lo conoces.

—Bueno. Lo conozco un poco.

—No lo conoces, Margot. Igual esto te sale rana.

—Bueno…, nadie es de fiar. Mira lo que le hice yo a Filippo.

—Eso es otra cosa. Tú… estabas… Te dio un ataque de pánico. Siempre has sido muy autoexigente y no se puede ser siempre de hierro.

—Cande…, es buen chico.

—¿Cómo lo sabes?

—Lo sé.

El móvil, que aún sujetaba Candela fuertemente en una mano, volvió a vibrar. Lo miró, más por inercia que por afán de control.

—Dice que si estás bien, que es raro que no contestes. Y que si quieres ir a tomar algo, que el pub está tranquilo.

—Ahora le contesto.

Candela miró el móvil y luego me miró a mí varias veces hasta que se decidió y se puso a teclear.

—¡¡¡¿Qué haces?!!!

—Toma. —Me devolvió el móvil—. Venga, cámbiate.

En la pantalla, la contestación:

Voy en un rato. Me llevo a Candela.

Me puse la falda que David había arrebatado a una chica en Zara y la conjunté con una camiseta negra y las Converse del mismo color. Quizá a otra persona le hubiera extrañado verme con un cambio de look tan evidente, pero Candela no reparaba en esas cosas. Llevaba unos pantalones bombachos hechos a parches y recé por que nuestra madre no los hubiera visto (o la tendría hablando sobre ellos durante meses cuando se marchase) y una camiseta blanca sin mangas que le hacía un pecho inexistente. Iba como un cuadro de comedor, pero de comedor de casa donde se hacen trabajos esotéricos.

La calle estaba ciertamente muy tranquila cuando nos dirigíamos hacia allí. Era pronto, eso también. Quizá en unas horas, una horda de gente llegada de todos los bares de alrededor llenaría el local, pero cuando entramos estaba prácticamente vacío. Solo dos camareras hablando entre ellas en la barra que encontrabas nada más entrar y él en la del fondo.

David sonrió al vernos y yo lo hice a continuación casi sin pretenderlo. Palmeó la barra, como en un redoble de tambor, y gritó:

—¡Tachán!

Candela me miró de reojo y yo escondí la sonrisa tras un carraspeo.

—¿Qué tal? —dije, fingiendo ser una persona sumamente cuerda.

—Pero ¡bueno! ¡Si estrenamos look!

—Ya ves.

Me chocó la mano cuando llegamos a la barra y después me enseñó el pulgar.

—Te queda genial. Te has quitado como…, no sé, por lo menos dos años y un palo del culo.

—Eres imbécil —exclamé avergonzada—. ¿Te acuerdas de Candela?

—Claro, ¿qué tal el detective privado?

—¿Se lo has contado? —me preguntó ella, extrañada.

—Solo para desahogarme.

—Me lo contó el otro día, mientras hacíamos unos arreglitos florales. —Me sonrió—. Pero tú tranquila, que de mí no sale. Además… ¿cuándo voy a volver a ver a Patricia? No creo que vuelva por aquí. Ni siquiera quiso venir a recuperar el móvil.

—Estará avergonzada. O muy ocupada con lo de su enajenación mental —musitó Candela sentándose en una de las banquetas que flanqueaban la barra.

—¿Qué os pongo?

—A mí una cerveza —pedí.

No me pasó desapercibida la mirada de soslayo de Candela.

—¿Qué?

—Nada. Que no recordaba que te gustara la cerveza. Yo quiero otra.

—¿Dónde está Iván?

—Hoy llega un poco más tarde. Domi terminaba a las diez, y entre que llegaba a casa y todo… —Miró a Candela—.

Dominique es la novia de Iván. Tienen una niña de siete meses y se van dando el relevo —le explicó.

—Vaya.

—Sí.

Abrió dos botellines, limpió la boquilla con una servilleta y después nos los pasó con otra alrededor, para que no nos mojáramos los dedos con el cristal empañado.

—¿Qué os contáis?

—¿Y vosotros? —dijo mi hermana antes de dar un trago a la cerveza alternando una mirada amenazante entre los dos.

—Pues poco. Nos fuimos de compras ayer. Al parecer, según tu hermana, voy hecho un zarrio. Intento conquistar de nuevo a mi ex y Margot dice que va a hacer de mí un dios. —Se palpó un poco el pecho, con la camiseta del bar.

Candela dibujó una sonrisita.

—Oye..., ¿y qué es eso de los arreglos florales?

—Curro en una floristería y vino a verme el otro día.

—Ah..., por eso esas flores en tu habitación —me acusó, como si estuviera supersatisfecha de haber ido encontrando pistas de mi amistad secreta aun sin saberlo.

No sé por qué, pero el hecho de que mencionase que las flores estaban en mi dormitorio hizo que me ruborizara. Me dio mucha vergüenza. Ya ves. Solo eran unas flores, y no es que las tuviera allí porque David me gustara. No me gustaba, lo juro. Solo me caía muy bien.

Justo en ese momento, Iván entró a la carrera pidiendo perdón.

—Tío, lo siento, lo siento. —Se volvió hacia las otras camareras—. Hola, chicas.

—Esto está supertranquilo; habrá fútbol. ¿Te acuerdas de Margot?

—Claro. Tu nueva novia falsa.

David y yo miramos instintivamente a Candela, que daba buena cuenta de su cerveza.

—Ella es Candela, su hermana. Estuvo aquí la semana pasada, no sé si te acuerdas.

—Con la de gente que pasa por esta barra… —Nos estudió un segundo y arqueó sorprendido las cejas—. Madre mía, os parecéis como un huevo a una castaña.

—Ya. Yo salí a la rama no nórdica de la familia. —Me señalé—. Españolita media.

—Lo de ser rubia y alta está sobrevalorado —dijo David arrugando la nariz.

—Claro, como lo de Idoia.

—Idoia no es rubia de verdad. —Me lanzó un guiño—. Pero no te diré cómo lo sé.

—Qué sutil. Es imposible que me lo imagine. —Puse los ojos en blanco.

—Me molan tus pantalones —le dijo Iván a mi hermana después de meterse tras la barra.

—¿Los suyos? ¿Has visto los míos? Pero ¡si me hacen un culo como para parar camiones! —exclamó David, llevándose las manos hacia los bolsillos traseros.

La verdad, siendo objetiva… le quedaban muy bien.

—Tengo unos iguales para cuando voy a surfear —siguió diciéndole Iván a mi hermana, sin hacer caso a David.

—¿Tú surfeas?

—Sí. Bueno, cuando puedo. En septiembre me voy una semanita a Zarauz a ver si tengo suerte. Mi chica pilla vacaciones también y nos vamos con la niña. Que respire mar desde bien pequeña.

—Qué guay —dijo Candela. Estaba siendo honesta. Le había caído bien—. Yo estuve en Sudáfrica hace un par de años y pillé alguna ola.

—¿Tú? —La miré extrañada, pero ella me ignoró.

—¡¡Sudáfrica!! Pero cómo mola. Qué envidia. Cuéntame, pero ¿tu tabla…?

Me desconecté de una conversación en la que estaba claro que no iba a entender nada y que, además, no me interesaba lo más mínimo y miré a David, que me observaba fijamente.

—Te ha pillado con el carrito del helado, ¿no? —me susurró.

—Totalmente. Se ha puesto a gritarme que le escondía algo.

—¿Me escondes?

—Claro que no. —David alzó las cejas y yo sonreí—. Bueno, sí. Te escondo todo lo que puedo. Candela me guardará el secreto.

—Oh, vaya. Soy un secreto. ¿De qué te avergüenzas exactamente? ¿De que solo nos conozcamos desde hace una semana?

—Sinceramente: sí. De eso y de haber hecho amigos nuevos tan pronto, después del INCIDENTE. Quizá debería estar…

—Bordando velos negros para cuando salgas a la calle. ¡Margot! Tía. Estamos en el siglo XX.

—Estamos en el siglo XXI, David.

—No me cambies de tema. —Esbozó una sonrisa canalla para después rascarse el atisbo de barba que salía de sus mejillas y apoyarse en la barra con semblante serio—. Cuéntame, ¿sabes algo de Filippo?

—No.

—Oye…, tú has llorado. —David me señaló los ojos con el dedo muy cerca de ellos.

—No. Déjame.

—¿Qué voy a hacer contigo? —Suspiró—. Tenemos que trazar bien la estrategia de comunicación para cuando estés de viaje. Eso tiene que surtir efecto. Cuando vea que te has ido en plan Kerouac, mochila al hombro, recorriendo carreteras, buscándote a ti misma…

—Me sorprende esa referencia literaria, la verdad.

—Y a mí que tú vayas a llevarte una mochila al viaje, pero lo he dicho por decir. —Me tocó la nariz—. ¿Ya tienes la fecha?

—El lunes.

—¡¿Te vas el lunes?! —exclamó.

—Nooo. El lunes Sonia me dará todos los detalles.

—¿Quién es Sonia? ¿Otra hermana?

—No. Es… mi secretaria.

—Joder…, qué nivel, millonetis.

Me puse tensa. Él, en consonancia, también. Ambos carraspeamos.

—Vas a tener que darle caña a tu Instagram para que te vea: supermoderna, superguapa, morenísima, haciendo topless en la playa…

—Pues me voy a tener que comprar un palo selfi.

—Conocerás a gente, ya verás.

—Como soy tan simpática...

—Oye, pues míranos. Hace diez días ni siquiera nos conocíamos.

—Y ahora nos vamos de compras juntos.

—Qué culito me hacen los vaqueros… —Movió la cabeza de un lado a otro, sonriendo—. ¿Quieres verlo?

—No. Paso. ¿Y tú sabes algo de Idoia?

—No. Pero no tardará. Lo siento en todo mi ser.

Solté una carcajada. Si es que… ya no eran las cosas que decía, era… David. Era gracioso, natural, estaba cómodo y yo con él. Tenía una sonrisa preciosa de dientes blancos, la sombra de una barba aún irregular en el mentón y unos ojos hondos, como un pozo, como una noche, como…

—Hazte una foto para Instagram. ¿Ella te sigue? —preguntó Candela.

Me sorprendió que mi hermana participara en la conversación haciendo añicos el silencio que nos había envuelto mientras nos mirábamos, pero lo que propuso me pareció buena idea. A decir verdad, me extrañó no haberlo propuesto yo antes.

—Es que mi Instagram no es de ese rollo. Casi no lo uso, además.

—A ver.

Sacó su móvil.

—Mira, Candela, David tiene una calculadora que llama.

—Mira, Candela, a tu hermana le chorrea la gracia de lo cómica que es —respondió él mientras giraba el aparato hacia nosotras.

La calidad de la pantalla era pésima. Pero muy mala. Me pregunté si no quedaría en la empresa algún móvil de la remesa de los que retirábamos a los trabajadores. Los que considerábamos que ya estarían medio obsoletos eran diez veces mejores que el suyo. Pero no dije nada, claro. No era cosa mía y además quedaba como una gilipollas superficial cada vez que mencionaba el tema.

La cuenta de Instagram de David tenía seis fotos. Ni una más ni una menos. Las fotos eran muy variopintas, pero en ninguna salía él: un fotograma de una película, las manos de una chica sirviendo vino en una copa, tres tíos (a los que no se les veía la cara) con la misma camiseta clásica con la consigna «I love NY», las piernas de alguien andando por la calle por delante de un cartel donde podía leerse «Pechugas de pavo en oferta», una estantería llenísima de botellas (hecha con toda seguridad allí mismo) y la típica de un amanecer desde la ventanilla de un avión. En todas tenía seis o siete comentarios de la misma gente, que le llamaba «moderno» o «artista» en un palpable tono burlón. Imaginé que serían esos amigos del pueblo de los que me había hablado alguna vez.

—¿Con esto piensas seducirla? —preguntó Candela.

—Claro. Que no soy solo un culazo perfecto. —Se tocó la sien—. Voy a reconquistarla con mi creatividad e intelecto.

—Eso es una chorrada. En persona dale toda la cancha que quieras a tu intelecto, pero en redes sociales eso parece solo postureo.

—¿Entonces qué? ¿Me hago fotos ridículas sin camiseta?

—No. Te haces fotos bonitas marcando cacha. Mira, ven. Voy a hacerte una. Margot, dame tu móvil.

—Hazle caso —le dije a David mientras le pasaba mi iPhone a Candela—. Viaja mucho y es experta en fotos con las que dar envidia luego.

Los vi marcharse hacia la puerta discutiendo sobre si ponerse la mano en la barbilla posando para una foto era de gilipollas o no. Al volverme, me di cuenta de que Iván me miraba.

—Aquí, el modelo —se burló.

—Lo que hace uno por amor.

—Yo soy más de hacer un chocolate a la taza en agosto porque tiene un antojo. —Se rascó la cabeza.

—Seguro que tú ni siquiera tienes Instagram.

Negó con la cabeza y sonreímos los dos.

—Mira, mira, mira. —David entró a la carrera con mi móvil en la mano. En el suyo solo se habrían visto píxeles enloquecidos—. Pásamela. La voy a colgar ahora mismo.

—¡¡No!! —le dije sujetándolo del brazo—. Mañana como a las dos de la tarde. Y en el texto pones algo que dé a entender que te la ha mandado alguien…, alguien con quien estuviste aquí anoche. Toda la noche…

—Pero ¡qué bruja eres! ¡¡Me encanta!!

En la foto él, de espaldas, apoyado en la puerta, hablando con el de seguridad a quien solo se le veía medio torso. Era una foto casual, pero con un aire de *making of* de película. Como si él fuera un actor y el fotógrafo, un fotógrafo profesional, lo hubiera pillado en un acto tan humano y cotidiano. Me fijé en que el nombre del local se leía también en la espalda de la camiseta y… fue una cuestión de reflejos: yo no quise mirarle el culo. Fue solo que… vi el nombre del local en la espalda y mis ojos bajaron de manera natural hasta su trasero (mecagoenmimadrequéculo). Tragué saliva. Mi hermana me miraba.

—Tú, viciosa, deja de comerme con los ojos. —David me quitó el móvil con una sonrisa—. ¿Te hago una para tu «Insta»?

—¿Cuántos años tiene? —preguntó Candela delante de él.

—Veintisiete. Se nota, ¿verdad?

—Pensaba que eran menos.

—Venga, Margot, que estás muy guapa. Seguro que Felipe se muere cuando la vea.

—Se llama Filippo, y no quiero que se muera.

—Ya lo sé. ¡¡Venga, boba!!

—No creo que verme en la puerta de un local nocturno le tranquilice o le seduzca mucho.

A David le cambió la cara y me devolvió el teléfono.

—Ostras, es verdad. Es que tu estrategia y la mía son completamente diferentes. Mejor quedamos el lunes en una cafetería que conozco, es preciosa, llena de flores…, y te hago una foto elegante. Leyendo o algo así. Puedes poner…, uhm… «Mis hermanas, un café y un libro. Despidiéndome por unos días del Madrid de mis quebraderos de cabeza».

—Es bueno. —Asintió Candela.

—No es mi culazo, pero…

Le di un puñetazo en el hombro y los dos nos echamos a reír. Candela seguía mirándonos.

—Ten cuidado.

Candela habló con un hilo de voz que casi ni me llegó. No quise pedirle que me lo repitiera porque en realidad la había escuchado perfectamente, aunque no entendiera por qué me decía aquello. La miré, andando a mi lado por las empedradas calles del Barrio de las Letras, y fruncí el ceño.

—Pero ¿por qué? ¿No lo has visto? Es buen chico. Tiene tres trabajos, ayuda en casa de su amigo y…

—No es por eso. No creo que quiera sacarte nada… económicamente hablando. Pero…

—Pero ¿qué?

—Que es de los que te hacen reír, Margot.

—¿Y? Eso es bueno, ¿no?

—No. —Sonrió con pena—. Esos son los que no se olvidan nunca.

Me paré en la calle y ella también. Nos mantuvimos la mirada; yo esperaba que ella se explicase y Candela parecía buscar las palabras adecuadas.

—Margot, hace solo una semana que lo conoces y… ¡miraos! Ese chico y tú vais a tener algo.

—¡¿Qué?! ¡Para nada!

—No, para nada no. Estoy segura. Y no lo juzgo. Cuando pase, si quieres contármelo no te juzgaré y me llevaré el secreto a la tumba, pero tienes que tener claro lo que estás haciendo.

—Es solo un amigo. Los hombres y las mujeres pueden ser solo amigos.

—Sí, pero ese chico y tú no vais a poder.

—¿Por qué dices eso? —pregunté agobiada a modo de reproche—. Nos has visto juntos, ¿cuánto? ¿Una hora?

—Me han bastado los primeros cinco minutos. Va a surgir. Ya está ahí, latente. Y es normal: tú eres una chica preciosa, una monada, y él es un bombón. Es algo prohibido, seguro que medio salvaje…, es tentador, lo sé.

—Cande, no te sigo, de verdad.

—Que va a pasar, y no es de los que te da dos viajes en la cama y adiós muy buenas. Ese chico te hace reír, Margot. Nunca te había visto tan pizpireta y tan relajada. Hay algo en él que despierta la persona que quieres ser y eso… no tiene marcha atrás. No te digo que no lo hagas, que conste. Fui la primera que te apoyó el día del INCIDENTE. Solo te pido una cosa: piénsatelo bien.

—No va a pasar nada.

—¿Tú quieres recuperar a Filippo?

—Más que nada en este mundo —dije enseguida, firme y convencida.

—Pues ten una cosa clara: David va a enamorarse de ti. Y tú de él. Si no quieres que pase, frénalo, porque no creo que vaya a ser la típica historia que se olvida en un verano.

No supe qué decir. Me parecía extremadamente exagerado y estaba avergonzada. ¿Cómo había podido leer entre nosotros algo que no fuera solo amistad? Vale, nos acabábamos de conocer, pero…

El móvil me vibró en el bolso y eché a andar a la vez que lo buscaba. Necesitaba quitarme aquello de la cabeza. Tenía ganas de salir corriendo sin mirar atrás, de no volver a escribirle ni cogerle el teléfono jamás. ¡Yo no lo miraba con esos ojos! Bueno…, le había mirado el culo un segundo, pero… ¿qué más daba eso?

Miré la pantalla del móvil y me volví a quedar clavada en el sitio.

—¿Qué pasa? —preguntó Candela.

—Es Filippo —respondí con un hilo de voz—. Dice que este viaje le está viniendo muy bien para despejar la cabeza y pensar en lo importante, y que me echa de menos. —Miré a mi hermana ilusionada, con un nudo en la garganta—. Dice que ojalá yo hiciera lo mismo que él y me diera cuenta también de que le añoro. Que ojalá lleguemos al mismo punto cuando termine el verano y podamos retomar nuestra vida.

—Margot… —Candela sonrió con ternura.

—Que me quiere. —Me encogí, toda sonrisa y emoción—. ¡Que me quiere, Cande! ¡¡Que me quiere!!

Me tiré encima de ella y la abracé. Cuando sus brazos me envolvieron, tuve que sofocar un conato de llanto, así que me quedé unos segundos de más allí, apoyada en el hombro de mi hermana, feliz y emocionada. Esperanzada.

—Jo, Margot —escuché que decía.

—¿Qué?

—Que no me hagas caso, que soy muy madre contigo. Ten los amigos que quieras, ¿vale?

23
Borrachera de esperanza

A las dos de la tarde colgué la foto que Margot me había pasado en mi cuenta de Instagram y esperé con el móvil en la mano a que Idoia diera muestras de vida (y de interés), pero después de un buen rato consultando el móvil cada cinco minutos, me cansé.

—Eso no es amor —canturreó Domi, que tenía el día libre y estaba terminando de preparar bolas de yuca, un plato típico de su tierra.

—Es parte del cortejo, mujer de poca fe —le respondí.

Ada gritó sentada en la hamaquita y me levanté a cogerla en brazos. Su madre me lanzó una mirada de reproche porque decía que su hija no aprendería a manejar la frustración si la teníamos en brazos todo el día.

—Domi, estoy pensando que voy a esperar veinte años y me casaré con tu hija.

—Antes me abro las tripas.

Me eché a reír y fui hasta la pequeña cocina.

—Lo primero, me ofende ese asco que me tienes y, lo segundo, parece mentira. Quiero a Ada como si fuese mi sobrina.

—No te tengo asco. Es que… —Me miró y sonrió—. Eres de esos y no es lo que quiero para mi niña.

—¿Qué esos?

—Ay, David, de los que sienten demasiado.

El teléfono empezó a sonar sobre la mesa de centro, un mensaje tras otro, y corrí hasta allí con Ada en los brazos. El movimiento hizo que ella se partiera de risa.

—¿Ves, Domi? ¡¡Que seguro que es ella!! Esto va genial. Ve comprándote una pamela porque la seduzco y nos casamos.

Ada intentó alcanzar el teléfono cuando lo cogí, pero lo mantuve lejos de ella. Sonreí. Era Margot:

> He visto tu foto en Instagram y cuando he leído el texto he pensado: «Margot, el alumno ha superado a la maestra». A tus pies. Ahora creerá que tienes una apasionada vida lejos de ella. Pero si hoy no escribe, no te preocupes. Hay personas que se cuecen a fuego lento.

—¿Es ella?

—No. Es Margot dándome ánimos.

—¿Y esa Margot de dónde ha salido? Hablas mucho de ella.

—La conocí en el bar. —Le di un beso a Ada y la dejé otra vez en la hamaca—. Te caería bien. Es una tía superrara, pero no en mal sentido.

—Tus «es una tía superrara» me dan miedo.

—Qué va. —Intenté concentrarme para responderle a Margot el mensaje.

—Pues sonríes mucho cuando habláis.

—Porque me parto con ella.

> ¿Qué voy a hacer sin ti cuando te vayas de viaje? Mi sensei. Y, sobre todo, ¿qué vas a hacer tú sin mis sabios consejos?

—¿Por qué no la invitas a comer?

—¿Qué? —le pregunté, viendo que Margot ya estaba escribiendo.

—Digo que por qué no la invitas a comer. Hay comida de sobra.

—Hoy es muy precipitado.

—Mañana trabajo.

—¿En domingo?

—Me han cambiado el turno.

Dominique alternaba sus estudios de enfermería con un trabajo en una residencia de ancianos, donde ejercía de auxiliar.

—Pues no va a poder ser —sentencié.

—¿Y el lunes a cenar?

Levanté la mirada del teléfono, extrañado, esperando que me explicara a qué venía toda aquella insistencia, pero ella fingió que no me veía.

—¿Por qué insistes tanto?

—Tengo ganas de conocerla. Nunca nos presentas a tus amigos.

—Conoces a todos mis amigos. Prácticamente sois ya parte de la pandilla de toda la vida, Domi.

—Nunca nos presentas a tus «amigas». —Levantó las cejas con una sonrisita.

El móvil me vibró en las manos, pero por el momento no le presté atención.

—Margot no es ese tipo de amiga que estás dando a entender. Es más como las del pueblo.

—Ya, claro.

—Ya, claro que sí. No me lío con todas mis amigas, ¿sabes?

—Ya lo sé. En la pandilla hay al menos tres que pagarían por que lo hicieras.

Le pedí que lo dejara estar con un gesto, pero ella volvió a la carga.

—Dile que venga a cenar, anda. Prepararé chicharrón con mangú.

—Ay, la Virgen.

Miré el móvil, dispuesto a invitar a Margot formalmente, pero me quedé algo desconcertado con su mensaje.

Margot:

Pues a mí sin tus sabios consejos no pinta que me vaya a ir mal porque… *(redoble de tambores)* anoche me escribió Filippo. Me dijo que me echaba de menos, que ojalá yo también ME FUERA DE VIAJE y que esperaba que al final del verano NOS ENCONTRÁSEMOS EN EL MISMO PUNTO. Oh yeah.

David:

¿Habéis vuelto ya? ¡Eso no vale! El motor que impulsa esta relación de consejeros es la reciprocidad. Ahora me darás consejos desganados porque estarás venga a darle al amor. Y yo muriendo solo rodeado de ratas.

Margot:

Será «muriendo solo rodeado de gatos», ¿no?

David:

Los gatos son demasiado monos. No me importaría morir rodeado de gatos. Pero ojo con las ratas o las palomas…, final triste donde los haya.

Margot:

No seas dramas. No hemos vuelto. Solo…
hemos abierto una ventana a la reconciliación.

David:

Tú ya tenías una ventana abierta a la reconciliación y era del tamaño del Bernabéu.

Margot:

Ti yi tiniis ini vintini…
¡Alégrate por mí!

David:

No, si yo me alegro. Pero me das una envidia de muerte. Yo quiero que Idoia me escriba también algo así. Algo como: «He visto ese culazo en Instagram y he pensado, ¿qué hago yo en la vida sin clavarle las uñas en las nalgas a este mancebo».

Margot:

En serio, me tienes que explicar cómo te la ligaste porque, por lo poco que sé de ella, te juro que no lo entiendo.

David:

Pues precisamente te iba a hacer un ofrecimiento... ¿Te apetece venir a casa a cenar el lunes? Domi tiene muchas ganas de conocerte y libra ese día. Dice que puede hacer chicharrón con mangú, que no sabes lo que es y no te lo diré, pero podría decirse que es mi sueño erótico y mi postura sexual preferida, todo en el mismo plato. Sueño con comer eso a todas horas. Si no vienes no lo hará. Ahí lo dejo. Sin presión.

Me quedé mirando el móvil. Margot no escribía, pero seguía en línea.

—Creo que me he pasado pidiéndole que viniera a cenar —le dije a Dominique.

—¿Por qué vaina?

—Para llevar veinte años en España, a veces hablas más raro... —la piqué, como siempre que decía alguna expresión de las que le escuchaba a su madre a menudo—. No lo sé. Quizá es demasiado pronto. Se lo he dicho y de repente ni me contesta ni se desconecta ni nada. Se ha quedado como paralizada.

—¿No será que le gustas, David, mi amor?

—¡No! Está intentando recuperar a su novio. Casi se casa... —Pero me callé antes de decir nada que hiciera referencia a su fuga porque quería guardarle el secreto—. Y parece que le está yendo bien.

—¿Y qué tal te sienta a ti eso?

—¿A mí? —La miré con una sonrisa—. ¡¡Fatal!! ¿Quién me va a escuchar lloriquear por Idoia cuando ella se arregle con su chico?

Dominique sabía que estaba de coña. No soy tan egoísta. Además, casi no conocía a Margot. En aquel momento no podía decir «no me alegro» por ninguna razón que fuera mínimamente justificable. No sabía si él le convenía o no; no sabía si él hacía que ella fuera la Margot que soñaba o si, todo lo contrario, potenciaba la figura de la que no quería ser.

El móvil me vibró en la mano y miré raudo su contestación. Pero no era ella. Era la notificación de un «me gusta» en mi foto de Instagram. ¿Alguien adivina de quién?

—¡¡Domi!! ¡¡Que me ha dado me gusta!!

—¿Quién, Margot?

—¡No! ¡Idoia! ¡Que le gusto! ¡Que la llama del amor sigue viva!

Ada, que parecía haberse quedado momentáneamente traspuesta, emitió un gritito de júbilo. Algo así como: «Menos mal, casi me duermo y dejo a esta gente descansar».

—A mí me tienes mareada con tantas tías —escuché que farfullaba Dominique—. Que si Idoia es la mujer de mi vida, que si Margot es supermaja, que si la china del colmado me mira con ojitos.

—Esto lo tengo hecho ya. Voy por el buen camino, Domi. En dos meses, fíjate lo que te digo, en dos meses... estoy mudándome al piso de Idoia.

—Te diría que es una pena, pero no sé si me compensa que hagas la colada, planches y cuides a Ada de vez en cuando y que, sin embargo, no pueda echar un polvo sin sordina.

—Buena suerte, ahora eres madre. —Le enseñé el dedo corazón con bastante estilo.

Y decidí escribir a Margot, que seguía en línea, pero sin responder.

David:

Voy a obviar el hecho de que no hayas respondido
a mi invitación y estés en línea y a arrastrarme de una
manera lamentable volviendo a escribirte porque…
necesito contarte que… alguien… le ha dado…
me gusta… a… mi… culazo.

Margot:

¿Idoia?

David:

No. Uno de los One Direction.
¡¡Claro!!

Margot:

¡Oye, chico! Estamos que lo tiramos.

David:

Estamos de oferta.
Bueno. Entonces, ¿qué?

Margot:

¿Qué de qué?

David:

Que si vienes el lunes a cenar a casa.

En línea, pero Margot no contestaba. Estaba a punto de decirle que no se preocupara, que olvidara la invitación, cuando respondió por fin:

Margot:

¿A qué hora? ¿Llevo vino?

David:

A las nueve y media. Trae lo que quieras.

—¡Domi! —grité—. El lunes chicharrón.

Después me marqué lo que quería ser un baile de la victoria que horrorizó de todas todas a Dominique, que cogió a su hija y la sacó del salón.

El lunes recogí a Margot en el portal. No sé por qué la esperé allí, pero me pareció un detalle. La vi bajar de un coche negro, que deduje que era un Cabify, y dar las gracias al conductor por su nombre.

—Qué dulce eres, Daisy —le dije.

No se había percatado de mi presencia y al escuchar mi voz dio una especie de saltito. Siempre lo hacía cuando se asustaba y con el tiempo me descubrí buscando ese gesto, escondiéndome por los rincones para ver cómo se sobresaltaba. Era tan tierno como ver a Ada bostezar.

Llevaba en las manos una botella de vino tinto y una cajita, seguramente con dulces, y se había esforzado por no arreglarse. No la conocía tanto como para saber cómo solía vestir siempre, pero por cómo se apartó el pelo detrás de la oreja, deduje que estaba insegura, nerviosa. Llevaba los pantalones vaqueros que escogí para ella, anchos y con cintura alta, con una camiseta blanca, una americana y un bolso que parecía bueno, cruzado a modo de bandolera. En los pies, unas sandalias planas con una flor en el centro.

—Oye, ¿no serás tú *Jenny from the block*? —le pinché.

—¿No serás tú Karl Lagerfeld?

—¿Quién?

Se acercó y le tendí la mano, lo que, como siempre, hizo que sonriera.

—¿Cuándo me saludarás como Dios manda?

Me volví a mirarla mientras abría la puerta.

—¿Cómo manda Dios que se salude a una chica como tú?

—Con una genuflexión.

Solté una carcajada que resonó en el portal.

—¿Estás nerviosa, ojos tristes?

—No, ¿por?

—Porque pareces nerviosa.

—Pues no lo estoy. —Me enseñó los dientes.

—¿Eso era una sonrisa o tienes picores vaginales?

Chasqueó la lengua contra el paladar y pasó de largo, dirigiéndose al ascensor y abriendo la puerta.

—¿Qué piso es?

—El tercero.

—Mira, tres, mi número de la suerte.

—Quizá tu número de la suerte sea yo. —Entré y me planté delante de ella. Noté que daba medio paso atrás y, no sé por qué, quizá para comprobar su reacción, di uno hacia delante.

Contuvo la respiración y yo pulsé el botón del tercero.

—¿Qué pasa?

—Estás muy cerca. —Posó su mano en mi estómago y empujó—. Y este sitio es muy pequeño.

—¿No pensarás que te tiro los tejos?

—No. Solo creo que eres muy pesado. Aparta, no me gustan los sitios cerrados.

Apoyé la espalda en la pared contraria y alargué la mano para que me pasara el vino, pero se negó. Me divertía sobremanera verla perder la paciencia, ponerse nerviosa, no saber qué decir. Era como tener asiento en un palco de honor en el partido entre la Margot oficial y la real.

Agarré con fuerza la botella y tiré de ella.

—«Nebro, 2013» —leí en voz alta.

—Busqué en Internet la comida que me dijiste y vi que era cerdo frito y puré de plátano, de modo que un tinto era la mejor opción.

—Mira que eres aplicada. Eras siempre la primera de clase, ¿eh?

—Pues no, listillo. Mis notas nunca resaltaron por encima de la media. Soy la definición de «mediocridad».

—¿Tú? —Me reí a carcajadas—. ¿Me lo estás diciendo en serio?

—A las pruebas me remito. —Se señaló con una mueca—. No destaco en nada. Ni alta ni baja, ni morena ni rubia, ni flaca ni gorda, ni guapa ni fea.

—Eso no es verdad —musité, sin saber por qué lo decía.

—Sí lo es. —Sonrió—. Pero no pasa nada. No todo el mundo tiene que despuntar.

Me encogí de hombros. No opinaba lo mismo, pero no estaba seguro de si Margot querría que insistiera o si, por el contrario, se sentiría más incómoda al escucharme decir que a mí me parecía mucho más destacable que sus hermanas, por ejemplo. Con esa apariencia tan desvalida y esa fuerza interior. Era como una de esas galletas que, al morderlas, dejan deslizarse sobre tu lengua un relleno que no esperabas. En serio, nunca dos ojos castaños, redondos, grandes, dijeron tanto. Se desnudaba al pestañear, pero probablemente ella no lo sabía y yo no quería desvelar el secreto.

Llegamos al tercer piso antes de que se me ocurriera algo que decir (salvado por la campana), así que salí primero y sujeté la puerta para ella.

—Qué caballeroso. ¿Te encuentras bien?

Saqué las llaves de casa del bolsillo derecho del pantalón y me pregunté si se habría fijado en que estrenaba ropa de nuevo: el chino negro y una camiseta lisa del mismo color. Todo escogido por ella. Pero no dije nada al respecto; solo abrí y anuncié nuestra llegada.

—Ya estamos aquí. Domi, Iván…

Dominique salió la primera, precipitada, empujando un poco a Iván para poder ver a Margot. Tenía muchísima curiosidad por conocerla, aunque yo no entendía bien por qué. Solo era una amiga. Y yo, en teoría, solo accedí a aquello para que cocinara chicharrón… y porque me gustaba estar con Margot y cualquier excusa, en esos casos, es buena.

—Hola, Margot. —Se lanzó hacia ella y le plantó dos sonoros besos, uno por mejilla—. Tenía ganas de conocerte. David habla mucho de ti.

—Bueno, David habla mucho en general, por lo que he podido comprobar.

Las dos compartieron una risa.

—Os he traído unos dulces para el postre.

—Y el vino —enseñé la botella.

—¡No tenías por qué!

—Qué menos porque… ¡huele de maravilla! —alabó Margot—. ¿Has cocinado tú?

—Sí, pero no es nada. Solo un plato típico de mi tierra que a David le encanta.

—Ya me dijo. Se puso bastante obsceno. Hola, Iván —le saludó—. Pero…, pero ¡bueno! Pero ¡¿quién es esta personita?!

Iván se acercó con Ada en los brazos, que se agitaba como una posesa.

—¿Y esta sonrisa tan bonita es para mí? —le preguntó Margot inclinándose hacia Ada. Iván se la tendió y ella, sorprendida, la cogió en brazos con mucho arte—. Madre mía, guerrera. Te vas a comer el mundo.

Y, señores y señoras: no lo dijo poniendo voz aguda ni como si estuviera hablando como un dibujo animado. Margot le habló a Ada igual que me hablaba a mí. Y eso me gustó. Me gustó tanto como que no la llamase «princesa» ni «cosita bonita», y tuve que desviar la mirada.

—¡Se os parece a los dos! —les dijo—. Y está superdespierta, además. ¿Me dijo David que tiene siete meses?

Iván me dio una palmada en el hombro.

—Relájate, hombre —susurró.

—Estoy relajado.

—Igual que el palo de una escoba.

Y tenía razón. No sé por qué, desde que Margot había entrado en casa el que estaba nervioso era yo. Quizá porque se notaba en sus maneras que ella jamás había vivido durmiendo en el sofá del apartamento de sus mejores amigos. Creo que me sentía... en inferioridad de condiciones. Pero... ¿respecto a quién?

Domi le enseñó la casa mientras nosotros dos poníamos a enfriar la botella de vino y colocábamos la mesa. Cuando volvieron, nos estábamos bebiendo un botellín de cerveza, apoyados en la pared del salón, indecisos, sin saber si sentarnos o no.

—Pero ¿qué hacéis de pie? —se extrañó Margot con una sonrisa. Seguía llevando a Ada en brazos y esta parecía encantada.

Estiró la mano hacia mí. Margot, no la niña. Bueno en realidad hacia mi cerveza. Le pasé el botellín y cogí a Ada en brazos mientras ella le daba un trago a morro antes de devolvérmela. Cuando volví a beber, me miró y se rio.

—Anda, ven.

Pasó su pulgar por encima de mis labios un par de veces, con brusquedad, y cuando lo apartó vi que lo llevaba manchado de carmín. Ni siquiera lo pensé al compartir el botellín. Perdona..., ¿acabábamos de compartir un botellín? Cuánta confianza de repente.

Agaché la cabeza, me pasé la palma de la mano por la boca y al levantar la mirada vi a Iván y a Domi sonriendo socarrones. Y me preocupé. Me preocupé por un momento de que pensasen que mi amistad con Margot no lo era, que nos agobiaran o que no entendieran lo nuestro, fuera lo que fuese lo nuestro. Probablemente, éramos los únicos que lo entendíamos. ¿Y decía que no era especial, que no destacaba? Pues yo sentía una paz al estar con ella que no era normal ni mediocre.

Solo éramos dos casi desconocidos muy cómplices. Solo éramos dos amigos recientes, torpes y enganchados a la sensación de sentirse comprendidos. ¿No te ha pasado nunca? De pronto conoces a alguien y lo quieres en todos tus planes y te parece increíble haber podido divertirte sin él/ella. Eso nos pasaba. Solo éramos un montón de esperanza.

24

In vino veritas

Los chicharrones estaban de muerte y el puré de plátano me pareció sencillamente delicioso. Lo acompañamos todo de cazabe (una especie de tortas buenísimas) y batata frita. Nos pusimos hasta arriba. Hacía muchísimo tiempo que no comía tanto y tan a gusto. Y el vino, que los chicos habían puesto a enfriar un poco aunque era tinto, entró y ablandó todas mis extremidades hasta hacerme elástica y flexible. Lo suficiente como para sentir que dejaba de tener que interpretar un papel.

De postre comimos los pasteles que llevé. Iván se marchó de la mesa un momento para ir a acostar a la niña, y Dominique y yo hicimos café mientras David preparaba unas copas. Lo estábamos pasando bien y, aunque hice amago de marcharme un par de veces, a los que tenían que madrugar al día siguiente parecía no importarles dormir poco aquella noche.

Iván y Domi eran una pareja encantadora y tenían un piso pequeño (minúsculo para tres adultos y un bebé) pero adorable. Se notaba mimo en cada uno de sus rincones, olía a familia y era cómodo. A David se le veía integrado, uno más, pero hasta yo, que acababa de conocerlo, sabía que tenía que abrir las alas y echar a volar.

Ella me habló de su tierra, de lo poco que recordaba y de lo mucho que había aprendido a través de su madre, que vivía a un par de manzanas de distancia y que se quedaba con la niña siempre que ellos (tres) no podían apañarse.

—No hay que abusar de los abuelos —se excusó.

Y a mí todo me parecía maravilloso. Y la cerveza del aperitivo, el vino que nos tomamos entre David y yo (Dominique aún daba el pecho e Iván era más de cerveza) y la copa del «postre» me tenían flotando. Tenía un buen rollo dentro que hacía años que no sentía. Cómo estaría mi cuerpo para terminar hablándoles del INCIDENTE y de mi plan para recuperar a Filippo. Les hablé de sus ojos azules, de lo alto y fuerte que era; les conté lo bonito que fue aquel atardecer sobre el puente Vecchio y la ilusión en su voz grave al pedirme matrimonio.

—Qué historia tan bonita —susurró Dominique con sinceridad—. Es como un cuento.

—Era como un cuento —suspiré—. La cagué. Aunque David me ayudará a recuperarlo, ¿verdad?

—Verdad.

Cuando dejó su enorme mano sobre la mía, en la mesa, sentí un cosquilleo. Uno bonito. Porque a veces las personas que están tristes pueden hacer mucho más que comprenderse.

A la una y media me marché, pero David insistió en acompañarme. Yo no quería porque iba a avisar al chófer de la empresa para que me recogiese, pero insistió tanto que cambié de idea.

—Pediré un Cabify —le anuncié, como si él supiera algo de la situación.

—¿Ya? —me preguntó—. Vamos a fumarnos un pitillo en ese banco.

Señaló un banco solitario en una acera, con vistas a una pared, y me dio la risa. A él también.

—David, ninguno de los dos fuma.

—Mentalmente sí. Arrea.

Nos sentamos y él estiró los brazos sobre el respaldo a la vez que yo colocaba mis pies en sus rodillas. No solo era un gesto de confianza, además así me aseguraba de que se mantenía a cierta distancia. No me había gustado verme tan nerviosa cuando se acercó en el ascensor.

—Ha sido muy agradable, gracias por invitarme —le dije—. Iván y Dominique son encantadores.

Cacé de reojo la mirada que me estaba echando.

—¿Qué? —le pregunté.

—Hablas como en un anuncio de bombones caros. —Sonrió—. Dime que ha estado que flipas, que somos la caña y que volverás.

—¿Y hay que hablar como un cani para que me entiendas? —bromeé.

—Oye —dijo palmeando mi pierna—, la verdad es que has estado...

Asintió como si aquel gesto completara el resto de su frase. Solo asintió, pero yo lo entendí.

—Gracias.

—No, no. Gracias a ti. Es probable que esos dos, a estas alturas de la vida, ya pensasen que no me relaciono con nadie normal fuera de la pandilla. Creo que se han quedado gratamente sorprendidos.

—Será por mis exquisitas maneras aprendidas en el internado suizo.

—Qué coñazo. —Se rio—. ¿Eres siempre tan correcta?

—Sí, pero para compensar siempre llevo una goma de pelo en la muñeca en la primera cita. Por si acaso.

Levantó las cejas y después fingió que me golpeaba el costado con el puño cerrado.

—¿Sabes lo que me ha gustado mucho? —me preguntó.

—¿Que acabe de mencionar cuánto me gusta hacer mamadas?

Nunca. Jamás. Me. Deis. Vino.

—Además de eso. —David no se consternó… o al menos no dio muestras de ello—. Que le dijeras a Ada cosas como «te vas a comer el mundo» y no «qué princesa».

—¿Princesa? —Le lancé una mirada—. Ya lo cantaba Sabina, cariño. «Las niñas ya no quieren ser princesas».

—«Y a los niños les da por perseguir…

—… el mar dentro de un vaso de ginebra» —cantamos los dos juntos.

—¡Ey! Hablando del mar…, ¿cuándo te vas?

—¡Ah! Es verdad. No te lo he contado. Me voy el viernes. Estaré, contando el día que llego, dos días en Atenas, una semana en Santorini y seis días en Miconos. Dos semanas en total. —Suspiré—. Hasta tengo ganas.

—¿Hasta tienes ganas? Lo dices como si fuese un castigo.

—No, pero… es raro. ¿Has viajado alguna vez solo?

—No. —Negó con la cabeza—. Pero tiene que ser la hostia.

—La hostia de aburrido. ¿Dos semanas sin hablar con nadie?

—Con alguien hablarás, mujer. Tienes muchas cosas que cumplir en esa lista que te di.

—Sí, sí. Una lista superrealista.

—Oye, me tienes que mandar fotos —me dijo con las cejas arqueadas—. Si no, Idoia descubrirá el pastel.

—Vale, pero prométeme que no te vas a recortar de otra foto para pegarte con Photoshop con el fondo del mar y fingir que estás allí.

—Seré más sutil. Te lo prometo.

David me guiñó el ojo y nos dimos la mano a modo de cierre de trato. Después, no la soltó.

—Oye, Margot…, ¿puedo llamarte cuando estés allí?

—Claro. —Tiré de mi mano, un poco incómoda, y para fingir que no había sido para huir de su tacto apoyé la barbilla en el puño, mirándole.

—Creo que me estoy acostumbrando a estar contigo y me sentiré mazo solo.

—Mazo solo. ¿No serás tú Rimbaud?

—«¡La hemos vuelto a hallar! /¿Qué?, la Eternidad. /Es la mar mezclada con el sol».

Me quedé atónita. De verdad. Nunca había escuchado a nadie recitar a Rimbaud y mucho menos de memoria.

—¿Perdona?

—No me gusta la poesía, si es lo que vas a preguntarme. —Encogió las piernas, las subió al banco y se colocó de manera que pudiéramos mirarnos de frente—. Lo estudié en la universidad y se me quedaron ahí clavados esos versos.

—¿Has ido a la universidad?

—Sí —dijo suspirando—. Supongo que te sorprende viniendo de un camarero.

Me tensé.

—No quería ofenderte —le dije.

—No me ofende. Siempre pasa.

—No, de verdad, David. Nunca he pensado que…, no sé, por dedicarte a la hostelería tengas que ser un analfabeto.

—Hay gente que no puede estudiar y no es analfabeta, bruta.

—Ya, si ya lo sé. Joder…, no quería decir eso. No quería decir analfabeto en plan mal. A ver…, seguramente ahora sueno a niñata que ha estudiado en internado suizo. Lo que quería decir es que… —Moví las manos, nerviosa—. No sé. Nunca había escuchado a nadie recitar de memoria a Rimbaud.

—Es mundialmente conocido. —Se frotó una ceja y dejó caer las manos.

—Dios… —Me avergoncé—. Te he molestado. Soy idiota. Perdóname, de verdad. Me explico fatal.

—Margot. —Sonrió de medio lado—. Que no.

—Que sí, que soy una imbécil. Perdóname, de verdad, no quise decir nada malo. Ni de ti ni de nadie. Solo quería expresar mi admiración. —David levantó la barbilla y se rascó el cuello mientras miraba el cielo—. ¿Ves? ¡Ni me miras! ¡Te he ofendido!

David tiró de mi pierna hasta acercarme.

—Margarita. —Sonrió frente a mí—. Que no me ofende. Si me hubieras dicho, yo qué sé: «Eres un rancio y un putero», igual me pienso lo de envenenarte con laxante, pero ¿por eso? ¡¡Relájate!!

—A veces puedo sonar muy estirada —le confesé.

—A estas alturas ya casi me parece parte de tu encanto.

—Pues perdona que te diga, pero tú me miras con muy buenos ojos.

—Con estos. —Se señaló sus ojos oscuros—. Venga, cuéntame más cosas del viaje. Dame envidia.

—¿Tú no tienes vacaciones?

—Las tendría si mandase a la mierda el pub. —Suspiró y puso cara de hastío—. Te juro que no lo dejo por Iván. No quiero que se quede ahí solo, en ese tugurio de mala muerte.

—Tampoco es tan malo, hombre. He estado en sitios peores.

—¿Ah, sí? —se burló, ufano—. ¿Dónde?

—En Tailandia, una vez. —Hice memoria mientras sacaba el móvil y abría la aplicación de Cabify—. Después de cerrar un trato de trabajo, me llevaron a un ping pong show. No voy a entrar en detalles, pero fue el peor rato de mi vida.

—¿A qué cojones te dedicarás? —Se rio—. ¿Y por qué hay tanto señoro en los trabajos?

—Eso mismo me pregunto yo. Es tarde. —Le enseñé la aplicación, donde ya me habían asignado un conductor que estaba a trescientos metros.

—Sí.

—Y mañana paseas a los perros.

—Sí. —Asintió—. Que se van de vacaciones como tú, el viernes.

—¿Y la floristería?

—Cierra en agosto.

—¿Y no te deben días?

—¿Deberme días? ¡Si soy autónomo! Como casi todos los menores de cuarenta que se quieren buscar la vida. ¿Qué pasa, muchacha? —Se rio—. ¿Me quieres llevar contigo a Grecia? Si quieres pillarme el billete, mi nombre completo es David Sánchez Rodrigo. El DNI…

—¿Te imaginas? —Me reí.

—¿Cómo sería?

—Infernal. Nunca he viajado con un desconocido.

—Soy superordenado —respondió mientras estiraba sus largas piernas y se ponía de pie—. Y me oriento que te cagas.

—¿Sabes regatear? Si sabes regatear te llevo.

—No soy tu hombre. —Se encogió de hombros—. Regatear me da una mezcla entre vergüenza y pena. Pero ponme otra prueba. No puede ser ese el único requisito.

—¿Llevas maletas? —Me puse en pie y él me empujó suavemente con el hombro, encaminándome de vuelta hacia el portal.

—Llevo maletas, abro puertas, sé poner crema en la espalda —lo dijo como si estuviera hablando muy en serio— y soy un gran fotógrafo.

—Y sabes versos de Rimbaud.

—Solo ese. Pero te lo puedo recitar cada vez que veamos el mar.

—Creo que podría llevarte conmigo. ¿Qué hacemos con la floristería?

—Amparito lo entenderá.

—¿Y Asunción?

—Asunción es el rival más débil. La tengo en el bote. Les traeré…, ¿qué es típico de Grecia?

—Pues no sé. —Me encogí de hombros—. El queso feta y el yogur.

—Con eso seguro que se ponen muy contentas. ¡Que vivan los lácteos!

Los dos nos sonreímos, uno frente al otro. El motor de un coche girando la esquina nos anunció que mi conductor se acercaba.

—Quiero despedirme de ti como Dios manda, ya que nunca te saludo en condiciones —dijo.

Tragué saliva.

—Venga.

—Pues venga, que no se diga.

Tuvo que encogerse un poco, pero encajamos enseguida. Fue tan natural como si no hubiéramos dejado de hacerlo nunca, como si lo lleváramos aprehendido, debajo de la piel. Sentí alivio. Alivio físico. Con su calor, con su olor, con su respiración. Con aquel abrazo.

Un abrazo es el primer acto de amor, pero no siempre respeta el orden. A veces uno solo es capaz de abrazar de verdad cuando ya está todo roto. Otras, sin embargo, como aquella vez, dos personas son capaces de reconfortar un cuerpo al que aún no han amado.

Apoyé mi mejilla en su hombro y besó mi pelo mientras su mano se deslizaba por mi espalda. Los focos del coche nos alumbraron, pero ninguno se movió.

—Buenas noches —susurró.

—Buenas noches.

Di un paso atrás. Él también. Sonrió. Yo también lo hice.

Justo antes de que el coche arrancara, bajé la ventanilla y lo llamé.

—¡David!

—¿Qué?

—¿Lo decías en serio?

—¿El qué? —Metió las manos en los bolsillos.

—Lo de Grecia. ¿Vendrías?

—¿Estás loca? —Y su sempiterna sonrisa triste se ensanchó—. Lo dices de coña, ¿verdad?

—No. —Negué con la cabeza—. ¿Te vendrías?

Vi su nuez viajar arriba y abajo. Casi podía ver las palabras saliendo atropelladas de entre su pelo revuelto, disparadas en todas direcciones al no encontrar el camino hacia sus labios. Abrió la boca y, a pesar de la duda que se veía en sus ojos, no sentí vergüenza. Ni por lo apresurado e inadecuado de la propuesta. Ni por estar ofreciéndole algo tan cómplice e íntimo a casi un desconocido. Ni sabiendo que si Filippo lo hiciera con otra persona me moriría.

—Iría —dijo por fin—. Claro que iría, joder. Pero no puedo.

—Las flores. —Me apoyé en la ventanilla con los antebrazos—. No puedes vivir sin flores.

—¡Qué coño las flores! —exclamó muerto de risa—. No tengo un duro. Bueno..., algo tengo, pero no puedo gastármelo en un viaje.

—Pero ¿vendrías si pudieras?

—Joder, que si me iba... —Movió la cabeza con suavidad, como si en el fondo quisiera ahuyentar las imágenes que la sola posibilidad estaba creando en su mente.

—Con eso me basta. Buenas noches, David.

El coche arrancó, despacio, deslizándose sobre el asfalto de aquella callecita pequeña, iluminada por una farola naranja cuya luz llegaba al suelo, salpicada de sombras provocadas por los árboles que estaban plantados aquí y allá. Era una calle bonita, pintoresca, de barrio.

Alguien silbó. Un silbido fuerte y seco que hizo que el coche frenara. Me asomé por la ventanilla aún bajada y vi a David allí, plantado.

—¡Margot! —gritó, a riesgo de que algún vecino se quejase.

—¿Qué?

—Sí destacas. Mucho.

Cogí aire.

—Eres tonto. —Me reí—. Y… bonitos pantalones, por cierto.

Cuando llegué a casa, no debí ir a mi despacho.

No debí sacar el ordenador portátil ni meter la contraseña con dedos ágiles.

No debí entrar en la web de una aerolínea ni reservar un vuelo a nombre de David Sánchez Rodrigo, pendiente de cumplimentar más datos cuando confirmara el billete.

No. No debí dormirme pensando en cómo sería aquel viaje ni en si me atrevería a confesarle a David al día siguiente que le había comprado un billete de avión a Atenas. En primera. A mi lado.

25
Sin resaca

Sin resaca era difícil decirme a mí misma eso que solemos decir la mañana siguiente de cometer una tontería: fue culpa del alcohol. Pero… sin resaca…, sin resaca no hay ni siquiera una prueba fiable de que te pasaras con las copas y no tienes coartada tras la que esconderte, solo… vergüenza. Porque te fugaste en tu boda, vale, pero quieres recuperar a tu exfuturo marido y, de pronto, en medio de tus planes, has invitado a un chico al que acabas de conocer a acompañarte a las vacaciones que te has tomado para poder encontrarte a ti misma. Y le has invitado en serio: porque querías. Tanto que… le has reservado un vuelo.

Patricia me encontró en la barra de la cocina fingiendo que revisaba documentación sobre el viaje en mi iPad. En realidad, no creo que le sorprenda a nadie, estaba pensando en cómo sería viajar a todos aquellos sitios con David. Bueno, mi cabeza repartía el tiempo en pensar en eso y en que me estaba volviendo loca.

—¿Quién te ha abierto? —me quejé cuando hizo aterrizar sobre el mármol su agenda de Louis Vuitton, el ordenador portátil en su funda a conjunto y un montón de papeles enrollados con gomas del pelo.

—Parece que te moleste verme.

—Es que me molesta, porque vienes a contarme algo del detective privado ese que te está timando y no me apetece. Porque ya te digo yo que la Iglesia católica está buscando el teléfono de tu suegra para informarle de que quieren canonizar a tu marido en vida. San Alberto de Rascafría.

—Sí. San Alberto. —Puso cara de asco, y… ni con esas estaba fea.

—Qué asco de genes —me quejé.

—Podría ser peor. Podrías ser Candela. —La señaló mientras esta se acercaba a la cocina vestida con… ¿Cómo cojones defino aquello? ¿Una toalla? Una toalla con tres agujeros: uno para la cabeza y dos para los brazos.

—Su problema no es genético. Es que la moda le importa lo mismo que a mí lo que haya averiguado ese detective tuyo —apunté.

—¿Os estáis metiendo conmigo? —Candela se sirvió de mi café—. Qué asco, Margot, ¿con qué lo tomas?

—Con nada.

—Mírala. En realidad es fea —se burló Patricia—. Es como si fuera lo que te llega de AliExpress cuando pides algo como yo.

—Puta flipada. —Se rio Candela—. Qué flipada eres. ¿Te has visto las rodillas? Tienes las rodillas más feas que he visto en mi vida.

—Qué pereza me dais.

Me levanté dispuesta a meterme en mi habitación, pero Candela me retuvo.

—No me dejes sola con esto, que pinta mal. Viene de más mala hostia de la habitual. A ver si al final va a ser verdad que Alberto está jodiendo como un animal por ahí.

—La mala hostia me la ha puesto vuestra madre —explicó Patricia mientras abría la nevera—. Es que hasta ganas de comer hidratos me da. Pero hidratos a saco. Que dice que no le parece bien que los niños vayan a la escuela de verano, que qué imagen da eso.

—Pues mándaselos a ella. Que ejerza de abuela —dije de soslayo.

Las dos me miraron como si hubiera ofrecido dar a los niños en adopción.

—El detective... —la apremió Candela. Ella quería su ración de carnaza.

—Para dedicarte a lo que te dedicas, hija, qué cabrona eres —musité.

—Es para compensar. Cuenta, cuenta.

Patricia se sentó, cogió el portátil, tecleó y le dio la vuelta. Delante de nosotras un montón de fotos de mi cuñado haciendo… cosas. Cosas como subirse al coche con una piruleta en la boca, ir al trabajo, desayunar un café con leche con una porra, fumarse un pitillo en la puerta de su oficina, comerse una hamburguesa, recoger algo de mi hermana del tinte (porque era algo de mi hermana, me juego la mano), comerse una palmera de chocolate y volver a por el coche.

—¿Todo eso se lo comió el mismo día? —musitó Candela.

—Pero vamos a ver…, ¿es un detective privado o un nutricionista obsesivo? —pregunté.

—Ya puede sudar luego en el gimnasio, Patri. Con toda esa cantidad de mierda que come. El pobre suda para que no se lo notes.

—Este tiene una ansiedad… —apunté yo, señalando las fotos.

—Ansiedad tengo yo. ¿Por qué comerá tanto? A ver, explicádmelo. Porque se me ocurre algo que da mucha hambre.

—¿Crees que Alberto se ha enganchado a los porros? —preguntó Candela, como alelada. Con lo inteligente que era…

—Para ya —atajé—. Porque déjame decirte que lo normal cuando alguien tiene una aventura es que de pronto se cambie el look, que se cuide y se ponga guapo, no que se ponga hasta el culo de cosas hechas con aceite de palma.

—Esconde algo.

—Ay, por Dios.

Cogí el iPad y me fui hacia la habitación.

—Qué ganas tengo de perderos de vista —dejé caer antes de desaparecer.

—Tía, ¿te imaginas que Alberto se ha dado cuenta de que le están siguiendo, se ha encarado al detective y le ha ofrecido más dinero para que le haga de coartada? Para que te enseñe estas mierdas y no lo de verdad, me refiero —soltó Candela, de carrerilla y sin cortarse.

En el silencio que vino después, yo escuché el galope furioso de los cuatro jinetes del apocalipsis.

Nada más encerrarme en mi habitación, mi móvil se iluminó con un mensaje, pero antes de que pudiera ver de quién era, entró una llamada de Sonia desde la oficina.

—Hola, Sonia —respondí abriendo inmediatamente el mail desde el iPad—. ¿Todo bien?

—Por aquí sin novedad. No te aburro con detalles, pero a la vuelta de tus vacaciones podrás leer todo lo que ha ido cerrándose. Yo por lo que te llamo es por tu viaje. —Y se la notaba muy emocionada—. Cuando tengas un rato, si puedes, echa un ojo a tu bandeja de entrada...

—Ya estoy dentro. —Sonreí. Cómo la conocía.

—Te he mandado el itinerario, una propuesta de programación para los días que estés allí, la reserva de los hoteles y el documento «Amadeus» de los vuelos. En cuanto me deje hacer la facturación *online* te iré mandando los billetes.

—¿Qué haría sin ti? ¿Morirme?

—Qué va. —Se rio—. He escogido buenos hoteles de la cadena, pero nada que pudieran escoger las Kardashian en sus vacaciones, tal y como me dijiste. Cinco estrellas pero sin estridencias. Y... por cierto: como verás, te he registrado con tu primer nombre y el segundo apellido, para que nadie sepa que eres la jefa.

—No soy la jefa.

—Bueno, tienes el treinta y siete por ciento de una multinacional muy lucrativa. Eres la jefa.

—Muchas gracias por la discreción. No me apetece que me hagan la rosca allá donde vaya y vigilen cuándo entro y salgo.

—Contaba con ello. Ahora solo creerán que eres una multimillonaria solitaria.

Me mordí la uña del pulgar. Coño. Eso me dejaba bastante libertad, ¿no?

—Muchas gracias, Sonia.

—No te molesto más. Si surge cualquier cosa o tienes alguna duda, llámame.

Le mandé un beso, le di las gracias de nuevo y colgué.

Cuando abrí la aplicación de WhatsApp comprobé que el mensaje que había llegado antes de la llamada era, por supuesto, de David. Me enviaba una foto. No sé cómo se las habría apañado para hacérmela llegar desde su móvil, pero la carcajada que me provocó se pudo escuchar en toda la casa.

La foto era la típica que puedes encontrar en Google si pones «playa griega paradisiaca» y, sobre esta, había dibujado un monigote que quería parecerse a mí. Le había puesto hasta un bolsito cruzado al pecho y mi melena castaña.

> Para que la cuelgues en tu Instagram. Si viajas con estilo,
> que todo el mundo pueda verlo. Hablando de ver…,
> ¿te veo antes de que te vayas?

Salí de la aplicación, busqué su contacto y le llamé. Me cogió al segundo tono.

—Amparito, relájate, que te veo desde aquí la femoral —le escuché decirle a una de sus jefas.

—Coño con la Amparito, sí que está ofrecida. La femoral está en la ingle —dije.

—La yugular, la yugular, Amparito. La femoral no te la quiero ver yo —le escuché gritar. Después se oyeron carcajadas—. Está hoy…, para mí que esta se pega unos lingotazos de algo fuerte después de comer. ¿Qué pasa, princesa?

—¿Princesa?

—Por fastidiar.

—Me ha encantado tu fotomontaje. Es supersofisticado. Apenas visible.

—Imperceptible. Si es que… lo que se ha perdido la NASA.

—¿Qué tiene que ver la NASA?

—Yo qué sé. Martes, princesa ojos tristes. Te quedan dos días aquí, en esta ciénaga de los horrores.

—No hables así de Madrid. —Me reí.

—No has salido a la calle hoy, ¿verdad? Ola de calor. Nos llega el viento del Sáhara. Ya te puedes imaginar…, llevo una rebequita ahora mismo.

—Pues menos mal que nos vamos a Grecia el viernes, ¿no? —dejé caer, a ver qué hacía con ello.

—No me lo digas más, bruja —se quejó lloriqueando—. ¿Te imaginas? Sería la polla.

Me quedé callada, mirando a la pared, mordiéndome los labios. Mis dedos, sin querer, habían entrado en el mail en el que aparecía la reserva del billete de David.

—¿Margot? ¿Estás ahí? —preguntó.

—Creo que tengo susto por irme sola.

—Te haces caquita hasta el tobillo, está claro. Pero cuando estés allí y de pronto te veas en una situación en la que no sepas qué hacer, piensa: «¿Qué haría David?». O mejor, imagina gráficamente que estoy allí, con los vaqueros que me hacen culazo, haciendo cosas que molan. Y hazlas.

—¿Tú harías cosas molonas? —me mofé.

—Claro. Te llevaría a las Termópilas…

—No da tiempo.

—... donde murieron trescientos espartanos valientes...

—No da tiempo.

—... encabezados por Leónidas...

—¡¡¡Que no da tiempo!!! —grité.

—Oye, oye, apasionada de la historia del mundo clásico, tienes que calmarte —se burló—. Madre mía, cómo os ponéis. ¿Quedáis en las plazas para pegaros por cuál fue la polis más molona?

No respondí. El billete a nombre de David Sánchez Rodrigo se presentó en una alucinación, delante de mí. En realidad era él mismo disfrazado de billete de avión, con una facha bastante curiosa, agitando brazos y piernas.

—Creo que me estoy volviendo loca —musité.

—Oye... —habló suave—. ¿Y si cenamos esta noche?

Candela entró en la habitación.

—Cuelga. Mamá se ha enterado de que te vas sola a Grecia y está... —Agitó la mano, como cuando éramos pequeñas—. Quiere que vayamos a cenar.

—¿A cenar?

—Yo paso; la vieja no me va a echar de menos. Pero Patri dice que te acompaña... Está claro que se lo ha cascado ella y se siente culpable.

—Lo estás escuchando, ¿no? —respondí al teléfono.

—Sí..., ¿y mañana?

—Vale.

—Vale. Pues mañana no hagas planes. Y el jueves si quieres paso por tu casa y te ayudo con la maleta.

Miré a mi alrededor. Mi habitación, solo mi habitación, medía cuarenta metros cuadrados, incluyendo el vestidor y el cuarto de baño.

—No, tranquilo, no hará falta.

—Hasta mañana. Y silba si quieres un domador para tu madre.

—Gracias, David. Eres el mejor.

—El mejor… —repitió en un murmullo—. Díselo a Idoia. Sin noticias desde el otro día.

—Estamos igual. —Suspiré.

Candela se sentó en la cama, a mi lado.

—¿Se ha ido ya Patricia? —le pregunté a mi hermana.

—Qué va. Está en la cocina haciéndose un bocadillo de uvas con queso.

—Por favor…, está como una regadera. David, te veo mañana.

—Hasta mañana, ojos tristes.

—Ya no tanto.

—Ya no tanto, no.

Colgué y me levanté.

—Pues a ver qué me pongo para que tu madre no me dé la turra. ¡¡¡Patricia!!! —grité—. ¿Qué me pongo?

—Pues el vestido que más le guste a la vieja —gritó de vuelta—. Espera, que voy.

Me estaba acercando a la puerta cuando Candela me adelantó y cerró con un portazo, dejándonos a las dos dentro.

—¿Qué haces? —le pregunté.

—Mira, lo mismo te iba a preguntar yo.

Y delante de mí, el mail. El mail del vuelo. El de David.

26
No es lo que parece

—¿Qué es esto? —Los ojos de Candela, ya de por sí saltones, parecían estar a punto de salírsele de las cuencas.

—Nada…

—Dime que no te vas con él.

—No me voy con él.

—Vuelve a decírmelo y asegúrate de ser bien firme, porque estoy sopesando muy seriamente la posibilidad de internarte.

—No-me-voy-con-él —repetí despacio.

—¡¡Ey!! ¿Qué hacéis ahí dentro? ¡¡Escuchitas en reunión son de mala educación!! —gritó Patricia al otro lado de la puerta.

—Júramelo —susurró Candela—. Júrame que te vas a Grecia sola.

—Te lo juro. Me voy a Grecia sola.

—¿Y qué es esto? —Agitó el iPad.

Boqueé. Apoyé la frente en la puerta. No podía decir nada con sentido.

—Margot…

—Lo pensé, ¿vale? Me hace sentir tan libre, tan capaz…, que sopesé la posibilidad de irme con él. No es un crimen —susurré para que Patricia no nos escuchara.

—Voy a echar la puerta abajo, en serio. Y si creéis que no puedo es porque no habéis hecho pilates en la vida.

—¡¡Ya voy!! —grité.

—Vamos a hablar de esto después —me aseguró Candela.

—No voy a hablar de esto ni ahora ni después —dije, apoyando la espalda sobre la puerta—. Lo pensé, hice una tontería reservando el vuelo y ni siquiera se lo dije porque me sentí ridícula, así que haz el favor de no humillarme más y déjame.

Abrí la puerta. Patricia sujetaba un trozo de pan en la mano y me lo enseñó con cara de indignación.

—¡¡Pan!! ¡Estoy comiendo pan! ¡Pan blanco! Y son más de las siete.

—Joder.

Tengo muchas cosas que agradecerle a Patricia. Por ejemplo, que me recomendara, allá por el año 2000, que no me hiciera la raya del ojo por dentro o que me confesara que el pelo largo me quedaba fatal. También trajo a mi vida grupos de música, películas y alguna prenda de ropa que fue icono de mi adolescencia. Pero, sin duda, todas esas hazañas de hermana mayor se quedan en nada frente al papelón que hizo en casa de mi madre aquella noche. Como si la cosa no fuera con ella, quitándole importancia, le dijo que irme sola a Grecia era la mejor decisión que podría haber tomado y que, además del glamour de un retiro en playas paradisiacas y solitarias (solitarias un culo, que estábamos a finales de junio y no es que fuera un destino desconocido precisamente), era lo más inteligente.

—Los escándalos no duran eternamente. Para cuando vuelva, todo el mundo se habrá olvidado de que corrió por los jardines del parador vestida de novia.

Si a alguien le sorprende que mi madre montara un Cristo por el hecho de que me fuera de vacaciones sola, bueno…, probablemente tiene la suerte de no tener como progenitora a un extraño espécimen híbrido entre gato y humano a quien le preocupa más qué opinarán sus amistades (a las que en realidad no soporta), que lo que sus hijas decidan hacer con su vida para ser felices.

—¡No entiendo nada! Pero ¡si dijiste que lo mejor era que me alejara durante unos días! —exclamé con indignación mientras mi madre sujetaba su copa con mirada desafiante.

—Me refería a que te fueras al pazo de los abuelos, no a que viajaras sola por ahí.

—No vaya a ser que me lo pase bien, ¿no?

—¿Te lo mereces?

Claro que me lo merecía, pero... yo aún no lo sabía. A veces el medidor de pecados se nos escacharra a la hora de juzgarnos a nosotros mismos.

Me callé, claro, como había aprendido para ir capeando la histeria medio etílica de mi madre. Me callé porque no me apetecía otra bronca ni más movidas y porque por aquel entonces me compensaba tragar bilis y palabras por decir, asentir e irme a mi casa donde, bueno, a veces me comía la rabia, pero no tenía que darle explicaciones a nadie.

Ni siquiera tuve ganas de hablar con David aquella noche al llegar a casa. Ni con Candela, que me ofreció tomar helado (en casa de mi madre nunca se comía de verdad) mientras le contaba cómo había ido y poníamos a Lady Miau a caldo (como excusa para volver a sacarme el tema de David, estaba claro). Solo quise encerrarme en mi habitación, no ver a nadie, no hablar con nadie: dormir. Me quité el vestido de Max Mara, lo dejé hecho un higo en un rincón y, sin desmaquillar, me metí en la cama, en bragas y sujetador. Ni siquiera saqué el móvil del bolso. Solo una madre puede hacerte sentir tan decepcionada contigo misma.

David se creyó la historia de que el motivo por el que no le contesté al mensaje que me envió antes de acostarse fue que me quedé dormida en el sofá después de una copiosa cena en casa de mi madre. Claro, no conocía a mi madre, por lo que no le podía extrañar que le dijera que me había hartado de comer. Además, parecía bastante emocionado con la quedada de aquella noche. Quizá había tenido noticias de Idoia o le había surgido algún plan emocionante para el verano, pero todas mis preguntas se quedaron por contestar hasta aquella noche; estaba muy misterioso.

Iba a esperarle en la puerta de la floristería, pero me pareció feo no entrar a saludar a Amparito y Asunción. Las encontré haciendo caja.

—Buenas noches —dije tímida—. Perdonad, venía a recoger a David y me parecía mal no decir… ¡hola! —Levanté tontamente la mano.

—Mira que es bonica esta cría —le dijo una a la otra, como si yo no estuviera allí.

—Pasa, pasa, no esperes ahí en la puerta.

—Bueno, no me importa. Veo que estáis ocupadas y…

—No seas tonta. Ahora sale David. Ya verás qué guapo se ha puesto.

—¡¡¿Os queréis callar?!! —le escuché berrear en la trastienda—. ¡Me habéis jodido la sorpresa, urracas!

—No sé cómo lo tenéis aquí, con las barbaridades que os dice. —Me reí.

—Ay, mira, porque levanta las macetas de dos en dos —se excusó una.

—Y es bonico también —respondió la otra.

—Y tanto. Si me pillara a mí veinte años más joven… —Asunción movió la cabeza.

—¿Veinte? Dirás cuarenta, vieja verde —le respondió a carcajadas su hermana.

—El amor no tiene edad.

La cortina de cuentas que separaba la tienda del almacén y la parte más privada se apartó cuando sus dedos la echaron a un lado. Y allí estaba él. Joder, que si estaba. Converse impolutas, pantalones negros estrechos y tobilleros, camisa estampada y… nuevo corte de pelo. Conservaba el espíritu desordenado del anterior, con unos mechones más largos aquí y allá, pero con cierto control, algo peinado hacia un lado. Estaba…, estaba muy guapo.

—Joder. Qué despliegue. —Le sonreí, haciéndole un gesto de apreciación que me ayudó, también, a disimular el hecho de que igual me gustaba demasiado lo que veía.

—Pues esto acaba de empezar.

Se colocó a mi lado y me ofreció el brazo. Estaba bueno, bueno. Madrecita.

—¿Qué quieres, que vayamos cogidos del bracillo?

—Como dos viejas —me dijo con un falso aire seductor—. Reina mora.

Me eché a reír. Él también.

—Lo que os reís juntos —comentó de soslayo una de sus jefas.

—No te pongas celosona, que a la que más quiero es a ti, Asunción de mis entrañas.

—Vete para allá que aún me quitaré la zapatilla.

Les lanzó un beso, me obligó a agarrarle del brazo y salimos de allí.

—No tenías que arreglarte tanto. —Le sonreí.

—Sí tenía. Estoy ensayando. —Me guiñó un ojo—. Y ya verás, porque hay más sorpresas.

Caminamos por las calles empedradas saltando adoquines rotos y colillas con nuestras zapatillas nuevas, agarrados del brazo, hasta adentrarnos en Malasaña, donde serpenteamos por sus arterias, venas y capilares. Nos cruzamos con un hombre que paseaba un perro que se parecía a él, con una niña con un chupete que simulaba que tenía bigote y con un hípster con un sombrero superchulo… Y todo lo comentamos, todo nos sorprendió, todo era maravilloso. Con David, el mundo aún estaba lleno de tesoros que desenterrar.

David se paró de pronto y yo intenté tirar de su brazo para que siguiera andando.

—¡Venga! ¡Tengo hambre! —me quejé—. ¿Qué toca hoy? ¿Perritos, pizza, bocata de calamares?

—¿Y si hoy nos volvemos locos y nos sentamos en un sitio, con mesas y todo?

Abrí los ojos y la boca. Me fijé en que había parado en la puerta de un restaurante que se llamaba 80 Grados.

—¿Has reservado aquí?

—Sí, señorita.

—¡¡Oye!! —Le golpeé con el hombro—. ¡Esto está mejorando!

Nos dieron una mesita pequeña, minúscula, pegadísima a la de al lado, pero David no tenía la culpa de haber escogido un restaurante que estaba, al parecer, de moda. Pedimos tinto de verano y un par de platos para picar. El camarero nos instó a pedir más y pedimos sin ton ni son, muertos de risa, señalando platos de la carta sin saber ni qué pedíamos. Otra de las cosas que pasaba con David es que nunca me quedaba con hambre.

Los tintos estaban peligrosos..., fríos, dulces, suaves..., pedimos dos más, porque venían en vasito pequeño.

—Está bien —dije mirando alrededor, mientras esperábamos los platos.

—Mucho ruido, ¿no?

—Sí, mejor aquí no la traigas.

—La traeré al principio, cuando aún tenga que hacerme el duro. Así parecerá que tampoco me interesa mucho lo que diga.

—¿Es el caso? —me burlé, pero un poco ofendida.

—¿Qué? ¡No! Pero si tú eres mi sensei. Todo lo que sale de esa boca es sabiduría pura.

Fingí que quería darle un puñetazo y él me animó a sacar el móvil.

—¿Nos hacemos una foto con tu móvil? —propuso.

—¿Y por qué no con el tuyo?

—Pues porque con la resolución que tiene parecería más bien una interpretación abstracta de nosotros dos en un restaurante.

Asentí y saqué el móvil.

—Tengo que preguntar en la empresa si sobró algún móvil de la retirada que hicimos hace unos meses.

—Suena a limosna.

—¿Te heriría el eguito masculino? —le pregunté mientras daba otro trago al tinto de verano.

—Bah, qué va. Mi eguito, como tú dices, es manso. Cuando un hombre está contento con el tamaño de su pene, no piensa en esas cosas.

Casi se me salió el vino por la nariz, pero me recompuse.

—Venga, foto.

—Espera, ven —me dijo.

—Que vaya, ¿dónde?

—Aquí. Tendremos que salir los dos, ¿no?

—Pues levántate tú —me quejé.

—Ven, tonta.

Chasqueé la lengua contra el paladar y me levanté. Cuando fui a acercarme, despacio para no tirar con el culo nada de lo que tenían sobre la mesa nuestros vecinos más cercanos, David me cogió de la muñeca y tiró de mí hasta sentarme en sus rodillas.

—¿Qué haces? —le pregunté alucinada.

—Una foto. Venga. Que se vea lo cariñosos que somos el uno con el otro.

—¡Espera! ¿Esto es para tu Instagram?

—¡Claro! —Se rio—. Estoy siguiendo punto por punto tu listado.

Fruncí el ceño y estudié su expresión.

—¿Me estás vacilando?

—Que no, mujer. Venga, posa.

Cogió mi teléfono, enfocó con la cámara frontal y aparecimos en la pantalla. Sonreímos. Lanzó un par de fotos. Me volví de nuevo hacia él.

—¿A qué hueles?

—A macho —dijo, y fingió rugir.

—Idiota. —Me carcajeé—. Que a qué hueles, te digo.

—A colonia.

—¿La has cambiado?

—A lo mejor. —Puso cara de interesante.

—Pues sí que me estás haciendo caso.

—Claro.

—Aquí hay gato encerrado… —Miré la cámara de nuevo y de pronto volvieron mis reparos—. Oye, si esto va para tu Instagram no quiero que se me vea la cara, no sea que por casualidades de estas locas acabe viéndolo alguien que me conozca y le llegue a Filippo.

—Sí, es verdad. Sería difícil de explicar. Pues…, ehm…, ¿cómo lo hacemos?

Me acomodé en sus rodillas. Me estaba clavando su rodilla en los huesos del culo. Me moví y dejé colgando las piernas entre las suyas. La mesa de al lado no se perdía detalle de lo que pasaba en la nuestra. La suya parecía una cita más bien aburrida.

—¿Y si me pongo así, como abrazándote?

—¡Ah! ¡Qué buena idea! ¿A ver?

Me escondí en su cuello y le sentí mover el brazo buscando el mejor encuadre.

—Es buena, pero muévete un poco hacia aquí, que se ve la mesa de detrás y están cenando salmorejo; no es muy sexi.

Me reí y él se estremeció con mi aliento en su cuello.

—Perdón.

Nos arrejuntamos y volví a pegarme a él. Hundí mi nariz en su piel y él se frotó en un gesto de cariño. Olía muy bien. Fresco, limpio, masculino. Sentí sus dos brazos a mi alrededor y levanté la cabeza.

—¿Ya? ¡A ver!

Me enseñó la pantalla de mi móvil. Había quedado muy pero que muy bien. Parecíamos una pareja pelando la pava, y... es lo que debimos parecerle al camarero que llegó con un par de platos.

—¿Os lo pongo para llevar, pareja?

Me levanté como un resorte.

—No somos pareja. Nosotros solo... estábamos...

—Ya, ya. —Se rio el camarero—. Os dejo las croquetitas por aquí, ¿vale? Cuidado, que están calientes..., como el ambiente.

Noté una oleada de calor en mis mejillas. David apretó los labios para no partirse de risa delante de él.

—¡David! —me quejé cuando se fue—. ¡No me pongas en estos bretes en público!

—Ha sido la polla —se descojonó.

Cogí una croqueta, dejé otra en su plato y partí la mía en dos para dejar que se enfriara un poco. Y mientras veía el vaho salir, se me ocurrió que...

—¡¡Oye!! ¡¡Ya sé lo que intentas!!

—¿Yo? —Se señaló el pecho, fingiendo estar ofendido.

—¡Sí, tú! No me has llamado tronca en toda la noche, me traes a un restaurante, te has cortado el pelo, has cambiado de perfume, te has puesto camisa, vas a publicar una foto con una chica que no es Idoia, haciendo algo que probablemente no hiciste con ella, pasándotelo bien y hecho un pincel...

—Ya te he dicho que estoy haciendo los deberes. Tú elaboraste una lista y yo, sencillamente, te hago caso en todo, mi sensei.

—Sí, vale, pero ¿con qué intención?

—Con ninguna.

—¿Ninguna? ¡Ja! Yo te diré tus intenciones: tú quieres que me vaya a Grecia sabiendo que has cumplido... para que cumpla yo también.

Levantó los brazos, en señal de haber sido descubierto.

—Pero ¡¡qué sibilino!! ¡¡Para que tuviera remordimientos si no cumplía con tu lista del infierno!! —insistí.

—Llevo camisa, ¿qué lista era más infernal?

—¡La tuya! —Me reí.

—Asun me ha hecho una foto trabajando, rodeado de flores, para colgarla con un filtrito así como retro. ¿Quieres verla?

—¡¡Que pares!!

Se metió la croqueta en la boca y levantó las cejas un par de veces.

—Estás guapa hoy —me dijo con la boca llena—. ¿Qué te has hecho?

—Nada. —Me encogí de hombros.

—Sí, sí. Te has rizado el pelo, ¿no?

—Solo... —Me lo atusé—. Hoy no me lo he planchado. Mi madre siempre decía que el pelo liso es más fino y..., mira, no sé, que me he cansado de tener que perder quince minutos planchándolo todos los días. Pero no cambies de tema.

—No cambio de tema, es que no hay mucho más que decir. Es normal que quiera asegurarme de que vas a intentar soltarte, hacer el loco y pasártelo bien en un lugar donde no va a haber nadie conocido que pueda coartarte.

Me quedé mirándolo masticar. Levantó las cejas.

—¿O no?

—¿Por qué te preocupa que lo haga? Apenas me conoces —respondí, seria de repente.

—Porque me gustas. —Cogió aire, llenó el pecho—. Quiero decir que... me caes bien, te estoy cogiendo cariño. Me gusta cómo eres cuando estamos juntos y algo me dice que a ti también te gusta, pero… no eres así habitualmente.

Cogí el vaso de sangría y lo vacié garganta abajo. David le hizo un gesto a un camarero y señaló mi bebida para pedir otra.

—Vuélvete un poco loca, Margot. —Sonrió—. Hazte caso.

—Yo nunca he dicho…

—No, pero en algún momento de estas últimas dos semanas dijiste que podíamos darnos buenos consejos, que podíamos ayudarnos. Yo estoy cumpliendo con mi parte y tú también, pero… ahora que te vas…

—David —le corté.

—¿Qué he dicho? —Hizo una mueca—. Algo he dicho; la he cagado. Te has puesto superrara.

—No es eso. Es que… el otro día hice una cosa…

—Tocarse es normal. Tener curiosidad por tu propio cuerpo y experimentar. Se llama masturbación —se burló.

—David…

—¿Qué? —Se rio cogiendo otra croqueta del plato.

—Te compré un billete.

Soltó los cubiertos despacio, uno por uno. Su lengua paseó por el interior de su boca mientras llenaba el pecho de aire… y tardó en levantar la mirada hacia mí.

—¿Qué? —repitió.

—Te compré un billete.

—Un billete, ¿adónde? —Y estaba tan serio que me dio miedo seguir hablando.

Agaché la cabeza y dejé mis manos en el regazo.

—Olvídalo.

—¿Compraste un billete para mí, para… acompañarte?

—Sí, pero ya sé que es una salida de tiesto, ¿vale? Solo…, no sé. No sé ni por qué te lo he dicho.

—Pero… ¿qué has hecho con ese billete?

—Está pendiente de confirmar. —Me encogí de hombros.

El camarero trajo mi bebida y la agarré en cuanto aterrizó en la mesa.

—Margot, mírame.

—No quiero. Me muero de la puta vergüenza. Qué bocazas. —Di un trago. Después otro.

Dejé el vaso. Miré a nuestro alrededor, como si todo el mundo supiera el ridículo que acababa de hacer y estuviera riéndose de mí en silencio. Agarré el bolso, metí la mano dentro y busqué la cartera.

—Ni se te ocurra —me advirtió David parándome la mano, medio levantado.

—Preferiría irme.

—Ni se te ocurra. Mírame, por favor.

Eché una mirada hacia su cara. No parecía enfadado. Tampoco asustado. Solo un poco abrumado, hilando muy fino.

—Se me fue la pinza, ¿vale? —le dije.

—No. Se te está yendo la pinza ahora. Suelta el bolso y mírame.

Sus labios dibujaron una sonrisa y, como siempre, sentí que con él podía relajarme.

—Me compraste un billete a Atenas.

—Sin pensar. Si lo hubiera pensado me hubiera dado cuenta de que necesitabas también billetes para las conexiones entre islas.

—Se harán en barco, ¿no?

—Sí. Pero yo ya tengo los billetes.

—Tu secretaria es muy aplicada.

—¿Cómo sabes que…? Bueno, que da igual.

—Tú dijiste que tenías una secretaria. Yo solo ato cabos. Entonces, me compraste un billete para ir contigo a Grecia.

—¿Puedes dejar de repetirlo?

—No. —Cogió su vasito y estudió el contenido—. Solo quiero que me cuentes por qué lo hiciste.

—Pues… —Cogí aire—. No me apetece mucho seguir hablando de esto, la verdad.

—Por favor...

Me mesé el pelo y resoplé. La mesa de al lado estaba *living* con nosotros.

—Contigo estoy a gusto. Me siento…, igual me siento un poco en deuda contigo por hacerme sentir bien estas dos semanas. Sin ti hubieran sido duras. Y pensé que…, bueno, que me haces sentir libre y comprendida, y que no tengo demasiado miedo cuando estoy contigo y que nunca hago locuras, de modo que…

—Sabes que no podría pagarte ese billete, ¿verdad?

—Nunca he querido que me lo pagases.

Nos sostuvimos la mirada.

—Entonces ¿de verdad quieres que vaya?

—Quería. Tuve un momento… —Miré al techo y dibujé una mueca—. Un psiquiatra forense determinaría en un juicio que fue enajenación mental transitoria.

—Vaya —dijo David con cara de guasa—. Un juicio.

—Sí. Con el tiempo se convertiría en el emblemático caso «Sánchez contra Ortega».

—¿Margot Ortega? Ni siquiera sabía tu apellido.

—Pues mira lo loca que estoy que sin que supieras ni mi apellido, te compré un billete de avión.

—Eres superrara.

—No. —Negué con la cabeza—. Soy una tía anodina. Aburrida.

—Ya, ya…, mediocre, ¿eh?

—*Chi.* —Asentí.

—¿Has escuchado alguna vez a Carlos Sadness?

—¿Y ahora qué dices? —me extrañé.

—¿Has escuchado «Te quiero un poco»?

—No.

—Luego te la pongo. En mi iPod. Porque soy de esos que aún tiene iPod.

—Tú sí que eres raro.

—No puedo pagarte el billete —volvió a decir.

—Qué pesadilla. —Me tapé la cara—. Me están sentando mal las croquetas.

—Ey, Margot…, ¿cuánto determinaría un psiquiatra forense que dura un episodio de enajenación mental transitoria?

—No lo sé —respondí con las manos aún sobre mi cara.

—¿Crees que nos valdrá la excusa durante dos semanas más?

Aparté los dedos para poder verlo.

—¿Qué dices?

—¿Tú quieres que vaya? Yo quiero ir.

—¿Pero…?

—Yo quiero estar a tu lado mientras te sientes libre, no tienes miedo y haces el loco. Quiero que cuando vuelvas a Madrid sepas lo que quieres y cómo lo quieres, y que no te conformes con menos o con más. Quiero que tus vacaciones no sean solitarias, quiero que no lo pases mal, pensando en si Filippo esto o Filippo lo otro. Yo quiero que bebas licor griego, te tires al mar desde algún sitio alto, bailes, te quedes afónica de reírte y cantar, que pasees por la playa de noche con una botella de vino en la mano, que tus vestidos nuevos amanezcan llenos de arena y…

Me levanté y le tapé la boca.

—Basta —susurré despacio.

Levantó una mano pidiendo permiso para hablar y retiré la palma de sus labios. Me senté despacio.

—Hay normas.

—Claro que las hay —repetí—. Nadie puede saberlo.

—Nadie. —Asintió.

—Harás fotos, pero nunca se me verá la cara.

—Ok. Compartiremos gastos. Hostales y eso…

—¿Hostales? Ay, cariño… —Me reí—. Por eso no te preocupes.

—Pues dejarás que te invite a cosas. Alquilaré una moto y…

—Vale, vale.

—Y si cambias de parecer, aunque sea a mitad de viaje, me volveré. Y si al llegar a casa te lo piensas mejor, solo tienes que mandarme un mensaje y decirme: «Se me ha ido la cabeza, David». Pero necesito que no esperes que sea yo quien imponga cordura sobre los planes porque… de eso no uso, cielo.

Sonreí.

—Es de putos locos.

—Sí. —Asintió, poniendo morritos—. De chalados.

—No nos conocemos.

—No lo suficiente —aseguró.

—Puede salir fatal.

—Fatal. —Paró a un camarero que pasaba por nuestra mesa en ese momento—. ¿Nos traes la carta de vinos? Tenemos que brindar.

A las dos de la mañana la brisa se despertó y recorrió Madrid de puntillas, sobre todos los locos que habían salido un miércoles cualquiera de finales de junio en una de las noches más calurosas del año. Se paseó refrescando cuellos, removiendo melenas y arrastrando a su paso alguna lata de cerveza vacía. A David y a mí nos descubrió sentados en un banco de la plaza del Dos de Mayo, con una birra comprada por la calle, compartiendo auriculares. Sonaba Carlos Sadness y David y yo nos mirábamos, como si la letra de aquella canción fuera en realidad una conversación.

¿De dónde habéis sacado a esta tía tan rara?
Cariño, no sé si te odio, no sé si me encantas.

Creo que te quiero un poco,
pero solo un poco nada más.

—Gira, gira, chica triste. Gira más rápido.

Y aquella frase que pronunció David al despedirnos quedó para siempre encerrada en la canción y ya nunca pude escucharla sin girar, girar, girar rápido.

27
Quizá no deberíamos

Me desperté con Candela sentada en mi cama. No fue agradable. Al principio pensé que era una puta aparición, después que tenía a uno de esos guardianes del sueño que velaba por mí, pero la mala sombra de que se pareciera a mi hermana no tardó en despejar dudas.

—¿A qué hora llegaste? —Y el tono en el que lo preguntó no sonaba a hermana animándote a sentirte libre.

—¿Perdona?

—Que a qué hora llegaste.

—Creo que a las tres y media.

—Un miércoles.

—Estoy de vacaciones. Déjame en paz.

—Lo que estás es loca del chinostro. ¿Con quién estuviste?

—Como si no lo supieras. —Me giré en la cama y me acurruqué con la esperanza de que me dejase en paz—. No sé si te has dado cuenta pero no tengo ganas de hablar contigo. Por eso te evito, ¿sabes?

—Margot, no puedes irte con él de vacaciones.

El corazón me bombeó rápido, pero la ignoré.

—Lo digo en serio. Y te conozco.

—¿Me puedes dejar en paz? —insistí.

—No. —Tiró de mí—. Sabes que siempre te animo a hacer cosas, pero esto..., con esto no estoy de acuerdo. Es encantador y divertido, pero no lo conoces de nada. No sabes de dónde viene, si es un pervertido, si sería capaz de meterte en un lío de la hostia. ¿Y si es violento? ¿Y si pertenece a una secta? ¿Y si quiere robarte? ¿Y si quiere chantajearte?

Me puse el cojín en la cabeza.

—Margot, lo digo de verdad. Escríbele ahora mismo, delante de mí, y dile que te has vuelto loca y que acabas de darte cuenta de que no debéis iros juntos.

—Ya te he dicho... —empecé a decir bajo la almohada, donde era mucho más fácil mentir, pero ella me la arrebató—. Que ya te he dicho que me voy sola.

Se puso en pie y tiró de la sábana de mi cama, haciéndome rodar. Estaba visiblemente nerviosa.

—Estoy superpreocupada —me dijo en un hilo de voz.

—Deberías volver ya a tu trabajo —le sugerí—. No sabes estar quieta y tantos días aquí...

—Ese no es el problema. Tú estás a punto de irte de viaje con un tío que acabas de conocer y tu hermana mayor me ha citado mañana para seguir al detective que ella misma ha contratado para seguir a su marido. Yo no me muevo de aquí hasta que no me asegure de que mis dos hermanas no van a aparecer en el telediario.

Chasqueé la lengua y cerré los ojos. Aquello era una puta pesadilla. Yo era la primera persona que sabía que irme con David dos semanas a Grecia era, sin lugar a dudas, lo más loco que había hecho jamás. Pero ¡es que me apetecía! Me apetecía sentirme viva, loca, joven..., encontrar el sentido a todas esas cosas que, de pronto, no lo tenían. Quería la emoción recorriéndome la piel, calentándola bajo el sol, y quería que a mi lado estuviera David porque... ¡era mi catalizador!

—Candela, lo digo de verdad..., me voy sola pero es que, aun así, deberías dejar de meterte en mi vida. Y si Patricia quiere investigar al detective y a ti no te parece bien... ¡no le des coba! Deja de alimentar sus paranoias y se cansará. Como yo de que intentes tutorizar todo lo que hago.

Candela se sentó con aire arrepentido mientras yo, en mi interior, cantaba victoria. Había sonado de lo más firme y estaba orgullosa de ello, aunque mentir esté mal. Pero en ese mismo momento, cuando ya pensaba que mi hermana me dejaría hacer sin más, mi móvil avisó de que acababa de llegar un wasap. Candela y yo nos miramos en silencio durante un segundo para abalanzarnos las dos a la vez sobre el aparato; sabíamos de quién era el mensaje.

—¡¡No tengo catorce años!! ¿De qué vas? —gritaba yo intentando quitárselo de entre los dedos—. ¡¡Deja de fiscalizar mi vida, hija de perra!!

—¿¿Qué escondes?? ¡¡Eh!! ¿Qué escondes? Si no escondieras nada no estarías montando este pollo.

—¿Conoces el concepto «intimidad»?

Me clavó las uñas en la mano en una maniobra que cualquier juez, incluso de valetudo, hubiera definido como inmoral y se alejó de la cama con el teléfono.

—¡Ajá! ¿Adivinas quién es? —me dijo.

—¡¡¡Pues claro que adivino quién es!!! ¡¡Devuélveme el puto móvil!!

—«Hola, ojos tristes —empezó a leer poniendo una voz ridícula—. Aún no puedo creerme que vayamos a hacer esto. Ha salido todo redondo. He conseguido que un amigo me sustituya en los dos curros y los dueños de los perros no me han puesto problemas para darme la mañana libre, que era el último día de paseo». —Paró y abrió la boca—. ¡¡Eres una puta mentirosa!!

—¡¡Que me dejes vivir!!

—¡¡Que te vas con un desconocido de viaje!! Escríbele ahora mismo y dile que te lo has pensado mejor.

—¿Te estás escuchando? —la interrogué, tratando de calmar al menos el tono—. Pareces mamá.

—No me digas eso, Margot, que te lo digo por tu bien.

—Ella también nos mandó al internado porque pensaba que sería la leche para nosotras.

—Nos mandó al internado para poder vivir la vida loca con su champiñón, no me jodas.

—Pues a lo mejor yo también quiero vivir la vida loca con mi champiñón.

—Lo tuyo no es un champiñón, es un *toy boy* de toda la vida.

Solté un alarido de impotencia y me volví a tirar en la cama.

—No me va a matar. No me va a vender. No me va a usar de mula para mover fardos de droga por Europa. Ni siquiera tiene ninguna intención romántica o sexual conmigo.

—Ja. —Candela se sentó de nuevo en la cama y cruzó los brazos, dándome la espalda.

—Solo quiero divertirme.

Se volvió y me miró con ojos de cordero degollado.

—Sé que no te va a matar ni te va a vender, y que tampoco pasa droga. Este chaval no sabe ni lo que es la droga, seguramente. Ni siquiera me da miedo que te time o te saque unas vacaciones gratis y luego se pire.

—¿Entonces?

—Entonces… me da miedo que te enamores, que hagas tonterías, que te jodas la vida, que de verdad quieras recuperar a Filippo y después de esta aventura no puedas. Me da miedo que te lo tires en una borrachera y te pegue algo o que te deje embarazada. Me da miedo que te enchoches de él y luego no quiera nada contigo. No sé de qué tengo miedo y sé que a lo mejor no estoy siendo racional porque yo he hecho cosas peores, pero por eso mismo estoy en situación de decirte que esto puede hacer que toda tu vida se quede patas arriba porque ¡te vas de vacaciones con un tío que acabas de conocer!

Tiró el móvil encima de mí y se levantó. La mención a Filippo me había dejado fuera de juego. Filippo. Mi Filippo. Él no lo entendería. No. Él tampoco entendería aquel viaje con David si algún día llegara a enterarse. Lo que me estaba preguntando Candela era: ¿quería yo empezar nuestra nueva vida con una mentira?

—Mi consejo es que le digas que te lo has pensado mejor, que es una locura y que...

—Joder. —Cogí el móvil, tecleé y me levanté.

El teléfono aterrizó en el regazo de mi hermana.

—Ya lo tienes. Ahora, por favor, déjame en paz y vete a la mierda.

Candela cogió el teléfono y se puso a leer el mensaje.

> Creo que nos hemos equivocado tomando esta decisión.
> Perdóname. Si aún quieres, nos veremos a la vuelta.

—Margot... —musitó.

—Lo digo en serio. Déjame en paz.

Salí a comprar cosas. Protector solar, un par de bikinis y algo más de ropa. Salí con el ánimo por los pies, decepcionada porque nadie entendiese que aquella era mi vida y que en ella solo decidía yo. ¿Y qué si era una locura? ¿Y qué si después salía mal? ¿No iba de eso vivir?

Qué chorrada, pero... me sentí más sola ese día que el día que me fugué de mi propia boda.

David no respondió. No, no respondió. Lo averigüé por la noche cuando me encontré con Candela en casa, donde me había dejado el teléfono a propósito. Estaba sentada en la barra de la cocina con cara de pena. Se sentía culpable. Supongo que por mucho miedo que le diera alguien como David, un desconocido medio loco con el que de pronto me sentía más en casa que en casa, había tenido todo el día para darle vueltas a cómo se habría sentido ella de estar en su piel. Mal. Fatal. Una mierda. Y yo quería que lo sintiera.

—No te ha contestado. —Señaló el móvil, que descansaba frente a ella sobre la barra.

—Ya me imagino. ¿Qué se le contesta a eso?

—Llámale.

—No tengo ganas.

—Escríbele —insistió.

—Que no tengo ganas, Candela. ¿No tienes ya lo que querías? Deja de marear. Voy a terminar de hacer la maleta.

—No quiero que te vayas enfadada conmigo. Imagínate que se cae el avión y te matas. Menuda mierda irte a esparragar enfadada con tu hermana favorita.

—No eres mi hermana favorita —mentí—. Y muchas gracias por darme siempre una visión tranquilizadora de la vida.

—Jo, Margarita. —Pateó el suelo, con los ojos llorosos—. No te enfades.

Suspiré, dejé las bolsas y me revolví el pelo.

—No sé lo que me pasa. No tengo ni puta idea de por qué salí corriendo el día de mi boda con el hombre de mis sueños. No sé por qué me siento tan cómoda y tan yo con David. Pero quiero averiguarlo. Cómo descubra estas cosas es cosa mía y solo mía. Esperaba esto de mamá o de Patricia. Pensé que me guardarías el secreto y que seríamos cómplices. Pero ya… ¿qué? No te tengo ni a ti.

—No es eso. —Se tapó la cara—. En serio. Si quieres ir con él, lo entiendo. Somos capaces de tomar decisiones muy estúpidas por el simple hecho de sentirnos momentáneamente felices. Es como las drogas. Y soy tu hermana: nunca te dejaría engancharte a las drogas, aunque me juraras que te hacen sentir de la hostia. Así que… a veces necesitamos que alguien nos ayude a decidir.

Me quedé mirándola muy sorprendida, pero después de unos segundos sentí que no tenía ningún interés en rebatirla, así que me dirigí a mi habitación mientras le decía:

—David no es una droga de diseño, es una persona y yo no soy ninguna niña.

—Margot… —suplicó.

—No me marcho enfadada. —Me agarré al marco de la puerta de mi dormitorio—. Por si se cae el avión, ya sabes. No estoy enfadada. Solo es que… esperaba más confianza por tu parte. Buenas noches.

Casi no pegué ojo aquella noche.

Siempre me ha gustado el aeropuerto Adolfo Suárez Madrid Barajas. Es verdad que, cuando era niña, vivía con cierta angustia la vuelta al cole, maleta enorme en mano, con destino a Suiza, pero con el tiempo reconvertí esos recuerdos hasta el punto de que dejaron de tener importancia frente a todo lo demás que vive en un aeropuerto. Son lugares llenos de emoción: viajes de estudio, lunas de miel, escapadas, vidas que comienzan en otro lugar, sueños cumplidos, vacaciones, responsabilidades y trabajo. Hay de todo. Las despedidas siempre me resultan emocionantes, pero… en aquella ocasión yo no tenía de quién despedirme porque me fui sola, en taxi, aprovechando que Candela estaba en la ducha.

Estaba cansada, eso es verdad, pero mientras arrastraba la maleta por la terminal hacia el control de seguridad, me di cuenta de que no estaba triste. Eso quería decir que, de la manera que fuese, poco a poco iba estando en paz con las decisiones que tomaba. Es verdad que echaba de menos a Filippo, pero incluso había empezado a perdonarme por estropear nuestro día. Estaba, de pronto, convencida de que hacía lo correcto con aquel viaje.

Pasé el control de seguridad de la zona VIP en apenas unos minutos, con mi maleta de mano, vestida con un pantalón negro baggy, una camiseta de manga corta bordada en colores, de Kenzo, y una chaqueta vaquera echada por encima de los hombros. Cargaba, además de mi maleta de mano, un bolso lleno de todos los «por si acasos» que cualquier persona pueda imaginar para un vuelo que no llegaba a cuatro horas y unas revistas que compré en la terminal. Al llegar a la zona de espera, mientras un chico bastante guapo me cedía el paso, me vi reflejada en un cristal y, por primera vez en mucho tiempo, me gustó lo que vi. Todo. No era una cuestión de piel ni de ropa. Estaba orgullosa de mí aquel día y la imagen que proyectaba me hacía sentir segura.

Me tomé un café y un sándwich en la zona VIP mientras ojeaba unas revistas. Candela me escribió para cagarse en mi estampa por no esperarla para que me acompañase al aeropuerto y, de paso, me deseaba buen viaje.

> Escríbeme y llámame siempre que quieras.
> Yo te escribiré también, pero recuerda que no
> querré molestarte. Es tu viaje. Y volverás entera,
> estoy segura.

Puse los ojos en blanco. Un poco enfadada sí que estaba, no lo voy a negar.

David también me escribió, pero en su caso se limitó a un escueto «buen viaje», que hizo que se me atragantara un poquito el café. Patricia no debió ni acordarse. Lanzar una línea de joyas en una cadena importante e imponente mientras seguía al tipo al que había contratado para seguir a su marido, además de cuidar de sus tres críos, ya ocupaba mucho en su vida y su cabeza.

Por si lo preguntas..., no. No respondí a ninguno de los mensajes.

Sonia me había comprado el billete en business, como siempre que viajaba por trabajo y la empresa no alquilaba un jet, detalle que a mí me ponía de los nervios porque, sinceramente, no hacía falta. Mi asiento era amplio y cómodo y dejé mis cosas sobre él mientras agarraba la maleta e intentaba subirla al compartimento superior. Un chico me preguntó si necesitaba ayuda.

—Para nada. Puedo sola.

«Puedo sola» era una frase que no acostumbraba a creerme, pero estaba a tiempo de cambiarlo.

La deposité en el portaequipajes, organicé las cosas de mi bolso para quedarme solo con las que iba a usar durante el vuelo y por fin me senté a beberme una copita de champán mientras esperaba el despegue.

Alguien se sentó en el asiento de al lado y me volví a echarle un vistazo. Sonreí. Me devolvió la sonrisa, dejando su libro sobre la mesita y aceptando a la vez la copa que le ofreció un azafato.

—Buen vuelo —susurró levantando hacia mí su bebida.

—Lo mismo digo.

Dimos un sorbo. Sonreí, bajé la mirada y me mordí el labio. Y se me ocurrió..., cogí el móvil y antes de apagarlo, hice una foto. Cuando le di el visto bueno, se la envié a Candela junto a un escueto texto:

A partir de ahora solo yo decidiré en mi vida.

Pero gracias. Sé que tu intención era buena.

Y qué guapos salíamos David y yo en la foto, sonriendo, sosteniendo nuestras copas y prometiéndonos las mejores vacaciones de nuestra vida.

Candela, cariño…, tú eres muy inteligente, pero a mí, ser la pequeña de tres hermanas me obligó a desarrollar cierta picaresca.

28
El aire es nuestro

Cuando la vi pasando el control de seguridad, no me lo podía creer. ¿Qué exactamente? No lo sé. Me sentía afortunado y tonto. Esos ojos tristes, los más tristes del local, estaban brillando y... sentía que yo tenía algo que ver. Para alguien que nunca había hecho nada importante era muy reconfortante.

Llevaba un pantalón negro algo caído de cintura, una camiseta negra bordada en colores, unas gafas de sol enormes que, con toda seguridad, había olvidado que llevaba puestas, una chaqueta vaquera y un bolso de marca cuyo logo no reconocí, pero que valdría más que un alquiler que yo nunca podría pagar. Pero ese era justo su encanto. Daba igual cuánto dinero valiera lo que llevaba puesto, para ella no era importante. A ella le importaba mirarte a los ojos y preguntarte qué canciones escucharías en una isla desierta. Nunca he conocido a nadie que quisiese pasar más desapercibida entre la masa de gente que ella, aunque no fuera consciente.

Cuando recibí su mensaje diciéndome que se había arrepentido no pude más que sonreír. La noche anterior, antes de acostarse, me escribió diciendo que aquello podía pasar.

> Mi hermana tiene la mosca detrás de la oreja. Mándame un mensaje cuando lo tengas todo solucionado y si te contesto que es mejor dejarlo estar, no hagas caso. Nunca te lo diría

por mensaje. Será solo para que Candela me deje en paz, ¿vale?

Margot decía que no era lo suficientemente guapa ni lo suficientemente inteligente, pero a mí me parecía que ni siquiera ella sabía de lo que era capaz. Se había convencido de que todo lo que decían los demás era verdad y que su criterio debía quedar dormido, aunque algo empezaba a despertar.

Domi e Iván alucinaron cuando les dije que me iba a Grecia con ella. Iván se asustó un poco y me advirtió, con bastante torpeza, que aceptar cosas a cambio de sexo es prostitución. La carcajada que se me escapó le hizo parpadear asustado. Domi, sin embargo, se mostró ilusionada.

—¿Está mal que acepte esto? —le pregunté algo preocupado.

—Ella se lo puede permitir, David.

—¿Y cómo sabemos que puede? Quiero decir...

—Llevaba un bolso de Louis Vuitton, unas sandalias de Chanel y un anillo de compromiso de seis cifras. David, sea quien sea esa chica, puede permitírselo.

—Pero a lo mejor yo no debería aceptarlo, ¿no?

—No todo se puede comprar con dinero. —Sonrió triste—. ¿Y si necesita a alguien que la ayude a sentirse como tú la haces sentir? ¿Y si sola este viaje no tiene sentido? ¿Y si la convencieron de que vale por lo que tiene y no por quién es? Id a Grecia y disfrutadlo.

A riesgo de ser un *toy boy*. A riesgo de convertirme en el juguetito temporal de una tía forrada. A riesgo de equivocarme con Margot y que en realidad estuviera como una puta regadera..., sí, iría. Y lo disfrutaría. Eso sí... por el momento preferí no contarlo en el grupo de WhatsApp de los del pueblo porque no sabía cómo explicárselo sin parecer demasiado excéntrico.

Durante el vuelo, mientras ella bebía champán, ojeaba un guía que había descargado en su iPad y me hablaba de cómo íbamos a organizarnos en los hoteles «para no levantar sospechas», me descubrí pensando que no estaba nada mal. Diré, aunque negaré delante de cualquier persona haber dicho algo semejante, que era bonita como solo pueden serlo aquellos que lo son de manera reversible: por dentro y por fuera. Sus ojos, enormes y marrones, algo tristes, eran reflejo de la niña que aún tenía dentro, acurrucada, esperando un abrazo. Sus labios, pequeñitos y mullidos, se veían aún más bonitos cuando sonreía. Su cuerpo, que a pesar de su apariencia algo desvalida, revelaba la anatomía de una mujer cuyas armas aún no conocía, empezaba a llamarme un poquito la atención. Tenía una cintura supermarcada, lanzadera de unas caderas redondeadas hacia abajo y dos pechos no muy grandes pero orgullosos que miraban hacia arriba.

—¿Me estás escuchando? —me preguntó dándome un puñetazo en el brazo.

No. Estaba pensando en ella en topless.

Pero que nada de esto te confunda. Yo la respetaba. Joder, que si la respetaba. No sabía qué me había hecho aquella chica, pero era capaz de darle mi vida en bandeja para que la ordenara como considerara más adecuado. Confiaba en ella ciegamente..., ¿hay prueba más honesta de respeto?

Cuando llegamos, me sorprendió el paisaje de Atenas; no esperaba algo tan... mediterráneo. Qué tontería. Bueno, ni eso ni que un tío uniformado nos recogiera, haciéndose cargo del equipaje.

—Margot... —susurré mientras ella miraba su móvil.

—Candela está flipando.

—Margot... —repetí—. Todo esto tiene que ser muy caro.

Me miró extrañada.

—¿Por qué estás pensando en eso? No pienses en el dinero. Ya está pagado y, además, no tiene importancia.

—Pero, Margot..., ¿transfer privado y todo?

Chasqueó la lengua contra el paladar, suspiró y, poniendo una mano sobre su cadera, dijo:

—Bueno..., esto es cosa de la empresa. No es que me haya pagado el viaje, pero... digamos que tengo acceso a facilidades, ¿vale? Esto en realidad es..., digamos que gratis.

—No es gratis, no mientas. Alguien tendrá que pagar a este señor...

—David. —Me puso la mano en la cara—. Es un gasto que asume mi empresa, y no te preocupes porque para compensar ya les di mi vida entera.

No sé si me convenció, solo sé que quise dejar de pensar en ello. A mí no me interesaban las comodidades, solo la experiencia y en ella debía centrarme, ¿no?

Cuando entramos en el hotel, un botones corrió a hacerse con nuestras maletas. Pero por separado, claro. Nosotros fingíamos no conocernos a pesar de acabar de bajar del mismo coche, ¿por qué? Bueno, por aquel entonces yo no sabía mucho de la vida de Margot, de modo que pensé que era purita paranoia. Una simpática excentricidad más. Nos colocamos en el mostrador de recepción con nuestros documentos de identidad, uno junto al otro, y dibujamos una sonrisa cómplice cuando nos atendieron.

Intuí que teníamos las mejores habitaciones del hotel cuando los trabajadores, al ver nuestra reserva, cambiaron su actitud hasta convertirla prácticamente en servilismo. No sé si me sentí incómodo porque aquellas personas deducían que debían comportarse así con unos clientes como nosotros o por ser un cliente de ese tipo. Me tranquilizó el hecho de que tampoco vi que Margot estuviese encantada.

—Es un trámite —me susurró con sordina y disimuladamente.

—Tía..., ¿a qué cojones te dedicas?

No contestó, solo agachó la cabeza mientras le daban la tarjeta de su habitación a nombre de una tal Ana Ortiz. No entendí nada. A que me había ido de viaje con la hija de un puto mafioso...

El hotel me pareció el típico: el típico que aparece en las películas, donde entra y sale gente de dinero a la que tipos como yo abrimos la puerta. Retumbaban en mi cabeza, mientras recorríamos el pasillo en silencio, todas las palabras que Idoia me dedicó en nuestra ruptura y todo lo que se podía deducir de ellas: mediocre, muerto de hambre, tirado, sin futuro. Quizá tenía razón. Yo no podría pagar nada de aquello y a Idoia, seamos sinceros, le gustaba el lujo. No era como Margot, que parecía llevarlo de fábrica. Idoia siempre decía que le gustaban las cosas caras. Cada dos meses o así, hacía lo que ella llamaba «una inversión», que se reducía a la compra de un bolso cuyo precio me parecía insultante. Pero a ella no...

—¿Estás bien? —me preguntó Margot, hablando bajo.

—Sí, pero me siento como... si estuviese estafando a alguien. Esto no me lo he ganado. No sé si me explico.

—Claro que te explicas. —Me sonrió—. Yo me siento así todos los días.

—Nunca pensé que viajaría de esta manera.

Margot se paró en la puerta de su habitación; la puerta de al lado era la mía. Miró a nuestro alrededor, por si subían ya nuestras maletas, pero no había nadie en el enmoquetado pasillo. Tendió su mano hacia mí y yo cogí sus dedos.

—¿Qué importa la manera? Solo el lugar.

—Y la compañía —añadí.

—No quiero que me juzgues a partir de los detalles de este viaje.

—No lo haré.

—No somos lo que tenemos. Somos lo que sentimos.

—Y lo que hacemos.

Me acerqué y besé su frente, colocando mis manos en su cabeza. Fue un gesto lento. De algún modo sentí que era algo íntimo, muy íntimo.

Abríamos nuestras respectivas puertas justo cuando unos pasos anunciaban la llegada del botones.

La habitación guardaba tesoros. El dinero no solo paga dorados y acabados de lujo, también aire y vistas, a juzgar por lo que se podía disfrutar desde el pequeño balcón; allí, majestuosa e impertérrita, la Acrópolis. Se me hizo un nudo en la garganta y tuve que tragármelo, lo admito. Bueno, en realidad lo que tuve que aplacar fueron unas tremendas ganas de llorar que me hicieron sentir avergonzado. Me agarré a la barandilla, respiré hondo y saqué mi móvil de mierda para hacer una foto, aunque, como pasa siempre con la luna, las fotos no podrían nunca hacerle justicia.

Apenas saqué tres o cuatro cosas de la maleta antes de deslizarme sigilosamente por el pasillo hacia la habitación de Margot. Me abrió con el teléfono en la oreja, en lo que parecía una llamada de trabajo, de esas tensas y frías que quieres acabar cuanto antes, pero que después averigüé que en realidad era una charla madre-hija.

—No es nadie, solo me traen las maletas. —Ella respiró hondo y cerré la puerta con cuidado—. Sí, sí. El vuelo bien. Y el hotel también. —Pausa. Ojos en blanco—. Vale, madre. Adiós.

—Qué relación tan dulce —comenté de soslayo cuando tiró el móvil sobre la cómoda.

—Mi madre es una almorrana.

Solté una carcajada y me senté en su cama. La habitación era exactamente igual que la mía: grande, un poco hortera pero luminosa y con unas vistas increíbles. Eché un vistazo al baño de mármol blanco de techo a suelo, lujoso, donde Margot había dejado ya un par de bolsas de aseo.

—Sé que ahora vamos a irnos a patear la ciudad y eso, pero... solo puedo pensar en meterme ahí —le dije señalando una de esas duchas de lluvia.

—David..., ¿quieres darte una ducha? ¡Dátela! —Sonrió—. Son unas vacaciones, y en las vacaciones puedes desayunar a las tres de la tarde y beber vino a las once de la mañana.

Me imaginé la cara que se le quedaría si, haciendo caso de su consejo, me desnudaba allí mismo para colarme en su ducha. Me reí.

Ella también se rio y, aunque creí que lo hacía solo por inercia, aclaró pronto que me conocía más de lo que yo pensaba:

—Me refería a la tuya, gañán. Ni se te ocurra.

Comimos musaka, bebimos cerveza y tomamos helado de postre, perdidos en las callejuelas de una ciudad que no nos pertenecía y que nos parecía caótica y llena hasta los topes de gente como nosotros, que usurpaba el lugar para fotos, brindis y suvenires. Odio cómo los turistas manchamos con huella compulsiva cada sitio que pisamos, aunque no nos demos cuenta. Aunque vayamos enganchados a quien camina a nuestro lado, siguiendo sus tobillos y sus pies en esas Converse negras que ya parecían algo sucias. Las de Margot.

Hacía calor..., muchísimo calor. Paseamos un montón, consultando en el móvil cuáles eran las ruinas que íbamos descubriendo a nuestro paso. Y por más que he intentado recuperar el recuerdo concreto de qué hicimos o de qué hablamos, no puedo. Solo me viene a la cabeza la imagen de Margot carcajeándose, quejándose del calor, señalando algo con sorpresa, bebiéndose una botella de agua de un solo trago, cogiéndome del brazo para no tropezar. Creo que estaba abrumado. Nadie me había regalado algo tan grande. Y no me refiero a los lujos, aunque es bueno darse cuenta de que nunca necesitaste que te recogiera un buen coche en un aeropuerto o que cargaran tus maletas por ti. Me refiero a lo que realmente compra el dinero: tiempo. Pero para ti.

Al día siguiente, muy temprano, teníamos planeado visitar la Acrópolis y, entre paseos y paradas para tomar algo, habíamos visto ya buena parte de todo lo que Margot tenía anotado para la primera jornada. Solo estaríamos un día más en Atenas antes de viajar hacia Santorini, pero ella se volvió hacia mí y, sonriendo, propuso:

—¿Y si volvemos al hotel y nos damos un baño?

Quizá deberíamos habernos esforzado más en ser buenos turistas y haber consultado la guía de viaje, pero todos los lugares que se proponían en esas listas de «qué ver en un día» tuvieron que quedarse a un lado, porque Margot y yo queríamos darnos un baño.

La azotea tenía un restaurante y una piscina rodeada de tumbonas, todas ellas ocupadas cuando llegamos, de modo que dejamos nuestras cosas en un rincón y nos quitamos la ropa. Habíamos pasado por la habitación para cambiarnos y yo llevaba ya puesto el bañador, uno rojo un poco viejo, y solo tuve que quitarme la camiseta. Ella se había puesto un vestidito negro, sencillo, como una camiseta larga y, cuando se lo quitó, entendí que se partiera de risa al ver mi traje de baño: el suyo era del mismo color.

Nos tiramos a la piscina de paredes de cristal y lanzamos un grito que quedó disimulado por los de un par de niños que jugaban a hacer carreras y aguadillas. El agua estaba incomprensiblemente helada para el calor que hacía en aquella ciudad.

—¿¿Hola?? —me dijo Margot con los ojos superabiertos—. ¿Me puedes explicar esta congelación?

Me sentí raro al apartar la mirada, pero es que se le marcaban los pezones en el bañador y me costaba mirarla a la cara. Me sentí un cabrón por haberme fijado en ellos..., pequeños y oscuros, coronando dos pechos que, con el frío del agua, parecían haberse contraído.

—¡Dos hamacas libres! —exclamé mirando más allá de su espalda.

Me alejé con la excusa de ocuparlas antes que otra persona las viera, pero en realidad me alejé porque no quería mirarla así. No. Yo solo quería mirar así a Idoia y hacerlo con Margot era una canallada.

Pidió una botella de vino blanco frío sin preocuparse de mirar la carta de precios y nos tumbamos mientras el sol caía sobre la ciudad. En silencio. Tirándonos de vez en cuando cacahuetes para fastidiar.

La vi acomodarse en su hamaca, cerrar los ojos, suspirar... y me pregunté cómo sería su vida realmente. ¿Estaba ella acostumbrada a aquellos lujos? ¿Cómo podía sentirme tan a gusto con alguien tan diferente a mí? ¿Qué éramos, la Dama y el Vagabundo? Quizá no tendría que haber aceptado aquel viaje.

Entonces Margot se volvió hacia mí y me miró. No me refiero a que posara su mirada sobre mí. No. Me refiero a que ME MIRÓ. Como si yo fuera un continente de cristal y pudiera ver a través de mi piel. Como si mis pensamientos llegasen hasta sus labios en forma de pregunta:

—¿Te arrepientes de haber venido?

—No —contesté enseguida, pero por el momento no me vi preparado para decir nada más.

—No, ¿pero...?

—Pero me da miedo —añadí.

Se incorporó un poco, agarrada a su copa de cristal, y su rostro dibujó una expresión preocupada.

—¿Qué es lo que te da miedo? ¿Yo? ¿No será por... el dinero?

Negué con la cabeza, aunque lo cierto es que el coste de aquel viaje también me preocupaba.

—Me estás asustando —susurró—. Si no quieres estar aquí..., quiero decir que... si te aburres o crees que viajar juntos no ha sido buena idea, no pasa nada. Te daré tus billetes, el nombre de los hoteles y todo lo demás. Puedes seguir viajando por tu cuenta, David.

—Margot. —Alargué la mano hacia ella—. Boba. No es eso.

—¿Entonces?

—No lo sé. —Me encogí de hombros—. Quizá me da miedo volver a la vida real cuando acabe este viaje.

—No es eso. —Arqueó una ceja pero con una sonrisa. Parecía, de pronto, aliviada—. Es algo que te da vergüenza decirme.

Y... sí. Era algo que me daba vergüenza incluso asumir yo mismo: tenía miedo a no ser suficiente, a que no le compensase mi presencia allí respecto al dinero que había invertido. Joder. Nos conocíamos... ¿desde hacía dos semanas? ¿Y si terminaba dándose cuenta de que yo solo era un pobre mediocre y con pajaritos en la cabeza, como decía Idoia? Qué cabrona, Idoia, joder. Pero qué cabrona. Creo que hasta aquel momento no me había parado a pensar en ello. ¿Cómo podía no darme una oportunidad por no tener donde caerme muerto, si yo la quería tanto?

Volví al rostro de Margot, que se estaba impacientando mientras esperaba mi respuesta e hice lo que mejor sabía hacer: fingir que todo lo que acontecía en mi interior era respuesta a un estímulo muy primario:

—Tengo hambre. En realidad, siempre tengo hambre.

—¿Y crees que eso va a ser un problema para este viaje?

Asentí, metiéndome todos los cacahuetes que quedaban en la boca mientras ella se reía y se levantaba de la hamaca.

—Voy a darme un último chapuzón «congelatorio». Después nos vamos a ver el cambio de guardia a la plaza Sintagma y a cenar, ¿te parece?

—Me parece.

Dio un par de pasos hacia la piscina, pero en el último instante volvió hacia mí; sus dedos se internaron en mi pelo en un gesto que hasta el momento nunca había tenido conmigo. La miré, levantando el mentón, y ella dijo con una sonrisa:

—Yo también tengo miedo, pero si tú estás conmigo me siento mejor. No hace falta que me engañes. Nunca.

—No sé si valgo el gasto —le confesé—. Y me da miedo no estar a la altura.

Se sentó frente a mí, con la mano aún en mi pelo, pero esta vez acariciando mis sienes. Yo lo hice también. También acaricié su pelo. Me pregunté qué pareceríamos a ojos de todos aquellos otros huéspedes. Me pregunté qué vería Margot en mí cuando me miraba. Me pregunté si ella se habría dado cuenta de que desde que la había conocido me daba miedo separarme demasiado de ella.

—Menudos dos tontos —susurró.

Creo que sí. Creo que lo sabía.

29
Confesiones

—¿Cómo era Filippo como pareja?

—¿A qué te refieres?

David y yo estábamos tumbados en su cama después de una ingesta masiva de queso, tzatziki y gyros en pan de pita. Los dos mirábamos al techo con las manos sobre el estómago. Nos sentíamos cansados e hinchados, pero aún no teníamos sueño.

Él se volvió hacia mí.

—¿Era divertido, cariñoso, empotrador…?

—¡David! —me quejé con una sonrisa—. No voy a hablarte de mi vida sexual con Filippo.

—¿Por qué no? —Se encogió de hombros—. Qué tontería. El sexo solo es otra faceta de una relación.

Me quedé callada, mirando al techo.

—Venga… —Me dio un codazo, animándome a hablar.

—Filippo es muy agradable, pero no diría de él que es divertido. A ver…, en el sentido de que no hace demasiadas bromas ni cuenta chistes ni…

—Yo tampoco cuento chistes y soy divertido.

—Lo tuyo es que tienes cara de risa —me justifiqué; sin saber por qué, había sentido aquel comentario como un ataque hacia Filippo—. Él es un hombre de pocas palabras. Habla poco pero hace mucho.

—¿Te vas a poner guarrindonga?

—¡No! —Me carcajeé—. Me refiero a que él… no sé. Es de pocas palabras, aunque a veces se ponga de un romántico un poco desfasado —me burlé con cariño—. Tiene un carácter tirando a seco pero luego se arrodilla en mitad de un parque lleno de ciervos para pedirte matrimonio.

—Aún llevas el anillo. —Señaló mi mano.

—Sí. Qué estúpida. —Suspiré algo triste.

—No es estúpido que sigas queriendo llevar algo tan valioso contigo. Y con valioso me refiero al valor sentimental, aunque ya imagino que puedes comprarme a mí y media provincia de Cuenca con lo que vale.

—No seas así —me quejé, y me volví hacia él, quedando frente a frente—. Me encantaban nuestras rutinas, ¿sabes? Eso lo echo mucho de menos.

—¿A qué te refieres?

—No sé. A llegar a casa de trabajar y que Filippo estuviera allí, leyendo, con una copa de vino en la mano y escuchando música italiana. Todos los jueves pedíamos comida vietnamita y los sábados cocinábamos nosotros… Nos metíamos en unos saraos… La mitad de las veces iba la comida a la basura porque no conseguíamos hacer nada comestible.

—Bueno, eso suena divertido.

—Ah, no. —Sonreí—. Filippo se enfada mucho si algo no le sale bien. Es muy orgulloso y siempre he sospechado que aspira a la perfección.

—Hombre, con esos genes… —musitó David.

—No me enamoré de él por sus genes. —Le sonreí.

—¿No tuvo nada que ver la anchura de su pecho o los tres metros que mide?

—Bueno, me entró por el ojo, no te voy a mentir. Pero fue, no sé…, Filippo es…

—¿Qué es lo que más te gusta de él?

Me puse boca arriba y me mordí el labio, buscando las palabras adecuadas. David se apoyó en el codo y vi aparecer su cara sobre mí, ávida de información.

—Me hace sentir un diez.

Arqueó una ceja. No pareció la respuesta correcta.

—A ver, que yo me entere. —Se irguió y se quedó sentado—. ¿Me estás diciendo que Filippo te hace sentir mejor? Mejor mujer, quiero decir.

—Sí. —Asentí—. A su lado es como si creciera.

—Es un hombre, no levadura —se burló con mala cara.

—¿Qué he dicho? —Me incorporé también y nos quedamos cara a cara.

—Que no entiendo lo que dices. ¿Cómo vas a basar tu opinión sobre ti misma en otra persona? Es como si yo dijera que…, no sé, que soy gracioso porque tú te ríes.

Entrecerré los ojos, confusa.

—¡Yo ya soy gracioso, te rías o no!

—A ver, partiendo de la base de que no eres gracioso, pero tienes cara de chiste, creo que entiendo lo que quieres decir.

—A ver, ¿qué quiero decir?

—Que ya soy válida y ya soy un diez al margen de él.

Asintió levantando las cejas, emocionado.

—Sí, lo eres.

—Tendrías que decírselo a mi madre, a ver cómo se lo argumentas.

—¿Cómo se lo argumentarías tú?

—Ah, mi madre no entiende de argumentos, David. Es un gato humano enganchado a las pastillitas para el dolor y al champán.

—Entonces ¿te interesa realmente lo que opine?

—Bueno, es mi madre. —Quise cambiar de tema y le puse un dedo sobre la punta de su nariz respingona—. Ahora deja a mi madre y dime…, ¿qué era lo que más te gustaba de Idoia?

—Pues… —Se mordió el interior del carrillo, perdiendo la mirada por la habitación—. No quiero incomodarte.

—¿Por qué ibas a incomodarme?

—Porque igual me pongo guarro. —Sonrió canalla.

—Creo que podré soportarlo.

—Pues es que al principio Idoia y yo solo nos acostábamos —contó algo tímido—. Era la típica relación de «te llamo y si puedes bien, y si no también».

—¿Y qué pasó para que se convirtiera en algo más?

—Me colé. —Sonrió un poco avergonzado—. Poco a poco empezó a importarme mucho más que ella me diera largas. Me hizo esforzarme a saco.

Arqueé una ceja.

—¿Qué? —me preguntó.

—O sea, que te colaste porque ella pasaba de ti.

—No exactamente.

—Entonces, ¿qué exactamente?

—Pues no sé. Me gustaba mucho. Me descubría música guay, hacíamos planes chulos, me volvía loco… En serio, literalmente loco. Era..., es una fuerza de la naturaleza.

Puse cara de no creerle.

—¡¿Qué?! ¡Nos tendrías que haber visto en la cama! Bueno, lo de «nos tendrías que haber visto» es un decir; no creo que te guste el porno en vivo. Pero éramos la hostia. En serio.

—Vale —dije un poco incómoda. Fue inevitable imaginarlo con aquella chica rubia, preciosa, despampanante, dándole bien fuerte—. Pero ¿hablabais de verdad?

—Mujer, por señas no nos comunicábamos.

—Me refiero a si hablabais de vosotros, de libros o pelis, de la muerte, del futuro, de si la felicidad existe o si hay vida en otros planetas.

—De libros, sí. —Asintió—. Y de pelis. También de música.

—Te repites —le indiqué burlona.

—Es que Idoia no es muy comunicativa, ¿sabes? —Se encogió de hombros—. Tampoco le gustaba demasiado la idea de juntarse con mis amigos. Casi siempre nos peleábamos por eso o porque…, no sé, porque a veces parecía que yo no era suficiente. Es posible que no lo fuera de verdad y que por eso me dejara, pero… casi siempre terminábamos haciendo las paces…, duro. —Abrió los ojos mucho, dándome a entender qué partes de sus cuerpos hacían las paces.

—Pues suena bastante a relación tóxica.

—Lo mismo digo de la tuya, maja —me señaló.

—Pues apañados estamos.

Me dejé caer hacia atrás y la cara de David volvió a aparecer sobre la mía.

—Pero esta vez lo haremos bien —me aseguró—. Cuando los recuperemos, lo haremos bien.

—Sí —dije sin estar tan segura como parecía él—. Seremos la hostia.

David se tumbó a mi lado y suspiró.

—Joder. La echo de menos.

—¿Has colgado la foto que te he hecho en el aeropuerto de Atenas?

—Sí. —Asintió—. Me ha dado un «me gusta», pero nada más.

—No me lo habías dicho.

—No le he dado mucha importancia. Solo es un «me gusta», como la otra vez. Esto no avanza.

—¿Y qué echas de menos? —quise saber.

—¿Ahora? Bueno, la respuesta no te va a gustar.

—Prueba.

—Echo de menos cómo resoplaba cuando follábamos —dijo con un tono de voz mucho más bajo de pronto—. Nunca conseguía arrancarle ni una palabra, pero me gemía de esa manera… Clavaba las uñas en mi espalda o en mi pecho y gemía que se me derretía el cuerpo dentro de ella.

Tragué sonoramente. Él me miró.

—Perdón.

—No te preocupes. —Me incorporé—. Yo creo que me voy a ir a la cama.

—Puedes quedarte si quieres —ofreció.

—Ah, no, no. Te dejo intimidad. Creo que la necesitas.

Se echó a reír y me levanté. Mientras recogía mi bolso y mi móvil, David alargó la mano y me agarró de la muñeca.

—Ahora me siento mal.

—¿Mal por qué? —pregunté.

—Porque me he puesto verraco, a hablar en plan porno duro y tú no has soltado ni una, con lo que me imagino que es un tema que te incomoda y…

Me agaché hasta que mis labios quedaron cerca de su oreja y, sin dejarlo terminar, dije:

—No sabes lo mucho que echo de menos su polla en mi boca.

Me incorporé y David sonrió de oreja a oreja, con los ojos superabiertos.

—¡Eres una marrana! —Se carcajeó.

—Y tú, ¿qué eres?

—Tu alma gemela.

30
Un maestro

A mi izquierda tres chicas de unos veinte años: guapas, modernas, bien vestidas, de esas que hacen fotos perfectas en el marco perfecto a sus cuerpos perfectos. Frente a mí, el Partenón, imponente e increíble, pero de pronto las tres chicas estaban comiéndose con los ojos a David.

—Vaya educación —me quejé—. ¿Y si fueras mi novio? ¿Es que la gente ya no respeta nada?

—Solo están mirando —se burló él—. No seas celosa. Mirar es gratis.

Se echó un poco hacia atrás y les guiñó un ojo. Las risitas se escucharon por toda la Acrópolis.

—Ponte ahí, venga. Voy a hacerte una foto —le dije de malas maneras.

—Luego busco a unos veinteañeros que te quieran morder una nalga, anda. No te enfades.

Se colocó delante de mí. Un mechón de pelo le caía encima de la frente algo húmedo por el sudor. Hacía mucho calor y la camiseta negra se le pegaba al pecho. Cruzó los brazos, probablemente para disimular la humedad sobre la tela. En sus gafas de sol me sorprendió encontrar mi propio reflejo completamente boquiabierto. Joder. Aquella mañana se había levantado con el guapo subido.

—¿Qué haces? ¡Venga! —me instó a que me diera prisa.

—Espera. Apártate el mechón de la frente —disimulé.

—¿Este? —se despeinó más.

—No. Para.

—Venga, Margot, no deja de pasar gente y todos me empujan.

Me hizo gracia que se quejara como un crío y me acerqué para ponerle bien el pelo. Las chicas que se lo comían con los ojos parecieron contener el aliento.

—¿Vas a comerme la boca para darles una lección? —me preguntó David con sorna.

—Ya te gustaría. Voy a peinarte un poco, que pareces recién salido del nido del cuco.

Atusé un poco su pelo hacia un lado y él intentó meterse las greñas detrás de las orejas, como si pudiera. Después, me cogió de la cintura.

—Sácame guapo, ¿eh?

—Suéltame, que hace un calor horrible.

Me aparté y eché una, dos, tres fotos. Espectacular. ¿Era así de guapo siempre? Sería cosa de las gafas de sol. Le miré a él y luego a la pantalla del móvil. No es que fuera una gran fotógrafa, es que el material era bueno. Aquella imagen podría ser la portada de cualquier revista de música y él el ídolo adolescente del momento. Joder…

David me cogió el móvil para ver cómo salía y después de echar un vistazo me lanzó una mirada superconfusa.

—¡Margot!

—¿Qué?

—¡Que no se ve el Partenón!

—Ay, calla. —Me tapé los ojos con las manos y él se echó a reír a carcajadas.

—La madre que te parió. Espera. Oye… —llamó a una de las chicas, pero como se quedó petrificada la volvió a llamar, esta vez en inglés. La chica se acercó—. ¿Sabes español? ¿No? Bueno, da igual. ¿Nos haces una foto?

Le tendió el móvil con la aplicación de la cámara abierta y le hizo un gesto para que pudiese entenderlo. Yo se lo pedí en inglés y nos dio la risa.

La foto salió preciosa. A nuestra derecha el edificio, tantos siglos en pie, y nosotros dos mirándonos, riéndonos como dos gilipollas. Antes de que nos devolviera el teléfono, me puse de espaldas, me abracé un poco a David y le dije que ahora tocaba una para su Instagram. Me cogió por sorpresa que me levantase del suelo y girase conmigo en brazos. La pobre señora a la que le di una patada sin querer también se asustó.

Las chicas agacharon la cabeza antes de adelantarnos mientras nos dirigíamos a ver los restos del Erecteion.

—Míralas, qué disgusto tienen ahora que creen que estás fuera del mercado.

—Menuda follada visual me han pegado —me pinchó—. Estoy agotado. Tres son demasiadas hasta para mí.

Lo miré de soslayo y sonreí.

—¿Sabes que eres un sinvergüenza?

—¿Sabes que el Erecteion fue erigido en honor a Atenea, Poseidón y Erecteo que, según la mitología, fue rey de la ciudad? Es famoso por el pórtico de las Cariátides.

—Al parecer he contratado el tour privado.

—Y va con show erótico. Luego te enseño el melocotón. —Me guiñó un ojo.

A David le gustaba la historia. También entendía de arte, pero cuando le pregunté qué estudió, me dijo que nada que le sirviera para ganarse la vida. Lo dijo desanimado y me sonó a pobre argumento con el que justificarse por no haberla terminado. No le saqué más el tema. Parecía inseguro cuando nos referíamos a sus estudios, de modo que solo le pedí que me contase más cosas y, agarrada de su brazo, le escuché hablar de Pericles, de Fidias, de la batalla de Platea, de la técnica de los paños mojados, de capiteles jónicos y dóricos, de policromados perdidos con el tiempo, del Partenón volando por los aires durante una de las guerras otomano-venecianas...

No queríamos comprar suvenires, pero mientras paseábamos por Plaka, a la sombra de la Acrópolis, no pudimos evitar acercarnos a las tiendas donde, ufanos, colgaban cientos de penes, de diferentes tamaños, decorados.

—Pero... ¿por qué aquí son típicas las pollas? —me preguntó David con soltura.

—Pues no lo sé, pero algunas tienen unos tamaños que asustan.

Arqueó una ceja y agarró firmemente una descomunal que colgaba de la pared.

—¿Tamaño Filippo?

—Mide casi dos metros y va todo en consonancia, saca tú cuentas.

—Fantasma. —Se rio—. A ver, voy a buscar una que se parezca a la mía y te la voy a regalar, para que tengas un recuerdo.

—¡No quiero una réplica de tu chorra!

—Venga, boba.

Me entró la risa tonta. A él también. El tendero nos miró con hastío. Debía de estar harto ya de las mismas bromas.

Al final compramos cuatro, pero chiquitillas, de llavero: para Asunción, Amparito, Candela y Patricia. Nos pareció un buen regalo.

Las buganvillas crecían preciosas, cubriendo los muros de las calles y colgando sobre algunas terrazas. Aquí y allá, hombres ataviados con ropa con el nombre de restaurantes te abordaban para ofrecerte mesa en sus negocios. Y nosotros, con la nariz hundida en el blog de viajes de una chica española que vivió cinco años allí, buscábamos uno escondido al que pocos turistas llegaban. Y cuando lo encontramos, nos sentamos bajo las florecitas color magenta, en la terraza que tenían a la sombra.

Bebimos unas cervezas y picamos lo que nos recomendó el camarero, que hablaba mejor español que nosotros. Y mientras charlábamos, David recibió un mensaje.

—No me lo puedo creer —musitó con los ojos clavados en la pantalla.

—¿Qué?

—Es Idoia.

El corazón me cabalgó casi en la garganta, enfurecido. ¿Y por qué Filippo no escribía?

—¿Qué te dice?

—«Hola, David. Solo quería decirte que estoy viendo tus fotos de Instagram y me alegra mucho verte tan feliz. Es curiosa la vida…, nunca sabes quién te va a arrancar una sonrisa, ¿no? O de quién te vas a enamorar. Nunca habría dicho que te gustaban las chicas como ella, pero debo ser sincera conmigo misma y admitir que conmigo no sonreías así. Pero aún podemos ser amigos, ¿verdad? Llámame cuando quieras. Me encantará hablar un rato contigo».

David levantó los ojos de la pantalla y me miró confuso.

—¿Qué hostias es esto? ¿Ahora quiere ser mi amiga? Margot, tía, algo estamos haciendo mal.

—¡No, idiota! Esta es más lista que los ratones colorados —apunté enfadada—. Y cero escrúpulos, por cierto, que si tan feliz dice que te ve, ¿a qué viene eso de volver rollo «fantasma del pasado»?

—A ver, que lo dejamos hace un mes.

—Hace un mes es pasado. No me lleves la contraria. —Le arrebaté el móvil y volví a leer el mensaje.

—No te enfades conmigo —se quejó—. Es que a veces te juro que no entiendo nada del amor.

—Esto no es amor —farfullé—, esto es ego.

—Gracias, Margot, ahora me siento mucho mejor.

Levanté la mirada del móvil enseguida.

—¡No, David! No quería decir eso. Bueno, sí. Es ego, pero es bueno. Bueno para ti. Es el ego lo que le ha hecho salir de la madriguera, pero le puedes dar la vuelta.

—¿Tú crees?

—Claro. —Asentí—. Ya está arrepintiéndose de haberte dejado ir.

—No me dejó ir, me dio una paliza verbal y yo solito me escondí a lamerme las pelotas que me había pateado.

Arqueé las cejas.

—Suenas dolido.

—No. —Chasqueó la lengua y se frotó los ojos. Después se puso las gafas de sol—. Es que no entiendo una mierda de lo que hace esta chica. En el fondo tienes razón; es una egoísta.

—Pero es la reacción que esperabas, ¿no?

—Sí. Supongo que sí.

Le devolví el móvil y bebí un poco de agua. ¿Y si Filippo no…?

—¿No sabes nada de él? —me preguntó.

—Desde el mensaje que me mandó, nada.

—Escríbele —me dijo en un hilo de voz—. Mándale una foto de las que has hecho hoy y dile…, no sé, dale las gracias por animarte a hacer este viaje. Dile que está siendo muy esclarecedor.

—¿Y si me pregunta si he averiguado a qué vino el ataque de pánico que me hizo huir de nuestra boda?

—Pues dile la verdad.

—¿Que no tengo ni idea? No suena a avance.

—No. Dile que no estás pensando en eso ahora mismo. Que solo te importa lo que hay hacia delante.

Le cogí la mano por encima de la mesa y se la apreté.

—Gracias.

—Dime la verdad...

Se puso muy serio y dio la vuelta a su mano, de modo que nuestras palmas se acariciaron.

—¿Sobre qué?

—¿Crees que Idoia es una imbécil?

Hice una mueca.

—No es eso.

—¿Entonces?

—Creo que tú piensas que no estás a su altura, pero que, en realidad, es Idoia la que no te merece.

—Ni siquiera tengo casa propia.

—¿Y a quién le importa eso cuando nos enamoramos?

Puso morritos y miró hacia el cielo. Cascaba un calor tremendo incluso allí, a la sombra.

—Si hubiera sido al revés, yo le habría ofrecido que viviera conmigo.

—Pues yo no —dije tirando un poco de sus dedos, para que me atendiera bien—. Porque el amor no va de crear dependencias, sino de hacer crecer las alas. Y a ti aún te están saliendo las plumitas, pollito.

David sonrió.

—Tú no me habrías dejado por ser un paria y un mediocre. A ti te parece divertido.

—A mí no me pareces ni un paria ni un mediocre...

—¿Y qué te parezco?

«Un chico guapo y asustado. Un alma libre. Alguien con miedo a que le toquen más adentro que la piel. Un follador. Un tío al que seguro que le gusta que sea ella quien tome la voz cantante. Divertido. Delirante. Un poco loco. Un hombre en ciernes. Un incomprendido. Un soñador».

—No deberías depender de la opinión de nadie, más que de la tuya.

La sonrisa de David se fue expandiendo hasta que ya no pudo ser más grande. Sus dedos se entrelazaron con los míos y dio un pequeño tirón a mi mano.

—Qué buena alumna.

—Qué gran maestro.

31

Aquí empieza el viaje de verdad

Lo primero que hice al despertarme fue consultar el móvil. Arrastraba por aquel entonces esta manía, que desde el INCIDENTE se había convertido en obsesión y que, además, me hacía sentir siempre defraudada porque lo único que encontraba solían ser mails de trabajo en los que se me ponía en copia «FYI». Pero aquella mañana no fue así.

Siguiendo el consejo de David, le envié un mensaje a Filippo antes de acostarme. Era una foto colorida donde el claroscuro daba volumen a las flores y a los adoquines. Mi propia sombra salía proyectada hacia el suelo, alargada y sólida, de una pieza, sin rasgos ni detalle. A mi lado, unos pasos más atrás, se intuía la que yo sabía que era la sombra de David, pero que a ojos de Filippo podría ser la de cualquiera.

Escribí:

> Atenas. Julio 2019. Gracias por animarme a hacer esto.

Sí, sé que no decía mucho. Sé que podría haber mandado este mensaje a Filippo, a mi madre, a Sonia o a Candela. Incluso a David. Bueno, a David le hubiera escrito uno más largo, esa es la verdad. La razón de mi concisión fue que… no se me ocurrió nada más que no me dejase demasiado en evidencia. Y, bueno, había salido bien.

En su mensaje, Filippo decía:

> No sabes cuánto me alegra saber que finalmente te atreviste a hacerlo. Seguro que estás pasando un mal rato comiendo sola por ahí y que aún no te has atrevido a pedirle a un desconocido que te haga una foto, pero aprenderás. Y estoy seguro de que este viaje te hará madurar. Echo de menos tus labios.

Me di una ducha y, aunque habíamos quedado en vernos directamente en el salón donde daban los desayunos, corrí a la habitación de David en cuanto estuve preparada. Al abrir la puerta, despeinado, en pantalón corto y con una camiseta de un color que no creo que se incluya ni en el catálogo universal de Pantone, lo primero que encontró fue mi móvil.

—¡Lee! —le grité.

—Desbloquea, petarda. Se ha apagado la pantalla —dijo frotándose un ojo con el puño.

—¿Aún estabas durmiendo?

—Habíamos quedado dentro de tres cuartos de hora. Claro que estaba durmiendo.

—¡Mira! ¡¡Filippo contestó anoche!!

David me hizo pasar y yo le di mi móvil ya desbloqueado para que pudiera leer el mensaje. Estaba entusiasmada. De verdad. ¡Echaba de menos mis labios! Nuestros besos…, ay, cuánto añoraba yo sentir los suyos.

Me senté en la cama esperando elogios a mi táctica (que era en realidad la suya), pero él arrugó un poco el ceño.

—¿No te suena paternalista? —me preguntó David.

—¿Paternalista?

—Sí. Un poco cuñado.

—¿Cuñado? No te entiendo.

—Ya sabes. —Se estiró y la camiseta se le subió un poco, dejando a la vista el ombligo y una tira de vello que se perdía bajo la goma del pantalón…, pantalón en el que se marcaba la evidencia de que no llevaba ropa interior.

Aparté la mirada, un poco incómoda.

—¿Qué tengo que saber?

—¿Qué te pasa? Pones cara de haber visto un fantasma.

«Sí, el de tu pene».

—¿Qué me estabas diciendo?

—Que me suena paternalista. Como si él lo supiera todo y tú fueras un perrito que está aprendiendo los trucos que le manda el dueño.

Lo miré horrorizada.

—¿Qué tal si te vas a cagar? —respondí cuando pude articular palabra.

—Pues en cuanto te vayas de mi habitación lo intento. —Sonrió con sorna—. En serio, Margot, ¿siempre te habla así?

—¿Así cómo?

—No sé. Dice que seguro que ahora vas a madurar, como si fueses una adolescente que se ha ido de intercambio o…, o… un aguacate.

Le puse mala cara.

—Gracias por los ánimos, ¿eh?

—Mujer. —Se rascó el pecho y bostezó—. Es que a ver si te estoy animando a volver en brazos de un tío que se cree tu papá. Por cierto, qué guapa. ¿Qué te has hecho?

—¿Yo? —Me señalé justo sobre el esternón—. Nada. Si ni siquiera me he peinado.

—Pues estás guapa. Será el amor, que te pone sandunguera. —Se movió como si bailara—. Me voy a la ducha, ¿vienes?

Arqueé una ceja y David sonrió socarrón.

—Como vaya… —bromeé.

—Como vengas, ¿qué?

Apreté los labios en una sonrisa, incapaz de añadir algo. Ante mi silencio, él se quitó la camiseta y se dirigió hacia la ducha.

—Ya decía yo —le escuché decir.

—La valentía me llega solo a media amenaza.

—Péinate, anda. Tu «yo» despeinado me parece peligroso.

—¡Oye! Pero ¿qué hago con Filippo? —me quejé.

Se volvió solo a medias. La luz del baño recortaba su silueta y deseé que se girara del todo para verlo mejor, pero lo cierto es que así, tal y como estaba, parecía recién sacado de un jodido anuncio de esos de perfume en los que de pronto una voz gutural salida de la nada habla en francés.

—¿Hacer? —se interesó.

—Claro. ¿Qué hago ahora? ¿Le respondo? ¿Le mando una foto-teta?

—Quédate mejor quietecita. —Sonrió—. El siguiente movimiento es cosa suya. Él también tiene que recuperarte.

David desayunó un bocadillo, una tortilla, dos cafés, como tres vasos de zumo de naranja y dos bollos. Solía ser así y normalmente me divertía ver a alguien comer tantísimo y con tanto placer, pero en esta ocasión me pareció peligroso: en unas dos horas cogíamos un barco hacia Santorini y el trayecto era de cuatro horas.

—¿Te mareas en los ferris? —le pregunté.

—¿Yo? —respondió sorprendido mientras apuraba su segundo café con mucha leche—. ¿Cómo me voy a marear? Si son como edificios deslizándose por el mar.

—Anda, pues yo sí que me mareo un poco —confesé.

—Entonces ¿por qué no cogiste un avión para este trayecto?

—Pues porque estoy harta de aviones. Se pierde muchísimo tiempo en los aeropuertos. Viajo bastante por trabajo, de modo que Sonia sabe que si el trayecto puede hacerse en otro medio de transporte, lo agradezco.

—Qué considerada, tu Sonia. —Sonrió.

—Me quedan dos biodraminas. Si quieres, nos tomamos una cada uno —le ofrecí.

—Las dos para ti.

Supongo que se acordó de ese «las dos para ti» durante el viaje, sobre todo cuando empezó a cambiar de color. De su tono habitual pasó a un rojo encendido en las mejillas como a la media hora de trayecto. Me dijo que tenía calor, pero lo cierto es que allí hacía un frío de mil demonios por culpa del aire acondicionado tipo centro comercial. No llevaríamos una hora cuando pasó del carmesí al amarillo. De ahí al blanco fue cuestión de minutos.

Filippo nunca se mareaba. Ni siquiera lo había visto ponerse enfermo. Quizá alguna tos seca o algún estornudo. Recuerdo vagamente un «me duele la cabeza», pero nunca, jamás, lo vi vomitar. Y mucho menos con la fuerza con la que David terminó haciéndolo cuando aún quedaban unas dos horas para llegar. Cómo terminé abierta de piernas, a horcajadas sobre su espalda, agarrándole los mechones de la frente mientras vomitaba como un auténtico animal ni siquiera lo recuerdo. Solo sé que él salió corriendo con lo que parecía que era su último aliento de vida y que yo le seguí sin pensar hasta el baño de hombres sin que nadie me lo impidiera.

Cuando terminó la hazaña (que no fue bonita de ver), no podía ni levantarse. Se quedó allí de rodillas hasta que descubrí cómo desencajar mi cuerpo del cubículo, salir y tirar de él.

Se miró en el espejo. Se apartó el pelo de la frente. Le dio otra arcada. Vomitó en la papelera. Le mojé la nuca con agua fría. Vomitó un poco más en la papelera. Lo arrastré hasta el lavabo, lo obligué a doblarse hacia delante, como si me lo fuera a follar con un pito de goma, y después le metí la cabeza entera debajo del grifo. Bueno, lo que pude, porque los baños de un ferri tampoco es que sean como los de un Four Seasons.

Resucitó y se apoyó con ambas manos en la bancada cuando llevaba un par de minutos bajo el agua. El pelo le chorreaba por el cuello y la ropa, pero él solo parecía concentrado en respirar. Cómo jadeaba con los ojos cerrados... Admito que, aunque acabara de echar una pota de récord Guinness, la imagen resultaba algo erótica.

Cuando consiguió abrirlos y me miró, lo único que le salió fue un «lo siento» tan sincero que me dio hasta pena.

—No pasa nada. —Le sonreí—. Estas cosas ocurren.

—¿Llevo pota en la camiseta? La pota es mi criptonita, Margot. Dime que no llevo pota.

Lo miré de arriba abajo. Ni rastro. Después, me descojoné y él, en la medida de lo posible, también.

—Voy a ser sincero —jadeó—. Me encuentro como el culo, ojos tristes.

—Yo te cuido.

Le compré una botella de agua fría y bebió un par de sorbos cuando estuvo de vuelta en su asiento, con la cabeza hacia atrás y los pies colocados en los asientos de delante que estaban libres (en los dos, abierto de piernas). Al principio no me atreví a acercarme demasiado. Me limitaba a sostener la botellita de agua y a ofrecérsela de vez en cuando; así hubiera seguido el resto del viaje si él no se hubiera acurrucado en mi regazo. Se dejó caer de lado, apoyando la mejilla en mi muslo, y se abrazó a mí de modo que sus manos quedaron entrelazadas entre mis piernas, por debajo de la falda. Creo que ni siquiera se dio cuenta. Yo sí. Fui muy consciente de que unas manos ásperas me estaban tocando un pedazo de piel fina y sensible.

—David...

Iba a decirle, con tacto y amabilidad, que sacase las manos de allí. No quería que nadie pudiera descubrirme en aquel brete. ¿Y si me cruzaba con algún conocido? ¿Y si algún amigo de Filippo había escogido el mismo destino que yo? Desayunar con él en el hotel ya había sido arriesgado, así que tenerlo allí, agarrado, me parecía demasiado.

Sin embargo..., no pude porque cuando iba a decírselo me miró, sonrió y dijo:

—No te acabes nunca.

Se durmió. Allí, acurrucado y agarrado a mí como si yo fuera su única posibilidad de salvarse. Cuando David dormía, se quitaba años de encima a paladas, como si en cada inhalación y exhalación hiciera un viaje a la inversa, soñando con su infancia y volviendo a ella. Si no fuera por la sombra de esa barba desigual que nacía en sus mejillas, una podía olvidar que ya era un hombre.

Le desperté deslizando los dedos entre los mechones más largos de su pelo y acariciando el lóbulo de su oreja. No dijimos nada. Él se concentró en recoger el equipaje y yo sentí que quizá me había pasado de cariñosa.

El transfer tardó unos diez minutos largos en llevarnos hasta el hotel. Lo cierto es que esperaba uno de esos con vistas al mar, pero el nuestro se encontraba a unos diez minutos más en coche desde Fira, donde me temo que el Grupo Ortega no tenía ningún hotel. O quizá Sonia cumplió con lo que le pedí y se limitó a escoger el mejor hotel por debajo del que tuviéramos de cinco estrellas superior lujo. Era imposible sabérselos todos de memoria.

«¿Cuándo se nos ocurrió comprar este secarral?», pensé al llegar. Pero lo cierto es que, a pesar de no estar precisamente cerca del mar, la cadena había sabido hacer de aquel hotel un pedacito de paraíso, aunque yo aún no lo supiera.

La chica de recepción que nos atendió parecía mucho más avispada que los de Atenas y gestionó las reservas a la vez. Habíamos llegado en el mismo coche desde el puerto y se notaba a la legua que no éramos dos desconocidos, de modo que todo le extrañó mucho.

—Me temo que ha habido un error al formalizar su reserva —me dijo en un correctísimo inglés.

—¿Qué dice? —preguntó David.

—Me aparecen dos reservas diferentes —se disculpó apurada mirándonos a los dos, como si David estuviera entendiéndola.

—Tú te tienes que poner las pilas con el inglés, fiera —le dije. Luego me volví con una sonrisa hacia ella—. No es una equivocación. Tenemos dos reservas. Una hecha a través de una agencia —la que solía usar Grupo Ortega— y otra directamente a través de vuestra página web.

Me miró frunciendo el ceño, confusa.

—Pero…

—Ehm…, nosotros somos amigos. No pareja —le aclaré.

—Ya. Bueno… —insistió—. No es que esté pidiéndole explicaciones, ni mucho menos. Es que la habitación que tienen ambos es una villa privada de dos habitaciones. Cuatro en total… para dos personas.

Hice una mueca. Sonia debió de coger la habitación de mejor categoría sin importarle que tuviera dos habitaciones y yo, sencillamente, me limité a duplicar sus reservas para David sin mirar los detalles.

—Quizá ha habido algún malentendido —se me ocurrió decir.

—Puede. Veo que la reserva hecha a nombre del caballero es de hace apenas unos días. Estarán… ¿siete días?

—Sí.

—Pues… a ver. —Miró en el ordenador y tecleó—. Puedo anularla, pero a partir de mañana. La noche de hoy se les cobrará.

—Ah. Pues… genial. No hay problema.

—Perfecto. Fírmeme aquí entonces, señora Ortiz.

—¿Por qué te llama Ortiz? —me preguntó David.

—Porque mi secretaria debió hacer mal la reserva. Ortiz es mi segundo apellido. Gracias —le dije devolviéndole la ficha firmada a la recepcionista.

—Les llevarán las maletas en un momento. Dejen que mi compañero les indique el camino.

Cuando miré a David, no parecía conforme con mi explicación.

—¿Qué?

—¿Qué pasaba? —me preguntó deslizando nuestras maletas y subiéndolas al carrito del botones él mismo.

—Como no quería que nadie supiera que veníamos juntos, reservé yo tus habitaciones para todo el viaje y no me di cuenta de que la que Sonia me había escogido aquí es una villa con dos dormitorios. Estábamos gestionando la anulación de la que hice para ti.

—¿Y lo del apellido?

—Ya te lo he dicho. A veces la agencia se hace un lío.

Quiso creérselo. Se lo noté solo con echarle un vistazo. Quería creérselo y no ponerlo en duda.

La habitación era muy bonita. Nada más entrar te encontrabas en mitad de una sala de estar con una mesa redonda con cuatro sillas, un sillón y un sofá. A derecha e izquierda se abrían las puertas que llevaban a nuestras habitaciones y enfrente, tras una cortina, aparecía una impresionante terraza con piscina privada, solárium y otra mesa con sillas. David no cerraba la boca.

—¿Qué dices? —me preguntó David de repente, cuando estaba despidiendo con una propina al chico de las maletas—. ¿Esto es para nosotros? Se han equivocado.

—No. No se han equivocado. —Sonreí.

—Es imposible —le escuché murmurar, asomado a la terraza.

—Bueno…, ¿qué me dices? No está cerca del mar, pero… es bonita, ¿no? ¿Te gusta?

David abrió los ojos como platos.

—¿Que si me gusta? ¡¡Margot, yo pensaba que íbamos a ir de campings!!

—Venga ya. Como si no me conocieras.

Ni siquiera noté que se acercara, pero de pronto lo tenía agarrado de la cintura, sonriente, emocionado.

—Querida Margarita…, es usted una pija.

Le ofrecí llamar al servicio de habitaciones y pedir algo de comer. Me imaginaba que después de haber vomitado como lo había hecho, tendría hambre. Mucha. Hambre y pocas ganas de salir a investigar con el calor que hacía. Le pareció buenísima idea, pero me pidió que, por favor, dejase que él corriese con los gastos que cargáramos a la habitación. Le dije que sí por hacerle feliz, aunque sabía que iría todo a la cuenta *full credit* asociada con mi tarjeta.

—¿Te importa que te deje un momento sola? —me preguntó—. Querría llamar a Iván y a mis padres. A estos ni siquiera les dije que me iba de viaje y acabo de caer en la cuenta.

—Claro. No tengas prisa. Yo mientras tanto iré deshaciendo el equipaje.

Las cigarras envolvían con su sonido de verano todo el hotel y, aunque alrededor no había más que campos amarillentos, tenía su encanto. Abrí las ventanas que daban a la piscina y puse música mientras sacaba la ropa arrugada de la maleta y la metía en el armario, ordenada y colgada. El cuarto de baño era algo oscuro por culpa de una ventana bastante pequeña, pero era bonito: mármol blanco, espacio diáfano, una gran ducha y una bañera enorme chapada con pequeñas teselas iridiscentes que cambiaban de color según cayera la luz sobre ellas.

Mientras sacaba mis neceseres, me sobrevoló cierta sensación de soledad. Me dio por pensar que hasta David, que parecía uno de esos perros callejeros felices que no quieren un dueño, sentía la necesidad de llamar a alguien que no estaba allí. Y yo no. Sé que era parte del proceso que estaba viviendo, pero en aquel momento no lo racionalicé. David no dejaba de mandar fotos y notas de voz simpáticas a sus amigos del pueblo y yo… yo no tenía a nadie con quien hacerlo.

Me lo pensé un poco, pero terminé llamando a Candela. La verdad es que había ignorado ya un par de sus mensajes mientras estábamos en Atenas.

—¿Estás viva? —preguntó nada más responder.

—No. Te llamo a través de una tabla ouija. Voy a matarte.

—No tiene gracia. Estaba ya a punto de avisar a la Interpol. ¿Qué tal está yendo el experimento?

—Muy bien —respondí contenta—. Francamente, muy muy bien.

—¿Te has enamorado ya?

—¿Qué dices, loca? Yo estoy enamorada de Filippo que, por cierto, anoche me envió un mensaje de lo más cariñoso.

—Ay, ¿entonces sigues cuerda? ¿Ninguna comedura de tarro por haber viajado con ese chico?

—Ninguna.

—Buenísimas noticias. ¿No habéis hecho guarrerías entonces?

—¿Quién? ¿David y yo? ¡Qué va! Bueno, no sé si cuenta como guarrerías aguantarle la cabeza mientras vomita en un ferri.

—No. Seguro que para algún depravado en el mundo sí, pero, gracias a Dios, para mí no. ¿Dónde estáis ahora?

—En Santorini. Estaremos aquí una semana. Después nos iremos seis días a Miconos.

—Qué puta envidia.

—No te creas. Pensaba que el hotel estaría cerca del mar, pero está en medio de un secarral. Supongo que el suelo está cotizadísimo en la isla. Pero es bonito, ¿sabes? Tenemos una piscina privada y…

—¿Está bueno en bañador? —me interrumpió.

—Buenísimo —respondí sin pararme a pensarlo—. Quiero decir… si te gustan ese tipo de chicos.

—¿A qué tipo de chicos te refieres?

—Ya sabes. A esos que podrían ser skater, modelos de Vans o raperos.

—David no tiene pinta de rapero. Un rapero lo usaría de mondadientes.

—Tienes razón. —Me reí—. Es como chiquitillo, ¿no?

—No tanto. Es que es delgado, pero… ¿tiene *six pack*?

—Tiene amago de *six pack*, sí.

—¿Y de *pack* a secas cómo va?

—Candela, tía. No le he mirado el paquete. —Fingí indignación. Y la fingí porque en realidad había mirado todo lo que había podido.

—Los bañadores de hombre se pegan mucho al salir del agua. Algo habrás visto.

—¿Qué tal por allí? —Cambié de tema.

—¿Por aquí? Que no te siente mal, pero… qué ganas tengo de volver al mundo real y hacer algo útil por la humanidad. Tu hermana me tiene frita. ¿No te ha escrito?

—Aún no. Pero, vamos…, no creo que tarde mucho.

—Buff. Llevamos dos días pateándonos Madrid con un periódico inglés en la mano. Uno de esos enormes. No sabes cómo tengo las manos…, ¡negras!

—¿Un periódico? ¿Para qué…?

—Pues ya sabes… como se le ha metido entre ceja y ceja que el detective se ha compinchado con Alberto y por eso solo le manda fotos de su marido desayunando porras y churros, ahora estamos siguiéndole…

—¿A Alberto?

—¡No! Al detective. ¡Pero si esto ya te lo contamos! Quiere pillarle con las manos en la masa para que le devuelva el dinero. Le seguimos y nos escondemos detrás del periódico.

Me senté en el borde de la bañera y me tapé los ojos.

—Probablemente he querido borrarlo de mi memoria para sobrellevar mejor la vida. Qué puta vergüenza de genes compartimos —musité.

—Ya te digo.

—¿Margot? —David me llamó nada más entrar de nuevo en la villa—. ¿Dónde estás?

—Hablando por teléfono. Ve pidiendo la comida si quieres.

—Barrera idiomática —dijo escueto.

—Voy a pedir la comida —informé a Candela—. Por favor, mantenme informada de esa…, es que no sé ni cómo calificar la movida.

—Es como el guion de una película de mierda. En fin. Te llamo si destapamos alguna estafa piramidal o algo.

David entreabrió la puerta del baño justo cuando dejé caer la mano que sostenía el móvil hasta mi regazo. Había cambiado ya sus vaqueros cortos y su camiseta roída por un bañador que tenía pinta de nuevo. Una adquisición en la que no había mediado yo, pero que me jugaba la mano derecha que se lo agenció después de nuestra mañana de compras. Era negro, un poco más corto que el que llevó en la piscina del hotel en Atenas y..., bueno, vale..., bastante sexi. No llevaba camiseta e iba descalzo. Y allí, apoyado en el marco de la puerta de aquella guisa..., me di cuenta de que sí me parecían atractivos ese tipo de chicos.

—¿Nos bebemos unas cervezas en la piscina? —me ofreció mientras tendía hacia mí un botellín helado.

Qué curioso. Según los comentarios de mi madre, yo debía pasar una especie de penitencia para resarcirme de mis pecados (ya se sabe, el INCIDENTE), pero me sentía en el paraíso.

32
Sorpresa: eres libre

Un mes y una semana sin sexo. Ese era, con toda seguridad, el motivo por el que David empezaba a parecerme atractivo. Bueno. Estoy mintiendo. Siempre me había parecido atractivo, pero de esa forma en la que aprecias la belleza de alguien sin verdadero interés. Sin embargo, ahora..., en aquel momento, metido en la piscina con el puñetero bañadorcito negro (cortito, haciéndole un culazo de escándalo), David me estaba poniendo un poco perra.

Si lo comparaba con Filippo, David era minúsculo. Filippo medía un metro noventa y cinco, su espalda era ancha, sus brazos fuertes y grandes, en resumen, un tiparraco de impresión. Ya lo he comentado alguna vez..., ir con Filippo a cenar era como ir con una estrella de cine: acaparaba todas las miradas.

David, sin embargo, ¿cuánto mediría? Uno ochenta como mucho. Y era delgado. Tenía los hombros bien torneados y los brazos fibrosos, seguramente como resultado de levantar cajas de bebidas y maceteros pesados, pero era delgado. No un tirillas pero...

Eso sí, tenía un culazo respingón que, joder, era para pegarle bocados. Y la cara. Tenía una cara bonita: dos ojos marrones con luz propia, una boca mullida, una nariz...

—¿Me estás oyendo? —le escuché gritar.

Pillada.

—¿Qué?

—¿Dónde te has ido de viaje, colega? —se burló—. Te decía que tengo una sorpresa.

—¿Una sorpresa? ¿De qué tipo?

«Deja de pensar con lo que te palpita ahora mismo, por favor, Margot».

—Una. Pero para luego. ¡¡Yo creo que vas a gritar y todo!!

«Margot. De-ja-de-pen-sar-con-el-me-ji-llón».

—Te vas a quemar. —Cambié de tema.

—Y tú.

—Yo me he puesto crema.

«Que no me pida que le ponga crema, por favor».

—Y yo. —Se señaló los hombros—. Aquí. —Después la nariz y los pómulos—. Y aquí.

—¿Sabes que eso no es suficiente?

—Es suficiente si vas a echarte la siesta. —Sonrió como un bendito.

«Pero ¿qué he hecho yo para merecer tanta tentación? ¡Joder!».

—¡Tú ya te echaste una siesta en el barco!

—Pero son vacaciones, ¿recuerdas?

Vino nadando hacia mí con expresión burlona y saqué las piernas de la piscina antes de que pudiera tirar de ellas y meterme de nuevo en el agua. Fallo mío. Le dejé espacio para que se impulsara delante de mí y saliera.

«Me cago en la puta».

—¿Vamos?

¿Y por qué de pronto David daba por hecho que nos íbamos a echar la siesta juntos?

Los platos con los restos de la comida se quedaron en la mesa de la terraza, junto a la piscina, y nos metimos en nuestras respectivas habitaciones para cambiarnos. Yo me quedé allí, con la puerta cerrada, sentada, esperando a que David se echara en su cama y se quedase dormido. A ver, no pasaba nada por tenderse sobre la cama y echar una cabezada o… charlar. Ya lo habíamos hecho. En su habitación en Atenas habíamos hablado un buen rato cada noche, antes de dormir, y hasta habíamos tocado temas sexuales pero…

Pero cuando lo hicimos yo no sentía la llamada de la jungla, estaba claro.

Tenía que centrarme. Todo era culpa del mensaje de Filippo y de ese «echo de menos tus labios» que podía ser sencillamente un «quiero que me beses» o un «quiero volver a verlos rodeando mi polla». Su polla me gustaba. A ver, era mi novio, me iba a casar con él…, lo lógico es que me gustase, ¿no? Era un italiano elegante con el cuerpazo de un maldito vikingo. Era normal que me humedeciera y… ¿cómo tendría la polla David? No le pegaba tenerla pequeña. Igual la tenía delgada. No me gustaban las pichas delgaduchas…, eran como…, puff. No. Él dijo alguna vez que estaba contento con su tamaño, así que… no sería escandalosamente enorme, como la de Filippo (puto príncipe perfecto de cuento de hadas), pero igual era un buen salchichón. Gordita. Inhiesta. Descarada…, de las que se ponen morcillonas sin esconderse demasiado y superduras en la boca…

—Margot… —susurró David abriendo la puerta.

—¡¿No puedes dormir solo?! —exclamé, presa de los nervios.

—¡¡Oye!! —se quejó, sorprendido—. ¿Qué te pasa, loca?

Me eché hacia atrás mientras lloriqueaba. Por favor…, yo no sabía lo que era estar cachonda sin tener a mano a Filippo. Bueno, sí, antes de Filippo, pero ya no me acordaba.

—Ey… —David se tumbó a mi lado, mirándome—. ¿Qué pasa?

—Nada.

—No, nada no. Algo pasa.

Giré la cabeza y lo miré. A ver ahora cómo le daba una explicación.

—Estoy un poco inquieta —confesé.

—¿Por Filippo?

El último polvo que echamos fue uno rapidito en la cocina, recordé. No estuvo mal, pero tampoco mereció premios. Recuerdo haberlo comentado con él, de risas. Teníamos mucha prisa porque Filippo se iba de viaje de trabajo a Barcelona y su tren salía en una hora.

—Sí. —Asentí. Estar cachonda porque hace un mes y una semana que no chingas cuenta como estar inquieta por tu pareja, ¿no? Aquello no fue mentir.

—¿Qué pasa? Cuéntamelo.

Tardé en ordenar mis pensamientos. No sabía qué decirle sin mencionar el hecho de que llevaba un rato un poco tontorrona. No creía que fuera consecuencia de estar con él, más bien que el hecho de estar «*to* perra» teniéndolo al lado forzaba que me pareciera tan atractivo de repente.

—¿Crees que se está acostando con otras? —le pregunté de golpe.

—Ehm… —Dibujó una mueca—. Pregúntame otra cosa.

Uy. Qué reacción tan rara.

—No. Contéstame.

—No tengo ni idea —respondió acomodándose con la cabeza sobre los cojines.

Subí en el colchón hasta estar a su altura.

—No disimules. Sí tienes idea.

—No tengo ni idea de lo que haría Filippo porque no lo conozco de nada.

—¿Pero…?

—Sé lo que haría yo.

—Desarrolla.

—No estoy en un examen —se defendió.

—Oh, sí. Sí que lo estás —insistí.

—Joder... —Se revolvió los mechones de un lado a otro—. Si mi novia me hubiera plantado en el altar y yo le hubiera propuesto un verano separados para saber si deberíamos arreglarlo o no..., no me cortaría de estar con otras si surgiera la oportunidad.

—Imagínate que la que te hubiera plantado en el altar hubiese sido Idoia.

—Entonces me esforzaría muchísimo por acostarme con todas las que pudiera. Es más, intentaría seducir a todas sus amigas, su hermana, sus primas y probablemente a alguna de sus tías más jóvenes. —Sonrió—. El sexo por venganza es menos placentero, pero...

Me agarré al cojín y le di la espalda. Bueno. Al menos había dejado de estar cachonda.

—Margot... —Noté el calor que emanaba del cuerpo de David acercándose—. Idoia es un poco bruja. Sinceramente, no creo que opinara lo mismo si hubiera vivido la situación contigo en lugar de con ella. —Me cogió de la cintura—. Venga..., Filippo te conoce. Te conoce mucho mejor que yo. Sabe que no lo hiciste por hacerle daño o por inmadurez. Tuviste que pasarlo muy mal para salir corriendo así. No estabas riéndote de nadie ni humillándolo. Solo... escapando. Tenías miedo. Uno no folla por venganza porque la persona a quien quiere tuvo mucho miedo.

Me giré. Estaba muy cerca. ¿De verdad sabía Filippo todas aquellas cosas? Ni siquiera yo las tenía claras.

—Te lo voy a volver a preguntar. ¿Crees que se está acostando con otras este verano?

—¿Sinceramente?

—Sí —respondí.

—Creo que deberías actuar al margen de lo que creas que haga él, porque este verano, este, es para ti. Y es un regalo increíble. Haz y deshaz como si no hubiera nadie a quien darle explicaciones más que a ti misma. Creo que él está haciendo lo mismo.

Podría haber dicho sencillamente que no. Es lo que hubieran dicho mis hermanas con total seguridad, pero David prefirió la verdad, elaborada, cocinada en una explicación que suavizara la información que podía hacerme daño, pero la verdad al fin y al cabo. Posé la mano en su mejilla.

—Joder, David.

—¿Me odias? —Sonrió con timidez.

—No, pero cuando te conocí no esperaba una cabeza tan bien amueblada debajo de un pelo tan despeinado.

Le di un beso en la frente. Respiré hondo. Me di la vuelta y fijé la mirada en la pared. Él seguía ahí, detrás de mí, con su brazo en mi cintura.

—David…

—¿Uhm?

—¿Me puedes hacer un favor?

—Claro.

—Vete a tu habitación.

Tampoco era cuestión de hacer experimentos más allá de la lógica.

David me dijo que su sorpresa estaba fuera del hotel. No entendí ni una palabra de lo que me decía. En serio. Fue como si hablase en arameo antiguo. ¿Cómo que fuera del hotel? Ni siquiera pude hacerme una idea ni sospechar porque… ¿a santo de qué? ¿Cuándo había organizado él algo? Y, sobre todo, ¿qué tipo de sorpresa esperaba fuera de un hotel a que comiéramos, nos bañáramos, echáramos una cabezada, nos ducháramos, nos vistiéramos y saliéramos de allí?

—Espera un segundo, David. Voy a preguntar cómo llegamos a Fira. Igual el hotel pone una furgoneta o algo.

—¡No! ¡Espera! ¡Primero la sorpresa!

—Dame un segundo, David.

Tiró de mi brazo, me pegó a él y después me tapó los ojos con una mano, dirigiéndome hacia la salida.

—¡Suéltame, tonto del culo! —me quejé.

La brisilla de la tarde noche me recibió cuando supuse que estábamos saliendo hacia el aparcamiento. Ni siquiera me dio tiempo a pensar antes de que me soltara y gritara:

—¡¡¡Sorpresa!!!

La sorpresa tenía dos ruedas y la apariencia de no poder con los dos en cuestas muy empinadas. La sorpresa era blanca, tenía un nombre en inglés (¿Twister?, ¿Storm?, algo así) serigrafiado en uno de los lados y dos espejos retrovisores llenos de mosquitos pegados. Era una sorpresa con una apariencia terrible, pero… me encantó.

—Pero ¡¡qué guay!! —grité.

Pues mira, al final sí que me hizo gritar.

Abrió el asiento con una llave que llevaba escondida en el bolsillo y sacó dos cascos…, bueno, eran como dos cáscaras de huevo partidas por la mitad. Horrorosos. Daban hasta lástima.

—¡¡Para que cumplas tus propósitos!! —me propuso superemocionado.

—¿Sabemos quiénes se han puesto estos cascos antes?

—¿Qué? —Miró los cascos—. No lo pienses. Venga, sube.

—Bueno, sube tú y ahora me monto.

Levantó las cejas a la vez que bajaba la barbilla.

—No, no. Vas a conducir tú, ojos tristes.

—¿Qué dices?

—Lo que oyes.

—Yo no he llevado una moto en mi vida. Nos vamos a matar.

—Pues será mejor que aprendas, porque tú y yo… —señaló la moto— no nos vamos a matar en una moto de esta cilindrada, mi amor.

La negociación duró minutos. Muchos. Terminé sentándome en el murito, con las piernas colgando, para hacerle ver que no iba a convencerme.

—*Not today* —le repetía yo sin parar, creyéndome Arya Stark, asumiendo valiente que no era el día… ni para morir ni para ensayar cómo hacerlo.

David demostró ser bastante cabezón, pero… yo lo soy más, de modo que tuvimos que llegar a un acuerdo. Él la conduciría aquella tarde noche y yo tendría que cumplir con mi lista de cosas por hacer a partir de la mañana siguiente.

Se subió con soltura y yo me agarré la falda del vestido sin saber muy bien cómo montarme.

—He mirado en Google Maps ya cómo llegar. Son como diez minutos —dijo guardándose el móvil en el bolsillo, con el casco aún colgando del codo.

—Oye —dije tímida—. No sé cómo decirte esto, pero… no sé cómo se hace.

—¿Qué no sabes cómo se hace?

—No sé subirme.

—¿No has montado nunca en moto?

—No. Solo en un caballo que me odiaba.

—¡Anda, la pija! Algo más habrás montado. —Me guiñó un ojo.

—No sé si es momento, David.

—Oye, no es ninguna tontería. —Palmeó el asiento detrás de él—. Es como si te fueras a subir encima de un tío. A horcajadas. ¿Sabes? Cógete de mis hombros, lanzas la pierna al otro lado y ya te acomodas apoyándote en los estribos.

—¿Qué estribos? ¿Las motos también tienen estribos? —pregunté confusa.

—Dios mío.

Se apoyó en el manillar, muerto de risa.

—¿Qué pasa? ¿Eres un ángel del infierno de esos y yo no me he enterado?

—Pero ¿quién no ha montado nunca en moto a los treinta y dos años?

—Pues yo. Quédate quieto.

Le agarré del brazo y lancé la pierna por encima del sillín con la agilidad de una gimnasta jubilada. No calculé, la verdad. Creo que incluso me di impulso, así que al aterrizar me hice un daño terrible en…, bueno, en la entrepierna, donde fue a parar todo mi peso sin nada que amortiguara la caída. Le clavé los dedos en el brazo y apoyé la frente en su espalda.

—Creo que me he roto algo.

—¿Qué? —Se volvió hacia mí.

—Que creo que me he roto el chocho.

—Viene de fábrica ya con una raja, no te preocupes.

Le aticé un par de veces mientras él se reía a carcajadas y después me acomodé como pude.

—¿Preparada o llamo a urgencias?

—Nos vamos a perder la puta puesta de sol, gilipollas —gruñí.

—Madre mía, qué romántica estás hoy. Agárrate a algo.

—¿A qué algo?

—Pues a mí, al sillín, a la parte de detrás…, no sé. No vaya a acelerar y te deje sentada en la calzada.

—Ay, Dios. Ve con cuidado, joder —lloriqueé.

El cuerpo me dio un tirón cuando puso en marcha la moto y aceleró, así que como consecuencia terminé pegada a él. Decidí agarrarme a su cintura, pero me daba un poco de vergüenza, de modo que encerré en mi puño un pedazo de tela de su camiseta mientras enfilábamos recto hacia Fira. No tardó en soltar el manillar por turnos para colocar mis manos sobre su vientre.

—Así mejor. Este trasto no corre mucho, pero por si acaso. ¿Has montado alguna vez en moto? Qué digo. Claro que lo habrás hecho. Aquí la única que se había perdido la experiencia era yo. Y aunque pasé unos minutos de angustia pensando en todo lo malo que podría pasar y en lo poco seguros que parecían los cascos, terminé sintiéndome segura con David. Conducía bien. Tranquilo. Con el viento colándose por el cuello de su camiseta y haciéndome llegar el olor de su piel. Con una sonrisa que, si me movía un poco, aparecía en el retrovisor, a la vista.

Toda la vida escuchando a mi madre decir que la gente envidiaba a personas como yo porque tenemos chófer personal, porque viajamos en primera y porque, en ocasiones, hasta alquilamos jets privados y... qué triste darme cuenta de la purita verdad. Lo único envidiable es la sensación que experimenté montada en aquel trasto y que tardé treinta y dos años en entender: ahí fuera se puede ser libre, independientemente de lo que tengas o de quién seas.

33
¿Lo harías?

El atardecer en Fira era bonito. Una chica tocaba, sentada junto a la fachada de lo que parecía una iglesia, un hang. La gente no dejaba de hablar y los niños gritaban. No sé David, pero yo, sentada en aquel murito, con las piernas colgando y el mar frente a nosotros, terminé por no escuchar nada más que la melodía que salía de ese extraño instrumento.

El cielo fue cambiando de color. Miré a David, cuyos ojos también cambiaban a medida que el sol se zambullía allá a lo lejos, volviéndose más cálidos si cabía, reflejando una luz naranja.

—Cuántos colores —dijo al descubrir que lo miraba.

—Como tu cara en el barco.

—Calla, canalla.

Me rodeó con el brazo y cogí aire. Cerré los ojos. Me sentí en paz. Había algo en David…, algo, ALGO, que producía ese efecto. Sobre todo cuando no llevaba aquel bañador negro tan sexi.

Cenamos, con noche cerrada ya sobre nuestras cabezas, en uno de esos restaurantes para turistas que colgaban en la escalonada bajada de aquel acantilado que era Fira. Nos atendieron bien, pero nos dio la sensación de que todo sabía igual. Una ensalada griega, que no variaba de un sitio al otro, un poco de pollo, una pizza a medias... El vino me supo a rayos y fue David quien se lo terminó. Para él siempre estaba correcto.

Después compramos un helado en uno de esos locales que seguían abiertos hasta bien entrada la medianoche y paseamos. Se escuchaban las campanillas de los pobres burritos que recorrían sin parar la ciudad cargados con turistas poco concienciados con el respeto por los animales. Los escalones de la ciudad resbalaban y nosotros caminábamos con los brazos entrelazados, como dos viejas. Estuve pensando en lo que pareceríamos a ojos de otras personas y sentí cierta envidia de esa imagen que en realidad no existía, de esa pareja divertida y calmada que podrían imaginar en nosotros. Tuve envidia de una Margot que sentía, por fin, haber llegado a puerto con alguien que nunca exigiría de ella un imposible más allá de la inconsciencia de ser feliz.

—¿Has sabido algo más de Idoia? —le pregunté ya de vuelta en el hotel.

Había pasado por mi habitación para ponerme el pijama (un camisón de tirantes hasta el tobillo, de algodón, sin nada en especial) y lo encontré sentado en el borde de la piscina, mirando hacia el cielo.

—No —contestó sin mirarme.

—¿Le respondiste, verdad?

—Sí. —Asintió—. He dejado el móvil encima de la mesa. Léelo y dime qué opinas.

Me acerqué descalza a la mesa y cogí el teléfono, que no tenía código de seguridad para desbloquearlo. Idoia tenía que ser imbécil; era uno de esos chicos honestos...

Entré en WhatsApp pero, antes de leer la respuesta que había mandado a Idoia, me llamó la atención lo que podía leerse, sin tener que entrar a cotillear, en la última conversación que había mantenido. Era con Iván:

... de esas que no saben lo que valen. Algún gilipollas le habrá hecho creer que no es suficiente. Una lástima. Es preciosa.

Lo miré, fugaz. ¿Se referiría a mí?

—¿Lo encuentras? —Me miró y levantó las cejas.

—Sí. Perdona. —Abrí y lo leí presurosa—. Estaba asimilándolo. —Lo leí en voz alta—: «Podemos ser amigos, claro, pero aún recuerdo que decías que lo que menos te interesaba era mantener una amistad con alguien que no cumplió las expectativas. Piénsatelo bien porque, quizá, no sea buena idea».

—¿Crees que me he pasado? —Esbozó una sonrisa de lado..., preciosa.

—No. —Tragué saliva—. Esto la va a encabronar mucho. Idoia es de esas chicas que solo quieren lo que no pueden tener.

—Y cuando lo tienen, pierden el interés. —Respiró hondo y desvió la mirada hacia la piscina iluminada.

—Quizá esta vez le sirva de escarmiento.

—Quizá —repitió sin mirarme.

—¿Quieres una copa?

—¿Millón y medio de yenes por una copa del minibar? No, gracias.

Me acerqué a la sala de estar que separaba nuestras habitaciones y saqué dos cervezas de la neverita que había bajo el mueble. Se las enseñé y sonrió.

—Creo que eso puedo permitírmelo.

—David, deberías dejar de preocuparte por el dinero.

—No. —Me senté a su lado y le tendí la cerveza—. No puedo, Margot. Hablas desde el privilegio que supone que ese no sea tu problema, pero... sí es el mío. No te sientas juzgada, por favor.

—No. Bueno..., me refería a durante este viaje. Yo te invité, ¿recuerdas?

—Y yo acepté. Pero no soy tu juguetito, ¿a que no? Por lo que tengo que pagarme mis cosas. En el fondo, me jode, pero… Idoia tenía razón. Tengo que organizar mi vida o no podré rectificar.

—¿Y por dónde quieres empezar? —Brindamos con el culo de las cervezas.

—Por el piso. —Hizo una mueca—. Buscaré algo compartido cerca de Iván y Domi. Quiero seguir ayudando con Ada.

—Qué dulce eres, David —dije sin pensar.

Se volvió hacia mí con las cejas arqueadas. Cualquiera diría que «dulce» significaba una ofensa en su idioma. A lo mejor me había pasado. Quizá se me estaba yendo la olla ya con tanto David por aquí y por allá.

—¿Yo? ¿Dulce? ¡Qué va! —Se rio—. Eso es porque estás viendo solo esa parte de mí, pero te aseguro que no es la predominante.

—¿Me escondes algo?

Me miró, levantó las cejas significativamente y esbozó una sonrisa muy pilla.

—Y tanto…

—¿Como qué?

—No voy a picar —respondió.

—No sé a qué te refieres. —Di un trago a la cerveza.

—Te estás haciendo la tonta, cariño.

David se levantó de un salto y se quitó la camiseta, que tiró sin cuidado y que quedó colgando del respaldo de una de las sillas de la terraza.

—¿Qué haces?

—Me voy a dar un baño.

—Oye, oye… —Me reí—. Ahora no te pongas en plan canallita porque he dicho que eres muy dulce.

—¿No me puedo dar un baño? —Se desabrochó el pantalón y se lo quitó en dos tirones.

Pues nada. David en ropa interior delante de mí. Menos mal que estaba a trasluz y que no tardó en dejarse caer con los brazos en cruz al agua. La onda expansiva me alcanzó, llenando de gotas mi camisón.

—¡¡David!! —me quejé.

Antes de que pudiera ni siquiera imaginar sus intenciones, tiró de mis piernas y terminé dentro del agua con el camisón puesto, entre dos brazos que me arrastraban hacia el centro de la piscina.

—¡¡Eres idiota!! —Me carcajeaba, intentando zafarme.

—¿No era muy dulce?

Doy gracias a que el camisón fuera largo y no me permitiera entrelazar las piernas a su cintura. Me alejé cuanto pude.

—¿Y esa parte…?

—¿Qué parte? —preguntó flotando allí en medio.

—La que me escondes… ¿es la que le gusta a Idoia?

—A Idoia no tengo ni idea de qué le gusta de mí. Bueno…, en la intimidad no se queja, pero parece que fuera del dormitorio la aburro.

—Tú no puedes aburrir a nadie, David.

—A lo mejor es que soy muy creativo en la cama y siento un precedente que no puedo mantener si no es follando.

Podría decir que disimulé bien la sorpresa, pero… no lo hice. Abrí la boca y boqueé como un pez hasta que David se echó a reír a carcajadas.

—Pero ¡¿qué caras pones?!

—¡Déjame! No esperaba que te pusieras a hablar de tu destreza sexual.

—Mentirosa, has empezado tú. Oye…, ¿cuánto tiempo llevabais Filippo y tú juntos?

—No hables en pasado —me angustié—. Llevamos tres años.

—¿Es tu relación más larga?

—Sí. —Asentí—. Antes de él nada llegó a cuajar del todo.

—Oh, vaya. Una mujer fatal por aquí.

—Fatal, sí. Fatal depilada. ¿Y tú?

—Yo no me depilo, como puedes comprobar. —Se atusó el más bien escaso vello en el pecho.

—Me refiero a cuánto tiempo llevabas con Idoia.

—Nueve meses.

—Uau —me burlé—. Y apuesto a que ha sido tu relación más larga.

—Pues no, listilla.

—¿Estuviste un año con tu novia del insti? No, no, espera…, once meses.

—Salí durante cinco años con mi ex.

Abrí los ojos de par en par mientras apoyaba la espalda en el borde de la piscina.

—¿Perdona? ¿Cinco años?

—Sí. Estuve enamoradísimo de ella.

—¿Y qué pasó?

—Que nos queríamos como lo que éramos: unos críos. —Se encogió de hombros—. Teníamos veintidós años cuando rompimos, fíjate. Pero estoy seguro de que si la hubiera conocido ahora, me casaría con ella.

Me di la vuelta, mirando hacia el interior de la villa iluminada. No quería que me notara que aquel comentario me había molestado un poco. Y no quería que me lo notara porque ni siquiera yo entendía por qué me sentía así.

—Pues búscala.

—Ahora ya es tarde —dijo situándose más cerca—. Lo jodimos todo.

—¿No crees en las segundas oportunidades?

—No.

Apareció a mi lado y se agarró del borde como yo, cruzando los brazos sobre él. Nos mantuvimos la mirada unos segundos.

—¿Puedo preguntarte algo íntimo?

—Te he sujetado la cabeza mientras vomitabas…, creo que sí.

—¿Con cuántos has follado?

Tragué y miré hacia delante.

—Joder con el niño, vaya preguntita. Pues… no llevo una lista.

—Venga…, dame un número. Un rango de números al menos. ¿Menos de cinco?

—Más.

—¿De cinco a diez?

Hice una mueca.

—¿Más de diez?

Le tapé la boca. Tenía los ojos muy abiertos.

—¿Me dejas ya en paz? —Le quité la mano.

—Eres una caja de sorpresas, Margarita.

—¿Es que una mujer no puede tener pasado sexual? ¿Tenéis que ser vosotros quienes nos enseñéis todo lo que sabéis y nosotras las que nos quedemos con una única experiencia en la vida?

—Ah, no, no. A mí que tú me digas que te has acostado con más de quince tíos...

—No he dicho eso…

—Pero yo lo he deducido. A mí eso me gusta.

—¿Por qué?

—Pues porque me da esperanza. Tienes un alma libre…

—No es cuestión de alma libre. Es que yo siempre pensaba que era el definitivo y luego veía que…, que no.

—No hables de amor para intentar ocultar el hecho de que te apetecía hacerlo. Y lo hiciste. Bravo por ti, pequeña Margot.

Hice una mueca.

—Seis —confesé—. ¿Y tú?

—Pues… también seis.

Los dos sonreímos mientras nos mirábamos.

—El siete es el número de la suerte —me dijo alejándose del bordillo—. ¿Y si de tu noche loca en Grecia sale el amor de tu vida?

—O el pollazo de mi vida. Anda, David…

—¿Qué?

—¿Qué noche loca voy a tener?

—¡Uy! ¿Cómo que qué noche loca vas a tener? ¿Te crees que todo va a ser tan tranquilito siempre? Espera a que lleguemos a Miconos. Quizá antes. Tú te comes…

—¡¡No termines la frase!! —le advertí—. ¿Y tú qué haces mientras tanto? ¿Me aplaudes?

—Ah, no. A mí me gusta participar. —Me guiñó un ojo—. Yo mejor me busco otro plan y te voy dando la réplica en gemidos desde mi habitación.

—¿Lo harías?

Me solté del bordillo también y me acerqué.

—¿Qué de todo? ¿Gemir? Soy bastante expresivo, sí.

—No, idiota. Follarte a una desconocida en tu habitación.

Puso morritos y los acercó a la nariz poniendo una cara fea.

—Creía que me ibas a preguntar si me montaría un trío contigo y otro tío.

—¿De dónde te has sacado eso?

—Nada, nada…

Se alejó riéndose y en cuanto tocó el bordillo salió de la piscina de un salto.

—¡Oye! —le grité desde dentro de la piscina.

Tiró cerca del borde una toalla seca y se envolvió la cintura con otra.

—¿Qué? —preguntó echándose el pelo hacia atrás.

—¿Lo harías?

Se mordió el labio inferior mientras se reía.

—Sal del agua o te quedarás hecha una pasa.

—¡No me has contestado!

—Buenas noches, Margot.

—¡¡Oye!!

Lo vi adentrarse en la sala de estar, apagar todas las luces excepto la de una lámpara de pie y encender la de su dormitorio.

Buenas noches, David.

34
El freno de la motocicleta

—Vale. Dale un poco. —David estaba serio. Su mano sobre la mía—. No hace falta que aprietes tanto, anda.

—No estoy segura de que esto sea una buena idea.

—Tú déjate llevar. No pienses tanto.

—¿Así?

—¡¡Eh, eh, eh!! ¡Aguanta! No tan fuerte.

—¡¡¿Ves?!! No sé.

David suspiró y apoyó la frente en mi hombro.

—Por favor, Margot. Llevar un coche es muchísimo más complicado. —Noté su aliento en mi piel—. Esto es una bicicleta con motor.

El sol caía a plomo en la carretera larga y desierta en la que habíamos parado. David cargaba a su espalda una mochila con todas las cosas que necesitábamos para ir a la playa, pero no llegaríamos nunca si no me ponía las pilas porque estaba claro que iba a ser yo quien condujera hasta allí.

Volví a darle al acelerador, esta vez más suave. David me soltó la mano y dejó caer la suya sobre mi muslo.

—Vale. Vas bien.

Nos movimos despacio. Mis zapatillas Converse blancas rozaban aún la calzada.

—Sube los pies —me dijo.

—Ponte el casco —le pedí.

—¿Sabes que aquí no es obligatorio? Por eso te dan esta mierda.

—Ponte el casco —insistí, acelerando un poco más.

—Sube los pies.

Vi a su sombra ponerse el casco y después su mano volvió a mi muslo, que apretó un poco para infundirme tranquilidad. Joder. El calentón no se me había pasado.

—Bien, bien, bien. Sube los pies y acelera.

Subí los pies, aceleré. David se agarró con fuerza a mi ropa, un mono corto de color negro.

—Margot, calma…

—¡¡Mira, mira!! ¡¡Que voy yo sola!! ¡David! ¡Que estoy conduciendo! Ay, ay. Una curva. Allá hay una curva.

Frené con el freno de delante y David se aplastó contra mi espalda.

—¡Perdón! —grité.

—Con los dos frenos, Margot, que nos matamos.

—Perdón, perdón.

Aceleré de nuevo.

—Vale. Sigue la carretera. Hasta dentro de cinco kilómetros no tienes que desviarte —me dijo mirando el móvil.

Pisé un bache. Lloriqueé.

—¡Quiero parar, quiero parar! Tengo miedo.

—No frenes, Margot.

Frené con la rueda de delante otra vez y David volvió a estamparse contra mi cuerpo.

—Ah, ah, ah —gemí.

—Sí, mujer, tú no te cortes.

—¿Qué?

—Nada.

Aceleré. Vi una piedra. Frené otra vez mal. El pecho de David terminó aplastado contra mi espalda.

—Margot, por favor.

—¡¡Ah!! ¡¡Ah!! ¡Ah!! ¡Que viene un coche por detrás!

—Pues que nos adelante. Tú pégate a la derecha y ya está, pero deja de hacer esos soniditos, por favor.

—¡¡Ah!! ¡¡Ahhhh!! David, David, lo estoy pasando fatal.

Un coche nos adelantó y yo volví a frenar. David, de nuevo, chocó. Frené. Chocó. Le escuché gruñir.

—¡¡Perdón, perdón!!

—Margot, ¿lo estás haciendo a propósito?

—¿Qué? ¡No! Estoy superagobiada.

Una moto más grande pasó por nuestro lado con un tío sin casco. Nos gritó algo y yo frené.

—¿Qué pasa? ¿Por qué grita?

—Margot, por favor, porque es idiota. Deja de frenar.

—¿Puedo parar?

—No, pero en serio, acelera. Solo acelera.

Su boca se apoyó en mi hombro. Miré fugazmente hacia detrás, confusa.

—David…, ¿te has mareado? ¿Tan mal voy? ¿Paro?

Frené.

—¡¡Margot!! —gritó.

—Ya, ya lo sé. Perdona.

—¿Sabes por qué me estás pidiendo perdón?

—Por los frenazos… —respondí confundida—. ¿Qué… te pasa? No te entiendo.

—Cada vez que frenas te endiño la polla contra el culo, Margot. Y, joder, tía, que yo te respeto, pero uno no es de piedra.

Miré hacia delante fijamente, asustada. Un angelito, sentadito formal en mi hombro, me pidió que en la medida de lo posible aprendiera a frenar con suavidad. El demonio, con la cara de mi hermana Candela, vete tú a saber por qué, apretó mis dedos sobre el freno una vez más.

—Tú frena, frena —le escuché reírse—. Pero no te preocupes, que lo que notas es mi móvil en el bolsillo.

—¿Qué bolsillo? ¡Lo llevas en la mano!

—El móvil —repitió—. Tú sigue frenando que igual cuando lleguemos, necesito el cigarrito de después.

Me mordí el labio, disimulando la sonrisa.

—Te estoy viendo, cabrona.

Y juraría que se acomodó, pegándomela contra el trasero una vez más.

Kamari Beach estaba bastante llena, pero habíamos madrugado y encontramos un par de hamacas libres. A David ese tipo de «veraneo» le daba pereza. Él quería que fuéramos a Red Beach, que era mucho más hippy; que entráramos en un supermercado, nos hiciéramos con algo de comida y bebida y nos pasáramos allí el día tirados, nadando y buceando con unas gafas que me enseñó orgulloso. Nos lo jugamos a piedra, papel o tijera, y... todo el mundo que me conoce sabe que tengo un don con ese juego. Gané y decidí que sería mejor empezar por algo más «comercial». Ahora que habíamos empezado con eso de cumplir la lista de requisitos que él había escrito cuando aún no sabía que vendría conmigo, me daba miedo que dijera que era el momento del topless. Allí tendría excusa: demasiada gente.

Llevaba un bikini negro, sencillo. La parte de arriba era como un top bandeau con tirantes muy finos y la braguita quedaba un poco alta. Cuando me quité el mono y lo dejé a la vista, David hizo un gesto de apreciación.

—¿Qué?

—Me gusta.

—Eso es por el meneo que te he dado de camino —le dije socarrona mientras me recolocaba la braguita en su sitio.

Se arremangó el bañador rojo y sonrió con picardía.

Me pasó las dos toallas del hotel, que extendimos cada uno en su hamaca sin dejar de «vigilar» los movimientos del otro. Después, me tendió la crema solar en espray. Me di por los brazos, por el escote, por la tripa, las piernas por delante y después por detrás, las nalgas y... me volví a pedirle que me pusiera en la espalda. Me estaba mirando.

—Te estás poniendo muy tontito tú, eh... —le advertí divertida.

—¿Filippo te ha visto con ese bikini? —me preguntó cogiendo el protector solar y echándome por la espalda.

—Sí.

—Se volvería loco, ¿no?

—Filippo no se vuelve loco.

—Pues qué tío más aburrido —farfulló.

—Es solo un bikini.

David se echó de mi crema por el pecho. Miré, lo admito. Miré, sobre todo, cuando se echó por el vientre, donde la línea de vello se internaba en el bañador.

—¿Idoia te ha visto en bañador? —le pregunté de vuelta.

—Me ha visto desnudo, que es mejor.

—¡Oye! Pero ¿qué nos pasa?

—A mí el viajecito en moto que me has dado ya me excusa para todo el día. —Levantó las palmas, defendiéndose—. Tú sabrás qué te pasa a ti. Que... si ves que esto —se palpó el pecho, el vientre y terminó cogiéndose disimuladamente la entrepierna— te pone muy nerviosa, me doy una vuelta.

Perdona. ¿Se había cogido todo el lambrusco ahí, delante de mí? Pestañeé para intentar eliminar la imagen de mi cabeza.

—Eres imbécil —le acusé.

David movió las hamacas para que la sombrilla quedase estratégicamente situada y nos dejase todo el cuerpo al sol, excepto la cara, y después se tumbó a leer. Llevaba un libro manoseado y yo, que había dejado mis revistas y mi libro en el hotel, me asomé a cotillear el título porque, lo admito, un tío leyendo me produce el mismo efecto que uno con un bebé. Babeo.

—*Del color de la leche.* —Leí en la portada.

—Ajá. —Asintió—. Pareces sorprendida. ¿Qué pensabas? ¿Que sacaría una *Playboy*?

—¿De qué va? —le pregunté.

—Pues va de una niña que..., a ver..., como no quiero hacerte spoiler te diré que yo creo que va de lo jodidos que estamos en la vida. Creemos que encontraremos la manera de ser más libres, pero terminamos siendo más esclavos que antes.

Arqueé las cejas.

—Suena triste.

—Menos que lo que me ha dejado tu paseo en moto —musitó para, después, mirarme pícaro.

—Léeme un poco —le pedí.

—Ven... Así me pones protector por la espalda, que no llego. Pero ponme de la mía, que la mierda esa está fría y me da una impresión horrible.

Sacó su bote y yo suspiré. Y yo que pensaba que me había librado de sobetearlo... Eché unos chorritos en la palma de mi mano y después lo extendí sobre una espalda ancha, sin mácula, solo un par de lunares pequeños aquí y allá, que dibujaban una constelación preciosa en su piel canela. David buscaba entre las páginas del libro hasta que dio con un pasaje concreto y se puso a leer en voz alta:

—«A veces tu memoria guarda cosas que preferirías no volver a saber nunca, y, por mucho que intentes quitártelas de la cabeza..., siempre vuelven».

Se giró y me miró por encima del hombro mientras yo frotaba su espalda.

—Qué cierto —le dije.

—¿Qué desearías no haber sabido nunca, Margot?

«Hasta dónde llega mi cobardía», pensé, pero fue un pensamiento bastante infantil. Tendrían que pasar un par de semanas más para que entendiera bien aquella frase.

—Nada en concreto —le dije—. Me quedan aún muchas cosas por aprender.

—Pues el conocimiento no nos hace libres. Nos hace más conscientes de nuestras propias limitaciones.

—¿Cómo pasas de estar agarrándote el paquete en plan soez a filosofar así, David?

—Es innato. Tengo un talento...

Paré su mano cuando intentaba volver a agarrarse el paquete.

—Vamos al agua. —Tiré de él.

—¿Y las cosas? —me preguntó.

—Disculpe. —Me dirigí en inglés a una señora de unos setenta años que hacía sudokus en la hamaca de al lado—. ¿Podría echarle un vistazo a nuestras cosas mientras nos damos un baño?

—¡Claro que sí! —Me sonrió—. ¿Prefieres dejar tu bolsa debajo de mi hamaca?

—¡Muchas gracias!

Metí todo lo de valor en la mochila y la deslicé debajo de la hamaca de la señora.

—Será breve.

—No tengo prisa. Voy a pasar el día aquí.

No sé por qué David y yo fuimos cogidos de la mano hasta el mar. Quizá porque Kamari Beach es una playa de piedras, pequeñas y redondeadas, pero piedras al fin y al cabo. Era fácil darse una leche o hacerse daño... o una buena excusa, no lo sé. Nos soltamos cuando la primera ola, pequeña, suave, que apenas podía llamarse ola, chocó contra nuestras rodillas. El mar estaba a una temperatura perfecta, ni demasiado frío ni demasiado caliente. Los pezones se me pusieron duros al contacto con el agua mientras me recogía el pelo. Cuando busqué a David, lo tenía pegado a mi espalda, agarrándome de la cintura. Nos sonreímos.

—Déjame hacerte una foto cuando salgamos —me dijo—. Filippo tiene que ver esto.

—Ya vale de reírte de mí.

—¿De ti? —Me giró—. Me río de él, que no se vuelve loco.

Arqueé una ceja.

—Ya sé de qué va esto. Estás intentando subirme la autoestima.

—¿Yo? ¡Qué va! Malo si el que te sube la autoestima es alguien de fuera. Eso tiene que pasar dentro. —Se señaló el pecho—. Como cuando me probé esos vaqueros que me obligaste a comprarme y vi el culo que me hacen.

—Igual hay que requisarlos por el bien de la humanidad.

—En serio, déjame que te haga una foto luego. Tienes que verte como yo te veo.

Fuimos adentrándonos en el agua hasta que nos llegó al cuello. Allí me dejé mecer, con los brazos abiertos y los ojos cerrados. No recordaba la última vez que me sentí tan... desvinculada de todo lo que tiraba de mí. Hacía años que viajaba siempre con el ordenador portátil, y hasta en mis escapadas con Filippo buscaba un ratito para leer mails, devolver llamadas y revisar documentos Excel. Pero allí, nada. No podía decir que sintiera precisamente relax, pero al menos mi cabeza había dejado de ser asilo de aquel nido de angustias sin principio y sin final.

—Mira esos dos... —escuché decir a David.

Me incorporé. A unos veinte metros, una pareja se besaba..., pero se besaba como te besas cuando tienes un calentón que solo se arregla follando. No pude despegar la mirada una vez que los descubrí.

—Joder...

—¿Crees que están follando?

Miré a David. Unas gotas de agua recorrían su cuello. Estaba para comérselo.

—Pues... —Volví la mirada hacia la pareja y vi que se movían, no sé si a causa de las olas o de lo que no podíamos ver porque quedaba bajo el agua—. Yo diría que sí.

—¿Lo has hecho alguna vez?

—¿En el mar? Sí. No mola nada. Pica.

—Así que te va hacerlo en sitios raros, ¿eh?

—El mar no es un sitio raro. Lo raro es que no lo hayas hecho nunca aquí.

—Una vez lo hice en las escaleras del metro.

Me di la vuelta de nuevo para mirarlo, alucinada.

—¿En las escaleras del metro?

—Sí. —Asintió—. Último metro de la noche, un rincón que no tenía cámaras y un calentón.

—Qué incómodo, ¿no?

—Bueno. Duermo en un sofá cama. Las escaleras del metro me parecen lujo asiático. ¿Y tú? El sitio más raro...

—En la embajada de Italia.

—Qué protocolaria, la niña. —Sonrió—. ¿Y te gustó?

—No mucho. No me gusta ir con prisas.

—¿Y cómo te gusta? —David se colocó frente a mí y me miró la boca.

—¿Y a ti?

Uy, uy, uy.

Nunca pensé que un chico como David me miraría la boca de aquella manera. Ni siquiera creí que sentiría mariposas al descubrir a alguien mirándome así.

—Oye, cielo... —le advertí—. Te estás viniendo arriba.

—¿Arriba? Abajo nos estamos viniendo con ese plan tuyo de iniciar un «*loop* salvaje». Estamos siendo taaaaan buenos que hasta tu madre aprobaría este viaje.

—Mi madre se haría el harakiri si me viera con un chico como tú. —Me arrepentí en cuanto lo dije—. Quiero decir… así, como malote.

—¿Malote? ¿Ya no soy David el dulce?

Arqueé una ceja.

—Ya sé lo que te pasa —le dije.

—¿Qué me pasa?

—¿Cuánto llevas sin sexo?

—Sin sexo o sin acostarme con una chica.

—¿Qué quieres decir?

—Quiero decir que de vez en cuando me masturbo. Deberías probarlo.

—Nos estamos poniendo un poco íntimos, ¿no?

—Igual deberíamos parar, ¿verdad? —jugueteó.

—Pues sí. Somos amigos.

—¿Nunca has follado con un amigo?

—¿¡Quién está hablando de follar!? —me escandalicé.

—Nadie. Si prefieres, puedes comérmela.

Solté una carcajada y él se sumó. Nos dio por reírnos como dos imbéciles.

—No te la comería ni loca —añadí.

—Tú te lo pierdes. —Se encogió de hombros.

Qué divertido me parecía todo aquello.

—¿La tienes fina? Odio las pollas finas.

—Antes de hacer cábalas…, ¿por qué no lo compruebas tú?

—Porque una cosa es comentar la jugada y otra lanzarse al césped.

—Ah, vale, vale. Ya entiendo. Esto es como un podcast.

—Sí. —Le sonreí mirándole a los ojos.

—Pues la tengo normal, querida. —Y dibujó una sonrisita de medio lado que derritió un poquito más los polos—. Y si quieres más información, hace tres semanas que no echo un polvo. Cuando Idoia me dejó, veníamos de su casa de follar como animales.

—¿Tan mal lo haces?

—Fatal. —Sonrió—. Lloran y todo cuando terminan. Ahora me toca a mí preguntar, ¿no?

—No vayas a preguntarme cómo tengo los bajos.

—No —dijo negando con la cabeza—. Mejor te pregunto si te tocaste anoche.

—¿Qué tipo de pregunta es esa, gañán?

—Me has preguntado cómo tengo la polla y hasta te he ofrecido una prueba empírica, pero no has querido comprobarlo. Venga, contesta, ¿te tocaste?

Sonreí como respuesta.

—Seguro que te tocaste pensando en montarte un trío conmigo y un desconocido.

Abrí la boca de par en par y después estallé en carcajadas.

—¡¡¡Eres un sinvergüenza!!!

—Sinvergüenzas esos. —Señaló a la pareja que estaba dándolo todo—. No se come delante de los pobres.

—A la vuelta, mejor conduces tú la moto. No sé si seré capaz de frenar menos y está visto que te sienta mal.

—Maldito freno —se burló.

—Voy a salir. Estoy viendo que hay un camarero pasando entre las hamacas y quiero una cerveza. ¿Vienes?

—Uhm…, pídeme una, ahora voy.

Di un par de brazadas hacia la orilla antes de pararme. Tenía una duda. Llamé su atención y cuando me miró, me di cuenta de que David cada día era un poco más guapo.

—Estoy pensando que quizá la noche loca te haga más falta a ti que a mí —apunté.

—Pues habrá que organizarla.

35
A tiempo

No me gustó que dijera que yo era un chico muy dulce. Me sentí como cuando mi abuela me daba propinita por portarme bien y mis hermanos se burlaban de mí. Me sentí como cuando Idoia me brindaba uno de sus consejos condescendientes y me decía: «Eres muy joven, ya lo entenderás». Me sentí más niño y menos hombre. Creo que por eso aquel despliegue de «me desnudo y me tiro a la piscina» y el posterior «ven para acá, moza, que te voy a poner tonta». Creo que lo conseguí un poco, pero ni siquiera sabía con qué fin y, además, no contaba con que uno no es de piedra.

Ay, los frenazos mientras gemía. Ay.

Ay, el bikini negro y sus caderas. Ay.

Ay, la carne de sus nalgas y sus dedos deslizándose sobre ellas para extender el protector solar. Ay.

Le hice varias fotos. Ella quería que Filippo viera que había sido capaz de pedirle a un desconocido que le hiciera una fotografía, aunque fuera mentira, y yo quería que se viera tal y como la estaba viendo yo: increíblemente poderosa. Sentada en la hamaca. En la arena, con las manos hundidas en ella. Sentada en la orilla del mar, sin mirar a cámara. Por favor..., cómo disfruté; me sentí como el fotógrafo de una sesión de *Playboy*. Estaba increíble, aunque ella pusiera mala cara al verse.

—Se me ven los rinchis de la espalda —se quejó.

—¿Qué son los rinchis de la espalda? —le pregunté bastante confuso.

—Las mollitas. —Sonrió—. Los michelincillos.

Le pasé el brazo por encima del hombro y la besé el pelo. Me cago en la leche. ¿Cómo podía ser que esa mujer no se sintiera a gusto en su piel? Lo único que me pedía la carne era tocarla un poco más.

—Esto Idoia no lo tiene, ¿eh? —se burló de sí misma.

No. Idoia en la espalda no tenía más que piel suave y salpicada de lunares. Estaba delgada, con unos pechos grandes, redondos y perfectos. Tenía también unos muslos delgados, lisos y atléticos. Era alta. Le gustaban los tacones y que su pelo rubio estuviera siempre casi blanco. Idoia estaba buenísima, como lo están esas chicas que salen en las películas y pasean después con vestidos de alta costura sobre alfombras rojas. Estaba buenísima con el «buenísima» que se supone que acuña la sociedad al completo. Cuando nos acostábamos no podía parar de pensar que me había tocado la puta lotería. Sin embargo, nunca pensé de ella lo que me vino a la cabeza viendo la foto de Margot en la orilla y que me avergonzó horriblemente: si la tierra tuviera cuerpo, si la naturaleza tuviera cuerpo, sería como Margot.

¿Quién cojones piensa en esos términos cuando ve a una mujer atractiva? Un chico muy dulce.

Dios..., me había convertido en un chico muy dulce.

Después de pasar el día en la playa conduje la moto de vuelta al hotel. No quería más frenaditas y gemiditos porque quizá Margot tenía razón y la falta de sexo me tenía demasiado hambriento como para seguir a dieta, pero no funcionó. Agarrada a mi cintura, con el pelo hacia un lado, ondulado y despeinado, con las piernas abiertas para que yo encajara entre sus muslos... Margot era una puta tentación. Y no lo pude evitar... conduje todo el rato que pude con una mano mientras la otra descansaba en su pierna.

Paramos en el supermercado que quedaba relativamente cerca del hotel, en dirección a Fira. La idea era comprar comida para el día siguiente, pues íbamos a pasarlo en Red Beach, pero cuando estábamos en el pasillo del alcohol, Margot tiró de mi camiseta, se abrazó a una botella y propuso:

—¿Y si nos cogemos un pedo en la habitación esta noche?

—¿Tú crees...? ¿No prefieres ir a ver la puesta de sol?

«—¿Quién eres y qué has hecho con David?

—Cállate, payaso; lo estoy haciendo por ti. ¿O quieres despertarte mañana desnudo en su cama?

—Bueno..., no suena tan mal».

—¿No eras tú el que decías que habíamos abandonado el plan del *loop* salvaje? No quiero que te aburras —me dijo, sorprendida por mi negativa.

—No me estoy aburriendo. Y... no soy muy de cogerme pedos.

—¡Ni yo! —Sonrió de oreja a oreja—. ¡Eso es lo divertido! Además, estaba en la lista.

—Y hacer topless... y aún no te he visto las tetas. —Por el amor de Dios, David—. ¿Ves? Es mejor que no beba.

—¡Venga! ¿Qué puede pasar?

Miré la goma del pelo que llevaba en la muñeca y la recordé con las mejillas sonrojadas por el vino confesándome que le encantaba hacer mamadas. Qué salvaje parecía con aquel pelo tan alborotado. Qué boca tan bonita. Nunca me había fijado en sus labios.

¿Me gustaba?

No. Solo me parecía atractiva. Y era encantadora. Podía ser muy dulce. Y muy divertida. Era mona también. ¿Podría ser traviesa? Me caía bien..., me sentía tan a gusto con ella..., disfrutaba tanto cada minuto...

Me gustaba.

¡¡Dios!! ¡¡Me gustaba!!

Tragué. Cogí la botella que me tendía y fui hacia la caja.

Nos dimos una ducha larga... por separado. Igual si nos la hubiéramos dado juntos hubiera podido correrme. Correrme en la ducha no era lo mío, debo admitirlo, pero me esforcé, sin resultado, para intentar descargar la tensión contenida. No hubo manera. Es muy difícil encontrar placer sexual cuando uno está tan asustado. Lo último que quería era ser un irresponsable por un calentón, estropearlo todo dejándome llevar con alguien que estaba herido. Yo también lo estaba. No quise echar el casquete de la venganza con una desconocida..., ¿cómo iba a querer hacerlo con Margot?

Me senté en la cama antes de vestirme, envuelto en la toalla, y decidí escribirle un mensaje a Domi. Podría haber escogido a cualquiera de mis amigas del pueblo pero ellas no conocían a Margot, hubieran hecho un mundo de aquello y no me dejarían en paz durante el resto del viaje. Domi: ella me ayudaría a dar con la respuesta. Escribí:

Creo que me gusta un poco Margot.

Pero finalmente me arrepentí y cambié uno de los verbos para suavizar:

Creo que me atrae un poco Margot.

Hice una mueca cuando la vi conectarse y la aplicación me avisó de que estaba escribiendo. Me iba a caer la del pulpo, estaba seguro.

Dominique:
¿Y? Lo dices como si fuera algo raro.

David:
No te entiendo.

Dominique:
Que Margot ya te atraía antes de irte.

David:
Eso no es verdad.

Dominique:

Uy, que no…

Pero no pasa nada. Margot te gusta. Te gusta pasar el tiempo con ella, te has ido de viaje a Grecia con ella sin apenas conocerla…

David:

Tenemos conexión. Eso es diferente. A lo mejor es que me he puesto cachondo porque soy humano y ya está. A lo mejor no tiene nada que ver con ella.

Dominique:

Vale. Te has puesto cachondo…, ¿así sin más? ¿Ella no ha mediado en el calentón? ¿No estabas mirándola o tocándola?

David:

Eso no son más que pruebas circunstanciales.

Dominique:

Por favor…, os habéis ido juntos a Grecia, repito. ¿Qué creías que iba a pasar? No te digo que seas un irresponsable que hace lo primero que le pide el prepucio, pero… si surge algo, ¿por qué pararlo?

David:

¿Qué dices? ¡¡Para nada!! Queremos recuperar a nuestras parejas, ¿te acuerdas? Te lo contó en la cena. Está loca por su ex. Hasta yo estoy loco por su ex: está buenísimo. ¿Y qué te digo de Idoia? Es una diosa, Domi. Yo quiero a Idoia.

Dominique:

Prrrrrrr.

David:

Ya sé que no te cae bien, pero… a mí me gusta Idoia. Yo quiero a Idoia. No podría salir con alguien como Margot de ninguna de las maneras. Ella, tan… princesa. Yo, tan perro callejero. Por favor. Ni en una película esto saldría bien. No me gustan las buenas chicas. Tú misma me lo has dicho un montón de veces: siempre la cago porque me van las malas. Las malvadas. Las que se hacen un guiso con mi corazón.

Dominique:

Pero ¿quién habla de una relación? ¿Sabes que puedes tener una aventura con alguien sin tener que casarte después?

Me has escrito buscando que te dijera: «¡Estás loco!», y no sé la razón por la que te da tanto miedo acostarte con alguien que no sea Idoia, pero… yo no pienso ejercer de madre victoriana. Echa un polvo. ¿Uno? ¡¡Veinticinco!! Estás en el paraíso y en mi idea del cielo se folla como un degenerado.

Salí de la habitación peor de lo que había entrado. Qué lío. Qué puto lío más tremendo. Y ella allí, sin darse cuenta de nada, con el pelo mojado, descalza y con ese vestidito tan inocente, negro, abotonado por delante y… con la espalda casi al aire. Le hubiera lamido la espalda.

—He pedido cena; me han dicho que tardará un poco —me dijo sonriente, girándose—. Mientras te dabas una ducha han traído una cubitera. ¿Quieres una copa? Creo que el vino ya está más o menos frío.

—Ehm…, vale.

Nos miramos. Bueno, yo la miré un poco de más, pero con interés científico: ¿había algo en ella que me gustaba mucho de verdad o solo estaba cachondo?

—Qué guapo —musitó después de echarme un vistazo.

—¿Yo?

—No, un tío de mi universidad del que me acabo de acordar. —La miré perplejo—. ¡Tú! ¡Claro que tú! Qué raro estás.

—¡Y tú! ¡Tú sí que estás rara! —contraataqué.

—Yo estoy como siempre. Eres tú, estás rarísimo desde esta mañana.

Manipuló el vino, intentando quitarle el protector. Qué torpe era.

—Anda, déjame a mí. Estás muy acostumbrada a que te lo sirvan, me parece a mí.

Me acerqué y al cogerle la botella rocé sin querer sus dedos. Había tenido su mano entre las mías un montón de veces..., no entendí el porqué de aquella corriente eléctrica. Arranqué el protector del tapón de un tirón, mirándola. Me tendió el abridor sin mediar palabra y yo introduje el tirabuzón en el corcho para hacerlo girar después. El tapón salió con un «glup» sordo y le di la botella.

—Eso ha sido sexi —confesó.

—¿Abrir la botella? —Fruncí el ceño.

—Sí. Abre botellas cuando estés con Idoia. Le gustará.

—No sé si todas las tías son igual de raras que tú.

—No sé si eres tan gilipollas siempre, pero trata de no serlo con ella.

Hice una mueca.

—Perdón. —Me froté la frente, mirando al suelo.

—¿Qué te pasa? Cuéntamelo. —Se acercó a mí y colocó su mano en mi brazo. Sus dedos acariciaron mi piel y el vello que la cubría—. Venga...

—Pon dos copas, por favor.

Intenté desviar la mirada de ella y fijarme, no sé, en los jarrones chaparros de color verde menta que había sobre la mesa. ¿De qué estarían hechos?

A la mierda. Volví a mirarla mientras servía el vino. Me imaginé rodeándola desde atrás, besando su cuello y susurrándole algo como que estaba harto de ver esa boca atendiendo cosas que no eran mi cuerpo.

Su sonrisa se ensanchó al pasarme la copa, bastante llena, por cierto.

—Chinchín, por nuestros planetas de procedencia, allá, fuera de la Vía Láctea.

En su cuello palpitaba una vena. En su cuello, largo, precioso, palpitaba una vena y yo me imaginé deslizando la lengua sobre ella. Cogí aire y...

Me bebí el vino de un trago.

—¡¡¿Qué haces?!! —se descojonó.

—Venga, ahora tú. ¿No querías cogerte un pedo?

Margot dibujó una cara de horror y palpó a su espalda en busca de una silla, pero cogí un pedazo de tela de su vestido, tiré de ella y negué con la cabeza. Miró la copa, a mí y, después de unos segundos de incertidumbre, se la bebió de golpe. Tosió, le dio una arcada y yo serví más vino.

—Por la sinceridad —propuse.

—David, ¿tú te drogas?

Me bebí otra vez el vino de un trago. Ella me miró hacerlo con los ojos bien abiertos y, cuando dejé la copa en la mesa, se bebió la suya.

—Dios, no está muy bueno —se quejó mientras un par de gotas se deslizaban por su barbilla.

«Tú sí que estás buena», pensé. «No, no sé si estás buena, pero me gustaría probarte. Me gustaría descubrir tu sabor y enseñarte también el mío».

—David, ¿es porque te estás aburriendo? ¿O quieres volver? Porque parece que quieres decirme algo y que no terminas de decidirte. No te preocupes por mí, ¿me oyes? Si necesitas salir, relacionarte con más gente, yo lo entiendo. Quizá deberíamos, no sé...

Alargué la mano hacia ella y Margot, de manera instintiva, hizo lo mismo. La yema de sus dedos, fría por haber estado en contacto con la copa, acarició mi palma y... antes de que pudiera reaccionar, tiré de ella hasta colocarla a dos escasos milímetros de mi boca. Quería besarla, pero, sobre todo, quería que ella quisiera que lo hiciera.

La escuché respirar profundo, mirándome desde tan cerca. Entreabrí los labios, ofreciéndome, y ella hizo lo mismo.

—Se nos está yendo la olla —susurró.

—¿Quieres o no?

La leve caricia de la punta de su nariz en la mía me pareció una invitación y... dejé de pensar.

Cuando embestí contra sus labios, los suyos estaban entreabiertos y húmedos. Podía saborear las notas más suaves del vino sobre ellos mientras los pellizcaba. La copa que Margot llevaba en la mano cayó con suavidad sobre la mesa y después sus dedos se internaron entre los mechones de mi pelo, pegándome más a ella. Mi brazo izquierdo le envolvía la cintura y mi mano derecha había entrelazado los dedos con la suya mientras nos besábamos. Nos estábamos besando.

Pero... ¿qué coño?

Fue mi lengua la que tomó la iniciativa, pero Margot bailó con ella algo tan lento y tan sexual que gemí y... solté su cintura para poder deslizar la mano abierta sobre su culo. Ella soltó mi mano para hacer lo mismo agarrando el mío con ganas. Con muchas ganas.

La empotré contra el mueble de la televisión para girar a continuación y subirla a la mesa con un estallido de cristales al que no hicimos ni caso. Nuestras lenguas se lamieron con una desvergüenza que no conocía. Me mordió el labio. Le mordí la barbilla. Empujó mi culo entre sus piernas. La atraje por las caderas hacia el borde de la mesa y froté mi bragueta abultada contra sus bragas negras, que empezaban a humedecerse.

Jadeábamos. Sé que jadeábamos cuando volví a meterle la lengua en la boca, desesperado porque nunca un beso me había dado tanta sed. Quería tirarle del pelo, acariciarle las tetas, arrancarle las bragas, restregar mi polla entre los labios húmedos de su coño y esperar a que me suplicara que la penetrara. Quería acariciarle las sienes, besar su cuello, abrazarla, olerla, prometerle que nunca le haría daño, que conmigo sería libre. Quería demasiadas cosas como para poder pedir una sola.

Agarré sus muslos, la cargué sobre mí y la llevé a trompicones hasta el marco de la puerta de su habitación, donde sus pies volvieron a tocar suelo y nos miramos, jadeantes, mientras nos acariciábamos el pecho el uno al otro. Era la prueba de fuego, era el momento del consentimiento, que llegó en forma de un tirón a mi camiseta, como indicación clara para que siguiéramos dentro del dormitorio. No había marcha atrás.

Dos días en Santorini y ya andábamos así. Cuando me tendí encima de ella, en la cama, una parte de mí no se lo podía creer. La mitad de esa parte de mí estaba indignada por mi falta de voluntad y la otra se sentía fuera de sí; ilusionado, enloquecido, como si después de años de esfuerzos acabara de alcanzar el puto Nirvana.

Cómo se arqueaba debajo de mí. Cómo abría la boca, hambrienta, para lamerme la boca, para morder mi cuello, para gemir cuando buscaba su coño con la bragueta de mi pantalón.

Me quitó la camiseta y yo le abrí de dos tirones torpes los botones del vestido. Como había podido comprobar por su espalda desnuda, no llevaba sujetador y, a pesar de la poca luz que entraba desde la terraza, dejé sus dos pechos a la vista; no eran muy grandes pero me parecieron perfectos. Bajé la cabeza dejando un reguero de besos en su cuello y en su escote, hasta cerrar los labios sobre su pezón izquierdo. Ella se arqueaba sin parar; parecía que su cadera pedía atención hacia una parte de ella que palpitaba tanto como mi polla.

Le metí el dedo pulgar en la boca mientras seguía succionando, tirando, lamiendo, mordiendo y soplando su pezón. Ella lo lamió con los ojos cerrados, enloquecida. Si me gustaba la Margot que daba un brinco cuando se asustaba, si me divertía hasta la demencia la que tartamudeaba nerviosa..., la que se volvía loca de cachonda era mi preferida.

Saqué el dedo de entre sus dientes y bajé la mano por su estómago mientras ella buscaba cómo abrir mi bragueta. Me descentré un segundo de mi propósito de hacerla gritar para incorporarme y facilitarle el trabajo de llegar hasta debajo de mi ropa interior. Me puse de rodillas, desabroché el pantalón y dejé, con los ojos cerrados y la cabeza hacia atrás, que me manoseara primero sobre el calzoncillo y después agarrando directamente mi polla y agitándola con firmeza pero con suavidad.

Creo que dije algo. Algo como «sigue», «así» o «me gusta», pero me conozco y, cuando enloquezco en la cama, soy capaz de decir cualquier cosa; quizá le dije que quería meterle la polla hasta que le llegara mi leche hasta el tobillo o quizá que la quería. Vete tú a saber. Solo sé que, fuera lo que fuese lo que le dije, le gustó, porque su mano empezó a moverse más deprisa. Y me corría.

—Espera, espera —susurré—. Aún no te he tocado.

Volví a besarla. Me dijo, entre besos, lengua, mordiscos y jadeos, que estaba muy cachonda. Ah..., a la pequeña Margot le gustaba hablar durante el sexo, ¿eh?

—¿Cuánto...? —le pregunté, acercando y alejando mis labios de su boca para provocarla.

—En mi puta vida he tenido tantas ganas.

Deslicé mi mano por su cuerpo, hacia abajo, mientras la besaba apasionadamente. Tomándole prestada la expresión, en mi puta vida había sentido que me besaran en tantas partes de mi cuerpo. Ni siquiera la primera vez que una niña me metió la lengua en la boca y yo, en el acto, pensé que me había corrido.

Metí la mano por debajo del elástico de sus bragas y noté que estaba húmeda. Muy húmeda. Tan húmeda que..., lo admito, me extrañé.

—Margot —gemí, besándole el cuello entre palabra y palabra—, ¿siempre estás tan húmeda?

—¿Qué? —preguntó confusa.

—Estás muy mojada. Pero mucho.

Localicé su clítoris entre sus labios y froté. Chapoteaba, lo juro. La habitación se inundó de sonidos.

—No —gimió.

—¿No, qué? ¿Quieres que pare?

—No. No. No suelo estar tan húmeda.

—Te está gustando... —Lo dejé en el aire, casi más como pregunta que como afirmación.

No respondió, y... se me ocurrió sacar la mano de sus braguitas y mirarme los dedos. No sé por qué se me ocurrió. Fue cuestión de instinto, quizá. Pero bajo la poca luz que, como he dicho, entraba desde la terraza a través de las cortinas entreabiertas, lo entendí.

Apoyé la frente en su hombro con un suspiro de frustración.

—Margot...

—¿Qué? ¿Qué pasa?

—A mí no me importa, pero... estás sangrando.

La luz se encendió como si hubiera impactado un rayo en la cama y a ambos nos costó ver con claridad. Cuando lo hicimos, aquello era un cuadro. Un verdadero cuadro. Mi mano derecha, el cubre, las sábanas, un poco de almohada, mis vaqueros, sus muslos..., todo manchado.

—¡Me cago en mis putos muertos! —exclamó.

Le había bajado la regla. ¡Le había bajado la regla! Se miró, me miró.

—No pasa nada —susurré—. De verdad. No es nada.

—Qué-puta-vergüenza.

—¿Qué? ¡No!

Pero no pude añadir más, porque de un salto salió de la cama y, con un portazo, se encerró en el cuarto de baño.

Cuando salió, yo ya me había lavado, me había puesto el pijama y había arreglado, como pude, lo de su cama, aunque poco se podía hacer. Margot salió algo pálida, alborotándose el pelo, mirándome desde el quicio de la puerta de su habitación con una expresión..., como la que pones cuando no tienes ni puta idea de qué cara poner.

—Dios... —Resopló y miró al suelo.

—No pasa nada, Margot.

—Ya lo sé, joder —se quejó—. Me ha bajado la regla, no he mandado una carta con ántrax a toda tu familia.

Sonreí.

—¿Entonces?

—Entonces... —Sonrió también, pero con timidez—. Es solo una jodida señal.

—¿Una señal?

—Una señal de que lo que estábamos haciendo era muy divertido...

—Muchísimo —apuntillé.

—Pero una liada.

Me humedecí los labios, cogí aire y miré hacia otra parte.

—Estamos aquí para buscarnos, ¿no? —siguió diciendo—. Para encontrar los motivos por los que no funcionó con nuestras parejas y arreglarlo. Lanzarnos a esto no tiene ningún sentido.

—También puede ser que estemos aquí para pasarlo bien y ya está.

¿Se nota que a mí todavía me apetecía mucho?

—Éramos amigos.

—Somos amigos —aseguré asustado.

—Yo no me acuesto con mis amigos.

—Ni yo.

—¿Ves? Quiero arreglarlo con Filippo y tú quieres volver con Idoia. ¿Qué coño estábamos haciendo? Es mejor no seguir por ahí.

No quise insistir, pero en mi cabeza no dejaba de repetirme que, quizá, nosotros no éramos como los demás y que todo aquello que habíamos sentido no iba a quedarse doblado en la maleta, junto a la ropa, esperando a diluirse en el olvido.

—¿Estás de acuerdo?

—No. —Me reí—. Pero quizá me habla el cacahuete.

—Eso es mucho más que un cacahuete. —Levantó las cejas—. Eso es un pepino.

Me mordí el labio superior. Joder. ¿Por qué avisé? A mí la sangre no me asustaba. Podría haber sacado el condón de mi cartera, haber echado el polvo de nuestra vida y que descubriera la sangre después, cuando todo estuviera hecho.

—Te lo he dicho porque creo que tienes derecho a decidir si quieres seguir cuando han cambiado las circunstancias, no porque a mí me importe, ¿vale?

—Vale. —Asintió—. Pero así es mejor.

—Vale. —Asentí también—. ¿Cómo estás? Mis amigas siempre dicen que les duele horrores.

—No, si me encuentro bien. Esa ha sido la putada: cero síntomas.

—Bueno.

—La hemos cagado, ¿no? No volveremos a estar cómodos en todo el viaje —me preguntó con terror en la mirada.

—No te preocupes, ojitos. —Le sonreí—. Nos vamos a esforzar por hacerlo bien. Como si nada hubiera pasado.

—¿Qué dices que ha pasado? —bromeó.

—Eso es. Ven.

Se acercó dubitativa y la abracé. Quería que cambiara de opinión, pero también quería cambiar de opinión yo. Estaba hecho un lío. Sabía que aquello era lo mejor, aunque me fastidiaba horrores.

—Lo siento —le dije.

—No hay nada que sentir. Hemos sido los dos. Los frenos de la moto y el síndrome premenstrual. Somos víctimas de las circunstancias.

Alguien llamó a la puerta y, en el mismo instante, el móvil de Margot emitió un sonido en la mesita de noche.

—Será la cena —me dijo.

—Voy yo. ¿Quieres que le diga que cambien las sábanas?

—Ay, no. Qué vergüenza. —Se rio—. Mañana ya. Voy a... —Señaló la mesita de noche, donde tenía el móvil cargando.

—Sí, sí. Voy a abrir…

Un chico entró con un carrito y, al ver la copa rota sobre la mesa, se me quedó mirando sin saber qué hacer.

—¿Fuera? —Arqueé las cejas y dibujé una mueca, esperando que me entendiera.

Asintió y arrastró el carro hacia la terraza. Margot apareció resuelta, con el móvil en la mano, y se asomó para decirle algo mientras yo me agachaba a recoger los cristales más grandes, que habían ido a parar al suelo.

—Déjalo, te vas a cortar. Le he dicho al chico que se lo lleve. Él lleva guantes.

Dejé los pedazos sobre la mesa. Nos miramos.

—Era Filippo, ¿verdad?

—Sí. —Asintió.

—¿Y qué se cuenta? —intenté sonar despreocupado.

—Me ha enviado una de nuestras canciones. Dice que no deja de escucharla y de pensar en mí.

Nos mantuvimos la mirada. Me apetecía. Toda ella me apetecía. Podría haberme contentado con besarla toda la noche, acariciarla despacio… y yo también le apetecía. Lo sabía.

—Menos mal que hemos parado —me dijo.

—Sí. Menos mal.

El chico del servicio de habitaciones apareció en ese preciso momento y yo me escaqueé y salí fuera, donde pude disimular con algo más de éxito que me había molestado. ¿Qué en concreto? Todo. Desde parar hasta que quisiera hacer como si nunca hubiera pasado. Y lo de ese tío. Lo de ese tío también. Que ese tío quisiera volver a su vida me sentaba como una patada en el estómago.

Mierda.

36
Todo nuevo bajo el sol

Me desperté, como venía siendo costumbre en los últimos dos días, por los sonidos y la luz entrando en la habitación. Me torturaba pensar en los días en los que el despertador volviera a mandar sobre todas aquellas sensaciones: la luz, el tacto de las sábanas frías bajo los pies, la pereza de que todo el tiempo sea tuyo. Pero es que, además, allí todo era mejor; el mundo despertaba con calma, el agua de la piscina bailaba girando, girando, girando en remolinos provocados por el depurador, los pajaritos gritaban felices por las sobras de algún desayuno olvidado durante un momento en la terraza del restaurante. Recuerdo que pensé que me iba a costar volver a la rutina.

Intenté alcanzar la mesita de noche, pero me sentí un poco desorientada cuando no encontré mi móvil sobre ella. Después David se movió detrás de mí y recordé.

Recordé que la noche anterior me besó. Recordé ese «¿Quieres o no?» que me puso tan perra. Y los mordiscos, los lengüetazos y las manos tocándolo todo hasta llegar a la cama. Recordé su polla en mi mano, dura, gruesa, cálida, y sus dedos entre mis piernas, frotando. Recordé la sangre, la vergüenza y la cena, intentando hacer ver que no había pasado nada. Recordé su ofrecimiento:

—Puedes dormir en mi habitación si quieres.

Las sábanas estaban manchadas y, bueno, no sé si sirvió de excusa, pero no acostarme allí me pareció lo más lógico. Nos dormimos abrazados en la suya, después de hablar durante un par de horas: sus amigos del pueblo, su madre, la mía, mi año en Estados Unidos; cualquier tema era bueno para desviar la atención sobre lo que habíamos hecho. Y si nos dormimos abrazados, nos despertamos en la misma postura porque en aquel hotel el maldito aire acondicionado no se podía apagar nunca, solo regular un mínimo, y hacía el típico fresquito que te invitaba a buscar el calor de otro cuerpo.

—Buenos días —musitó la voz de David a mi espalda.

Me volví para mirarlo. Siempre se despertaba algo ojeroso y muy despeinado. Estaba guapo, aun con las ojeras, las greñas y los labios hinchados. Y me apeteció besarle, como si en lugar de olvidar lo que había pasado, tal y como acordamos, hubiera olvidado nuestro acuerdo.

—Qué pelos —me burlé.

—Tú, sin embargo, parece que acabas de salir de la pelu, chica.

No sé si me tranquilizó o me martirizó intuir que lo de la noche anterior ya no existía para él.

—Qué dolor de espalda —se quejó, colocándose boca arriba con un gemido.

—¿Por el colchón?

—No. Creo que es porque no estoy acostumbrado a dormir con alguien y me he pasado la noche retorcido encima de ti, como Gollum. Ha hecho frío.

—Tú no te preocupes, que te pido una manta en recepción. —Le sonreí—. Además, es una suerte que vayan a cambiar mis sábanas hoy y ya no te moleste más en todo el viaje.

Apoyé la cabeza en mi mano y el codo en la almohada. Él me miró y sonrió. Durante unos segundos, no se dijo nada en aquella habitación…, al menos no se dijo con la voz, pero sí con la mirada.

—¿Qué? —probé suerte.

—Ah, no. No hagas eso.

—¿El qué?

—Pincharme para que sea yo el que rompa la promesa.

—No tengo ni idea de a qué te refieres —dije con sorna.

—Claro que lo sabes, pero ahí vamos: por mí, no habría más cama que esta de aquí a Madrid.

Le tapé la boca. Besó mi palma. No parecía que fuéramos a comportarnos como si nunca hubiera pasado nada y... me sentí aliviada.

Pero... ¿y Filippo, Margot? ¿Y Filippo?

Me levanté y miré la hora.

—Se nos ha pasado el desayuno.

—Podemos pillar un par de cafés en la panadería que hay yendo hacia la carretera —sugirió, desperezándose entre las sábanas.

Qué fácil era todo con él. Vale que estábamos de vacaciones, pero para cualquier cosa, David siempre tenía una respuesta, una solución o, por el contrario, una huida divertida hacia delante. Eché un vistazo a la cama. Allí tumbado, con el brazo bajo la nuca, sin camiseta, despeinado, entre tanta sábana blanca...

—¿Qué miras?

—Parece que estás amortajado, destápate un poco, hombre —aproveché.

—¿Quieres ver algo en especial?

—¿Tienes reparos en enseñar algo en concreto?

Echó a un lado el cubre y las sábanas con una expresión de superioridad y pronto entendí por qué. «Buenos días a ti también, querida polla de David que saludas alegre». Joder..., me apetecía mucho volver a meterme en la cama.

—Tengo que pasar por el supermercado. —Hice una mueca, despegando los ojos de la erección que no se había cortado un pelo en enseñar—. Se me olvidó meter tampones en el equipaje. Encontré un par en las bolsas de aseo, pero voy a necesitar más.

—Claro. Ahora pasamos. ¿Conduces tú?

—Tendré ojo con los frenazos.

—No vaya a ser que vuelva a empotrarte contra un mueble mientras te meto la lengua hasta la garganta.

Me escabullí hacia mi baño.

Fue él quien entró al supermercado. Al volver, traía una caja de tampones para mí y algo más que metió en su mochila con bastante misterio. Barajé la posibilidad de que fuera una caja de condones para usar con otra en cuanto tuviera la oportunidad y me enrabieté como una chiquilla por dos razones: una, que no quería que ninguna turista afortunada se retorciera de placer con David encima (o debajo o al lado o detrás o de frente), y dos, porque el punto número uno no era nada coherente con lo que, con tino y madurez, le dije la noche anterior. ¿Qué me estaba pasando? No dejaba de rememorar lo que hicimos e imaginar mil finales diferentes. Nadie me había besado como él y, aunque sabía que estaba mal…, me sentí tan viva… como cuando tenía quince años y aún albergaba la esperanza de ser libre.

El trayecto hasta Red Beach duró unos quince minutos largos y, al llegar, nos encontramos con que había mucha menos gente de lo que esperábamos.

—¿Habremos tenido suerte?

Bastante. Era tarde y, como no había más que un chiringuito bastante cutre, la gente se marchaba a comer, dejando su sitio libre en la mayoría de los casos. Tiramos nuestras toallas sobre la arena y David pareció tan feliz que ni siquiera eché de menos alquilar una hamaca.

—Están todas ocupadas —dijo mirando la zona donde se encontraban—. Pero si quieres luego…

—No. Aquí estamos bien.

Y al decirlo, le abracé la cintura por detrás, apoyando la barbilla en su hombro.

Volvía a llevar su bañador negro, cortito y algo apretado. Yo llevaba un bikini estampado con dibujos de limones; la braguita tenía un volante muy gracioso, que pareció gustarle.

—Vas perfecta para seguir cumpliendo puntos de la lista, ¿no? —dijo mientras se ponía protector solar.

—¿Para el topless, quieres decir?

Asintió, y me dio la espalda para que le extendiera la crema por detrás. Me recreé, lo admito.

—Que digo yo —aproveché que no me veía la cara—, que podré tachar ya el punto de la noche loca, ¿no?

—Uhm… Yo diría que no.

—¿Por qué?

—Porque tendrías que haber obtenido gratificación, ¿no te parece? —Me miró por encima del hombro, con una sonrisa canalla.

—Sufrir no sufrí.

—En mi opinión, es como tachar de la lista comer por haber sostenido unos cubiertos.

Le di una palmada, anunciando que ya estaba, y me concentré en ponerme crema yo también.

—¿Te voy dando en la espalda? —se ofreció.

—Sí.

—¿Desabrocho? —Levantó las cejas, bromeando.

Me reí. Miré al alrededor y luego a él.

—¿Te imaginas?

—Uhhhhh —se burló—. ¡Qué salvaje! ¿Cómo vas a quitarte la parte de arriba del bikini como… por lo menos, por lo menos…, dos docenas de chicas en esta playa?

—Pero yo no soy de esas dos docenas de chicas. —Me aparté un poco el pelo—. He crecido escuchando a mi madre enumerar todo lo que es vulgar en una mujer y resulta que engloba prácticamente todo lo que es divertido.

—Ese es el concepto de vulgaridad de tu madre. ¿Cuál es el tuyo?

—Enseñar las tetas en la playa no está incluido en el concepto, eso seguro.

Miré a David por encima de mi hombro y sonreí con cierta malicia.

—Venga. —Moví un brazo—. Desabróchalo.

Arqueó las cejas.

—¿En serio?

—Pero creo que ha llegado el momento de decirte que no sé si me veo besando a una mujer.

El lazo de mi espalda desapareció entre sus dedos y yo me agaché a por la crema de mayor protección, en stick, para ponérmela en los pechos. David me miraba embobado cuando dejé caer el top del bikini y me concentré en la tarea.

—Si sigues mirando… —le advertí sin levantar la mirada hacia él.

—Me mearé en la cama.

—Lo de mearse en la cama dicen que es si te embobas con el fuego, creo.

—Pues eso…

Lo miré. Me sonrió mientras se apartaba con los dedos el pelo de la frente.

—Es superbaboso y asqueroso que me mires las tetas —insistí.

—No te las estoy mirando —contestó con los ojos clavados en los míos—. Pero son preciosas. Y ahora, si me disculpas, me voy al agua.

Una familia con niños reía mientras construía castillos en la arena. Dos chicos hablaban, muy cerca, de algo que les hacía gracia. Un perro ladraba, recorriendo la orilla y salpicando a los bañistas que entraban y salían. En mis auriculares sonaba «Lights up», de Harry Styles, mientras intentaba concentrarme en la lectura de un libro sobre el uso de nuevas tecnologías en estrategias de internacionalización, actualización y asentamiento de imagen de marca. Unas gotas me cayeron en la espalda.

—Ese libro es un coñazo y lo sabes. —David se tumbó a mi lado y con los dedos aún mojados dibujó un par de figuras sobre mi piel, uniendo las gotas que habían caído de su pelo.

Se había puesto las gafas de sol. Joder. Putas gafas de sol. Cerré el libro y aproveché para quitárselas cuando se tumbaba boca arriba.

—¡Ey! —se quejó—. Dámelas. Cae un sol del infierno.

—Vamos a tener la fiesta en paz, David. Con ellas estás muy guapo —advertí.

Me coloqué de lado y él hizo lo mismo, apoyando la cabeza en el antebrazo.

—Estás casi desnuda a mi lado. Merezco mis gafas de sol.

—Hacemos una cosa. Me pongo la parte de arriba del bikini y tú te olvidas de las Ray-Ban, así estaremos en igualdad de condiciones.

—No. —Me las arrebató y se las puso—. Así ya lo estamos. Tú cumples con tu lista y yo compenso.

—Así no veo dónde miras.

—A tus tetas. No lo dudes ni un segundo.

Quise sentarme encima de él, peinarle el pelo húmedo con los dedos…, quizá hablar sobre la noche anterior; si hubiera sido cualquier otro tío no me hubiera atrevido a pensar en sacar el tema, pero era él y con él siempre me sentía cómoda. Tranquila. Segura bajo mi piel.

Abrí la boca para decir su nombre y dejar en el aire unos cuantos puntos suspensivos, esperando que me ayudara a abordar el tema, pero mi móvil empezó a sonar.

—No me jodas, hombre —farfullé—. Aquí no debería haber cobertura.

—A lo mejor es Filippo, que se lo ha pensado mejor y viene a por ti en helicóptero.

—Vete a la mierda.

Intenté incorporarme con la mayor elegancia posible y alcancé el móvil del bolsillo de la mochila de David.

—Ay, Dios —farfullé cuando vi la procedencia de la llamada.

—¿Trabajo?

—Peor. Mi hermana Candela. Voy a alejarme un poco, ¿vale?

—Vale. —Asintió—. Así no escucharé nada cuando le cuentes lo de anoche.

Ni contesté. Tuve suficiente con ponerme de pie en la arena desigual y blanda y alejarme sin parecer una excombatiente alcanzada por una granada.

—¿Qué? —respondí.

—No te lo vas a creer.

—Yo también estoy bien. Sí, el retiro para pensar en mí y en mis prioridades está yendo genial, gracias por preguntar.

—Jooooder, qué humos, reina.

—¡¡Es que estoy hasta la tota!! —lloriqueé, mirando por encima de mi hombro a David acomodarse para leer su libro.

—¿Quieres contarme algo?

—No —contesté rotunda—. ¿Ahora qué ha pasado?

—A Patricia le han llegado más fotos del detective. Te las he mandado. Necesito que las veas.

—¿Qué coño me estás contando? —me asusté.

Me quité el teléfono de la oreja y busqué un poco de sombra bajo unas rocas, al faldón de la ladera por la que habíamos bajado para acceder a la playa, y me senté como pude para abrir el mail que me acababa de mandar Candela. Y tenía razón, no me lo podía creer. En las fotos, dos tías rubias y altas vigilaban..., escondidas detrás de un contenedor de reciclaje, mirando a través de un periódico enorme (plantadas en mitad de una calle llena de gente..., lo que se llama DISCRECIÓN en mayúsculas), usando un carrito de bebé para desplazarse «sin ser vistas». Miré hacia el cielo, me revolví el pelo y pedí fuerzas al cosmos.

—Pero ¿qué quiere decir esta mierda? —le pregunté.

—Pues para empezar, que el detective no era tan malo como creíamos. Nos ha pillado siguiéndole.

Me salió una risa camuflada por la nariz.

—No sabes el pollo que le ha montado a Patricia. Que le devolvía el dinero, pero que no se pusiera en contacto con él nunca más. Se ha sentido acosado. Acosado. Al parecer, tu hermana mayor le ha dicho en alguna ocasión «qué detective tan atractivo he tenido la suerte de encontrar». El señor se ha creído que Patricia era una pirada obsesionada con él.

—A tu hermana se le va la flapa. Dime que no la va a denunciar ni nada.

—No, no. Al final le ha devuelto parte del dinero a cambio de la promesa de que no volverá a saber nada de ella.

—Espero que le haya valido de escarmiento y que haya aprendido la lección —contesté muy seria—. El acoso no es divertido, Candela.

—A mí no me lo digas. Es tu hermana la que se está poniendo asquerosa.

Miré hacia David. Estaba abriendo una lata de cerveza. Quise ser todas las gotitas de agua que salieran despedidas al hacerlo.

—Ha contratado a otro tío —anunció Candela.

—¿Qué dices? —Me volví hacia el mar de nuevo—. ¿En serio?

—Sí, pero este es un loro. Tendrá doscientos años. Creo que se lo encontraron en las Pirámides de Egipto.

Me eché a reír tapándome los ojos.

—¿Hay alguien normal en esta familia? —Lancé la pregunta al aire.

—Creo que papá era normal.

—No creo. ¿Qué hacía entonces casado con mamá?

—Uhm…, nunca lo había visto desde ese punto de vista. Bueno, ¿y tú qué?

—¿Yo?

Eché un vistazo hacia atrás. Putas gafas de sol.

—Sí, tú.

Silencio. Estaba debatiéndome sobre si compartir aquella información me haría sentir bien o mal.

—Ya os habéis enrollado, ¿no?

Solté un lloriqueo de incomprensión y ella chasqueó la lengua.

—¿Os habéis acostado?

—¡No! Bueno…, íbamos a hacerlo.

—¿Pero?

—Me encantaría decir que en una lucha encarnizada entre mi raciocinio y lo que le apetecía a mi berberecho ganó el sentido común... pero no. ¿Tú has visto *Carrie?*

—¿La versión antigua o la nueva? Da igual, me quedo con el libro.

—¿Te acuerdas de esa escena en el baile, casi al final?

—¿Cuando a ella la llenan de sangre de cerd…? ¡¡Espera!!

—Sí. La cama terminó como si hubiera sido atrezo de *La matanza de Texas.*

—Qué palo, ¿no?

—Pues, ¿la verdad? No. Más bien vaya mierda, porque no sabes cómo toca, cómo besa, cómo…

—Vale, vale, vale. Tranquilita. ¿Y ahora?

—¿Ahora? Pues… —Vigilé por encima de hombro—. Vamos a hacer como si no hubiera pasado nada.

—Pero ¿cuándo pasó?

—Anoche.

—¿Y vais a hacer como si no hubiera pasado?

—Sí.

—Eso no te lo crees ni tú. —Se rio.

Me aparté el pelo de la cara, agobiada.

—Yo quiero a Filippo —aclaré.

—Vale.

—Esto no es justo.

Candela no dijo nada.

—Quiero volver con él.

—Vale —repitió mi hermana.

—¿Crees que él se habrá acostado con alguien? Quiero decir…, estaba muy enfadado conmigo, está de vacaciones con sus amigos y…

—Frena. No tengo ni idea de lo que ha estado haciendo Filippo; a mí lo que me interesa es lo que haces tú. Si él se hubiera acostado con alguien, ¿eso qué cambia para ti?

—Pues…, mujer, cambia un poco el mapa de la situación…

—¿No querrías volver con él?

—Yo quiero volver con él —repetí—. En septiembre, cuando nos veamos, tendremos que ver qué era lo que estaba mal y arreglarlo…, pero quiero estar con él.

—¿Y con David?

—David es un amigo.

—Con los amigos no se folla.

—Bueno, con los amigos no se folla, pero a lo mejor con David sí.

—¿Saldrías con David? —me preguntó—. ¿Podrías tener una relación con él?

—No. Ni loca. Este tío es un caos. —Me supo mal y lo miré. Pobre. Ese juicio no era justo. Solo estaba en un momento complicado. Como yo—. Bueno, decir que es un caos también es injusto, pero la cuestión es que no, no podría estar con nadie como él.

—¿Por qué?

—¿Cómo que por qué? Pues porque… no. Ni siquiera me lo he planteado.

—Tú te estás metiendo en la boquita del lobo. —Suspiró—. Margot…, ese tío te hace reír.

—Coño con la risa. Dani Rovira también me hace mucha gracia y no lo dejaría todo por él.

—Ay, tía, ya me entiendes.

Me quedé mirando a lo lejos un par de barquitos que se acercaban a la playa. Allí, donde el mar parecía fundirse con el horizonte, el agua relampagueaba en dorados y turquesas.

—¿Margot? ¿Estás ahí?

—Estoy, Candela. Estoy…, estoy en una playa increíble, de arena roja, con el agua cristalina, en tetas…

—¡¿¿En tetas??! ¿Tú?

—En tetas. Yo. La misma que te va a colgar el teléfono y que va a dejar de teorizar. ¿Me oyes, Candela? Porque voy a colgar el teléfono y a vivir. Pero a vivir como si me fuera a morir al aterrizar en Madrid. Y viviré en secreto todo lo que me apetezca. Si me apetece chupársela, se la dejo en carne viva. Si me apetece que me la endiñe por el culo, bienvenida sea a la puerta de atrás. ¿Y sabes qué? Que nadie lo sabrá. Como nadie sabe qué cojones está haciendo Filippo. ¿Cuándo fue la última vez que fui egoísta? ¿Eh? Porque me piré de mi boda, ya lo sé; qué puta vergüenza para la familia de la gata madre, pero ¡¡es que…!! Que voy a gozar y ya está. Ale.

Colgué el teléfono y me quedé mirándolo como si acabara de caer desde un platillo volante. A mi lado, una familia me miraba un poco alucinada. Supongo que por el tono. Recé por que no hablaran español, pero no me quedé lo suficiente para averiguarlo. En cuanto al móvil, este me volvió a sonar en la mano con la notificación de un wasap de Patricia.

> Estás comunicando. Llámame. Estoy mal.

Me lancé hacia donde David esperaba tomando el sol.

—¿Todo bien? Has tardado... —preguntó cuando intuyó mi sombra.

Tiré el móvil encima de la toalla y me marché de vuelta hacia la orilla, donde me interné en el mar sin mirar atrás.

El agua me refrescó la piel que el sol iba enrojeciendo y las ideas, como lava, fueron endureciéndose al contacto con el mar. Más firme, más fría, inamovible.

Era consciente de que una aventura siempre hace daño a alguien. Yo quería arreglarlo con Filippo y... también quería seguir conociendo a la Margot que nacía cuando David me tocaba. No. La Margot que emergía cuando se sentía completamente libre, cuando nadie iba a juzgarla. Quería saber qué se sentía cuando una tomaba decisiones solamente por sí misma.

Cuando llegué donde David estaba tumbado, le quité el libro de la mano sin mediar palabra y se lo dejé en mi toalla bocabajo. Me senté a horcajadas en sus muslos, un poco más abajo de la zona que había estado sobándole la noche anterior, eso sí. Lo de liberarse es una cosa y una sesión de *petting* en una playa pública, otra muy diferente. Pensé que se incorporaría asustado como un resorte, pero se quedó quieto, mirándome. Mi pelo, hacia un lado, se ondulaba, secándose con el sol. De mis pezones caían gotas caprichosas aquí y allá sobre su pecho, donde coloqué una mano al inclinarme.

—Sí. —Asintió serio.

—Sí, ¿qué?

—A lo que pidas, sí.

No hubo beso, pero la caricia que me dedicó con su dedo pulgar recorriendo mi espalda dijo mucho más.

Problemas.

37
Un plan perfecto

Si te digo que, en realidad, nada importante cambió entre nosotros después de tomar aquella decisión, seguramente no te lo creas. Pero fue así. Nada cambió. Seguimos siendo David y Margot y, durante buena parte de aquel día, solo fuimos el David y la Margot de siempre, lo que me hizo pensar que había habido algo desde el principio... algo tácito, íntimo, solo nuestro.

Nos hicimos fotos (y qué bonita esa en la que estamos tumbados, escondiendo mis pechos con su brazo, carcajeándonos en la arena rojiza), buceamos en busca de pececitos con sus gafas, por turnos. Vigilamos la puerta del baño mientras el otro hacía pis y nos comimos unos bocadillos, en los que igual metimos tzatziki, fiambre de pavo que patatas fritas. No había normas a su lado. Cualquier imposición podía ser desafiada con un «¿por qué?». Si mi madre me hubiera visto ser tan feliz se hubiera muerto.

La habitación estaba congelada cuando entramos, quizá porque nos habían dejado un plato con fruta en la mesa del salón y no querrían que se pusiera pocha.

—El gasto energético de este hotel roza lo irresponsable —musitó él—. Me voy a chivar a Greta Thunberg . —Se metió una uva en la boca y sonrió mientras masticaba—. Voy a darme una ducha.

—Yo también.

—¿Conmigo? —Arqueó las cejas.

—Pregúntamelo en unos días.

Me encaminé hacia mi cuarto de baño, pero David corrió a atraparme entre sus brazos y me cogió en volandas.

—¡¡Para!! —grité divertida.

David intentaba abrir la puerta que daba a la terraza conmigo a cuestas, trabajo harto difícil con lo que yo me movía, tratando de huir.

—David, en serio, que tengo que ir al baño —me quejé.

—Calla un rato.

Pataleé y, sin querer, le di al marco de la puerta, que se abrió de par en par. David me agarró con fuerza y corrió hacia la piscina sin pensárselo dos veces: con la camiseta, las gafas de sol, las chanclas. Recuerdo la tela de mi vestido flotando a mi alrededor, rodeada de burbujas, y a David delante de mí aguantando la respiración, con las gafas aún puestas. Recuerdo aquellos segundos bajo el agua con casi más nitidez que muchos de los momentos que en teoría deberían haber marcado mi vida. La luz rebotaba en el azul de las teselas que cubrían el fondo de la piscina y las manos de David, en lugar de soltarme, me asieron más fuerte para emerger juntos, con las piernas entrelazadas y jadeantes. Aquellos cinco o seis segundos duraron horas. A veces, en el mismo instante en el que vives algo sabes que pasarás años deseando vivir perdida en ese recuerdo.

Y es una lástima que la vida no sea una película en la que podamos ir escogiendo la banda sonora que merecemos en cada momento, porque allí nos merecíamos escuchar una de esas canciones ñoñas y apoteósicas que nos hiciera comprender que uno ya es afortunado viviendo y sintiendo las cosas, aunque sea a destiempo y con alguien con quien no se deberían vivir. Uno no puede escoger guardar un poco de emoción para vivirla más tarde con quien todo parece apuntar que toca hacerlo.

Y allí, empapados, agarrados, sonrientes, felices…, no podía dejar de mirarlo y de preguntarme cómo era posible que convivieran en mí dos necesidades contrapuestas: volver a tener a Filippo cerca de mí y David. David en general.

—¿Qué? —preguntó.

—¿Qué canción escogerías para que sonara ahora?

—¿Te cubre el seguro médico necesidades psiquiátricas en el extranjero? —Sonrió.

—Lo digo en serio.

—«Never tear us apart», de INXS —contestó resuelto en un inglés bastante rígido.

Le quité las gafas de sol y eché los brazos alrededor de su cuello.

—No la conozco.

—Lo siento. Soy un nostálgico de los ochenta —dijo mirándome los labios.

—Ni siquiera habías nacido.

—Cuando se escribió esta canción, tú tampoco.

—Deja de mirarme así.

—No puedo.

La voz de David salía de su garganta un poco estrangulada. Acaricié su pelo en las sienes y él apoyó la boca en mi barbilla.

—Nos damos una ducha y vamos a Oia a cenar. ¿Quieres? Podemos llegar a tiempo de ver ponerse el sol y dicen que es el mejor lugar de la isla para verlo. Pero conduces tú, ¿vale? He visto que es como media hora en moto.

—¿Puedo pedir algo a cambio?

—Inténtalo.

Nos miramos sin decir nada y, como siempre, sonreímos de inmediato.

—Me guardo el intento como un as en la manga —susurró—. Venga, vamos o no llegaremos a la puesta de sol. Tenemos una cita.

Para ser alguien que quería recuperar al novio que perdió cuando salió corriendo vestida de novia en dirección opuesta a la de la iglesia, me esmeré demasiado en vestirme para aquella «cita». Me puse una faldita de flecos corta (muy corta, ¿en qué momento me compré esto? Ah, bueno, en alguno posterior a cuando fui de compras con David y eso me dio alas) y una camiseta negra, sencilla. Unas sandalias discretas en negro también, con un poco de cuña. Hasta me pinté los labios. Y me hice la raya del ojo. Y me alisé el pelo. Sí..., me tomé demasiadas molestias para aquella cita, pero es que... me apetecía una noche perfecta. Quizá tenía algo que ver con el desastroso final de la noche anterior. Quizá tenía algo que ver con mi maldita necesidad de convertirlo todo en algo lo suficientemente impecable como para justificar su existencia.

Cuando nos encontramos en la salita de la villa, David pareció sorprendido.

—Ah..., qué guapa. —Se señaló contrariado—. ¿Me cambio?

Lo miré de arriba abajo. Un vaquero bastante hecho polvo y una camiseta negra. Me acerqué, tiré de ella y localicé el sempiterno agujero que me hizo sonreír.

—No. El look grunge va contigo.

Y lo decía en serio. Me daba igual que no llevara puesta una perfecta camisa blanca y un pantalón estrechito. Me daba igual que se le viera la goma de la ropa interior porque la cinturilla de sus vaqueros se escurría hacia abajo a pesar de llevar cinturón. Me daba igual.

El plan parecía idílico. No se me ocurría nada más perfecto que ver ponerse el sol en el extremo noroeste de la isla, sentados en algún restaurante encastrado en el mismo acantilado, sosteniendo una copa, mirándonos... Pero lo que pasa con los planes es que rara vez salen como uno se lo espera. Lo primero fue la falda..., que no era elástica y que para subir a la moto me dio problemas. Bastantes. Tantos que o volvía a la habitación a cambiarme, o iba de paquete en bragas o conducía yo. No estaba preparada para media hora de conducción, pero... quería llevar esa faldita. Era lo que más combinaba con la idea de velada que tenía en la cabeza.

El segundo problema, además del mal rato que pasé conduciendo aquella cafetera infernal, fue olvidar que David y yo no éramos, al fin y al cabo, los únicos habitantes de la tierra. Nunca había viajado de aquella manera, a un sitio como Grecia en plena temporada alta, así que no estaba habituada a tener que dar codazos para atisbar, allá a lo lejos, un pedacito de mar, por lo que ni siquiera pensé en la posibilidad de que Oia estuviera plagada de gente que acudía con, exactamente, la misma intención que nosotros.

La entrada al pueblo ya estaba bastante atascada, pero es que, cuando conseguimos acceder, no quedaba un restaurante, bar o terraza con una mesa libre. Ni siquiera una banqueta en la que sentarse para ver el atardecer. Las calles estaban plagadas de turistas (como nosotros, por otra parte) y el único sitio que encontramos para ver la puesta de sol fue el aparcamiento en el que dejamos la moto al llegar, en el que, además, tendríamos que buscar un hueco entre cientos de cabezas. Y mejor no comento el calor que hacía aquella tarde noche. Me sudaban las piernas por detrás, el bigote, la frente, el cuello, el entreteto y el bajoteto.

—Esto es increíble —musité decepcionada, dándole golpecitos a mi labio superior con el dorso de la mano, intentando que las gotitas de sudor de mi bigote se secaran—. ¿De dónde sale toda esta gente?

—Princesa… —Se rio David—. Sé que te costará creerlo, pero no somos los únicos sobre la faz de la tierra.

—Eso ya lo sé —gruñí.

—Margot…, es normal. Este pueblo saldrá en todas las guías y a los turistas no se nos conoce por ser gente demasiado original.

Lo miré de reojo y me sentí ridícula al pensar que si se me había ocurrido aquel plan era porque lo había visto en el Instagram de una influencer; a partir de la foto de una desconocida, que probablemente estaría de lo más estudiada, yo había construido la imagen de la cita que me apetecía tener con David.

—Pues me parece fatal —pataleé malhumorada.

—Porque estás acostumbrada a ver las cosas desde el palco de honor. Vamos a hacer una cosa…

Me volvió hacia él.

—Regresamos. Pasamos por Fira, cogemos una pizza y nos vamos a la habitación. Escuchamos música, charlamos…, apenas estamos disfrutando la terraza de la habitación.

—Hemos hecho media hora de camino hasta aquí —me quejé.

—Margot…, hay dos tipos de personas en la vida: las que se quejan y las que buscan soluciones. ¿De cuál quieres ser?

—Ahora mismo, de las que se quejan.

David se echó a reír a carcajadas, acumulando sobre él muchas miradas. Qué guapo estaba cuando se reía. Qué guapo estaba a aquellas horas, cuando la luz anaranjada empezaba a teñirlo todo. Qué libre me hacía sentir.

—Tú querías ver atardecer —me dijo, burlándose de mí.

—Sí.

—Pues lo mejor del atardecer es que se repite todos los días. Venga, niñata, acompaña a tu perro, que tiene hambre.

Tiré de su brazo, resistiéndome.

—Una pizza y Spotify no es mi idea de una noche perfecta —seguí lloriqueando.

—¿Y por qué tiene que ser perfecta?

Me sonrojé. Me sentí tonta. Quizá él solo quería beberse una cerveza y dormir, y yo… me había tomado al pie de la letra lo de la «cita» solo porque la noche anterior nos habíamos besado. Y tocado. Y estuvimos a punto de…

—Ey… —David me envolvió la cintura con su brazo derecho y me agitó hasta que sonreí—. Las cosas no pueden ser perfectas solo porque tú quieras que lo sean. Median muchos factores y nosotros solo somos dos humanos.

—Pero…

—A mí no me hace falta que todo sea perfecto. Solo tengo una petición para esta noche y es pasarla contigo. Habrá muchas más y, quizá, si tenemos suerte, una de ellas será completamente perfecta. No hará falta planearla.

Sonreí en una mueca conformada.

—Estás preciosa —susurró—. Pero no es por la falda ni por el pintalabios. Estás preciosa cuando eres libre y te enfadas y quieres que todo salga como tú deseas…

Le tapé la boca y vi sus ojos sonreír.

—No me digas esas cosas.

—Vale —le escuché decir con la voz amortiguada por la palma de mi mano y le solté—. Vamos a hacer una cosa. Desabróchate la falda.

—¿Qué dices? —exclamé.

—Ven. —Tiró de mí hasta donde estaba la moto, abrió el sillín, sacó los dos cascos y se subió.

Echó las caderas hacia delante y bajó el caballete. Ni que decir tengo que ese movimiento de cadera me puso como un mono de los que roban cosas a los turistas: enloquecida.

—Desabróchate la falda y sube detrás —insistió—. Seguro que la tela cede y vas más cómoda.

—Le voy a enseñar las bragas a todo dios.

—Pues más fresquita.

Bajé la cremallera de la falda y la subí un poco en mis muslos. Tenía razón, así podía sentarme detrás de él, abrir un poco las piernas y encajar contra su cuerpo sin tener que ir en culo todo el trayecto.

—¿Estás? Pues ve pensando de qué quieres la pizza, nena, que esta noche pago yo.

Y con la carcajada que me robó, arrancó y, mientras avanzábamos a toda la velocidad que permitía aquella dichosa moto alquilada, dejamos atrás a un centenar de personas y un reguero de risas.

El atardecer nos descubrió en las curvas que enfilaban hacia la carretera principal que nos llevaría hasta Fira. No vimos cómo el sol se escondía tras el mar y no brindamos con un vino bueno y frío en un local con aire acondicionado, pero no cambio por nada del mundo el momento que vivimos marchándonos de allí y la sensación de que podíamos hacer de lo anodino algo especial. Ay, el olor de David golpeándome en la cara junto al aire y dos de nuestras manos unidas en su vientre...

Compramos una pizza, un par de refrescos light y unas galletas. Cenamos sentados en las tumbonas, rápido y con hambre, tragando antes de que la pizza se enfriara y limpiándonos los dedos aceitosos con papel higiénico. La parte de Margot que había construido a partir de los discursos románticos y las películas de amor murió al darse cuenta de que, efectivamente, su existencia no se sostenía con nada real. La perfección es romántica por pura casualidad y lo más bello es siempre lo más efímero. Y en aquella escena imperfecta, en realidad, no eché de menos nada. Ni servilletas de hilo ni magret de pato. Bueno, servilletas igual sí.

Cuando terminamos, nos echamos sobre las hamacas a mirar el cielo estrellado. Nunca me había interesado la astronomía, pero quizá porque nadie me había contado, como lo estaba haciendo David, con voz pausada pero llena de pasión, el mito de Andrómeda.

—Andrómeda era hija de los reyes de Etiopía. Su madre, que de ego no iba mal, declaró que ambas eran más bellas que las Nereidas, ninfas del mar. Estas, muy ofendidas, se quejaron a Poseidón en plan: «A ver, o haces algo o salimos y se lo explicamos nosotras a esas creídas». —Yo me reía a carcajadas, como una niña.

Y él me contaba más y más cosas sobre un monstruo marino; sobre Perseo, que llegó a ser rey algunos años después; del amor fulminante que sintió cuando vio a Andrómeda encadenada a una roca, preparada para ser devorada. Y yo alucinaba... con la historia, con sus labios conjugando cada verbo, con la manera en la que narraba todo aquello, como si tenerlo almacenado en la cabeza, junto a todos esos nombres de plantas y flores, combinara a la perfección con quien parecía ser.

—Y esa de ahí, sigue mi dedo..., es la constelación de Andrómeda.

Y yo, apoyada en su pecho, fingía encontrar las estrellas que formaban el conjunto mientras pensaba que el lujo a veces tiene poco que ver con lo material.

Odié a cada uno de los mosquitos que pasaron zumbando cerca de nuestras orejas, que nos obligaron a retirarnos dentro para evitar las picaduras. Estaba tan a gusto que no quería que la noche terminase. Me sentía tontamente decepcionada porque, bueno, al final la «cita» había ido genial, pero de manera inconsciente esperaba más de ella. Es curiosa la capacidad que tiene el ser humano de decir una cosa y actuar en busca de la contraria.

Pareció que nos despedíamos en la sala de estar, pero cuando ya iba a cerrar la puerta, David la interceptó.

—¿Vienes un rato a escuchar música a mi habitación? Aún es pronto —preguntó.

Asentí. No pude ni hablar. Estaba perreándole en mi imaginación con un talento que te aseguro que no poseo. Cómo molamos en la imaginación, por favor.

—Dame un segundo, ¿vale? Ahora voy.

Me desmaquillé, me puse mis cremas, me peiné un poco, me perfumé, me lavé los dientes, me puse otro camisón más corto e hice un par de inspiraciones antes de salir hacia allí. Diez pasos separaban su puerta y la mía, y nunca caminé más segura de mí misma a pesar de ir descalza.

Lo encontré tumbado en la cama, manipulando su anticuado iPod. Me sonrió cuando me acerqué y me ofreció un auricular.

—Bienvenida a «Introducción a la música nostálgica». En esta clase vamos a repasar los temas que evidencian que las mejores canciones de la historia se escribieron hace unos veinte o treinta años. ¿Preparada?

—Preparada. —Me tumbé a su lado y coloqué el auricular en mi oreja.

—Esta es la que te decía esta tarde —dijo tumbándose frente a mí—. Se llama «Never tear us apart» y es de un grupo australiano que se llamaba INXS.

David, un chaval que estaba más cerca de los veinticinco que de los treinta, que ponía copas los fines de semana en un garito donde sonaba un noventa por ciento de reguetón, escuchaba en su viejo iPod canciones de los ochenta, baladas que no pasarían de moda, pero que casi nadie conocía ya. Le acaricié la mejilla áspera y se movió buscando la caricia.

Dios. ¿No era muy guapo? Lo era. ¿Cómo no pudo parecérmelo la primera vez que le vi? Con ese aire de *enfant terrible*, de chico malo que hace que cualquier hija de matrícula de honor suspenda un par de asignaturas, de camarero que roba suspiros sin importar la edad de las bocas que los expulsen.

No sabía si David entendía el suficiente inglés como para darse cuenta de que la canción tenía mucho de nosotros… o de los nosotros que a mi parte romántica le apetecía imaginar, pero me hizo ilusión. ¿Una ilusión adolescente y nada madura por mi parte? Evidentemente. ¿Una ilusión que me hizo sentir muy muy viva? También.

Se acomodó un poco más cerca. Yo hice lo propio. Sonreímos, como dos tontos.

—Esta se llama «I want to know what love is» y es de Foreigner —susurró sin apartarse.

—Tu inglés es nativo, ¿no? —Me reí.

—¿Te estás burlando de mí?

—Un poco.

Admito que fui yo. Me arrimé hasta que su nariz y la mía estuvieron pegadas, suplicando en silencio que me besara. Colocó su mano en mi mejilla y rozó su naricita por mi barbilla, mis labios y mi nariz de nuevo, pero no me besó.

—Perdona… —musité.

—¿Por qué tengo que perdonarte?

Miró mis ojos y volvimos a colocarnos a solo un par de centímetros de encajar nuestras bocas.

—Creo que me he acercado demasiado —respondí.

—A mí me parece que quieres acercarte más.

Me alejé un poco, sintiéndome rechazada, pero él eliminó la distancia aproximándose más.

—¿Por qué dejas en mis manos algo que tú quieres hacer? —Y cuando hablaba, su boca casi rozaba la mía.

—Eres un cabrón.

—No lo soy. Solo…

No le dejé terminar. Sabía a menta cuando metí la lengua dentro de su boca, y la suya respondió con más pasión de la que esperaba. Gimió, y me pareció que lo hizo de alivio, a la vez que apartaba de un manotazo el iPod para pegarse más a mí; en una de nuestras orejas, aún teníamos colocado el auricular y la música continuaba sonando.

Coloqué mi pierna izquierda por encima de sus caderas y pronto David dejó que el peso y las ganas vencieran hacia mí, colocándose encima.

—Bufff… —resopló, mirándome, antes de volver a pegar su boca a la mía.

Su lengua se movía en mi boca tan despacio que sentí que me deshacía. Qué manera de besar. David seguía besando con la misma pasión que a los quince, estaba segura. Para él los besos no habían perdido su poder, como suele pasar cuando pruebas el sexo. Para él, besarse era erótico, sensual, sexual, un acto de carne. Me lo confirmó, de alguna manera, la forma en la que besaba mi cuello y sus manos parecían animarse, poco a poco, a alcanzar mis pechos.

La canción cambió en nuestros oídos y él, sosteniéndose con sus brazos sobre mí, sonrió socarrón.

—¿Quieres saber cuál es esta?

—Me importa una mierda. —Me reí—. Pero me lo vas a decir de todas formas.

—«Love bites». —Y acto seguido, se mordió el labio inferior—. ¿Lo he dicho bien, profesora?

—Fatal. Bésame —exigí.

Volvió a hundir su boca en mi cuello y su mano derecha, por fin, alcanzó mi pecho izquierdo. Clavó los dedos, frotó la palma sobre la fina tela de mi camisón y después bajó con la boca hacia él, hasta soplar sobre la marca de mi pezón endurecido.

—Esta canción es rara de la hostia. —Sonreí, mientras se hacía sitio entre mis muslos y empujaba su erección hacia mi pubis.

—Sí. Como yo.

—¿Te gusta follar con esta música?

—Sí, pero esta noche… —Se inclinó hasta que su nariz y la mía se rozaron otra vez—. Esta noche solo quiero besarte.

—Eso no hay quien se lo crea.

—Pues deberías, porque solo voy a besarte. Bueno..., puede que te toque un poco.

—¿Y qué harás con esto? —Levanté las caderas y rocé su polla dura.

—Joderme y aguantarme. —Sonrió—. En esta vida hay mucho más que la gratificación inmediata.

—Vas a mojar la cama.

—Voy a comerte la boca hasta que te duela. Voy a acariciarte los pechos hasta que me los sepa de memoria. Voy a frotarme entre tus piernas. Y cuando no podamos más, a lo mejor, encontramos la manera de sentirnos mejor con estos límites.

Mi labio se quedó atrapado entre sus dientes y lo fue dejando libre poco a poco, mientras su cadera se movía adelante y atrás entre mis piernas. Me volví loca y como gemí para demostrarlo, él siguió haciendo exactamente lo mismo durante una canción entera, hasta que pensé que me moría. Me ardía la piel, me escocía la boca y el palpitar de mi sexo ya era insoportable. Entonces, en nuestros auriculares sonó The Police con «Every breath you take» y, sin darnos cuenta, hasta los besos y nuestros movimientos se acompasaron a aquella cadencia.

David sabía a tardes tumbado en el parque viendo nubes pasar. David se movía como quien pierde la esperanza de parar el tiempo. David me devolvía a una época de mi vida en la que todo lo que no importa importaba un poco menos.

Fue inevitable perder más ropa porque cada vez nos molestaba más. Estábamos febriles, como aquellas primeras veces que dejaste que otra persona te tocara como lo hacías tú a escondidas, muerta de vergüenza. Me quitó el camisón y yo a él el pantalón corto, pero mantuvimos la ropa interior de cintura para abajo. Para cuando colocó mis brazos en lo alto de la almohada, los agarró con una mano y se dedicó en cuerpo y alma a frotarse contra mis bragas, ya había perdido la noción de las canciones que habían pasado por nuestros oídos. Entonces salió de los auriculares una que conocía: «Nothing compares 2 U», de Sinéad O'Connor. Debía admitir que aquella era la mejor lista de reproducción de la historia. La mejor para enrollarse como cuando teníamos quince años.

Insistimos con una de sus manos agarrándome ambas muñecas y la otra con los dedos clavados en la carne de una de mis nalgas, donde había encontrado el punto perfecto de apoyo para lanzarse al orgasmo.

—¿Podrías correrte así? —me preguntó.

—No lo sé.

—Sí lo sabes. ¿Podrías?

—No —confesé.

Su boca volvió a la mía, que la esperaba hambrienta, y se las ingenió para soltar mis muñecas y meter esa mano entre los dos. Ahí, justo ahí. Puse los ojos en blanco y después me abandoné, cerrándolos. Ni siquiera yo me toqué de una manera tan certera nunca.

—Avísame —susurró separándose solo un instante de mi boca.

Colé una de las mías y la uní a la fiesta. Le ayudé. Sonrió sobre mis labios y su cadera volvió a encontrar un punto donde frotarse. El ritmo empezó a ser rápido, rápido…, y perdimos los besos del otro para ganar en gemidos y jadeos que empañaban las paredes y reptaban por el suelo.

Sentí todo mi cuerpo antes del azote de placer. Los dedos de los pies, uno a uno, de derecha a izquierda y de izquierda a derecha. La piel de las piernas, que enredé en las suyas. Mi coño, mi clítoris. Mi monte de Venus. El vello que lo cubría. Mi ombligo. Los pezones. Las yemas de mis diez dedos... estuvieran con lo que estuvieran ocupados: cinco entre los mechones del pelo de David, tres perezosos viendo cómo se desarrollaba todo y dos frotando, frotando, frotando.

—Me voy… —conseguí decir.

—¿Puedo correrme? —preguntó.

—Sí.

—¿Sobre ti?

Asentí y susurró que lo mirara. Los ojos se me cerraron un par de veces durante la caída, pero logré devolverlos al faro de los suyos hasta el latigazo final, que me arrancó un grito ahogado. David parpadeó despacio. Muy despacio. Casi tanto como movía su lengua en los primeros besos. Después se mordió el labio inferior, serpenteó entre mis piernas y los dedos de su mano izquierda se arrastraron entre los mechones de mi pelo.

—Ah…, ah…, ah… —gimió, espeso.

Se movió un poco más sobre mí, cada vez más descoordinado, hasta que me soltó y se apoyó sobre los dos brazos con un gruñido. Miró hacia su polla, me miró a mí, en bragas debajo de él, y después… me besó.

Me besó hasta que ambos volvimos a gemir.

No tengo ni idea de qué canción estaba sonando entonces, pero yo tenía ganas de bailar.

38
Contigo sí

David me despertó con caricias y susurros. Abrí los ojos y lo vi vestido, sonriente.

—Aún no son las siete, pero te tienes que levantar.

—¿Qué dices? —me quejé, entrecerrando los ojos de nuevo.

—Eh, eh…, Margot. Confía en mí…, por favor.

Me senté en la cama. Seguía en bragas y la sábana en mi regazo dejó ver mis tetas, pero me las tapé avergonzada.

—Mi niña… —Se rio—. No es necesario. Me falta media hora para sabérmelas de memoria.

—Eso es superpoco caballeroso por tu parte.

—Qué bien, porque no creo en esas cosas.

—¿Y en qué crees?

—En una relación entre iguales. Levántate, por favor.

Cuando me guiñó un ojo, pensé en Filippo…, que me abría la puerta en todos los restaurantes, que me cerraba la puerta del coche, que mandaba flores con notas preciosas, que pagaba la cuenta y se autoproclamó en un momento dado el alfa de la relación. ¿Lo necesitaba yo? ¿Necesitaba caballerosidad? ¿Sabía en realidad qué implicaba ese término? Se supone que los príncipes de cuento siempre son unos caballeros y las princesas… unas señoritas.

—¿Cuál es tu película Disney preferida? —le pregunté, esperando que me dijera que no había visto ninguna.

—*Brave.* —Se acercó y se inclinó hacia mí con una ceja arqueada—. ¿Te levantas, querida?

Bufé, aparté las sábanas y, con las tetas agarradas en mis manos, fui hasta mi cuarto de baño, donde alguien había dejado un bikini y un vestido playero.

—¡Esto no combina! —le grité desde allí.

—¿Crees que me importa?

Me eché a reír.

Después de una ducha rápida, salí vestida pero con cara de sueño, y me topé con él con la mochila colgando del hombro y a los pies mi bolso de playa lleno.

—¿Dónde vamos?

—Vas a tener que esperar a averiguarlo. Pero tú no te preocupes. He cogido todo lo que necesitas. Y disculpa, pero he tenido que rebuscar entre tus cosas. Pero es que así… es sorpresa.

Ternura. Ganas de besarle. Ganas de gritar. Sensación de ser capaz de volar. Una catapulta lanzando una bola de remordimientos en mi estómago.

—¡Que lo paséis bien! —nos despidió la chica de recepción al vernos salir.

—Gracias —musité sorprendida.

—¿Qué ha dicho? —me preguntó David sacando las llaves de la moto.

—¿Sabe dónde vamos?

—Ah, sí.

—¿Cuándo…?

—He salido de la cama sobre las cinco y media y cuando he venido en busca de ayuda, ella ya estaba allí. No creas, hemos conseguido entendernos. Hay que dejarle una buena reseña, que la vea su jefe.

Se montó, colocó mi bolsa entre sus piernas y me dio su mochila para que la cargara en la espalda. Después palmeó la parte de atrás de la moto.

—Venga, Margot, que las aventuras no se viven solas.

Reconocí bastante tarde en qué dirección nos encaminábamos, ya en las últimas curvas que bajaban hacia el puerto. Allí, al llegar, David candó la moto y me animó a ir al interior del viejo edificio, donde nos dirigimos directamente a una cola.

—Pero, ¿dónde vamos?

—Toma. —Sacó del bolsillo exterior de su mochila una caja de biodraminas y del grande una botellita de agua de las del hotel.

—¿Y esto?

—¿Sabes que las venden en los supermercados? —Sonrió—. El del otro día tenía una parte como de farmacia.

—¿Compraste esto?

—Sí. Me imaginé que volveríamos a coger un barco antes de irnos y no quería hacer otra vez de piñata humana.

—¿Sabes que creí que habías comprado condones? —Me reí.

—Ah, también. Biodraminas, condones y una caja de tampones. Te imaginas la cara del tipo que me atendió en caja, ¿verdad?

Sonrió como un bendito. Tragué mis dos pastillas, bebí un poco de agua, rezando para no atragantarme con todo (la sorpresa, lo de los condones, sus atenciones) y le pasé la botella para que él se tomara las suyas.

—¿Dónde vamos?

—Es sorpresa, ojos tristes. —Se acercó un poco más a mí y su sonrisa inocente se vistió de ese tipo de complicidad que solo se tiene después de haber compartido piel.

No me besó, pero me quedé con las ganas de que lo hiciera.

Cogimos un ferri entre bostezos, pero sin tener ni idea del destino, ya que ese mismo barco paraba en muchas islas de los alrededores antes de alcanzar Atenas.

A diferencia de nuestro viaje de ida, en aquella ocasión viajábamos en turista, pero a aquellas horas el pasaje iba prácticamente vacío. Me invitó a un café con leche y a un bollito y desayunamos mientras jugábamos: yo intentaba adivinar nuestro destino haciéndole preguntas que él solo podía responder con «sí» o «no». No, no lo adiviné.

Nos bajamos en la primera escala: Íos, una isla más o menos del mismo tamaño que Santorini, a una hora y veinte en ferri de esta. Estaba flipando con que hubiera organizado todo aquello.

Anduvimos unos dos minutos bajo el sol de las nueve y media de la mañana, hasta llegar a un hotelito de dos estrellas que ocupaba la parte superior de la típica agencia donde los turistas contrataban excursiones y actividades marítimas. Nos dieron una sola habitación (claro) en el segundo piso, pequeña pero y limpia, muy correcta aunque con cierto recato monacal: una cama de matrimonio con un pesado cabezal de madera a conjunto con una mesa pequeña, dos sillas y dos mesitas de noche. También teníamos una terraza donde reinaban adustas dos sillas de plástico de playa y una mesa. La barandilla de la terraza estaba pintada de un azul que resaltaba sobre el blanco encalado de todo lo demás y casi se fusionaba con el mar oscuro del puerto que quedaba delante de la habitación.

David dejó las cosas en la habitación y el baño mientras yo miraba embobada el vaivén de los barcos. No lo escuché llegar y cuando habló di un respingo:

—No es muy bonito, pero…

Me volví y le abracé. Le abracé como se abrazan dos personas que tienen mucho más que una amistad, eso es verdad, pero no quiso ser un gesto de pareja. Solo uno de agradecimiento.

—Es precioso. Gracias.

—No me las des, por favor. Era lo menos que podía hacer…

Deshice el abrazo para mirarlo. En ocasiones, los ojos matizan las palabras con emociones que no caben en ninguna frase. Tenía unos ojos increíbles…, nunca dos ojos marrones guardaron tanto en su interior…, galaxias escondidas en pequeñas vetas doradas. Dudas. Emoción. Un cuento imperfecto.

No. Tampoco me besó entonces.

—Venga… —dijo cogiéndome de la mano, dando un paso atrás y tirando de mí—, te voy a llevar a un sitio increíble, ya verás.

Nos acercamos a uno de esos *Rent a Car* tan cutres que hay en algunos destinos de playa y David intentó hacerse entender por todos los medios con el tipo que encontramos allí atendiendo, pero tuvo que darme el relevo cuando se evidenció que este no tenía ninguna gana de entenderle.

—Dile, por favor, que necesitamos un coche pequeño hasta esta noche.

—Pero ¿dónde me llevas?

—A matarte en un rincón recóndito de esta isla, donde me haré fotos con tu cadáver y te abandonaré en el maletero. Anda, por favor… —Señaló al dependiente.

Fue la primera vez que vi a David exasperarse.

Se empeñó en pagar, pero mientras lo hacía se lanzó a un discurso sobre los motivos por los que lo hacía, que no tenían nada de heteropatriarcal.

—Que a mí, ya ves, que tú seas mujer, hombre, medusa o cacatúa tropical, en lo del pagar, lo mismo me da. Pero no puedo permitir que lo pagues todo.

—¿Te sientes un putillo? —me burlé.

—No. Me siento un gorrón. Y no trabajo desde los dieciséis para sentirme así contigo.

—Sabes que a mí me sobra, ¿verdad?

—A nadie le sobra el dinero. —Hizo un gesto de desdén hacía mí cuando nos encaminábamos hacia el C2 blanco que nos habían asignado—. Sencillamente tienes más del que puedes gastar.

—No, David. Me sobra —insistí.

Se paró de camino al coche y me miró con el ceño fruncido.

—¿Y por qué me cuentas esto ahora?

—Porque no quiero que, mientras estés conmigo, te preocupes por eso.

—Y yo no quiero que, porque te sobre el dinero, pienses que todo tiene que ser como tú quieres o estás acostumbrada. —Sonrió burlón—. Tus millones me la soplan, reina. Hoy vas a dormir en una pensión.

No pude más que reírme.

No me dio la opción de conducir y... me hubiera gustado, la verdad, porque verlo a él era una auténtica tortura. ¿Por qué un chico guapo al volante está mucho más guapo? Cada vez que cambiaba de marcha, mi cabeza se iba a su expresión al correrse y a sus dedos frotándome. Me gustaba que no fuera de esos chicos que, cuando tienes la regla, te tratan como si tuvieras el ébola o te estuvieras muriendo. Creo que Filippo y yo jamás habíamos tenido sexo de ningún tipo mientras yo estaba con el periodo. ¿Era eso raro? ¿Era lo normal? Con Idoia, ¿él...?

—¿Qué? —me preguntó despegando la mirada de la carretera un segundo—. Pones cara de estar haciendo cálculos.

—Que estás buenísimo.

Sonrió, pero esa sonrisa fue derritiéndose poco a poco.

—En realidad soy poquita cosa.

¿Se lo decía? ¿No se lo decía? «Venga, hemos venido a jugar»:

—Anoche no me lo pareciste.

Estudié la reacción de David con interés. Levantó momentáneamente las cejas, de manera casi imperceptible, y después se humedeció los labios.

—Tú tampoco me lo pareciste.

Silencio.

Me sentí violenta. ¿Y si David quería dar por olvidado lo que había pasado en su cama la noche anterior? Me puse a mirar por la ventanilla.

—¿Le respondiste el mensaje? —preguntó.

—¿Cómo?

Lo miré, pero él no despegó los ojos del frente.

—A Filippo, ¿le respondiste el mensaje?

Una palmada en la frente hubiera tenido un efecto menos devastador. Me quedé cortadísima. Sí, sé que hacía un segundo yo misma estaba pensando en Filippo, pero que él se lo pusiera en la boca... no me gustó. No me gustó nada. Quizá no tuve la reacción más madura del mundo.

—Ah... —Me mordí el labio y volví los ojos a la ventanilla—. Jugamos a eso.

—¿Cómo que...? ¿A qué se supone que juego?

—Ya sé que lo de anoche no significó nada. No hace falta que saques a Filippo en la conversación.

—¿En serio? —Me miró con el ceño fruncido—. Margot, soy cero pasivo-agresivo. Te aseguro que si estuviera en ese plan, ibas a darte cuenta.

—Oye, ¿tú no te estás poniendo muy chulo?

—¿Yo? —Abrió muchísimo los ojos—. Solo quería saber si has respondido al mensaje del tío a quien, hasta hace dos días, querías recuperar.

—Pues eso —sentencié.

Lanzó un suspiro.

—¿Te sientes mal? —le pregunté—. ¿Es eso?

—Yo no tengo por qué sentirme mal. Estoy soltero y, hasta donde yo sé, tú también.

Abrí la boca, pero no se me ocurrió nada que responder porque tenía razón, aunque no estaba de acuerdo en los matices.

—No te conocía en este plan —musité finalmente.

—Supongo que no me conoces en muchos planes.

No daba crédito y bufé para darlo a entender.

—Oye, Margot, ¿qué crees que te estoy diciendo? En serio.

—Pues me parece que esta es la típica salidita de tiesto machirula en la que, con la polla en la mano, me dices que «tranquilita», que no me emocione, que esto no es nada.

Arqueó una ceja. Era la primera vez que le veía aquella expresión. Estaba muy serio.

—Salidita de tiesto machirula. Ajá. También podría leerse como interés sincero sobre cómo planteas hacer las cosas con tu exprometido ahora que, de alguna manera, estoy implicado en la movida, pero vamos... mucho mejor pensar que estoy siendo hostil.

—No sé, David. Estábamos hablando de anoche y de pronto me sales con Filippo.

—Pues perdona si te ha parecido inapropiado, pero en mi cabeza tenía sentido, ¿vale?

—Pues explícame ese sentido como mínimo.

—Joder... —Resopló.

—No te preocupes, David. Esto es tan fácil como incluir lo de anoche en el episodio de enajenación mental que hizo que te propusiera venir.

—Me estás tocando los cojones. —Me lanzó una mirada de soslayo.

—¿Yo te estoy tocando los cojones?

—Ahora, además de hacer como si no hubiera pasado nada, me dices que traerme de viaje fue una cagada, ¿no?

—No te estoy diciendo eso.

—¿Entonces?

—¡Yo qué sé! ¡No te entiendo una mierda!

David llevó el coche hacia un lado del camino (que no podía llamarse carretera), donde las hierbas altas de color amarillo parecían dar un respiro al paisaje, y frenó de golpe. Me llevé un susto de la hostia.

—¿Qué haces?

—No puedo discutir y conducir a la vez. No soy tan buen conductor.

—Que ya está, David. Que da igual. Todo claro.

—¿Qué te pasa?

—¿A mí? —pregunté gritona.

—A ti, claro que a ti. Si me hubieras preguntado por Idoia, ¿entenderías que reaccionara así?

—Ahí está la cuestión: yo no habría mencionado a Idoia.

—¿Sabes lo que me parece que está pasando? Te sientes fatal, ¿no? Por lo que ocurrió ayer, por haberte corrido conmigo. Te acuerdas y piensas, ¿en qué estaba yo pensando?

—¿Qué dices? —pregunté levantando la voz.

—Que ya sé que comparándome con Filippo parezco un crío de instituto, me queda claro, pero si te sientes mal es mejor que me lo digas. ¿Dónde está la confianza que nos tenemos?

—A ver si el que te sientes mal eres tú. Porque Idoia y yo no somos, directamente, ni de la misma especie. Pero no te preocupes, que no tiene por qué repetirse. Que tú vuelves a Madrid y la tienes comiendo de tu mano, que es lo que querías, ¿no?

—Sí. —Asintió—. Y tú tranquila, que en cuanto pises Madrid, tu príncipe te recogerá en coche de caballos. Si al final, mira, los dos podemos estar tranquilos, ¿no? Todo va a salir bien. Tú volverás con Filippo y yo con Idoia. Y no pasa nada, porque esto es solo un calentón, una atracción momentánea. —David me miró la boca, casi jadeando—. Una aventura de verano que…

Tiré de su camiseta hacia mí y tuvo el tino de desabrocharse el cinturón de seguridad antes de abalanzarse sobre mí con la boca ya entreabierta. Gemimos de alivio nuevamente mientras David tiraba, entre mis piernas, de la palanca que echaba mi asiento hacia atrás y yo le daba a la ruedecita que lo inclinaba en la misma dirección. Se me subió encima. No tengo ni idea de cómo lo hizo en el interior de un coche tan pequeño ni de cómo nos acomodamos, solo sé que se colocó entre mis piernas abiertas con la facilidad de dos piezas que encajan. En menos de dos minutos, ya teníamos las manos por debajo de la ropa y las bocas empapadas.

—Ponte encima —me pidió.

Giramos y, en el proceso, me clavé el freno de mano, la palanca de cambios y me golpeé la cabeza con el techo. Pero me gustó. Me gustó tenerlo abajo, mirándome con la boca entreabierta, jadeando, tocando lo que podía como podía. Forcejeó con mi vestido hasta que dejó los tirantes caídos por los brazos y consiguió sacarme los dos pechos a través del bikini, mientras yo le hacía una paja con la mano metida en su bañador. Así. Con todo el protocolo, ¿eh?

Cómodos no estábamos, pero… calientes sí. Mucho.

—Joder… —empezó a gemir—. Joder…, sigue. Sigue…

La polla le palpitaba en mi mano y sus dedos se deslizaban, sin ton ni son, desacompasados, entre mis piernas, por encima del bikini. Iba a indicarle dónde y cómo podía hacerlo mejor en aquella postura cuando escuchamos una especie de derrape y, de pronto, desde un coche sonaron los pitidos de un claxon mientras dos chavales gritaban fuera de sí vete tú a saber qué, y a saber en qué idioma. Y yo allí, con las dos tetas al aire.

Apoyados en la carrocería del coche, nos fumábamos un cigarro mental en silencio, con la ropa ya colocada en su sitio y los ojos perdidos en el mar de hierbajos resecos que se extendía frente a nosotros. Él fue el primero en hablar.

—Lo siento —musitó, agobiado.

—Yo también.

—En serio, no lo he hecho con mala intención. Ni siquiera lo he pensado. Has dicho eso de que estaba bueno conduciendo y yo he pensado en Filippo y… —Se frotó las cejas—. Ese tío es como el Iron Man de los novios.

Me puse frente a él y apoyé mi estómago en el suyo. Él suspiró.

—No quiero hacer como si no hubiera pasado nada —me confesó—. No me sale.

—Yo tampoco. —Negué con la cabeza.

—Pero quiero volver con Idoia.

Sentí un latigazo de angustia que no entendí.

—Y yo quiero a Filippo —afirmé sincera.

—¿Entonces?

Me encogí de hombros y él echó mi pelo hacia un lado.

—Somos gilipollas. —Suspiró mirando la piel de mi cuello, por donde deslizaba la yema de sus dedos.

—Puede que solo queramos divertirnos, como dijiste tú el otro día.

—O puede que estemos la hostia de dolidos y queramos vengarnos.

—No es un buen plan —admití—. Aunque, sinceramente, creo que no es mi caso. No estoy dolida con Filippo. Quien tendría que estarlo sería él. Yo solo…, no sé. Estoy abriendo las alas.

Me miró mientras se mordía el interior de las mejillas.

—Pues deberías sentirte libre para volar —insistió.

—Y tú.

—¿Y si…? —propuso.

—Si… ¿qué?

—Si nos dejamos llevar. —Arqueó las cejas—. Sin plantearnos nada más. Como dos amigos que se gustan. Porque… es evidente que me gustas, pero no te quiero perder.

—Yo a ti tampoco quiero perderte. Pero no sé si lo que queremos hacer es posible.

—No me apetece preocuparme por eso ahora. —Dibujó una mueca.

Lo miré de reojo.

—A mí tampoco.

Le vi cerrar los ojos cuando se acercó a besarme. Fue un buen beso…, uno de esos que das cuando quieres salirte con la tuya.

—Eh, eh, eh… —Le paré echando la cabeza hacia atrás.

—¿Y si no nos preocupamos de esto?

—¿Y cómo lo hacemos?

—Tú quieres volver con Filippo y yo con Idoia, ¿no? Bien. No es incompatible…, ellos no están aquí.

—David…

—Cuando nos conocimos…, bueno, supimos ver en el otro algo que no ha desaparecido porque haya pasado algo entre nosotros.

—Suenas exactamente igual que si me ofrecieras salir a buscar la piedra filosofal.

—No es una locura, Margot. Piénsalo. Lo hacemos y ya vemos. —Intentó sonreír y me rodeó la cintura—. Hablaremos de ellos cuando tercie y trataremos de manera natural lo que pase entre nosotros y lo que pase con ellos en paralelo.

—Dices eso porque te has quedado con ganas. —Presioné mi cadera contra la suya y asintió, risueño.

—¿Tú no quieres?

—Si no quiero ¿qué?

—Repetir lo de anoche, darnos revolcones, saber cómo es follar con el otro…

—Lo veo complicado. —Quise jugar, aunque lo deseaba tanto como él.

—¿Y si nos ponemos una fecha de caducidad? Sabiéndolo de antemano será más fácil, ¿no?

—¿Vamos a ser amantes? —me burlé.

—Ami-novios de vacaciones. —Sonrió—. Hasta que volvamos a Madrid.

—Pues cuando volvamos..., tendremos que estar un tiempo sin vernos para normalizarlo todo, ¿no?

—Vale. Cuando lleguemos, nos concentraremos en recuperar a nuestras parejas y nos veremos cuando ya esté hecho. Entonces podremos ser amigos sin más.

—Nunca he sido amiga de un ex.

—Bueno..., con los ex siempre hay rencillas, pero si nosotros ya tenemos fecha para la ruptura antes de empezar, será más fácil, ¿no?

Asentí. No creo que ninguno de los dos creyéramos en lo que estábamos defendiendo, pero el ser humano es curioso a la hora de encontrar excusas para justificar lo que le apetece hacer en cada momento.

—¿Quieres? —me preguntó.

—¿Solo sexo?

—Intimidad.

Sonreímos. Quise decirle que desde que nos habíamos conocido no habíamos hecho otra cosa que ser cómplices de una intimidad que no había sentido nunca con nadie, pero ese pensamiento me asustó. Intimidad, decía él, y yo temía lo que sabía que pasaría: el día que llegáramos a Madrid se me rompería un poco el corazón porque, de alguna manera que no sabía explicar, yo ya había empezado a querer a David. No era amor, pero era algo. Nos despediríamos en el aeropuerto, me montaría en un coche y lloraría todo el camino a casa, donde tendría que reponerme y hacer algo con mi puñetera vida, que parecía irse al garete por minutos. Estaba allí para buscarme a mí misma, pero terminé encontrando otra cosa, una que no estaba muy segura ni de qué era pero que no quería perder nunca.

Aun así sellamos aquel acuerdo y… no lo hicimos con un apretón de manos precisamente. Nos besamos durante quince minutos, hasta que tuvimos que parar y dar el acuerdo por bueno.

Llegamos a Manganari Beach unos veinticinco minutos después. Ese era el destino sorpresa. La playa estaba prácticamente vacía y no me extrañó, porque para llegar el camino era largo y un poco mareante. Se trataba de una playa larga, de arena fina (finísima) y agua cristalina dividida por una línea invisible en dos zonas: la más virgen, donde un par de parejas habían instalado sus trastos y que era como un paraíso escondido, y la parte que quedaba más alejada de nosotros, con la zona de hamacas para alquilar y el bar Christos Taverna, donde tampoco es que hubiera mucha gente pero sí se percibía más movimiento. David me preguntó si quería una hamaca. Le respondí que lo que realmente deseaba era revolcarme con él por la arena.

Fue básicamente lo que estuvimos haciendo todo el día. Tendidos al sol, siempre encontrábamos alguna excusa para acercarnos al otro y, sin necesidad de mediar palabra, partirnos la boca a mordiscos. Me encantaba besarme con David. De pronto, como si me hubieran embrujado, me parecía el hombre más deseable del mundo, siendo, como era, apenas un tío de veintimuchos. Uno guapo, con un cuerpo bonito, una sonrisa clara y sincera y una buena polla. Nada que objetar.

Pero hicimos mucho más que besarnos, claro. He ahí el problema. Además de besarnos, tocarnos, frotarnos y susurrarnos al oído cosas que nos apetecía hacerle al otro, hablamos. Y había tal calma entre nosotros mientras hablábamos que era lo más parecido a estar en casa.

—Compartía el piso con un chico y una chica, cerca de Tirso de Molina, pero de un día para otro el casero nos dijo que había vendido la casa y que en un mes teníamos que estar fuera. Mis compañeros buscaron otro alquiler —me contaba, tendido a mi lado, jugando con la arena— y encontraron un piso de tres habitaciones en Lavapiés, pero… les dije que no.

—¿Cuándo fue eso?

—Hace poco más de seis meses. Llevaba casi cuatro meses con Idoia y estaba tan colgado de ella que pensé que, si me iba a ese piso, quizá cerraba la puerta a la posibilidad de que ella se animara a dar el paso de vivir conmigo. Iván y Domi acababan de tener a la niña y yo ya iba de vez en cuando a echarles una mano, así que Dominique me ofreció el sofá para el tiempo que necesitase. Y el tiempo pasa muy deprisa.

—Entonces no es una cuestión de libertad, ¿no? —le pregunté.

—Supongo que no. Era una necesidad bastante dependiente, la verdad: quería ser libre para poder irme corriendo detrás de Idoia en cuanto ella me lo pidiera. Pero he estado pensando…, me has hecho pensar, en realidad, y creo que septiembre es un buen mes para mudarse. —Sonrió de lado, convencido.

—¿Y si Idoia te ofrece dar el paso?

—Ah, pues... —Negó con la cabeza—. Ahora está claro que tenemos que esperar para hacerlo. Lo nuestro es aún…

—*Walking on thin ice* —le dije. Arqueó una ceja—. Que aún camináis sobre una capa de hielo muy fina.

—Exacto. Qué sabionda —se burló.

Me puse boca arriba y suspiré.

—¿Por qué suspiras? —me preguntó.

—Sí le contesté —confesé—. A Filippo.

—Ya me lo imaginaba.

—Le contesté como a escondidas, no sé por qué. Me daba vergüenza, supongo.

—¿Y qué le dijiste?

—Que este verano separados era lo mejor que podríamos haber hecho por nosotros y… le mandé otra canción.

—¿Qué canción?

—«Sola con la luna», de Anni B Sweet.

Se incorporó y frunció el ceño.

—¿Qué? —le pregunté al ver su reacción.

—Nada.

—No, ¿qué pasa?

—Es que… —Se tumbó boca arriba, dejándose caer a mi lado, y en esta ocasión me incorporé yo para poder mirarle a la cara—. La noche que nos conocimos, al verte, pensé en esa canción. Los ojos te la cantaban a gritos.

Me subí a horcajadas, le quité las gafas de sol y él me envolvió las caderas.

—¿Y ahora qué me cantan? —le pregunté.

—«True», de Spandau Ballet. —Y esbozó una sonrisa burlona—. Uh, uh, uh, uhhhhh —canturreó.

Me apoyé en su pecho y le clavé los dedos en el costado mientras lo insultaba. Él se reía a carcajadas y levantaba las rodillas para darme golpecitos en el culo y distraerme de mi propósito de hacerle cosquillas, cuando la sombra de alguien se nos acercó y nos tapó momentáneamente el sol.

—¿David? —musitó una voz femenina.

Los dos levantamos la cabeza, sorprendidos. Llevábamos ya bastantes días con esa sensación liberadora de no estar atados a nada del lugar y no esperábamos encontrar a nadie conocido. Pero allí estaba. Alta, delgadísima, con un bañador precioso, moderna, tatuada.

—¿Ruth? —preguntó David, estupefacto.

Me bajé de encima de él y se incorporó, incómodo, mientras se atusaba el bañador, seguramente para que la erección a media asta que había hecho acto de presencia no fuera más evidente. Se saludaron con dos besos, pero ella lanzó un brazo alrededor de su espalda y lo abrazó. Fijaos qué tontería, por la información que tenía podían ser hasta familia, pero me morí de celos. Con Idoia vale, pero… ¿ahora una nueva?

—¿Qué haces aquí?

—Eso mismo te iba a preguntar. Te he visto de lejos y he pensado… no puede ser él.

—Pues…, eh…, sí. Sí que soy.

—¿Y qué haces tan lejos de Madrid? —La chica me miró con evidente recelo.

—Vacaciones. —David miró hacia atrás, buscándome, y me tendió la mano—. Ruth, esta es Margot…

Tiroriroriroriro. Música de tensión, suspense y terror en la pausa que hizo tras mi nombre y que su amiga dedujo que iba antes de mi epíteto.

—Margot —repitió David, superincómodo—. Mi ¿chica?

Pasemos por alto el tono de semiinterrogación.

—Ohm. —Ella sonrió, también cortada.

—Hola, Ruth. Encantada. —Saludé con la mano al ver que no tenía ninguna intención de darme dos besos.

—Supongo que no te ha dicho nada —musitó David jugando disimuladamente con mis dedos.

—No. Qué va —respondió la tal Ruth.

—Cortamos el mes pasado. Bueno…, cortó ella.

Resuelta la incógnita: era amiga de Idoia.

—No tenía ni idea. Ya decía yo. Nunca tuviste pinta de ser un cabrón. —Sonrió con cierta tristeza—. Es una pena. Bueno… —Ella me miró, colocando las palmas de las manos hacia mí, como disculpándose—. No es una pena porque veo que estás bien y que…, ya sabes, vosotros…

—Ya, sí. —David se rascó la nuca.

—Pero me gustabas para Idoia. La calmabas. Qué cosas…, creía que estaba loca por ti.

—Pues ya ves: no lo estaba.

Vi la nuez de David viajar de arriba abajo mientras me soltaba la mano y cruzaba los brazos sobre el pecho, visiblemente incómodo.

—No lo entiendo —musitó ella.

—Es Idoia, ¿quién sabe lo que le pasa por la cabeza?

—A veces se le va la olla. —Y parecía que aquella chica, de verdad, apreciaba a David o, más bien, lo que significaba para su amiga, pero… inoportuna era un rato—. Quizá te echó un órdago y… perdió la mano.

—La partida más bien. —David carraspeó.

Ella se nos quedó mirando unos segundos y finalmente chasqueó la lengua contra el paladar.

—Bueno, no os molesto. Disfruta mucho. Disfrutad. Y mucha suerte con lo vuestro.

—Gracias. Reparte besos.

—A todos menos a ella, me imagino.

—Aún estamos en contacto —explicó David, nervioso—. No terminamos mal.

—Me alegro. Espero verte pronto.

—Sí.

Conforme esa chica iba alejándose, David pareció desinflarse. Le acaricié la espalda y apoyé mi barbilla en su hombro.

—¿Estás bien?

—Sí. —Se volvió hacia mí y sus ojos repasaron de arriba abajo mi rostro antes de envolverme con sus brazos y pegarme a su pecho desnudo—. Contigo sí.

39
La perfección de lo que es perfecto porque es con la persona indicada

No volvimos al hotel hasta que no se puso el sol, aunque no estoy segura de que el cien por cien de David regresara con nosotros. Algo de él se había quedado en la conversación con la amiga de Idoia y a mí, no puedo mentir, me repateaba tenerla allí, tan presente, casi materializada en los asientos de atrás debido al mutismo en el que se había sumido David. Metidos en el coche, recorriendo una carretera secundaria, sumergidos en una luz azul y con las ventanillas bajadas, sobraba aquel silencio.

—¿Es por esa chica? —le pregunté.

—¿Qué? —Fingió no entenderme, como si estuviera intentando ganar un poco de tiempo para elaborar la respuesta adecuada.

—Llevas toda la tarde muy raro... Imagino que encontrarte con una amiga de Idoia te ha dejado revuelto.

Se pasó la mano por el mentón antes de devolverla al volante. No era justo. Callado, tan guapo, tan preocupado por otra chica..., aunque eso no debería importarme.

—Es inevitable ponerse a pensar.

—¿Y en qué estás pensando?

Su rostro se contrajo en una mueca.

—¿Hemos viajado hacia atrás en el tiempo y la conversación que hemos tenido esta mañana no ha existido en realidad? —dije—. En serio, David. Esto ya está hablado.

Me lanzó una mirada cargada de significado, como si quisiera mandarme por ondas cerebrales un montón de información del tipo: «No entres aquí», «Peligro de disgusto inminente».

—Cuéntamelo —insistí.

—Me da un poco de miedo hablar de esto contigo. No quiero hacerte sentir mal.

—¿Y quién dice que eso me hará sentir mal? —me incomodé—. Habíamos prometido que seguiríamos hablando de Idoia y Filippo cuando terciara.

—Ya, pero…

—Pero ¿qué?

—Margot, mi niña. —Me miró fugazmente y sonrió de lado—. El ser humano está hecho en un setenta por ciento de agua y un treinta por cierto de ego. No quiero que pienses que no disfruto del tiempo que paso contigo ni que estoy pensando en Idoia mientras te meto mano y…

—Pero es que es lo que hay —le paré, sintiéndome ciertamente mal pero creyendo que hacía lo más… normal—. Cuanto más claras estén las cosas, mejor. Ya lo sabes.

Suspiró, dándose por vencido, pero durante unos segundos no dijo nada. Cuando vio que me revolvía en mi asiento, se arrancó a hablar.

—Quiero pensar muy bien las palabras que voy a decir; no quiero que me malinterpretes. —Qué bueno era, qué suerte había tenido la jodida Idoia—. Es que…, no sé. Estoy superconfuso. Hasta donde yo sé, Ruth es una de las mejores amigas de Idoia. ¿Y no le ha contado que hemos roto? No entiendo nada. ¿Qué está pasándole por la cabeza? ¿Es que no le importa ni lo más mínimo? ¿O es que tiene razón Ruth y quizá me echó un farol que no entendí? Quizá…, quizá está loca y ya está.

Claro que estaba loca. Conociendo a David, una tía tenía que estar loca para dejarle diciendo que era un don nadie, un paria, un tío sin talento y sin futuro. Como no supe qué contestar, me fui por la tangente.

—Pues ahora esta chica le va a contar que te ha encontrado en una playa de Grecia revolcándote en la arena con una tía. Y se va a volver loca.

—Ya lo sé. Joder…, ¿quién me manda meterme en estrategias y montajes? Si me lío hasta cuando sigo los pasos de la receta para hacer bizcocho. Esto se veía venir.

Sonreí ante la ternura que me despertó la imagen mental de David ataviado con un delantal, haciéndose un lío con las medidas del azúcar o la harina, pero me recuperé enseguida y me centré de nuevo: era muy mono, besaba como un loco, pero estaba intentando recuperar a su ex.

—Tienes que estar preparado, David, porque… va a reaccionar. Ya lo sabes. Idoia tiene pinta de ser de las que no soportan los celos. No digo que tengas que angustiarte adelantándote a los acontecimientos, pero creo que tienes que ir pensando en qué quieres hacer cuando ella dé un paso.

—Es que no lo sé. Por un lado me encantaría mirarle a la cara y decirle: «Idoia, que te follen». Pero por otro lado…, no lo sé, Margot. Por otro lado hasta me sentiría agradecido.

—¿Agradecido? —contesté con una voz más chillona de lo que pretendía.

—Sí. Agradecido. —Dudó un momento—. Idoia siempre me hacía sentir…, es difícil ponerlo en palabras. Pero con ella me sentía, por primera vez en mucho tiempo, como si hubiera conseguido algo de valor, como si fuera tan afortunado… Me hacía sentir un ganador.

—Tú ya eres un ganador por muchas cosas. La primera, porque eres un tío íntegro, capaz de ser fiel a sí mismo. ¿Sabes lo difícil que es eso?

—Vamos, Margot…, duermo en el sofá de mis mejores amigos, soy autónomo y tengo tres curros con los que no hago milagros, además de una colección de camisetas llenas de agujeros.

—Eres inteligente, ocurrente, único, mágico…, ¡eres guapo de la hostia!

—Por Dios. —Suspiró algo exasperado—. No digas eso. No soy guapo. Como mucho, soy mono.

—Eres guapo de la hostia. Repítelo conmigo.

—No voy a repetirlo —refunfuñó con una sonrisa.

—Eres guapo y tienes un culo que pide a gritos que la emprendan a mordiscos con él.—Coloqué la mano en su rodilla y dejé que se deslizara hacia su entrepierna.

—¡Oye! —gritó mezclando la voz con unas carcajadas—. ¡Que estoy conduciendo!

—Veamos…, guapo, ocurrente, divertido, supermono, currante, detallista, culazo y… —Intenté sobarle un poco por encima del bañador—. La mano no me cierra cuando te hago una paja.

—Eso es porque tienes las manos pequeñas.

Ahí estaba, de nuevo, el chico que disfrazaba el miedo y la inseguridad con un chiste… Pero a mí no me engañaba. Yo era experta en reconocer a alguien demasiado acostumbrado a escuchar su propia voz distorsionando la imagen de sí mismo casi siempre, además bajo el yugo de una autoexigencia que ni siquiera se basaba en sus propios valores: la veía cada día en el espejo.

—Repite conmigo: soy un regalo.

David me miró un segundo. Solo despegó la mirada de la carretera un segundo, pero me valió para sentir la súbita paz que le inundó al escuchar a alguien decirle todas aquellas cosas. Casi no lo conocía pero, qué curioso, yo quería quererlo bien y bonito. Ese brillo de ternura trató de camuflarse, no obstante, con un brillo más encendido cuando contestó:

—Soy, querida Margot, lo mejor que te va a pasar esta noche.

Sin embargo, no consiguió despistarme porque acompañó la respuesta cogiendo mi mano, apartándola de su entrepierna y entrelazando sus dedos y los míos sobre su muslo. Aquel era un gesto que, más que una promesa de sexo, escondía cosas que daban mucho más miedo.

Después de cuarenta y cinco minutos en el coche y todo el día en la playa, estaba deseando meterme en la ducha para quitarme de la piel el calor del sol, la arena, la sal del mar y las sensaciones de la tarde.

Habíamos quedado en salir a buscar algún sitio donde cenar y, aprovechando que no tendríamos que coger la moto (y en este caso el coche) para volver al hotel, bebernos una botella de vino. O un combinado. O las dos cosas. A lo loco.

Dejé a David en la terraza rumiando pensamientos como quien mastica tabaco y me metí en la ducha un poco preocupada por lo que me habría metido en la bolsa. Sospechaba que solo un par de bragas. Filippo habría sido incapaz de hacerme el equipaje, por mínimo que fuera; no porque no supiera, sino por reparo a no coger lo correcto. No imaginaba a David siendo más organizado…, sobre todo a las cinco y media de la mañana. Y a ver cómo me apañaba con lo que había llevado puesto.

Estaba enjuagándome ya el pelo cuando David entró en el cuarto de baño.

—¿Decías algo? —preguntó.

—¿Qué?

—Que si me llamabas.

Menos mal que no vio la cara que puse.

—No te he llamado —le aclaré.

—Ah, perdón. Oye, vaya cortina más opaca, ¿no?

—¿De verdad te ha parecido que te llamaba o era una excusa? Por cierto, me estoy duchando con chanclas. Te recomiendo que hagas lo mismo.

Se calló, pero no escuché la puerta cerrarse de nuevo.

—¿Sigues ahí?

—Sí.

—¿Te puedes ir?

No hubo respuesta, solo el sonido de unos movimientos sigilosos amortiguados por el agua de la ducha.

—¡¡David!!

—Dime.

—No estarás meando, ¿no?

—No, mujer.

—¿Y qué haces ahí callado?

—Nada.

—¡¡Sal de aquí!! ¡¡Qué *creepy!!* —me quejé.

Ningún sonido.

—En serio, me estoy rayando. Si me resbalo en la ducha y me mato, pesará sobre tu conciencia de aquí al final de tus días. Igual vuelvo en forma de fantasma envuelta en esta cortina de ducha y te llevo conmigo al inframundo.

La cortina se abrió un poco y se asomó.

—¡¡¡David!!! —me quejé mientras me tapaba..., bueno, lo que viene siendo los cachos de carne principales.

—¿Qué? —Sonrió.

—Espera..., ¿estás desnudo?

—Como me trajo mi madre al mundo pero con más pelo ¿Cabemos ahí dentro los dos?

—No —dije enseguida.

—Yo creo que sí.

—Pues ya te digo yo que no.

Entrecerró los ojos, como sopesando sus posibilidades... o calculando los metros cúbicos de aquel espacio.

—Ni-se-te-o-cu-rra. —Le sonreí.

Y por culpa de la sonrisa, el mensaje no debió de resultar demasiado contundente porque... con un brinco lo tuve dentro de la ducha. Me di la vuelta inmediatamente. Me pareció más lógico que me viera el culo a todo lo demás, aunque... de ese «todo lo demás» ya estaba familiarizado con un par de cosas.

—¡Ah! Qué fresquita. Ponla más caliente, hija de puta, que con el agua fría me desaparece la chorra.

—¡Pues que desaparezca! ¡Sal de aquí!

Noté su polla, contenta pero no eufórica, pegada estratégicamente a mis nalgas y la vibración de su risa.

—Si estás pensando en sexo en la ducha, no lo has pensado bien. Si me toca uno de estos azulejos en la piel desnuda me desinfecto con cloro.

—¿Crees que quiero que nuestra primera vez sea en la ducha? Por Dios, qué cutre..., es una fantasía de púber pajero.

—Eso es lo que quieres, una paja en la ducha.

—Mujer..., si insistes.

No pude evitar echarme a reír.

—Espero que no hagas la típica broma de que si se me ha caído el jabón —insistí.

—Que no, querida, que después de los preliminares que llevamos no podemos hacerlo rápido y mal. Necesitaría una cama grande y ya puestos, por pedir, pasarme un buen rato con tus muslos calentándome las orejas.

—¿Se puede ser más bruto?

—Se puede, pero no voy a esforzarme. ¿Te ayudo a enjabonarte?

—Ya me he enjabonado.

—¿Y qué te falta? Quiero ayudarte.

Miré por encima del hombro. Dios. ¿Cómo le podía quedar a alguien tan bien el agua? No creo que haya nada más sexi, más sensual, que David con el pelo empapado hacia un lado, sonriente, fingiendo ser un buen chico, pero con ese brillo malvado en los ojos.

—El acondicionador —le seguí el rollo.

—Me encanta tu culo —gruñó, enseñándome casi los dientes—. Ahora yo también quiero mordértelo.

—Acondicionador. Céntrate.

Suspiró triste y cogió el botecito que le indiqué.

—No he recibido ninguna palmadita en la espalda por acordarme de traerte todos tus frasquitos de aseo —murmuró—. Usas más cosas en la ducha que todas las personas que vivimos en mi casa.

—Uso las justas —me quejé—. Seguro que tú te pones lo mismo para todo.

—Yo, jabón de pastilla, no te jode —se burló—. Mi única preocupación es no secarme la cara con la parte de la toalla con la que ayer me sequé el culo.

—Por el amor de Dios —balbuceé, consternada.

—Uy, la señoritinga. A ver…, ¿y esto cómo se pone?

—En el pelo, de medios a puntas.

—¿Me hablas en cristiano, por favor?

—En las puntas, David, en la parte de abajo.

Eché un vistazo y vi cómo se reía malignamente.

—Me refiero a la cabeza. A ver si me vas a dejar los bajos con alisado japonés.

—No me tientes. A ver…, ¿así?

Cogió un mechón con mucho cuidado y frotó el producto en la punta.

—Sí. Muy bien. —Y agradecí estar dándole la espalda para que no viera la gracia que me hacía—. Pero no hace falta que seas tan minucioso.

—Soy un chico muy aplicado, ojos tristes.

Con mucho protocolo fue dividiendo mi media melena en mechones y frotando con cuidado el acondicionador.

—¿Serás de esos padres que hacen trenzas de raíz a sus hijas?

—Seré de los que al menos lo intentan.

Y yo, que estaba sonriendo, me quedé paralizada por la momentánea angustia que me invadió al imaginarlo peinando con esmero a una dulce niña rubia de unos seis años con la sonrisa de papá y los ojos de su despiadada madre Idoia. Iba a preguntarle si quería tener hijos cuando empezó a hablar:

—Yo… en realidad quería hablar contigo —dijo.

—¿No has venido a ponerme acondicionador? —intenté bromear.

—No. Quería darte las gracias.

—¿Las gracias? ¿Y ahora por qué me das las gracias?

—Por lo del coche.

—Si solo te la he tocado de refilón…

—La estrategia de tratar de despistar al contrario diciendo sandeces la inventé yo. Sabes muy bien a lo que me refiero. Gracias por ayudarme con la autoestima de mierda que me dejó esta ruptura.

—Según tus propias palabras, nunca deberías basar tu valoración de ti mismo en la opinión de terceros.

—Y tengo razón porque soy la hostia de sabio, pero a nadie le amarga un dulce y tú lo sabes bien. Así que gracias. Sobre todo por lo de que la mano no te cierra alrededor de mi polla. Eso ha sido clave para levantarme el ánimo.

Me giré y me rodeó la cintura con los brazos, pegándome a él. Me arqueó hacia atrás y enjuagó con cuidado mi pelo, entreteniéndose en mesarlo entre sus dedos. Aquel gesto fue, sin duda, lo más romántico que habían hecho por mí en la vida, pero tardé un par de meses aún en apreciar en aquel gesto la ternura, la intimidad y la complicidad que contenía.

—Qué guapo eres.

—Shhh, chitón,… ahora me toca a mí.

—No —lloriqueé.

—Eres increíble, Margot.

—¡¡Cállate!! —Me retorcí, intentando zafarme sin éxito.

—No sé quién te hizo creer que tienes que esforzarte continuamente por ser más o de otra forma, pero entérate de que no necesitas que nada ni nadie te complete ni te potencie. Tú, que te quejas de que eres mediocre y anodina, buscas inconscientemente fundirte entre la gente hasta desaparecer porque sabes, en el fondo de tu ser, que en cuanto alguien te vea de verdad, no podrá ver otra cosa.

—Anda, anda… —Quise quitarle importancia a lo que me estaba diciendo.

—No. Escúchame. Eres divertida, eres inteligente, eres bonita, generosa, careces de los prejuicios que cualquier otra persona en tu situación tendría. Eres un fogonazo de luz tan potente que cuando tú estás delante, no existe nada más en el mundo.

—David, de verdad… —le supliqué mucho más seria.

—Nada, Margot. No existe nada que importe lo suficiente. Esa es la realidad, por más que la evitemos. Si estás tú, solo quiero que me cuentes cosas, conocer cada matiz de tu voz mientras me las cuentas, que me mires como solo tú lo haces. Nunca había conocido a nadie que contuviera tanta verdad. Pero es que…, es que además, cuando duermes bocabajo, me quedaría a vivir en la curva entre tu espalda y tu culo.

Apoyé la mejilla en su pecho desviando la mirada de unos ojos que le relucían al hablar, pero él se agachó un poco para crear contacto visual de nuevo. Sonrió. Qué sonrisa…

—Estaría toda la vida mordiéndote la boca cuando gimes. En serio…, parece una fresa. Y si pudiera escoger un tipo de muerte, diría que ahogado entre tus dos tetitas.

Los dos nos echamos a reír.

—Estoy deseando estar dentro de ti —murmuró mientras su sonrisa se convertía en un gesto aún más íntimo y cómplice—. Y será perfecto.

Quise decirle que no había nada perfecto, pero en el fondo yo sabía que tenía razón. Lo haríamos. Entraría en mí, se quedaría quieto entre mis muslos y sería perfecto, como la jodida cortinilla de Disney que esperamos ver aparecer cuando empezamos con alguien. Y daba miedo, porque sería perfecto durante tan poco tiempo que nada, ni nosotros ni el tiempo, podría estropearlo nunca.

—Estoy deseando pasarme una noche entera entre tus piernas, desmontando todos los muebles que haya en la habitación —añadió—. Quiero destrozarlo todo mientras me pides más. Y que gire el mundo en la dirección que a ti te dé la gana.

Durante unos segundos no fui capaz de articular ningún sonido. Lo único que podía era mirarlo. Mirarlo con cierta avaricia, lo confieso.

—¿Qué? —Esbozó una sonrisita de lado.

Me mordí el labio para no decir nada que aún no sintiera de verdad.

—Creo que nunca me habían dicho nada parecido.

—Ya..., soy un tío supersensible. —Arqueó las cejas—. ¿Me la chupas?

Le di un puñetazo en el brazo y, antes de que pudiera retenerme, salí y me envolví en una toalla.

—¡Eh!

—Venga, que tengo hambre. —Me coloqué en la cabeza otra toalla más pequeña. Necesitaba respirar lejos de él. Las palabras llenaban el cuarto de baño resbalando sobre los azulejos empañados y era demasiado para mí—. Que digo yo... ¿hacía falta que invadieras la ducha? ¿No podíamos hablar después?

—Quería verte desnuda al menos una vez antes de hacerte el amor.

—¿Hacerme el amor? ¿No te referirás más bien a follarme?

—Algunas conjugaciones del verbo «follar» me incomodan porque no suenan a reciprocidad. No me gusta imaginarme «follándote». Da bastante mal rollo. Me apetece que sea mutuo, no sé si me explico. Ahora, entendiendo el contexto de «follándonos», te diré que follar se me da bien, pero haciendo el amor soy el mejor.

David era todas las cosas buenas de este mundo.

Al salir, encima de la cama, encontré mi neceser y mi ropa preparada: unas braguitas (de las más monas, qué ojo), un vestido escotado y estampado con florecitas que compré con él y unas sandalias negras. Me apoyé en la mesa y suspiré. Suspiré con algo en el pecho que daba muy mal fario si nos parábamos a juzgarlo a partir de lo que nos habíamos prometido.

Recuerdo aquella noche como fogonazos de luz, de vida. Aquella noche ha terminado por convertirse en una de esas imágenes que alimentan el recuerdo, de las que está compuesta la nostalgia y que nos hacen sentir que un día, allá a lo lejos, en la memoria, vivimos, además de existir.

Recuerdo la sorpresa. La sensación de que el estómago me daba un brinco y la ilusión que hizo nido en mi estómago cuando, al salir de secarme el pelo, lo encontré metiendo un camisa blanca por dentro de su vaquero. Estaba maldiciendo, con el ceño fruncido, como un niño al que los planes no le han salido exactamente como esperaba.

—¿Esto va por dentro del pantalón o por fuera? —me preguntó frustrado.

Aproveché para echarle un vistazo de abajo arriba: las Converse, los pantalones vaqueros tobilleros, el cinturón envejecido, la camisa blanca que le quedaba como un guante. Estaba increíble.

—Creo recordar que no la compraste.

—Bueno… —Levantó la mirada hacia mí y arqueó una ceja con una expresión suficiente—. Puede que volviera a por ella. ¿Por dentro o por fuera?

—Por dentro.

Terminó de colocársela y me tapé la boca para no reírme.

—¿Qué? Estoy horrible, ¿no? ¿Parece que voy a celebrar que mi padre me ha comprado un campo de golf?

Me acerqué.

—Estás tan guapo que creo que voy a gritar.

—Suena bien.

—Menos mal que es de noche, porque si a eso le añades las gafas de sol, tendrías que hacerme el amor encima del mostrador de recepción.

—Te aviso de que no tengo manías, así que en cuanto reciba el visto bueno, yo me lanzo. —Levantó las cejas y, rápido, echó mano de las gafas que había dejado sobre la mesa de la habitación y se las colocó.

No tuve más remedio que besarle.

Recuerdo que se escondió para asustarme y que, además del brinquito que solía dar en esos casos, solté un alarido que le provocó carcajadas. Y había pocas cosas más bonitas que sus ojos cuando se reía con ganas.

Recuerdo el olor de la calle, a una variedad de jazmín, a mar, a la cocina de algunos restaurantes de los alrededores, al perfume de David y su piel.

Recuerdo andar cogida de su mano y sentir que nunca, jamás, en toda mi vida, había estado tan viva.

—¿Por qué te suda tanto la mano? —se burlaba él.

—Es como tener quince años otra vez.

Recuerdo los besos. Los besos siempre eran como el primero. Como el último antes de dormir. Como el que le darías de despedida a alguien que no quieres que se marche nunca.

Las calles estaban plagadas de pandillas de chicos, de entre dieciocho y veinticinco años, que bebían a morro de botellas claramente recién compradas en el supermercado. El suelo parecía un empedrado de luces y noche, que pisábamos mientras hablábamos y hablábamos de cualquier cosa. De las flores que crecían en los balcones de las casas, de Amparito y Asunción, de que cómo les iría a mis hermanas con sus paranoias y de que había vuelto a ignorar un mensaje de Patricia…, con David todo era fácil. Hasta ser su novia durante unos pocos días.

Cenamos en un restaurante con vistas al mar y con una piscina en la terraza. Primero bebimos unas copas de un vino griego muy dulce y, entre brindis y brindis («bésame cada vez que brindemos», me decía; «tú solo bésame y ponme la boca donde toca, que si no me la besas no la siento»), reíamos a carcajadas imaginando que nuestra torpeza nos llevaba al interior de la piscina. Cuando terminamos las copas, no tuvimos más remedio que pedir una botella del mismo vino porque, al parecer, tenía como efecto secundario soñar bonito.

Ni siquiera sé lo que cenamos, pero sí que todo nos supo rico, que David me daba a probar de su cena y yo a él de la mía, que el vino se terminó muy pronto y que reíamos. Cómo nos reíamos. Con él hasta las historias del internado parecían divertidas.

Recuerdo que pensé que quizá con David a mi lado sería capaz de convertir las penas en fortalezas.

Cuando terminamos la cena, nos sentamos en la parte de la terraza más pegada a la barandilla, desde donde se extendía el mar, y pedimos una copa.

—Vino y copa…, hoy caigo en la cama como un bebé —me avisó David.

Pero no. No se durmió como un bebé. Todo lo contrario, despertó en él al hombre con hambre. Cuando me sentó en sus rodillas y saboreé el alcohol sobre su lengua, me emborraché…, pero de ganas, de promesas, de aquella vida que jugábamos a que pareciera nuestra. Cuando su mano se acostumbró a recorrer mis muslos a través de la raja del vestido, el camarero nos trajo la cuenta y una recomendación que nos sirvió de invitación para marcharnos:

—¿Y si seguís la noche en otro sitio?

Nos habló de un «club» donde podríamos tomarnos unas copas y «divertirnos», y cuando nos fuimos de allí lo hicimos partiéndonos de risa, convencidos de que nos mandaba a un club de intercambio de parejas o algo similar. Cuando llegamos a la dirección que nos había indicado, previas cinco paradas en rincones oscuros a comernos la boca, lamernos el cuello y tocarnos por encima de la ropa, descubrimos que se trataba de una discoteca. Bueno, una discoteca no: un discotecón. David me echó una mirada cuando vimos el percal: cientos de turistas jóvenes (muy jóvenes) agitándose al ritmo de música electrónica, convirtiendo el éter en una corriente, todo el local envuelto en humo y luces brillantes. Supongo que era el lugar en el que menos se imaginaba que me sentiría cómoda.

—¿Nos tomamos otra copa? —pregunté tirando de él hacia la puerta.

Y es curioso, tenía muchísimas ganas de quedarme a solas con David, pero quería alargar la noche hasta el infinito. Me sentía... libre.

Conseguir la copa fue fácil gracias a David que, con una sonrisa y movimientos gatunos, iba haciéndose un hueco entre los grupos de jóvenes demasiado borrachos como para darse cuenta de que se les colaban. De la misma manera, llegar hasta el centro de la pista de baile también fue sencillo.

Recuerdo la sensación. La de bailar, la de que todo diera igual. La de que, en realidad, cualquier cosa fuese solo cuestión de planteárselo. Entre personas que bailaban como si la vida nunca fuera a terminar, pero con la certeza de que el mundo explotaría mañana, era fácil sentirse eterno.

Bebíamos. Nos abrazábamos. Nos besábamos como los demás, con lengua, ganas, gruñidos y, en el fondo, con un deseo casi adolescente. Y entre mordisco y mordisco, David bailaba desinhibido; luego supe que solo bailaba así si había bebido. Tenía el don del ritmo instalado en algún punto intermedio entre la cintura y su pecho y se movía suave porque no necesitaba demasiado para dejarse llevar a merced de la música. Y yo, con más vergüenza que miedo, me agarraba a él y le seguía hasta que el ritmo terminaba por calentarnos la lengua junto a la del otro.

La masa de gente que llenaba la pista se movía a la vez, como un gran insecto con miles de extremidades y nosotros nos sentíamos su corazón. Reconocí un tema de Drake con Rihanna, «Too good», y cerré los ojos y me fundí con su ritmo tribal olvidando que la gente mira, que la gente opina, que yo tenía que demostrar que merecía lo que tenía y todas esas cosas que me inculcaron desde niña. Cuando los abrí, David me sonreía con la mirada turbia y el sexo en la boca.

—¿Qué?

—Si sigues...

—Si sigo, ¿qué? —pregunté, esperando una respuesta caliente.

—Cantando, bailando..., me enamoro. —Me acercó a él—. Te lo juro.

—Pues menudo lío.

—Menudo lío.

Recuerdo el calor pegado a nosotros, húmedo, como si me lamiera el cuello, dejando a su paso un reguero de gotitas de sudor condensado que no importaba, que no molestaba, que era símbolo de lo dueños que éramos de nuestra piel. Y bailábamos; bailábamos, en una especie de danza arcaica y primitiva, para celebrar que, más pronto que tarde, nos daríamos en ofrenda a la boca del otro.

David susurraba en mi oído palabras espesas y sucias, a veces vertidas en mi oído entre jadeos y a veces acompañadas de risas y una mano subiendo por debajo de mi vestido. Lo bueno de bailar en el centro mismo de una hoguera es que nadie se preocupaba de nada que no fuese su propio fuego.

Recuerdo su voz, mi espalda sobre su pecho, su mano derecha subiendo por el interior de mi muslo hasta colarse entre mis piernas por encima de la ropa interior, cerniéndose sobre mi sexo hasta provocar un escalofrío.

—Voy a necesitar mucho tiempo... —me decía—. Solo dame tiempo, porque quiero pasarme una hora lamiendo cada milímetro de tu piel... —Sus dedos buscaban un rincón entre mi carne—. Hasta que te corras y te corras y te corras...

—No aguantaré una hora.

—Pues media. Necesito media hora con la boca en tu coño. Si no aguantas, yo te sostendré.

Y ese chico de boca sucia, que amaba la música de los ochenta, que servía copas en un garito de pachanga y sabía de flores..., ese chico que soñaba con encontrar algo que diera sentido a su vida convencido de que por sí sola no lo tenía, se olvidaba de todo con los ojos cerrados si yo lo besaba.

Otra copa. Más música, por favor..., que no pare de girar.

—¡¡Me encanta esta canción!! —gritó después de terminarse la copa y deshacerse del vaso dándoselo a un chico del *staff* que pasaba con una bandeja—. ¿Tienes Shazam? ¡¡Margot, shazamea, que me flipa esta canción!!

Saqué el móvil del bolso y, cuando estaba activando la aplicación, sus brazos envolvieron mis caderas y me levantó. De pronto sobrevolé todas las cabezas, volé, volé... y cuando me mantuvo allí arriba me sentí... etérea. La brisa llegaba allí refrescando la piel y la música se contoneaba con más contundencia. Levanté los brazos y durante unos segundos no existió nada. Ni el Consejo ni una boda truncada ni mi hermana Patricia ni mi madre ni la frustración ni la pena ni el hambre en el mundo. Allí arriba, en brazos de David, yo surfeaba una ola de pubertad que no había vivido cuando tocaba, sintiéndome frágil e invencible a la vez, a punto de morirme e inmortal. De carne y hueso…, por fin.

Cuando me bajó, le sonreían los ojos. Por mí.

—Media hora —susurró, mirándome la boca.

—Fantasma.

—En eso tienes razón: yo por ti me muero y me paso el resto de la eternidad apareciéndome en tus sueños.

La canción era «Ride it», de Regard, por cierto. Y yo me sentía tal y como decía la letra: cabalgándolo todo, perdiendo el control…

Si no hubiera bebido tanto, creo que aquella noche me hubiera dado cuenta de que ya estaba sintiendo algo por él que iba mucho más allá de lo que podríamos justificar. Quizá ya lo amaba. Quizá ya me había enamorado de él, y ni siquiera había necesitado una noche de verdadera pasión. Para que luego no me den la razón cuando digo que follar está sobrevalorado.

Bueno…, ni siquiera yo me la doy del todo.

Amaneció a las seis y diez y vimos salir el sol sentados en una playa cercana al hotel, sumidos en un silencio feliz, satisfecho, después de bromear durante todo el camino de vuelta desde la discoteca sobre que probablemente alguien había echado droga en nuestras bebidas para que pudiésemos aguantar despiertos toda la noche. Quizá teníamos razón. Quizá, no. Era verdad. Íbamos hasta las cejas, drogados, enajenados…, pero los únicos responsables éramos nosotros: estábamos intoxicados como solo puedes sentirte cuando empiezas a amar y aún no te has hecho las preguntas que más asustan.

David, abrazado a sus piernas, reflejando en sus ojos el color anaranjado del horizonte, susurró su segunda declaración de amor sin mirarme:

—Margot, no te acabes nunca.

Lo último que dijo, no obstante, antes de caer dormido, vestido, sobre la cama, fue:

—Media hora. Dame media hora y te juro que te hago flipar.

40

No te acabes nunca

Me hubiera gustado despertarme con Margot encima de mí, a horcajadas, vestida solamente con el camisón blanco que cogí de entre sus cosas. La imaginaba con la tela arrebolada en su regazo y un tirante caído mientras la voluptuosidad de sus caderas navegaba olas inexistentes sobre mí. Y ahí, yo, que soy débil, besaría sus pezones, le susurraría palabras de amor de esas que no hacen daño y pediría permiso a base de caricias para entrar en ella y quedarme a vivir dentro de su cuerpo en forma de gemido. Y la luz reflejada en el mar, la brisa y la libertad nos aplaudirían mientras hacíamos el amor.

Suena bien, ¿eh? Pues nada más alejado de la realidad, porque me desperté por una silla que se cayó al suelo con un estrépito que casi me provocó un infarto. Y cuando me incorporé, encontré a Margot despeinada y con el maquillaje corrido, recogiendo cosas.

—¿Pero...? —alcancé a decir.

—¡¡El ferri!! ¡¡Que perdemos el ferri de vuelta!!

Correr con resaca no mola. Correr con resaca con cuarenta y cinco grados a la sombra, menos. Correr con resaca, a cuarenta y cinco grados, para meterse en un barco..., solo podía ser una señal del destino para que me espabilara y supiera ver que algo estaba haciendo mal. Con la vida. Señal que obvié, por cierto.

La biodramina tardó en hacerme efecto el suficiente rato como para que cierta sensación de mareo me durase todo el trayecto. Margot no estaba mejor. Ni siquiera se lavó la cara antes de salir a la calle. Éramos una versión veraniega y desolada del Joker y no mediamos palabra hasta que llegamos a Santorini.

Estuve a punto de pedirle que condujera ella la moto de vuelta al hotel, pero me apiadé cuando después de quitarle el pitón me volví y la miré. No pude evitar sonreír.

—¿De qué te ríes?

—Estás horrible —me burlé.

—Anda que tú...

—¿Yo? A mí este rollito grunge me pega, ¿no decías eso? Pero tú..., tú pareces una heroinómana que ha sobrevivido a una orgía de motosierras.

—Llevas el pelo pegado —me informó para hacerme ver que yo también daba asco.

Me lo toqué. Joder. Es que se me ensuciaba mogollón cuando salía de fiesta, sobre todo a garitos en los que se podía fumar. Tenía razón.

—Pero ahora nos vamos a meter en la ducha y me lo vas a lavar, así que no pasa nada.

Puso los ojos en blanco, me monté en la moto, quité el caballete y ella se subió.

—Media hora —susurré antes de que se pusiera el casco.

Me gané un puñetazo en el brazo. Hay cosas que creo que es mejor no verbalizar fuera de una borrachera.

Paramos en la panadería que había en la carretera que llevaba al hotel y, además de dos cafés del tamaño de un cubo de fregar, compramos de todo..., cosas que empaparan, a poder ser con queso y bien grasientas. Después nos metimos en nuestra villa y colocamos el «do not disturb» en la puerta, cobijándonos en un espacio que fuimos oscureciendo conforme íbamos bajando persianas. Convertimos su habitación en un útero artificial y refrigerado en el que nos resguardaríamos a la espera (y con la esperanza) de volver a convertirnos en personas.

Lo cierto es que, después de la nochecita anterior y el abrupto despertar, mi cuerpo no estaba para fiestas y no volví a pensar en sexo, aunque siguiera convencido de necesitar treinta minutazos con la lengua hundida entre los labios de Margot..., y no los que cubrían sus dientes, precisamente. Con esto quiero explicar que, al menos conscientemente, cuando me metí en la ducha con Margot, no lo hice con intenciones eróticas. Quería que me lavara el pelo.

—¡¡David!! —gritó fuera de sí, como si me hubiera repetido cientos de veces algo y yo hubiera vuelto a ignorarla.

—¡No grites, loca, que me va a reventar la cabeza!

—¡Sal de mi puta ducha, joder!

—¿Por qué? —Y prometo que lo pregunté porque no entendía los motivos por los que no podía darme una ducha con ella. Joder, que yo quería que me lavase el pelo.

—¡¡Porque me quiero lavar tranquila!!

—Bueno, hija. Pues lávate.

Me di la vuelta y me concentré en enjabonarme el cuerpo a conciencia.

—Si haces esto para seducirme, quiero decirte que no lo estás consiguiendo. Te juro que ver cómo te lavas me recuerda al documental de una comunidad de monitos en la India. Se lavan como tú. Igualito.

Le lancé una mirada por encima del hombro. Tenía el pelo pegado a la cabeza, el maquillaje aún más corrido, sin sonrisa.

—Lo que tú digas, pero quiero estar limpito por si te apetece comerme un rato los huevos.

—De resaca eres el tío más desagradable que he conocido en mi vida, ¿lo sabes?

—¿Me lavas el pelo? —le pedí.

—Sí, claro, porque eres tan simpático que te lo has ganado.

—Soy un encanto y lo sabes. Venga..., lávame el pelo, por favor...

—¿Y qué saco yo?

—Eres una puta capitalista —me burlé—. Venga. Luego te lo lavo yo.

—Pero rollo como en la peluquería. Con masaje craneal.

—Vale.

Los dedos de Margot sobre mi cuero cabelludo, repartiendo el champú y frotando con suavidad, llegando a mis sienes..., era lo más relajante que había sentido en mi vida. Nunca había ido a darme un puto masaje, y te aseguro que el peluquero de mi barrio no te masajeaba la cabeza cuando te cortaba el pelo. De todas formas, decidí que yo no estaba hecho para esos mimos cuando noté que se me empezaba a empalmar la polla. La miré de soslayo. Pobre..., qué optimista era.

—Enjuaga ya —le pedí a Margot.

—Como gustes, pero yo quiero que frotes más.

Me mordí la lengua para no decirle una barbaridad.

Supongo que notó el estado de mi polla cuando me puse a lavarle el pelo, porque no dejaba de chocar contra sus nalgas. Me estaba poniendo cardiaco. Sin embargo, ella no dijo nada y yo seguí repartiendo champú y deslizando las manos por su cabeza y su cuello. Después de un rato de gemiditos de placer y «ahí, ahí» que casi me hacen perder las formas, ella misma se colocó debajo del grifo y se aplicó el acondicionador. Yo aproveché para llenarme de nuevo la mano de jabón con la peor de las intenciones.

La atraje hacia mi cuerpo, de espaldas, y metí sin ceremonias la mano entre sus muslos. Ella también debía de estar pensando en algo similar porque recibió las atenciones con un gemido y sin aparente sorpresa.

—¿Froto así o más? —le pregunté con sorna.

—Frota hasta que inundemos de espuma el baño.

Deslicé mi dedo corazón entre sus labios y froté en círculos mientras ella me agarraba los antebrazos con fuerza, como si tuviera miedo de que me fuera y la dejase a medias.

—¿Puedo pasar la próxima hora cumpliendo promesas?

—No —gimió en mis brazos—. Aún estoy marcando un poco.

—¿Qué significa que «estás marcando»? —pregunté intrigado.

—Que aún estoy sangrando un poco. Quizá mañana ya se pueda.

—¿Y qué hago ahora? Yo quiero darte placer —me quejé.

Dirigió mi mano hacia un poco más abajo e hizo que colara un dedo dentro de ella.

—Eso no me basta —le anuncié.

—A mí sí. Sigue...

Su mano encontró un camino para llegar entre nosotros y agitó mi polla, que respondió con una fuerza que no recordaba. Gemí con la boca pegada a su cuello porque quise que escuchara el placer que sentía cuando ella me tocaba, y con la mano que no tenía entre sus piernas apreté su pecho izquierdo. Margot también gemía, indicándome qué movimientos le gustaban más, y cuando estaba a punto de ofrecerle salir de la ducha para tendernos en la cama en condiciones, me sorprendió preguntándome algo que no esperaba:

—¿Crees que estoy siendo infiel?

—¿Qué?

Apretó mi polla entre sus dedos y yo lancé un gemido.

—Por el amor de Dios, no me preguntes eso ahora.

—¿Lo crees o no?

—No... —Volví a gemir, solté su teta y envolví la mano con la que me estaba tocando con la mía, para agitarla con más rapidez—. Él se largó todo el verano, ¿no? Pues este es tu verano, Margot. —Se me escapó un gruñido—. No pares ahora... sigue.

Me soltó. «Mecagoenlosputosremordimientos», balbuceé sin abrir los labios, en una especie de rugido contenido en mi garganta. «Pero si ese tío no puede quererte, Margot, porque no tienes que contarme mucho más sobre vosotros para saber que ni siquiera se ha preocupado por conocer la parte de ti que queda bien debajo de lo que pareces ser. Me cago en mi vida, Margot. ¿Y tú te sientes mal? Que se sienta mal él, que no supo ver que el amor de su vida estaba aterrorizada el día de su propia boda».

No dije nada. Margot me miró a los ojos.

—¿De verdad?

—De verdad —Asentí.

—¿No lo dices porque quieres que acabe lo que he empezado?

—Quiero esta paja y correrme encima de tus nalgas, Margot, pero sobre todo que entiendas que si él es libre, tú también. Y me da igual si él no ha estado con nadie porque, en lo esencial, no está contigo, ¿no?

Sonrió.

—Bien. Entonces una mamada no estará peor que una paja, ¿verdad?

Parpadeé. No me lo podía creer. Hasta mi polla sonrió. Aprenderse a Margot de memoria era completamente imposible. ¿Cuántas mujeres diferentes habitaban en ella?

Pero salió. Salió de la puta ducha sin que sintiera su boca alrededor de mí. La miré alucinado mientras se envolvía en una toalla antes de tirar de mí y colocar otra en mi cintura.

—Tranquilito —susurró.

Cuando me senté en el borde de su cama, la toalla se abrió dejando a la vista, y muy claro, que no se me olvidaba la promesa.

—¿Sabes que tienes una polla preciosa? —me dijo, tirando un cojín al suelo y arrodillándose sobre él, delante de mí.

—No me había parado a pensar en ello. ¿Crees que ganaría un certamen de belleza?

—A ver... —La agarró y... magia: la hizo desaparecer.

Grité. No sé qué dije, creo que una barbaridad, porque ella me miró con los ojos muy abiertos. Creo que hice referencia a dónde quería que le llegase lo que le llenaba la boca.

Metí los dedos en su pelo y empujé un poco hacia mí, siguiendo el movimiento que estaba creando al meter y sacar mi polla de entre sus labios.

Acaricié su frente con el pulgar y ella me miró. Asentí, como si con ese gesto pudiera decirle todo lo que estaba pensando y que ni siquiera yo entendía: que siguiera, que quería correrme en su garganta, que no quería que aquel viaje terminara nunca, que no sabía si sería capaz de separarme de ella jamás, que Idoia no tenía ni idea de hacer mamadas, si como mamadas entendíamos lo que estaba haciendo ella, que más que eso era una supernova de placer. No podía dejar de mirarla. Estaba siendo la mejor mamada de mi vida, pero es que además... estaba tan guapa...

Se ayudó de la mano derecha y me entró la risa. ¡La risa! Lancé un par de carcajadas lastimeras porque era injusto que me gustara tanto, y ella sonrió. Con la boca llena, con los ojos, tragándose mi puta alma.

No me dio tiempo a avisar. Abrí la boca para hacerlo, lo juro, pero las palabras se me atascaron hasta no ser más que un gorjeo estúpido, de adolescente, mientras me vaciaba por completo (de semen, de preocupaciones y de miedos) dentro de su boca. No duré ni diez minutos, pero Margot no pareció sorprenderse; solo paró, se limpió la comisura de los labios y después me lamió de nuevo antes de besar la cabeza carnosa de mi polla y levantarse.

Se sentó a horcajadas encima de mí, se quitó la toalla y me dijo con expresión seria, caliente, turbia...

—Ahora yo.

La masturbé con todas las ganas que pude encontrar en mi cuerpo. Todas. Las que le tenía a ella y todas las que sentí alguna vez en mi vida por cualquier otra chica. Todo. El universo entero se plegó para dar cabida solo a Margot, como una divinidad cruel que se alimentaba de lo que yo le diera. Y se corrió entre espasmos sobre mí, pero supe que hacerla gozar así ya no me satisfacía. Ya no valía de nada.

Se nos olvidó comer. Ni siquiera probamos el café. No lo pude evitar. En cuanto pude, en cuanto me recuperé del orgasmo, quise hacerle el amor. Y ella también quiso hacérmelo a mí.

Rebusqué en la mochila, que había dejado tirada sobre la cómoda de su habitación, y encontré la caja de condones que compré en el supermercado días atrás; abrí uno con los dientes. Mal hecho, ya lo sé, pero me hacían falta los ojos para preguntarle con la mirada si, como yo, necesitaba aquello.

Se retorció desnuda sobre la cama apretando los muslos, intentando aliviar, imagino, el pálpito de la necesidad.

Los dos jugueteamos para ponerme el condón mientras nos besábamos con los ojos cerrados y después se echó en la cama con las piernas abiertas. Me coloqué encima y dirigí mi polla hacia su interior; estaba tan empapada que entré casi sin empujar. Nos miramos con las bocas abiertas, sorprendidos por la sensación, y me retiré para volver a entrar; me clavó la rodilla en un costado, a la altura del trasero, a la vez que lanzaba un alarido.

—¿Te he hecho daño?

—Soy virgen —me dijo.

Juro que me quedé paralizado; quise tragar pero no pude. Una sonrisa creció en sus labios hasta convertirse en una carcajada.

—¡Eres idiota! —me quejé.

Clavó los dedos en mis nalgas, empujándome más hondo, y sonrió con sorna.

—Te tendrías que haber visto la cara. ¿Cómo voy a ser virgen?

—Eres idiota, ¿lo sabes? —Me acerqué para besarla.

—No pares, tonto. No pares.

Y no lo hice. No paré.

Y ahora, entre nosotros, como en una escuchita, voy a decir algo que no debería. Algo muy feo porque en sensaciones, en emociones, en mujeres..., uno no debe comparar. Pero... me había acostumbrado a follar con Idoia y siempre era como estar en una de esas películas porno que graban como si la cámara fueran tus ojos. Todo. Los gemidos, las posturas, las peticiones, hasta la estética... Todo parecía porno bien editado y posproducido. Eso solo significaba una cosa: que todo era perfecto, impoluto, sin peros y que... no parecía de verdad. Muchas veces me dije que yo no estaba a la altura de aquel despliegue, así que cuando Idoia y yo follábamos, me sentía en una competición. Tenía que ser el que más: el que más fuerte empujaba, el que más rápido podía metérsela sin correrme, el que más cachonda la ponía y el que daba las mejores palmadas en una nalga, cuando a mí... me bajaba bastante el ánimo la dichosa palmadita. Todo esto unido a que nunca he sido demasiado fan del enfoque del porno... hacía que terminara frustrado porque no disfrutaba tanto como sabía que podía, y no dejaba de repetirme que la culpa era mía.

Pues... haciéndolo con Margot se me olvidó eso de que tenía que ser «el que más» porque me preocupaba que aquello se esfumara sin que yo hubiera tenido suficiente. Hacerlo con Margot me aseguró que yo nunca me había preocupado de mí mismo estando con Idoia. Solo quería contentarla a ella. A ELLA. Y con Margot salía de manera natural que era para los dos. LOS DOS.

Le hice el amor mientras dejaba espacio entre nosotros para que ella me lo hiciera a mí. Y cuánta intimidad se respiró en los sonidos de nuestros cuerpos, en los jadeos, en los olores del sexo, en las miradas que compartimos, sonriendo. Si alguien vuelve a decirme que la risa es enemiga de la pasión, le diré que tendría que haber estado allí viendo cómo se reía Margot.

Margot, luz. Margot, sin dejar de moverse bajo mi cuerpo, buscando la embestida. Margot, con cara de cachonda. Margot, susurrando que se corría, mientras se frotaba a sí misma y yo entraba, salía, entraba, salía. Margot, encima de mí, cabalgando, apoyada en mi rodilla izquierda con un brazo hacia atrás. Margot fagocitando miedos y convirtiéndolos en una exhalación de placer.

Margot.

Y ahí, a la vista, la conexión, el punto que nos unía: su cuerpo abierto a mí, permitiéndome darle placer. Me sentí agradecido por tanta verdad. Para un director de porno esa verdad no serían más que imperfecciones: sonidos, vello, humedad (de la de verdad), interrupciones, carcajadas y palabras que quedaban muy lejos de sus diálogos absurdos. Pero era perfecto. Era sexo de verdad. Hasta los «quita la mano de ahí, que me haces daño» o la pausa para beber un poco de agua de la botella que tenía en su mesita de noche, porque, déjame decir algo, una pequeña verdad: ¿de qué sirve lo perfecto si en realidad jamás podrá salir al mundo real?

Me odié cuando ella empezó a deshacer su delirante quejido de placer y yo gemí ronco, casi gruñendo. ¿Por qué? Bueno, pues porque me iba, porque explotaba, porque no quería que aquello terminara jamás.

Creo que negarlo ya no tiene sentido, porque lo que está a la vista no puede ser escondido: yo ya había partido mi alma para que, entre las dos mitades, ella creciera. Enamorarnos iba a ser, solamente, la consecuencia lógica.

Se corrió dos veces, y en las dos ocasiones tuvo que ayudarse con la mano, pero no me importó lo más mínimo y no me hizo sentir menos hombre; su placer era suyo. Cuando yo me corrí, tendido entre sus muslos esta vez, necesité otra ayuda... La de buscar refugio e intimidad para asumir y tragar tantas cosas. Me hundí entre sus pechos, mastiqué las ganas de llorar y las eché garganta abajo junto a las cosas que sentí a partir de una certeza aparecida de la nada que no compartí con Margot: lo que acabábamos de hacer sería más importante en mi vida de lo que quería creer.

Me corrí. Llené el condón y cuando terminé me quedé clavado allí, dentro de ella, jadeando, asumiendo. Sin entender nada.

Cuando pude, la miré. Esperaba dos ojos con un brillo lastimero. Quizá me reconfortaba la idea de que se sintiera más desbordada que yo, pero me dio una patada moral difícil de olvidar.

—¡Joderrrr..., cachorro! ¡¡Ha sido increíble!!

Ay, mierda. Ay, mierda, mierda, mierda. Se rio. Se rio a carcajadas, retorciéndose..., sumando confianza a nuestra relación, restando a aquella primera vez con otro cuerpo cualquier impostura, multiplicando lo que sentí en mi orgasmo y dividiendo hasta dejar a cero las barreras.

—¿Increíble? —le pregunté—. Increíble eres tú.

Nos fundimos en un beso y recé. Recé por que Margot no se acabase nunca.

Por cierto, aquella tarde, después de una siesta, me desperté con Margot encima de mí, a horcajadas, vestida solamente con el camisón blanco que cogí de entre sus cosas. Tenía la tela arrebolada en su regazo y un tirante caído mientras la voluptuosidad de sus caderas navegaba olas inexistentes sobre mí, intentando despertarme todo el cuerpo. Y yo, que soy débil, besé sus pezones, le susurré palabras de amor de esas que no hacen daño y pedí permiso a base de caricias para entrar en ella y quedarme a vivir dentro de su cuerpo en forma de gemido.

Y la luz reflejada en el agua de la piscina, el puto aire acondicionado y la libertad nos aplaudieron mientras hacíamos el amor.

41
Las normas

David se quejó cuando no quise darme una ducha con él, pero necesitaba un segundo. Quería llamar a Candela y confesarme: «Perdóname, Candela, porque he pecado… tres veces en la última noche. Cinco de pensamiento, pero entiendo que el chaval tiene que descansar».

Cogí el móvil de dentro de la bolsa que había dejado tirada en cuanto llegamos a la habitación el día anterior y me sorprendió comprobar que estaba apagado. A ver, que la batería de los aparatos no es infinita ya lo sabía, pero en los últimos cuatro años nunca había tenido el teléfono apagado más de una hora.

Cogí el cargador, enchufé el móvil a la batería externa y llamé al servicio de habitaciones con el fijo:

—Disculpe, se nos ha pasado la hora del desayuno, pero ¿podrían traernos algo a la habitación? Un poco de fruta, pan, algún dulce… y café. Mucho café.

Después me acerqué a la puerta del baño a través de la que salía la voz de David canturreando.

—David…

—¿Qué?

Entré y se asomó tras la mampara. Estaba espectacular allí desnudo, medio cubierto de espuma y empapado. Casi flaqueé.

—¿Te lo has pensado mejor?

—No. —Sonreí—. He pedido el desayuno. Tengo un hambre canina. ¿Puedes estar atento por si llegan los del servicio de habitaciones? Tengo que hacer una llamada de trabajo.

—Vale. Déjame la puerta abierta. Me aclaro y salgo.

El móvil vibró al encenderse y tras poner el pin vibró varias veces más. Tragué saliva al ver algunas de las notificaciones y salí a la terraza.

Mi madre. Llamada perdida y mensaje de voz: «Una señorita no solo tiene que serlo, también que parecerlo. Acuérdate y sé discreta en esas dichosas vacaciones tuyas. Solo hace falta que alguien te haga una foto en bikini. Aunque, claro, con esa manía tuya de no dar entrevistas ni hacer *photocalls* y esas cosas dignas de tu posición, sería difícil que te reconociera alguien, pero… por si acaso. Tú siempre ponte bañador. He soñado que salías en una revista de esas casposas que no son el *¡Hola!* y…».

Colgué el buzón de voz. Qué horror de mujer.

Candela. Siete llamadas perdidas. Un wasap:

> Entiendo que estás viviendo tu aventura, pero no apagues el teléfono, pardiez, que me asusto. Tengo ganas de que charlemos. Te prometo que no es por lo del detective con más años que las tablas de los Diez Mandamientos. Solo quiero que me cuentes cómo estás.

Sonreí. Candela podía ser muy torpe con las emociones pero era mi hermana.

Patricia. Un wasap:

> Ya te vale. Vaya tela. ¿Puedes conectar con el mundo real y llamarme? Estoy mal con lo del detective, ¿vale?

Si no estuviera tan relajada y bien follada, me hubiera dado por pensar que mi hermana era uno de los seres más egoístas sobre la faz de la tierra.

Filippo. Dos llamadas perdidas. Dos wasaps:

Hola, Margot. Te he llamado porque me apetecía mucho escuchar tu voz. Bueno..., y a lo mejor también me he tomado unas copas de más y ya sabes cómo va eso. Dicen que cuando te emborrachas siempre llamas a tu ex. Llámame cuando leas esto.

¿Perdona? ¿Tu ex?

No me has devuelto la llamada y sigues teniendo el teléfono apagado. Estoy preocupado por ti. Por favor, llámame.

Bufé y miré por encima de mi hombro al escuchar a David silbar dentro de la villa. Escribí con dedos ágiles:

Hola, Filippo. Perdona..., estuve en una de esas excursiones de un par de días y dejé el cargador en el hotel. Pero... ¿sabes? Creo que es mejor que mantengamos esta distancia unas semanas más. Ambos tendremos las cosas mucho más claras cuando nos encontremos.

Se conectó enseguida:

Filippo:

Menos mal, Margot. Estaba tan preocupado que había barajado la posibilidad de hablar con tu madre, por si ella sabía algo de ti. ¿Estás bien?

Yo... también estoy pensando mucho sobre lo que pasó. Volveré a Madrid en dos semanas. ¿Te parece bien que nos veamos?

Margot:

Claro. Vamos hablando.

Filippo:

Te quiero.

Margot:

Escribiendo...

Escribiendo...

Escribiendo...

Yo también.

No tengo palabras para describir la sensación de vacío que sentí entonces. Me quería. Y yo estaba fingiendo estar meditando sobre mi vida, sola, mientras me follaba a un chaval de veintisiete años. Por favor..., pero si incluso le había presionado para que me dijera que no creía que aquello fuera una infidelidad... mientras le tocaba la polla. Pero ¿me arrepentía?

Candela contestó justo en el momento en el que David se asomaba, de modo que hice lo primero que se me ocurrió: hablarle en inglés.

—*Hi, this is Margot. What's up?*

—¿Margot? —contestó mi hermana, totalmente alucinada.

—*Yep.*

—¿Por qué me hablas en inglés, so pedante?

—Perdona, Margot... —susurró David. ¿Qué llevaba puesto? ¿El albornoz del hotel? Madre mía, qué morenito estaba—. Ya ha llegado el desayuno, ¿vale?

—Vale, gracias. Entro enseguida, David. Soluciono un par de cosas y…

—¡¡¡Ah!!! —exclamó Candela—. Esto es para que no te entienda él.

—*Exactly. Just follow my lead, okay? Are you alone?*

—Sí. Estoy en el sofá de tu casa, comiendo el pollo frito del KFC que me sobró ayer. ¿Sabes que ya no les dejan llamarse Kentucky Fried Chicken por una cuestión legal?

Me senté en una de las hamacas, lo más alejada posible de la villa, y susurré de vuelta a mi idioma:

—Es solo sexo. —Miré de reojo a David organizando la comida sobre la mesa. Joder, qué mono era.

—¿Cómo? —respondió mi hermana.

—Que es solo sexo. Es… animal, pasional, una puta locura que me va a desmontar entera, pero es solo sexo. Y no es una infidelidad porque Filippo y yo estamos dándonos un tiempo.

—Vaya. Cuando saliste de Madrid era solo una amistad. Después solo unos besos… ¿y ahora?

—Bueno…, pues ahora hemos aislado en una bolsa estanca nuestra amistad y nos dedicamos a follar como descosidos.

—Ya lo sabía yo. Me llevé todas las neuronas de la familia.

—Y los ojos saltones del tío abuelo Rogelio.

—El tío abuelo Rogelio era un *sex-symbol* y lo sabes. ¿Y desde cuándo te lo follas?

—Eso no importa. Solo necesito que entiendas que es un acuerdo entre amigos que necesitan desfogar ciertas emociones. Creo que… —Me mordí las uñas—. Creo que esto será incluso bueno para mi relación con Filippo. Volveré… más centrada. Voy a quitarme pajaritos de la cabeza.

—¿Cómo? ¿A rabazos? ¡Y una mierda! Lo primero, eso no es verdad…, nada de lo que me has dicho lo es. Lo segundo: no necesitas que YO entienda nada porque solo estás intentando autoconvencerte. A TI.

David se apartó el pelo de la frente justo cuando pasaba junto a la ventana, sin mirarme.

—A lo mejor —farfullé.

—¿Te has enamorado? Dime que no te has enamorado.

—¡No! Es solo sexo —repetí.

David se asomó:

—¿Va todo bien? —me preguntó en voz baja, pero proyectándola lo suficiente como para que le escuchase desde allí—. Estás desencajada.

—Un marrón del curro. Ahora voy. Solo necesito un café.

—Y cerrar las piernas —añadió Candela.

—*Shut up, asshole!*

—Eso ha sonado mal. —David hizo una mueca—. Te dejo.

Esperé a que cerrara la puerta y me volví de nuevo.

—Margot, escúchame. A veces, a las mujeres…, bueno, a todos, pero especialmente a las mujeres… se nos enamoran los bajos. Nos volvemos locas y al día siguiente creemos que queremos al tío, la tía o al succionador de clítoris que nos ha hecho pasar tan buena noche. Pero no son sentimientos de verdad.

—¿No eras tú la que, el día que me fugué de mi boda, me animó a hacerlo?

—Una cosa es que no quiera que te cases si veo que solo de pensarlo te está dando un brote psicótico, y otra muy diferente es que te empuje a los brazos del primer tío que pasa por tu vida. Es muy majo, muy mono, te hace reír y CREO, insisto, CREO que no tiene malas intenciones contigo, pero…, tía, Margot…, aún estás débil para tomar decisiones importantes. Tienes que darte tiempo.

—Bueno…, eso es lo que estoy haciendo. Darme tiempo… mientras follo.

—Es una manera de verlo, pero a mí no me engañas. A ti ese tío…

—Me encanta —carraspeé—. No sé. Me gusta, pero esto no entraba en mis planes. Y mis planes son importantes. No es..., no es como si hubiera decidido engancharme al *crack* y dejarme morir; o al bótox como mamá, hasta parecer un felino sin pelo o...

—Calma. Respira hondo. A ver, que me entere..., ¿habéis hablado?

—Un poco.

—¿Y qué?

—Pues... hemos decidido que esto se terminará el día que volvamos a Madrid. Sin más historia.

—Vale. Uhm..., pues creo que deberíais poner unas normas.

—Normas, vale. Me gustan las normas.

—Proponle aquello que creas que será mejor para los dos a largo plazo, aunque te cueste llevarlo a cabo cuando volváis. ¿Has pensado...?

—¿En qué? —dije asustada—. Lo estoy haciendo con condón, te lo juro.

—Mujer, ya me imagino que no eres una inconsciente. Me refería a si has pensado qué hacer con Filippo cuando vuelvas.

—¿Cómo que qué hacer con Filippo? Filippo quiere volver. Justo antes de hablar contigo me he cruzado un par de mensajes con él.

—Filippo quiere volver, ajá...

—Que sí —insistí—. Que lo está dejando ya superclaro. Se acabó el problema.

—Margot, pedazo de imbécil... —Me sorprendió el ataque de ira, pero era Candela...—. ¿Y tú qué quieres?

—¿Yo? Pues olvidar de una puta vez todo este embolado y volver a tener la vida que tenía.

—¿La misma? ¿La vida que tenías? Porque déjame decirte que no parecías muy feliz. Pasabas catorce horas en la oficina, malcomiendo y maldurmiendo, disfrazada de oficinista seria, demostrándole a un grupo de tíos sin ninguna gana de darte la razón que mereces lo que tienes. Eres una Ortega, Margot, pero eso no te hace menos válida.

—Díselo al Consejo. —Me froté las sienes.

—No tomes decisiones importantes ahora.

—Pero ¿puedo seguir follando?

—¿Y yo qué sé? Por el amor de Dios, Margot. Te juro que a veces me arrepiento hasta de darte consejos.

—Es que me has metido miedo.

—¡Es que es tu puta vida y yo puede que no tenga razón! Yo solo digo lo que se me pasa por la cabeza. Eres mi hermana y estoy preocupada, pero eso no hace mi opinión más válida que la tuya. Pelea un poco, tía.

—Yo peleo un montón —me quejé—. Me paso el día peleando en el trabajo.

—El trabajo me come el coño ahora mismo. Me comen el coño un poquito cada uno de los hoteles del Grupo Ortega del que tan feliz me desvinculé. Ahora lo que quiero es que pienses un momento…, un momentito…, y me digas qué es lo que sientes de verdad. Como si yo acabase de descolgar el teléfono. Voy a olvidar toda esta conversación y me voy a quedar solo con lo que me digas ahora. Venga…, piensa.

Respiré hondo. Me fui acercando hacia la villa de nuevo y vi a David sentado a la mesa tomándose un café. Siempre lo tomaba con mucha leche…, me jugaba la mano derecha a que no le gustaba pero le daba vergüenza admitirlo. Sonreí.

—Candela, me he acostado con David y sé que debería sentirme fatal y tener muchísimo miedo, pero me estoy reencontrando con una Margot que me gusta, así que pienso seguir follando con él por todo el Egeo como si me hubiera vuelto loca, y cuando llegue a Madrid me despediré de esta aventura para madurar como persona y, sobre todo, como mujer.

—Las mujeres también somos personas.

—Te dejo. Falla la cobertura.

Colgué, entré, volví a apagar el teléfono y lo dejé sobre el mueble del salón.

—¿Todo bien? —me preguntó David metiéndole mano a un cruasán.

—Ehm…, sí. Nada importante.

—Joder, cómo hablas en inglés…, qué fluidez, tía.

—No creas. —Me encogí de hombros—. Hablo mejor en francés.

—¿Hablas más idiomas?

—Inglés, francés y alemán, aunque el alemán te adelanto que no es mi fuerte.

Me miró con media sonrisa y la boca llena de miguitas de cruasán.

—Pues que sepas que verte así me ha parecido la hostia.

—Te pone el rollo jefa, ¿no?

—¿Qué? ¡No! —Se humedeció los labios—. Joder…, de verdad. No siempre estamos pensando con la polla. Me refería a que no conocía esa faceta tuya y… seguro que eres una jefa de la leche. Ha sido… —Me miró, frunció el ceño y volvió a empezar la frase—: Seguro que Filippo está orgulloso de compartir su vida con una mujer como tú. Lo tienes todo.

Me senté en sus rodillas de lado y le limpié las migas. Podría haberle dicho que me había mensajeado con Filippo o incluso que en lo que a orgullo se refería, mi EX (como se había referido Filippo a mí en su mensaje) iba sobrado. Pero ¿qué hice? Besarlo, porque era lo único que me apetecía. Besarlo con lengua. Abrirle un poco el albornoz. Morderle el cuello. Dejar que metiera la mano entre mis piernas. Follar sin mediar palabra sobre la bancada del cuarto de baño y correrme mientras gritaba «sí».

—Deberíamos poner unas normas —le dije.

Estaba tendida encima de él, con la cabeza posada en su pecho, desnuda, con una de sus piernas entre las mías. Hacía cosa de veinte minutos que habíamos terminado de hacerlo… por segunda vez. Yo sabía que el segundo asalto le había costado un poco, pero después de retomar el desayuno y reponer fuerzas…

Bueno, vale, lo acepto: no podía parar. Me sentía como cuando perdí la virginidad; no quería hacer otra cosa en la vida. El ataque de remordimientos posterior a la conversación con Filippo se había desvanecido por completo, incluso de mi memoria, con el primer beso en el cuello. Aquello no estaba bien, pero ponerse ahora a pensar en ello…, buff. Iba a acabarse pronto. Lo olvidaríamos. Nadie saldría herido.

—Deberíamos poner una normas —repetí cuando vi que no contestaba.

David acariciaba mi espalda y miraba al techo. No cambió de postura cuando me contestó:

—Normas, ¿para qué?

—Para cuando se acabe.

—¿Tenemos que hablar de esto ahora? —se quejó con cierta sorna—. Déjame en mi dicha poscoital. Estoy en la gloria. Qué manera de mover el culo, por el amor de Dios.

—Si noto que responde a los estímulos, te juro que voy a querer volver a hacerlo.

—Me vas a matar. —Suspiró—. En mi panegírico quiero que se alabe mi resistencia, mi persistencia y mi capacidad para obviar que empezaba a escocerme, porque yo solo quería satisfacerte.

—Las normas.

—Las normas —repitió, aunque sonaba bastante hastiado, como si no le interesara en absoluto—. A ver…

—Cuando nos despidamos, cuando esto termine de verdad…

—… de verdad verdadera...

—Te estoy hablando en serio.

—Vaaaale. —Colocó un brazo bajo la cabeza y me miró—. Cuando esto termine…, ¿qué?

—Ninguno intentará ponerse en contacto con el otro durante al menos un mes. Se permite un wasap después de un mes, pero nada más.

—Ajá.

—Y… no nos podemos besar para despedirnos. Tampoco creo en el sexo de despedida, aunque muy probablemente te suplicaré por él. Soy una viciosa.

—Vale. No beso, no sexo. ¿Qué más?

—Nos despediremos en un punto neutral. En algún sitio que no vaya a traernos malos recuerdos cuando consigamos ser amigos.

—Me parece bien. —Respiró hondo.

—Y no vamos a llorar. Ni a quejarnos. Ni a…

—Captado.

—A ver, enumera las normas. —Quise examinarle.

—Uno: no contactaremos el uno con el otro; cuando pase un mes, podremos escribirnos un wasap. Dos: no habrá beso ni sexo de despedida. Tres: será en territorio neutral. Cuatro: no habrá lágrimas.

—Cinco —añadí—. No nos precipitaremos: nada de hacer planes demasiado pronto.

—Seis: no nos diremos mentiras.

Lo miré y asentí.

—Y con esto deberíamos empezar ahora —me dijo.

—¿Con ser sinceros? Creía que lo estábamos siendo.

—Soy de los que cree que también se miente por omisión, así que prefiero no callarme las cosas.

Empujó hasta dar la vuelta a nuestra postura y se sostuvo sobre mí con ambos brazos.

—Margarita…, mi Daisy…, florecita… —se burló—, nunca, nadie, me había hecho sentir como tú.

—¿Y cómo te hago sentir?

—Como si pudiera con todo.

Fui a besarlo de nuevo, pero se apartó.

—Por favor, si vas a querer que lo hagamos otra vez, es el momento de compartir contigo que tengo unos ahorrillos escondidos dentro de un libro de filosofía en casa de Iván. De Hume. Haz algo bonito con ellos cuando caiga muerto encima de ti. Y recuerda: que hablen de lo bueno que fui, y que no se olviden de eso de que tu mano no cerraba alrededor de mi polla.

—Me aseguraré de ello.

42
Miconos. Contradicciones

Las historias complicadas siempre lo son. No sé por qué alguien nos hizo creer que el amor lo arregla todo. No es así. Somos mucho más que pulpa de medias naranjas. La mayor parte de las veces el amor no arregla nada, de la misma manera que casarse no arregla un noviazgo que no funciona ni los hijos reconducen un matrimonio roto. El amor nos pone a prueba. No duele, en absoluto, pero casi siempre exige de nosotros mismos más madurez, menos egoísmo, más valentía. No diré que el amor sea complicado, todo lo contrario. El amor es sencillo, es fácil, es divertido…, pero la vida no siempre lo es. Y no sé si lo sabes, pero el cerebro y el corazón, la cabeza y el pecho son viejos enemigos. Se dan la voz de alarma, se ignoran, se lanzan el uno al otro hacia lo desconocido. Y entre la cabeza y el pecho es donde sucede la parte que duele. Siempre es ahí.

Siempre.

El hotel de Miconos era realmente impresionante. En secreto, me sentí orgullosa de que formase parte de la compañía. Parecía un oasis, lo que te construirías en el paraíso a tu medida. Mi habitación tenía, a continuación de la cama, un salón grande, amplio y luminoso, cuyos ventanales daban al mar. Los colores vivos salpicaban el blanco mayoritario de la decoración y hacían, junto a la madera, el lugar más cálido, con detalles como los sillones de color rosa empolvado, el jarrón lleno de flores frescas que lucía orgulloso la mesa de centro o los cojines turquesas que cubrían el gran sofá esquinero blanco. La cama era enorme y, aunque de líneas sencillas y nada recargado, estaba cubierta por un dosel. Recuerdo pensar al verla, con las cortinas blancas casi traslúcidas recogidas junto a los postes, que las princesas Disney seguro que perdían la virginidad en una cama como aquella. Junto a esta, un pasillo organizado como vestidor que conducía hasta un cuarto de baño grande, decorado en blanco, dorado y esmeralda. Mi habitación, insisto, porque en la suya ni entramos.

Entre los ventanales que cubrían la pared contraria a la cama había una puerta corredera que conducía a la terraza privada con dos hamacas, también muy grandes, y una piscina infinita, mediana, a ras de suelo y que parecía desembocar en el mar. Altos muros cubiertos por buganvilla de un brillante color fresa nos protegerían de las miradas de los huéspedes de las habitaciones colindantes. Era el refugio perfecto para aquellos días. Nuestra llegada a Miconos daba el pistoletazo de salida a la despedida. Quizá por eso el primer día no salimos de la cama. Abrí la maleta. Abrió la suya. Nos miramos. Cuando quise darme cuenta, tenía la espalda apoyada en la pared, las piernas alrededor de sus caderas y su mano intentaba deshacerse de mi ropa interior.

—¿Ya puedo invertir esa media hora de mi vida entre tus muslos? —me preguntó.

Asentí mientras su lengua se deslizaba por mi cuello y volé. Literalmente, me lanzó sobre la cama en una maniobra perfecta en la que caí justo donde debía para que él solo tuviera que quitarme las braguitas y arrodillarse en el borde de la cama.

—¿Cómo te gusta? —Se cargó mi muslo izquierdo sobre el hombro—. Bueno, si te niegas a hablar tendré que averiguarlo yo. Gime cuando acierte.

Hundí los dedos en su pelo cuando desplegó su lengua entre mis labios y gruñó. Hacía mucho eso de gruñir. Gruñía como un animal al que le gustaban las caricias. Era su ronroneo humano, pero más grave, más sexi y más espeso.

David era la persona más apasionada que había conocido en mi vida. Y la más curiosa. Y la más desprendida. Era desprendido hasta la locura con el placer, y prueba de ello fue descubrir que era más probable que yo aborreciera el sexo oral a que él se cansara de hacerlo. Media hora dijo, ¿verdad? Pues creo que hizo minutos extra. Y a mí, que siempre pensaba que me lo habían hecho por cumplir, me pareció la puta hostia. En serio…, qué manera de buscar el placer con su lengua, con sus dedos, soplando, besando, lamiendo…

El sexo con David fue, desde el primer día, una habitación donde refugiarse de todo lo malo del mundo. Un espacio en el que cuando entrabas, te desprendías de vergüenzas, miedos y cualquier sensación que amenazara con empequeñecer el placer. Con David no follaba, aunque lo hacía. Follaba, reía, exploraba, descubría, gritaba, viajaba, gruñía y pedía dos minutos para recuperar el resuello en posturas que siempre quise probar y nunca me atreví. Y a él se le hacía la boca agua solo con verme susurrar, con mirada traviesa:

—Quédate quieto, siempre he querido probar esto.

Y lo probaba. Sentada en su pecho, con su pelo entre los dedos, tiraba de los mechones mientras él me devoraba con calma, despacio, mirándome mientras me empapaba en su boca. Y daba igual si después de correrme me quedaba dormida. Al despertar, él subía sobre mi cuerpo y, sin mediar palabra, entraba en mí hasta volver a fundir la voz de los dos en un coro que solo sabía conjugar el verbo «disfrutar».

Sin embargo, lo que cambió definitivamente mi (nuestra) vida no fueron los maratones de sexo que emprendimos ya en Santorini y en los que parecíamos querer alcanzar algún récord mundial, sino lo desprendido y generoso que fue también David a la hora de abrirse para mí. Supongo que empezó a ser así desde el primer día, pero no fue hasta aquella noche en Miconos, sin haber salido de la cama en todo el día, que sentí que él había abierto de par en par su vida para que yo misma encontrase el rincón que más me apetecía ocupar.

Y entre orgasmo y orgasmo, no eché de menos las maravillosas playas del Egeo ni la famosísima fiesta de la isla, pero aprendí muchas cosas de él. Enredados en las mismas sábanas entre las que nos hacíamos sudar, David pareció hacerme, de alguna manera, partícipe de quién era en realidad.

David se crio en un pequeño pueblo de la provincia de Ávila, en la casa de los abuelos, donde convivían tres generaciones. Su hermano mayor nació cuando sus padres eran aún muy jóvenes y los abuelos maternos se hicieron cargo y les dieron un lugar donde vivir. Eran tres hermanos: Ernesto, Clara y él. Ninguno vivía ya en el pueblo.

Me habló de su infancia, una infancia como de la que hablaba la gente que nació en los ochenta, aunque él lo hizo cuando los noventa ya estaban bien estrenados. Rodillas peladas, bocadillos de chocolate, juegos en la calle, balones de «reglamento» tan hechos polvo que si llovía pesaban como un muerto. Partidos de baloncesto, de fútbol, de tazos, pantalones rotos todas las semanas y remendados hasta que no eran más que una costura con perneras.

—Mi madre siempre nos decía a mi hermano y a mí que le habría valido la pena criar dos cerdos en lugar de dos hijos, porque al menos tendría ya cuatro jamones. Éramos más brutos que un arado. Los dos tenemos la cabeza llena de brechas; siempre estábamos cayéndonos de árboles y cosas así.

El primer beso, escondido tras el muro de la iglesia. La primera novia, hija del alcalde, al que sus padres odiaban porque decían que era un reaccionario. El primer amor de verdad:

Marina, que olía a flores, era pelirroja y le puso los cuernos muchas veces en sus cinco años de relación. La ruptura y el corazón roto. Y aquí pareció que salía, mezclada con el oxígeno y el olor a sexo, la verdadera esencia del chiquillo que había caído de rodillas frente a una mujer como Idoia:

—Fíjate..., mi madre dice que la vida se me torció cuando lo de Marina. —Suspiró.

—¿Por qué?

—Supongo que ella lo dice porque dejé los estudios poco después, pero tengo que darle la razón en que a partir de ahí creo que me tiré en caída libre por la vida.

—¿Dejaste la universidad por mal de amores? —dije sorprendida.

—No. Me pareció una inutilidad haber escogido Humanidades. No es lo que cree mi madre, claro; ella dice que soy sensible y que cuando Marina me dejó, pensé que lo que uno sueña ser o hacer solo es una fantasía; que me desencanté. Yo digo que me dio un ataque de gilipollez y de agobio al pensar que me esperaba una vida convencional, con un horario convencional y un amor convencional. —Se volvió y me miró—. Pensé: «¿Voy a pasarme la vida quejándome del despertador, sin encontrar un curro de lo mío, buscando "una buena chica" que no me haga más daño, anhelando haber tomado otras decisiones?». No sé. Me obsesioné con la idea de libertad.

—Y lo dejaste todo.

—Todo. —Asintió sin mirarme—. Hasta los sueños.

David volvió su mirada hacia mí y sonrió, saliendo de los recuerdos:

—¿Sabes que mi madre jamás ha querido conocer a ninguna de mis novias?

—¿En serio?

—En serio. Y con mis hermanos igual. Nos dijo: «Vivid lo que queráis, besad a quien queráis y disfrutad como queráis, pero en casa no me los metáis». Espera que cuando entre una de nuestras parejas sea la definitiva.

—¿Y quisiste llevar a Idoia?

David pareció mirar primero uno de mis ojos y luego el otro, detenidamente, como buscando la razón por la que hacía aquella pregunta. O quizá interrogándose a sí mismo sobre la verdad.

—Sí, quise —admitió—. Es posible que siga queriendo hacerlo.

¿Me dolió? De alguna manera sí, de alguna manera no. ¿Me hizo un favor al decir aquello? De alguna manera sí, de alguna manera no.

—¿Olvidarás el daño que te hizo?

—¿No quieres que lo olvide Filippo?

Me quedé atónita y no supe qué contestar. Él se dio cuenta y cerró los ojos.

—Lo siento. Sé que no es lo mismo. Idoia y tú…, bueno, sois muy diferentes. Pero es que… yo no quiero un amor convencional. Entiendo que tú lo quieras y… de verdad que lo comprendo, pero… a mí un amor convencional no me llena.

—Ya.

—No me hagas demasiado caso. Ahora… tengo la cabeza embotada.

Respiré hondo y miré al techo. Prefería, de pronto, que no viera mi expresión.

—¿Y qué tal tu familia? ¿Son todos como tus hermanas? —me preguntó.

—Peor.

—¿No serás adoptada?

—Qué va. Soy igual que mi padre.

—Pues tiene que ser un señor muy «guapetona».

Me eché a reír, en parte, para disimular la tenaza que presionaba mi estómago, y no por el hecho de que acabase de mencionar a mi padre. Era…, no sé. Lo del amor convencional había hecho mella en mí. ¿Me había preguntado yo misma alguna vez qué tipo de amor quería en realidad?

—No lo conocí. Bueno…, murió cuando yo era muy pequeña. Le dio un infarto. —Me encogí de hombros—. Dicen que era un tipo simpático; por eso le fue tan bien en los negocios. Por las pocos fotos que guarda mi madre, te diré que tenía una belleza bastante andrógina.

Sonrió y me acarició el pelo. Con esa caricia y con la mirada que me devolvió, quizá comprensiva, quizá compasiva, David abrió también un dique en mi pecho.

A lo mejor fue por el hecho de que él hubiera contado todo aquello sobre su vida o quizá porque yo nunca le había contado a nadie la mía en los términos en los que quería hacerlo con él. Los motivos, en el fondo, se me escapan, pero lo cierto es que hablé. Hablé de mi madre…, ausente, preocupada por su vida de revista y por las apariencias. Le hablé del internado, de la sensación de asfixia. De mis hermanas, que habían sido padre, madre, maestra, ejemplo y abrazo. Le hablé de mi primer amor, de cómo me di cuenta de que en realidad nunca le quise, y después también de la pasión enfermiza y obsesiva que sentí por uno de mis profesores en la universidad, que rompió conmigo porque había dejado embarazada a otra alumna. Le hablé de que jamás soñé con ser nada en concreto, que en mi cabeza lo único que existió siempre fue la imagen de una yo mejorada que nunca terminaba de alcanzar y la sensación de vacío.

—Hasta que llegó Filippo —confesé.

—¿Por qué hasta que llegó él?

—Porque entonces ya no quise nada más que la vida que me prometía su amor.

¿Has escuchado alguna vez cómo decías algo en lo que, un minuto antes, creías a pies juntillas y que de repente no significa para ti más que un montón de palabras amontonadas con cierta lógica?

David dibujó una mueca. Yo por dentro también.

—Putos cuentos, niña —musitó.

—Putos.

Lo siguiente que hizo fue algo con lo que no terminan los cuentos de princesa, algo que no viene antes del «colorín colorado» y que creo que nunca haría el príncipe azul que conocemos: apartó la sábana, se colocó de rodillas entre mis muslos, desnudo, y agarrando su polla con la mano derecha me acarició con ella, sin dejar de mirarme.

—Yo no creo en cuentos —susurró.

—Ni yo.

—Para dormir, nosotros dos necesitamos otra cosa. Nada de «érase una vez» o promesas. Gemidos nada más. Hacer el amor hasta quedarnos dormidos.

Y sonó a súplica.

Un par de minutos después, cuando lo único que nos separaba era una fina capa de sudor y látex, cuando sentí que necesitaba más, que lo quería más cerca y la emoción se volvió debilidad, me tocó el turno a mí de suplicar:

—Llámalo sexo, David. Nunca más digas «hacer el amor».

Y él asintió sin añadir más porque entendió, como lo hice yo, que no podíamos seguir complicándonos las cosas.

Había comenzado la cuenta atrás. Para los dos.

¿Se había roto el encantamiento?

Me desperté sin saber por qué. Atontada, me volví hacia la mesita de noche y consulté la hora en mi móvil: las dos y media de la madrugada. Al volverme hacia el otro lado, me di cuenta de que, probablemente, el motivo por el que me había despertado era porque David no estaba en la cama.

Me levanté y, a oscuras, mientras mis ojos se acostumbraban poco a poco a la penumbra de la habitación, caminé hasta el cuarto de baño, pero estaba abierto y allí no había nadie. Crucé la habitación de vuelta y… me asomé a la terraza.

Lo encontré sentado en una de las hamacas, con los dedos entre el pelo y cabizbajo. Su mano izquierda sostenía el móvil en su oreja.

—No. Claro que no —le escuché susurrar—. Pero es que… ¿has mirado la hora antes de llamar, Idoia?

El corazón me dio un vuelco. No supe qué hacer. Él no se había percatado de mi presencia en la puerta corredera.

—Ya sé que siempre me has llamado a estas horas y que nunca fue un problema, pero es que las circunstancias han cambiado. Lo primero es que sabes perfectamente que hoy no estoy trabajando y que estoy de viaje. Y lo segundo es que estoy de viaje… con otra chica.

Se calló y escuché, amortiguada, una voz femenina respondiendo, pero no entendí palabra de la cantinela. Pensé en entrar, volver a acostarme, fingir que estaba dormida y no mencionar aquello a menos que él me lo contase el día siguiente, pero él siguió hablando y… el ser humano es curioso por naturaleza.

¿Qué dicen que mató al gato?

—No es que no podamos charlar como amigos, es que aquí son las dos pasadas. Y no entiendo la urgencia.

Le escuché chasquear y a ella responder. Y la respuesta fue larga y le robó más de dos resoplidos suaves.

—No. —Y su tono bajó y se hizo más íntimo—. ¿Sabes lo que creo, Idoia? Que me echas de menos. Que me echas mucho de menos. Y que te pones a pensar que estoy de viaje con otra y te hierve la sangre. ¿Me equivoco? —Una pausa—. Ya. Pues tienes que aprender a decir las cosas como son. No puedes esperar que una llamada estando borracha… Sí, sí que estás borracha, Idoia. Y no sé si has tomado algo más fuerte. —Una respiración honda—. ¡Venga ya, por favor! ¿En serio crees que soy tan idiota?

Di un paso hacia atrás, no para irme a la cama sino para esconderme tras la cortina, por si le daba por levantarse de pronto y me encontraba allí, como un pasmarote.

—No, no digas eso. Lo dices porque estás borracha y celosa. Y mañana, cuando estés sobria, harás como si nada y yo… ¿qué hago con los «David, tú y yo juntos somos la polla»? Estoy con otra chica. Idoia…, me acuesto con otra chica, y cuando lo hago no pienso en ti.

El corazón me bombeaba tan rápido que pensé que iba a escucharse desde la terraza.

—¿Sabes lo que no me hace sentir? Un paria. Para ella no soy mediocre y con ella no siento que lo sea. Me da alas, Idoia. Y tú me las cortabas.

Follábamos y en sus ojos no había nadie más. La risa, con él, sonaba a agua rodando sobre un lecho de piedras redondas y suaves. Yo le daba alas. Él se sentía capaz. Juntos éramos merecedores de lo que brillaba sobre la vida y que no siempre veíamos. La pátina de magia en la que nos empeñamos en no creer estaba allí, sobre nuestras pieles sudadas cuando de la garganta de David salía el último gemido, ronco, mezclado con la búsqueda desesperada de oxígeno. ¿Y si…? ¿Y si no estábamos locos? ¿Y si la vida nos había cruzado por una razón? Me agarré el pecho por encima del camisón. Asustada.

Pero David continuó hablando. Y… qué idiota me sentí.

—No es eso. Claro que no me he enamorado de ella. Sabes perfectamente que lo de Margot no es amor, igual que sabes lo mucho que te echo de menos. Y que pienso en ti. No puedo darlo todo por terminado de un día para el otro. Yo te quiero, Idoia, pero ese ha sido siempre el gran problema: que yo te quiero y eso a ti te da mucho miedo.

«Yo te quiero, Idoia». Tragué.

—Vamos a dejarlo por hoy, de verdad. Yo... necesito pensar. Dame tiempo. Estoy aquí y... —Pausa. Ella hablaba, de pronto, mucho más bajo. Prácticamente ni siquiera escuchaba el rumor de su voz amortiguada—. Lo sabes. No me hagas decírtelo. —Lo pensó. Miró hacia arriba, en busca de la luna. Flaqueó—. Todavía te quiero. Y ya está, Idoia. Yo te escribiré. No quiero..., hablaremos cuando vuelva, pero... no quiero hacerla sentir mal. —Ella preguntó algo y él apartó el teléfono para suspirar fuerte, como si necesitara sacar un fantasma anidado en su pecho—. No puedo prometerte eso, Idoia. No voy a prometerte que no volveré a tocarla. No voy a hacerlo. Y te voy a colgar porque... no me apetece que me recuerdes lo egoísta que eres. Buenas noches.

Cuando dejó el móvil a su lado, volví a la cama. Preocupada. Angustiada. Con ganas de llorar. Sintiéndome una mierda. Olvidando, al parecer, todas las cosas que creíamos tener tan claras.

No vino inmediatamente a la cama. Tardó lo suficiente como para que mi cabeza convirtiera toda aquella información en una bala con mi nombre, incrustada en mis tripas, y me diera tiempo, en consecuencia, a mandarle un mensaje a Filippo:

> Te echo de menos. Nunca me sentiré tan segura como cuando me abrazas. Estoy deseando que vuelvas a hacerlo.

43
No siempre la verdad es coherente…

Eché de menos la moto, pero no le pregunté si quería que alquiláramos una. De alguna forma, estaba enfadada. Me sentía sumamente decepcionada. Casi traicionada. Aunque yo tampoco le conté que Filippo me había escrito cuando aún estábamos en Santorini para decirme, entre otras cosas, que me quería.

Me sentía casi traicionada y algo traidora también. Al despertar, el hecho de haber escrito a Filippo tras escuchar la conversación de David con Idoia me hizo sentir incómoda. Su contestación, sin embargo, me provocó una mezcla extraña entre esperanza y terror. Decía:

> Siempre fuiste la mujer de mi vida, incluso antes de conocerte. Volveremos a abrazarnos y, cuando lo hagamos, este verano desaparecerá.

Y yo pensé en aquel momento que nunca había deseado nada con tanta fuerza como que tuviera razón y que al fundirme entre los fuertes brazos de Filippo, como por arte de magia, mi cabeza borrase todo lo que había vivido desde que salí corriendo con mi vestido de novia puesto.

Supongo que aún tenía muchas cosas que entender de mí misma para asumir por qué me daba tanto miedo no olvidar. Lo nuevo, lo que exige de nosotros más esfuerzo, más pasión, menos control... siempre aterroriza de primeras.

Al contrario de lo que me sucedía habitualmente, cuando me desperté, los fantasmas de la noche anterior seguían sentados al pie de la cama y, a la luz del día, parecían incluso más aterradores.

Y que David no me contara su conversación con Idoia en cuanto abrió los ojos fue como si me apuñalara por la espalda.

Le di una prórroga de tiempo, al menos hasta el desayuno. Pensé que quizá necesitaba un café o meterse entre pecho y espalda dos docenas de bollos para coger fuerzas. Pero no pasó. Claro que no. David no quería contarme su conversación con Idoia porque era íntima, especial y algo que no tenía nada que ver conmigo.

Cuando se terminó el último plato y me habló de otra cosa, me pregunté a mí misma, medio ausente, qué era exactamente lo que quería que me dijera: «Anoche me llamó Idoia; quiere volver y me ha hecho prometerle que no te quiero». Joder. No era ningún crimen. Era, sencillamente, la prueba fidedigna y tangible de que nuestro plan había salido bien. ¿Por qué me dolía tanto si, por otro lado, el mensaje de Filippo dando por segura nuestra reconciliación había sido un bálsamo sobre una cicatriz?

Fuimos a Panormos, una playa muy bonita que, según la chica de recepción, no solía estar tan llena como las demás. Fuimos en un transfer del hotel, en silencio, escuchando en la radio versiones extrañas de éxitos de Luis Fonsi, entre otros, y mirando por la ventanilla. En mi cabeza, tendente a convertir una pena en el holocausto final, trataba de asumir que pronto David ya no estaría en mi vida.

—¿Te pasa algo? —me preguntó cuando fui directa a colocar mis cosas en una hamaca libre sin ni siquiera consultarle—. Estás muy callada esta mañana.

—Nada. ¿Y a ti?

Arqueó una ceja. Mi tono fue bastante hostil.

—Estás ojeroso —suavicé.

—Soy ojeroso. Y, bueno…, no he pasado buena noche.

—¿Y eso?

Se mordió el labio y desvió la mirada hacia el bar.

«Por favor, David, necesito escucharlo, sea como sea que quieras contármelo».

—Nada. Oye…, ¿voy a por un par de cervezas? Venga. Voy.

—Ojalá te dé una diarrea, por cabronazo —musité con inquina mientras se alejaba.

Cuando volvió, me trajo algo de comer. Me dijo, con un tono suave y atento, que imaginaba que tendría hambre. Se había fijado, al parecer, en que no había podido tomar más que el café mientras mareaba lo que me había servido en el plato. A mí, estar triste me da hambre, pero estar enfadada me cierra con puño de acero el estómago. Y a pesar de que fue un gesto amable por su parte, no pude evitar mantenerme firme en mi silenciosa hostilidad. Quizá porque sabía que no tenía razón y prefería callar a decir algo de lo que me arrepentiría y que, con total seguridad, ni siquiera entendería. Así que, durante las siguientes dos horas (sí, he dicho dos horas… soy una mujer muy cabezona), fingí estar superenfrascada en la lectura del libro, pasando hojas al tuntún cada equis tiempo, sin detenerme realmente en ninguna. Él, sin embargo, se pasó todo el rato mirando hacia el mar con los auriculares puestos, bajo la sombrilla. Éramos la viva imagen de la típica pareja que organiza un viaje con la esperanza de que se arregle todo entre ellos. La típica pareja en la que se quiere demasiado a alguien que no está allí.

Y cada minuto que pasaba, yo me enfadaba más. Y él parecía ser menos sincero.

Mi libro aterrizó en la arena, entre las dos hamacas, cuando él me lo arrebató.

—¡Oye! —me quejé.

—Ya está bien.

Le miré a la cara. No. No estaba enfadado. Estaba preocupado.

—¿Me puedes devolver mi libro?

—No.

—¿Qué quieres?

David boqueó, pero no dijo nada. No le salieron las palabras. Las tenía atascadas en la garganta de la misma forma y en el mismo lugar que yo tenía mis emociones. Hechas una bola, provocando un amasijo de incoherencia y contradicciones que dolían y ardían.

Suspiró.

—¿Puedo ponerte una canción? —me preguntó.

—¿Me has tirado el libro a la arena para ponerme una canción?

—No. Pero ¿qué más da? Ni siquiera estabas leyéndolo.

Colocó un auricular delante de mí y lo agitó hasta que lo cogí y lo coloqué en mi oreja. Me miró unos segundos y pulsó *play.* Reconocí la canción de inmediato. De nuevo, como en otras ocasiones, me pregunté hasta qué punto no entendía la letra de las canciones que compartía conmigo. Si has escuchado alguna vez «Sacrifice» de Elton John, entenderás por qué creo que era la única canción que podría ablandar los ánimos en aquel momento. Aunque posiblemente cuenta una historia concreta que sucedió antes de que yo hubiera nacido, habla de que no va bien, de celos, de infidelidad, de un malentendido cuando las cosas ya están hechas, de perder el norte de alguna manera…

La escuché como si fuera la primera vez que lo hacía. La escuché mientras miraba cómo la expresión de David iba dejando en la superficie de sus rasgos cierta ansiedad. Nosotros no nos enfadábamos. Y si nos enfadábamos, nos dábamos cuatro morreos en un coche y punto. Bueno, así había sido en nuestro único enfado. Pero quizá…, quizá en un par de días todo había cambiado demasiado. Y en las siguientes semanas, cambiaría mucho más.

Sus ojos castaños se aclaraban con la cercanía del mar y tenía las cejas desordenadas. Tuve que contenerme para no pasarle la yema de un dedo por encima para peinarlas. Me pregunté si sabía lo guapo que era, si lo usaba, si algún día le saldría la barba de manera uniforme, si había mentido en su conversación con Idoia, si sentía algo por mí. Algo de verdad. Algo que me asustaba preguntarme a mí misma si yo lo sentía por él.

Cuando se terminó la canción, me sorprendió poniéndola de nuevo. Otra vez, desde el principio, toda aquella historia en mis oídos. Y él allí, frente a mí, tratando de disimular el nudo que tenía en la garganta, hermano del que tenía yo. No pude más y tiré del cable del auricular para quitármelo. Él hizo lo mismo con el suyo y apartó el iPod.

Un par de segundos de silencio, un titubeo y, por fin, el elefante rosa que pululaba por la habitación, pero del que nadie hablaba, apareció en la conversación:

—Me escuchaste hablar con ella, ¿es eso?

—Sí —admití, sin fuerzas para mentirle.

—¿Y qué es lo que te molesta? ¿Que haya preferido no contártelo o lo que me escuchaste decir?

—Las dos cosas.

—No dije nada que pueda ofenderte, Margot.

—¿Puedes hacer un resumen de vuestra conversación? Para confirmar que te acuerdas de todo lo que dijiste.

—Fue una conversación entre dos personas que aún no dan por terminada su relación. Nada que no supieras.

—Que ella no la daba por terminada es una sorpresa, la verdad —apunté con saña.

—Eso ha sido ruin.

—Mira, eso fue justo lo que pensé anoche al escucharte. Que eras ruin —respondí.

—No entiendo por qué.

—Porque sonó a que me usabas y me sentí un juguete. No, peor: me sentí un agujero caliente en el colchón donde meter la polla mientras Idoia espabila y vuelve.

—Lo estás sacando de contexto. Sabes qué papel tenía que representar delante de ella y cómo tenía que plantear nuestra relación frente a ella. Te uso. —Asintió—. Claro que te uso. Ese era el trato. Tú me usabas para divertirte y yo a ti para poner celosa a Idoia, ¿no?

—¿Qué te pasa? —le pregunté apenada—. ¿Por qué hablas así?

—No me pasa nada, Margot, pero..., bueno..., esto se acaba, ¿no? Vamos a volver a nuestra vida y...

—Joder. —Aparté la mirada y me apreté las sienes—. Esa mierda no te pega nada. Ni lo intentes.

—¿Qué mierda, Margot? Quizá «usarse» no es la palabra, pero... tú y yo somos dos amigos entre los que cabe perfectamente todo lo que le dije a Idoia. Y si no estás de acuerdo con esto, ahí tienes el problema.

—¿Sabes qué impresión da?

—Sorpréndeme.

—Conmigo no uses ese tono —le exigí.

—No estoy usando ningún tono.

—Claro que sí..., ¿qué intentas? ¿Parecer más seguro de las cosas que dices?

—Estoy muy seguro de lo que te estoy diciendo. —Frunció el ceño—. De lo que no estoy seguro es de qué mierdas estás entendiendo tú.

—¿Te digo una cosa? Le dijiste a Idoia que la querías y que eso siempre la había asustado, ¿no? Pues lo que yo creo es que hay algo de este viaje que te asusta a ti.

—No me asusta nada. —Negó con la cabeza.

—Mientes fatal.

—Pues tú también, ahora que hablamos de todo un poco —dijo, señalándome con el dedo índice.

—¿De qué estás hablando?

Se frotó la cara y después apartó el pelo de su frente.

—Hace como cinco días que no mencionas a Filippo.

—¿Y? —Tragué saliva.

—Nos estamos metiendo en un lío de cojones, Margot —advirtió con voz algo trémula.

—¿Por no mencionar a Filippo? ¿Cuál es el lío?

—Eso te servirá en tu trabajo, con gente que te tiene miedo y que se calla por no discutir con la jefa, pero no conmigo. ¿No sabes nada de él?

Me mordí el carrillo.

—Sí.

—Sí, ¿qué? —Se tensó.

—Sí que sé de él, pero eso ya lo sabías.

—Claro, porque por más idiota que creas que soy, con apagar el móvil o ponerlo bocabajo en la mesita de noche las cosas no desaparecen.

Oh, oh.

—Somos dueños de lo que callamos y esclavos de lo que decimos —musité, apartando la mirada hacia la arena.

—Ah, de puta madre. —Se rio irónico—. ¿Y por eso, ahora de pronto, no me cuentas que has hablado con él?

—Acabábamos de follar, David. Igual no me siento muy cómoda contándote lo romántico que ha sido el mensaje de mi ex cuando aún me estoy limpiando tu semen de encima de las tetas.

Un puño de sentimientos encontrados se estampó en mi estómago. El recuerdo de su boca entreabierta, jadeando, mientras se corría encima de mí, con los ojos fijos en mi cara. El gozo de sentirme capaz de disfrutar tanto. La sonrisa, el beso, la caricia en el pelo, la espalda, mi muslo izquierdo, mientras nos enroscábamos desnudos después.

David me hizo volver.

—Tú puedes sentirte incómoda y callarte las cosas, pero yo sí tengo que contarte lo de Idoia aunque aún me supieras en la boca, ¿no? «Oye, Margot, sé que antes de dormir hemos follado como perros, que te he comido el coño y que me he corrido en tus tetas mientras te decía barbaridades, pero…, despierta, me ha llamado mi ex y dice que me echa de menos».

—Si todo está tan claro como queremos hacer creer, no deberíamos tener problema en hablar estas cosas, ¿no?

—No sé, pregúntatelo a ti, que fuiste la primera en ocultarme información —me soltó.

—Estás cabreado —le dije en tono informativo.

—Sí. —Asintió—. ¡Claro que lo estoy!

—Tu cabreo no tiene nada que ver conmigo. Estás cabreado contigo mismo y con tus mierdas.

—Ah, pero tu cabreo sí tiene que ver conmigo, ¿no? —Levantó las manos en un gesto de incredulidad.

—Sí.

—Manda huevos —rugió entre dientes—. Me juego una mano a que no puedes dar una explicación lógica a toda esa rabia.

—¿Y tú sí a la tuya?

—Sí. Me cabrea que no hayamos sido sinceros el uno con el otro. Y me jode haber sido tan ingenuo como para pensar que follar contigo no iba a estropearlo todo.

Se levantó, tiró a un lado el iPod y se marchó hacia el mar. Ah, no. La cosa no iba a quedar así. Le seguí.

—Pero… ¡¡¿de qué vas?!! —grité—. ¿Ahora te lo piensas? ¿¿Ahora?? Pero ¡si lo hemos hecho en todas las putas posturas que hay en el mundo! ¡¡Tú insististe!! «¡Vamos, Margot, vamos a vivir la vida, vamos a ser libres!» —añadí en la peor imitación de mi vida—. Y ahora que te llama tu ex porque quiere volver, te das cuenta de que la hemos cagado por ponernos a follar como descosidos, ¿no?

—No. Ahora que me llama mi ex no, ahora que nos mentimos, nos ocultamos cosas y...

—¿Y qué? ¿Qué más?

—Ahora que estás así de celosa, Margot. Mírate, joder. —Me señaló con desdén—. ¡Estás rabiosa!

—¡Yo no estoy celosa! —mentí.

—¡¡Claro que lo estás!! ¡¡Estás celosa porque le dije a Idoia que la echo de menos y que pienso en ella!!

—Estoy aturdida. Ni celosa ni rabiosa, David. Aturdida porque tú dices una cosa y haces otra y...

—¿Yo? ¿Y tú? No tengo ni idea de en qué punto está lo tuyo con Filippo, y a estas alturas ya solo barajo dos opciones: una es que está todo arreglado con él, pero no quieres mencionarlo para seguir disfrutando del juguetito que te has traído de vacaciones y que te pega unas buenas folladas. La otra es que esto significa para ti cosas que no son lo que tenemos en realidad.

—¿Y qué tenemos?

—Una amistad —respondió firme.

—Es hora de asumir que los amigos no follan, ¿sabes?

—Y de paso, también, el hecho de que por follar uno no tiene que sentir algo por la otra persona. Se trata de un ejercicio que responde a una necesidad física, no emocional.

Asumí el golpe con dignidad.

—Estás siendo de todo menos coherente. ¿Se puede saber qué dices? —contesté intentando fingir templanza—. ¿Puedes ponerte de acuerdo contigo mismo y darme una versión oficial? ¿La hemos cagado por acostarnos o solamente somos dos amigos que follan, así, sin darle importancia?

—¡¡Yo qué sé!! —gritó.

—¿Entonces?

—Entonces me molesta que no me cuentes lo de Filippo y me molestaría también que lo hicieras. Me molesta que le des importancia a que follemos y me molestaría también que no lo hicieras. ¿Y sabes qué más? Me molesta que te pongas así por escucharme hablar con mi puta novia.

—No es tu novia —puntualicé.

—¡Me has entendido perfectamente! —Resopló y se apartó el pelo de la cara.

—Pero ¿qué coño te está pasando? —le grité de vuelta—. ¿Qué te asusta? ¿Crees que voy a acosarte o a perseguirte cuando volvamos? ¿Que lloraré de amor en la puerta de tu casa?

—No, ya sé que si te arrastras por alguien será por él, que es el que te conviene.

—¿Ahora quién está celoso?

—No estoy celoso, solo apunto a la evidencia. Una tía como tú solo se arrastra cuando la cartera está bien llena.

Levanté las cejas, sorprendida.

—Dices que si tengo miedo a que me persigas —continuó—, pero estoy muy tranquilo, porque los chicos como yo solo valemos para meteros la polla, comeros el coño y haceros sentir salvajes durante unas semanas, antes de que volváis a los brazos de los magnates que os merecéis.

—Nunca pensé que dirías algo tan machista.

—¿Machista? No me has entendido. No hablo de ti como mujer. Hablo de ti como casta.

—Puedo comprar a Filippo y a toda su familia con la calderilla de mi cuenta —escupí, cabreadísima—. ¿Crees que lo necesito para procurarme la vida que merezco? Ni a él ni a nadie. Mi amor no se compra.

—No te desvíes del tema, Margot, ni quieras hacerme creer que para ti el dinero no supone una diferencia insalvable.

Ni con todo lo que tienes taparías el hecho de que soy un perro callejero y tú una señorita con pedigrí.

Fruncí el ceño. No entendía nada, y mucho menos el giro que había dado aquella conversación.

—¿Eres consciente del lío que tienes en la cabeza, David? Me acusas de estar celosa, de estar dándole a nuestra relación más importancia de la que tiene, y ahora también me acusas de no quererte por una cuestión de esnobismo. ¿Tú qué quieres?

—¿Y tú sabes lo que quieres, Margot? Dime. Porque la vida que mereces no tiene absolutamente nada que ver con lo que puedas o no comprar. ¿Y sabes lo que no se puede comprar cuando se acaba? La dignidad.

—¿A mí me hablas de dignidad? ¿Tú? —Le señalé el pecho—. Tú, que quieres volver con una tía que te dijo que eras demasiado poco para ella, que eras un pobre diablo, que no tenías futuro, que eras mediocre. Tú, el digno, que te mueres por falta de cariño, pero estás tan acostumbrado a los palos que te da la hija de puta de tu ex que te crees que el amor es que una payasa te haga sentir importante.

—Vete a la mierda —escupió con rabia.

—¿Por qué no te vas tú? Pero no a la mierda, David. ¿Por qué no te vas a Madrid y solucionas tu vida en lugar de estar aquí temiendo que me enamore demasiado de ti? O de que te use. Ya ni siquiera sé de qué me estás acusando. ¡Vete! —Me encogí de hombros—. ¡Vete ya! No voy a morirme sin ti, ¿sabes? Te conozco desde hace cinco putos minutos. No tienes absolutamente nada que ver conmigo ni con mi vida. Vete y ládrale a ella, que es más de tu tipo.

David asintió, tragó y se humedeció los labios. Dio un par de pasos hacia nuestras hamacas, pero se arrepintió y volvió a encararse.

—Me voy. Y yo seré un arrastrado, pero tú eres una pobre niña rica que está tan sola que tiene que pasar las vacaciones con alguien a quien acaba de conocer. Tan valiosos que parecen tus consejos…, y vaya mierda de vida que tienes, princesa.

Lo vi alejarse sin poder dar ni un paso. Creo que incluso dejé de respirar.

Cuando desapareció de mi vista, era como si la arena dibujara flores y otras cosas que ya no existían.

44

La magia no existe porque nadie cree en ella

Pasé el día en la playa en la que me dejó, llorando. No sé ni por qué lloraba. Bueno, sí. Porque sabía que todo lo que habíamos dicho era verdad, a pesar de ser una verdad horrible y, además, contradictoria e incongruente. Yo sí sentía más de lo que decía sentir. Sí quería volver corriendo al refugio de lo conocido y probablemente también estaba cegada por el pedigrí de Filippo. De alguna manera, le respetaba más que a David y no era justo. Estaba muerta de miedo y de rabia, y lo único que me aliviaba era meterme en el mar y llorar. Lo que no sé es cómo no me robaron todas las cosas que dejé sobre la hamaca.

Cuando llegué al hotel con el transfer que salía cada equis horas del mismo punto de la playa en el que nos había dejado a la ida, estaba hambrienta, cansada, llena de arena y hecha una puta mierda. Pensaba en la habitación vacía y sabía que, si al abrir la puerta no lo encontraba ni a él ni sus cosas, para mí aquel viaje también se habría terminado. Se habrían terminado muchas cosas. Albergaba la esperanza de que no se hubiera ido, aunque no estuviera preparada para encontrarlo allí ni para enfrentarme a todo lo que significaba en realidad nuestra discusión. Era…, era como cuando deseas con todas tus fuerzas algo pero no te preparas para ello porque así, de alguna manera, si no lo consigues dolerá menos.

Pero claro, como ya imaginarás, debí prepararme porque al abrir la puerta me lo encontré de frente, sin paliativos. Allí estaba. Sentado en un sillón, con su maleta cerrada junto a él. Se acababa de dar una ducha y estaba vestido y arreglado. Parecía estar a punto de salir camino al aeropuerto, de modo que supuse que estaría esperando un taxi o algo así y pasé de largo sin decir nada. Casi ni lo miré. No quería ver cómo salía de la habitación, de la isla, de mi vida.

Me desnudé en el baño, dejando toda la ropa arrugada en el suelo, y me metí en la ducha, donde esperé bajo el agua a que se marchara. Tardé mucho. Lloré otra vez. Pensé que entre sollozos y gotas no escucharía la puerta cerrarse cuando se marchara y que así sería mejor. Una chica tiene que proteger su corazón.

Al salir de la ducha, me puse el camisón que había dejado colgado de la percha de la puerta del baño. Me sequé el pelo con una toalla. Me lo desenredé y salí descalza. Quizá Sonia aún seguía en la oficina y podría pedirle que adelantase mi billete de regreso al día siguiente.

David, con los antebrazos apoyados en sus rodillas, me miró, sentado en el mismo sillón donde lo encontré al entrar. Sus sempiternas ojeras estaban más hondas que nunca. Su boca estaba hinchada, de tanto morder nervioso sus labios. Se levantó y yo me paré de golpe en medio de la habitación.

Me volví para que no me viera llorar, como una niña avergonzada, y él me envolvió con sus brazos desde atrás, despacio, como si esperase en el fondo que me apartase. Sentí su barbilla áspera apoyarse en mi hombro y su respiración cuando acarició mi cuello con su nariz.

—Lo siento —gimió con voz temblorosa—. Lo siento tanto.

No contesté. Quería morderme la mano para aplacar el llanto y ahogar los sollozos, pero sus brazos me asieron más fuerte.

—Qué cagada, Margot. Qué cagada. —Apoyó su frente en mi pelo húmedo—. Esto no es lo que planeamos. Perdóname.

No respondí.

—No creo que seas una pobre niña rica —insistió.

—Sí lo piensas, y probablemente tengas razón.

—No quería hacerte daño.

Coloqué mi mano izquierda sobre la suya, que tenía sobre mi vientre.

—No sé ni lo que te he dicho en la playa. —Suspiró agobiado.

—Olvidémoslo, David. Estamos hechos un lío.

—Debí contártelo. Quería despertarte y que me abrazaras, pero me daba miedo.

—¿Por qué?

—Supongo que por lo mismo que tú no me contaste lo de Filippo.

Me di la vuelta y los dos dibujamos una expresión comprensiva mientras acomodaba los brazos alrededor de mi cintura.

—Deberíamos hablar —le dije.

—Sí.

Tragué saliva.

—Estaba celosa —admití.

—Vale. Yo enfadado.

—¿Contigo, conmigo o con ella?

—Principalmente conmigo, que voy a volver con ella con el rabo entre las piernas.

—No pienses en eso. —Le miré a los ojos y aparté unos mechones hacia sus sienes—. Si es lo que quieres hacer, piensa mejor que vuelves victorioso. Al final, pasó por donde querías. Rabió de celos.

—Y tú. Y yo —dijo mientras secaba con su pulgar mis lágrimas—. Nosotros también rabiamos de celos.

—¿Tú?

Asintió.

—Estabas asustado por si me había enamorado de ti —le dije, con la garganta seca.

—Sí. Y por si yo me había enamorado de ti. Y la verdad, Margot, creo que si no lo dejamos aquí terminará sucediendo.

Me acarició las mejillas.

—Y me aterra enamorarme de alguien como tú —insistió, acercándose a mi boca.

—¿Por qué?

—Porque si para Idoia soy una decepción, mi amor..., imagínate para ti.

—Deja que eso lo decida yo.

—No —dijo, mirándome los labios—. Eso no puede pasar.

—David, no podemos pretender vivir las cosas y luego olvidarlas...

—Sí podemos. —Sonrió triste—. Podemos quedarnos con esto. Podemos seguir con lo que teníamos planeado y... no jodernos la vida. De lo contrario, te haré daño y tú me lo harás a mí.

Le acaricié los labios.

—Tú mereces una historia perfecta, de princesas, y yo no creo en la magia. Nos querremos bonito, ¿cuánto? ¿Un par de años? Como mucho. Después, poco a poco, te darás cuenta de que solo soy un sueño que no se cumplió. Y me odiarás por lo que no conseguí ser. Y yo te odiaré a ti por ser demasiado buena para mí.

—¿Idoia no lo es?

Sonrió de lado, pero no contestó.

—Éranse una vez los ojos más tristes de un bar... —dijo— que se reconocieron entre mucha gente.

—Y se fueron de viaje a Grecia. —Sonreí triste.

—Y se enamoraron de lo que podrían ser... —siguió.

—... hasta que el mar se los tragó...

—Hay un vuelo a las nueve y media de la noche. —Se humedeció los labios—. ¿Quieres que me compre el billete?

—El mar aún tiene hambre.

Supongo que no hay nada que le guste más al amor que las historias imposibles. Y no hay nada más imposible que aquello en lo que no cree nadie. Hasta los fantasmas, dicen, guardan el secreto de su existencia en la creencia de la gente. Y David tenía razón: nosotros dos éramos imposibles. Dos desconocidos, en realidad, que solo se habían visto en las buenas, que se habían recogido de la calle y que habían curado las heridas del otro, pero… aunque cures la herida, la cicatriz nunca será tuya.

Cuando me besó, entendí que temiera que yo me hubiera enamorado de él. Yo también estaba asustada. Nunca se encuentra en lo nuevo la calidez del hogar, aunque el hogar esté en llamas y en riesgo de derrumbe. Por eso deberíamos aprender que el único hogar está allá donde nos lata el corazón.

Ni siquiera recuerdo cómo nos desnudamos y cómo fuimos hacia la cama. No recuerdo haber tenido demasiadas ganas de echar un polvo y no recuerdo pensar que él quisiera. Supongo que lo que hicimos tenía poco que ver con el sexo y mucho con la necesidad.

David clavó con fuerza sus dedos en mi cintura cuando entró en mí y vi sus músculos y tendones tensarse al empujar entre mis muslos. Su rostro se contrajo de placer. Quise decirle que tenía constelaciones en los ojos y después suplicarle que me hiciera daño, que me daba igual sufrir si eso nos daba dos años de tiempo. Pero callé. Me callé, no sé si por vergüenza o con la necesidad de no perder ni un solo detalle de su cara mientras me follaba. Mientras me hacía el amor. Mientras me decía, bajito, despacio, que quería quedarse conmigo, siempre.

David clavó con fuerza sus dedos en mis nalgas cuando se acostó sobre mí y aceleró las embestidas. Ojalá dejase en mi piel un racimo de huellas moradas que, aunque fueran cambiando de color, me recordasen unos días más la sensación de dolor que me provocaba el placer. Le pedí que no parase y él me pidió que no le olvidase. Yo que no volviera a tocarme así y él que no le dejase acercar las manos a mi piel.

David clavó con fuerza sus dedos en mi pecho, en mi cuello, en mis caderas, en la almohada, en el colchón, en el puñado de pelo que agarró al final, cuando al correrme floté tan lejos que necesité que me sujetara al suelo y me recordase que mi piel era solo mía y no suya, como la sentía ya.

Cuando se quitó el condón usado y se marchó al cuarto de baño, hundí mi cara en la almohada y al escuchar que encendía el grifo, ahogué un grito entre las plumas. Yo ya le quería y, aunque no creía en nosotros, no sabía si sería demasiado tarde para salvarme de aquello sin pagarlo con demasiada cicatriz.

—¿Odias algo de Filippo?

Froté mi mejilla en su pecho, mientras acariciaba con la yema de mis dedos el poco vello que le nacía entre los pectorales.

—Claro. Y seguro que él también odia cosas mías.

—Pero ¿como qué?

—¿Te refieres a qué odia él de mí o yo de él? —quise aclarar.

—Él me da igual. ¿Qué odias tú?

—Pues… su necesidad de programarlo todo, por ejemplo. No funciona sobre la marcha. No sabe improvisar. Es… cuadriculado hasta la exasperación. Tampoco me gusta que sea un tío tan orgulloso, y es de los que cuando hablan dictan sentencia. Es superrotundo. —Lo miré, para ver su expresión.

No conseguí deducir nada de sus rasgos.

—¿Y qué más? —insistió.

—Pues… creo que nada más.

—¿Nada más? —Arqueó las cejas, sorprendido.

—A ver, tampoco es poca cosa.

—¿No mastica con la boca abierta ni le huelen los pies ni deja la ropa interior tirada en cualquier parte?

—No. —Le sonreí—. ¿Tú sí?

—Guapa, yo huelo a gloria —anunció ufano—. No es eso. Es que yo odio centenares de cosas de Idoia.

—¿Como qué?

—Aborrezco uno de sus perfumes, el de invierno…, me produce náuseas y ardor de estómago.

—Eso es una chorrada. —Me reí—. Es tan fácil como decírselo. Es un perfume. Filippo odia a mi madre…, eso es más complicado. No puedo dejar de «ponérmela» y ya está.

—Bueno. Odio más cosas. Odio que follar con ella sea como participar en una película porno en la que todo está preparadísimo y es perfecto.

—Uhhh…, porno perfecto. Suena mal —me burlé.

—Me pone a parir su condescendencia, y cuando hace gala de su superioridad moral la mandaría a vivir muy lejos. No le gustan mis amigos, nunca quiere hacer planes con ellos, y me hace sentir fatal porque le dan mil vueltas a su pandilla de modernos. Odio que tome drogas de vez en cuando porque, además de lo evidente, se pone muy violenta y a veces follando se vuelve loca y… me deja hecho un Cristo. Me repatea que me ningunee y que repita constantemente que su ex era un tipo grande, fuerte, bruto y que yo soy tan «chiquitito»…

—Tú no eres chiquitito. Esa tía tiene escacharrado algún medidor mental.

—Me hace sentir minúsculo.

Me incorporé, le agarré la cara con una mano y lo besé con violencia. Sonrió mientras me devolvía el beso.

—¿Te pone que odie todas estas cosas?

—No. Solo quería callarte. ¿Qué te gusta de ti, David?

—¿Cómo?

—Sí, ¿qué te gusta de ti?

—Eh… —Pestañeó—. Pues no me lo había planteado nunca. A ti, ¿qué te gusta de ti?

—Mi constancia. Mi paciencia. Soy empática y buena jefa. También cariñosa, y no he perdido del todo la ingenuidad infantil que me permite sorprenderme con sinceridad. Se me da bien andar sobre tacones altos. Estoy orgullosa de no parecerme a mi madre y me gusta el entusiasmo con el que emprendo nuevos proyectos. Y soy buena con los idiomas y… con las personas. —David me besó y yo aproveché la cercanía para insistir—. Venga, ahora tú.

Arqueó las cejas y su gesto de duda se transformó en una sonrisa tímida.

—Soy sensible… y comprensivo. Suelo conseguir que la gente sonría cuando está conmigo.

—¿Qué más?

—Se me dan bien las flores. Y tengo paciencia. Buena mano con los niños. Soy una persona de confianza y un tío que no necesita apagar la luz de nadie para encender la suya.

—Muy bien. —Subí a horcajadas sobre él—. ¿Y?

—Dímelo tú. —Sonrió—. ¿Qué más?

—Tienes un don para escoger canciones para cada momento. Y una risa preciosa. En tus ojos te brillan un montón de manchitas más claras, vetas doradas, que hacen que parezca que miras a través de una galaxia. Tienes mucho pelo y muy sedoso. Y cuando vas a correrte te arqueas de una manera tan sexi…

—Y tengo aguante.

—Y eres muy generoso con el placer. Y con las sonrisas. Y con las cosas bonitas.

—Soy un hedonista enamorado de la belleza, ¿qué le vamos a hacer? —Sonrió—. ¿Y tú? Cuéntame más cosas sobre ti.

—No canto mal y mis sobrinos me adoran. Creo que tengo buen gusto. Y huelo bien.

—Hueles que te cagas. Y eres muy sexi, aunque no lo sepas. —Se incorporó un poco más, para que su boca alcanzara la mía—. Cuando te pones encima te mueves increíble…, cuando te ríes muy fuerte, parece que arrastras cascabeles por la garganta.

David sonreía y yo le devolvía el mismo gesto.

—Y la chupo bien.

—La chupas muy bien. —Asintió—. Pero no mejor de lo que besas. Besas como se tiene que besar en la imagen final de una película en blanco y negro. Y haces que la gente esté cómoda a tu lado. Tanto que… no me quiero ir.

La sonrisa se derritió en mi boca.

—Es una pena que no podamos querernos —le dije—. Porque nos queremos muy bonito.

—Sí. Tú y yo haríamos poesía.

Me acurruqué, encima de su pecho y suspiré. Qué pena. Qué pena que la magia no exista si uno no cree en ella… y que se necesiten dos para creer en el amor.

—David… —terminé diciendo—. No dejes que nadie te haga creer que lo que no eres es más importante que lo que sí.

—Mejor… no te vayas muy lejos. Me vendrá bien que me lo recuerdes de vez en cuando.

45
Vuelta a la realidad

Los últimos días en Miconos fueron una luna de miel. Por esa parte, me quedé bastante más tranquilo. Me dije a mí mismo, muchas veces, que al menos había tenido suerte de vivir aquello con esa intensidad una vez en la vida, aunque fuera en un lapso tan breve. Por aquel entonces, yo pensaba que si la idea de amor existía solo podía materializarse, como un hechizo, durante un periodo de tiempo antes de estropearse.

Y, frente a aquella idea cobarde del amor, tengo grabadas en la memoria fotografías de Margot que nunca hice. La recuerdo con el pelo hacia un lado, azotado por el viento en una de las playas más famosas de la isla. Miraba hacia nada en concreto, pero parecía tenerlo todo bajo control. Mi pequeña Margot sobreviviría siempre siendo más fuerte tras cada caída.

Lo hicimos como locos durante esos días. Incluso tuve que comprar otra caja de condones. Pensaba, con avaricia y glotonería, que debía hartarme de aquello a lo que iba a renunciar para que la separación fuera menos dura. Pero no me harté. Para nada.

Hicimos el amor y follamos. Follamos muchísimo y con una ferocidad que no había manejado con Idoia ni cuando aparecía colocadísima y me exigía que me la follara en el cuarto de baño de cualquier garito en el que hubiéramos quedado, contra las baldosas de la pared.

Margot exigía atención, entrega y disciplina, pero a la vez sin exigir nada por completo. Y cuando gemía que se moría de placer, atrapada entre mi cuerpo y la mesa, el suelo, la pared, la bancada del baño o una puerta, no sentía ese atisbo de vergüenza que notaba al manejar a Idoia como si fuera una muñeca... Quizá porque Margot no me pedía que la usase, cachonda perdida, por culpa de unos polvitos dejados caer sobre la lengua. Con Margot no actuaba; no tenía un papel que aprenderme y al que responder. Jugábamos a la improvisación y se nos daba de la hostia.

Probamos todos los sabores que nos quedaban por probar. Y en su lengua, los besos sabían a yogur con miel. Y en la mía solo existía el sabor de Margot. No recuerdo haber sido nunca tan feliz como en aquel momento en que dejé salir los fantasmas, los miedos, y les concedí su espacio para que, a pesar de seguir allí, no nos molestaran.

Jugamos como críos en todas las playas que pudimos visitar. Y sentados sobre la arena, viendo atardecer con Margot entre las piernas y su pelo cosquilleando en mi cuello, encontré más de mí mismo de lo que jamás creí tener.

—Cuéntame un secreto —la escuché decir antes de que se volviera hacia mí con una sonrisa tímida.

—¿Un secreto?

—Sí. Algo que nadie más sepa.

La miré, con las mejillas sonrojadas por el día de sol y amor. Sí, amor. Yo ya sabía que Margot me quería. Y yo la quería a ella. A ella, que me miraba con las cejas arqueadas, retorcida para poder ver mi cara. Encorvándome sobre ella, agarré sus piernas y la giré en mi regazo antes de besarla.

—No intentes desviar la atención. —Sus dedos índice y pulgar me apartaron la cara mientras sonreía—. Quiero un secreto.

—¿Me contarás tú uno después?

—Claro.

—Ah, pues...

Su mirada fue hacia mis ojos; la mía hacia los suyos. Cuando quisimos darnos cuenta, nos estábamos besando como dos críos.

—El secreto... —gimió cuando la tendí en la arena e intenté subirme encima, ahora que la playa estaba desierta.

—¿Y si el secreto es que no dejaría de besarte nunca?

—Pero eso lo sabe ya todo el mundo —se burló—. Un secreto a gritos no es un secreto.

«Te quiero», pensé. El corazón y el estómago me dieron un vuelco y me asusté. No. No podía. No podía quererla. No podía dejar que ella lo hiciera. No sabía nada del trabajo de Margot o de su familia, pero a aquellas alturas ya tenía más que claro que yo nunca encajaría en su mundo. Y dudaba que ella pudiera hacerlo en el mío y ser plenamente feliz. ¿Qué podía ofrecerle? ¿Un ramito de flores de vez en cuando?

—Me gustaría dejar mis otros trabajos y dedicarme solo a la floristería —dije.

Margot levantó las cejas, sorprendida. Yo también me sorprendí. Las flores me gustaban y la gente solía decirme que tenía talento para trabajar con ellas, pero nunca me había planteado algo así, al menos de manera consciente.

—Deberías hacerlo. Plantéaselo a Amparito y a Asunción.

—No creo que puedan permitírselo.

—No pierdes nada por intentarlo.

—¿Y tu secreto? —Cambié de tema.

Se mordió el labio. Pareció callar lo primero que le pasó por la cabeza y fantaseé con que hubiera apartado un «te quiero» tal y como lo había hecho yo.

—Tengo un miedo atroz —susurró—. No quiero volver. No quiero enfrentarme a todo lo que dejé hecho un desastre.

—Yo también —confesé.

—A veces siento que me disfrazo de otra persona todos los días antes de salir de casa.

—Yo, que nadie me ve en realidad.

—Y tengo ganas de largarme para siempre.

—Pues si alguna vez lo haces, llévame contigo.

Supongo que es así como se saben las cosas, como se alcanzan las certezas: por casualidad, jugando. Así fue como entendí que Margot era la más valiente de los dos y que, si yo lo fuera un poco más, lo dejaría todo por ella.

Ese día, colgué una foto de nuestras sombras entrelazadas sobre la arena de la playa y al pie solo escribí un «Nosotros» que me pareció que decía más de lo que estaba dispuesto a confesar o a entender.

Pero el tiempo se agotó. El tiempo es así, efímero. Todo viene con fecha de caducidad hoy en día y nosotros no éramos una excepción. La luna de miel se nos agotó mientras jugábamos a fingir que nunca lo haría.

Cuando vi a Margot recoger todas sus cosas y doblarlas en la maleta con precisión quirúrgica, sentí que algo fallaba sin remedio. Tenía miedo. Me sentía aterrado. Cuando planteamos aquella locura de relación, pensé que a esas alturas del viaje ya tendría lo que quería, aunque no estuviera muy seguro de qué era eso que tanto deseaba. Angustia y ansiedad anticipatoria por la despedida desde luego que no. Si éramos fieles a lo que habíamos acordado, en unas horas, al día siguiente, nos despediríamos y no sabríamos nada el uno del otro al menos en un mes. Yo tendría que sentarme frente a Idoia y arreglar las cosas; encontrar el coraje para decirle todo lo que tenía que cambiar para que lo nuestro fuera viable no suponía tanto problema como no tener a mi lado a Margot. Ni siquiera la temida conversación con Iván y Domi sobre la necesidad de dejar su piso..., temida por si se alegraban demasiado de verme marchar, supongo. La búsqueda de piso; dejar el curro del pub, que me amargaba; quizá proponer a Amparito y a Asunción una ampliación de mi horario o buscar otro lugar en el que mi experiencia con ellas valiera de algo... Ninguna de esas tareas me agobiaba tanto, ni juntas ni por separado, como el hecho de saber que no podría compartirlo con Margot. Pero no era momento de negociaciones.

«Al principio siempre se dicen las cosas de manera rotunda, pero luego el ser humano es especialista en no hacerse ni puto caso», me convencí.

«Seguiremos viéndonos».

«Podremos hacerlo».

«Lo que siento es solo resultado de este viaje».

«Será mi mejor amiga».

¿Cuántas mentiras eres capaz de creerte cuando eres tú el que las dice?

—Hoy deberíamos hacerlo como animales —le dije viéndola meterse en la cama y programar la alarma de su móvil.

—Hombre, si lo dices así... es que no me puedo resistir. —Me miró, dejó el teléfono en la mesita y se tendió dramáticamente en la cama—. Vamos, ¡tómame! ¡Estoy preparada!

Sonreí.

—Bueno, tú misma. Seguro que mañana te arrepientes de no haber aprovechado este cuerpo serrano —me señalé— cuando pudiste.

—Perdóname si te digo que no pareces muy interesado en pasar la noche chingando.

—No te pega nada conjugar el verbo «chingar».

—Follar, hacer el amor, chingar, copular, joder..., dilo como quieras, pero yo diría que no tienes ganas.

—Claro que tengo ganas. Soy un tío.

Arqueó una ceja.

—Bueno..., eso es una gilipollez, tienes razón. Los tíos tampoco tenemos ganas siempre —concedí.

—¿Y tienes ganas? —Dejó escapar una sonrisa dulce y condescendiente por igual.

—Sí.

—¿Muchas?

—Muchas. —Asentí.

—Estás supercachondo.

—Supercachondo.

—Aunque —señaló mi entrepierna— eso parezca tan calmado.

—Es la calma antes de la tormenta.

—¿No es después de la tormenta cuando viene la calma?

—¿Qué más da? —Arrugué la nariz—. Vamos a chingar hasta que se rompa la cama —propuse.

—Eso no está para dar mucha fiesta. —Volvió a señalarme, burlona.

—¿Sabes que con eso no siento amenazada mi masculinidad?

—Hombre, eso espero. Es solo una apreciación de su estado actual. No he dicho que no haya podido darme fiesta o que no pueda en un futuro. Pero, oye..., si tú dices que estás supercachondo...

—Súper —dije sin poder evitar una sonrisa—. Pero rollo como para echártelo por la cara y todo.

Margot se tapó la cara con el sobrante de almohada y estalló en carcajadas.

—¡¡Lo digo en serio!! —Me reí también—. ¡¡Estoy como loco!! Ven aquí. Que esta te va a dar fiesta.

Salté a la cama, la destapé y me coloqué a su lado, bien apretado; no tardé en buscar su cuello para besarla y morderla ahí donde sabía que le gustaba.

—David...

Metí la mano entre sus piernas, pero ella la paró.

—David... —insistió.

La miré, confuso.

—¿No te apetece?

—No tenemos por qué hacerlo.

—Ya sé que no tenemos por qué hacerlo. ¿Qué quieres decir?

—Pues eso..., que porque sea la última noche, no tenemos por qué hacerlo.

—Pero...

Me cogió la cara con las dos manos y sonrió como lo hacen las mujeres cuando ya han entendido algo que nosotros aún no hemos asumido.

—A mí también me da miedo —me dijo, haciéndolo más sencillo.

—¿Qué te da miedo?

—Echarte de menos, acordarme demasiado de esto, pensar en ti cuando me acueste con Filippo.

Sentí un escalofrío.

—Margot... —Suspiré—. No es eso. Es que...

—Sí que es eso. Da miedo. Y el sexo es más fácil.

—Es más fácil porque lo hago contigo —le aclaré.

—El sexo es más fácil que masticar lo que se siente. Mientras follamos, no pensamos. Nos limitamos a sentirlo todo con un hambre inmediata. No existe ni ayer ni mañana. El sexo es sexo y...

—¿Me echarás de menos? —me escuché preguntarle.

—Claro.

—Te echaré mucho de menos —confesé.

—Nos alejaremos un tiempo para no tener que hacerlo para siempre —me dijo segura.

—¿Y si...?

—No podemos angustiarnos por lo que no sabemos si pasará. No podemos ponernos en lo malo, hay que partir de la base de que saldrá bien. Nos separaremos, regresaremos a nuestra vida, recuperaremos lo que queríamos y, cuando todo esté bien, volveremos a vernos. Y todo será como antes.

—Como antes de... ¿cuándo?

—Como antes de este viaje.

Y por primera vez tuve la completa certeza de que no quería volver a lo que era antes. No solo con ella. Con todo. Con mi vida.

—¿Tengo razón?

—¿En qué? Has dicho muchas cosas. Siempre dices muchas cosas. —Sonreí.

—En que quieres hacerlo para no tener que sentir pena porque mañana regresamos.

—Quizá.

—Soy muy sabia.

Me tragué su carcajada y le devolví otra.

—Tienes razón en que el sexo es más fácil que hablar, pero déjame añadir que mientras lo hacemos, hay cosas que no hace falta verbalizar —puntualicé.

—¿Como qué?

—Como que te echaré de menos, que me gusta el tacto de tu piel bajo las yemas de mis dedos, que añoraré cómo huele el sexo contigo...

Y me callé, por si teníamos la oportunidad de volver a comunicarnos solo con la piel; no dije que por fin había sabido quitarle el disfraz de libertad al pánico, que cuando hablaba con ella el futuro empezaba a tener sentido, que en su boca yo parecía alguien que valía la pena y quería serlo también para mí mismo... No dije que sus pechos agitándose bajo mis manos eran lo más sensual que había visto en mi vida y que me ponía a cien cuando movía las caderas encima de mí, aunque no estuviera dentro de ella.

—¿Y si nos acurrucamos y vemos fotos? —dijo con la boca pequeñita, por si yo salía con algo como «no te equivoques con lo que somos».

Como respuesta, me estiré y cogí su móvil de la mesita de noche. Entramos en la galería y buscamos la primera foto del viaje: los dos en el avión, sonrientes, ilusionados.

—Ahí aún estaba convencido de que no pasaría nada entre nosotros —le dije con una risa burlona—. Pero empezaba a pensar que eras una monada.

—Vaya..., yo ya te miré el culo cuando fuimos de compras.

—Mi culo siempre te ha vuelto loca, reina. Es tu criptonita.

Pasamos a las siguientes fotos, parándonos a analizar y hacer zoom en nuestras caras, para partirnos de risa si teníamos una expresión rara (lo que ella llamaba sonrisa de psicópata) o los ojos en blanco; también fueron saliendo de su escondite todos los recuerdos soterrados en la arena; las bromas, la gente con la que nos encontramos en los restaurantes y de los que hicimos comentarios como una pareja cualquiera que, en su complicidad, siente que todos los demás son extraños, marcianos, gente que no entiende la verdad. Su verdad. Y mientras deslizábamos las fotos, una detrás de otra, Margot fue acurrucándose, encontrando el hueco perfecto para encajar en mi cuerpo como nunca nadie lo había hecho. Su cuerpo fue dejándose mecer por el cansancio y su risa perdiendo fuerza.

—Son unas fotos increíbles —musité llegando a la última que había hecho ese mismo día.

—Una lástima que en tu calculadora no se aprecien.

—Ja. Ja. Ja. ¿Te estás durmiendo, graciosa?

—No.

—Claro... —Apagué la luz y ella volvió a pegarse a mi pecho, como un gatito buscando el calor de su camada.

—No me estoy durmiendo —se quejó con voz pastosa mientras se movía.

—Vale.

—Te haré un álbum con las fotos —prometió alargando un poco cada vocal.

—Duerme... —susurré, besándole el pelo.

Su garganta emitió un ruidito de placer cuando, de lado, pareció encontrar su postura. Su culo encajado justo en el espacio que dejaban mis piernas flexionadas. Acaricié su brazo y recorrí los recuerdos desde que llegamos. Las personas que fuimos, las que éramos aquella noche. Quién pensé que era Margot, quién parecía ser en realidad, quién me quedaría sin conocer...

La angustia y la ansiedad anticipatoria previa a la despedida volvieron a azotarme el pecho. Sí, el sexo es mucho más fácil, pero qué puto cuando se enamora de la complicidad y de ellos nace, pura, la intimidad. ¿Volvería a pasarme?

—Se me hubiera puesto dura —susurré.

—Lo sé —respondió.

—En realidad ya la tengo un poco dura.

—Lo sé, pero tu crisis de masculinidad no es mi problema.

Y con una sonrisa enorme, caímos. Nos dormimos.

46
«Hazlo, como si no supieras que se acaba»

Quizá no era la canción adecuada, pero «Como si fueras a morir mañana», de Leiva, empezó a sonar en mis auriculares cuando el avión despegaba desde el aeropuerto de Atenas rumbo a Madrid. Y es que era inevitable hacer un pequeño balance del que, por cierto, no salía bien parada. Hacía días que no sabía nada de mis hermanas porque, sinceramente, había pasado de ellas; aunque sé que necesitaba aquel tiempo para mí y que la distancia había sido ungüento para mi ansiedad, no podía evitar sentir ciertos remordimientos. Nos educan como si pudiéramos cuidar de todo el mundo sin cuidarnos a nosotros mismos, aunque eso sea una contradicción en sí misma. Sin un «yo» es imposible un «nosotros».

Nosotros. Como aquella foto que David había colgado en sus redes. Nuestras sombras proyectadas en la arena de una playa preciosa cuando ya se ponía el sol y no quedaba casi nadie por allí. «Nosotros». Como si ese «nosotros» no fuera una bonita mentira que tentaba, como lo hacen las adicciones, a creer que a la larga no nos haría daño. Ese nosotros existía, por supuesto, pero, como los fantasmas o la magia, si no creíamos en él terminaría desapareciendo.

No, aquella canción no era la más adecuada para espantar el miedo y la tristeza. «Hazlo, como si no supieras que se acaba», una de sus estrofas era la mejor definición del nosotros que éramos en realidad.

«Fuimos demasiado lejos y ninguno se cubrió la espalda»...

A mi lado, David dormía con los auriculares puestos, escuchando con total seguridad una canción de cuya existencia yo no tendría ni idea, escrita e interpretada más de treinta años atrás.

David y sus canciones de los ochenta. David y sus flores. David y su bañador negro. David y su manera de arquearse cuando estaba a punto. David y los ojos hinchados al despertar. David y todo lo que no sería a mi lado ni yo podía desear.

Hice una lista mental de las cosas a las que me tenía que enfrentar en los próximos días y, cuando me di cuenta de su extensión, me sentí tentada a pedir una copa a la azafata:

— Entender por qué narices estaba tan aterrorizada el día de mi boda.
— Hablar con Filippo.
— Arreglar (o hacer lo humanamente posible por intentarlo) las cosas con el Consejo de la empresa.
— Reincorporarme al trabajo.
— Hablar con Patricia sobre esa locura de que Alberto la engañaba.
— Hablar con Candela sobre mi sospecha de que había hecho de mi piso su campamento base sin aparente intención de marcharse.
— Hacer todo lo anterior sin tener a David.

Hundí la cabeza entre mis manos cuando me di cuenta de que no tenía ni idea de lo que le diría a Filippo sobre nuestro futuro. No sabía qué quería, dónde me veía en cinco, diez, veinte años. El Consejo, lleno de esos hombres de negocios valientes que tanto respetaba mamá, jamás me respetaría ni aceptarían mi posición dentro de la empresa. Siempre sería «la heredera» sin más mérito que tener un apellido adherido por nacimiento. En la oficina… ¿habrían cesado ya los chismes? No los culpaba. Que tu jefa salga por patas el día de su boda es un cotilleo jugoso. ¿Qué narices le pasaría a Patricia en realidad? Siempre tuvo cierta necesidad de ser el centro de atención, pero… ¿tanto como para inventarse una historia así? Y Candela… ¿cuánto tiempo llevaba ya en España? ¿Tantas vacaciones tenía? ¿Era todo aquello problema mío en realidad? David.

—Ey…

Unos dedos me quitaron con delicadeza el auricular de mi oreja izquierda y al mirarlo, lo vi sonreír aún un poco adormilado.

—¿Qué pasa?

—Nada —le mentí.

—Eh… —Pasó su pulgar por debajo de mi labio inferior—. Tú y yo no nos mentimos.

—Es que… estoy agobiada. —Suspiré.

—¿Por lo que te espera?

—Sí.

—¿Puedo darte un consejo? No sé si valdrá de mucho viniendo de un tío que vive en el sofá de su mejor amigo, pero…

—Escupe.

—No tengas prisa. Una cosa detrás de otra. Diferencia entre lo que quieres solucionar y lo que no te vale la pena. Abandonar no siempre es de cobardes; a veces es más bien de valientes que saben que el resultado de una guerra no compensa las pérdidas. Nadie espera que seas tan eficiente como para solucionarlo todo de golpe. Nadie espera que seas perfecta.

—Sí lo esperan.

—Entonces es que son imbéciles y muy egoístas. —Sonrió.

—No sé si puedo solucionar lo del curro a partir de tu consejo.

—Siempre tenemos la opción de largarnos sin avisar a nadie.

—Y que nos busquen de por vida. —Sonreí ante la perspectiva.

—Un día alguien les dirá que les pareció vernos vendiendo cocos en una playa.

Quise besarle, pero supuse que «nosotros» nos habíamos quedado en Atenas, en el beso que nos dimos mientras esperábamos para embarcar. Solo le di las gracias. Y la mano. También le di la mano para que él la cogiera. Y lo hizo. Quise que no me la devolviera jamás.

El aeropuerto Adolfo Suárez Madrid Barajas seguía su vertiginosa vida, ajeno al vuelco que había dado la mía. Por megafonía se informaba de que no se daban avisos por megafonía, en una de esas contradicciones tan tiernas que a veces vas encontrando en el mundo. Y mientras David y yo esperábamos nuestras maletas, los pasajeros de un vuelo procedente de Nueva York terminaban de recoger las suyas. Fuera, en la terminal, con total seguridad, un montón de adolescentes se prepararían junto a los mostradores de facturación para el viaje de estudios que tanto habían ansiado. Algunos volverían enamorados. Otros con el corazón roto. Me pregunté a qué grupo pertenecíamos David y yo mientras él movía el cuello para hacérselo crujir y hablaba por teléfono.

—No te preocupes, llevo llaves. Solo te lo preguntaba por si querías que fuera a por Ada a casa de tu madre. —Se volvió a mirarme y me guiñó un ojo—. Ah, vale, vale. —Pausa, en la que levantó las cejas y apretó sus labios en una mueca para mí—. No, qué va, Domi. Si estoy hecho polvo. Me pillo algo para cenar por el barrio y me meto en la cama. Pero no le digas a tu madre que no quiero ir, que te conozco. En menos de media hora la tendría aporreando la puerta con un táper en la mano y llamándome sinvergüenza.

Qué envidia. Qué mundo tan cálido. Miré mi móvil con disimulo. Nada.

—Yo también tengo ganas de veros. Un beso para los tres. Recuerdos de Margot.

Colgó y metió su pequeño móvil en el bolsillo de sus vaqueros.

—¿Ya te estaban esperando con un plan?

—La madre de Domi cocina que te mueres y dice que le encanta ver a alguien comerse hasta el plato, como hago yo. Pero hoy no tengo ganas. Estoy cansado.

—Anoche nos acostamos pronto —dije, a sabiendas de lo que iba a contestar él.

—Ah, sí. Hubiera sido una larga noche de sueño reparador si a las tres no me hubieras despertado metiéndote mi polla en la boca.

Sonreí con picardía. Me gustaba tanto escuchar cómo recordaba mi hazaña en voz alta como me había gustado despertarle en mitad de la noche con una mamada. La última mamada, me dije cuando abrí los ojos con una pena desesperada en el pecho. Consejos vendo, que para mí no tengo.

—Si lo sé te dejo dormir —respondí.

—Como no quisiste que lo hiciéramos como animales cuando tocaba, pues mira... toda la noche en vela. Toda... —Me lanzó una mirada de soslayo antes de volver los ojos a la cinta de equipajes que se ponía por fin en marcha—. Haciendo todas esas cosas...

—No recuerdo nada —musité—. ¿Y dices que yo estaba allí?

—A juzgar por cómo me agarrabas del pelo y gemías, me pareció que te gustaba.

—Ah, vaya..., será que solo me acuerdo de cómo gruñías delante del espejo del baño.

—¿Te quedaste con hambre? —Levantó las cejas, mirándome.

—No. Terminé con la boca muy llena.

David se pasó la lengua por el interior del carrillo, mientras se reía entre dientes y se acercaba a por nuestras maletas. Ventajas de viajar en business…, el equipaje suele salir el primero.

—¿Cómo te vas a casa? —le pregunté.

—En metro. ¿Y tú?

—Vienen a recogerme.

No me pasó desapercibido el alzamiento de cejas que acompañó a su reacción.

—He pedido un coche —aclaré.

—Ah. Pensaba que…

—Oye…, no me cuesta nada decirle que haga dos paradas. ¿Te dejamos en casa?

Frunció el ceño y negó.

—Seguro que os tenéis que desviar mucho. Joder… —Hizo una mueca—. Ni siquiera sé dónde vives.

—En el Paseo de la Castellana.

—Vaya con la marquesa —se burló.

—No tengo prisa por llegar a casa.

—Yo tampoco.

Nos quedamos parados, sin llegar a salir a la terminal. Me sonó el móvil y le eché un vistazo. Era un mensaje de Sonia:

> Me ha llamado la secretaria de Filippo para consultarme tu agenda. Le he dicho que volvías mañana y que no podía cerrar nada sin hablar contigo. He pensado que, a lo mejor, necesitabas tiempo. Si he hecho mal, dime y la vuelvo a llamar.

Tecleé deprisa:

—Bueno, ¿qué? —Suspiré, levantando la mirada hacia él.

—¿Filippo manda a su secretaria a hablar con la tuya?

—¿Sabes que leer mensajes ajenos es de malísima educación?

—No he podido evitarlo. Se me han ido los ojos solos.

—Pues sí. Nuestras secretarias hablan mucho. Es lo más fácil. Hay días que no sé ni lo que tengo programado, y si Sonia lo coloca en mi agenda es más cómodo y nos aseguramos de que no se me pase.

—Si estuvieras conmigo, ya me encargaría yo de que te acordaras de verme sin necesidad de agenda.

En mi cabeza apareció una cocina cálida llena de cuencos con fruta, utensilios de cocina, libros de recetas, conectada con un salón plagado de cuadros, con las paredes pintadas de un color tostado y lleno de plantas por todas partes. David me daría una taza de café antes de rodearme por la espalda y susurrar en mi oído: «Te recojo a las seis y media, mi amor».

Tragué saliva. Él se mordió el labio.

—Entonces… ¿te llevo?

—Vale.

Cuando Sonia mandaba uno de los coches de la empresa a recogerme al aeropuerto, solía llamar a Emilio. Era un hombre amable, discreto y dulce, con dos hijas ya mayores (una de mi edad), y que se sabía muchos chistes; siempre dejaba caer alguno, como si fuera un «buenos días», si durante el trayecto me veía preocupada. Me alegré de que fuera él quien nos recogiera. Ni siquiera pensé en lo raro que le parecería que lleváramos a otro chico con nosotros…, otro chico que no era Filippo.

—Hola, Emilio. ¿Le importa si dejamos a mi amigo David en su casa? Nos acabamos de encontrar al bajar del avión —apunté, por si acaso la mentira valía de algo.

—Claro que no, señorita Ortega.

David me lanzó una mirada y arqueó una ceja.

—Déjenme las maletas y vayan subiendo. Enseguida estoy con ustedes —dijo Emilio.

—No, no se preocupe. Yo las cargo —se ofreció David.

—Ah, no, no.

Los dejé discutiendo sobre quién cargaba las maletas y me subí al coche. David apareció segundos después.

—Esto no es un Cabify —susurró.

—No. La empresa tiene coches a disposición de algunos directivos.

—Y tú eres una de esas directivas, ¿no?

—Sí. —Asentí.

—Dígame la dirección, caballero.

David sonrió.

—Caballero… —musitó con una mirada guasona—. No se preocupe. Déjeme en casa de Margot. Desde allí yo me apaño.

—No seas tonto. ¿Qué más me da llegar en veinte minutos que en media hora? —insistí.

—¿No quieres que vea dónde vives? —Alzó su ceja de nuevo.

—No es eso.

—Pues entonces me bajaré en tu casa.

Mierda. Tendría que explicarle cosas sobre mí que durante las últimas semanas no habían importado en mi vida.

—Oye, ¿y dónde buscarás tu nuevo piso? —le pregunté—. ¿En qué barrio te gustaría?

—Bueno…, donde pueda pagármelo. Quizá en Oporto. Me gusta Carabanchel. Hay una cervecería por allí a la que tengo que llevarte; hacen su propia cerveza y…

Planes. Planes que no sabía si podríamos cumplir.

Emilio insistió en bajar nuestras maletas del coche, pero David le pidió por favor que le dejase a él. Cuando me despedí con la mano y una sonrisa del chófer, me dijo que tendría la edad de su padre.

—No sé a Emilio, pero a mi padre de vez en cuando la espalda le da guerra.

—Eres… —Sonreí.

—Normal —se burló.

Se apoyó en el asa de su maleta y jugueteó, dando puntapiés a piedrecitas invisibles con sus Converse negras. Teníamos que despedirnos.

—Bueno…, ehm…, no soy muy bueno con las palabras pero… gracias —empezó a decir sin mirarme.

—¿Por qué?

—Por el viaje. —Echó un vistazo al portal—. ¿Vives aquí?

—Sí. ¿No te fías o qué? —Sonreí.

—Joder, Margarita… —Silbó—. No sé cómo será el piso, pero el portal parece el hall de un museo.

—No seas exagerado.

Levantó las cejas en un claro intento por decir sin palabras que no estaba exagerando en absoluto. No. No lo estaba haciendo. Aquel portal parecía el mausoleo de una estirpe de ricos terratenientes o algo así.

—Que gracias por el viaje —insistió—. Ni en mis mejores sueños me habría permitido viajar a esos hoteles y a esas islas. Has sido… muy generosa. Sé que para ti, a lo mejor, es algo normal, pero para mí ha sido un lujo. De verdad. Gracias.

—A ti.

—¿A mí? ¿Por qué exactamente?

—Por la compañía.

—Ah… —Sonrió granuja.

—Y por recomendarme tantas canciones. Por el sexo no te pienso dar las gracias.

—Vaya. Fue en lo que más me esforcé.

—Uno no da las gracias por un orgasmo. —Sonreí también, pícara—. Pero si quieres te envío unos chocolates.

—Muy elegante.

Se humedeció los labios. No tenía ganas de irse. Yo quería que se quedara.

—Ehm..., ¿un abrazo de despedida? —Abrió los brazos.

Eché un vistazo alrededor. Bajaba una de mis vecinas, agarrada a su Birkin, con la manicura perfecta, un cardado de peluquería que rivalizaba con las Torres Petronas y con los ojos fijos en nosotros.

—Te va a sonar superesnob, pero ¿te importaría que nos lo diéramos arriba?

—¿En tu casa?

—Baja una vecina.

—¿Y? —Frunció el ceño.

—En este edificio no vive gente para la que un abrazo es una sencilla muestra de cariño. Un abrazo delante de esa señora y mañana salgo en el *¡Hola!*

—¿Finjo que te llevo las maletas? —preguntó.

—¿Estás tonto?

Cogí mi maleta y saqué las llaves del bolso. La vecina salió y se me quedó mirando con bastante descaro. Es algo que no he llegado a entender de esa casta a la que David decía que yo pertenecía: tanta finura, tantos remilgos... para después hacer gala de tan desdeñosa mala educación.

—Buenos días, doña Pitita.

—Buenas tardes, dirás. ¿Vienes de viaje?

—Sí.

—De la luna de miel, me imagino. Muy morenita —me dio el visto bueno—, pero ojo con relajarte que ya has cogido unos kilos. Las jovencitas os creéis que con estar casadas podéis dejaros. Si no te cuidas, te abandonará en un par de años. ¿Este es el afortunado?

—Adiós, señora Pitita.

—Ah, seguramente será el mozo —escuché que se decía a sí misma.

—Tenga cuidado no resbale, señora. Sería una pena que se desnucara con el último escalón —le respondió David.

A la vecina del demonio no le dio tiempo a contestar. Cuando quiso hacerlo, ya estábamos en el ascensor, partiéndonos de risa.

Igual debí plantearme la posibilidad de encontrar a Candela en la cocina preparando patatas a lo pobre o algo así, pero hasta de eso me olvidaba cuando estaba con David. Ni siquiera le había dicho cuándo volvía exactamente.

David alucinó al ver que solo había una puerta en el descansillo, pero no dijo nada. Creo que no quería hacerme sentir incómoda apuntando la diferencia entre el piso en el que él vivía y mi situación. Dejó apartada la maleta y esperó a que me acercara para abrir sus brazos. Me acurruqué entre ellos y sentí... paz. Una paz que no sentía con nadie más.

—Gracias, de verdad —susurró.

—¿Por el sexo?

—Por las mamadas, sobre todo. Se te dan increíble.

—La verdad es que sí.

Nos acomodamos en el abrazo y dejó un beso... ¿en mi mejilla? No. Era mi cuello.

—Pues entonces, bueno..., tendré que darte las gracias por... —empecé a decir.

—¿Por qué?

—Espera. Voy a escoger un único momento que agradecer por todos los demás.

—Me gusta.

Nos apretamos un poco más mientras nos mirábamos, buscando con los ojos la boca del otro.

—Creo que... gracias por esa tarde en la que me hiciste un cunnilingus mientras estaba sentada en el borde de la piscina de nuestra habitación en Miconos.

—¿El día que follamos después en el sillón de la habitación?

—Sí.

—El día que me agarraste del cuello y me lamiste la boca —siguió recordando.

Me escondí en su cuello mientras me reía.

—Fuera de contexto parece una animalada.

—No más que cuando te empujé para que tragaras un poco más mi polla…

—Y después me diste la vuelta para follarme a cuatro patas.

—Y me corrí en tu estómago mientras te masturbabas y me decías…

—… que quería que me lo echaras encima…

Noté su cadera buscándome. A esas alturas yo ya jadeaba con sordina.

—¿Quieres entrar? —le pregunté sin mirarlo.

—Por favor…

Forcejeé con la cerradura y las llaves hasta que la puerta cedió y los dos entramos atropellados en el recibidor. Tiramos a un lado las maletas, dejé caer las llaves en la mesa redonda que ocupaba casi todo el espacio y cuya única tarea era la de lucir un jarrón con flores. Después, literalmente, salté sobre él.

Me recibió cargándome sobre su cadera y buscando mi boca como quien está hambriento y le ofrecen un trozo de pan. Su lengua casi me supo a yogur y miel, como después de cada cena en los últimos días. David sabía ya a algo familiar de lo que, seguro, me costaría desprenderme.

Me dejó en el suelo cuando no supo qué dirección tomar y yo, tirando de su mano, lo llevé hacia mi dormitorio, dejando atrás la sala de estar, el despacho, la habitación de invitados, el aseo y cruzando el salón, la cocina abierta y el vestidor. Pero creo que, si alguien le hubiera preguntado de qué color eran las paredes, David no hubiera sabido contestar. Solo me miraba a mí. Solo tenía boca para la mía. Sus manos solo querían tocarme a mí.

Caímos encima de la cama con él bajo mi cuerpo y con la camiseta a medio arrancar. Nos desnudamos como pudimos, torpes pero sonrientes, para acomodarnos de nuevo conmigo en su regazo. Su boca recorría mis labios, mi cuello y mis pechos mientras yo deslizaba mis uñas entre los mechones de su pelo.

—La última vez… —le propuse.

—Vale. —Como si tuviera que convencerlo—. ¿Tienes condones? Terminamos anoche la segunda caja.

—En la mesita de noche.

—¿Son de él? —preguntó serio.

—Son míos.

Y nunca me han besado con tanta pasión como entonces.

David perdía la paciencia en el momento de desenrollar el látex sobre su polla cuando estaba muy cachondo. Echaba la cabeza hacia atrás mientras dejaba salir un exabrupto de entre sus labios jugosos y jóvenes para después mirar, atropellado, si todo estaba correcto. Aquella vez me pareció más impaciente que nunca y debía estarlo porque, cuando lo tuvo puesto, tiró de mi tobillo hasta colocarme donde él necesitaba que estuviera. Abrí las piernas mientras me retorcía, pero él me giró, me colocó encima y se deslizó hacia el borde de la cama. Se movió tan rápido que ni siquiera me di cuenta de haber cambiado de lugar.

Sus dedos se agarraron a mis nalgas cuando empecé a moverme sobre él, haciendo que entrara y saliera de mi cuerpo. Le gustaba buscar ese lugar donde colisionábamos en una lucha por acoger y desterrar y repartir la mirada entre este, mis pechos y mi boca, pero en esa ocasión buscó mis ojos.

—Me gusta tanto hacerlo contigo… —murmuró.

—¿Vas a echar de menos mi cuerpo?

—Y tu olor —gimió cuando le apreté en mi interior—. Y eso que haces…

—¿Pensarás en mí?

—A todas horas, joder. A todas.

—Contigo haría cualquier cosa —le confesé.

—Vámonos… —volvió a gemir—. Lejos. Que le den por culo a todo. Vámonos donde podamos hacer esto todos los días.

Le agarré la cara entre el pulgar y el índice.

—Quieres a Idoia.

No respondió. Solo soltó mis nalgas y me envolvió por completo con sus brazos, empujando y alejándome a su antojo, como un loco.

—Quieres a Idoia —insistí.

—Quiero follarte hasta que me muera.

Metí mi pulgar en su boca y lo lamió mientras me miraba.

—La última vez —le dije.

—Pues tendrá que ser apoteósica. ¿Preparada?

Se levantó y después caímos de nuevo en el colchón, con él encima. Nos vi en el reflejo de uno de los espejos de la habitación, sudados, desnudos, deslizándonos como dos enormes serpientes que luchan por devorarse.

—Haz que no me olvide de esto —le supliqué.

Se irguió sin dejar de entrar y salir de mi interior y me cogió del cuello con la mano derecha mientras la izquierda lo sostenía sobre mí.

—Puta noche en la que entraste en mi local —gruñó—. Ahora ya no podré olvidarte nunca.

Los dos gemimos como una queja. Lo vi tragar. Vi sus ojos. Cuánta rabia.

—No me mires así —me pidió, apoyándose de nuevo con los antebrazos a ambos lados de mi cabeza—. No me mires así, que me quiero morir.

—¿Cómo?

—Con rabia.

Rabia. Los dos nos mirábamos con rabia porque el amor es precioso, pero no siempre llega como queremos ni cuando toca. Y el amor, el de verdad, el que es libre, divertido, cálido, tranquilizador, sereno, que no huye, que es valiente y desinteresado..., ese mismo amor, cuando no encuentra el lugar, despierta la rabia que vive amordazada en el fondo de tu estómago.

Mira..., esta es la verdad, más allá de aquella despedida en la que prometimos no caer: la gente se enamora y folla todos los días, a cada minuto y, si tienes suerte, llega un amor que le da sentido a todos los anteriores, no porque no fueran amor ni porque una mujer no pueda enamorarse tantas veces como le apetezca. No. Solo porque es la medida con la que cobran sentido cosas que antes era imposible calcular. Llega él o ella y entiendes cómo aprendiste amar, cuáles fueron tus aciertos, tus errores, hasta dónde llegó tu placer, tu codicia, tu amor propio. Y te descubres lloviendo por dentro, partiéndote en dos, arrojando de lo más profundo los sueños que no sabías ni que albergabas, solo para poder compartirlos. Y entra la luz. Y entiendes que lo único perfecto es aquello a lo que no le hace falta aspirar a serlo.

Apoteósico dijo, ¿verdad? Pues no. No fue apoteósico. Apoteósico es el final de ese libro que te deja alucinada o esa canción que te pone la piel de gallina. Es apoteósica tu participación en esa reunión en la que te falta que caigan del techo kilos de purpurina porque has estado espectacular. Apoteósico es un beso que llevas esperando mucho tiempo o la carcajada sincera con la que contestas a alguien que te odia demasiado como para no dar mucha pena. Para aquello, para aquel polvo tendrán que inventar una nueva palabra. En las olimpiadas de los polvos, del sexo bien hecho, del amor encarnado, de los recuerdos más calientes, aquel se llevaría un diez en ejecución, dificultad, duración, fuerza, diálogo e intensidad. Como la pieza de música más melódica de la historia interpretada por la mejor sinfónica del mundo. Como el dulce más delicioso jamás creado mordido por la boca más bella.

Cuando noté que David se arqueaba de esa manera tan suya, yo resbalé abismo abajo hasta encontrarnos a la vez en un alarido de placer que hizo temblar los cristales y los tarros de cremas de mi tocador. Y aún tardamos un par de minutos en parar porque era como si nuestras caderas hubieran iniciado un movimiento que, solo por inercia, no pudiera pararse a nuestra merced. Noté tres réplicas para él, tensándole de la cabeza a los pies; dos para mí. Pensé que tendría que arañarme la piel con saña para desprenderme de las sacudidas de aquel placer.

Y cuando todo paró, el mundo dejó de girar y los dos estallamos en carcajadas.

47
¿Adiós?

David, en ropa interior, intentaba aclararse con los fogones de la cocina y yo lo miraba encantada, envuelta en una de mis batas de seda. Fuera, contra todo pronóstico, se había puesto a llover y a través de los grandes ventanales que daban al Paseo de la Castellana, una de las arterias principales del centro de Madrid, entraba una luz gris preciosa.

Después del mejor sexo (de despedida) de la historia, nos habíamos quedado dormidos en mi cama y, al despertar, se me ocurrió decir que echaba de menos los huevos revueltos de los hoteles…, y a David se le antojó hacerme un desayuno de hotel a las siete y media de la tarde.

—¿Cuántos metros tiene la casa? —quiso saber mientras apartaba los huevos ya batidos para descubrir, por sí solo, que eran fogones de gas—. Ah, coño. Vuelve a estar de moda esto…

—Trescientos —dije con un bostezo.

David me miró de soslayo.

—¿Trescientos metros cuadrados?

—Sí. Es uno de esos pisos que antes tenían habitaciones y cocina para el servicio. Los anteriores dueños lo unificaron todo y después lo compró un arquitecto inglés que lo reformó por entero. Yo se lo compré a él.

—¿Comprado? —Las cejas de David iban a fusionarse con su pelo.

—Sí. —Asentí.

—Vale. —Chasqueó la lengua, intentando que no se le notara—. No voy a preguntar más.

—Pregunta lo que quieras, David, pero no me juzgues por esto.

—Ah, no, qué va. Si ya me habías avisado. Oye…, ¿no tienes el aire acondicionado muy alto?

—Voy a apagarlo un rato.

—O tráeme una bata de esas como la tuya —bromeó.

—Pues estarías para comerte.

—Si vas a comerme como hace un rato, por favor, tráeme también algún reconstituyente.

—No se puede repetir. Recuérdalo.

—Ya, sí. Apaga el aire.

Fui hacia la consola que controlaba el aire acondicionado por zonas y lo apagué de todas en las que estaba activado. Después pasé por el vestidor y saqué otra bata, que le deslicé por encima de la barra, tras la que me senté. Se la puso y me eché a reír.

—¿Estoy guapo?

—Guapísimo.

Removió los huevos en la sartén mientras me echaba un vistazo.

—Se te notan los pezones en la bata y creo que me estoy empalmando.

—Calma…

—¿Me puedo quedar a dormir? —preguntó.

—¿Con qué intenciones?

—Dormir. —Sonrió—. Y comértelo. No lo he hecho antes y me estoy arrepintiendo. El cunnilingus de despedida.

—Eso es sexo de despedida y prometimos que no tendríamos.

—¿Qué más da? —Encogió los hombros antes de sacar un par de cosas más de la nevera y la alacena—. Escucha, ¿por qué tienes tanta comida en la nevera, si llevas dos semanas fuera?

Me puse tiesa y, como si hubiéramos mentado al mismísimo diablo, unas llaves hurgaron en la cerradura.

—¡Me cago en mi vida!

—¿Quién es? —Soltó la espátula, pálido.

No contesté; no me dio tiempo explicar que las dos únicas personas que tenían llaves y que entraban sin dar un par de timbrazos como aviso eran mi hermana Candela y Filippo. ¿Y si Filippo había pensado darme una sorpresa en casa? ¿Y si...?

Solo pude empujar a David hacia la habitación, con el corazón desbocado, pero... era demasiado tarde. La puerta se abrió, alguien entró y me vio lanzarle a través de la puerta doble del dormitorio.

—¿Margot?

—Hola. —Sonreí, con el corazón en la garganta—. ¿Qué tal?

Candela tiró el bolso en el sofá y fue directa hacia mí.

—¿A quién has metido en el dormitorio? —preguntó con las cejas arqueadas.

—A nadie.

—David... —llamó, imperativa—. Sal.

David se asomó. Aún llevaba mi bata puesta.

—Ay... —Candela se rio, tapándose los ojos.

—¿Quieres desayunar? —le propuso este.

No me había dado cuenta, pero... llevaba en la mano la sartén con los huevos revueltos.

Se vistió y colocó las cosas en la isla de la cocina para tres, pero Candela, con tino, rechazó la invitación. Le dijo que solo había venido a cambiarse de ropa y a recoger un par de cosas, aunque yo sabía que era mentira, por eso la seguí hasta el dormitorio de invitados, para que tuviera oportunidad de burlarse de mí, echarme la bronca, llamarme loca o vete tú a saber qué le nacería hacer entonces, fuera del alcance de David.

Me apoyé en la puerta cerrada mientras ella se cambiaba de ropa; la súbita tormenta de verano la debía de haber pillado en plena Castellana, donde hay pocos lugares en los que guarecerse.

—¿De dónde vienes? —pregunté.

—No me habías dicho que llegabas hoy, perra —se excusó mientras buscaba un pantalón entre una montaña que parecía ropa para donar—. Hubiera llamado antes de entrar.

—No pasa nada.

—Si no me has avisado de que llegabas y David está aquí, me da la sensación de que he interrumpido algo.

—Qué va... —Disimulé.

—Se te había hasta olvidado que estoy aquí, ¿no?

—Totalmente. —Me encogí de hombros.

—El sexo consume mucha energía.

Se puso una camiseta que se encontró por ahí tirada, y pareció encontrar los pantalones que buscaba en un rincón de la habitación, donde descubrí que tenía otro alijo de ropa fea y arrugada.

—¿No me vas a decir nada?

—¿Qué quieres que te diga?

—No sé. En lo concerniente a David siempre me estás echando la bronca. Con lo hippy que eres para algunas cosas —la señalé—, has resultado ser muy convencional para otras.

—Ah, no. —Se rio—. A mí no me vengas con esas, que yo creo en el poliamor. Si te echaba la bronca era porque acababas de conocerlo y podía ser un psicópata.

—¿Y cuando te dije que nos estábamos acostando...?

—Me preocupé por tu integridad emocional. Pero yo no voy a juzgarte. No soy Patricia. Ni mamá.

—Pero...

—Pero soy mayor que tú y, como comprenderás, tenía reparos. Lo que vale para mí no vale para ti, porque necesito dos puntos extras de seguridad. No tememos tanto por uno mismo como por quien queremos. Eres mi hermana pequeña. Es así. Pero…, bueno, veo que has vuelto sana y salva y me dijiste que habíais concretado la vuelta como el final de esta historia, por lo que sé leer entre líneas y os dejo la casa para que os despidáis bien.

—No, tranquila, que ya… —Sonreí como una tonta.

—Qué asco, Margot. —Se rio—. Eres una pervertida. Pobre chiquillo.

—Igual mañana me tienes que ayudar a deshacerme de su cadáver.

Nos echamos a reír.

—¿Y Patricia? —le pregunté.

—Tú por eso no te preocupes ahora.

—¿Y tú? ¿Cuándo vuelves?

—Ya hablaremos mañana. —Me dio un beso en la mejilla.

—¿Dónde vas a dormir?

—Pues en el salón de baile del *Titanic*. —Al ver mi expresión se echó a reír—. En casa de Lady Miau.

—Quédate, Candela. Da igual…, no te vayas a casa de mamá. Estaremos en mi habitación calladitos. Te lo prometo.

Candela sonrió y me apartó un mechón detrás de la oreja.

—Ese es tu problema, Margot. Siempre has querido contentar a todo el mundo y, ¿sabes?, es imposible. Al final, todos tienen sus movidas y tú…, tú ni siquiera sabes cuáles son las tuyas.

Me apartó de la puerta y salió a asomarse a la cocina, donde David miraba hacia la ventana.

—Adiós, David.

—¿No te quedas?

—Qué va. Mi biorritmo ahora mismo no está para desayunar.

—Nos vemos, entonces.

—Portaos mal. Y haced ruido. —Le guiñó un ojo.

—¿Qué dice? —me preguntó guasón, señalándola.

—Ni caso —le advertí.

Candela se deslizó por la puerta y desapareció cerrando con sigilo, como si nunca hubiera estado allí interrumpiendo una escena que poco tenía que ver con la despedida que tendríamos que estar armando. Era como cuando dejas los deberes para última hora. Como cuando te da miedo quitarte la banda de cera y la dejas más tiempo. Como cuando te das cuenta de que te romperá el corazón y lo retienes un rato más, alargando el suplicio.

Unos huevos revueltos, café, tostadas con aguacate y algunas galletas después, David y yo volvíamos a estar en la cama. Y menos mal que Candela decidió marcharse.

Despertar a David me dio mucha pena. Si lo pudieras ver dormir, también te daría pena. Era como un crío que aún necesita dormir mucho para crecer. No es que no hubiera dado el estirón, es que parecía tan inocente...

—David... —Le besé el cuello, arrodillada junto a su lado de la cama—. Tienes que levantarte.

—¿Qué hora es? —preguntó con los ojos cerrados aún.

—Las siete y media.

—Margot...—se quejó—, pero si aún no habrá ni amanecido.

—David... —Me senté a su lado y le pasé por delante una taza de café con mucha leche, como a él le gustaba—. Tienes que levantarte. En media hora llega Isabel y no quiero que te vea aquí.

—¿Quién es Isabel?

—Se ocupa de la casa. Y conoce a Filippo.

Se incorporó y pestañeó antes de frotarse los ojos con el puño.

—Vale, vale. Ehm…, ¿eso es para mí?

—Sí. —Le sonreí dándole la taza—. Perdona por el asalto.

—¿Qué dices? —Sonrió—. Es tu casa. Es normal.

Le dio un sorbo al café, me dio un beso en la boca y se levantó. Ambos nos quedamos parados.

—Tendré que dejar de hacer esas cosas —murmuró.

—Ehm, sí. En realidad, sí.

—¿Me da tiempo a darme una ducha? —preguntó señalando el baño.

—Claro. Oye…, te ha estado sonando el móvil esta noche. Mensajes, creo.

—No jodas. Creía que lo tenía sin sonido.

Se acercó a la mesita de noche y consultó el móvil. Estaba justo frente a mí. Recién levantado, despeinado, ojeroso, monísimo y con una parte de su cuerpo más despierta que las demás. Se la recolocó con cierta incomodidad y después me descubrió mirándolo.

—No puedes tener ganas de más. Es físicamente imposible. —Sonrió.

—No tengo ganas de más.

—Ajá. Ya. —Volvió al móvil—. ¿Quieres ducharte conmigo?

—Sí. —Asentí con vehemencia—. Pero no voy a hacerlo.

Me miró de soslayo.

—Podemos ducharnos sin que pase nada.

—Sí, ya —me burlé.

Dejó el móvil de nuevo en la mesita de noche y fue hacia el baño. Menudo culo…

—¿Algo importante? —quise saber.

Había pasado media noche despierta, pensando en si sería Idoia quien le escribía a las tres de la mañana con tanta insistencia y resistiéndome a levantarme para averiguarlo. Pero tenía que desprenderme del celo. Tenía que desprenderme de todo lo que tuviera que ver con David.

—No. Nada. Ahora te cuento.

Saqué unos bollos del congelador y los calenté en el horno. Cuando David salió con el pelo mojado y vestido, no tardó ni dos segundos en meterse uno en la boca.

—¿Qué haces este fin de semana? ¿Tienes planes? —me preguntó.

—¿Arreglar mi vida es un plan?

—No. Es un marrón. —Sonrió—. ¿Y si te ofrezco uno?

—Igual no debería aceptarlo.

—Como amigos.

—Me conozco tu «como amigos» —farfullé.

—Venga, mujer. El plan no puede ser más inocente. —Me enseñó las palmas de las manos—. Es el cumpleaños de una de mis mejores amigas. Con todo esto del viaje se me había olvidado por completo. Ha organizado una barbacoa este fin de semana en casa de sus padres.

—Suena tan *teenager* que creo que tengo que decir que no.

—Pasaremos el fin de semana en el pueblo. Hace menos calor, sus padres tienen piscina y mis amigos son gente divertida.

—No conozco a nadie, David.

—Seguro que les encantas, como a mí. —Sonrió—. Venga... déjame enseñarte un poco más de mi vida. Si vamos a ser amigos, tienes que conocer al resto de la pandilla.

—¿Y tú puedes ir invitando a gente así tan alegremente?

—Somos gente muy abierta. Venga. Sus padres tienen una casa con doscientas habitaciones.

—Pero... ¿estarán?

—¡Qué va! Los padres de Cristina tienen un bar y hasta que lo cierren en agosto no se mueven de Madrid. Venga..., será divertido.

—No sé, David.

Cogió el móvil del bolsillo y se puso a escribir.

—Le acabo de decir que iré con una amiga, así que ya no puedes echarte atrás.

—¡David! —me quejé.

—A lo loco.

—Decidimos no vernos en un mes cuando volviéramos.

—Pues el mes empieza el lunes. Ale. Me voy. —Se acercó, con el bollo mordido en la mano, y me miró—. Voy a darte el último beso, ¿vale? Para que te pases el día arrepintiéndote de no haber entrado a frotarme la espalda en la ducha.

—Ni se te ocurra. —Le sonreí.

Sus labios estaban dulces y pegaron a los míos algún grano de azúcar que rescaté y saboreé después con la lengua.

—Adiós.

—¿Y tú no trabajas este fin de semana?

—Pues no. —Se volvió hacia mí mientras se colocaba la mochila y cogía la maleta—. Porque voy a mandar el pub a tomar por culo.

—Cuánto daño te ha hecho este viaje —bromeé—. Te has aburguesado.

—Vete a cagar, princesa.

Guiñó un ojo. Se fue. Le eché de menos incluso antes de que cerrara la puerta.

48
Arreglar el desastre

¿Por dónde empezar? ¿Por dónde comenzar a enmendar los errores encadenados que llevaba cometiendo desde años atrás? ¿Llamar a Filippo? ¿Pedir una reunión con el Consejo para informarles de que ya estaba de vuelta y que pensaba reincorporarme INMEDIATAMENTE porque tenía el treinta y siete por ciento de las acciones de la empresa y me salía del toto? ¿Vender las acciones y largarme a vivir a mi pisito de Londres? ¿Vender también el pisito de Londres y pasarme la vida con David en una playa?

Empecé por la maleta. Era una salida cobarde, pero también reclamaba mi atención. Isabel alucinó cuando llegó y me vio poniendo una lavadora. No es que sea una de esas tías a las que se les caen los anillos por hacer una tarea doméstica, es que normalmente no tenía tiempo de hacerlo (aunque, ya lo sé, hay tiempo para todo si una se organiza).

—Pero, Margot, deja eso, ahora lo hago yo.

—No, no, Isabel. Tómate un café, yo sigo. Necesito una tarea que me mantenga ocupada un rato mientras pienso.

—Pero…

—Sin peros.

Candela llegó a media mañana, horrorizada. Nuestra madre volvía a hacer ayuno y quería que lo hiciera con ella porque «ya se sabe, las mujeres tenemos que mantenernos siempre mejor que los hombres, para que no nos dejen».

—En serio…, si estuviéramos en la Edad Media le diría a la Inquisición que la he visto invocar al diablo. Qué dañina es... —se quejaba.

—Es una retrógrada machista y simplona, pero déjala estar. ¿Te ha preguntado por mí?

—Bueno, me ha preguntado si creo que Filippo podrá perdonarte la tontería esa que tienes, y ha comentado el error que fue dejarte estudiar tanto.

Bufé. Me apeteció muchísimo presentarme en su casa con David y morrearlo encima de su mesa Luis XVI, tan horripilante como los sillones a conjunto.

—¿Has hablado con Filippo? —quiso saber Candela.

—Voy a pasar el fin de semana fuera —dije cambiando de tema.

—¿Dónde?

—En un pueblecito.

Candela me miró arqueando una ceja.

—¿Y dónde está ese pueblo?

—Ni idea. Creo que en la provincia de Ávila.

—¿Con David?

Hice un mohín con el que le pedí, por ondas cerebrales, que no me juzgara.

—Vale. Vístete, anda. Vamos a ver a Patricia.

Vale. Pues la lista de tareas iba a comenzar por ahí.

Mi hermana Patricia vivía en un chaletazo al norte de Madrid, de esos que parecen sacados de un programa de decoración americano. Tenía buhardilla, donde Alberto y ella compartían un precioso despacho con vigas de madera y tragaluces que en invierno se llenaban de nieve; sótano acabado, con sala de juegos, lavadero y gimnasio, y dos plantas en las que se repartían cinco dormitorios y seis baños. Y en esos lares, ella reinaba como la princesa de *Frozen. La reina del hielo*: cariñosa, adorable, guapa, pero que no se te olvidara que de un gesto podía congelarte las entrañas.

Nos abrió una chica que no conocíamos. Como mamá, Patricia cambiaba el personal de servicio constantemente. Le pasaba igual con las niñeras. A veces se obsesionaba con cosas tontas, como que le robaban suavizante de la ropa o que Alberto las miraba mucho. Era absurdo, pero Patricia tenía la desgracia de haber heredado algunos genes más de la familia de mamá y, de la misma forma que le habían brindado una belleza espléndida, también habían dejado tontuna a su paso.

La encontramos en la cocina, tomando café rodeada de papeles con esbozos de piezas para su colección de joyas y el ordenador con su página web abierta.

—Mira a quién te traigo —le dijo Candela.

—Ah, hola —me saludó con frialdad, mientras daba vueltas con una cucharita a su café—. Ya has vuelto.

—Mujer, estoy en tu cocina y aún no tengo el don de la ubicuidad, pero dame un par de años de práctica.

—Ja. Ja. Ja —añadió seca, sin mirarme.

—¿Pasa algo?

—Un honor que te hayas dignado a venir por aquí.

—Pero ¡tía! —me quejé.

—Tú sabrás.

Seis meses antes, Margot hubiera tenido dos opciones: marcharse o arrodillarse para que la reina Patricia la perdonara con un toque de su cetro en la frente. Sin embargo, fui consciente de que huir o agachar la cabeza nunca me había traído cosas buenas.

—Patri, estás molesta porque no te he devuelto las llamadas, me hago cargo. Pero necesitaba ese tiempo.

—Y yo necesitaba a mi hermana.

—Y tenías a Candela —añadí aparentando tranquilidad y sentándome a su lado—. Si ella hubiera tenido que volver, habría encontrado la manera de no dejarte sola, pero… necesitaba salir de aquí. Respirar. Pensar.

Me miró de reojo.

—Me piré corriendo de mi boda, Patricia —le recordé—. Y a lo mejor no ha sido justo evitarte durante estas dos semanas, pero…

Suspiró y colocó su mano sobre la mía.

—¿Eso es que me perdonas? —Sonreí mirando sus perfectos dedos sobre los míos.

—No. Eso es que me da pena todo el asunto de la boda.

Miré a Candela de reojo y ambas sonreímos.

—Mira, Patricia, esto es más fácil de lo que creemos: tú estabas con tu movida y yo con la mía. Ni la tuya es más importante ni la mía merece más atención. Simplemente, cada una necesitaba centrarse en sus mierdas.

—Tengo tres hijos —gruñó.

—No voy a entrar en una competición por cuál de las dos está más jodida —le advertí—. Pero si te apetece contarme lo que está pasando de verdad…, si te apetece contárnoslo a las dos, estaremos a tu lado.

—No hay nada que contar. —Miró fijamente a la nevera.

—¿Seguro?

—Me has llevado por todo Madrid persiguiendo detectives —apuntó Candela.

—¿Al viejo también lo habéis seguido? —dije sin disimular mi sorpresa.

—¿Cómo sabes que he cambiado de detective?

—Candela me mantenía informada con mensajes —mentí un poco—. Como si fuera una agencia de comunicación. Era Candela Reuters.

—¿A ella sí la atendías? —Me lanzó su mirada de hielo—. Porque a mí no es que no me respondieras las llamadas, es que ni siquiera me contestaste un mensaje.

—No me respondía —mintió Candela.

Saqué el móvil del bolso, entré en nuestra conversación de WhatsApp y se la coloqué delante para empezar a leer en voz alta los últimos mensajes:

—«Margot, llámame, estoy mal». «Margot, llámame». «Margot, ¿cuándo vuelves?». «Margot, aquí están pasando cosas, ¿sabes?». «Margot, qué egoísta».

Patricia me lanzó una mirada.

—Si lo lees así parezco una zorra.

—Pareces una persona obsesionada con su situación que no se ha dado cuenta de que, a veces, los demás necesitan espacio para sus cosas. Para pensar. Para respirar.

Se apoyó en el puño, mirándonos a las dos.

—No soy una zorra.

—No —dijo Candela aguantándose la risa—. Pero estás haciendo cosas superlocas hasta para nuestra familia.

—A lo mejor —concedió.

—Patricia, ¿qué pasa?

Se irguió y se levantó de la banqueta.

—Vamos al jardín.

El chalet de Patricia no tenía mucha parcela, pero sí la suficiente como para lucir un jardín perfecto, precioso, una pérgola que servía como lugar de reunión las noches de fin de semana en verano y un pequeño invernadero, donde Patricia fingía cuidar algunas plantas que todo el mundo sabía que subsistían gracias al jardinero. Y justo a ese pequeño espacio acristalado nos llevó. Olía a tierra húmeda, a flores y a verano. Me recordó a David.

Candela se sentó sobre unas macetas vacías y yo me apoyé en un banco repleto de orquídeas pochas.

—Patri..., estas están a un pasito de la tumba, ¿eh?

Cuando me volví a mirarla, estaba encendiéndose un pitillo.

—¿Qué haces? —grité.

—Fumar —me anunció.

—¿Escondes el tabaco en el invernadero? —Candela se descojonó.

—Sí. Y vengo a fumar cuando odio mi vida. ¿Es un pecado?

Las dos negamos con la cabeza y las manos al ver la furia con la que hablaba.

—A ver… —decidí coger el toro por los cuernos—. ¿Sigues con la paranoia de que Alberto te engaña?

Negó con la cabeza mientras, con los brazos cruzados, echaba el humo de una calada. Tenía los ojos vidriosos.

—Si es que ya tiene pruebas de más de que eso no pasa. Lo único que le podría preocupar, a juzgar por las fotos y el informe del detective, es que come fatal. En serio, Patri. Tu marido tiene que tener mayonesa en las venas.

Me eché a reír sin poder evitarlo. Me pareció que Patricia también se reía, pero al mirarla otra vez vi que sofocaba un sollozo.

—Pero ¡¡Patricia!!

Patricia NUNCA lloraba.

—¿Qué pasa? —se asustó Candela—. ¡Tía, llevo contigo dos semanas ¿y esperas a que venga la tránsfuga para llorar?!

—Mira que eres celosa. —Le lancé una mirada—. Típico de la hermana mediana.

—Cómeme el papo, que también lo tengo mediano.

—En serio, eres adoptada.

Me acerqué a Patricia e intenté abrazarla, pero me apartó. En nuestra familia no se abrazaba mucho. Me sorprendí pensando en qué haría David en una situación como aquella. Arrastré una maceta vacía, le di la vuelta y la obligué a sentarse. Después hice lo mismo con otra, cogí su paquete de tabaco y me encendí un pitillo. Qué asco. Tosí. Ella me miró con los ojos abiertos de par en par.

—¿Qué haces?

—Eso digo yo —añadió Candela, acercándose.

—Crear un clima de intimidad. Venga. Cuéntanoslo. Si ya sabes que Alberto no te engaña…, ¿qué es lo que pasa?

Patricia desvió la mirada y una lágrima gorda, cristalina y preciosa le cruzó la cara.

—Pues eso… —dijo con la voz estrangulada—. Que no me engaña.

Candela y yo nos miramos confusas. Me acordé de lo que dijo David cuando le conté todo aquello.

—Patricia, ¿quieres a Alberto?

Nos miró y dio otra calada.

—Lo quiero, pero…

—¿Pero…?

—Si me engañase, todo sería más fácil.

—No estoy entendiendo nada… —farfulló Candela.

—Shhh. Calla. —Le pegué con el puño en una pierna—. Patricia…, dilo. Somos nosotras. Somos lugar seguro.

Patricia suspiró de tal manera que casi dejó sin aire el invernadero.

—Hace años que esto no va bien.

—Esas cosas pasan.

—Mamá me dijo que teníamos que ir a terapia conjunta, que ella va con Lord Champiñón.

—Esto es surrealista. —Candela escondió la cara para reírse.

—El caso es que, bueno, fuimos. El pobre Alberto iría donde le dijera. Está loco por mí…

Hostia…, cómo están las cabezas.

—Entonces ¿cuál es el problema?

—El problema es que me di cuenta de que yo no quiero esta vida. Que la quería, pero… ya no.

—Pues te separas.

—Tengo tres niños.

—Y yo tres canas en el coño —añadió Candela.

—¡Cande, por Dios! —me quejé—. Patri, no serás la primera ni la última que se separe teniendo hijos. Alberto es un buen hombre y te quiere lo suficiente como para entenderte si tú se lo explicas.

—Es que… —Patricia sollozó—. Es que…

—Es que… ¿qué?

Nos miró horrorizada.

—Se llama Didier.

Levanté las cejas.

—Didier…

—Didier le da clases de tenis a Santiago. —Santiago es mi sobrino mayor—. Es de Marsella. Tiene veinticuatro años y… nos queremos.

Candela dejó escapar una carcajada contenida a la vez que yo soltaba un exabrupto.

Patricia tardó unos veinte minutos en desahogarse. Y lo hizo a fondo. Jamás creí que escucharía a mi hermana diciendo cosas como «me pega unas folladas en el cuarto de las basuras del Club de Tenis que me pone los ojos del revés», pero, oye…, así es la vida. Que si habían conectado. Que si la hacía reír. Que si le había devuelto la ilusión por la vida. Que si había entendido lo equivocada que estaba en lo que concierne al amor. Que si fíjate qué escándalo.

Candela y yo tardamos unos veinte minutos más en explicarle que los escándalos, como el que te largues de tu boda corriendo, terminan muriendo en la boca de la gente que no tiene más vida que la de los demás. Ya lo dijo ella cuando lo de mi boda. Además, en cualquier caso, más vale un escándalo que marchitarse en una relación que no te hace feliz.

¿Y qué si nuestra madre iba a poner el grito en el cielo? ¿Y qué si era la comidilla del Club? Lo único que importaba era que asumiera las cosas y no hiciera más daño a su marido.

—Alberto va a ser el hazmerreír y… Yo lo quiero. Lo respeto. Pero es que no he podido contenerme. No he podido, lo juro —dijo llorando desconsolada.

—Tómate tu tiempo —le aconsejó Candela.

—Perdónate.

Candela fue hasta la cocina y trajo una botella de vino y un paquete de galletas saladas que tenían toda la pinta de ser de Alberto, que, seguramente, ya se olía todo lo que estaba pasando en su casa y había encontrado en los hidratos de carbono un refugio seguro.

Pasamos un par de horas allí, bebiendo, hablando, frivolizando y riendo, convencidas de que quizá nuestra madre era un castigo, pero nos había regalado lo más grande de la vida dándonos las unas a las otras. Y al final, sin darme mucha cuenta, quizá por la calidez del vino tinto en la lengua, me escuché contándole a Patricia una historia que podría reconocer muy bien:

—Se llama David, tiene veintisiete años y me ha descubierto que la vida es preciosa.

Nunca me sentí más arropada… salvo cuando estaba con él.

49
Arreglar el desastre (II)

—Por eso estaba tan obsesionada con descubrir si Alberto le estaba siendo infiel infiel. Necesitaba quitarse la culpa. —Suspiré—. Qué valores de mierda nos han inculcado. Así es imposible ser libre.

—Pobre... —escuché decir a David al otro lado del teléfono—. Qué jodido es el tarro.

—¿Qué?

—Que la cabeza nos juega muy malas pasadas —se explicó—. Entender que nuestro peor enemigo somos nosotros, a veces nos lleva una vida entera. Espero que se anime a dar el paso. ¿Tú crees que Didier querrá realmente tener una relación si ella lo deja todo?

—Pues desde luego ella cree que sí, pero... tiene veinticuatro años. No sé si todo esto le va a sobrepasar.

—¿Y va a hablar con los dos? Con su marido y con el amante, quiero decir.

—Eso dice, pero que tiene que ordenar sus ideas primero.

—Yo creo que el marido ya se lo imagina.

—Pobre Alberto —musité, apenada.

Llamaron al timbre y me levanté de un salto.

—¿Esperas visita? —preguntó David.

—Qué va. No serás tú, ¿no? —Sonreí como acto reflejo.

—Ojalá. Estoy currando. —Y por cómo lo dijo, sé que sonreía también.

Eché un vistazo por la mirilla y me sorprendió ver a un mensajero. No distinguía lo que traía.

Abrí.

—¿Margarita Ortega?

—Sí.

—Firme aquí.

Un ramo. Un ramo gigantesco, precioso, espléndido, de un rosa pálido conjugado con blanco y verde. El corazón se me aceleró.

Le di las gracias al mensajero y me quedé con el ramo en los brazos y el teléfono en la oreja. Me daba miedo preguntarle a David si era cosa suya por si no lo era y hacía el ridículo. Me daba miedo que fuera suyo y no decirle nada. Me daba miedo que fuera de Filippo.

—¿Qué te ha llegado?

—Un ramo —contesté cerrando la puerta.

—¿Un ramo? —pareció sorprendido—. ¿Y lleva nota?

La cogí, apoyé el ramo en la mesa del recibidor y saqué el sobre con dedos torpes. Sí, había nota, pero nadie la había firmado.

«Through the storm, we reach the shore».

—«A través de la tormenta, alcanzamos la orilla» —traduje en voz alta.

—¿Y nada más?

—No.

Nos quedamos callados. Tragué.

—Te dejo, ¿vale? —dijo David con un tono extraño—. Necesito las dos manos para anudar unos ramos.

—Vale.

—Te veo mañana. Te mando luego un mensaje cuando sepa a qué hora pasaremos a recogerte.

—Bien.

—Genial.

Los dos callamos de nuevo.

—Adiós —dije mirando el ramo y con la nota aún en la mano.

—Adiós.

Llamaron de nuevo al timbre. Pero…

Abrí sin echar un vistazo por la mirilla. No sé por qué, albergaba la tonta esperanza de que fuera David y que, al abrir, me dijera alguna sandez de las suyas, algo terriblemente sensible disfrazado de una gilipollez. Pero no. No estaba allí.

Allí estaba Filippo. Camisa blanca arremangada. Bronceado. Un botón por abrochar y el vello claro de su pecho asomándose, como una promesa. Las eternas piernas enfundadas en un pantalón chino azul marino. Su cabello rubio peinado, controlado. Sus ojos más azules que nunca.

—Hola —musitó—. ¿Acabas de volver? Me dijo mi secretaria que Sonia le comentó que volvías hoy.

—Eh…, no. —Pestañeé—. Regresé esta mañana. —No quise dar más detalles.

—¿Puedo pasar?

—Claro.

Se quedó mirando el ramo y por un momento casi le escuché decir: «¿Te ha gustado?». Pero no.

—¿Y este ramo? —me interrogó.

—No sé. Lo acabo de recibir.

—¿Y quién te lo manda?

Esperé ver en sus ojos el brillo que me asegurara que era cosa suya, pero parecía genuinamente sorprendido. Ese ramo no era un regalo suyo. Con lo que…

—Será cosa de Isabel para cambiar este, que empieza a estar pocho. —Me guardé la tarjeta en el bolsillo—. ¿Quieres tomar algo?

—¿Un vino? —me preguntó con una sonrisa tímida.

—Un vino, perfecto. —Le devolví la sonrisa—. Ponte cómodo. Estás en tu casa.

—En realidad siempre ha sido solo tuya.

Bueno…, cómo veníamos.

—Creí que eso te gustaba de mí. Que quisiera mantener cierta independencia. Que no sintiera la necesidad de tenerlo todo a medias contigo.

—No es que me gustara o no. Es que lo entendía. Eres la heredera de un imperio hotelero. Entendía que nuestro matrimonio no fuera…, ¿cómo se dice…?

—Con bienes gananciales. —Rodeé la isla, alcancé una botella de vino de la vinoteca y cuando cogí el abridor de un cajón recordé a David, nervioso, abriendo aquella botella en Santorini, antes de besarme por primera vez.

Me quedé como atontada y olvidé pedirle a Filippo (por enésima vez) que no se refiriera a mí en esos términos; principalmente porque Patricia seguía siendo la dueña del diecisiete por ciento de la empresa y, de manera complementaria, porque me hacía sentir un parásito social que no se había ganado su puesto. En lugar de eso, tuve que esforzarme por borrar la escena de cristales rotos y besos con lengua que se estaba reproduciendo en mi cabeza, directa de la memoria.

—¿Qué tal estás? —conseguí preguntarle.

—Muy solo sin ti.

Levanté la mirada. La rotundidad de la belleza de Filippo me golpeó en la frente. Era sólido, como una robusta efigie esculpida hace mil años. Guapo, enorme e imponente. El Iron Man de los novios, había dicho David; francamente, a su lado este parecería el protagonista de una película sobre los reyes del baile. Guapo... pero joven. ¿Demasiado?

—Estás muy guapo —le dije, apartando la mirada.

—He descansado. Y tomado el sol. No he hecho mucho más que nadar, pensar en ti y dormir.

—Algo más habrás hecho. —Sonreí con tristeza.

—Me emborraché un par de veces, es verdad. Pero ¿quieres saberlo todo, incluso si quedo en ridículo?

Cogí dos copas del armario y las deslicé por la barra. De pronto estaba tan triste…

Serví el vino y me senté en una de las banquetas, frente a él.

—¿Brindamos? —le pregunté.

—Por la verdad.

Hostias. Mira, justito por lo último que me apetecía a mí brindar. Choqué con suavidad el cristal de mi copa con la suya.

—¿Qué tal tu viaje?

—No sabría decirte —confesé.

—¿No ha sido esclarecedor?

—A ratos. Otros…, creo que en lugar de conocerme más, he hecho el viaje a la inversa.

—Dicen que cuanto más nos conocemos, más vacíos nos quedamos.

—Pues deben de tener razón.

Filippo alargó la mano y buscó la mía. Miré sus dedos largos y bronceados. Tenía unas manos cuidadas, elegantes, suaves…, como las de un hombre que no las ha castigado más que navegando en verano.

—¿Por qué? —musitó.

—Filippo…

—Necesito saberlo.

—Sé cuánto te ha tenido que costar tragarte tu orgullo para venir a preguntarme eso, pero...

—No es una cuestión de orgullo.

—Te dejé plantado en el altar delante de quinientas personas. Si no fuera una cuestión de orgullo, me preocuparía.

—De verdad, ¿por qué? —Y su acento, suave y nostálgico, me obligó a preguntármelo también a mí por enésima vez.

—Quizá no haya un motivo. Quizá solo... todo me vino grande.

—¿Qué es «todo»?

—Pues... —Cogí la copa por el pie—. Aquella gran boda perfecta, las exigencias con las que yo misma me obsesioné y mi idea de que..., bueno, de que no soy gran cosa para un tipo como tú.

—Eso está solamente en tu cabeza.

—Es posible, pero está en mi cabeza. Asumirlo es el primer paso. —Di un sorbo. Me costaba mirarle a la cara, me sentía sumamente avergonzada. Hacía apenas veinticuatro horas había estado haciendo el amor con otro chico en nuestra cama. Aunque, ¿era nuestra? Era mía. De eso al menos estaba segura—. Dime una cosa, Filippo..., ¿tú eras feliz conmigo?

—Claro que era feliz contigo. ¿Cómo si no iba a pedirte que te casaras conmigo?

—¿No cambiarías nada de lo que teníamos?

—¿Teníamos? Margot... —Habló tan inseguro que no parecía él.

—Lo digo de verdad. ¿No cambiarías nada de cómo era?

—¿A tu madre?

Los dos sonreímos. Escuché mi móvil vibrar sobre la mesa del recibidor y me pregunté si sería Patricia con novedades.

—Si me preguntas eso es porque has llegado a la conclusión de que tú no lo eras —contraatacó.

—No. Yo era feliz contigo, Filippo. —Lo miré por fin—. Pero no lo era conmigo, creo. Me sentía muy pequeña a tu lado. Creo que sigo sintiéndolo.

—¿Qué necesitamos cambiar, Margot? Dímelo. Porque he pasado cosa de un mes sin ti y, sinceramente, no quiero imaginar cómo sería de por vida. Y sé que he sido duro contigo y con lo nuestro, y soy consciente de que te he dicho cosas para hacerte daño..., como aquello de que eras mi «ex» cuando nunca, a pesar de todos mis esfuerzos, he podido dejar de pensar en lo mucho que te amo…

En serio…, las conversaciones de pareja con un italiano son sumamente complicadas.

—Filippo…, ¿y si yo no soy así?

—¿Así cómo?

—Así como era. Así, muerta de miedo; así, siempre preocupada por la opinión ajena.

—Sí eres así. —Sonrió—. Otra cosa es que quieras dejar de serlo porque no te hace feliz. Pero para eso estoy, ¿no? Para completar esos pedazos de ti que se resisten a permitirte ser feliz. Para eso estás tú también, ¿no? Para hacerme mejor. Así son las parejas. Un puzle que se complementa.

Lo miré sin saber qué decir.

—Cuéntame…, ¿qué has hecho en Grecia?

Hacer el amor. Sentirme libre. Caminar por la playa casi desnuda. Reír a carcajadas.

—Lo típico —contesté.

—Diste un paso muy importante al irte sola.

Mi malvada interior puso los ojos en blanco y se rio con sordina. La Margot normal se puso roja hasta las orejas.

—Bueno. Ehm…, ¿y tú?

—Eso ya me lo has preguntado. —Sonrió—. Estás nerviosa. Tranquilízate, Margot…, soy yo. Solo dime… ¿qué quieres? ¿Cómo quieres arreglar esto?

Filippo era un hombre bueno; eso lo sabía casi desde que lo conocí. Era atento, cariñoso, comprensivo. Sin embargo, nunca, jamás, lo habría imaginado volviendo y preguntándome aquello después de que le dejase plantado en el altar. Era orgulloso, un poco altanero…, clásico hasta la médula en cuestiones de familia. Quizá…, quizá ese plan que David esbozó para que recuperara a Filippo en realidad había consistido más bien en convertirme en alguien más libre; quizá eso había asustado a

Filippo hasta el punto de creer que podría dar pasos sin necesitarle en absoluto. Pero… ¿es el amor, al fin y al cabo, necesidad? ¿O algo mucho más grande?

Hacía años que me había resignado ante la idea de que, para él, mi trabajo era un obstáculo para crear la familia que deseaba. Filippo quería tres o cuatro hijos, los veranos en Italia y retirarse, a poder ser joven, en la Toscana. O en Málaga, decía a veces. Pero se enamoró de mí y asumió que eso quizá no llegaría jamás porque no dejaría mi trabajo ni decidiría reducir mi horario y, después de mi experiencia vital, tampoco consentiría que otra persona criara a mis hijos por mí. Se conformó con una versión light de su sueño: un par de hijos como mucho y viajes exprés a ver a su familia, en los que yo viajaría con mi ordenador y mi teléfono de trabajo.

Quizá, cuando pensaba que Filippo era demasiado orgulloso como para superar aquello, no me paré a pensar en que ya había dejado atrás algunos sueños por mí y que haría más concesiones para no perderme.

Todo eran quizás. No tenía certezas. ¿Y yo? ¿Qué quería?

—¿Y si no quiero tener hijos? —le pregunté.

—¿No quieres?

—No lo sé. —Me encogí de hombros—. Ahora no.

—Vale. —Asintió—. Lo hablaremos. Podemos congelar óvulos y pensarlo más tarde. No pasa nada.

—En todo caso, los congelaré yo —le respondí suave—. El plural en una pareja no sirve para todo.

—Vale. —Posó sus dos grandes manos sobre el mármol de la isla—. Estamos llegando a un punto muerto. Quizá…, quizá estamos entrando en materia demasiado rápido. Quizá necesitas aterrizar mentalmente antes de hacer esto.

Bebí otro sorbo.

—¿Y si nos vemos el lunes? —propuso—. Cenamos en ese restaurante que te gusta tanto, en el de Velázquez…, y hablamos. Piensa durante estos días cómo quieres que sea tu vida, cómo nos ves en unos años. Encontraremos el camino.

—Si te digo la verdad... —empecé a decir—, nunca creí que después de lo que hice estarías tan abierto a la reconciliación.

—Eso es porque nunca te llegaste a creer que estoy locamente enamorado de ti. —Se puso en pie—. Me voy. ¿Me acompañas a la puerta?

—Claro.

Parecíamos el punto y la i, como solía llamarnos Candela. Él rozaba los dos metros y yo medía un corriente metro sesenta y cinco. Me hizo gracia imaginarnos desde fuera y sonreí.

—Estás diferente —me dijo cuando llegamos a la puerta—. Es increíble que solo haya pasado un mes. Parece que has estado de retiro en la India un año.

—Ahora te estás burlando de mí. —Sonreí.

—No. Es verdad. Estás diferente. Como si hubieras, no sé, crecido.

—Sigo siendo un tapón a tu lado.

—Pero eso nunca fue un impedimento.

Casi no tuve tiempo de pensarlo. En lo que duró un pestañeó, Filippo me estaba besando. Y no voy a mentir: su beso sabía a casa, a amor, a sueños, a una vida que yo aún quería tener, a caballo entre mis aspiraciones y sus anhelos. No podía echarlo todo a perder.

Cuando el beso terminó, sentí una calidez en el pecho que me recordó tantas cosas... Nuestro primer beso, aquel viaje que hicimos a París, los domingos por la mañana, cuando me presentó a su familia, la casa de nuestros sueños, la ilusión con la que planeamos nuestra luna de miel, sus manos en mis caderas cuando hacíamos el amor, la comida vietnamita de los jueves...

—Reservo mesa para el lunes, ¿bien? —Sonrió. Tan guapo. Tan perfecto...

—Sí.

—Hasta el lunes.

Esperé a verlo desaparecer dentro del ascensor para cerrar la puerta y cuando lo hice, me agarré instintivamente el pecho con una sonrisa. Filippo me hacía sentir segura, tranquila, en casa, sin miedo. Era un protector. Era la calma.

Cogí el móvil de camino a la cocina y lo consulté. Antes de llegar a la encimera donde habíamos dejado las copas de vino a medio beber me paré de golpe, leyendo el mensaje que había recibido mientras hablaba con Filippo.

Era de David.

> Los valores que te inculcaron no son cadenas. Tú eres libre, Margot. Te he visto serlo. Llevas una armadura hecha de prejuicios contra ti misma que no te deja tocarte la piel, pero es cuestión de tiempo que te pese demasiado y decidas quitártela. Recuérdalo, no necesitas nada ni a nadie que te complete. Tú eres, en ti misma, un universo.
> El ramo lleva lirios de campo, lentisco, eucalipto, rosas, limonium y bouvardia. La frase de la tarjeta es de una canción de U2, «With or without you». El inglés lo llevo mal, pero san Google siempre acierta.

La calidez que Filippo había dejado en mi pecho se convirtió en una bola de fuego.

50
Fin de semana. La pasión

—No sé si debería ir.

David no contestó y la línea se llenó de un silencio ensordecedor.

—No sé si debería, David —repetí para provocar una reacción en él; no sabía si quería que aceptara que no era buena idea o que insistiera hasta la demencia para que le acompañase al pueblo aquel fin de semana.

—Creía que ya lo tenías decidido. ¿Cuál es el problema?

—Todos pensarán que soy tu chica.

—Lo que piensen me trae sin cuidado.

—Son tus amigos, claro que te importa lo que opinen. Además, no sé si sabemos comportarnos como colegas.

—Sí sabemos —me respondió en un tono de voz de todo menos seguro.

Me volví en la cama, acurrucada y agarrada al teléfono. Junto a la puerta, mi bolsa de viaje cerrada me recordaba que hacía un rato opinaba todo lo contrario. Estaba hecha un lío. El ramo, la nota, la despedida, Filippo, el olor de David impregnando la almohada.

—¿Qué pasa? Venga… dímelo —atajó David.

—Ya lo sabes. —Le recordé—. Deberíamos dejar de hacer planes. Estamos atrasando lo inevitable.

—Bueno, ya hemos acordado que el lunes empezaremos nuestro periodo de desintoxicación, ¿no?

—Si lo dices así me siento fatal —me quejé.

—¿Es por mis amigos? ¿No quieres conocerlos?

El tono de súplica que escondía aquella pregunta me rompió un poco el corazón. Recordé sus quejas por que Idoia nunca quiso hacer planes con ellos y la sensación de inseguridad que aquello le provocaba.

—No es eso. —Le prometí—. Es que…

—Todos pensarán que eres mi chica, vale, pero… ¿y qué?

—Que dormiremos en la misma cama y…

—No somos animales, Margot. —Se burló—. Hay muchas habitaciones en casa de los padres de Cristina. Puedes dormir sola si es eso lo que te preocupa.

¿Cómo aunar todas las cosas que me preocupaban en realidad para que él pudiera entenderlas? Si ni siquiera yo era capaz de sintetizarlas, ordenarlas y enfrentarme a ellas.

—Por favor… —musitó—. Por favor, Margot. Quiero este fin de semana.

Sí. Yo también lo quería, pero… no debíamos.

Me recogieron a las seis y media de la tarde en un Ford Fiesta de tres puertas del año de la polca y de color amarillo. Amarillo. Cuando bajó la ventanilla y sonrió, me di cuenta de que David conseguía que a la niña acostumbrada a los lujos se le olvidara cualquier cosa que no fuera la compañía. Me acerqué y sonreí:

—Dime que esto tiene aire acondicionado.

—¿Por quién nos tomas? No hay princesa sin su carruaje.

David y yo nos quedamos mirándonos como dos bobos hasta que el chico que conducía carraspeó, lo que despertó súbitamente a David.

—Margot, te presento a Félix. Somos amigos desde el parvulario. —Se apresuró a salir del coche.

—¡Hola, Félix! ¿Qué tal?

—Encantado, Margot. David nos ha hablado mucho de ti.

—¿Ah sí? —sonreí.

—¡Sí! No dejaba de mandarnos fotos de vuestro viaje. Es casi como si hubiéramos ido con vosotros.

David cogió mis cosas algo incómodo y las fue a cargar en el coche.

—Venga. Nos queda un buen rato para llegar.

Cuando llegamos, todo el mundo estaba ya allí. Cristina, la cumpleañera, nos recibió con dos besos y una cerveza fría. Mientras me presentaba y le pedía disculpas por unirme al plan a última hora, una jauría de chicas muy divertidas se lanzaron sobre nosotros y recitaron sus nombres con rapidez (Rocío, Marta, Laura, Esther, María). No me costó darme cuenta de que, de alguna manera, me había convertido en una especie de atracción. ¿Quién era esa chica con la que David se había ido a Grecia y que ahora aparecía en el cumpleaños de Cristina? ¿De dónde había salido? Y, sobre todo…, ¿iba a formar parte de la pandilla?

David era, sin duda, parte esencial del grupo, tal y como demostraron todas sus amigas al abalanzarse sobre él, tirándolo al césped y cubriéndolo de besos, cosquillas y grititos. Yo les miraba sin saber qué hacer, sintiéndome un poco fuera de lugar y esforzándome por aplacar los celos que me ardían en las tripas. Esas chicas no debían alejarse de él, como yo; esas chicas le tendrían de por vida. Era difícil no plantearse qué me quedaría de él dentro de un par de años… quizá solo un bonito recuerdo.

Las habitaciones del primer piso estaban ya ocupadas, de modo que tuvimos que dejar nuestras cosas en la buhardilla, donde algo me decía que haría más calor que en el resto de la casa. Casi hubiera preferido que diesen por hecho que éramos pareja y que necesitábamos la intimidad de una habitación porque… en aquel espacio había tres camas y Félix no dudó en dejar su bolsa en una de ellas antes de desaparecer escaleras abajo, en busca del resto de la pandilla y algo para comer.

—¿Todo bien? —se interesó David mientras abría su bolsa y sacaba un bañador.

—Sí. Bueno… es todo un poco raro, pero parecen majos.

—Lo pasaremos bien, ya verás.

Antes de que pudiera añadir algo, desabrochó el botón y la cremallera de sus vaqueros. Levanté las cejas.

—¿No irás a cambiarte aquí, delante de mí?

—Es mi habitación y me quiero dar un baño. —Sonrió socarrón—. Además, no creo que vayas a descubrir nada nuevo.

Arqueé las cejas mientras él se quitaba la camiseta. En unos minutos, la cama se cubriría de prendas de ropa y todo el control del que pensaba hacer gala saldría por la ventana. Me acercaría, besaría su cuello, acariciaría su pecho y subiría mi vestido en una invitación silenciosa que él aprovecharía haciendo que su mano recorriera…

—Mejor voy a dejarte un poco de intimidad. —Me interrumpí—. Hay cosas que, como amiga, prefiero no ver.

No puedo quejarme: me trataron como si fuera la invitada de honor. Eran simpáticos, atentos y familiares. Te hacían sentir, muy pronto, parte de aquello que les unía desde hacía tantos años. Eran como él: cálidos y divertidos, y parecía no importarles que yo acabara de aparecer en sus vidas; mi visita no era una intromisión, sino algo natural. David se reía con la boca abierta y palmeaba a sus amigos mientras se preocupaba de que yo formara parte de cada conversación. No me dejó sola ni un segundo, aunque después de un par de cervezas no me hacía falta estar pegada a él para no sentirme fuera de lugar. Era una de esas noches en las que todo te parece mágico, aunque estés comiendo tortilla superprocesada y patatas de bolsa. Me estaba divirtiendo como hacía mucho tiempo que no lo hacía con un grupo grande de gente. Conque... aquello era tener amigos, ¿eh?

Por supuesto, todos querían compartir algo sobre David que «seguro que no me había contado». En un ratito se airearon trapos sucios a dos manos, como que llevó el pelo larguísimo o que su cuñado le dio una vez una palmada en el culo delante de todo el mundo porque lo confundió con su hermana.

—En los pueblos se bebe mucho —se justificó con cara de apuro—. Estás a punto de comprobarlo.

Después de picar un poco y brindar mucho, a la una y media se decidió que era el momento de bajar a la plaza, que pronto descubrí que era un pequeño espacio donde confluían cinco calles y en el que se encontraba el que parecía el bar más concurrido del pueblo. Estaban celebrando la semana de fiestas patronales y habían instalado una barra fuera para atender a la clientela que pedía copas. El escenario de una orquesta ocupaba al menos el treinta por ciento de la plaza y todo el mundo parecía muy atento a un señor que estaba vendiendo algo.

—¿Qué pasa? —le pregunté a David.

—El bingo. —Me sonrió—. Bienvenida a la república independiente de mi pueblo. Antes del baile se sortea un jamón. Pero ni te molestes en participar, que todos los años lo gana Esther.

Todas las amigas de David corrieron a comprar unos cuantos cartones; al parecer, formaba parte de una tradición pasar el cartón por la espalda de Esther y decirle muchas veces que este año no era su año. Antes de que pudiéramos comprobar si lo era o no, David pareció localizar a alguien entre la gente.

—¿Me das un segundo? —susurró en mi oído—. Vuelvo en dos minutos.

—¿Dónde vas?

Pero no respondió. Me lanzó un beso con una sonrisa pícara. Estaba despeinado, con la ropa hecha un Cristo y los ojos rojos…, un poco borracho después de los brindis; ¿cómo podía estar tan guapo? ¿Cómo podía alguien a quien casi acababa de conocer, parecer tan fiable? ¿Cómo podía tener tantas ganas de coger su mano y mandar el mundo a la mierda?

—Lo que estás intentando es imposible. —Me dije en voz alta.

Fingir que solo éramos amigos era imposible. Hasta para mí era evidente que en cada pestañeo salían despedidos de mis ojos, en forma de polvo brillante, puñados de esperanza.

Miré en la dirección en la que David se había ido y lo vi llegar hasta una mujer que le sonreía con sorna y que lo recibía con un abrazo y el gesto universal de «te voy a dar». ¿Quién era esa mujer tan guapa? Pelo castaño recogido en una coleta, ojos enormes poco maquillados y cuerpo pequeño y delgado. Había cierto parecido entre ellos y algo en la forma en la que se abrazaron me hizo sentir en casa.

—Margot, ¿una copa? —me animó una de sus amigas.

—Claro.

La verbena empezó con pasodobles y cosas así. Todo el mundo estaba animado, viejos y jóvenes, en el típico ambiente festivo y hogareño de los pueblos pequeños, en los que se saluda siempre por el nombre. Esther lo dio todo bailando… con su jamón, y cuando David volvió hasta nosotros formamos parte del cuerpo de baile, pegados, riéndonos, descoordinados y burlones. Y al corrillo de vecinas debió de gustarle cómo bailamos porque a nuestro paso arrojaron un «olé» y un par de aplausos.

Conforme el reloj fue avanzando, los mayores se fueron retirando y la gente joven reclamó otro tipo de música. Sonaba algún tema de salsa, a caballo entre la actualidad y el pasado, cuando David se despidió con un gesto de la mujer a la que había saludado al llegar.

—¿Es tu hermana? —le pregunté.

—Es mi señora madre. —Me sonrió—. Pero le encantará que le diga que has pensado que era mi hermana. El año que viene celebramos por todo lo alto que cumple cincuenta.

—¿Te tuvo a los veintidós?

—Y a mi hermano a los diecisiete. ¿Escandalizada?

Arqueé una ceja.

—Por favor, David. Para escandalizarme necesitas algo más.

—Poco. Con decirte que te lamería durante horas ya lo tengo.

Y lo tenía. Me tenía.

David era más divertido con todos sus amigos a su alrededor. Se olvidó bien pronto de que el reguetón no le gustaba y se puso a perrear con sus amigas hasta que ellas le gritaron que les ahuyentaba a los pretendientes. Y él se reía como nunca lo había visto reírse. Relajado. Contento. Dando botes. Cogiéndome del brazo y dándome vueltas. Ver a David cantando y bailando «Ahí viene el bombero» fue realmente traumático, pero también muy divertido. Al parecer… otra tradición desde que, muy borracho, la bailó con la tía de Jose unos años atrás.

Solo necesité dos copas más para lanzarme a perrear hasta abajo canciones que no había escuchado jamás y pronto se confirmó, al menos en el estrecho espacio que quedaba entre nosotros, que David y yo no estábamos preparados para controlar lo que sentíamos.

Cuando terminó la orquesta, un DJ se puso a «los platos» para lanzar más música hasta las cinco y media de la mañana y la gente, que parecía salir de debajo de las piedras, se vino arriba. Fue entonces, entre tanto jaleo, cuando sentí la mano de David en mi vientre acercándome a él. Supe que estaba sonriendo sin necesidad de volverme. Su cadera se pegó a mí y me dirigió al ritmo de la música, frotándose demasiado para ser solo amigos. No me quejé, por si alguien lo duda.

—Estás preciosa —susurró en mi oído.

—Voy hecha un asco. —Me miré, llena de lamparones de cubata, que me salpicaba constantemente con los empujones de la gente, con una sencilla camiseta negra y una de las faldas que compré con él, de flores y con un par de rajas.

—Bueno, pues vamos a la casa y te cambias. Yo te acompaño.

—¿Eres idiota? —Me volví a mirarlo.

—Por verte sin ropa soy capaz de cualquier cosa. —Levantó las cejas.

—Estás borracho.

—La última vez que estuve borracho te dije que quería comerte el coño durante horas.

Me giré y le tapé la boca con una sonrisa. Me lamió la mano y le solté.

—¡Cállate!

—Solo estaba recordando. Tú y yo solo somos amigos. Amigos que duermen en camas separadas.

—Sí. —Asentí, mirándole la boca mientras lanzaba los brazos alrededor de su cuello.

—Que no me mires así. —Se rio, enseñando sus perfectos dientes blancos.

—Te miro como puedo.

—Como quieres. Podrías mirarme desde más cerca.

—No podría. No podemos.

—No —dijo, y puso morritos mientras bailaba—. No podemos cogernos de la mano, ir alejándonos por esa calle que queda detrás del escenario y comernos la boca apoyados en el muro de la antigua panadería. Sería…, bueno…, ¡una locura!

—Claro que lo sería. —Me pegué a él y le acaricié la cara hasta que mi pulgar quedó bajo sus labios, y al bailar no cabía entre nosotros ni un alfiler—. Porque hemos terminado nuestra aventura.

—Ya. El último estuvo bien, ¿eh?

—Y el anterior.

—Joder… —Me miró fijamente la boca y sus manos me rodearon las caderas hasta perderse hacia abajo y agarrarme el culo—. Cómo me gustas, joder.

—David...

—¿Sabes lo que me jode? —me preguntó inclinándose hacia mi oído—. Que no solo quiero follar contigo en plena calle. Que luego quiero abrazarte. Y eso, querida Margot, es una putada.

Me alejé un paso con un nudo en el estómago, pero él no me soltó.

—¿Qué?

—Nada. —Negué con la cabeza, tratando de que me soltara.

—Y yo me lo creo… —Su boca se torció en una sonrisa comprensiva—. ¿Pensamos en todo eso ya mañana?

—No. Tú mismo lo has dicho. Esto es una putada.

—¿Y qué le vamos a hacer? No puede ser.

David se mordió el labio y levantó las cejas mientras buscaba mi mano y tiraba un poco de ella, tratando de empujarme hacia fuera de la masa de gente que bailaba y bebía.

—Vámonos. —Leí en sus labios.

Entrelacé los dedos con los suyos y nos agachamos para pasar desapercibidos mientras rodeábamos el tumulto y nos colábamos por la callejuela que quedaba detrás de la plaza. No nos soltamos la mano hasta que giramos la esquina y la oscuridad del callejón nos envolvió, y si lo hicimos fue para poder enredarlas en otras partes. Las mías fueron directas a su nuca y el final de su espalda. Las suyas a mi cintura y mi nalga derecha, por debajo de la falda, a través de una de las rajas de la tela.

No cerré los ojos cuando me besó. Él tampoco. No queríamos perdernos nada. La discomóvil había cambiado a rock y nos llegaba, amortiguada por muros y calles, «Use somebody», de Kings of Leon.

—Dijimos que debíamos pararlo —le solté tras el cuarto o quinto beso.

—¿Y qué si no puedo?

—Sí puedes, pero no quieres. Y dijiste que…

—Dije, dije, dije.

Sí. Dijo que si no parábamos terminaríamos enamorándonos y que sería un desastre. Dijo que no quería comprobar si nuestra relación pasaba de los dos años. Dijo.

Me agarró de los muslos y me levantó hasta apoyar mi espalda en el muro mientras mordía mi cuello; noté que intentaba bajarme la ropa interior y vi que a nuestro lado, a mi derecha, teníamos la puerta de una casa.

—David, ¿y si salen los vecinos?

—No van a salir.

—David…, ¿y si vuelven de la verbena y nos encuentran aquí?

Me miró y sonrió.

—Es mi casa. Están todos durmiendo.

Las braguitas bajaron un poco más y me apresuré a desabrocharle el pantalón. Con la explicación se habían desmoronado todos los muros de mi resistencia. Estaba enloquecida. Nunca había hecho algo así en la calle y…, joder, quería hacerlo tanto como no aceptar esos límites que, a esas horas, me parecían tan tontos. Bueno, y si nos enamorábamos ¿qué? ¿No lo estábamos ya?

Toqué su polla por debajo de la ropa interior y la saqué; mientras le acariciaba, le provocaba con la expresión más lasciva que podía dibujar en mi cara. Vi mis braguitas colgar de uno de mis tobillos, enganchadas en la sandalia. Ni siquiera había sido consciente de cómo habían llegado hasta allí, aunque empezaba a escocerme la piel a través de la cual habían bajado a trompicones, hechas un rulo.

—Espera, espera... —le pedí cuando iba a entrar en mí—. Condones.

—No los llevo encima —jadeó.

—¿Ni en la cartera?

—Espera.

Agarré mis bragas antes de que me dejase en el suelo. Agitó los brazos para relajar el esfuerzo de la carga. No le culpo; sujetar a alguien a pulso no debe de ser fácil. Echó mano a la cartera, en el bolsillo trasero de sus vaqueros, y la abrió precipitado. Había tenido la delicadeza de volver a meterse la polla en la ropa antes de aquello y me hizo gracia.

—¿De qué te ríes? —Se rio conmigo, levantando la mirada hacia mí, mientras sus dedos palpaban el interior de su desgastada cartera de piel.

—Nada. Que he imaginado que hacías eso con la picha colgando.

—¿La picha colgando? —Levantó las cejas y lanzó una carcajada—. Pues mira lo que te digo. —Sacó un condón y me lo enseñó orgulloso—. Chico precavido vale por dos —dijo buscando ya mi boca.

—No vas a poder sostenerme contra el muro tanto rato.

—Ya lo sé. —Se humedeció los labios—. Aquí lo único que podemos hacer es follar como perros. Si no te apetece podem...

No terminó. Estampé mis labios en los suyos y metí la lengua en su boca. David tiró de mí hacia el rincón contrario, donde nos apoyamos en un coche.

—Nos va a ver medio pueblo —me quejé.

—Pues que disfruten.

Abrió el condón y, como siempre que no podía más de impaciencia, echó la cabeza hacia atrás y farfulló un par de maldiciones mientras lo desenrollaba. Después me subí hasta el borde, enganché las piernas alrededor de su cintura y dejé que él hiciera lo demás. Que empujara, que gruñera, que nos sujetara a los dos, con una mano debajo de mi falda y la otra contra la carrocería del coche. Me ardía el vientre del esfuerzo de mantener el equilibrio en aquella postura, pero valía la pena cada vez que David embestía con fuerza entre mis muslos y sus vaqueros bajaban unos centímetros más, piernas abajo.

—Por Dios, que no salte la alarma —suplicó—. Es el coche de mi abuelo.

Me entró la risa. A él también. Incluso follando como dos perros era feliz. Era… de cuento.

Tuvo que contenerse bastante para no terminar rápido; diré en su defensa que el ritmo que llevaban sus caderas era salvaje. Sin embargo, hasta que no me acomodé en una postura que me permitiera acariciarme para poder llegar al orgasmo, no dejamos que se acelerara demasiado. Nos corrimos a la vez, controlando los tiempos entre mis dedos, con las bocas entreabiertas y mirándonos, entre sorprendidos y felices de no haber sido capaces de cumplir nuestras promesas.

51
Fin de semana. La ternura

Tenía poco dolor de cabeza para el que me merecía. Eso fue lo primero que pensé cuando me desperté en calzoncillos, sudado y con la boca seca. En la cama de al lado, Félix roncaba con sordina a pesar de que el sol del mediodía entraba por las rendijas de la persiana como puñaladas y salpicaba aquí y allá haces de luz sobre las camas.

Al abrir los ojos, pensé que no me dolía tanto la cabeza como me merecía, me repetí, pero no solo por lo que había bebido, sino porque me acordaba perfectamente de haber follado con Margot sobre el capó del coche de mi abuelo, aparcado frente a la puerta misma de su casa. Pero qué puto loco. Y si ella no hubiera parado, lo hubiera hecho sin condón.

... Y sin contarle que había visto a Idoia y que habíamos hablado.

No es que quisiera mentirle, es que... para el poco tiempo que nos quedaba, ¿para qué hablar de otra chica?

¡Dios! Me agarré la cabeza cuando recordé que, al llegar a casa, cuando la respiración de Félix constató que se había dormido, me metí bajo sus sábanas. Necesitaba besarla más, acariciarla, sentir sus manos por encima de mi piel. Margot se arqueaba mientras me pedía que volviese a mi cama, que lo hiciera un poco más fácil y yo... me comporté como un adolescente enamorado. Enamorado y descontrolado.

Y ahora no había ni rastro de ella en la habitación.

Salí de la habitación a hurtadillas, pensando que mis amigas estarían durmiendo como lirones y que la casa estaría aún en silencio, pero mientras bajaba las escaleras me di cuenta de que ya se escuchaba jaleo en la cocina, centro neurálgico de cualquier fiesta que se precie.

Las encontré a todas peleándose por meter la mano en una bolsa de churros. Un montón de tiburones sobre una foca herida arman menos alboroto.

—Esto sí que es novedad —dije con voz grave—. ¿Habéis ido a comprar el desayuno?

—Ha sido ella.

El grupo se abrió y en el centro apareció Margot, que sonrió desviando la mirada hacia el suelo. Otra que se acordaba de la noche anterior y no se sentía precisamente cómoda con el recuerdo.

—Qué maja. —No me salió otra cosa más natural y todas me miraron, confusas. Había sido una respuesta de mierda. Me aclaré la voz—. No las malcríes, que se acostumbran.

Margot sonrió con educación y miró al suelo. Yo hice lo mismo y descubrí que ni siquiera me había puesto camiseta. Llevaba unos pantaloncillos de algodón, sin ropa interior debajo. Ni chanclas llevaba.

—¿Y yo por qué cojones he bajado tan desnudo? —dije en voz alta.

—Se te nota el prepucio —señaló Laura con una sonrisa.

—Tranqui, Margot, que nosotras miramos pero no lo disfrutamos —respondió Rocío.

—Ay, que se sonrojan —añadieron a coro Esther y Cristina con lo que pretendía ser un susurro.

—Comedme un huevo —les propuse antes de meterme un churro en la boca—. Me voy a dar una ducha.

Margot y yo cruzamos una mirada de soslayo. Mis amigas nos miraban con una sonrisita estúpida en sus bocas. Nosotros creímos ser silenciosos y discretos como ninjas, pero quizá todas (y con ellas el pueblo entero) nos habían visto follar contra un Seat Ibiza rojo del año 2000. O quizá solo eran testigos de lo azorados y sonrojados que nos quedábamos después de un par de palabras.

Era mejor atajar los posibles problemas.

—Reina, ¿me acompañas un segundo? —le pregunté después de masticar el resto de pasta frita.

—¿A la ducha? —exclamó Esther, sorprendida—. Madre mía, David, cómo te levantas.

—Arriba. A hablar. —Exageré la palabra «hablar» con un tono irritado. —¿Vienes, Margot?

—Uhm..., sí, sí. Claro —contestó cogiendo un churro y envolviéndolo en una servilleta para empapar el aceite.

Le robé el vaso de zumo a Marta de la mano y, con un gracias bastante irónico, me fui escaleras arriba, seguido de Margot, que sujetaba su churro.

La metí en una de las habitaciones que «las niñas» habían dejado libres y cerré la puerta. En la cara de Margot se leía cierta expresión de asombro. Algo así como «¿no irás a proponerme que lo hagamos aquí?».

—No voy por ahí —le avisé.

—Entonces es por lo de anoche.

—Perdona, de verdad. —Coloqué el vaso sobre la cómoda y dejé salir una buena cantidad de aire de mis pulmones—. Se me fue la olla.

—Se nos fue la olla.

—No es que no estuviera bien —quise aclarar—, estuvo superbién, a decir verdad. Pero es que... esto no está saliendo como creíamos.

—No pasa nada. Romper no es una ciencia exacta.

En cuanto escuché «romper», no lo negaré: me asusté. Romper implicaba algo sólido anterior. Algo que podía romperse tenía que existir por necesidad. Y «nosotros» habíamos existido, de eso no había duda, pero me daba miedo. Me daba un miedo horrible. Aún podía escucharme diciendo que si no parábamos las cosas, terminaríamos enamorándonos. Y estaba pasando. De alguna manera, quizá cobarde e infantil, estaba pasando.

—Ya. —No pude decir nada más.

—No siempre sale como se planea. —Margot se sentó en la cama, sin saber qué hacer con el churro. Lo miró y se rio.

Yo también me reí. Con ella siempre era fácil, aunque diera miedo.

—¿Tú qué opinas? —pregunté.

—¿Sobre lo de anoche?

—Sí.

—Pues que... —Cogió aire y barrió la habitación con la mirada. Estaba guapa, con el pelo revuelto, un poco ondulado, con aquel vestidito camisero negro que ya había llevado en Santorini. Me obligué a concentrarme—. Me gustó. Y con que me gustó no solo quiero decir lo obvio... —Cambió el tono a uno más ligero—. Obvio porque creo que no fui demasiado silenciosa al correrme. —Cogió aire y retomó su tono anterior, más firme—. Quiero decir que me gustó repetirlo. Y lo de la cama. Lo de la cama también me gustó.

—Pero... tenemos que dejar de hacerlo.

—¿Lo afirmas o lo preguntas?

—No tengo ni idea.

Me mordí el carrillo y me senté a su lado. Los dos nos sonreímos.

—A mí también me gustó repetirlo —confesé sin poder evitar que mis ojos se clavasen en su boca.

—Pues ahora soy yo la que digo, y lo afirmo, que tenemos que dejar de hacerlo.

—Vale. Tú mandas.

—No. —Sonrió con tristeza—. Mandan las cosas que dijiste en Miconos.

Pararlo. No dejarlo avanzar. Dar la espalda a la posibilidad de enamorarnos. ¿Y si ya era tarde para eso? Pero como no dije lo que estaba pensando, Margot continuó hablando con una sonrisa cada vez más triste.

—Además, deberíamos centrarnos en cerrar como se merece nuestros planes de reconquista y recoger lo sembrado.

—Tienes razón —admití, pero tampoco encontré ánimo entonces para hablarle de que Idoia había ido a buscarme por sorpresa a la floristería un par de días atrás. El mismo día que le mandé las flores a ella.

Nos miramos el uno al otro sin movernos, como si ambos quisiéramos añadir algo pero ninguno se atreviera. Quería besarla, pero no lo hice.

—Bueno, pues parece que todo ha salido como queríamos..., ¿no? —La miré, por si atisbaba una mínima duda y, sorpresa, una mínima no, su rostro fue un interrogante con ojos.

Quizá era el momento de decirle que no me había gustado estar sin ella estos días. Quizá era el momento de anunciar que tal vez me había enamoriscado más de la cuenta. Quizá ella sentía lo mismo, aunque la estuviera esperando, con total seguridad, el Iron Man de los novios.

—Sí —respondió a pesar de las dudas que creí leer en su expresión—. Final feliz.

Desviamos la mirada. Buscamos algo que decir. De pronto estábamos muy incómodos.

—Me voy a ver a mis padres. —Me puse en pie—. ¿Quieres venir?

Arqueó una ceja.

—No. —Y dibujó una sonrisa muy cálida—. Porque llevarme a conocer a tus padres sabiendo que tu madre te tiene prohibido cruzar el umbral de la puerta con nadie que no sea la definitiva, no me parece del todo..., uhm..., coherente.

Un fogonazo de vida en común me aturdió. Un salón luminoso, donde sonarían vinilos antiguos, donde olería a plantas y flores, donde no importaría que yo llegase con las uñas llenas de tierra y ella cuando la cena ya estuviera fría. La vida que podría ser me dio un bofetón y tuve que pestañear.

—Tienes razón. Voy a darme una ducha. Mi abuela me huele la resaca a kilómetros y quiero despistarla.

Diría que se quedó decepcionada, pero no lo sé. Lo que sí sé es que yo esperaba que ella dijese otra cosa.

Mi madre estaba envolviendo jabones en unos pedazos de papel plastificado con dibujos de flores. Ahora le había dado por fabricar su propio jabón porque decía que los comerciales llevaban mucha porquería. Toda la casa olía como esas pastillas de glicerina perfumada a pesar de que mi abuela estaba frente a los fogones, intentando competir cocinando algo que me pareció que era arroz con conejo.

—¡Hola! —saludé, parándome en el umbral de la puerta abierta para acostumbrarme a la penumbra de la casa.

—¡¡Hombre!! —dijo mi abuela—. El flaco.

—¡Ya no estoy tan flaco! —me defendí asomándome y poniéndome tieso—. Estoy hecho un toro.

Mi abuela me miró con una decepción bastante guasona.

—La madre que te parió, qué pintas.

Le di un beso y me senté al lado de mi madre.

—Madre. —Le guiñé un ojo—. Como ves, soy muy buen hijo y, tal y como te prometí, paso a saludar.

—Si no te llego a ver en la verbena... —Puso los ojos en blanco.

—¿Quieres un vaso de gazpacho? —me ofreció mi abuela.

—Una cerveza.

—Una cerveza de bofetadas, que te huelo la resaca desde aquí.

Mi madre y yo nos reímos.

—Tampoco me puse tan taja —le aclaré.

—Ya. Pues cuando he ido a por el pan se hablaba de tu célebre baile del bombero —apuntó mi madre.

—Eso es una broma sin importancia.

—¿Qué te pasa?

—¿A mí? Nada.

Mi abuela dejó delante de mí un vaso de gazpacho y me dio un par de toquecitos en la oreja, dejándome claro que no me iba de allí sin tragar hasta la última gota.

—Abuela, además de ajo, ¿le has puesto algo al gazpacho?

—El ajo es buenísimo para el corazón.

—Si me bebo esto no volveré a besar a nadie.

—Ni falta que te hace.

Cuando hubo desaparecido dentro de la cocina, reanudé la conversación con mi madre, que se estaba riendo del celo de mi abuela.

—¿Y papá?

—En el trabajo. —Sonrió—. Ahora también curra los sábados.

—Vaya. Ehm... —Miré alrededor—. ¿Y Ernesto y Clara no vienen este año a las fiestas?

—Eres un desastre, David —sentenció, volviendo los ojos a su tarea—. Son tus hermanos. Una llamada de vez en cuando no te va a hacer daño.

—Sí, les llamo... Es solo que últimamente he estado un poco... descentrado.

—¿Tiene que ver con la chica de anoche?

—No —mentí.

—¿Quién es? ¿Salís juntos?

—No —volví a mentir—. Estoy saliendo con otra chica que se llama Idoia.

—Y conociéndote, seguro que es de esas que te llevan por la calle de la amargura, que un día te dicen que te quieren y al día siguiente no te devuelven ni las llamadas. No sabes querer cuando te quieren. Y ahí hay algo que no funciona, David. Algo tienes que solucionar para quererte un poco más, porque no te mereces esos amores.

—Ese soy yo. —Levanté las cejas resignado mientras me acomodaba en otra silla, esta vez frente a ella.

—La de anoche parece buena niña.

—Y lo es.

—Y por eso no te gusta, me imagino.

Por Dios. Da igual cómo de joven sea tu madre. No deja de ser tu madre y de hacer cosas de madre.

—Sí me gusta, mamá, pero las cosas no son tan fáciles como tú te...

—Ah, ¿no? —Me miró de reojo—. Cuéntame, cuéntame. A ver si aprendo algo.

—Me estás vacilando y así no mola nada hablar contigo —me enfurruñé.

—¿Sales con alguna de las dos? Y como me digas que con las dos, te hago tragar tanto jabón que vas soltar burbujas por el culo hasta que te mueras. Yo no te he educado para que trates a las mujeres como si fueran ganado.

Me rendí. Apoyé la frente en la mesa.

—¿Entiendes por qué no me apetecía pasarme a saludar? ¡¡Me pones la cabeza como un bombo!! —me quejé—. No salgo con las dos. En realidad, creo que no salgo con ninguna.

—Qué lástima. Con lo guapo que es mi niño flaco. —Mi abuela apareció de la nada para besarme en la sien.

—¡Abuela, por favor! Haz ruido cuando andas o algo, que me vas a matar de un susto.

—¡De un disgusto me van a matar a mí en este pueblo! ¿Te puedes creer que anoche alguien se puso a... fornicar... —dijo bajando la voz— encima del coche de tu abuelo?

Abrí los ojos como platos.

—¿Y eso cómo lo sabéis?

—Yo me desperté con los resoplidos y esta mañana... adivina: ¡la marca de un culo en la carrocería!

Casi ni saludé a mi abuelo. De pronto era como si la casa estuviera en llamas y yo tuviera que salir pitando. Me quedó clarísimo, por la mirada que me echó mi madre antes de irme, que al menos ella sí conocía la autoría del «fornicamiento» contra el coche. Eso sí..., el gazpacho me lo tuve que beber. Me tuve que lavar dos veces los dientes y mascar cinco chicles para quitarme el regusto a ajo.

En un rinconcito ingenuo de mi pecho, esperaba que la visita a la casa en la que me crie me despejara un poco las dudas, la niebla mental o las prioridades, pero lo cierto es que esa casa no había dejado de ser un caos (divertido, pero caos al fin y al cabo) desde que me independicé, de modo que si buscaba respuestas no estaban allí.

Al volver a casa de Cristina, me encontré a Margot dándose un baño con las demás. Hablaban sobre qué bañadores les quedaban bien y cuáles fatal y pensé, algo alelado, que era un regalo. Imaginé a Idoia allí. Estaría enfurruñada por tener que juntarse con gente tan poco *glam* como mis amigos, con sus gafas de sol ridículas, como de la señorita Rottenmeier, bronceándose en un hostil silencio apartada de todos. En serio, ¿quería volver de verdad con ella? Desde que había regresado del viaje me costaba encontrar pros en nuestra relación. No. Idoia no era como Margot, no había un rincón cálido en ella donde guarecerse. No tenía vida en la risa. No era cómplice y buena. Reflexioné: ¿cómo de fuerte me gustaba realmente que me pegaran durante el sexo? Empezaba a cobrar forma la posibilidad de que fuera masoca y no lo supiera.

Bufé.

—¿Qué haces? —me preguntó Laura sentándose a mi lado.

—Estoy pensando en mi ex.

—¿Y por qué haces eso? —me lanzó una mirada de incomprensión.

Me volví a mirarla, con los brazos cruzados sobre el pecho y una sensación de presión en el estómago.

—Laura... ¿qué crees que hace funcionar una relación?

—Madre mía, David... menuda pregunta. Pues... supongo que respeto, piel y ganas, simplificándolo mucho.

—¿Y sin simplificarlo? —quise saber.

—Respeto quiere decir admiración, empatía, cariño, calor, comprensión, reciprocidad...

—¿Y piel?

—Sexo e intimidad. Risa también. La piel es la que lo hace divertido. El respeto estable. Las ganas, duradero.

Me quedé mirándola sin verla en realidad. De todas esas cosas, Idoia solo cumplía en el sexo, porque era una máquina de follar, no porque lo hiciera despertando un arcoíris de intimidad a su paso. No me admiraba de ninguna de las maneras en las que es posible admirar a alguien, no sentía la más mínima empatía hacia mí, no era cariñosa, no me daba calor cuando todo lo que me rodeaba me parecía muy frío, y jamás comprendería mi manera de entender el mundo o las relaciones. No me hacía reír ni se reía conmigo. Con ella no solía ser divertido, aunque sí muy intenso.

—¿Y lo intenso? —le pregunté—. ¿Qué opinas de lo intenso?

—¿Intenso o tóxico?

Sonrió. Sonrió enseñándome todos sus dientes y yo hice lo mismo por inercia, aunque no me apetecía sonreír en absoluto. Debíamos parecer dos tarados.

Margot salió de la piscina y clavé mis ojos en ella. Qué espectáculo. La curva que le dibujaba la cintura era como para matarse por recorrerla a demasiada velocidad. Se dio la vuelta. Qué nalgazas. Me pareció ver unas sombras redondeadas y me dio un vuelco el estómago al pensar que podía ser el recuerdo de mis dedos allí clavados.

Laura me dio un pellizco en el brazo que me hizo volver a la realidad.

—Perdón.

—David, es necesario vaciarse de rotos antes de querer llenarse. No sé si me entiendes.

No la entendí. No en el momento, desde luego, aunque no pude dejar de pensar en ello. No pude dejar de darle vueltas a si convertir mi relación con Idoia en algo sano era misión imposible, si lo que sentía por Margot era valioso de verdad y en eso de vaciarse de rotos para poder llenarse.

Y aun con toda la empanada mental que llevaba, cuando después de comer todos se pusieron a jugar a las cartas en el salón y Margot se amodorró en el sofá, yo sentí la irrefrenable tentación de hacerlo a su lado.

—Ey... —le susurré—. ¿Por qué no subes mejor a la cama?

—Aquí estoy bien —respondió adormilada.

—Pero aquí no quepo.

Abrió los ojos y sonrió. Y cuando lo hizo, aún tuve más miedo.

Yo no quería a Idoia, hostias. Yo quería a Margot. Y era una liada de impresión.

Y subimos. No me dormí. Me pasé todo el rato acariciándola. Los brazos. Los hombros. La espalda. La cadera. El pelo. Y cuando se despertó, sin mediar palabra, metí la mano dentro de su ropa interior con la intención de masturbarla despacio, hasta que se corriera. Necesitaba tenerla una vez más en los dedos, pero ella me paró.

—Dijimos que nada de sexo de despedida y ya he perdido la cuenta de las veces que nos hemos despedido haciéndolo.

Y tenía razón, pero cuando me acerqué a besarla se le olvidó.

Terminamos haciendo el amor con sordina, conmigo encima, en la cama de la buhardilla, que rechinaba mucho más de lo que nos hubiera gustado. Esta vez fue ella la que sacó un condón de la cartera.

—Lo cogí a última hora. Por si acaso.

—¿Y anoche no pensabas sacarlo? —le pregunté.

—Me dejé el bolso aquí.

Hicimos el amor como en una siesta dulce de verano, meciéndonos. Y al terminar le di mentalmente la razón en que el sexo de despedida no tenía ningún sentido. Si era malo, que no era el caso, te dejaba mal sabor de boca y un recuerdo estropeado. Si era bueno, siempre tendrías ganas de más.

Como siempre, de las brasas se encargó Jose... hasta que se cabreó porque el fuego no prendía bien y nos lo dejó a nosotros... como también pasaba siempre. Así que cogí el relevo pidiendo a gritos a mis amigas que me ayudaran, al menos acercándome las cosas. Margot fue la única que se ofreció voluntaria.

Hacía calor junto a la barbacoa y terminé en pantalón corto, sin nada más, abanicándome con un plato de cartón.

—La Virgen, qué calor —me quejé cuando Jose me trajo otra cerveza.

—Oye, niño, qué espectáculo —se burló Esther—. Con el torso sudado pareces un boy que ha venido a arreglarme la noche.

—Luego te hago un baile privado. —Le guiñé un ojo.

Margot se acercó para ofrecerme un paño húmedo, que había mojado en el agua fría del cubo de las bebidas, y sonrió, alternando la mirada entre Esther y yo. Le di las gracias y paré a medio camino de darle un beso, cuando me di cuenta de que todos nos miraban y que iba a romper, como por décima vez, la promesa de no volver a besarla.

—No te cortes, hombre —se burlaron—. Si después del soniquete de la siesta ya...

—Qué vergüenza, por favor.

Margot se apoyó en mi hombro, escondiéndose y haciendo que todo el grupo estallara en carcajadas. Le pasé el brazo por encima y le besé la sien.

—Vaya tema de conversación —les riñó Marta—. Pobrecita, que acaba de llegar al grupo. Con lo buena que es. Menos mal que lo dejaste con la tía esa rancia que parecía un dron, David.

—¿No querrás decir un cyborg? —contesté confuso.

—Eso, los que parecen humanos pero son máquinas. ¿Se llaman cyborgs?

—El dron es una cosa que vuela —apuntó Laura mientras escogía una patata del plato que tenía delante.

—Pues el cyborg no me gustaba nada. Menuda tiparraca.

—Marta... —empecé a decir.

—Perdón, Margot, sé que no es plato de buen gusto escuchar hablar de la ex, pero es que… yo solo la vi una vez y tuve bastante.

—Marta… —volví a intentarlo.

—Era estirada, rancia, esnob…, una moderna que se compraba ropa hortera cara y ya pensaba que el mundo tenía que hacerle la ola. Y mira, no. Que mi David es mucho David. Necesitaba una chica como tú: elegante, discreta, divertida, dulce, guapa…

Margot me miró apurada, pasándome la pelota a mí.

—Marta. Margot y yo no estamos juntos.

Todas se miraron entre ellas con una mueca. Estaba claro que lo habían dado por hecho y no las culpo. Entre nosotros se respiraba algo que, seguramente, era tan bonito desde fuera como se sentía desde dentro.

—Ah…, ¿en serio?

—En serio. —Sonrió ella con tristeza.

Le lancé una mirada y me giré hacia la barbacoa de nuevo, con las pinzas en la mano, para dar la vuelta a los dos kilos de panceta que aquella pandilla de energúmenos había comprado. Saqué un trozo de carne de la brasa, lo agité para que se enfriara y se lo di para que lo probase.

—Aún le falta —me respondió.

—En serio, hacéis muy buena pareja —insistieron.

—Oye, Margot, ¿y a qué te dedicas tú?

—Eso, Margot, ¿a qué te dedicas? —dije a modo de pulla.

—Trabajo en la empresa familiar. —Se apoyó a mi lado y, sin darse cuenta, me acarició la espalda. Todo salía tan natural entre nosotros…—. Mi abuelo fundó una cadena hotelera. Construyó un hotel en Galicia y poco a poco fue ampliando el negocio hasta que se convirtió en un gigante.

—¿Qué hoteles son?

—Los del Grupo Ortega. —Me miró de reojo.

Grupo Ortega. Todo el mundo conocía el Grupo Ortega. Era un símbolo de nuestro país, como El Corte Inglés o Inditex. Todos enmudecimos. Menos Esther.

—¿Y qué haces en tu trabajo?

—Soy la vicepresidenta de la compañía y socia responsable de experiencia del cliente e imagen de marca.

Margot me miró con cierta angustia y entendí que si no me lo había dicho antes fue porque no quería que aquello (su dinero, sus hoteles, su procedencia) mediara en nuestra relación. Conmigo solo quería ser Margot y... joder, así me había enamorado yo de ella. Sin mediación, solo piel, ganas y respeto.

Me dio un beso en el hombro mientras acariciaba mi espalda. Quise que pudiera hacerlo siempre. Quise que así fuéramos nosotros, dos personas que podían quererse bonito, bien, lento, sin importar nada más. Ni acciones ni mis tres curros de mierda.

Me volví hacia la barbacoa y fingí estar muy concentrado en mi tarea; escuché cómo reanudaba la conversación pero me fui muy lejos de allí. Me fui al país de Nunca Jamás, donde las relaciones entre personas como nosotros funcionaban. Me fui al País de las Maravillas, donde nadie me miraría como si fuera un puto parásito si me arriesgaba a pasar del miedo que me daba empezar algo con Margot después de saber quién era. Me fui muy lejos, al espacio, donde todas las vidas que hubiéramos podido tener fueron explotando por la presión y la falta de oxígeno. Al aterrizar, encontré refugio en la seguridad de que sufrir ahora para no sufrir en el futuro era la opción más elegante. Tenía los bolsillos vacíos y la cabeza hueca, sin sueños. No sé en qué momento dejé que la vida me engullera y me lanzase tan hondo que no pudiera alcanzar, ni estirando los brazos hasta dislocarlos, un amor como el que ofrecía Margot.

52
Porque te quiero

Mentiría si dijese que esperaba que aquel fin de semana saliera bien, entendiendo bien como un trampolín para asumir que nuestras anteriores vidas, las que pilotábamos antes de conocernos, ya no existían. Sabía que ambos nos sentíamos tentados a salir huyendo en dirección a lo conocido, pero una parte de mí, algo kamikaze, quiso dejar por el camino toda la información que me había callado hasta el momento para que todo estuviera claro, por si al final no era tan cobarde. Habrá quien piense que conté en ese preciso instante cuál era mi origen, mi apellido, mi situación, para intentar que David encontrara alguna otra razón para quedarse conmigo, pero no fue así. Lo conocía lo suficiente como para saber que se moriría de vergüenza ante la sola posibilidad de que alguien lo señalara con el dedo y le acusara de aprovechado. De no querer de mí más que mi dinero. Y mis casas. Y quizá un trabajo en la empresa, de pocas horas pero bien remunerado. Es lo que la gente espera que haga una pareja con orígenes discordantes. Que el pudiente eleve al otro hasta sacarlo del mundo al que perteneció y disfrazarlo de nativo en el suyo. Pero esa no era yo. Ni David formaba parte de aquella ecuación.

La barbacoa fue divertida, a pesar de que David parecía estar más allá que acá. Desde que conté que yo era la Ortega que quedaba dentro del Grupo Ortega, esa heredera que había preferido mantenerse siempre a la sombra y pasar de reportajes fotográficos o artículos almibarados en prensa de la que lame culos, David me evitaba.

Teníamos un lío mental de narices, por no hablar de que el corazón se había convertido en una madeja de lana llena de nudos. Además, cualquier momento parecía adecuado para iniciar la maniobra de distanciamiento. Aquel era el último fin de semana que teníamos y ambos lo sabíamos. Esa certeza era un comensal más en la mesa.

El grupo propuso bajar de nuevo a la plaza, a ver qué ofrecían las fiestas patronales aquella noche, pero nosotros no nos mostramos demasiado entusiasmados. Estábamos mentalmente inmersos en nuestra despedida. Si alguno de los dos había albergado la esperanza de que la parte más difícil estaba hecha, había sido un iluso.

—Me duele la cabeza. Yo creo que me voy a acostar —dije en cuanto pude—. No estoy acostumbrada a desmelenarme tanto y..., señoritas, que voy teniendo una edad.

Aunque estaba a punto de venirme abajo, quise ser simpática, amable. Quise ser lo que Idoia no había sido para, al menos, ganarla en ese sentido, ya que se iba a quedar con el chico y la vida sencilla y bonita.

Insistieron mucho. Utilizaron todo tipo de excusas, como que era muy pronto, que ahora era cuando se ponía interesante la noche o que cómo me iban a dejar sola en casa. David lo solucionó diciendo que él también se iba a dormir.

—Ale, así os damos material de cotilleo. —Les sonrió.

Y esa sonrisa volvía a ser tan triste como la que dedicaba tras la barra cuando lo conocí. No engañaba a nadie.

Subimos en silencio las escaleras y, sin mediar palabra, David cerró la puerta, contra la que se quedó apoyado, con los brazos cruzados.

—Estás raro.

—Bueno...

—Es por lo de mi trabajo, ¿no? —le pregunté.

—No sé por qué me lo ocultaste, la verdad.

—No te lo oculté por ninguna razón en concreto. Solo... quería olvidarme de ello durante un tiempo, que no importase en mi vida.

—A mí no me hubiera importado. Ni para bien ni para mal.

—Pero yo eso no lo sabía en aquel momento. Y tú me hacías sentir... yo misma.

Asintió, comprensivo.

—En realidad... no quiero echarte nada en cara. Tengo que contarte una cosa —me dijo.

—Yo también.

—¿Quién empieza?

—Tú.

Miró al techo buscando fuerzas o quizá la bendición de la Virgen que los dueños de la casa tenían colgada en la pared de aquella habitación, vete tú a saber. Se pasó la mano por la mejilla, boca y mentón. Ahí iba.

—Vi a Idoia el otro día —empezó—. Quedamos en hablar el lunes para decidir qué hacemos con lo nuestro.

Me miró morderme el carrillo en un gesto que, probablemente, me había pegado él con su costumbre de hacerlo cuando no sabía qué decir.

—Yo vi a Filippo. Quedamos en cenar el lunes y... hablar.

De alguna manera, me pareció que se sentía aliviado, no sé por qué. Y ese alivio le hizo parecer un poco cobarde.

—¿Qué vas a decirle? —le pregunté con un hilo de voz.

Dibujó una mueca, se encogió de hombros, paseó un poco por delante de mí, pero como no se arrancaba, decidí seguir hablando.

—¿Te arrepientes de lo de anoche? Y quien dice «anoche» dice lo de hoy o lo de estas vacaciones. Es la misma pregunta que «qué le vas a decir», pero con otras palabras.

—No me arrepiento. Pero…

Tragué saliva y me levanté de la cama en la que me había sentado. Recompuse mi expresión de la manera más convincente que pude y sonreí.

—Ese «pero» lo ha dicho todo. Ya está. Ya sabes qué responderle.

—No estamos hablando de Idoia, Margot, y no es ese «pero» con lo que quiero que te quedes tú.

Se apoyó en la cómoda. Parecía triste. Yo también lo estaba.

—¿Entonces? Porque esta mañana parecías muy seguro de volver con ella…

—Esta mañana tú también parecías muy contenta de tener otra oportunidad con Filippo.

Me dedicó un gesto de resignación.

—La hemos cagado, ¿verdad? —lancé al aire.

David me miró fijamente; creo que en aquel momento hubiera deseado mandarme toda aquella información por ondas bluetooth, pero no era posible.

—Quizá se me fue de las manos.

—¿El qué?

—Lo de… —Suspiró—. Lo nuestro. Se me fue de las manos, y… siento por ti algo bonito y cálido… —Apoyó las manos a la altura de su estómago, como si albergara los sentimientos hacia mí en aquel mismo punto—. Algo sano. Por eso no me arrepiento de nada. No me arrepiento y no me arrepentiré, pero…

—Pero. Ahí viene el pero. —Quise sonreír, pero no sé si lo conseguí.

—Saldrá mal. —Y casi gimió de pena al decirlo—. Saldrá fatal. Y tú terminarás…

—Sí, terminaré odiándote porque nunca llegaste a ser lo que yo quería, vale, eso ya lo he escuchado antes.

—Pero es que es verdad. Nos haremos daño.

—¿Sabes qué sería un detalle, David? Que dejases que yo decidiera mis batallas.

El corazón se me aceleró. ¿Acababa de decirle que pelearía por lo nuestro?

Sí, acababa de decirle que pelearía por lo nuestro.

—Eres libre de…

—No. —Sonreí con cinismo—. No me dejas la oportunidad de ser libre con esto.

—Es que en esto somos dos y yo no quiero seguir adelante. Voy a terminar por hacerte daño. —Me miró y suspiró—. Hace menos de dos meses que te conozco y míranos. ¿Cómo crees que será cuando pase el tiempo? ¿Crees que será más fácil? Quererse no lo es.

—Hace mucho que dejé de creer que el amor hay que sufrirlo, David. Así que si me dices que no debemos intentarlo porque saldrá mal y tendremos que cargar con las consecuencias, lo que yo escucho en realidad es que tú… no me quieres.

—¿Y tú me quieres a mí? —Arqueó las cejas.

No contesté. Me había hecho daño. Preguntándome aquello me había hecho daño, porque sentí que menospreciaba, de alguna manera, lo que yo sentía por él. O lo que el propio David sentía por mí. Quizá lo ponía todo en duda, como si estuviéramos muertos de sed y a lo lejos viéramos un oasis. Vete tú a saber. Cualquier respuesta que no fuera «yo te quiero» me hubiera hecho daño.

—Lo siento —susurró.

—¿Por qué pides perdón exactamente?

—Por estar evitando tener una conversación adulta sobre lo que sentimos. Por intentar salir de aquí sin decir todas las cosas que podrían salir bien porque no quiero escucharlas.

—¿Qué vas a decirle a Idoia? —insistí.

—La verdad. Que me he enamorado de ti, pero que no puede ser.

Le devolví una mirada incrédula. No creo que me culpara por ello; él tampoco parecía dar crédito a lo que había salido de su boca, a juzgar por lo rápido que agachó la cabeza. Sentí que los cinco años de diferencia entre los dos me aplastaban, que él se hacía pequeño y yo vieja.

«Que me he enamorado de ti, pero que no puede ser». Nadie desea escuchar estas palabras y yo no era una excepción, sobre todo cuando sentía que estaba a punto de lanzarme a intercambiar mi vida por la de cualquiera que lo tuviera a él como posibilidad.

—Mira, Margot…

—¿Te has dado cuenta de que en ningún momento me has preguntado qué quiero yo? —le corté intentando mantener mi tono amable, dulce.

Alzó los ojos hacia mí y continué hablando.

—Tú has decidido por los dos. Tú harás, dirás y consumarás sin que te haya importado mi opinión y, te conozco, no es por egoísmo, es porque hay algo que no quieres escucharme decir. ¿Qué te da miedo que te diga?

—A estas alturas es evidente que no quiero escucharte decir que tú no sientes lo mismo, pero me aterra que me digas lo contrario.

—Pero ¿por qué ese miedo?

—Porque no estoy preparado para ti.

—¿Entonces?

—No lo sé. ¿Por qué no me lo dices tú? —respondió.

—Porque no puedo darte las respuestas, David, si no sé ni lo que preguntas. —Llené mis pulmones, esperando que el aire ahogara la sensación de asfixia—. Necesito que me resumas la situación.

—¿Cómo que te resuma la situación? —Se apartó un mechón de pelo de la frente para estudiar mi expresión.

—Sí. Que me des los titulares de dónde estamos ahora mismo y hacia dónde piensas ir.

—Buff —resopló.

—No es tan difícil. Dilo.

—Es que todo va a cambiar.

—¡Ya ha cambiado!

Se encogió.

—Ni siquiera me he dado la oportunidad de decírmelo a mí y creérmelo. O asumirlo. No sé cuál es la palabra. —No me miraba cuando hablaba—. Solo sé que si insisto, si te digo que te quiero, que me he enamorado de ti, que siento algo más que el vínculo entre dos amigos…, todo cambiará. Porque ¿qué sentido tiene que no quiera intentarlo si todo eso es verdad? No tiene ninguno.

—A mí no me importa el sentido que tienen las cosas. Me importa lo que se hace y lo que no.

—No sé si voy a saber gestionar esto como te mereces. Sé que he sido yo quien ha forzado las cosas estos días para no despedirnos tan pronto pero… joder, Margot, no quiero ser quien ni come ni deja comer. No quiero ser un estorbo. No quiero ser el pobre niño pobre que hace infeliz a la pobre niña rica. Y no es que Idoia se mereciera el intento y tú no. Es que si tenía que decepcionarla, ya lo hice.

Me senté a su lado y nos miramos.

—No tienes que decir todas esas cosas —dije con un hilo de voz—. Lo planteamos de este modo desde el principio: tendríamos una aventura y después volveríamos a nuestras vidas. Si es lo que quieres, si quieres decirle «sí» a Idoia o yo no te gusto lo suficiente, no tienes por qué justificarte.

—No quiero justificarme. —Levantó las cejas—. Es todo lo contrario.

—Pues entonces creo que no te estoy entendiendo.

—Supongo que tendría que irme de puntillas. —Sonrió triste—. Y hacerte ver que está todo bien, que nada de esto llegó nunca a importarme…, pero no es verdad. Porque he descubierto que no me gusta estar sin ti y eso me da miedo.

—Pero ¿dónde está el problema?

—En que no sabré hacerte feliz. No soy nada, no me encuentro, no tengo vida ni planes ni sueños. El problema, Margot, es que el amor no arregla lo que está roto. No quiero necesitarte para estar bien, para ser alguien, para hacer planes. Yo quiero tener algo que ofrecer. Y ahora no lo tengo.

Me acerqué y le di un beso que lo dejó noqueado. Creo que no se lo esperaba. Esperaba un estallido de reproches y llantos que no iba a producirse. Al menos no conmigo. Porque él ya había decidido. Y yo también.

—Si esa es la situación, no debemos vernos más —le dije.

—Esperaré el mes que acordamos y…

—No, David —negué con vehemencia—. No es cosa de un mes. Creo que yo no puedo ser tu amiga. Si esto es un sí pero no, tengo que pedirte que te alejes de verdad.

Frunció el ceño y me vi obligada a explicarme:

—Un mes no es nada. En un mes, al contrario de lo que creíamos, solo daría tiempo a que los recuerdos se volvieran más bonitos, a echarnos de menos. Y al volver a vernos…, unas cervezas en aquel sitio de Carabanchel, ese concierto al que querías llevarme, cualquier cosa, haría el efecto de chispa y se prendería lo acumulado. Pero tú seguirías sin tenerlo claro, porque un mes no es nada.

—¿Y tú lo tendrías claro?

—Igual de claro que ahora. —Hice una mueca—. Tendría claro que tú y yo podríamos ser la hostia, pero no sé cómo.

—Entonces… ¿para siempre? ¿Es lo que me estás pidiendo?

Contuve el nudo en la garganta.

—Si no es suficiente para ti, no lo es. No quiero seguir forzando cosas en mi vida. Ya he comprobado que nunca sale bien.

—Y pedirte que me esperaras no tendría sentido. —Y supe que en realidad estaba preguntándolo, a pesar de no haber interrogante en su boca.

—No, supongo que no. Porque te esperaría.

David resopló.

—Es que no quiero irme de tu vida. No tiene sentido.

—Ni yo que te vayas, pero tiene todo el sentido del mundo. No quiero sufrir y tú estás demasiado indeciso.

—¿Estamos jugando al «todo o nada»? —quiso saber.

—No estamos jugando, David. Esto es la vida real y aquí las hostias duelen y te parten el corazón.

—¿Qué vas a decirle a Filippo? —Arqueó las cejas.

—No lo sé. —Moví la cabeza de un lado a otro—. Aún no lo sé.

—Que no te importe nadie más que tú cuando tomes la decisión.

—Das unos consejos de mierda. Pareces un sobrecito de azúcar. —Sonreí.

—Margot… —me dijo con un hilo de voz, suplicante—. Eres, aunque no lo sepas ver cuando te miras en el espejo. Eres, no solo existes. Eres todo lo que está bien.

Me puse en pie.

—Ya…, sí. —Aguanté un sollozo.

—Nunca te tuve de verdad. —Sonrió triste—. No tengo nada que dar a cambio. Y te tengo que dejar marchar. Porque es la única manera de saber quererte bien.

A día de hoy creo que no lo dije en serio. Creo que, poseída por una especie de dignidad, independencia o amor propio recién recuperado, dije algo que sabía que era bueno para mí, pero sin creer en ello en absoluto. Quizá, en lo más profundo de mí, esperaba que esto sirviera de acicate y que David dejase de ver en lo que sentíamos un problema. Es posible que solo quisiera asustarle, pero el resultado no fue, adelanto, el que esperaba.

Tuvo que pasar mucho tiempo para que entendiera todo lo que nos dijimos, palabra por palabra. Tuvo que venir el tiempo y revolcarme, como una ola que no esperas en un mar que no creías tan bravo, para darle la razón en que, de todas las cosas preciosas que pudimos ser David y yo, ninguna habría sobrevivido a un par de años.

53
Porque nunca fue nuestro momento

De entre los recuerdos de todas las noches tristes de mi vida, el que más me duele es el de aquella. Sabía que a veces se necesita romper con alguien cuando aún lo quieres, pero no estaba preparada para decidir, de mutuo acuerdo, que aquel amor no sería suficiente antes de sentirlo en su plenitud. Le estábamos robando su oportunidad. Era raro pero… cuando alguien dice que te quiere lo suficiente como para dejarte marchar es porque no puede darte lo que tú necesitas.

Dispusimos nuestra vida como si fuera un tablero y trazamos los límites para no hacernos daño. Asumimos que no siempre basta con sentir las mariposas y constaté, de puertas para adentro, lo que ya sospeché en Grecia: la magia no existe si nadie cree en ella.

No nos buscaríamos. No nos escribiríamos. No podíamos ser amigos. No podíamos engañarnos más. No podíamos fingir que no había pasado. «Nosotros» ya no existía.

Y aunque mi decepción pesaba muchísimo y no me daban las manos para hacerme cargo de la suya, debo ser justa y admitir que cuando nos despedimos, estaba más roto que yo. Lo que una vez nos unió, reconocer los dos ojos más tristes de un local de copas, era ahora casi el último guiño de nuestra despedida porque… entre todas las personas que se despedían en aquella acera, frente a la estación de Atocha, nosotros éramos los que más tristes estábamos. Nosotros no íbamos a volver a vernos.

Perdóname si lo cuento mal. Pero solemos ser incapaces de contar como se merecen las historias de lo que más amamos. Déjame volver a intentarlo.

«Dice que me quiere pero que no puede hacerme feliz, *ergo* ya tomó una decisión».

Cuando me di cuenta de todas las posibles vidas a las que decía que no, me hundí. Qué curioso; todas eran un desastre en alguno de sus puntos, pero las quería. Las quería todas. Es sorprendente que, en su dramatismo postadolescente, David tomase una decisión relativamente madura, aunque por los motivos equivocados: no estábamos preparados para una relación. Ni siquiera habíamos dado el paso de superar la anterior.

Pasamos la noche juntos, aunque no ocurrió nada de lo que venía pasando desde que me besó por primera vez. Nos acostamos el uno frente al otro y prometimos no hacernos daño. Después, recordamos. Enumeramos todas aquellas cosas bonitas que nos quedarían como un regalo dentro de nosotros y que cuidaríamos hasta el final.

No hay nada más bello que aquello que el tiempo es incapaz de alcanzar.

Al día siguiente, cuando me desperté, él no estaba allí. Cuando bajé a la cocina, una de sus amigas, sonriente, me dijo que ya le había comentado David que nos había surgido algo y que teníamos que irnos pronto.

—No pasa nada. En cuanto se levante Jose, os podéis ir con él.

—Déjame que te ayude a recoger —fue lo único que pude decir.

David estaba en casa de sus padres, me dijo mientras fregábamos. Tuve clarísimo que quería ser raudo, imponer ya cierta distancia para no darnos la oportunidad de arrepentirnos y… me pareció bien.

Recogimos. Nos despedimos. Escuché todos los planes para los que sus amigas contaban conmigo y dije que sí sabiendo que no volvería a verlas. Queriendo ser dulces y atentas, dibujaron un paisaje aún más desolador y, lamentablemente, no desapareció al subirme al coche.

David y yo hicimos el trayecto de vuelta en silencio. David, en el asiento del copiloto, apoyaba la frente en el cristal y yo, en el asiento de detrás del conductor, fingía dormir.

—¿Dónde os dejo? —le preguntó Jose a medio camino.

David echó un vistazo hacia atrás para comprobar que yo «seguía dormida».

—En Atocha, si te viene bien. Una vez allí, ya nos apañaremos.

Abrí los ojos veinte minutos antes de llegar, pero no hablé hasta que el coche paró. Bajamos en Atocha como si aquello estuviera ya pactado. Me acordaba, igual que se acordaba él, de que decidimos hacerlo en territorio neutral, en un sitio que no nos recordara al otro y que no tuviéramos necesidad de pisar demasiado. Atocha. Pude decirle que cogía trenes a menudo, pero ya habíamos faltado a todas las promesas que nos hicimos, ¿qué importaba una más?

Cuando el coche de Jose desapareció, David se cargó la bolsa al hombro y me sonrió.

—Ni lo intentes —le dije—. No sonrías. Ya sabes que los ojos te hablan demasiado.

—Joder, Margot —musitó—. Al primer vistazo ya me conocías más que el resto. —Se revolvió el pelo—. ¿Y si no somos tan rotundos? ¿Y si dejamos que pase un poco el tiempo y…? Podemos ser amigos.

Creo que estuve a punto de flaquear hasta que dijo aquello último. Yo no podía ser su amiga, joder. Yo me había enamorado de él y ser amigos no compensaría.

—Adiós —le dije aguantando el llanto, y me salió una vocecilla ridícula mitad sollozo mitad súplica.

—No llores, por favor.

—Es que no quiero echarte de menos.

—Yo tampoco. Escucha, Margot, vamos a dejarlo estar, vamos a dejarnos llevar —insistió—. Dejaremos que esto respire unos días y te llamaré en un mes. Mes y medio si lo necesitas.

—Si no hacemos las cosas bien será un desastre.

—No puede ser para siempre —me dijo, muy serio.

—No funcionaría.

—Ya lo sé. —Apretó los labios y tragó—. Nosotros no funcionaríamos.

—¿Entonces?

—Podemos ser amigos.

—No. No podemos. Si te quedas como amigo me harás daño de verdad.

—Joder.

—Lo nuestro no funcionaría y no puedo ser tu amiga. Alejarnos es la única solución que se me ocurre.

—Pues yo no voy a pedirte que me esperes. Tus alas son tuyas, ojos tristes. Solo tuyas.

Me sequé una lágrima antes de que rodara y asentí.

—¿Qué vas a hacer?

—No lo sé —negó nervioso. Los ojos se le estaban humedeciendo, pero disimulaba bien—. Ordenar mi vida. Averiguar por qué mierdas he hecho todas las tonterías que he hecho hasta acabar viviendo en un sofá es un buen punto de partida.

—Te vas a ir de Madrid.

No contestó. Pateó el suelo con la suela de las Converse que le regalé.

—Gracias, Margot.

—El sexo no se agradece. —Sonreí, queriendo hacerme la graciosa.

—No. El sexo no. —Apretó los labios—. Gracias por el viaje de mi vida.

—Viajarás más y a lugares más bonitos.

—Pero no contigo.

Agaché la cabeza y me sequé en silencio las lágrimas.

—Otra promesa a la mierda —dijo—. ¿Ves, Margot? No sé hacerlo mejor. Pero gracias, de verdad, por devolverme al mundo real. No siempre es bonito, pero tiene su aquel. —Al final, sus labios se curvaron en una sonrisa—. He sido muy feliz contigo. Puede que la nuestra sea la historia de amor más corta jamás contada, pero creo que podemos decir que es la más bonita. Bonita como son bonitas las cosas más pequeñas.

Quise decirle que me daba mucha rabia pensar que volvería a querer y que olvidaría aquella pequeña historia de amor, pero no pude porque no se lo merecía.

—Y tú, ¿qué vas a hacer? —preguntó.

—Pues… —Cogí aire—. Volver al trabajo. Romper con Filippo. Dejar de dar explicaciones y de intentar demostrar cosas a todo el mundo. Quizá vender mi casa.

—Nunca fue nuestro momento —musitó—. Siento ser un crío. Ojalá nos hubiéramos conocido dentro de un par de años.

—Dentro de un par de años te encontraré paseando de la mano de una buena chica a la que sabrás querer.

—O alguien dirá que nos vio vendiendo cocos en una playa, muy lejos.

—Si me fugo, ¿te busco?

—Tú nunca te fugarías, Margarita Ortega. —Sonrió y me apartó un mechón detrás de la oreja—. Ya nos encontraremos.

«Ya nos encontraremos». Otra mentira.

—Dime una cosa..., te asustó, ¿verdad? Mi apellido, mi trabajo...

—No. Lo que me asusta es no tener nada con lo que corresponder a tu amor. Quererte mucho y mal es lo que me da mucho miedo.

Miramos a nuestro alrededor.

—Qué suerte tuvimos al encontrarnos entre tanta gente —musitó, acercándose—. Duró poco, pero fue de verdad. Podemos quedarnos con eso.

Le agarré por la cintura. Él a mí también. Juntamos nuestras frentes.

—Adiós, Margot —le escuché decir—. Que la vida te sonría.

—¿Y ya está?

—Que alguien te quiera como yo no he sabido. Que el mundo sea tuyo. Que no te acuerdes de mí jamás. Pero quédate con las canciones, ¿vale? Y si puedes... perdóname porque el amor me venga grande.

—Adiós.

—No me quiero ir —confesó con la voz algo tomada, y su nariz acarició la mía—. Pero me voy. ¿Vale?

—Vale.

Nos quedamos mirándonos unos segundos antes de fundirnos en un abrazo. Fue solo un abrazo, pero encerramos en él la vida que ya no tendríamos, para que cada uno se llevara su parte.

—Joder... —le escuché decir—, ¿cómo puede ser que alguien inventase la electricidad y yo no haya sabido hacer esto de otro modo?

—Ojalá el amor fuera una ciencia.

—No cambies de número, ojos tristes. Quizá en unos años necesite decirte que nunca te olvidé.

David dio un paso hacia atrás. Yo otro. Dimos un par más. Unas cuantas personas cruzaron por el espacio que dejamos entre nosotros y nos volvimos para andar en direcciones diferentes. «Nosotros» se acababa; al menos cumplimos aquella norma que nos impusimos en Santorini. Al menos supimos respetar la más importante.

Nos giramos para buscar al otro entre la gente al menos cinco veces más, pero este gesto, lejos de significar algo, fue solo la antesala de la última despedida. Hasta que desaparecimos.

Desaparecimos.

Nosotros.

54. A
Vuela

El restaurante en el que Filippo me esperaba era uno de mis sitios preferidos de Madrid. Un bistró francés con un jardín interior lleno de pérgolas y pequeños salones privados que cada noche iluminaban la luz de las velas. Además, el foie era una locura. Pensé, mientras andaba entre las mesas siguiendo al *maître*, que era una putada romper en un lugar que me gustaba tanto porque cada vez que volviera, pensaría en ello. Luego me di cuenta de que estaba tan decidido que, quizá, no dolería.

«Voy a hacerlo», escribí aquella misma tarde en un mensaje a David que no mandé.

Filippo iba vestido con una bonita camisa azul claro que le quedaba como un guante. Sobre la mesa vi la cajita de la joyería que nos hizo las alianzas para nuestra boda de ensueño. Estaba segura de que quería hacer una especie de ceremonia privada, un paripé romántico para ilustrar que me perdonaba. Pero para mí, por más que deseara lo contrario, aquellos anillos ya significaban poco.

Me senté sin darle un beso, pero le ofrecí una sonrisa a cambio que él aceptó a regañadientes.

—Estás muy guapa.

Llevaba uno de esos vestidos que compré con David, pero aparté el pensamiento.

—Tú también estás muy guapo.

—¿Qué tal?

—Bien. —Asentí, tímida.

—Estás muy morena. —Me enseñó su dentadura de príncipe azul—. Te queda muy bien.

—Gracias.

—¿Qué hiciste este fin de semana?

—Eh… —Acaricié los cubiertos—. He ido al pueblo de una amiga.

—¿Sí? ¿De quién?

—No la conoces. —Apreté los labios.

—¿Te… has cambiado el peinado? —Señaló mi pelo, que llevaba con mi onda natural, algo alborotado y hacia un lado.

—¿Qué? —Me costó entenderle. Llevaba tres años conmigo, ¿en serio me preguntaba…?—. No, Filippo. Este es mi pelo natural. Siempre lo llevaba liso, pero… me he cansado de planchármelo. Esta soy yo.

Filippo me miró fijamente, como siempre que esperaba que pensase mejor algo que acababa de decir, pero yo no abrí la boca.

—¿Estás enfadada?

—¿He sonado hostil?

—Bastante.

David me habría dicho, en una pobre imitación del acento andaluz y mientras dejaba un espacio entre pulgar e índice: «Una miajita, mi arma». Y yo me habría reído.

—¿Qué pasa? —atajó.

—Nada. Tengo muchas cosas en la cabeza.

—¿Has vuelto al trabajo?

—No. Aún no. El Consejo consideró que necesitaba tomarme unas largas vacaciones.

—Qué atentos. —Arqueó las cejas.

—No, en realidad no. Solo querían tenerme lejos un par de meses.

—Trabajas demasiado.

Suspiré fuerte. Un camarero se acercó y le pedí una copa de vino blanco, frío. Nos preguntó si ya sabíamos qué queríamos cenar y antes de que Filippo pudiera hablar, contesté con un NO rotundo pero educado.

—¿No quieres foie? ¿O ese plato con carabineros que tanto te gustaba?

David preguntaría si eso era marisco o un oficial de las fuerzas del orden italianas desnudo nadando en tallarines.

Fuera. David. Fuera.

—No quiero cenar —le dije.

—¿Quieres que nos vayamos?

—Filippo… —Alargué la mano por encima de la mesa, pidiéndole la suya. Cuando estrechó mis dedos sentí una corriente cálida, conocida, hogareña, que conectó con mi pena—. Lo siento. Siento no haber sabido decirte que todo aquello me venía grande.

—Yo también lo siento. Creí que querías una boda por todo lo alto. Creí que eso te haría feliz.

—No. —Negué con la cabeza—. Pero ni siquiera lo sabía. Siento haber tenido que llegar hasta allí para averiguarlo.

—Lo superaremos. —Sonrió.

—No lo creo, Filippo. Estas cosas siempre se quedan dentro, y es justo porque, sin querer romperte el corazón, terminé haciéndolo. Y no te lo mereces.

—Margot. —Apretó mi mano—. Es una tontería que olvidaremos. No, mejor…, una tontería de la que nos reiremos con nuestros nietos. Vamos a ser felices.

Me mordí el labio y retiré la mano.

—Filippo…

—No, Margot. No voy a dejar que hagas esto. ¿Estás mal? ¿Te encuentras perdida? No pasa nada. Encontraremos la forma de que te sientas bien. Pero no tires por la borda una relación preciosa de tres años. Tú y yo nos queremos.

—Tú y yo nos necesitamos. Somos exactamente lo que encajaba con las piezas del otro, en el vacío que había. Pero eso no es amor. Es cumplir expectativas. El amor es otra cosa.

—Lo nuestro es un cuento de hadas, Margot.

—Sí, pero yo nunca quise ser princesa.

Filippo apoyó el codo en la mesa y se masajeó con tres dedos la frente.

—Estás rompiendo conmigo.

—Esto ya estaba roto, solo nos estoy dando la oportunidad de despedirnos bien. Te mereces a alguien que te quiera como yo no he sabido. —Tragué saliva con dificultad cuando pensé que aquello mismo es lo que David había deseado para mí—. Te mereces encontrar a alguien que también desee cuatro hijos y una vida tranquila, que sepa encontrar el equilibrio entre todas las cosas que quiere. Que no sea solo lo que esperan de ella.

—Pero yo te quiero a ti.

Cogí mi bolso de mano y quise levantarme, pero él me sujetó de una muñeca.

—Me merezco más explicación que esta, Margot.

—Es que no me estás escuchando.

—Solo escucho vaguedades sobre que la boda te vino grande y que has descubierto que el amor no es lo que tenemos. ¿Qué pasa? ¿Has conocido a alguien? ¿Has vivido un verano loco y ahora crees que la vida es eso? No lo es, Margot. No lo mandes todo a la mierda por un amorío de verano que no resistiría el puto invierno.

—Mi hermana Patricia se divorcia —le dije de golpe—. Se ha enamorado de otra persona. Va a dejarlo todo para intentarlo con alguien a quien le saca trece años. Y, ¿sabes?, no me parece una loca ni una caprichosa. Me parece una valiente que no quiere quedarse con lo que tiene por si fuera hace más frío que en casa. Y yo quiero ser valiente.

—¿Es eso? ¿Vas a probar suerte con otro?

—No. Voy a probar suerte conmigo, a ver si me enamoro por fin, sin necesidad de que otra persona me tenga que decir todo lo que soy o no soy. Tengo treinta y dos años y ni siquiera me conozco. No sé ni lo que me gusta. ¿Cómo voy a saber si quiero envejecer a tu lado?

—Si lo dudas es que no quieres.

—O que tengo las narices de hacerme preguntas, Filippo. Nunca nos hemos preguntado nada. Hemos seguido el cauce, hemos hecho las cosas como tienen que hacerse, pero jamás nos hemos preguntado si era lo que queríamos.

Filippo cogió el estuche con nuestras alianzas y jugó con él entre sus enormes manos.

—¿Y quieres eso, Margot? —soltó sin mirarme—. ¿Quieres estar ahí, en tierra de nadie, buscando algo que quizá no encuentres nunca? ¿O quieres construir algo de verdad? Una familia, Margot. Una familia en la que puedas demostrarte a ti misma que no eres como tu madre, que es lo único que creo que en realidad te obsesiona.

—No quiero tener que demostrarle nada a nadie, y ese es el problema, que no hago otra cosa en la vida.

—Pues haz lo que te plazca a mi lado. Yo te apoyaré siempre. —Sus ojos brillaron—. Siempre. Y en mí tendrás un compañero, un marido, un hermano, un padre, un…

Perdí la noción de lo que estaba diciendo cuando imaginé lo que le parecería aquel comentario a David. Pondría cara de susto y exclamaría: «¡Un hermano! ¡Por favor! ¡¡Eso es incesto!!». Sonreí. Triste, pero sonreí.

—Filippo… —le paré—. Voy a hacerte el favor más grande que te han hecho nunca: pedirte que me dejes ir. ¿Y sabes por qué te hago un favor? Porque si intentas contentarme, te harás infeliz a ti. Y no te lo mereces. Eres bueno, fiable, inteligente, atento, educado. Eres guapísimo y sexi y…

—Por lo visto todo eso no es suficiente para ti.

—Claro que es suficiente. Lo que pasa es que… no es para mí —dije negando con la cabeza—. Es para otra y yo se lo estoy robando. Te estoy robando tu cuento, Filippo, porque no soy tu princesa. Lo siento.

Me levanté y recogí el bolso, pero no pude moverme. Filippo miraba las alianzas dentro de su caja.

—Puedes odiarme —le susurré—. Estás en tu derecho y te ayudará a superarlo.

—No te mereces que te odie.

—Quizá sí. Todos somos el malo en la vida de alguien.

Suspiró. Mi mano se posó en su hombro y él la apretó un segundo con la suya. Cuando dejó caer el brazo sobre la mesa, lo supe. Podía irme.

Lloré recorriendo la calle Velázquez. Lloré en el taxi que cogí a la altura de Goya. Lloré sentada en el portal. Lloré apoyada en la mesa del recibidor de mi casa. Lloré en la cocina, en el baño, en el vestidor, sobre la cama y finalmente hasta en sueños. Lloré por no haber sido capaz de ser princesa, lloré por haber dado la espalda a los recuerdos más dulces, lloré por haberle dado, de alguna retorcida manera, la razón a mi madre, porque tan del montón era que no había sabido disfrutar del cuento ni servido en bandeja. Sin embargo, además de lágrimas de duelo por lo que había dejado marchar, lloré unas cuantas más amargas, más calientes, más recientes…, y esas lágrimas eran porque, si en las últimas semanas me imaginé alguna vez haciendo algo así, David siempre acababa abrazándome y diciéndome que esperaría el tiempo que necesitase para hacer lo nuestro bien; que me esperaría, porque valía la pena. Siempre. Y en sus brazos habrían tomado sentido todas las palabras que le dije a Filippo. O lo habrían perdido. No lo sé.

Lloré al escribir en nuestro chat de WhatsApp: «He roto con Filippo y te echo de menos aquí. ¿Por qué decidimos alejarnos, David?».

Lloré al borrarlo y cerrar la aplicación.

Al día siguiente, sin embargo, la sensación fue similar a la que sentiría un pájaro aterrorizado por las alturas que se ha cansado de arrancarse las plumas y ahora va a probar qué se siente al volar.

La última actualización de las redes sociales de David, única manera que tenía de saber de él sin romper nuestro acuerdo, era aquella foto de nuestras sombras enredadas sobre la arena de una playa en Miconos, y el texto que la acompañaba, a pesar de haberlo leído unas cien veces, aún me hacía daño. Mucho. Creo que cada vez que veía aquellas ocho letras me dolían más. «Nosotros». Cabía allí lo que sí, lo que pudo ser, lo que ya no sería. Cabían los recuerdos de algo que, cojones, ni siquiera habíamos visto nacer. Era peor aún quedarse con la sensación de que hubiera sido mejor de lo que parecía. O quizá eso es lo que se dicen a sí mismos siempre los perdedores, cuando ven alejarse el premio.

Las flores que me regaló se iban pochando cada vez más. Eché una aspirina soluble en el agua cuando volví a cambiarla y corté en diagonal los tallos, con cuidado, con la esperanza de que se secaran con dignidad. A menudo me sorprendía pensando que aquellas flores serían lo único que me quedaría de una historia de amor que no llegó a ser amor.

No sé qué mierdas intento decir. Lo único que sé es que me obsesioné. Con él, con los recuerdos, con los olores, con las esperanzas. Y al segundo día de soltería, después de obligarme a meter todo lo que Filippo dejó en casa en cajas, después de escribir y borrar cinco veces un mensaje para David, decidí que había cosas que no podían esperar. Y me fui a la oficina.

A Sonia los ojos casi se le salieron de las órbitas al verme aparecer, y no creo que fuera solo por el hecho de no haber avisado de mi «visita». Había «jugado» con mi armario, con esa alma rebelde (inocentemente rebelde, eso también) que se había despertado en mí, para combinar una falda de tubo de pata de gallo, que normalmente me ponía con una blusa blanca, con una camiseta amarillo pastel y unas sandalias de tacón negro. Llevaba un bolso de mano, el pelo ondulado con la raya al lado y solo me había puesto máscara de pestañas.

—¿Qué haces aquí?

—Trabajar. —Le sonreí—. Pasa y ponme al día.

Le señalé con la cabeza mi despacho y me asomé a la sala. Aún no había llegado nadie.

—Como se nota que no está la jefa. —Me reí.

Cuando Sonia terminó de repasar todos los temas me sentí extraña. En mi ausencia, no había pasado gran cosa. En realidad, después de todas las películas que me había montado en la cabeza cuando el Consejo me «invitó» a coger unas largas vacaciones, no había pasado nada. Nadie había tratado de meterse en mis asuntos, ni había mangoneado a mi equipo o intentado alguna triquiñuela para hacerme perder el control de alguna de mis áreas. Ni estaban buscando que no pudiera más y me fuera, ni querían volverme loca para campar a sus anchas sin mí. Nada. Todo seguía igual.

Eso tendría que haberme animado a hacer nido entre aquellas cuatro paredes, pero en realidad deduje una enseñanza diferente: el peor enemigo con el que debemos luchar nos mira siempre desde el espejo.

Que a los señores del Consejo no les hacía ninguna gracia tenerme allí decidiendo y teniendo un puesto de poder era un hecho, pero que yo me había obcecado en mantener una lucha con ellos, también. Y no valía la pena porque en los últimos años yo había bregado mucho y vivido poco. Por eso en aquel despacho siempre me sentí más en casa que en mi propio piso, porque nunca peleé por hacer de mi vida un lugar en el que sentirme cómoda, como sí hice allí.

El sentimiento que me recorrió entera al darme cuenta fue sobre todo de cansancio. De la moqueta, de las paredes, de los cuadros, de las vistas, de mi mastodóntico despacho, de la rectitud empresarial, de la cultura corporativa, de los socios, de los informes, de los equipos, de aprobar y poner en duda líneas de negocio... Vale. Ya había demostrado que podía.

¿Y ahora qué?

Me quedé mirando a Sonia un buen rato, sin verla en realidad, hasta que se sintió incómoda.

—¿Te has quedado atrapada, estás planeando un asesinato o vas a decirme que tienes depresión posvacacional?

Sonreí y ella me devolvió el gesto.

—¿Y si lo dejo?

La sonrisa de Sonia se derritió.

—¿Qué?

—¿Y si lo dejo? ¿Y si conservo mis acciones y cobro los dividendos, pero me piro a otro sitio? O monto algo por mi cuenta. Podría abrir una librería. Escribir un libro sobre estrategia empresarial. O viajar para perfeccionar el alemán o para aprender chino.

—No te sigo.

—¿Qué hago aquí?

—Eh…, es una pregunta retórica, ¿verdad?

—Escucha…, mi vida en los últimos años ha consistido en demostrar a una pandilla de carcamales misóginos que merezco el puesto no solo por mi apellido. He pasado meses haciendo y deshaciendo maletas. He viajado tanto a la central de Londres que terminé comprándome un apartamento allí, para crear la falsa impresión de estar en casa.

—Bueno, también conociste a Filippo y…

—Filippo y yo hemos roto —sentencié—. No estoy hablando del amor. Hablo de mí. He estado obsesionada con demostrar cosas a los demás, pero… ¿qué quiero yo? ¿Qué es lo que me hace feliz?

—Eh… —Sonia tenía cara de terror.

Me puse en pie, miré a mi alrededor.

—Siempre he querido dar clase —dije.

—Margot… —musitó Sonia.

—Y lo del libro suena bien. ¿Una excedencia? Quizá podría probar con una *startup*.

—Margot.

—¿Y si invento una aplicación móvil que cruce los datos de los lugares que mencionas en WhatsApp…?

—¡¡Margot!! —Sonia se colocó delante de mí y levantó los brazos, alucinada—. Detén la orgía mental, cálmate un segundo. Ni siquiera son las nueve de la mañana y ya has pensado en… ¿cuántos? ¿Diez nuevos negocios? Lo raro es que no hayas mencionado hacerte profesora de meditación.

—Igual…

—Margot…, no puedes hacerlo todo a la vez. Es como ponerse a dieta y dejar de fumar. Habrá valientes que lo hagan, vale, pero ¿y si no tienes prisa? ¿Y si sientes y piensas con calma?

La miré fulminándola. Estaba más cómoda en mi movida mental, en esa verborrea orgiástica en la que de pronto podía ser quien quisiera, hacer lo que quisiera, ir a donde quisiera... Las alas tenían ganas de probarse, pero probablemente no tenía más que un par de plumas.

—Esta es tu casa. Si no te gusta, de acuerdo —me dijo, comprensiva—, pero no regales las llaves para irte a dormir a la calle. Piensa en la mudanza.

Rodeé el escritorio y me dejé caer en la silla. Pensé. Pensé en David, claro, como siempre que me permitía atisbar más allá de lo que tenía delante de mí. Pensé en que tomar cualquier decisión ahora solo formaría parte de una pataleta y/o de la búsqueda de su regreso.

Sonia se sentó en la mesa, saltándose todo protocolo, y me colocó la mano en el hombro.

—Sea lo que sea lo que haya pasado en el viaje, Margot, tómalo como un catalizador. Has dejado a Filippo. Es importante. Es una decisión muy importante. Date tiempo para ir asentando cada paso. Si corres, la pena y el duelo no quedan atrás, solo esperan agazapados para saltar encima de ti cuando menos te lo esperes.

Chasqueé la lengua contra el paladar.

—¿Tú desde cuándo eres tan sabia?

—Tuve una revelación después de intentar que mi vida se pareciera a la de las películas románticas. Si te chocas con un chico guapo con un café en la mano, no se enamora de ti: te hace pagarle el tinte.

Suspiré.

—Llama a la gente del equipo que no esté de vacaciones y convócala para una reunión en mi despacho. Nada formal. Para ponernos al día y decirles que ya estoy por aquí.

—Y que no piensas largarte para montar una floristería.

Un latigazo restalló por dentro, en mis pulmones. No sé si fui capaz de sonreír.

—¿Puedes pedir algo de desayuno para los que vayamos a ser? Y cuéntate tú también. Quizá ha llegado el momento de empezar a darte más responsabilidad, si te apetece.

Asintió, sonriente, y caminó hacia la puerta. Al llegar, se volvió; yo sostenía el móvil entre mis manos.

—¿Cierro?

—Sí.

Escribí: «Hoy he intentado volar demasiado alto y casi me caigo. Tendrías que haberme enseñado un poco más sobre esto de ser libre. Da miedo. Como estar sin ti».

Lo borré.

A mediodía recibí un jarrón con rosas blancas, pero al abrir el sobre que contenía la nota no encontré canciones de los ochenta ni un «te echo de menos». Solo un «Bienvenida a casa» firmado por mi padrino.

55. A
Los cuentos no existen

Patricia estaba destrozada. Candela y yo lo habíamos intentado todo. Los niños estaban con su abuela paterna, que todo el mundo sabía que no los ahogaría en una bañera, que es mucho más de lo que se puede decir de nuestra madre, y Alberto se había marchado de casa con una maleta. Se quedaría en un hotel un par de días. Después, ya verían. Ya verían porque probablemente tendrían que vender el chalet y organizarse la vida de manera muy diferente. En el llanto desconsolado de Patricia vi muchas cosas: vi pena por lo que fue, vi el duelo de un noviazgo feliz, vi duda sobre su futuro y una rabia un poco ingenua provocada por todo lo que cambiaría con el divorcio. La vida no seguiría su ritmo, habría que cantar una canción diferente. Y ella quería, de alguna manera, continuar bailando la misma pero con otro compañero.

No conseguimos arrancarle ni una sonrisa y no dejó de llorar ni cuando descorchamos una botella de su champán preferido y le abrimos la caja de fresas recubiertas de chocolate que conseguimos en una pastelería del centro y que pagamos a precio de oro. Nada. Nos fuimos resignadas cuando nos dijo que necesitaba estar sola porque entendimos, las dos, que nosotras en su situación también querríamos quedarnos a oscuras, bebiendo a morro de una botella de doscientos pavos y ahogando las penas en azúcar.

Pero... sorpresa: cuando salíamos de su casa, nos cruzamos con Didier. Entendimos las prisas con las que nos indicó que debíamos marcharnos. La pobre no pensó que nos cruzaríamos, a la salida del jardín, con aquel chaval alto, delgado, elegante, que traía un ramito de flores en la mano.

—¿Y si se quieren de verdad? —le pregunté a Candela.

Dos semanas sin David. Aquella misma mañana había escrito en nuestro chat: «No aguanto más. Vuelve». Lo había borrado, claro.

En aquel momento quería llamarle, contarle lo de Patricia y que él, mientras hacía ramitos como los que ese chico llevaba en la mano, me dijera que no debía preocuparme por mi hermana, que la vida siempre descubría un lecho sobre el que correr, como el agua.

—El tema no es que se quieran —respondió mi hermana, devolviéndome a la realidad del interior del coche.

Había pedido prestado un coche de la flota de la empresa pero sin conductor. Hacía días que me apetecía ser yo la que frenara, cambiara de carril, redujera la marcha y se quejara de que el tráfico en Madrid es un infierno.

Candela y yo habíamos hablado mucho de la situación de Patricia, sin ánimo de juzgarla, por supuesto. Pero ¿dejarlo todo por un chaval de veinticuatro? Me parecía valiente que diera el paso de romper su matrimonio si ya no quería a Alberto, pero dudaba que aquella nueva relación le saliera bien. Dudábamos, en realidad, porque las dos parecíamos estar de acuerdo.

—Y si el tema no es que se quieran o no, ¿cuál es el tema? —Miré a Candela.

—El tema es que se encuentren en el mismo punto vital. Que él no eche de menos, no sé, la libertad de la década de los veinte y que no eche de más la necesidad de organizarse para todo porque su novia tiene tres hijos. Y así con todo: que se pongan de acuerdo en dónde y cómo vivir, que el amor signifique lo mismo para los dos, que ambos tengan bien curadas las heridas anteriores…

Le lancé otra mirada sin poner en marcha aún el coche.

—¿Hablas todavía de ellos o has pasado a David y yo?

Chasqueó la lengua y me acarició el pelo.

—Pasará, te lo prometo.

—¿Y si no quiero que pase?

—Pues entonces vas a tener que hacer otra cosa.

—Pero él estaba tan seguro de que no iba a funcionar que… ¿cómo iba a funcionar?

—No estabais en el mismo punto, Margot. Si lo hubierais estado, os habríais esforzado por encontrar un término medio.

—Ya.

Miré al frente, agarrada al volante.

—¿Cuándo vuelves? —dejé caer la pregunta mirando a través del parabrisas.

Candela se mordió el labio superior y remoloneó.

—¡Oye…! —me quejé—. ¡Llevas un mes dándome largas! ¿Qué pasa?

—Dejé el trabajo hace mes y medio.

Me volví sorprendida hacia ella.

—¿Qué dices?

—Lo que oyes. Estaba harta del frío y de las pocas horas de sol.

—Pero… ¿estás loca? ¿Y qué vas a hacer? ¡Era un puestazo! ¡Lejos de mamá! Tú estás chalada. ¿Qué coño te pasa por la cabeza?

Me miró con una sonrisa de Mona Lisa y me dio un par de palmaditas en el brazo.

—Querida, cálmate.

—Pero…

—Me han cogido en Médicos Sin Fronteras y voy a trabajar en un barco asistiendo rescates en el Mediterráneo.

Solté poco a poco el aire que había ido conteniendo conforme Candela iba hablando, me agarré al volante y para mi soberana sorpresa... me eché a llorar.

—Pero, Margot..., ¿por qué lloras? No voy a estar en un territorio en guerra ni peligra mi vida, de verdad.

Sollocé.

—Idiota —dijo ella con la voz tomada. Se estaba emocionando—. Que no es peligroso, de verdad.

—No lloro por eso.

—¿Entonces?

—Porque estoy muy orgullosa de ti.

—Y yo de ti.

Candela y yo nos abrazamos como pudimos dentro del coche, llorando. Me apoyé en su hombro, como tantas veces hice en la soledad del internado. Pensé en que quizá sería más difícil verla entonces porque no sería posible viajar hasta donde estuviera, como cuando estaba en Suecia. No pasaríamos fines de semana de hermanas bebiendo vino y paseando por la ciudad. Me dio pena, pero también me hizo sentir feliz. Alguien válido, inteligente, bueno, se iba a dedicar a hacer del mundo un lugar un poco mejor. O al menos a intentarlo.

—¿Lo sabe Patricia?

—Sí.

—¿Y cómo no me ha dicho nada?

—Porque ahora mismo solo piensa en lo escaldado que tiene el chichi de tanto hacerlo con uno de veinticuatro años.

Las dos nos echamos a reír.

—Bah..., no estabas para pensar en esto. Estuve a punto de decírtelo un par de veces antes de la boda, pero... —levantó las cejas— entonces la liaste parda.

—Ya te digo.

—Pero todo esto tiene algo bueno: tu habitación de invitados dejará de ser territorio ocupado muy pronto.

—Da igual. Odio esa casa. Es como vivir en un hotel.

—Tiene lógica, sabiendo a qué te dedicas. —Nos separamos y nos miramos.

Un piso más pequeño, más cálido, lleno de plantas y flores en cada rincón, donde oliera a comida casera y la pintura de las paredes, a veces, se desconchara. Un hogar imperfecto donde ser feliz sin intentar parecer alguien diferente.

—¿Me oyes?

—¿Qué? —aterricé de nuevo en el coche.

—Te decía que me voy tranquila sabiendo que ahora eres capaz de salir pronto del trabajo de vez en cuando. —Señaló la hora. Apenas eran las siete de la tarde.

«David, ¿te conté alguna vez que tengo un apartamento en Londres? No te lo creerás, pero ese piso es tan cálido y hogareño…».

—¿Te importa si dejo el coche en el parking de la oficina y vamos paseando hasta casa?

—Qué va.

Mi hermana me estaba describiendo cómo iba a ser su vida en cuanto se incorporara a finales de mes y yo fingía estupendamente tener los cinco sentidos puestos en lo que me estaba contando, haciendo preguntas y riéndome de sus chascarrillos, mientras me concentraba en no perder ni un minuto. Candela no tenía forma de saber que, como quien no quiere la cosa, mis pasos iban dirigiéndonos hacia la floristería. ¿Qué buscaba? ¿Un encuentro fortuito? ¿Emprender un intento a la desesperada? No tenía ni idea. Solo respondía a una necesidad. Quería llegar antes de que cerrasen.

—Oye, ¿no nos estamos desviando un poco? —me preguntó Candela, mirando el nombre de la calle en la que nos encontrábamos.

—Un poco. Pero he pensado que podemos tomarnos una cerveza en alguna terraza de Malasaña.

—Ah, pues vale. Me parece guay.

—Conozco un sitio donde tienen unos perritos calientes superricos —dije triste.

—¿Y si están tan ricos por qué lo dices con pena?

—Porque me lo descubrió David.

—Ya. —Me dio un codazo suave—. ¿Y… hacia dónde vamos en realidad?

—A pasar por delante de la floristería —confesé.

—Eso es acoso.

—No voy a entrar.

—Es peor. Eso es muy *creepy*.

—¿Tanto? —La miré preocupada—. Igual me estoy volviendo muy loca.

—¿Y si te ve?

—Pues a lo mejor…

—… a lo mejor sale, te besa y entonces una cortinilla Disney convierte Malasaña en un lugar encantador lleno de pajaritos regordetes que saben coser.

—No te burles de mí.

—Si tanto te arrepientes de haberte alejado de él, ¿por qué no le llamas?

—Porque hay cosas que no se dicen por teléfono. Y porque era él quien estaba seguro de no poder quererme.

Caminamos en silencio un par de manzanas, hasta que me quedé clavada en una esquina. En la contraria, en la acera de enfrente, la floristería.

—Es ahí.

—¿Ahí? Qué mona.

—Es de dos señoras supermajas. —Sonreí sin mirar a Candela, con los ojos clavados en el exterior lleno de maceteros.

—Ya…, ¿qué quieres hacer?

—Dar la vuelta e ir a casa —contesté.

—¿Y por qué no entras?

—Porque no querrá verme.

—¿Por qué no iba a querer verte?

—Porque… no cree que lo nuestro pueda ser posible.

—Margot… —Me puso cara de hastío—. ¿Te compro la *SuperPop*? Por favor, que no tienes dieciséis años.

—¿Y qué le digo?

—¿Qué tal «te echo de menos»?

La miré, dudando. Ella asintió, animándome.

—Te espero aquí. Si va todo bien, mándame una manita con el pulgar hacia arriba por WhatsApp y me voy a casa sin ti.

—¿Y si va mal?

—Venga… —Me empujó con suavidad—. Venga. No te lo digo más.

Fueron los metros más difíciles que he recorrido en mi vida. Ni siquiera mi carrera en dirección opuesta al altar me pareció tan dura. Una vez en la puerta, hice tres intentonas para entrar y terminé apartándome las tres. Candela silbó y me hizo un gesto. Joder.

—¡Gallina! —gritó.

—Calla —le pedí sin levantar la voz, intentando que me leyera los labios.

—Eres la más cobarde de las hermanas Ortega.

Suspiré. Cogí la manilla de la puerta y abrí. Amparito, con las gafas puestas, estaba inclinada en el mostrador sobre algo que parecía un albarán. Levantó la mirada hacia mí y sonrió, quitándose las lentes y dejándolas caer sobre su pecho, oscilando en una cadenita de cuentas de colores.

—¡Hola! ¿Cómo estás, bonita?

—Muy bien. —Di un par de pasos dentro de la estancia. Todo olía a flores. Todo olía a tierra húmeda. Y yo debía desprender un tufo terrible a miedo—. ¿Qué tal?

—Bueno, tirando. Nos está resultando un poco difícil.

Fruncí el ceño.

—¡Asunción! —gritó—. Ha venido la niña de David. —Me miró—. Perdona, cariño, es que se me ha olvidado tu nombre.

—Margarita —le dije.

—Qué apropiado. A David le encantan las margaritas.

Asunción se asomó a través de las cuentas de la cortina de la trastienda, sonrió y después dibujó una especie de puchero.

—Pero, bonita…, ¿cómo estás?

—Bien.

—Bien no. Si nosotras estamos tristes…, imagínate tú.

—Eh… —Miré alrededor, nerviosa. Cogí aire un par de veces. Empezaba a hacerme una idea de lo que estaba pasando—. No está, ¿no?

Se miraron.

—No, no está. ¿No…, no te ha dicho nada?

—¿De qué?

Otra vez esa mirada entre las dos. Amparito empujó fuera del mostrador una banqueta y me pidió que me sentase. La obedecí sin saber por qué.

—Yo no sé si deberías contárselo —escuché a Asunción.

—¿Cómo que no? Pero ¿no ves la cara de esta chiquilla?

—La mierda cuanto más la mueves, peor huele.

—Margarita —me dijo Amparito, tratando de ponerse a mi altura y mirándome a los ojos—. Se ha ido.

—Qué sutil eres —soltó su hermana—. Déjame a mí.

—¿Cómo que se ha ido? ¿Se ha ido a otra floristería?

Asunción apareció delante de mí y apartó a su hermana.

—Llegó aquí un lunes. Nos pareció raro porque él solo trabajaba de martes a jueves, pero es que… venía desencajado.

—¿Desencajado?

—Sí. Nos dijo que lo tenía que dejar, que se iba. Que había conseguido un trabajo a tiempo completo, que tenía que ahorrar y no sé cuántas cosas más. Estaba muy apenado.

—¿Otro trabajo? ¿De qué?

—De camarero, creo. En un restaurante. ¿No dijo eso?

—No sé —contestó Amparito.

—Nos dejó el teléfono de un par de amigos suyos que podían ayudarnos a cargar cajas, maceteros y esas cosas. Él empezó así, pero vimos que tenía maña con las flores... y, bueno, da igual. Que vino a despedirse y a disculparse, a avisarnos. Trabajó esa semana y el jueves... lo recogió todo y se fue.

Me levanté de la banqueta y di un par de pasos hacia la puerta, medio grogui.

—Niña, ¿estás bien?

—Gracias. Muchas gracias a las dos. Que tengáis buen día.

Salí de la tienda empujando la puerta con más fuerza de la necesaria porque me faltaba el aire. Me estaba asfixiando. El olor de las flores, de la tierra húmeda, de la ausencia de David... campaba a sus anchas por mis pulmones, expulsando el oxígeno de mi cuerpo.

Candela acudió corriendo a mi lado.

—Se ha ido —le dije.

—Ay, Margot..., cuánto lo siento.

—Se ha ido, Candela.

—Margot...

—¿Qué día es hoy? —pregunté aturdida.

—Miércoles.

Alcé el brazo, paré como una autómata el primer taxi que pasó por mi lado y me lancé dentro.

—Pero ¿adónde vas? —me preguntó mi hermana.

—Espera, espera, espera... —dije revisando la conversación de WhatsApp con David—. ¡Aquí!

Le di la dirección al conductor y me volví para mirar a Candela a través de la puerta abierta.

—¿Vienes o qué?

La calle donde David vivía junto a Iván y Dominique seguía tan llena de árboles como cuando le visité por primera vez, pero a la luz del día parecía más desangelada. Las paredes de los edificios mostraban el color envejecido de unas pinturas que no se habían renovado con los años, algunos grafitis y manchas de humedad en las que no reparó la otra vez. O quizá es que todo, sin David, perdía brillo.

Candela no decía nada y yo tampoco. No era el barrio lo que nos tenía calladas. Era la ansiedad que se respiraba a mi lado.

Llamé al telefonillo sin protocolo, insistiendo. No tardaron, no obstante, en contestar. Era la voz delicada y cantarina de Dominique la que me respondió con un suave:

—¿Quién?

—¿Está David?

—¿Quién es?

—Soy Margot, Dominique. ¿Está David?

No creo que la desesperación de mi voz le pasara desapercibida porque me abrió sin mediar palabra.

Candela no preguntó si subía conmigo o me esperaba abajo. Simplemente me siguió, se montó en el ascensor y estudió mi expresión cuando pulsé el tercero. Me acordé de David y yo allí metidos, cómo jugó a acercarse solo por el placer de ver lo nerviosa que me ponía que lo hiciera.

—No llores, Margot.

Ni siquiera me di cuenta de estar haciéndolo.

No me dio tiempo a recomponerme frente a la puerta, solo a secarme las lágrimas con el antebrazo. Dominique esperaba, con Ada en brazos y expresión de lástima.

—No está, ¿no? —le dije.

—Pasa. Haré café.

La casa estaba recogida y olía exactamente igual que la última vez que estuve allí: una mezcla hogareña de comida, colonia de bebé y limpio. Era como entrar en casa de esa abuelita a la que quieres tanto.

Domi me preguntó si podía sostenerle a la niña y mi hermana la cogió al ver que yo ni siquiera había escuchado su petición. Estaba dibujando en mi cabeza todas las posibles explicaciones para el hecho de que David no estuviera allí. Ni en la floristería. Ni en mi vida.

Nos sentamos en el sofá, en silencio. Candela jugaba con Ada con soltura; siempre se le dieron muy bien los niños. Ella reía y las paredes acogían el sonido con gusto, como parte de la vida feliz que se vivía en sus entrañas.

Dominique no tardó en aparecer con una bandeja con dibujos de granos de café, sosteniendo tres tazas, precisamente de café, un azucarero y un pequeño recipiente con leche. Lo dejó en la mesita y se sentó en un reposapiés muy cerca. A pesar de que yo no estaba acostumbrada al contacto físico y el afecto de amistades, dejé que cogiera mis manos entre las suyas.

—Se ha ido —avancé yo—. ¿No?

—Sí. Un amigo suyo le llamó por una vacante de camarero en un crucero. Dicen que se gana bien y que en propinas te llevas un buen sobresueldo.

Arqueé las cejas. ¿Camarero en un crucero? Eso no le pegaba nada.

—Pero…

—A ver, mi niña, ¿tú quieres la verdad o quieres que sea fácil? —me preguntó.

—Que sea fácil —respondió Candela.

—La verdad —contesté yo.

Nos miró a las dos con una sonrisa tierna.

—Sois hermanas, ¿no?

—¡Pero si nos parecemos como un huevo a una castaña! —se sorprendió Candela.

—Tenéis las mismas cejas.

Me hubiera reído si no hubiera estado tan triste, alucinada, cabreada, decepcionada y acojonada.

—Pero ¿va a volver?

—Mujer, no creo que se quede dando vueltas por el Adriático para siempre. Pero a casa ya nos dijo que no volvería. —Se enderezó, cogió una taza y me la pasó—. Llegó hecho polvo. Nunca lo habíamos visto así.

—Llegó, ¿cuándo?

—El domingo que os despedisteis. No dejaba de decir que había echado su vida a perder, que había tomado siempre las peores decisiones, que había perdido el tren. Iván intentaba animarlo, pero no había manera. Nos costó, pero... habló. Habló claro, quiero decir. Ya sabes cómo es David..., callarse no se calla ni debajo del agua.

Sonreí.

—Estaba destrozado. Nunca lo había visto llorar. Estaba agobiado porque no tenía nada que ofrecerte y porque llevaba tiempo siendo un parásito. No dejaba de repetir que no podía haberse enamorado en un mes, que todo era una crisis personal y que tenía que ordenar su vida.

«Que no podía haberse enamorado en un mes».

—Bueno... —dije.

—Al día siguiente volvió de pasear a los perros diciendo que necesitaba tiempo para entenderse, y... esa misma tarde le llamaron para contarle lo del crucero. Vio la luz. Tres meses en un barco, bien pagado, sin necesidad inminente de buscar piso pero saliendo de inmediato de casa. Le pareció perfecto.

—Se marea en los barcos —susurré.

Me dio una palmadita en la pierna.

—Debes tener una sensación horrible. Supongo que de alguna manera escapó, que todo se le hizo bola y...

—No —dije sin mirarla—. Conozco esa sensación. Supongo que es la misma que me hizo salir corriendo de mi boda.

—No, mi niña. Tú no querías casarte con ese hombre. David..., David a veces siente demasiado. Si me pides opinión, te diré que creo que la única prioridad en sus decisiones seguías siendo tú. Es un hombre estupendo, pero para algunas cosas continúa siendo un… chiquillo. Supongo que se fue pensando en volver por la puerta grande, ¿sabes? Con un plan, con un futuro…, no sé. Es un romántico. Y fíjate que lo tomé por loco cuando me pidió que si venías te dijera…

—¿Que me dijeras qué?

—Espera. Me lo apunté en el móvil para que no se me olvidara.

Dominique se levantó. Ada estaba intentando arrancarle la nariz a Candela, lo que les parecía sumamente gracioso a las dos. Cuando volvió, yo ya había dejado la taza sin probar en la bandeja.

—A ver…, aquí: «Será la vida quien decida si somos o no somos "nosotros". Dile que vuele. Y que no cambie de número porque, aunque nunca nos atrevamos a llamar a esa puerta, necesitamos sentir que sigue abierta».

Despegó los ojos de la pantalla y me miró.

—¿Te dice algo todo esto? A lo mejor lo apunté mal. No sé. Ahora leyéndolo me suena bastante raro todo. Él lo dijo deprisa y yo no lo anoté hasta que se fue, así que no sé si…

Me levanté. Candela me miró desde el sofá, con la niña en brazos, sorprendida por mi reacción.

—Me tengo que ir —le dije a Dominique—. Pero muchas gracias.

—De nada, Margot. Vuelve cuando quieras. El domingo haremos chicharrón, si quieres.

Tragué saliva y se lo agradecí, sabiendo que probablemente no volvería a verla jamás. Le di un abrazo y Candela le devolvió a su hija cuando nos separamos.

Ya nos despedíamos en la puerta cuando me dijo:

—Es una lástima que David tenga tanto miedo a que lo quieran bien, Margot, porque estaba loco por ti.

El techo de nuestra casa, imperfecta pero cálida, cedió al peso de las dudas y cayó sobre muebles y plantas, aplastándolo todo y dejando en las paredes cuadros llenos de polvo, torcidos, con fotos que nunca haríamos en viajes que jamás emprenderíamos.

La pareja que podríamos haber sido, apasionada pero dispuesta a aprenderlo todo, dejó de hablar el mismo idioma y, por más que quisieron decirse «te quiero», no entendieron ni palabra y tuvieron que dejarse ir.

La mujer que podría haber sido a su lado. El hombre que imaginé que albergaba dentro. Los niños que crecerían sabiendo que ser libre no es no estar atado a nada sino saber qué es lo importante de verdad, no nacieron.

Nunca crucé el umbral de casa de sus padres.

Nunca reté a mi madre en silencio, presentándolo en la comida de Navidad.

Nunca compramos muebles juntos.

Nunca discutimos de nuevo por un tonto malentendido.

Nunca volvimos a hacer el amor en ninguna cama, coche o piscina.

Porque la ausencia, el «para siempre» vacío, me cayó encima de golpe, como una certeza que no es posible asumir de un solo mordisco.

Como Casandra…, supe de pronto cuál era el futuro, qué me esperaba sin él, pero nadie, ni yo misma, estaba dispuesto a creerme.

No, los cuentos no existen. Y si existen, es posible que Hansel y Gretel jamás salieran vivos de la casa de caramelo.

56. A
Asumir la vida

Tardé dos años en asumir el abandono. Tal cual. No voy a adornarlo. Tardé dos putos años en asumir que David no iba a volver. Y que yo no quería ir en su busca.

Los primeros tres meses fueron, creo, los más largos, porque entonces aún estaba viva la fantasía de que, pasada su aventura en el crucero, volvería. Que se presentaría en mi puerta, bronceado, sonriente, arrepentido… y me diría algo tonto pero con mucho significado, algo como:

—¿Ya ha pasado «para siempre»? Me he cansado de esperar.

Eso, como puedes imaginar, no ocurrió y los tres meses siguientes se convirtieron en una prórroga en la que cualquier pensamiento iba seguido de «pero a lo mejor vuelve».

Supe de él unos nueve meses después de la última vez que lo vi en la estación de Atocha. Solía pasarme que a veces, en medio de una muchedumbre que andaba por la Gran Vía o que recorría la Castellana de una acera a otra, se me paraba el corazón porque me parecía verlo. Normalmente esperaba quieta, casi sin parpadear, para comprobar si era él, pero nunca lo era. Hasta que sí lo fue, porque Madrid no es tan grande. Yo iba hablando por teléfono con mi hermana Candela, con las ventanillas del coche de la empresa bajadas, mientras revisaba en el iPad un par de cosas. *Multitask.* Estaba agobiada porque al día siguiente tenía una reunión importante y bajé la ventanilla para que me diera en la cara la brisa de primavera, aún un poco fría. Y lo vi.

No llevaba consigo más que las manos hundidas en los bolsillos de una cazadora de cuero que le quedaba muy bien. Le había crecido el pelo y lo llevaba peinado con la raya al lado, en una especie de look grunge pero arreglado. No sabía de dónde venía ni adónde iba. Solo supe que no quería detenerme para averiguarlo.

Él me vio. Sí, también me vio. Me vio mirarlo, dejar caer hasta mi regazo la mano que sostenía el teléfono y conjugar su nombre en mis labios, sin apenas moverlos. Él me vio prefiriendo abandonar la posibilidad de pedir explicaciones, de exigir su regreso. Él me vio marcharme, en mi coche, en mi vida.

Me escribió aquella misma noche. Sabía que lo haría y, aunque estaba preparada, lloré mucho.

> Nunca pensé que, si volvíamos a vernos, sería de este modo. Siento haberme marchado como lo hice. Siento no haber dado la cara frente a lo que sentíamos. Siento haberme hecho pequeño cuando tocó ser grande.
> Lo siento, Margot, porque queriendo no sufrir nos hice daño.
> Si recibes este mensaje es porque no has cambiado de número, así que gracias por darme la posibilidad de decirte que no te he olvidado.

Lloré durante más de cincuenta minutos sin parar y, cuando pude tranquilizarme, tiré al cuarto de las basuras las flores que tanto me había costado secar, porque ya no significaban nada.

Otra lección: el amor no es que caduque, es que hay que conjugarlo a tiempo o dejará de significar algo.

Porque yo había estado esperando nueve meses y él estaba allí. Porque ninguno de los dos escribió al otro. Porque ambos nos escondimos en la fantasía romanticona e infantil de los amores que no pueden ser para no asumir que no tuvimos las agallas necesarias para hacerlo posible.

Tiré las flores y después me odié por ello, pero al día siguiente ya no había marcha atrás: había entrado de pleno en la segunda fase del duelo. La ira.

Lo odié durante unos cinco meses más, pero no sirvió de nada hasta que no dejé de vigilar sus redes sociales, por si un día publicaba alguna foto que me hiciera el suficiente daño como para quemar hasta los recuerdos que guardaba en mi pecho. Pero no. La última foto seguía siendo «Nosotros», como a quien le gusta ver flotar a la deriva la proa del barco en el que ha naufragado.

Pasado el verano siguiente fue más fácil. Dicen que el calendario tiene que dar la vuelta entera para que dejen de doler los aniversarios. Con eso quiero decir que cuando ya cumplimos un año de todas aquellas primeras veces (un año del primer beso, un año del primer polvo, un año que me dijo tal cosa, un año desde que vivimos esta otra...), solo se despliegan frente a nosotros dos opciones: una es la de vivir aferrada a cosas que ya no existen; otra es seguir andando sola en busca de algo nuevo.

Yo elegí seguir andando, aunque aún me costara unos cuantos meses más.

Si digo que tardé dos años es porque ese fue el tiempo que tardé en entender que si continuaba viviendo donde lo hacía, era para que él pudiera encontrarme si me buscaba. Tardé dos años en poner el piso en venta y se lo vendí en dos meses a un magnate chino. Con muebles y todo. De esa casa no quería llevarme ni los recuerdos. Era el símbolo de haber dejado que los demás me dijeran quién debía ser. Era una especie de mausoleo en el que dormiría para siempre la Margot que jamás se sintió suficiente.

Lo vendí, me embolsé el dinero y me mudé a mi piso de Londres. Candela vivía navegando el Mediterráneo de arriba abajo, y Patricia estaba demasiado ocupada haciendo encajar las piezas de su vida... como de costumbre. Para estar sola en Madrid, prefería estarlo en Londres. Y allí aprendí que todo era más fácil de lo que nos empeñamos en creer.

La oficina de Londres era un poco más pequeña que la de Madrid, pero funcionaba como el mecanismo de un reloj suizo. En dos semanas estaba más integrada allí que en Madrid. A Sonia tampoco le costó el cambio. Estaba feliz. Decía que ahora su vida podía convertirse en una novela de Marian Keyes. Supongo que los románticos nunca aprenden.

Me costó, pero empecé a ser feliz. Sin esperar a nadie. Con mi soledad. Aprendiendo de mis mierdas. Felicitándome por mis logros. Brindando conmigo misma, con una copa de buen vino y un libro, los días en los que todo iba bien. Saliendo a tomar una pinta con Sonia y más gente del equipo cuando teníamos un mal día. Supongo que esa era mi norma: todo pasa mejor con un vino, pero nunca bebas sola si el trago es amargo.

Si alguien me pregunta si olvidé a David, le diré que no. En ningún instante. Pero dejé de odiarlo por haberse alejado. Dejé de pensar en lo suyo como en un abandono. Aprendí que éramos dos personas diferentes que no necesitaban lo mismo. Él aún tenía que crecer, aprender, asumir. Y, fíjate, con la rabia se fue también la seguridad de que no volvería a querer como nos quisimos nosotros durante aquel verano.

Conocí a alguien. La vida, como el agua, siempre encuentra un lugar por donde fluir. Y resulta que a veces vuelve por sitios que creías ya secos. Lo conocí en un parque. A veces, cuando hacía buen tiempo (lo que en Londres era sinónimo de «con que no llueva, me conformo»), iba a leer allí y me sentaba en un banco para que me diera un poco el aire. Uno de esos días, su perro se lanzó sobre mí, ladrando como un loco porque quería comerse a la ardilla a la que le estaba dando una nuez. Me dio un susto de muerte porque, aunque es un perro bueno y juguetón, es una mole de músculo llena de dientes; él, su dueño, insistió en invitarme a un café para compensarme.

Hablamos. Me pidió mi número y, como no se lo quise dar, entre risas avergonzadas, me dio el suyo. Después me fui andando hasta casa y lloré, porque David hizo lo mismo. Me dio su número para que pudiéramos hablar, pero no había podido ser porque ninguno de los dos fue lo suficientemente valiente o inconsciente como para lanzarse de lleno a quererse. Y a mí ya no me apetecía ser más cobarde.

Quedé con Barin un par de veces (lo sé, qué nombre más extraño) antes de tener claro que aquello no funcionaría si no hacía algo por mi yo de ayer.

Así que después de la cita en la que por fin me besó, compré un billete de ida y vuelta a Madrid, y no precisamente para ir a ver a mi madre que, por cierto, me había informado en un mail muy protocolario de que se había quitado medio kilo de culo y que se había inyectado la grasa en la cara. O algo así. En el chat de hermanas estábamos *living*. Ya no era Lady Miau. Ahora era Miss Cara Culo.

Lo cierto es que no me costó nada encontrarlo. Menos que nada. Si no fui a verlo antes, supongo que es porque necesitaba haberlo superado de alguna manera.

Al entrar en el local sentí un escalofrío de placer. El interior de la tienda estaba a una temperatura perfecta. Olía a flores, a tierra húmeda, a David.

Me acerqué al mostrador y una voz masculina anunció que venía enseguida. Me arreglé el pelo con los dedos, un poco nerviosa, y… salió.

Llevaba unos vaqueros y un jersey de lana, de los gordos, de esos que les quedan tan bien a los chicos monos…, aunque él ya no era un chico mono. Era un hombre increíblemente guapo.

Ya había cumplido los treinta, pero seguía teniendo mirada de niño triste. Creo que se puso más triste cuando me vio.

—Joder. —Se apoyó en el mostrador y después, cuando volvió a erguirse, aprovechó para apartarse el pelo de la cara. Volvía a llevar sus greñas.

—Es raro porque… sabía que dirías exactamente eso —dije con una sonrisa.

No nos movimos. Nos quedamos unos segundos quietos, estudiándonos, buscando las diferencias que había entre la persona que teníamos enfrente y lo que recordábamos de aquel breve amor.

—Pasa —me dijo al fin.

—Si tienes trabajo puedo volver más tarde.

—No digas tonterías. Pasa.

Salió del mostrador, me señaló la trastienda y cerró la floristería por dentro, dándole de paso la vuelta a un cartel supervintage donde indicaba si estaba abierta o cerrada.

—¿Quieres un café? —me ofreció.

—Gracias. Hace un frío que pela.

—¿Lo sigues tomando solo?

—¿Y tú ahogado en un litro de leche?

—Nunca me gustó el café. Es hora de que lo admita. Era joven y quería impresionarte. —Hizo un mohín.

—Todo lo que puede impresionar un café latte. —Sonreí—. Sigues siendo joven.

—¿Sí?

—Solo han pasado tres años.

—Pues yo tengo la sensación de haber envejecido por lo menos quince. —Se mordió el labio y metió las manos en los bolsillos de su pantalón.

—Será que los años sin mí son como años de gato.

—Siempre fuiste un poco gata, eso es verdad. Pasa y siéntate, por favor.

La trastienda tenía, a su vez, una trastienda y, a juzgar por cómo estaba montada, diría que David pasaba más tiempo allí que en su casa…, si es que la tenía. Había un sofá, claramente de segunda mano, de terciopelo verde oscuro, precioso, pero sobre el que ya pesaban los años. En el respaldo, bien doblada, descansaba una manta suave.

Una mesa, hecha con una tabla tosca de madera y unas barras de metal negro, contenía lo que eran claramente las sobras de la comida: solo un plato con migas y una servilleta arrugada. Una botella de agua de cristal ya casi vacía. Un libro muy viejo, con las hojas amarillas.

En un rincón me sorprendió encontrar una chimenea… o lo que quedaba de ella, pues era ornamental. En su interior, un cesto con flores secas. En la repisa, pequeños jarrones de cristal llenos de más flores y alguna maceta alrededor, con plantas altas y exuberantes. Unas cortinas, que parecían pesadas y algo polvorientas, cubrían dos ventanas que, al asomarme, descubrí que daban al patio de luces de una pequeña comunidad de vecinos. Donde David estaba haciendo café en una máquina Nespresso, también tenía una pequeña nevera en la que vi un par de botellas de vino.

Me fijé en dos copas que descansaban, con restos de vino tinto, junto a él, en el mueble en el que tenía la cafetera. Una de ellas tenía una marca de carmín rojo. Me pregunté si seguiría sintiéndose atraído por las mujeres guapas que nunca le querrían o si, por el contrario, habría encontrado a otra como yo, llena de ganas de amarlo.

—No es lo que parece —me dijo.

—¿Qué de todo?

Fui hacia el sofá y me senté.

—Pues… —Cogió aire y me pasó una taza, de las antiguas, con filigranas doradas en el borde y en el dibujo de flores—. No vivo aquí, aunque parezca que estoy muy instalado.

Tengo un piso a un par de manzanas de aquí. Vengo andando todos los días a trabajar.

—Se te ve feliz.

—Bueno, como te decía, no es lo que parece.

—¿No eres feliz?

—La copa. —No se volvió a mirarla, solo señaló fugazmente hacia sus espaldas—. Tampoco es lo que parece.

—Han pasado tres años, David, no tienes que darme explicaciones.

—Entonces ¿qué haces aquí?

Removí el café y le di un sorbo. Él se colocó frente a mí, apartando previamente algunos trastos de la mesa de centro y se sentó en ella.

—Has conocido a alguien —me dijo.

—Sí. ¿Y tú?

—A nadie que me haga sentir la necesidad de comprar un billete de avión e ir a buscarte a Londres.

—¿Cómo sabes…?

—¿Cómo sabías tú dónde encontrarme?

Me callé y dejé la taza a un lado. Para ello tuve que acercarme. Seguía oliendo exactamente igual. En tres años no había cambiado de perfume…, aquel con el que sustituyó el agua de colonia para bebés, porque en mi absoluta tontería le dije que aquello le ayudaría a enamorar a Idoia.

—He venido a decirte que ya no te odio —le dije—. Porque supongo que sabrás que te he odiado mucho.

—Me imagino. —Desvió la mirada y mordisqueó el interior de su carrillo—. Y tenías razones para hacerlo.

—No. Creo que no. Creo que me enfadé más con el tiempo, que no nos juntó cuando tocaba, que contigo. Por eso ya no te odio. Porque lo he entendido.

—Fue una excusa. —Se encogió de hombros—. Estaba aterrorizado. Me daba miedo que saliera mal y me daba miedo que saliera bien. Creo que pensé que no estaba preparado para un «para siempre» y terminé comiéndome otro… más amargo.

—No hubiéramos durado para siempre. He tenido tiempo para pensarlo, ¿sabes? Y en las doscientas vidas que he imaginado contigo, en todas, había un problema insalvable. Hijos, rutina, el trabajo, mi obsesión por el control, tu desaliño, otra chica…

—Nunca te habría engañado.

—O sí. —Le sonreí—. No lo sabemos.

—Por eso no podré perdonarme yo, porque nunca lo sabremos.

—Yo también pude buscarte.

—Y lo hiciste. —Miró al suelo y cogió mucho aire.

—Sí. Es cierto.

—¿Te rompí el corazón?

—En trozos muy pequeños. No porque te fueras, que conste. Me rompieron el corazón tus dudas sobre si lo que habíamos sentido era real. Me rompió el corazón que no volvieras.

—Me di cuenta cuando no contestaste aquel mensaje que te envié. Me di cuenta de que ya era tarde, quiero decir. Empalmé un crucero con otro y cuando volví quise plantarme en tu casa, pero me dio vergüenza no saber qué decir. ¿Te quiero? Con un «te quiero» no sirve, Margot. Los dos lo sabemos.

—No pasa nada. —Alargué la mano y sujeté su antebrazo desnudo. Llevaba el jersey arremangado. Estaba tan guapo—. No hubiera funcionado.

—O sí. Pero nunca lo sabremos. Y en el caso de que no hubiera funcionado, algo bueno habríamos vivido. Quizá hasta nos negamos la posibilidad de descubrir que soñábamos con otras cosas. Mírame. Si no llega a ser por ti, creo que nunca habría sabido que esto es lo que quería.

—¿Eres feliz? —le pregunté de nuevo.

—Soy feliz tanto como creo que uno puede serlo. Estoy tranquilo por fin con las decisiones que tomé. Estoy solo, pero…

—¿Por qué lo estás? Seguro que hay decenas de chicas que quieren pasar aquí las noches, envueltas en esa manta, maldurmiendo contigo en este sofá.

—Eso solo querrías hacerlo tú —se burló—. Porque estás loca. Aunque quieras disimularlo con esos zapatos de tacón, tu peinado…, estás tan loca como yo. Y lo dejarías todo por amor.

Agaché la mirada. Él levantó mi barbilla.

—No lo digo porque…

—Tú no juzgas, David. Eso ya lo sé. Es solo que…, bueno, mi parte loca quiere quedarse en el sofá.

—Pues quédate. Y déjalo todo por amor.

Me reí sin ganas.

—Ya, ya lo sé. Es de locos. No puedes —se reprendió él mismo.

—He venido para decirte que ya no te odio y para que tú me digas que ya no me quieres.

Esta vez le tocó reírse a él, pero lo hizo con menos ganas todavía.

—¿Necesitas que te lo diga para seguir con tu vida?

—He seguido con mi vida, pero necesito escucharlo. Aunque nunca me dijeras «te quiero» con propiedad.

—No tenía ni para darte ese te quiero. —Hizo una mueca—. Era un crío. Pero te quería. Joder, que si te quería. Y… lo siento mucho, Margot, porque no puedo decirte que haya dejado de hacerlo. Ya no me despierto en mitad de la noche odiándome por haberme ido, pero sigo pensando en ti, en qué habría sido de nosotros. Y…

Apoyé las dos manos en sus rodillas; él colocó sus manos sobre las mías. Entendió que solo quería pararle. No quería escuchar más, al menos si iba por ahí.

—Bueno. Al menos —susurró con voz insegura—, tendremos una despedida adulta. Y ahora ya no tendré excusa para no olvidarte.

Se levantó, se dio la vuelta y me pareció que se pasaba el antebrazo por los ojos.

—Deja el café. ¿Quieres una copa? —me ofreció.

—No puedo quedarme.

—Solamente una. Venga. Por el pasado.

Me levanté. Recogí el bolso y me dirigí a la puerta. Me paré a su lado. Tenía los ojos vidriosos y coloqué mi dedo índice en la punta de su nariz.

—Ni se te ocurra llorar.

—No voy a hacerlo —me aseguró, evitando parpadear.

—Si no puedes decirme que ya no me quieres, supongo que podemos dejarlo todo en un «gracias».

—El sexo no se agradece, aunque sea el mejor que hayas tenido nunca.

—El sexo no, pero tener la oportunidad de comprobar que el amor existe, tal y como lo cuentan en los libros, sí se puede agradecer —aclaré.

—Fue tan corto que habrá quien considere que no fue.

—Lo que consideren los demás no me importa.

—Esa es mi chica. —Sonrió.

—Me voy.

Me acerqué y le besé en la mejilla. Él me sujetó por la cintura y nos mantuvimos así, sin movernos, con mi nariz sobre su naciente barba y sus manos rodeándome. ¿Cómo es posible querer tanto a alguien sin quererlo ya?

Me aparté.

—Te he traído un regalo.

—¿Qué? —Desvió la mirada—. ¿Un regalo?

—Una canción. Búscala y escúchala cuando me haya ido. Se llama «Ojos noche» y es de Elsa y Elmar. No es de los ochenta, pero te gustará.

—Llévate unas flores —me dijo—. Te haré un ramito en dos minutos.

—Ah, no. No quiero quedarme con un poco de algo que no puedo tener. —Le acaricié la mejilla y él asintió.

Me di la vuelta y crucé hacia la trastienda que hacía las veces de almacén. Lo imaginé allí trabajando y envidié durante unos segundos a quien pudiera pasar por aquí a diario a decirle que ya era tarde, que volviera a casa.

—Sé feliz —lancé al aire.

—¿Y ya está?

—Que alguien te quiera como yo no he sabido. Que el mundo sea tuyo. Que no te acuerdes de mí jamás. Pero quédate con las canciones, ¿vale?

—Hija de puta —se le escapó con una enorme sonrisa en los labios.

—Deja que alguien te quiera como yo quería quererte.

—Y tú deja que alguien vea lo que me enseñaste a mí.

—Adiós.

—Adiós, Margot. Te quiero.

Cuando salí de la tienda, supe que jamás podría volver; ni siquiera podía darme la vuelta y echar un último vistazo, o me quedaría y lo haríamos todo mal.

Tendría que grabar en mi memoria el nombre que lucía el local en todas sus marquesinas para no olvidar, al menos, que llamó a su floristería: «Vuelve, Margarita».

54. B
El otro camino

Cuando dejé a mi espalda la estación de Atocha, me dije a mí mismo algo. Una tontería, como cuando eres un crío y acuerdas contigo mismo que si del colegio a casa no pisas ninguna junta entre las baldosas, eso que tanto deseas se cumplirá por arte de magia. Algo así. Me dije: «David, gírate. Si hace lo mismo, es ella... y a tomar por culo todo lo demás». Creo que fue el miedo lo que me obligó a buscar una excusa, por absurda que fuera, para no marcharme.

Me giré. Ella se paró y se volvió hacia mí. El corazón se me iba a salir del pecho. Sonrió con pena. Vi que lloraba y volví a reanudar la marcha. Vigilé que ella también lo hiciera.

«Si se gira dos veces..., ya no hay duda, David. Ten cojones».

Me giré. Ella se paró y se volvió hacia mí. Joder. Joder. Dos veces. Quise patear al grupo de adolescentes que se cruzaron entre nosotros en aquel momento y que hicieron que ella me diera la espalda otra vez y se alejara en dirección opuesta.

«A la tercera va la vencida».

Me giré. Ella se paró y se volvió hacia mí.

«Qué desastre. Qué desastre, por favor. Que tiene cinco años más que tú, que quiere a un hombre y tú eres un crío, que estás lleno de dudas y no tienes nada de valor que puedas darle, que si dices que sí no habrá más cojones que demolerlo todo y ponerle ganas, que con esta te casas, tienes críos y acabas con bermudas y jugando al golf, que es lo contrario de volar…».

A la mierda.

Aparté a empujones a todo el que se interpuso en mi camino y, cuando llegué a su altura, agarré con suavidad su codo. Margot se asustó y dio uno de esos saltitos que tanto me gustaban.

—¿Qué…?

—A la mierda —dije, esta vez en voz alta—. A la mierda todo, Margot.

Frunció el ceño y se soltó el brazo.

—¿Qué estamos haciendo? —le pregunté.

—Tomar una decisión adulta porque…

—¿Por qué?

—Por muchas razones. —Y cambió el peso de una pierna a otra.

—Quiero que entremos en ese bar y me las expliques todas —le pedí.

Echó la cabeza a un lado, miró el bar al que me refería y empezó a reírse.

—¿Ahí? De eso nada. No tengo ganas de pillar el dengue.

—Margot…

—¡David! —se quejó—. Has sido tú, joder. Has sido tú quien ha dicho que sería un desastre.

—Pues ya no lo tengo tan claro.

—¡Vete a la mierda!

Pero tras mandarme a la mierda…, sonrió.

Pegada al Museo Reina Sofía hay una terraza. Una terraza maravillosa de esas que te cobran doce pavos maravillosos por un gin-tonic, pero cubierta de plantas, flores, con un sistema de climatización en espacio abierto que incluye una especie de riego fresquito… que se agradecía aquella tarde de ya casi agosto.

Nos sentamos en un rincón resguardado de las miradas y dejé caer mi bolsa en el suelo. Ella chasqueó la lengua, se levantó y la colocó en una silla, con la suya.

—¡Pero si está hecha una mierda!

—Más hecha mierda estará si sigues tratándola así —me riñó.

Inmediatamente los dos sonreímos. Con lo hechos mierda que íbamos en el coche. Con la de gilipolleces que dije la noche anterior.

—¿Qué pasa? —me preguntó—. Porque esto, sinceramente, me parece un «que si sí, que si no».

—No, no. Esto es un... ¿cómo decirlo? Una enmienda.

—Una enmienda, ¿eh? ¿Y qué propone la enmienda?

—¿Y si me he equivocado?

Arqueó una ceja.

—¿En qué exactamente?

—En todo. ¿Y si sigo tomando decisiones equivocadas? Como cuando dejé la universidad por si no encontraba trabajo de lo mío. Como cuando no busqué piso, por si... bueno, lo del piso fue otra gilipollez. ¿Y si sí que puedo?

—Si sí que puedes, ¿qué?

—Quererte como te mereces.

Margot parpadeó y frotó sus labios uno contra el otro.

—¿Y si puedo darte lo que te mereces, quererte bien, prepararme para lo que venga, sea lo que sea? ¿Y si podemos? ¿Y si no tiene por qué salir mal?

—Saldrá mal —aseguró esta vez ella—. Mal que me pese.

—¿Por qué?

—Porque eres joven.

—Tengo cinco años menos que tú. No es una diferencia insalvable. Maduraré.

—Te sientes irremediablemente atraído por mujeres que no te van a querer.

—No: me siento irremediablemente atraído por ti.

Suspiró. Llamó al camarero.

—Dos vinos blancos, por favor.

—Lo de que pidas por mí —le dije en cuanto este se hubo ido— ya lo arreglaremos.

—Tu vida... —señaló—, tu vida es un desastre.

—Ya lo sé.

—¿Qué hacemos con eso? ¿Dónde encaja una relación sana en tu vida?

—Vale. Sé que mi vida es un desastre, pero no hay nada que no tenga vuelta atrás. Buscaré un piso. Tengo dinero ahorrado para alquilar una habitación en uno compartido.

—Tienes tres trabajos —apuntó—. Y uno en especial te amarga.

—Lo dejaré.

—¿Y de qué vas a vivir?

—Me ofreceré para trabajar más horas en la floristería, y si no pueden contratarme más horas, buscaré otra donde necesiten personal.

—¿Y...?

—Margot, sin ánimo de que entiendas esto como un ataque, ¿vale?, tú también tienes asignaturas pendientes y estas no me hacen dudar de que podamos encontrar una salida para lo que estamos sintiendo. Porque lo estamos sintiendo.

—Sí —confirmó—. Pero... ¿eres consciente de que mucha gente pensará que estás conmigo por mi dinero?

—Nunca me darás un duro y pondremos un tope para los regalos.

—¿Y si me apetece ir a cenar a un restaurante de doscientos euros el cubierto?

—Te llevas a tu hermana Patricia, que ahora que va a divorciarse tendrá más ganas de salir.

—¡¡Eres un cretino!! —se quejó con una sonrisa.

—Soy un millón de cosas, Margot: soy un desastre, soy caótico y a veces un dejado de cojones. Odio madrugar, no me gusta el café, no tengo un duro en el bolsillo y no sé hablar inglés. Soy un nostálgico y me gusta la música de cuando mis padres eran demasiado jóvenes para salir de bares. Un día me levanto pensando que el sentido de mi vida es ser padre y al día siguiente pienso que odio a cualquier criatura menor de dieciocho años... y a veces de veinticinco. En ocasiones me corro superrápido, me pone hacerlo en sitios públicos y a veces fantaseo con que dos tías me la coman.

—Joder... —Margot se tapó la cara cuando las chicas de la mesa de al lado se volvieron como un resorte al escucharme decir todas esas cosas.

—Escúchame... —Le quité la mano de la cara y la sostuve entre las mías—. Soy todas esas cosas horribles, pero anoche, cuando hablabas con mis amigas y me besaste el hombro..., pensé que era justo como quiero que sea mi vida hasta que me muera. Quiero que todos los años me ayudes a hacer la barbacoa en el cumpleaños de Cris; quiero ahorrar cada duro para irme de viaje contigo, aunque yo tenga que ir en turista; quiero que un día me mires y me digas: «Qué orgullosa estoy de ti». Tengo todas las papeletas para que esto no se cumpla nunca, pero... esta vez quiero intentarlo. Si me dejas, quiero intentarlo.

—David..., no es que no quiera, es que anoche sentí que lo tenías tan decidido...

—Una mierda decidido. Lo que estaba es asustado.

—¿Es posible sentir todas estas cosas en un mes? ¿Y si nos estamos lanzando en los brazos de otro para no vivir el duelo de lo que no nos ha funcionado con nuestras anteriores parejas?

—Hay gente que se pasa toda una vida enamorada de alguien con quien se cruzó una noche. ¿Cómo no va a ser de verdad esto, Margot? ¿Quién decide lo que es y lo que no es? Y sobre lo otro..., nos daremos tiempo.

—¿Un mes? —me dijo burlona.

—El tiempo que necesitemos. Iremos despacio. Lo haremos bien.

La vi dudar y decidí quemar todos mis cartuchos.

—He visto lo que iba a pasarnos. Lo he visto, Margot. En el coche, me he puesto a pensar y... ¿sabes lo que terminará pasando? Que me iré. A cualquier ciudad, a cualquier curro de mierda. Con tal de alejarme de Madrid y de la sensación de haber dejado escapar al amor de mi vida. Y tú me odiarás aún más que si esto sale mal. Al final, me perdonarás porque eres buena, pero tendremos para siempre una herida que se llamará «Nosotros» y que no nos dejará volver a querer igual.

—Quiero enamorarme de mí antes de enamorarme más de ti.

—Y te animo a hacerlo.

—¿Y ahora qué?

—Ahora dime que me quieres y te daré todo el tiempo del mundo.

Negó con la cabeza. Después suspiró. Se frotó la frente. Se despeinó y volvió a peinarse. Miró a las chicas de la mesa de al lado y sus zapatos.

—Ojos tristes... —musité—. Por favor, haz lo que realmente quieres hacer.

Margot me miró, apretando los labios uno contra el otro, y... sonrió. ¡Sonrió! Y yo también. Porque los perros vagabundos cuando alguien decide darles su amor, se sienten ricos.

55. B
Sí

Idoia estaba guapa, tengo que admitirlo. Se había esmerado para estarlo. Quería al David que babeaba a sus pies, al perrito faldero, al que había aprendido que hasta los palos son mejor que estar solo. A que estaba equivocado.

Yo, sin embargo, no me preocupé mucho por mi aspecto, la verdad. Ella llevaba un short vaquero cortísimo, una blusa blanca anudada a la cintura y medio abierta a través de la que se veía un sujetador negro de encaje. Yo unos vaqueros superrotos y una camiseta gris con un agujero enorme donde antes estuvo la etiqueta.

Dos meses antes hubiera reptado por ella; ahora solo pensaba, mientras me daba dos besos a modo de saludo (creyéndose muy guay por no darme uno en la boca), que debía aprovechar las rebajas para hacerme con un par de prendas sin rotos.

—Ey —la saludé—. ¿Qué tal? Oye, tengo prisa. ¿Te importa que nos tomemos algo aquí mismo?

Señalé un bareto con una barra atestada de parroquianos fieles, a cuál más personaje.

—¿Aquí?

—Es que voy con prisa —insistí.

Entré a por dos botellines de cerveza mientras ella me esperaba apoyada en la pared, fumando un pitillo con aire mortificado. El camarero me dijo que con los cascos de cerveza no podíamos irnos más allá de la mesita alta que estaba junto a la puerta, la que usaban los fumadores.

—Gracias, jefe. No tengo intención de irme muy lejos —le respondí.

—Pues yo con esa chica me iba al fin del mundo —soltó un tipo que estaba en la barra.

—A las personas, caballero, hay que conocerlas por dentro, pero supongo que esperar que no juzgue a una mujer por su aspecto es tarea harto difícil, así que dejémoslo aquí. Buenas tardes.

Lo cortés no quita lo valiente.

—Tú dirás —me dijo Idoia coqueta cuando le pasé su cerveza.

Le di un trago a la mía. Me di cuenta de que no me apetecía y la dejé en la mesa alta, donde ella estaba apoyada.

—¿Cómo quieres que lo hagamos? —le pregunté—. ¿Fácil o de verdad?

—¿No puede ser fácil y de verdad?

—No, lo siento.

—Pues... de verdad. —Suspiró con cierta condescendencia, como si yo fuera un chaval que quiere enseñarle un truco de magia que ha aprendido, pero que con total seguridad le saldrá mal.

—Vale. Pues... —Me apoyé en la mesa, tragué, la miré a los ojos y sonreí—. Yo no quiero volver contigo. Nuestra relación era un asco. Una porquería.

Se enderezó sorprendida.

—Te juro que hasta el viernes o así tenía dudas; por eso te dije que sí cuando propusiste que nos viéramos hoy. Creía que igual estaba equivocado, que tenía que luchar por esto si hasta hace poco era tan importante para mí recuperarte. Nunca he querido jugar contigo.

—Es que no podrías ni queriendo.

Miré hacia otro lado y bufé.

—Yo quería hacerlo por las buenas.

—Ese es tu problema, David, no tienes narices. Vas siempre con tus medias tintas y...

—Vale. Guay. Mira, yo quería que me quisieras. Me moría por conseguir que me quisieras porque, como yo me quiero poquito y mal, que alguien como tú me diera su amor era como compensarlo, pero... a la mierda, Idoia, no necesito que me des y me retires tu atención constantemente para sentirme vivo o importante porque me he dado cuenta de que eres una niña con poco que ofrecer, no porque no lo tengas, sino porque no te da la gana compartirlo.

»Me he enamorado de Margot y he comprendido que tengo que arreglar las cosas que tengo pendientes conmigo mismo para poder disfrutar de este amor. Y tengo que agradecerte que hayas sido una verdadera cabrona conmigo porque, por azares de la vida, me empujaste a sus brazos.

—No entiendo de dónde viene tanto resentimiento —acertó a decir, dándole otro trago a la cerveza—. No fue para tanto. Unos meses y...

—No es resentimiento. Hasta eso lo he superado. Pero, ¿sabes qué gustazo verla reírse? Es que es otro rollo, como de otro planeta. Y si te lo digo es porque creo que estás tirando una cantidad de tiempo y energía brutal por el desagüe. No soy nadie para dar consejos, pero, mi niña..., por lo que tuvimos, que para mí sí fue para tanto: deja de comportarte como si tuvieras que impresionar a alguien todo el rato. Abrázate. Seguro que eres más guay sin toda esa tontería de la tía fría rompecorazones. A lo mejor mañana a alguien se le cruza un cable, lanza un misil nuclear y nos vamos todos a esparragar..., haz que el tiempo valga la pena. Yo voy a hacerlo.

—Vaya novedad —dijo maligna.

—Lo que tú digas. Me voy. He quedado para ver un par de pisos y no quiero llegar tarde. Sé feliz.

Sonreí, hice una especie de saludo militar con la mano y me di la vuelta. No había dado más de diez pasos cuando ella gritó:

—¿Sé feliz? ¿Y ya está?

Me giré y me reí. Me salió del alma. Eso y asentir.

—Sí. Y ya está.

56. B
Nuestro propio cuento

Llevó su tiempo. Joder, que si llevó su tiempo. Un desastre como yo no se reforma en un chasquear de dedos. Y ella también tenía cosas que solucionar.

Mi dejadez. Su obsesión por el control. Mi tendencia al drama. Su pragmatismo exacerbado. Mi conformismo. Su paranoia laboral.

Nunca habría imaginado que romper y olvidar su relación con el Iron Man de los novios fuera lo que menos problema nos diera como pareja. Aunque, bueno, siendo fiel a la realidad, nosotros aún tardamos en ser pareja.

Hasta diciembre, nos mantuvimos en una distancia cómoda, pero distancia al fin y al cabo, en la que, bueno, nos veíamos, hablábamos, hacíamos planes, pero... cero sexo. Porque, según mi querida Margot, cuando follábamos a ella se le olvidaba pensar durante días y no tomaba decisiones meditadas.

No sé si yo medité o no la decisión, pero, por cierto, dejé el pub al mes siguiente y dije que no a embarcarme, a cambio de un buen sueldo y muchas propinas, como camarero en un crucero.

Me mudé cerca de la parada de metro Oporto, a un sitio que estaba bastante lejos de la idea de piso compartido que se tiene cuando uno empieza la universidad. Mi compañero era físico, trabajaba para una empresa que hacía cosas que yo no entendía y meditaba por las noches emitiendo un constante «ommmmm» que se colaba en mi dormitorio como el zumbido de un abejorro gigantesco. Pero era tranquilo. Y limpio. Y era casi como vivir solo compartiendo gastos.

El primer día que Margot se quedó a dormir conmigo me sentí como un colegial, a pesar de que la muy cabrona, después de besarme, morderme, ronronearme y frotarse como una gata, me dijo que era mejor dejarlo ahí. Y a mí, que había limpiado hasta las pelusas de debajo de la cama por si nos poníamos creativos con el primer polvo en meses... me entró la risa.

—Hazme una paja por lo menos —le dije de coña.

—A lo mejor te eviscero y, oye, problema solucionado.

Le pregunté si podía hacerla cambiar de opinión con una educadísima insistencia. Cuando, sonriente, me dijo que no y amenazó con coger sus cosas e irse a casa si yo no dejaba de pensar con lo que mantenía tirantes mis calzoncillos, me di cuenta de que había comprado demasiado pronto el paquete jumbo de preservativos.

Pero no me quejo. Dos días después fuimos al cine y mientras llovía en la pantalla, en la última peli de Woody Allen, Margot dijo que no podía más, se hizo una coleta y me hizo una mamada.

Nuestra relación tampoco tardó demasiado en formalizarse. En febrero Margot ya me presentaba como su novio a sus colegas en un cóctel de la empresa. Llevaba un vestido negro con un corte que dejaba una de sus piernas al aire. Estaba increíble y yo me sentía el tío más afortunado sobre la faz de la tierra. Aluciné cuando vi a la Margot jefa y accionista, y entendí por qué estaba tan quemada: tenía que ser dura, y mi pequeña, minúsculamente enorme, Margot no era dura y tenía que vestirse con una coraza que le pesaba.

—¿Qué es lo que te asusta? —le pregunté esa noche, en su casa, cuando me quitaba el traje que me había obligado a comprarme.

—Que vean mis debilidades. Son como carroñeros misóginos.

—No dudo que esos tipos sean unos señoros, pero... ¿y qué más te da? Tienes el treinta y siete por ciento de las acciones, reina mora. Si tú quieres, los haces hasta ladrar.

La miré mientras ponía los ojos en blanco y se lanzaba a un monólogo sobre por qué estaba tan equivocado. Allí, soltándose unas horquillas brillantes del pelo, mesándose los mechones entre los dedos, quitándose el vestido de fiesta, quedándose con aquella especie de camisoncito interior tan pequeño, negro, desabrochándose la pulsera de los zapatos de tacón alto...

—Ven aquí, que este perro sí que quiere ladrarte —le dije.

Gracias al cosmos, en nuestra relación ya estaba permitido provocar malas decisiones a base de sexo. Me la cargué encima, la llevé a la cama y la llamé Khaleesi, madre de hoteles, y todas las chorradas que se me ocurrieron hasta que, muy seria, encima de mí, me dijo:

—El problema es que les tengo miedo, David, porque me han criado diciéndome que ellos saben lo que se hacen y yo no.

—¿Y qué podemos hacer para cambiar eso?

—¿Puedo montar una mercería y dedicarme a vender medias?

La agarré fuerte de las caderas y la agité un poco.

—Margot, cariño..., puedes hacer lo que te plazca. Eres la jefa y tienes alas. ¿Qué más quieres? Pero no desperdicies tu talento huyendo a un curro que no te pondrá tan cachonda como el tuyo.

En qué momento le dije aquello... aunque el sexo que vino después fue increíble, como el que tuvimos durante esos días que creímos que eran la despedida.

Tardó dos meses en rumiar la idea para que cuando me la planteara estuviera más que segura. Y debo admitir que lo hizo bien. Me vendió bien la película.

—David..., ¿sabes que tengo un piso en Londres?

—¿En serio? —No sé por qué me sorprendí.

—Sí.

Estábamos en su despacho. Había ido a darle una sorpresa y a llevarle un chocolate caliente cuando salí de la floristería. Sabía que mi pequeña adicta al trabajo seguiría allí, y... acerté.

Me dejé caer en uno de los sillones que tenía frente a la mesa.

—He estado posponiendo mis viajes a Londres desde que estoy contigo porque... —se ruborizó y empezó a mover sin ton ni son cosas de encima de la mesa—, porque no quería alejarme mucho.

—Tontorrona. —Le guiñé un ojo.

—El caso es que me tengo que ir unos días a Londres porque tengo reuniones con socios, clientes y..., bueno, he pensado que podríamos aprovechar para pasar unos días allí los dos. Creo que mi piso te gustará.

—No puedo pillarme días —dije torciendo el morro.

—De viernes a lunes. Estarías aquí para entrar a tiempo en la floristería. Yo me encargo.

En una conversación muy seria (todo lo seria que es posible, entiéndase) con Amparito y Asunción, había conseguido que me ampliaran un día y unas horas mi jornada y ya casi cobraba un sueldo medio normal, pero eso implicaba que de lunes a jueves era todo suyo. Y esas señoras eran muy celosas.

—Bueno. Si no tengo que faltar al curro. —Me encogí de hombros—. Pero los billetes los pago yo.

—Están carísimos —dijo con ese aire de empresaria que se sacaba de vez en cuando de la manga—. Me he tomado la libertad de comprarlos ya. Son para pasado mañana.

—Hay cosas que nunca cambian. Tienes un papo como una catedral.

La queja no sirvió de nada. Nos fuimos a Londres.

Mientras Margot se reunía y comía en un restaurante de esos de doscientos euros el cubierto, me dejó en su apartamento. Había mandado a alguien a limpiarlo y a llenar un poco la nevera y yo me había llevado mi libro, de modo que no me pareció un suplicio esperar allí. Tenía también unas llaves, por si quería salir a darme una vuelta, pero... con mi inglés no me apetecía arriesgarme a necesitar comunicarme con alguien y no conseguirlo.

Me senté en el sofá. Era muy bonito, clásico, muy cómodo. Abrí el libro, pero me quedé con él en el regazo mirando embobado la chimenea del salón, tan bonita, de estilo victoriano. ¿Funcionaría? Barrí con los ojos cada detalle de la habitación y me sorprendió la cantidad de flores y plantas que había allí. ¿Quién narices las regaba?

Me levanté y recorrí el salón. Era cálido, agradable, luminoso, a pesar de encontrarse en una ciudad que, estarás conmigo, no es lo que se dice luminosa. El apartamento tenía dos habitaciones. Una grande con un vestidor, una cama de matrimonio y un baño en suite, y una más pequeña, pegada al baño que quedaba en el pasillo, en la que en aquel momento Margot tenía un despacho. La cocina me encantaba, con los armarios en verde, isla y una gran mesa corrida de madera para organizar cenas y...

Enseguida me olí el percal, debo decir. Cuando ella llegó y me preguntó si había estado a gusto, si había echado un vistazo al barrio y si me había fijado en el pequeño restaurante libanés que había en la esquina..., fui a su encuentro.

—¿Quieres mudarte a Londres?

Dibujó una mueca y se dejó caer en el sofá.

—No si tú no quieres.

—No hablo inglés, cariño —le respondí, preocupado.

—Con un profesor particular, haciendo un intensivo...

—Me da miedo —confesé.

—Si no quieres, no pasa nada. Solo... se me ocurrió que podría ser un buen sitio para nosotros. Es una ciudad grande, tan libre..., desde aquí puedo trabajar sin tener que lidiar todos los días con la pandilla de osos. Y además, con Candela de aquí para allá y Patricia tan ocupada en encajarlo todo con Didier y los niños..., ¿por qué no empezar de nuevo aquí?

Le prometí que me lo pensaría. Implicaba muchas cosas que me asustaban, como terminar siendo el novio juguete, metido en casa todo el día, sin oficio ni beneficio.

Sin embargo, cuando me vi en el pueblo, preguntándole a mi madre qué opinaba sobre aquello, supe que ya había hecho más que pensarlo. Lo tenía casi decidido.

—Ay, flaco. —Me sonrió con ternura—. Vive aventuras.

—Pero, mamá..., ¿Londres?

—Si te da miedo, hazlo con miedo.

Mi regalo de cumpleaños para Margot aquel año fueron unas clases de inglés para mí, que empecé dos meses antes de la celebración de sus treinta y tres. Aquel día, en la cena, le dije en un inglés aún bastante vergonzoso lo que llevaba una semana preparando con mi profesor: «Quiero irme contigo porque me he dado cuenta de que allí donde estés tú, estará mi casa».

Nos fuimos cuatro meses después. Lo bueno de la obsesión de Margot por el control es que es muy sesuda a la hora de organizar las cosas. No sé qué le pasó con aquel viaje a Grecia, la verdad. Supongo que fue cosa del destino.

Nos instalamos en su piso de Nothing Hill, que no quise ni saber cuánto costaba, y seguí tomando clases hasta que sentí que podía enfrentarme a una entrevista de trabajo. No voy a negarlo, Margot me ayudó recomendándome a un contacto que solía hacer los arreglos florales para sus hoteles allí.

Y empecé a trabajar. Y me gustó.

Margot me prometió que si no me adaptaba a la ciudad volveríamos, pero lo cierto es que le cogí el punto, no solo a Londres, sino a la idea de empezar de nuevo lejos de casa. Entendí, a los veintiocho años, que nunca es tarde para decidir quién se quiere ser.

Margot invitó en secreto a todos mis amigos a Londres para celebrar mi cumpleaños. A mis espaldas, la muy loca, fletó un jet privado con toda la pandilla de energúmenos del pueblo, Iván, Domi, Ada, mis hermanos, mis padres y hasta mi abuela. Alquiló un local, lo decoró con nuestras flores preferidas y velas y contrató un catering que sirvió únicamente perritos calientes y cerveza. Lo de no sobrepasar un tope en los regalos se le debió de olvidar.

La verdad es que aquel día no estaba de humor. Cumplir años lejos de casa y de los tuyos puede ser muy triste, aunque estés junto a la persona a la que quieres... porque la vida no solo se alimenta del amor romántico. Así que cuando me dijo que había reservado una mesa para cenar aquella noche, le puse mala cara.

—No me apetece. ¿No podemos quedarnos en casa?

—Venga, anda... —me suplicó muy mimosa—. Tengo el capricho de llevarte a ese sitio. Me llevaré una goma del pelo en la muñeca para compensar.

Solo ella sabía cómo animarme.

Cuando entré en el local y todos gritaron «sorpresa», lo único que hice fue girarme para buscarla. Y allí, apoyada en la puerta, con una sonrisa espléndida, me miraba con aire culpable. Se había gastado una cantidad aberrante de dinero pero no puedo reprochárselo. Si yo lo hubiera tenido, me lo habría gastado en ella.

Al día siguiente, como Margot trabajaba, recogí a mi madre y a mi abuela en el hotel del Grupo Ortega en el que se hospedaban y, mientras el resto de la familia hacía turismo, las llevé a una tienda vintage para que me ayudaran a escoger un anillo. Era de segunda mano, no me gasté demasiado dinero y durante el primer mes viví atormentado por la idea de que me hubieran engañado, fuera malo y le dejara el dedo verde, pero dijo que sí. Y me di cuenta de que cuando uno es feliz, a menudo, no se da cuenta.

Cesan las preguntas, se detienen los relojes, todo da vueltas y yo, con la chica de los ojos tristes, bailé hasta que perdí los pies y me crecieron alas. Cuando quisimos darnos cuenta, el reloj había vuelto a ponerse en hora y habían pasado tres años. Y cumplí los treinta.

La decisión de volver a Madrid fue mutua, pero fue el trabajo de Margot lo que la hizo inminente. Tras unos cambios en el organigrama de la empresa, ella debía volver para hacerse cargo de un puesto de mayor responsabilidad.

Por aquel entonces Margot ya había conseguido vender su piso del Paseo de la Castellana a un magnate chino, de modo que tuvimos que empezar desde cero también allí, comprando uno para los dos. Aquello trajo muchos quebraderos de cabeza, muchas discusiones y evidenció las diferencias que había entre nosotros. En los cuentos de princesas todo se acaba cuando comen perdices, pero en el nuestro el camino se llenó de manzanas envenenadas. Dónde vivir, cómo hacerlo, sus horarios, mi caos, el aplazamiento sistemático de la decisión de ser padres, la diferencia de edad, alguna pataleta mía, su costumbre de salirse con la suya... La vida, en toda su magnificencia, es una balanza que equilibra lo bueno y lo malo para hacerlo posible, y permitir que, una vez solucionados los pequeños baches, sintiéramos lo felices que éramos. La vida era eso, que te revolcaran olas más altas que tú y aprendieras de forma instintiva a nadar para terminar cabalgándolas. La primera gran ola de mi vida se llamó Margot y, gracias a ella, vencí el miedo al mar.

La vida no es un cuento, pero, en el caso de que lo sea, supongo que nunca será uno perfecto.

Nosotros seguimos escribiendo nuestra propia historia, cada día, a lo nuestro, pero si algún día pasas por mi floristería, entra a saludar. No hay pérdida. Hace esquina, tiene un toldo granate y en letras doradas, en el cristal del escaparate, puede leerse: «Vuela, Margarita».

Epílogo
Como la vida

Quizá este sea el epílogo más corto jamás escrito, pero creo que no es necesario explicarte, a estas alturas, por qué has leído dos finales para la misma historia. Y es que todo depende, todo, de la luz con la que se mire el mundo.

Esta historia pudo haber sido de una manera, pudo haber sido de otra. Ambas con resultados antagónicos y con una única decisión de diferencia. Pelear, lanzarse al lodo, ser inconsciente, demasiado confiado, confiar. Que cada uno le ponga el nombre que quiera.

Pero aquí está el final de un cuento que, como la vida, no tiene un único final escrito. Todo depende de lo que uno decida salvar entre tanto ruido.

¿Qué salvas tú?

Nota de la autora

¿Hacemos un pacto? Un pacto entre tú y yo. De coqueta a coqueta. Prométeme que me ayudarás a mantener en secreto los finales de este libro porque deseo, con todo mi corazón, que todo el mundo pueda vivir la experiencia de escoger el suyo sin saber qué es lo que encontrará en la página siguiente.

¿Prometido?

Gracias, coqueta.

Gracias.

Agradecimientos

Siempre prometo ser breve pero nunca lo soy. Esta vez voy a intentar cumplir la promesa.

Dos millones de gracias por permitir que siga soñando historias, por regalarme tu tiempo y por dejar que entre en tu hogar. Dos millones de gracias porque sin ti, que me lees, esto solo serían palabras impresas; gracias por insuflarles vida y llenar las páginas con tus emociones.

A Óscar, por el amor.

A mis amigos y a mi familia, por el abrazo.

A Ana, por los FaceTime y por la paciencia.

A la familia Penguin Random House, por ser mi casa.

A ti, coqueta, por dar alas y consistencia a mis sueños.

GRACIAS.

«Para viajar lejos no hay mejor nave que un libro».

EMILY DICKINSON